KB042800

세기를
넘나드는
작가들

현대
중문소설
작가
22인

이 책은 (재)한국연구재단의 지원으로 학고방출판사에서 출간, 유통합니다.

한국연구재단 학술명저번역총서
동양편 611

세기를 넘나드는 작가들

현대 중문소설 작가 22인

상

왕더웨이 지음 | 김혜준 옮김

學古房

■ 일러두기 ■

- 이 책은 하버드대학 왕더웨이 교수의 중문 저서 《跨世紀風華: 當代小說20家》를 옮긴 것이다. 애초 타이완본(2002)에는 모두 20편의 작가론이 실려 있었는데, 후일 중국 대륙에서 출간될 때 베이징 초판본(2006)과 재판본(2007)에서 각각 1인씩 작가를 교체 또는 추가했다. 한글본에서는 22편을 모두 번역했으며, 제목 역시 저자의 결정에 따라 《현대 중문소설작가 22인》이라고 붙였다.

- 저자의 주석은 1) 2) 3) 등으로 표시하고 각 장 뒷부분에 후주(後註)로 처리한다.
역자의 주석은 1, 2, 3 등으로 표시하고 본문의 아래에 각주로 처리한다.
그 외 역자의 설명이 필요할 경우에는 본문에서 [ ] 속에 넣어 처리한다.

- 서적명과 문헌명은 각각 《 》와 〈 〉를 사용하여 구분한다.

- 본문은 가능하면 한글을 사용하고, 원저자가 병기했거나 그 외 꼭 필요한 경우에는 ( )를 써서 한자나 외국어를 표시한다.

- 인명, 지명, 문헌명 및 기타 원문은 서적 뒷부분의 찾아보기에 병기한다.

- 중국어 및 기타 외국어의 한글 표기는 국립국어원의 외래어표기법을 따른다.
특히 20세기 이전의 중국 인명은 한자음으로, 20세기 이후의 중국 인명은 중국어음으로 표기한다. 단 한자는 한글 보조수단이 아니라 중국어 문자로 간주한다.

현대 중문소설과 화어계문학

《현대 중문소설 작가 22인》은 현대 중문소설 세계에 대한 나의 개인적인 평가이다. 사실 1980년대 이래 소설이 누려왔던 성황은 더 이상 볼 수 없게 되었다. 하지만 그럼에도 불구하고 이 시기의 작품은 훌륭하고 다채로운 모습을 보여주었으며, 과거에 비해 더욱 뛰어나면 뛰어났지 결코 못 미치는 것은 아니었다. 나는 각 화인(華人) 집단의 걸작을 추천함으로써 상호 대화를 이끌어내고 이를 통해 세기를 이어가는 중문문학의 범위가 더욱 확장되기를 희망한다. 이 책의 타이완판과 중국 대륙판은 《현대 중문소설 작가 20인》이었는데, 김혜준 교수가 번역한 한글판에서는 두 편의 새 글을 추가하여 《현대 중문소설 작가 22인》을 제목으로 했다.

나는 여기서 반드시 밝히고 싶다. 이 책에서 순위를 따지고자 하는 의도는 전혀 없다. — 고작 '22인'이 어떻게 현대 중문소설의 걸출한 인물의 전부이겠는가? 나의 글은 본디 시기별·장소별 출판 여건에 따라 발표한 것이며, 이 책의 순서 역시 원래의 발표 순서에 따랐을 뿐이다. 다만 한편으로 내가 이 22편의 글을 통해 중문소설 세계의 범위를 확장하고자 의도했던 것만큼은 분명하다. 내가 소개한 작가에는 중국 대륙은 물론이고 타이완과 홍콩 및 그 외 말레이시아와 미국 등지의 작가들까지 포함되어 있다.

오랫동안 우리는 화문문학이라는 용어로 광의의 중문 서사 작품을 가리켜왔다. 이런 용법은 기본적으로 중국 대륙을 핵심으로 하여 확산된 문학의 총체를 의미하고 있다. 이로부터 말미암아 해외 화문문학, 세계 화문문학, 화교문학,

타이완 홍콩 화문문학, 디아스포라 화문문학 등의 말이 나오게 되었다. 중국문학과 이를 나란히 같이 놓고 보면 중심과 주변, 정통과 변이라는 대비가 말이 필요없는 자명한 은유가 된다. 그렇지만 20세기 말 이래 해외 화문문화의 왕성한 발전에 비추어 볼 때 문학의 범위도 다시 정해야 할 가능성이 있다. 특히 전지구화와 포스트식민 관념의 충격하에서 국가와 문학 간의 대화 관계에 대해서도 더욱 유연하게 사고해야 한다. 이런 점에서 바야흐로 힘차게 발전하고 있는 '화어계문학' 관념을 이 책의 참조물로 삼을 수 있을 것이다.

1세기 남짓 동안 중국문학의 발전은 많은 변화와 기복을 보였다. 민족주의라는 기치하에서 매번 하나의 목소리로 이루어진 전망이 다양한 목소리를 내던 역사적 경험 속의 사실들을 뒤덮어왔다. 이에 따라 기존의 해외문학, 화교문학은 항상 모국 문학의 연장물 내지 종속물로 간주되었고, 즉각적으로 '원조'인 중국문학과 대비되면서 사정없이 상호 고하의 차이를 드러냈다. 다른 것은 그만두고라도 중국 대륙 현대문학계의 선도적인 사람 중에서 여력이 있어 해외문학의 성과에 대해 세심하게 관찰하고자 하는 사람은 지금까지도 아마 몇 사람 되지 않을 것이다. 그러나 전지구화라 부르는 이 시대에는 이미 문화·지식 정보의 신속한 전파, 공간의 변위, 기억의 재구성, 종족의 이동, 네트워크 세계에서의 유동 등이 우리의 생활 경험에서 중요한 향방이 되었다. 여행 — 구체적인 것이든 아니면 상상적인 것이든 간에, 또 나라의 경계를 넘나드는 것이든 아니면 인터넷을 넘나드는 것이든 간에 — 은 이미 일상적인 현상이 되었다. 문학 창작과 출판의 변화 또한 마찬가지 아니겠는가? 현대의 시간이 다원적인 것처럼 현대의 공간 또한 개방적인 것이다.

예를 들어 말해보자. 산둥에서 베이징으로 갔던 모옌은 화려하고 환상적인 향토소설로 명성이 높은데, 말레이시아에서 타이완으로 간 장구이싱이 그려내는 보르네오의 열대림 역시 사람의 혼을 뒤흔들어놓지 않던가? 왕안이, 천단옌이 그녀들의 상하이를 원 없이 썼다면, 홍콩의 시시, 둥치장이라든가 타이베이의 주톈신과 리앙 역시 그/그녀들의 마음속에 있는 멋들어진 '나의 도시'를 이루어냈다. 산시의 리루이가 지역사와 가족사를 들려주는 데 뛰어나다면, 타이완에 정착한 말레이시아 화인 작가 황진수라든가 홍콩에 체재했다가 지금은 뉴욕에 거주하고 있는 타이완 작가 스수칭 또한 자부할 만한 성취를 이루었다. 태평성세의 화려함과 창연함을 논한다면 말레이시아의 리톈바오와 타이완의 주톈원이 모두 장아이링의 가장 뛰어난 해외의 계승자이다. 윤리와 폭력의 내밀한 전환이라는 글쓰기에서는 일찍이 위화가 능수였지만, 후일 홍콩의 황비윈, 말레이시아의 리쯔수, 타이완의 뤄이쥔이 이를 능가하는 모습을 보여 주고 있다. 바이셴융과 가오싱젠의 작품은 이미 디아스포라 문학의 걸출한 작품으로 이름 높은데, 오랜 기간 뉴욕에 거주했던 부부 작가 리위와 궈쑹펀의 성취 역시 더 많은 지음의 감상을 기다리고 있다.

중국어, 화어(華語), 화문(華文)이라고 부르든지 또는 중문이라고 부르든지 간에, 언어가 이들 작품간 상호 대화의 최대 공약수이다. 여기서 말하는 언어가 가리키는 것이 꼭 중원의 정통 언어라야 할 필요는 없다. 오히려 시간・장소에 따라 변화하는 구어・방언・잡음이 충만한 언어라야 한다. 바흐찐의 개념에서 말하자면 이런 언어는 영원히 구심력과 원심력의 교차점에 존재하며, 언제나 역사적 상황 속에서 개인과 집체, 자아와 타아가 부단히 대화하는 사회적인 재현행위이다. 화어문학은 서로 다른 화인 지역이 상호 대화하는 장을 제공한다. 또 이 대화는 당연히 각 화인 지역 내에서 존재하는 것이기도 하다. 중국 대륙을 예로 들어보자. 강남의 쑤퉁과 서북 지역의 자핑와, 쓰촨・티벳의 아라이와 회족인 장청즈는 모두 중문으로 글쓰기를 한다. 그렇지만 그들이 써내는 각지의 잡탕 말투 및 서로 다른 문화・종교・정치의 발화 위치야말로 비로소 한 시대를 풍성하게 만드는 문학적 요소이다.

현대문학 이론에 익숙한 사람이라면 이런 식의 정의는 아마도 상투적인 평범한 말에 불과할 것이다. 그러나 나의 의도는 새로운 논리를 발명해내는

데 있는 것이 아니라 이론적인 자원을 역사적 상황 속에서 운용하여 그 작용 에너지를 검토해보려는 데 있다. 따라서 이 책은 현대소설의 고하를 평가하려는 입론으로 간주하기보다는 하나의 변증법적인 출발점으로 보아야 할 것이다. 그런데 이 변증법은 반드시 문학 창작과 읽기의 과정에서 이루어져야 한다. 그 어떤 언어의 합류와 마찬가지로 화어계 문학이 보여주는 것 역시 변화하는 네트워크이다. 대화도 충만하고 오해도 충만하여 서로 화답할 수도 있고 전혀 교집합이 없을 수도 있다. 그러나 어쨌든 이로 인해 본래 국가 문학을 중점으로 하던 문학사 연구에서 새로운 사고의 필요성이 나타나게 될 것이다.

내가 이상적으로 생각하는 문학 비평은 가능하면 현학적인 문자를 쓰지 않으면서 깊이 있는 내용을 알기 쉽게 표현하는 것이다. 그러나 학계에 있는 사람이다 보니 학술적인 말투를 피하기가 어려웠다. 여러 차례 시도해본 끝에 결국 나는 이를 단념하고 펜이 가는 대로 자신의 스타일을 구사하기로 했다. 이에 따라 이 책에 수록한 22편의 글에는 아마도 학술 논문적인 특징이 적지 아니 들어있을 것이다. 그렇지만 동시에 나는 문장 수사를 통해 나 개인의 감정과 관점 내지는 편견을 보여줄 것이다. 이 일련의 글을 쓰는 과정에서 나는 또한 일종의 상징적인 사회 활동으로서 현대소설이 가지고 있는 풍부한 잠재력을 더욱더 실감하게 되었다. 다만 내가 중문판의 머리말에서 지적한 것처럼 한 세기의 절차탁마를 거친 뒤 마침내 소설가들이 이루어낸 클라이맥스는 어쩌면 앤티클라이맥스이기도 할 것이다. 소설 장르는 일찍이 민심과 사기를 개조하는 '불가사의한' 힘을 가지고 있는 것으로 간주되었다. 그런데 이 새로운 세기에서 '불가사의한' 점은 소설의 힘이 오히려 일종의 사적인 언설의 호소, 일종의 정치한 수공예의 재생에서 비롯된다는 것이다.

이 책의 한글판이 나오는 데 있어서 가장 감사해야 할 분은 부산대학교 김혜준 교수이다. 김 교수는 진중하게 학문에 임하시는 분으로, 현대 중국문학에 대해 정통할뿐만 아니라 특히 근년에는 화어계 문학의 번역에도 힘을 쏟아 한국에서 제법 반향을 불러일으키고 있는 것으로 안다. 김 교수와 함께 이 책의 출간에 참여해준 한국연구재단 관계자 및 학고방출판사의 동인에게도 감사드린다. 그리고 물론 내가 가장 충심으로 경의를 표해야 할 분은 22인의 작가들이다. 그들의 작품이 있었기 때문에 비로소 현대 중문소설이 훌륭하고 다채로운 모습을 보여줄 수 있게 되었다.

2014년 7월

하버드대학에서 왕더웨이

시작하기 전에

1980년대 이래 타이완 해협 양안의 문학은 잇따라 새로운 경지를 보이며 빈번하게 상호 작용을 했다. 그 중 특히 소설의 변화가 가장 다채롭고 다양했다. 혹은 마오 문학의 쇠퇴로 인해 혹은 계엄 해제 정신의 고양으로 인해 새 세대의 작가들은 국가사의 변화를 성찰하고 욕망 의식의 흐름을 관찰했다. 그 심도 있고 감동적인 부분들은 선배들을 넘어설지언정 못 미치지는 않았다.

우리가 현대소설의 과거 창작 환경을 되돌아본다면 정말 이처럼 뭇소리가 제 목소리를 내는 상황을 용인해준 시기는 찾아볼 수가 없다. 정치는 여전히 많은 소설가들이 생각하고 쓰는 대상이지만 그러나 '시대를 걱정하고 나라를 염려하는' 것 외에도 젠더・성애・종족・생태 등의 의제들이 펜대 하에서 그 어느 것 하나 가지가지 대결을 야기하지 않는 것이 없다. 문자와 형식의 실험 자체가 내포하고 있는 길항적이고 조롱적인 태도는 더 말할 것도 없다. 쑹쩌라이・장청즈는 소설로부터 이데올로기적인 진리를 증언하고, 왕원싱・리융핑은 문자로부터 미학의 궁극적인 귀숙처를 찾아낸다. 공산주의적 유토피아에서 모옌・자핑와의 《술의 나라》와 《폐도》가 출현하고, 바이셴융・주톈원의 사생아와 폐인이 동성애의 유토피아를 건설하고자 한다. 쑤퉁의 《처첩들》도 있고 리앙의 《살부》도 있다. 더욱 심한 것도 있으니 핑루의 국부는 연애를 하고 장다춘의 총통은 순전히 허튼소리만 한다. 역사는 흩어지고 이념은 양산된다. 저쪽 해안에서는 이를 '신시기'의 난맥상이라고 부르지만 이쪽 해안에서는 이를 '세기말의 화려함'이라고 부르는 것도 무방할 것이다.

20세기는 비록 스스로를 '현대'라고 일컫지만, 문학사관을 확립해나가는 과정에서 옛날을 귀하게 여기고 지금을 하찮게 여기는 분위기가 그 언제 그친 적이 있었겠는가? 루쉰이 절세의 대가로 신화화되는 한편에서 신문학은 마치 그가 처음으로 시작한 이후 갈수록 내리막길을 걷는 것 같다. 그리고 리얼리즘은 모든 것에 대한 만병통치약이 되어 왕년의 인생을 위한 혁명에서부터 오늘날의 토지를 위한 건국에 이르기까지 연면히 이어진다. 다행인 것은 작가의 상상력이 평론가와 역사가의 그것을 훨씬 뛰어넘는다는 것이다. 그들(그녀들)은 창조와 혁신에 용감할 뿐만 아니라 우리들이 '새것을 다시 공부하고' '옛것을 이해하도록' 만든다. 아청・한사오궁의 '뿌리찾기' 소설은 선충원의 풍모가 다시 햇빛을 보도록 만든다. 린야오더・장치장의 타이베이라는 도시에 대한 묘사는 반세기 전의 상하이파 작가에 대해 경의를 표하는 것 같다. 반면에 장아이링의 소설이 세월이 흐를수록 더욱 새로운 것은 곧 장아이링에 심취한 작가들이 제대로 배우고 제대로 활용한 것 때문이 아니겠는가? 사실 문학사적 전승은 무수한 단층들의 조합으로 이루어져 있다. 현대 중문소설 작가의 성취는 꼭 어떤 앞사람과 호응하는 것만은 아니다. 그렇지만 또 바로 이 때문에 그들(그녀들)이 만들어내는 복합적인 관계는 신문학의 전통이 당연히 원래 이처럼 파란만장하고 다채롭다는 점을 더욱 뚜렷이 부각시켜주는 것이다.

그러나 아이러니한 점은 오늘날 소설가들이 드넓은 창작의 길이라는 국면을 맞이하기도 했지만 아마도 동시에 일종의 앤티클라이맥스를 맞이하기도 했다는 것이다. 루쉰에서부터 다이허우잉에 이르기까지, 또 우줘류에서 천잉전에 이르기까지, 소설가들은 민족적 문화 상상과 긴밀히 연계되어 있었다. 그들(그녀들)의 작품이 유포되거나 금지된 것은 모두 사회적 상징 활동의 초점이 되었다. 영향을 주었다는 면에서 보자면 심지어 진융이나 충야요의 유행 혹은 판매 금지까지도 이렇게 볼 수 있다. 그러나 소설가들이 그 언제 본 적이 있던가? 그들(그녀들)이 하고 싶은 말을 마음껏 할 수 있으면 있을수록 오히려 국가라는 '거대 서사' 속에서 그들(그녀들)의 지위가 하락하게 되는 현상을 말이다. 반세기의 시련을 거친 후 현대 중국소설의 가독성은 나날이 증가하고 있지만 이제 더 이상 왕년의 독자들은 바랄 수가 없게 되었다. 20세기 말 영상문화의 성행은 문제의 일단에 불과할 따름이다.

어떤 장르의 흥성과 쇠망은 기존의 문학사에서도 자주 보는 것이다. 중국 '현대' 소설 역시 20세기와 더불어 과거가 될 것인가? 능력 있는 작가들은 벌써 기회를 틈타 동시에 여러 가지를 다루고 있다. 그들(그녀들)은 미래의 작품을 위해 경험을 축적하기도 하고, 기존의 명망을 빌어 시류에 따라 흘러가기도 하는데, 시비와 공과를 논하기에는 아직 이르다. 이와 동시에 일단의 작가들은 홀로 한 구석에서 천 마디 만 마디 말을 가지고서 한정된 독자들의 찬탄을 이끌어내고자 한다. 글쓰기란 아마도 주톈원이 말한 것처럼 이미 일종의 '사치스러운 실천'이 되어버렸다. 타이완 해협 저쪽의 왕안이는 한 걸음 더 나아가서 《실화와 허구》에서 소설가가 아무 것도 없는 데서 만들어내고 다시 또 있는 것에서 없는 것으로 나아간다는 우언을 설파했다. 자아 창조에서 자아 말소에 이르기까지, 종이 위에는 온통 쓰라린 눈물인가 아니면 황당한 언어인가? 250여 년 전 조설근의 고독한 그림자가 지금 다시 눈앞에 어른거린다. 그런데 내가 기억하기로 《홍루몽》은 원래 한두 사람의 지음에게 보여주기 위해 쓴 것이었다.

이는 아마도 현대 중문소설 최대의 패러독스일 것이다. 소설의 세기적 번영이 이제 막 시작한 것 같은데 어느 사이엔가 사라지려 한다. 시간의 관념에서 말하자면 현대라는 이 시대는 수면에 비친 빛과 스쳐지나가는 그림자처럼 찰나적인 것이다. 그렇지만 시야를 넓혀보면 (문학의) 역사란 곧 무수한 현대라는 빛과 그림자의 투사인 것이다. '현대 중문소설 작가' 시리즈의 출간은 바로 이런 자각을 토대로 하고 있다. 기존의 전집과 총서의 편찬은 회고와 총괄, 대통일을 시도해왔다. 이 시리즈는 이름이 기왕에 현대이므로 처음이나 끝이나 개방적이면서 시대와 더불어 변화할 운명이 주어져 있다. 이 시리즈에서 소개하는 작가들은 모두가 정제된 스타일 또는 실험 정신으로 근년에 들어 광범위하게 높이 평가받는 이들이다. 세기의 교차기, 신구의 교차점에서 이들 현대 중문소설 작가들은 아마도 순간적인 빛살만을 포착할 수밖에 없을 것이다. ― 그들(그녀들)은 심지어 어쩌면 마지막 세대에 속하는 소설가들일 수도 있다. 그러나 이야기를 말하는 것이 우리 문화 속의 중요한 상징 표현 활동인 한에서는 21세기의 중문소설의 풍경은 그들(그녀들)로부터 시작하게 될 것이다.

이 시리즈는 편집 체제 면에서 다양한 면모를 유지할 것인 바 작품을 정선하는 것 외에 평론 문장과 작가의 창작 연표도 수록할 것이다. 전문 독자로서 나는 각 작가에 대해 각각의 견해를 가지고 있으며 하고 싶은 말이 없지도 않다. 이런 말들은 각 작품집의 머리말 부분에서 할 예정이다. 평자의 찬탄은 당연히 사람마다 각자 다를 수 있는 일이다. 나 개인의 견해(편견)를 가지고서 작가와 대화하고자 하며, 이는 무엇보다도 이 기회를 빌려 그들(그녀들)에게 경의를 표하고자 함이다. 소설을 쓴다는 것이 쉽지 않은 일이겠지만, 좋은 소설을 읽는다는 것은 참으로 행복한 일이다.

목 차

7장 쑤퉁

8장 위화

9장 리앙

10장 리루이

〈광인 일기〉에서 《폐인 수기》까지

1994년 주톈원(朱天文, 1956~)은 《폐인 수기》1로 《중국시보》의 밀리언 달러 소설대상을 수상했다. 소설은 막 중년에 접어든 한 여피족 동성애자가 화려해보이지만 잔혹한 도시인 타이베이에서 사랑의 안식처를 찾아 방황하는 것을 그리고 있다. 이미 양성론과 퀴어 이론2이 최신 유행의 문화 코드가 된 오늘날로 보자면 《폐인 수기》의 소재가 시의적절한 것이기는 하지만 참신한 것이라고 할 수는 없다.[1)] 그러나 주톈원이 의도하는 바는 그 정도에 그치는 것이 아니었다. 그녀는 '문자의 연금술'을 발휘하면서 실타래처럼 엉킨 이미지적 수사와 유사 백과사전식의 세상사에 통달한 듯한 말투로 그녀만의 '색정의 유토피아'를 만들어낸다. 그것은 정념이 산을 이루고 애욕이 바다를 이루는 유토피아이며, 공으로 인해 색이 나타나고 색으로 말미암아

1 《폐인 수기》의 한글본으로 중문판을 번역한 《황인수기》, 주톈원 지음, 김태성 옮김, (서울: 아시아, 2013)과 영문판을 중역한 《이반의 초상》, 추티앤원 지음, 김은정 옮김, (서울: 시유시, 2001)이 나와 있다.

2 '양성론'이란 모든 인간은 남성성과 여성성을 동시에 지니고 있다는 시각에서 출발하여 성적 역할에 대한 고정 관념을 비판하는 이론으로, 일부 급진적인 페미니스트들은 이런 관점이 오히려 페미니즘의 투쟁성을 약화시킨다고 보기도 한다. '퀴어 이론'이란 1990년대 이후 대두된 성적 소수자인 동성애자에 대한 이론으로, 원래 비하의 의미로 동성애를 지칭하는 '퀴어'라는 용어를 내세워, 그 동안 레즈비언과 게이를 구분하여 접근하던 기존의 동성애론에서 한 걸음 더 나아가서, 동성애론 자체를 동성애적 주체의 정체성이라는 경험적 기반의 경계 너머로 확장시키고자 하는 담론이자 정치적 실천이다. 퀴어 이론에 관해서는 윤조원, 〈페미니즘과 퀴어 이론, 차이와 공존〉, 《영미문학페미니즘》 제17권 1호, 한국영미문학페미니즘학회, 2009, pp. 131~154 참고.

정이 생겨나는[3] 유토피아이다.

이미 20년은 되었을 것이다. 주톈원과 그녀의 동생 주톈신 및 친구들이 《삼삼집간》 그룹[4]을 결성했다. 후란청의 가르침 하에 그녀들(그들)은 예악의 중국을 읊조리고 일월 강산을 상상했다.2) 그런데 대체 언제부터였을까? 우리의 '중국', 우리의 강산이 현대화하여 돈만을 바라보게 되고, 왕년에 청춘이 눈부시던 그네들 역시 나이가 들게 된 것은. 그리하여 성스러움은 사라져버리고 보석이 돌멩이로 변해버리고 마는 아픈 가슴을 갖게 된 것은. 《단장대학 시절》(1979)을 쓰던 시기의 주톈원은 그렇게도 정감이 흐르고 감정이 풍부했다. 그에 비하자면 세기말의 주톈원은 갈수록 노련하고 처연하다. 그녀에 대한 장아이링의 영향이 오히려 전보다 더 뚜렷해진 것이다.

그러나 류다런의 설명은 정확하다. 장아이링이 세상 물정에 밝은 것은 천부적인 것 같다. 그녀의 문장을 읽고 있자면 '나이'를 떠올릴 수가 없다. "비록 두 작품의 창작 시기는 거의 50년이나 차이가 나지만 장아이링의 《대조기 - 사진첩을 보며》는 〈황금 족쇄〉[5]에 비해 문장 면에서는 아무런

---

3 《홍루몽》 제1장에 "이로부터 공공도인은 공으로 인해 색이 나타나고, 색으로 말미암아 정이 생겨나고, 정을 통하여 색으로 들어서고, 색으로부터 공을 깨달아, 마침내 정승(情僧)으로 이름을 고치면서"라는 부분이 있다. 이 책을 옮기면서 《홍루몽》에 관련된 부분은 조설근/고악 지음, 최용철/고민희 옮김, 《홍루몽》, (서울: 나남, 2009)를 참고했다.

4 이하 '삼삼그룹'이라고 함. 여기서 삼삼은 각각 쑨중산의 민족주의·민권주의·민생주의의 삼민주의와 기독교의 성부·성자·성령의 삼위일체에서 따온 것이다. 주요 구성원으로는 주톈원·주톈심·마수리·셰차이쥔·딩야민·셴즈 등이 있었고, 후란청과 장아이링의 영향을 크게 받았으며, 《홍루몽》을 높이 평가하고 중국의 역사적 문화적 정통성을 계승하고자 했다.

5 〈황금 족쇄〉의 한글본이 《첫 번째 향로》, 장아이링 지음, 김순진 옮김, (서울: 문학과지성사, 2005)와 《중국 현대 여성작가 작품선: 1930~1940년대 여성작가작품선》, 사오훙/루어수 외 지음, 김은희/최은정 옮김, (서울: 어문학사, 2006)에 각각 실려 있다.

발전이 없다."[3] 반면에 주톈원의 이 20년 동안의 변화는 한 작가가 추구하고 조우한 사물과 문자의 궤적을 그대로 보여준다. 현실 세계의 갖가지 아름다움과 추악함을 통찰할 능력도 없고, 그렇게 되기를 바랄 수는 있었겠지만 바라지도 않았기 때문에, 결국 주톈원은 장아이링의 스스럼없음과 비아냥거림을 따라할 수가 없는 것이다. 그녀의 폐인은 가장 절망적인 순간에도 여전히 장중하면서도 과장적인 매너리즘을 보여준다. 여기서 '매너리즘'(mannerism)이란 삶의 연극적인 연출, 즉 상투적으로 반복되다보니 자연스럽게 되어버린 조작을 뜻한다. 물론 장아이링도 이런 스타일의 사람이었다. 하지만 그녀는 "삶의 연극화는 불건전한 것"[4]임을 진작부터 깨닫고 있었다. 이 때문에 그녀는 남도 조소하고 자신도 조소하였으며, 그러면서 그 속에서 즐길 수 있었다. 후란청은 이런 매너리즘을 진지한 학문으로 바꾸어놓았을 뿐만 아니라 심지어 진위를 구분할 수 없을 정도로 겉멋을 부려가며 사용하기까지 했다. 그의 《산하 세월》은 시를 가지고서, 그것도 서정시를 가지고서 역사에 주석을 가했는데, 참으로 매혹적이고 요염하여 더도 덜도 아닌 유토피아적인 작품이었다.[5] 이 예악의 유토피아는 그의 여제자의 손에 이르면 마침내 색정의 유토피아가 되어버린다. 속물과 속인을 가지고서 왕도의 정기에 도전하니, 기실 주톈원은 후란청의 학설을 반면적으로 쓰면서 점차 장아이링의 세계에 접근하는 것이다. 그렇지만 그 근저에 존재하는 그녀의 '정중하면서도 가벼운 소동'이라는 매너리즘은 여전히 후란청이 스승임을 부정하지 않는다.[6] 주톈원의 작품은 이미 스스로 일가를 이루고 있다. 하지만 그녀와 '장아이링 말투'와 '후란청 학설'과의 실타래처럼 얽히고설킨 대화의 관계는 여전히 정채롭고 볼 만하다.

1. 광인과 폐인

《폐인 수기》의 글쓰기 스타일과 서사 기법에 대하여 논자들은 이미 여러 가지 찬탄의 소리를 내놓았다. 그리고 물론 이 작품의 '성'적 경향에 대해 양성론과 성애이론 역시 논쟁이 끊이지 않는다. 그렇지만 만일 우리가 시야를 넓혀 문학사 변천의 각도에서 본다면, 그럼에도 불구하고 상술한 토론들은 핵심을 지적하지는 못하고 있다. 독자들은 틀림없이 동의할 것이다. 《폐인 수기》에서 말하고 있는 것이 비록 동성끼리 서로 이끌리는 이야기이기는 하지만 그것은 세기말과 관련된 창작의 알레고리이기도 한 것이다. 이는 독자가 아닌 자기 자신과의 사랑의 독백이자 문자를 빌어 펴져나가는 단성 생식적인 광상곡이다. 여기서 문자, 창작, 생식 충동은 서로 어우러지고, 스스로 의미를 낳고, 창조를 이루어내고, 또 즉각적으로 그 의미를 소거해버린다. 글쓰기는 가장 화려한 낭비가 되어 버리고, 가장 결사적이면서도 공허한 자기 위안이 되어 버린다. "나는 나 자신을 위해서 쓰지 않을 수 없다. 글쓰기로 망각에 저항한다. 나는 쓴다. 고로 나는 존재한다." 주톈원의 세기말 미학이 마침내 남김없이 발휘된다.

그렇지만 현대 중국문학의 다른 한쪽에서 일찍이 우리는 또 다른 글쓰기의 알레고리에 경도되지 않았던가? 70여 년 전 루쉰은 그의 광인이 일기를 써서 옛 중국의 퇴폐와 공포를 증언하도록 만들었다. 그 모든 시문과 예교가 위선의 면모에 불과하며, 그 모든 윤리 도덕이 사실은 억압의 구실에 불과했다. 사람이 사람을 잡아먹는 파티가 4천년이나 계속되고도 끝날 줄을 몰랐다. 죽음의 그림자 속에서 끊임없이 광인은 써나간다. 망상은 문자를 통해 그의 발견을 새겨나간다. 작가로서 루쉰은 문자 창작의 패러독스를 이미 알고 있었다. 광인의 미친 중얼거림이 어떻게 진짜로 여겨질 수 있겠는가? 설령 진짜로 여겨지더라도 기껏해야 언어적 소통의 단절과 문자에 의한 세계

개조의 무망함을 인정하는 것이 아니겠는가? 그는 써나가면 써나갈수록 더욱더 글쓰기의 무력함을 토로했다. 현대 중국문학이 출발할 무렵 루쉰은 전혀 다른 상황으로 인해 주톈원의 탄식 – 글쓰기란 일종의 '사치스러운 실천'7)이라는 탄식 – 에 조응했다.

〈광인 일기〉[6]는 단지 5천 자를 가지고서 일부 현대 작가의 창작의 운명을 예언했다. 루쉰 자신은 비록 순진한 애국주의자는 아니었지만, 그의 작품은 어쨌든 한 세대 작가들이 중국을 서술하고 역사를 다시 쓰는 계기를 마련해주었다. 귀하께서는 아니 들어보셨는지? 일기의 마지막 부분에서 어렴풋이 들려오는 광인의 외침을. "혹시 사람 고기를 먹어보지 않은 아이가 아직 있을까? 아이들을 구해야 하는데 …… "라는 이 외침은, 사실은 반어적 풍자로 충만해있었지만, 후일 '혁명 담론'을 일깨우는 꾸짖음의 소리가 될 터였다.

1990년대에 들어서자 광인이 자리를 물러나고 폐인이 모습을 드러낸다. 꼼꼼히 읽어보면 일기를 쓰던 광인과 수기를 쓰는 폐인은 불가사의한 조응성을 가지고 있다. 마찬가지로 고독하고 절망적인 글쓰기 상황 속에 처해 있으면서도, 광인은 시대를 걱정하고 나라를 염려하는 외침을 부르짖고 있는 데 반해 폐인은 금지된 색정의 사랑으로 인한 신음을 발하고 있다. 마찬가지로 사회의 위선과 불의를 표현하면서도, 광인은 예교의 식인이라는 피비린내 나는 이미지를 쏟아 내놓고 있는 데 반해 폐인은 운명적으로 동지[7]들이 사랑 때문에 죽어가며 남겨놓은 쓰디쓴 열매를 홀로 곱씹고 있다. 루쉰과 그의 광인은 어쨌든 백성의 삶을 아끼는 후덕함을 보여준다. 어른들은 구할

---

6 〈광인 일기〉의 한글본이 《루쉰 소설 전집》, 루쉰 지음, 김시준 옮김, (서울: 을유문화사, 2008)을 비롯해서 많은 곳에 실려 있다.

7 타이완에서는 동성애자들을 같은 처지에 있는 사람들이라는 의미에서 속어로 '동지'라고 일컫는다.

필요가 없지만 아이들은 구하자고 했던 것이다. 주톈원의 페인 세계에서는 어찌 아이들을 구할 필요가 있겠는가? 아이들은 '특별한 존재'들이다. "특별한 존재는 어질지 아니하니 색의 추종자들을 하찮은 존재로 대한다."[8)] [8] 페인은 피도 아이[9]의 일거수일투족에 미혹되지만, 정작 그 아이는 맑고 투명해서 그 마음이 전자오락에만 가 있다. 색즉시공이라 모든 것이 헛된 것이러니, '웰컴 투 사이버 판타지의 시대'인 것이다.

나는 《페인 수기》가 만들어내는 포스트모던적인 맥락을 과장할 생각은 없다. 사실 주톈원의 문자에 대한 탐미와 인간사에 대한 애상은 곳곳에서 그녀의 '모던' 또는 프리'모던'(pre-'modern')이 서로 교차함을 보여준다.[9)] 그렇지만 언어는 유전하고 천변만화하는 법이다. 구태여 학술 용어들에 구애될 필요는 없을 것이다. 내가 강조하고자 하는 것은 《페인 수기》가 정통적이고 중국적인 문학의 거대 서사와는 대조적으로 이 시점 이 지점에서 등장함으로써 그것만의 독특한 의미를 가지고 있다는 점이다. 타이완 해협 양안의 큰 뜻을 품은 그 수많은 작품들과는 달리 이 소설은 국가라는 신화를 해체하려고 들지도 않으며 메타 역사에 집착하지도 않는다. 자기 연민적이고 자기 조롱적인 서술을 구사하면서 가장 불가능한 형식으로 또 한 차례 왕년에 루쉰의 광인이 가졌던 국가라는 욕망에 대해 힐문한다. 혁명 동지의 애정에서

---

8 주톈원의 이 표현은 《도덕경》의 한 구절을 변용한 것이다. 《도덕경》에는 천지가 만물에 대해 특별히 호오를 갖고 있지 않듯이 성인도 백성에 대해 특별히 호오를 갖고 있지 않다는 뜻에서, "천지는 어질지 아니 하니 만물을 풀강아지처럼 대하며, 성인 또한 어질지 아니 하니 백성을 풀강아지처럼 대한다."라는 말이 나온다. '芻狗'(풀을 엮어서 만든 개 인형)는 제수용품으로 사용되는데, 제사가 끝나기 전까지는 귀한 대접을 받지만 제사가 끝나고 나면 사정없이 버려졌다. 이 때문에 이 단어는 대개 '쓸모없는 것', '하찮은 것'이라는 의미로 쓰인다.

9 이 소설에서 주인공인 페인은 세븐업의 캐릭터인 Fido Dido 티셔츠를 입은 한 아이에게 끌리게 되는데, 그는 이 아이를 피도 아이라고 부른다.

부터 연애 동지의 애정으로 바뀜으로써 현대 중국문학은 커다랗게 한 바퀴 원을 그린 셈이다. 패기는 줄어들었지만 이와 동시에 더욱 볼 만한 것이 되었다.

2. '장아이링 말투'와 '후란청 학설'

처음으로 돌아가서 이야기하자. 주톈원의 창작 생애는 고등학교 시절에 시작되었다.[10)] 1970년대 말에 이르렀을 때 그녀는 확실하게 모든 사람이 기대하는 문단의 신인 스타가 되어 있었다. 오늘날 보기에 당시 주톈원의 가장 큰 성취는 아마도 그녀가 깊이 참여했던 《삼삼집간》일 것이다. 이 고아한 문학 모임은 언제든지 두각을 나타낼 수 있는 일단의 재능 있는 남녀들을 불러들였다. 그들(그녀들)은 "그야말로 청춘이어서 천지도 조금은 방종하도록 버려두어야 했다."[11)] 아닌 게 아니라 봄꽃과 가을 달이 그들(그녀들)의 근본적인 능사였다. 그렇지만 주목할 것은 그들이 염황의 역사 및 신주의 피와 눈물을 훤히 꿸 수 있는 능력을 가지고 있었다는 점이다.[10] 대 시대와 소 남녀가 서로 얽혔으니, 그로부터 이루어진 문장은 곱상함과 정중함이 나란히 어우러져 있어서 사람들이 눈을 크게 뜨고(또는 흘겨 뜨고) 다시 보도록 만들었다.

삼삼그룹의 스타일에 영향을 준 주된 인물은 물론 후란청이다. 후란청은 일찍이 장아이링과 항전 연분이 있었다. 항일 전쟁 말기에 후란청은 매국노라

---

10 염황(炎黃)이란 중국인의 시조를 뜻하는 말로, 중국 고대 전설 중의 두 제왕인 염제 신농씨와 황제 헌원씨를 합친 것이다. 신주(神州)란 중국을 뜻하는 말로, 전국 시대 사람 추연이 중국을 적현신주(赤縣神州)라고 한 것에서 유래한다.

는 혐의를 받아 사방으로 도망을 다니면서 곳곳에 정분을 남겼다. 후란청과 장아이링의 연분은 결국 이혼으로 끝이 났다. 1974년 68세의 후란청은 원화대학의 초빙으로 타이완에 와서 교단에 섰다. 그의 중요한 두 작품 《금생 금세》와 《산하 세월》 역시 타이완에서 각각 다시 출판되었다. 삼삼그룹의 젊은이들과 후란청 '할아버지'와의 인연은 바로 이 무렵에 시작되었다. 후란청은 항전 때 적과 내통했다는 옛일로 인해서 나중에 문단과 학계에서 내쫓기고 만다. 그렇지만 아마도 삼삼그룹에 대한 그의 영향은 끝난 것이라고 할 수는 없었다. 그의 많은 작품 역시 후일에 결국 주톈원이 마무리하여 발간했고 이로써 널리 전해지게 되었다.

후란청의 가장 유명한 두 작품인 《금생 금세》와 《산하 세월》은 한편으로는 자신의 반평생 우여곡절을 보여주고 한편으로는 3천 년 중화민족 역사의 파란만장함을 엮어냄으로써 이 양면에서 모두 역사적 의의가 크다. 《금생 금세》 중 〈민국 여자〉[11]라는 장은 특히 장아이링과 후란청 사안의 전말을 한눈에 파악해볼 수 있는 중요한 문건이다. 다만 이 두 책에서 후란청에 대한 논란의 여지 또한 어느 정도 살펴볼 수 있다. 그의 《금생 금세》는 공감하는 사람에게는 참회하고 애도하는 걸작으로 불리지만 비난하는 사람에게는 원래 모습을 분칠로 가린 허위적인 고백에 불과하다. 《산하 세월》은 다시 한 번 중국에게 도화원 식의 평온하고 아름다운 풍경을 내세워 역사감을 부여함으로써 당시 (예컨대 위광중과 같은 사람의) 규탄을 불러일으켰다. 객관적으로 말해서 후란청의 문채는 달콤하고 우미해서 확실히 생각하고 보고 하는 것이 '시대를 염려하고 나라를 걱정하는' 문학적 정통과는 달랐다. 그의 서정적 역사관은 사실은 저우쭤런 · 페이밍 · 선충원 일파의 전통으로까

---

11 이 책에서 '민국'이란 '중화민국'의 준말이다. 다만 대체로 '민국'이라고 하면 시기적으로 20세기 전반의 중화민국을 일컫는다.

지 거슬러 올라갈 수 있는 것으로 낮추어볼 것만은 아니었다.[12)] 그렇지만 어쩌면 그가 너무 순진했거나 또는 너무 허위적이었기 때문에 후란청은 자신의 언행에 대해 대가를 치러야 했다. 삼삼그룹 젊은이들의 그에 대한 추앙은 오히려 그의 일생에 있어서 예상치 못한 앤티클라이맥스였을 수도 있다.

후란청과 장아이링의 연분은 비록 우담발라처럼 일시적인 것이었지만 그러나 장아이링은 후란청의 창작에 있어 중요한 뮤즈가 되었다. 집안의 학술적 연원으로 인해 주톈원은 어려서부터 장아이링을 숙독하고 있었는데, 후란청의 일깨움을 받게 되자 새삼 더욱 명려하고 유려한 '바른 기풍'을 보태게 되었다. 주톈원의 《단장대학 시절》을 보면서 장아이링과 후란청 두 사람의 목소리가 어떻게 젊은 작가의 글을 빌어 발언권을 얻고 있는지를 상상해보는 것도 무방하다. 후란청이 서문에서 멋 부리며 지적한바 "이때의 태양, 억새풀, 먼지에는 초사에서나 나올 남쪽 하늘 아래의 태고적 원시가 있었으니 …… "(〈토요일의 오후〉)[13)]라는 장아이링 투의 멋진 구절을 제외하고도, 우리는 〈가짜 봉황〉, 〈여몽령〉[12] 등의 글에서 '처연함'의 미학이라는 장아이링의 영향을 찾아낼 수 있다. 다른 한편으로 주톈원의 후란청적인 어투 역시 높이 평가할 만하다. 그녀는 "파란 하늘, 하얀 태양, 온통 붉은 대지에 사는 소녀"[13]로, "일월 산천의 바람과 이슬"을 마시면서 복숭아꽃이 다시 피면 다시 한 번 "중화민족의 혼"을 불러들일 것이었다. 이리하여 그녀는

---

12 여몽령(如夢令)이란 원래 중국 전통시의 일종인 사(詞)의 한 가락인데, 남녀 간의 사랑을 표현하는 시나 소설의 제목으로도 널리 사용되었다.

13 중화민국 국기인 '청천백일만지홍기'를 빗대어 말한 것이다. 붉은색 바탕의 깃발 왼쪽 위에 파란색 사각형과 그 복판에 12개의 빛살이 있는 흰색 태양이 그려져 있다. 태양은 끊임없는 전진을, 파란색 · 흰색 · 붉은색은 쑨중산의 삼민주의를 상징한다.

후란청 할아버지와 국부 쑨중산과 장아이링을 위해 "굳게 결심을 한다. 세상의 모든 불공평함을 소멸시킬 것을." "단지 장아이링이 좋아하던 상하이의 햇빛 속에 전차가 땡땡땡 하며 지나다니던 것을 위해서라도. 나는 또한 국부가 이루지 못한 혁명의 포부를 계승하여 새로운 중국의 강산을 만들어낼 것이다"(〈꽃 같은 인연〉)14)라고.

내가 여기서 주톈원의 왕년의 '경구'를 인용한 것은 위트일 뿐으로 조롱의 의미는 없다. 그 몇 년 간 타이완과 중국 대륙 간의 통일과 독립 이 두 종류의 문학사적 투쟁이 나날이 격화되고 있었다. 삼삼그룹은 거듭해서 대륙쪽 좌파와 타이완쪽 좌파의 협공을 받고 있었으므로 악재가 겹친 셈이었다. 새로운 스펙터클의 전개는 당시 철저하게 세뇌되어 있던 자칭 비평가들이 어떻게 하면 약효 좋은 '뇌신'[14]을 먹고서 총명해질 수 있는가에 달려 있었다. 그들(그녀들)은 정의의 의거라는 심정에서 국민당과 공산당의 폭정을 고발했는데, 그 자태는 참으로 사람들을 매혹시켰다. 본래 문학에서 정치적 입장을 표출하는 것이 새로운 일은 아니다. 하지만 우리는 서둘러 입장의 차이를 구별하는 다른 한편으로 문학이 '어떻게' 정치적 입장을 드러내는가를 질문해 보아야 한다.

주톈원이 그런 식으로 자신의 반공적 심정을 표현한 것은 다시 없이 뛰어난 것이라고 할 수 있다. 장아이링의 《붉은 땅에서의 사랑》[15]을 보면서 그녀는 이렇게 쓰고 있다. "내가 천지간에 태어난 것은 오로지 반공을 위해서다."(〈무제〉)15) 이 말을 만일 반공의 노장이 썼다면 아마도 좀 낯간지러울 수도

---

14 뇌신(腦新)은 '뇌를 싹 바꿔준다'는 뜻을 제품명으로 삼은 두통약의 일종이다.

15 《붉은 땅에서의 사랑》의 한글본으로 《붉은 중원》, 장애령 지음, 김인철 옮김, (서울: 신성, 2005)과 《적지지련》, 장아이링 지음, 임우경 옮김, (서울: 시공사, 2012)가 나와 있다.

있었을 것이다. 하지만 주톈원의 펜에서는 오히려 완벽하고도 남음이 있을 정도였다. 더 과장해서 말한다면 다소간의 순진함마저 묻어나올 정도였다. 〈해당화를 꿈꾸며〉의 결미에서 주톈원은 탄식해서 말한다. "'일찍이 바다를 보고나면 냇물은 물 같지 아니하고, 무산에 이는 구름이 아니라면 구름 같지 아니하느니', 나는 그저 중화민족의 금수강산과 화려 세월을 속삭일 뿐이다. 그이야말로 내가 천년을 품어도 다하지 못할 연인이다."[16] 나라를 '사랑'하여 그 사랑이 이처럼 풍류가 넘쳐날 정도이니 주톈원은 후란청 스타일의 삼매경을 남김없이 보여주었다고 말해야 할 것이다.

그러나 후란청이 세상사에 노련했던 것에 비해볼 때 주톈원이 어떻게 그에게 미칠 수 있을까? 후란청의 문장은 그것이 얼마나 세심하고 고심어린 것이었든지 간에 어쨌든 교태부리는 투의 글쓰기는 바라지 않았다. 반면에 주톈원의 멋 부리는 듯한 모양새는 수시로 어린 소녀 투의 흔적을 드러내었다. 후란청은 《단장대학 시절》의 서문에서 주톈원을 장아이링과 함께 거론하면서 그녀를 정의의 여신으로 추켜세우며 주톈원의 "혁명 감정의 배경은 이름 지을 수 없는 큰 뜻을 가지고 있는 것"[17]이라고 했다. 후란청이 염두에 둔 큰 뜻이란 아마도 복숭아꽃과 밝은 달의 세상이자 예악의 강산이었을 것이다. 천지신명께 감사하게도 주톈원의 혁명의 큰 뜻은 생기기도 급작스러웠지만 사라지기도 순식간이었다. 수년 후 그녀는 한나라 당나라의 태평성세에 경도되었던 것과 마찬가지의 신실한 태도로써 말세를 읊조리고 퇴폐를 기린다. 그녀는 후란청의 '이름 지을 수 없는 큰 뜻'을 장아이링 식의 '진지하면서도 이름 지을 수 없는 투쟁'으로 바꾸어놓은 것 같았다. 주목할 만한 것은 주톈원이 지나치게 진지했기 때문에 나타났던 천진함이 아직도 사그라들지 않았으며, 또 이 때문에 스승 할아버지라든가 스승 할머니와는 전혀 달랐다는 점이다. 그리고 바로 이 한 줄기 천진함 덕분에 마침내 그녀는 자기 자신의 길을 걸을 수 있었다.

3. 에덴의 부재

〈에덴의 부재〉는 1982년에 완성한 것으로 주톈원의 스타일이 변화하는 조짐을 보여주었다. 이 소설은 군인가족 동네[16]의 행복하지 못했던 소녀 전수란이 우연히 인연이 닿아서 연예계의 스타가 되지만 오래지 않아 다시 사랑의 그물에 빠져들면서 이미 아내가 있는 PD와 한데 얽혀드는 것을 묘사하고 있는데, 결국 가정과 감정의 위기가 전수란으로 하여금 한창 인기를 끌고 있을 때 죽음으로써 모든 것을 마감하도록 만든다. 통속적인 사랑 이야기였고, 군인가족 동네의 생활을 쓴 부분 역시 당시 여러 작가들(예컨대 쑤웨이전·위안충충 등)의 흥미 위주 경향에 부합하는 것이었다. 그렇지만 〈에덴의 부재〉는 그것만의 특별한 의미가 있다. 수년 전 일편단심으로 중화민족에게 '속삭이고자' 했던 작가가 이제는 우리들에게 '에덴동산'이 부재함을 말해주고자 하는 것이다. 후란청의 아름답고 순결하던 유토피아가 점점 사라져가고 홍진과 지분이 주톈원의 세계에 들이닥친다. 그러면서 그녀 집안의 짙은 종교적 배경을 보여주는데, 특히 소설의 제목이 의미심장하다. '에덴동산'이 부재하다는 것은 주톈원이 '타락'하기 시작했다는 것일까?

위안충충은 작가적 안목에서 이 작품이 사람과 사물을 묘사함에 있어서 예리하고 명쾌하며 주톈원에게서 전에 볼 수 없던 일종의 활달함이 나타나고 있다고 지적한 바 있다.[18] 그러나 나는 인생을 연극화하려는 주톈원의 충동이 여전히 줄어들지 않았다고 말하고 싶다. 소설 자체가 말하고 있는 것이 촬영세트장에서 극을 만드는 이야기가 아니던가? 단지 렌즈 안에서의 극이

---

16 군인가족 동네(眷村)란 20세기 중반 중국 대륙 각지에서 타이완으로 철수한 군인과 그 가족이 모여 살던 동네로, 일반인의 주거지와는 다른 특수한 생활 문화적 상황을 보였다.

렌즈 바깥으로 나온 것일 뿐으로, 진짜 극은 이제 시작이었다. 1982년은 주톈원이 영상계의 대본 창작에 발을 내딛기 시작한 해다. 아마도 보고 듣는 모든 것이 그녀에게 새로운 충격을 가져다주었을 것이다. 그렇지만 진정으로 그녀에게 영향을 준 것은 자극적인 그런 극중의 토막들이 아니었을 것이다. 오히려 이와는 반대로 주톈원은 '극에 들어가고' '극에서 나오는' 것 사이에서 이루어지는, 일종의 점점 신들려가는 마치 제의를 진행하는 것과 같은 연습 과정이 신비롭고도 장중하다는 점에 주목했던 것이다. 이야기 또는 극의 연출 그 자체는 참을 수 없을 만큼 통속적일 수도 있었다. 그렇지만 그 속에 들어가고 나오고 하는 것이라든가 허구적인 것을 진짜처럼 만들거나 진짜를 허구처럼 보이게 하는 그런 분위기가 필연적으로 주톈원이 빠져들게끔 만들었다. 내가 한 걸음 더 나아가서 말하고자 하는 것은 이러한 인생의 연극화라는 실험이 과거에 정말 그럴싸했던 그녀의 삼삼그룹의 경험을 다시금 불러내면서 그것을 부정하지 않게 되었다는 것이다. '정중하면서도 가벼운 소동'이라는 장아이링의 명언은 주톈원에 의해 몸소 실천되어야만 했다. 주톈원이 호우샤오셴과 합작한 후 비록 시간이 지날수록 대본이 담백해지기는 했지만 그러나 극이 갖는 장력은 여전히 그대로였다. 다름이 아니었다. 바로 주톈원 자신의 창작 동기와 방식이 한결같았던 것이다. '진' – 천진함 또는 진지함 – 이 모양새에서까지 넘쳐날 정도였다.

〈에덴의 부재〉의 두 연인이 못내 헤어질 수 없음에도 불구하고 끝내는 영원히 함께할 수 없음에 대해 탄식하는 것은 필경 장아이링으로부터 환골탈태한 것이다. 그러나 우리는 장아이링의 인물이 자살하여 뉴스에까지 나올 것이라고는 상상하기 어렵다. 전수란은 남의 정부로, 온갖 환난 가운데 고통에서 벗어나기 위해 손목을 그을 수밖에 없다. 이는 전수란의 곤경이자 주톈원의 곤경이다. 다시 8년이 지난 다음 〈세기말의 화려함〉[17]에서 아마도 전수란의 먼 친척 여동생쯤 될 미야가 조용히 등장한다. 미야는 배우가 아니라 모델이다.

그녀는 '자신'을 연출하는 것이 아니라 의상을 연출한다. 부인이 있는 남자의 정부 역할을 하면서도 미야는 마치 배역과는 거리가 있는 듯하다. 〈에덴의 부재〉의 전수란이 말없이 한을 머금고 떠나갔을 때, 세기말의 미야는 종이공예라는 그녀의 두 번째 봄을 시작한다. 이 두 정부의 결말은 얼마나 다른가. 이리하여 주톈원의 여성 의식에 대한 성찰이 생생하게 지면에 드러난다.

〈에덴의 부재〉의 그런 침울한 애상과는 상대적으로 이 시기 주톈원은 비교적 친근한 소품을 여럿 썼다. 〈샤오비의 이야기〉는 스크린에 옮겨져서 널리 호평을 받기도 했다. 사실 거의 산문에 가까운 이 소설이야말로 더욱 볼 만한 것이 있었다. 다 같은 군인가족 동네의 애환과 인생이었지만, 주톈원은 또 한 세대 사람들에게서도 여전히 튼실하게 자라나는 생명을 보았던 것이다. 샤오비 집의 불행은 낭만적일 수가 없는 일이었다. 후란청의 신통 광대함일지라도 그의 스타일로는 그가 생명의 가장 비루하고 유약한 장면을 정시하도록 허락하지 않았을 것이다. 이 점에서 주톈원은 청출어람이었다. 그녀는 자연주의적인 필치로 이 집안의 숙명적인 비극을 그려내면서, 그럼에도 불구하고 한없는 따스한 정을 부어넣을 줄 알았다. 이야기의 마지막에서 그녀는 샤오비를 군사학교로 보내는데, 인물과 배경의 발전에 부합하는 전개이기도 하지만 천지가 아무리 넓다 하더라도 영혼의 뿌리는 스스로 내린다는 과거 삼삼그룹 후란청 파의 전통을 어느 정도 반영하였다. '혁명 사업'은 유토피아의 재시작이었다.

그렇지만 나는 〈전생을 말함〉에 대해 더욱 높이 평가한다. 이 단편은 장아이링 식의 제목(예컨대 〈만나서 기쁨〉, 〈얼마나 원망〉[18] 등)을 가지고

---

17 〈세기말의 화려함〉의 한글본이 《꿈꾸는 타이베이》, 천첸우 외 지음, 김상호 옮김, (서울: 한걸음・더, 2010)에 실려 있다.

18 〈만나서 기쁨〉의 한글본은 〈해후의 기쁨〉이라는 제목으로, 〈얼마나 원망〉의

있지만 내용은 장아이링으로서는 상상할 수 없는 것이다. 대륙에서 타이완으로 온 한 가난한 장교가 순진무구한 하카인[19] 처녀와 단번에 사랑에 빠진다. 아가씨는 집안의 반대에도 불구하고 야밤에 가출하여 장교에게 몸을 허락하고, 이로부터 아름다운 인연을 이룬다. 주톈원의 집안 배경을 아는 독자라면 이 이야기가 그녀의 부모인 주시닝과 류무사의 드라마틱한 연애사임을 알아차릴 수 있을 것이다. 그렇지만 환난의 세월 속에서 울고 웃는 이야기는 전에도 너무나 많았다. 〈전생을 말함〉은 그 중 일부 인물들이 작가와 정말 가까운 사람이라고는 하지만, 과연 다른 어떤 특색이 언급될 만한 것일까? 나는 주톈원이 이 이야기에서 마침내 후란청의 그러한 낭만적 역사관을 제대로 배워서 제대로 활용하고 있다고 생각한다. 〈전생을 말함〉 속의 장교와 처녀는 난세에서 서로 만나지만 정을 알고 예를 지키며 서로 끝없이 '응시'하고 '신뢰'한다. 아름답고 투명하기 그지없다. 후란청의 작품이 내내 고담준론에 그쳤던 데 반해 주톈원은 스승 할아버지가 바라 마지않았으면서도 다다를 수는 없었던 경지를 실제 자기 집안의 일로부터 시작하여 마침내 이루어낸 것이다. 〈전생을 말함〉은 후란청의 학설을 되풀이한 것이라기보다는 주톈원이 이를 바탕으로 하여 후란청의 학설을 넘어선 것이라고 해야 할 것이다. 유사한 시도는 후일 〈복숭아나무 집에 생긴 일〉에서도 찾아볼 수 있는데, 아쉽게도 이 작품은 질질 끌고 번잡하며 지나치게 작위적이다.

1987년의 〈염하의 도시〉는 또 하나의 중요한 전환점이다. 주톈원은 수년의 시나리오 작업 때문에 영상 화면으로부터 얻게 된 체험을 점차 자신의 문자

한글본은 〈못잊어〉라는 제목으로 각각 《색, 계》, 장아이링 지음, 김은신 옮김, (서울: 랜덤하우스코리아, 2008)에 실려 있다.

19 하카인(客家人)은 위진남북조 및 당송 시기에 중국 북방 지역에서 남방 지역으로 이주한 한족계의 한 종족으로, 중국 남방 및 동남아시아 각지에 산재해 있다.

세계에 녹여내기 시작했다. 소설 속 군인가족 동네의 젊은이들은 대나무 담장 안에서의 생활을 끝내고 마침내 바깥세상을 대하게 된다. 그것은 답답하고도 피곤한 세상이다. 일말의 '이름 지을 수 없는' 분노가 언제든지 벌판을 불태울 수 있었다. 소설 속에서 몇몇 인물들은 급격히 변화하고 있는 남북의 도시 속에서 부침하면서 열심히 찾아 헤매지만 얻는 것이라고는 아무 것도 없다. 과거에 주톈원이 도시를 쓰지 않았던 것은 아니다. 그러나 이제 그녀는 도시를 쓸 가락을 틀어잡고는 이를 대대적으로 발휘하여 후련하고도 남김없이 써나간다. 이로써 주톈원의 찰나적으로 변화함이 교차하는 것에 대한 감탄이나 순식간에 육신이 스러지는 것에 대한 무력함이 은연중에 이미 새로운 관조를 보이게 된다. 염하의 도시, 그것의 잔혹함에는 이름이 없었다. 인륜에 어긋나는 피의 사건이 일어난다. 그것에 관련된 인물들은 각각 이 고통스러운 피의 제전으로부터 자신의 심사를 다스린다. 소설에서 가장 사람을 놀랍게 만드는 것은 물론 그 유명한 구절인 '육체가 있으니 얼마나 좋아'라는 외침이다. 도대체 어떤 육체가 우리의 인물을 이처럼 연연해하도록 만드는 것인가? 그리고 또 어떤 육체가 이처럼 알 수도 없고 믿을 수도 없는가? 주톈원의 그다음 작품들, 〈세기말의 화려함〉에서부터 〈차이 선생〉까지 그리고 〈육신 보살〉에 이르기까지, 이에 대한 탐색은 끝이 나지 않는다. 그리고 주톈원은 이러한 육체의 탐닉과 두려움으로부터 독자적으로 그녀의 미학을 발전시켜나가고자 한다. 이는 물론 위험한 한 수다. 그러나 그녀는 마침내 《폐인 수기》속에서 험한 길을 평지 걷듯이 하려는 그녀의 야심을 표현하게 된다. 주톈원은 동성애자의 자기 소모적인 환락과 에이즈에 의한 죽음의 고통을 통해서 육체와 욕망의 인내에 대한 시험과 유혹의 극한을 보여주었다. 그리고 그녀는 분명히 외형(figure)의 왜곡과 좌절, 전율과 쾌락은 오로지 문자라는 기호(figure)의 조응에 의해서만 '비록 만족스럽지는 않으나 받아들일 수는 있는' 구원의 가능성이 있다고 믿고 있는 것이다.

4. 세기말의 화려함

주톈원의 《세기말의 화려함》은 그녀 개인으로서는 창작의 길에서 하나의 이정표였다고 할 수 있다. 이 소설집에는 7편의 단편이 수록되어 있는데, 비록 결점이 전혀 없는 것은 아니지만 작품마다 타이베이라는 도시의 세기말적 증후군의 단면을 보여주고 있으며, 주톈원의 예리한 시대감각을 잘 드러내주고 있다. 그녀의 시각으로는 1980년대 말의 타이베이는 그렇게도 기이하고 다채롭다. 하지만 또 그렇게도 종잡을 수 없고 피곤하다. 그 시대, 공산주의와 소비에트에 반대하고, 저우언라이와 마오쩌둥을 때려잡고, 진중하면서 스스로 강해지고, 변란 중에도 침착하던 그 시대는 진정 갈수록 멀어져 갔다. 새 세대 타이베이 사람들은 한편으로는 각박하고 냉소적이어서 깔끔하기 짝이 없을 정도였고, 한편으로는 "그토록 아무 생각도 없어서, 그야말로 부끄러울 만큼 천진했다."(〈붉은 장미가 부른다〉) 포스트모던적인 영상과 음향 속에서 감각과 환상의 경험이 하나로 되고, 다시 또 부단히 꿈 같기도 하고 현실 같기도 한 파편적인 이미지로 분열된다. 창녀들은 3천년이나 깨어나지 못하는 나일강의 꿈을 꾸고, 회사의 립스틱족은 절망적으로 만화 속 왕자와 연애를 하고, 구식의 젊은 선생은 잇따라 '성령 전도회' 같은 강연쇼를 벌이고, 호모 그룹의 '보살'들은 지친 채로 계속 육신을 보시하고, 기공 시술사들은 손을 떨며 성심껏 여자 환자의 '가슴을 주무르고 배를 쓰다듬고', 모델은 벗었다 입었다 하면서 청춘을 소모한다. 바로 이러한 욕망과 절망의 게임 중에서 세기말의 유령이 조용히 강림한다.

잔훙즈는 《세기말의 화려함》에 서문을 쓰면서 〈어느 오래된 목소리〉라는 제목을 붙여 주톈원의 이 시점의 특징을 한마디로 설파했다. 《전설》과 《샤오비의 이야기》의 세월은 모두 흘러가버린 것이었다. 10년의 홍진 경험 끝에 그녀의 신작에는 세상사와 처연함이 토로되고 있다. 그러나 여전히 겹겹의 업장을 꿰뚫어볼 수는 없었기 때문에(또는 그러기를 원치 않았기 때문에) 그녀의 행간은 그처럼 이런저런 곡절이 많고 이리저리 에두르는 것이었다. 주톈원 본인의 인간 세상에 대한 연연함과 미혹됨이 어찌 그녀의 인물들보다 못하겠는가? 관능 세계의 유혹에 대해 마음에서 우러나오는 호기심을 갖고 있지 않았다면 〈육신 보살〉과 〈세기말의 화려함〉과 같은 욕망의 풍속화를 써내지 못했을 것이며, 시간과 기억의 실망에 대해 절실한 초조함을 갖고 있지 않았다면 〈차이 선생〉이나 〈마치 어제 같은〉과 같이 '미몽에서 깨어나게 하는' 경지의 도덕극을 써내지 못했을 것이다. 나는 의도적으로 '도덕'이라는 두 글자를 썼는데, 이는 주톈원이 자나 깨나 생각하는 퇴폐 스타일과는 정반대인 것처럼 보일 것이다. 그러나 나는 주톈원의 가장 성공적인 작품들은 이 둘 사이의 이율배반적인 관계를 잘 다루고 있으며, 그녀의 세기말적 시야는 자아도취와 자아연민의 한계를 초월하도록 해줄 수 있다고 생각한다.

나도 잔훙즈가 《세기말의 화려함》에서 가장 뛰어난 두 작품이 〈차이 선생〉과 〈세기말의 화려함〉이라고 말한 것에 동의한다. 〈차이 선생〉은 표면적으로는 기공 시술사인 차이밍이의 젊은 여자 환자에 대한 애매한 욕망을 묘사하면서 이면적으로는 시대가 바뀌어가는 것에 대한 무력함과 서글픔을 읊조리고 있다. 젊고 무지한 여체를 주무르고 문지르면서 차이밍이는 한 차례 또 한 차례 자기 영혼의 충격을 경험하고 있다. 지난 40년간의 조국, 3천리 산하, 가슴 가득했던 피와 눈물이 이미 오래 전에 사라진 꿈으로 변해 버렸다. 타이완 마누라, 타이완 아들, 타이완 손자, MTV의 스트립쇼에 딸린 기공쇼, 장징궈 · 리덩후이 · 페이위칭 · 주거량.[20] 차이밍이의 세계에서는 "신과 마

20 장징궈는 장제스의 아들로 중화민국 제6 · 7대 총통, 리덩후이는 중화민국 제8 · 9대 총통, 페이위칭은 타이완의 가수이자 사회자, 주거량은 타이완의 코미디언이자 사회자이다.

귀가 함께 번영하고, 사람들은 각자 제멋대로 행한다." 그렇지만 바로 이렇게 가장 외설적이고 황폐한 시각에 차이밍이는 생명의 가장 잔혹한 훼멸의 증인이 된다. "여자애를 기다리는 것은 청춘의 부활을 기다리는 것 같았고" "여자애를 기다리는 것은 스승과 제자의 인연을 기다리는 같았다." 차이밍이의 비루한 욕망이 곧 영혼과 육체의 회통이자 신과 마귀의 합체가 아니겠는가?

그러나 〈세기말의 화려함〉이야말로 주톈원이 한 단계 올라선 작품이다. 이 소설은 꽃다운 시절이 이미 지나가버린 (25살의!) 모델 미야가 겪는 애정의 생애를 이야기하는데, 스토리에 전념하기보다는 전적으로 패션에 대해 쓰고 있다. 주톈원이 원래 풍자하고자 했던 세상에 대한 그녀의 미련이 이 작품에서 모조리 드러난다. 거듭해서 의류의 브랜드와 소재에 대한 그녀의 놀라운 지식이 잇따르고, 시시각각으로 예언이나 경구처럼 빼어난 글귀들이 사교의 신비스러움과 요사스러움을 발산한다. 미야는 안성맞춤의 세기말적인 인물로, 금빛 찬란하고 변화무쌍하지만 그러나 텅 비어 있는 옷걸이다. 그리고 주톈원의 소설 그 자체를 이렇게 보지 말란 법도 없다. 미야(또는 주톈원)의 패션과 형식에 대한 극단적인 추구는 이른바 내용이라고 할 만한 것을 모조리 소진해버리며, 내용이 없는 공허함이야말로 〈세기말의 화려함〉이 최종적으로 설명하고자 하는 내용이다. 미야는 아버지뻘은 될 만큼 나이가 많은 라오돤과 일시적인 연분을 맺는데, "그들은 지나치게 탐미적이어서, (늘) 긴긴 찬탄의 과정에서 정력을 소진해버리거나, 또는 정신이 뒤흔들릴 만큼 기이한 모습에 두려워지면서, 종종 연인들이 해야 할 사랑의 일을 해내지 못한다." 모델의 연애 그것은 일종의 모양새, 즉 장아이링이 말한바 '아름답고 처연한 손짓'이었다. 주톈원은 세기말의 로맨스를 썼지만 이로부터 그 정교한 아름다움과 작위적인 감정을 어느 정도 엿볼 수 있다.

그렇지만 〈세기말의 화려함〉은 주톈원이 종이 위에 펼친 패션쇼인 것만은 아니다. 이 소설에서 의상을 다룬 것은 의식적이든 무의식적이든 간에 시대의 핵심을 찌르는 것이다. 그것은 내게 장아이링의 수필인 〈갱의기〉의 한 단락을 떠올리게 만든다. "패션이 날마다 달마다 바뀌는 것이 반드시 활기찬 정신과 새로운 사고를 말해주는 것은 아니다. 오히려 그 반대이다. 그것은 부진을 대표하는 것일 수 있다. 다른 활동 영역에서의 실패로 인해 모든 창조력이 패션의 분야로 유입된 것이다. 정치적 혼란 시기에는 사람들이 그들의 생활 상황을 개선시킬 능력이 없다. 그들은 그들의 몸에 밀착된 환경만을 창조할 수밖에 없다. - 그것이 바로 의복이다. 우리들 각자는 자신의 의복 안에서 머무른다." 주톈원은 장아이링 일파의 정수를 극단으로 발휘한 것이다. 그녀는 정치 이야기를 회피하면서도 그러나 능라와 주단의 세계 속에서 한 자락 어두침침한 정치적 우화를 짜낸다. 그녀가 MTV를 묘사하는 부분에서는 타이완의 복제판 마돈나들이 "남편 대신 나선 우수전의 입법의원 선거의 홍보 차량, 깃발의 바다처럼 휘날리는 코라손 아키노의 평화 혁명의 황색 리본과"[21] 서로 아름다움을 다투며, 또 미야는 애인의 소련제 보스톡 시계를 찬 채 광고용 네온사인 차를 타고서 "번쩍번쩍하며 고가도로를 내달려서, 총통부 앞 중앙로의 장제스기념관을 감싸 돌며" 미친 듯이 질주한다. 오랫동안 억압되었던 그 정치적 잠재의식이 이제 터져 나오려고 하는 것이다. 모반인가 타락인가? 승화인가 정화인가? 말할 수 없다, 말할 수 없어.

〈차이 선생〉과 〈세기말의 화려함〉 외에도 〈마치 어제 같은〉과 〈육신 보살〉은 하나는 지식인의 물화된 영혼을 묘사하고 하나는 여피족 동성애자의 부유하는 욕망을 묘사함으로써 모두 볼만하다. 그러나 나는 또 다른 작품 〈나를 데려가줘, 달빛이여〉에 특히 흥미를 가지고 있다. 주톈원이 어떤 식으로

21 우수전은 중화민국 제10・11대 총통인 천수이볜의 부인이다. 코라손 아키노는 필리핀의 제11대 대통령으로, 남편인 베니그노 아키노가 페르디난드 마르코스의 독재에 투쟁하다 암살되자 1986년 피플 파워 혁명을 이끌었다.

그럴 듯하게 꾸며냈던 간에 그녀는 앞의 네 작품 속 인물에게 모종의 잔존하는 동경을 부여하였다. 세기말의 타락이 비록 숙명이라지만 인물의 자각에 따라 깨달음 – 그 깨달음이 얼마나 찰나적으로 나타났다 사라져버리든지 간에 – 의 가능성을 제시했던 것이다. 그런데 〈나를 데려가줘, 달빛이여〉에는 일종의 히스테리적 절망이 존재한다. 엄격하게 말해서 이 소설은 잘 쓴 소설이라고 할 수는 없다. 글이 지나치게 늘어지는데 비해 인물의 성격은 잘 드러나지 않는다. 소설은 젊은 직장인 자웨이의 마음 아픈 연애사를 위주로 하면서, 자웨이의 엄마가 친척을 방문하러 가는 여정에서 마음 빚을 갚기 어려운 옛사랑이라는 일이 부차적으로 전개된다. 자웨이가 사랑했던 대상은 세 사람이다. 평범했던 리핑, 신비롭게 나타났다가 사라져버린 홍콩 손님, 그리고 만화 속의 JJ 왕자이다. 소설에서 가장 뛰어난 곳은 자웨이가 이 '세 남자' 사이를 맴도는 부분으로, 꿈인 듯 생인 듯 정이 '옮겨 가고' 사랑이 '달라지는' 것이다. 이 아가씨의 강렬한 격정은 참으로 그렇게도 "부끄러울 만큼 천진했다." 그녀의 엄마가 40년 전의 옛정에 연연해하는 것과 비교해서 누가 더하고 누가 덜한지 판단하기가 어려울 정도였다. 소설의 클라이맥스는 모녀가 각기 상심하게 됨으로써 엄마는 한 동안 시도 때도 없이 조는 졸음증을 앓고 자웨이는 기억상실증에 걸리게 된다는 것이다. 주톈원은 소녀투의 필치에서 시작하였지만 마침내 옛정도 되돌아오지 않고 추억도 스러져버리는 이야기를 쓰기에 이르렀다. 만화 속의 애증과 역사상의 생리사별이 알고 보니 이렇게도 가깝고, 기억과 망각, 애욕과 망상이 이렇게도 불가사의하게 뒤섞여 있는 것이었다. 주톈원의 세기말의 상상은 이로써 참으로 '어린애 장난' 같으면서도 참으로 놀라 몸서리치게 만든다.

5. 민국 남자

우리는 이리하여 다시 《폐인 수기》로 되돌아가게 된다. 잔훙즈·류다런·류수후이·궈정에서부터 주웨이청에 이르기까지, 비평가들은 모두 이 소설의 풍부한 모습에 대해 심도 있게 언급하였다. 주톈원은 여성 작가의 신분에서 남성 동성애자들 사이의 내밀한 정사를 세밀하게 묘사함으로써 특히 수많은 독자들이 그 뛰어남에 대해 혀를 차도록 만들었다. 이 글에서 주톈원 창작 경험의 계보를 추적해왔던 방법을 다시 한 번 적용하여 그녀의 어린 시절 배경을 되돌아보는 것도 무방할 것이다. 앞에서 말한 것처럼 주톈원은 왕년에 가슴 가득한 따뜻한 정을 건국 수복의 대업에 주입하려 하였다. 이러한 태도는 옆에서 볼 때 손에 땀이 나도록 만들었지만 그녀는 오히려 아주 진지했을 뿐만 아니라 유유자적하게 주변에 대처했다. 십 수 년이 흘러갔고, 세기말의 주톈원은 다시금 가슴 가득한 따뜻한 정을 동성애자들의 애욕의 나라에 주입하였다. 그는 소돔의 폐허 위에 그녀의 (문자적 상상의) 신성한 전당을 재건하고자 한다. 소설 속에 미만한 성애 욕망은 사실은 그녀의 왕년의 정치적 욕망을 대체한 것이다. 그리고 이 양자는 기본적으로 모두 미화된 시학적 욕망이다. 《폐인 수기》의 제6장에는 폐인이 그의 애인과 함께 바티칸을 여행하는 것을 묘사하고 있다. 두 사람은 후회 없이 깊이 사랑하면서 성 베드로 성당의 미사 소리 가운데 서로 평생을 같이하기로 맹세한다. 이 장을 어찌 모멸하며 무시하겠으며 어찌 단호하게 배격하겠는가. 《폐인 수기》는 어쩌면 눈부신 날이 지나가게 될, 그러면서 나날이 세상사에 밝아지고 처연해질 한 작가를 보여주고 있는 것이다. 그렇지만 아직도 삼삼그룹 시절 일편단심으로 손에 땀을 쥐게 하던 것을 놀라운 아름다움으로 바꾸어 놓고자 했던 다정다감하던 바로 그 소녀의 그림자를 찾아볼 수 있다.

후란청은 〈민국 여자〉에서 그와 장아이링과의 갖가지 일들을 대대적으로 늘어놓았다. 그가 여러 여인을 두루 사랑하며 비난하지 않는 것은 어쩌면 자기 나름으로 논리가 있을 것이다. 그렇지만 자기가 제일 잘 안다는 태도로 '민국 세계의 물가에 비치는 꽃 같은 사람' 즉 장아이링을 그려낸다면 아무래도 이 아름다운 여인에게 부끄러울 것이다. 페미니스트라면 이에 대해 장문의 글을 쓸 수도 있을 것이다. 내가 강조하고자 하는 것은 후란청이 절세의 이 인연에 대해 길게 늘어놓으면서 필봉의 끄트머리에서 어떻게 주톈원을 일깨워주었던가 하는 점이다. 《폐인 수기》가 말하는 것은 물론 전혀 다른 이야기이다. 그렇지만 이 이야기가 핵심적으로 다룬 것은 시대의 비바람이 휘몰아치는 칠흑 같은 어둠속에서 그대는 어디에라는 식의 오래된 제재이다. "살아서나 죽어서나 함께이거나 떨어지거나 간에 그대와 이미 언약하였다오. 그대의 손을 부여잡고서 그대와 함께 늙어가겠노라고." 이는 〈시경 · 패풍〉 속의 구절로, 전쟁 속에서 남녀가 서로 사랑하면서 가장 소박한 바람을 표현한 것이다. 그런데 그 가운데에는 없을 때는 얻고자 초조해하고 얻은 후에는 잃을 것을 걱정하는 식의 시시때때로 변화하는 감정이 절로 드러난다. 장아이링과 후란청은 모두 이 시를 자주 인용했다. 장아이링의 〈경성지련〉[22]의 기조는 바로 여기서 비롯된다. 후란청 역시 '살아서나 죽어서나 함께이거나 떨어지거나'의 비애를 의식했지만, 삶의 심연 그 가장자리에서 즐기듯이 자신만의 도화원을 만들어내는 수완을 가지고 있었다. 그는 장아이링의 애정사를 찰나적으로 나타났다 사라져버리는 깨달음으로 써냈다. 그는 전쟁의 불길과 봉화의 연기 속에서 장아이링에게 '세월이 조용해지고 세상이 안온해질 것'이라는 약속을 했었다. 수많은 겁난도 꽃과 같은 법이라면서, 아무리 큰 비애라고 할지라도 부드럽고 아리따운 탐미적인 매너리즘으로

---

22 〈경성지련〉의 한글본이 《경성지련》, 장아이링 지음, 김순진 옮김, (서울: 문학과지성사, 2005)에 실려 있다.

바꾸어 놓았다.

후란청은 인간 세상을 이렇게도 '진지하게' 가지고 놀았다. 장아이링 쪽에서는 결국 인내심을 잃고서 유감스럽게도 그와 함께 할 수가 없었다. 〈민국여자〉가 제 아무리 감동적이라고 하더라도 미인이 이미 떠나버린 결핍감만큼은 메꿀 수가 없었다. - 이리하여 더 많은 기이하고 현묘한 글귀, 더 많은 헛되고 공허한 말이 생겨났다. 세월이 흐른 후 주톈원은 의식적 또는 무의식적으로 후란청의 수사와 말머리를 계승하여 동성연애의 이야기를 써냈다. 폐인의 그 애끓는 애욕은 자신이 속물들 사이에서 전전하며 타락하도록 이끈다. 그는 자신의 육신으로 중생 세계의 가지가지 애욕과 훼멸, 생성과 소멸을 증언하고, 마지막에는 그 존재와 형상을 문자에 기탁한다. 이러한 자아 소모적인 탐미적 매너리즘은 《금생 금세》에서도 볼 수 있다.[19] 다른 점은 후란청은 이 방식에 노련하기 때문에 그가 조우한 애정사를 마치 경치를 구경하는 식으로 서술한다는 것이다. 주톈원과 그녀의 폐인이라는 대변인 역시 충분히 세사에 밝았다. 그렇지만 어쨌든 아집을 벗어나지는 못한다. 소설의 첫 장에서 폐인은 그렇게도 정중하게 속세를 내친다고 선언하는데, 사실은 반대로 주저하고 연연해하는 마지막 방어선을 내보이고 있는 것이다. 그(그리고 작가)의 처연하고 퇴폐적인 선언은 이 때문에 일말의 천진한 자기애와 장중함을 간직하게 된다.

후란청은 문자 자체에 집착함으로써 생기는 문자의 장애를 넘나들면서 엉키지도 지체되지도 않았다. 어쩌면 진짜 모든 것을 꿰뚫어보았는지도 모른다. 그러나 세심한 독자라면 아마도 그의 매끄러운 문자 유희야말로 황량하지도 적막하지도 않다는 식의 변명일 수 있다는 회의를 금치 못할 것이다. 상대적으로 비교해서 주톈원이 열심히 세기말의 광휘를 과시하고, 원래는 손쉬운 일을 마치 대단한 일처럼 다루고, 곳곳에서 조탁을 가하는 것은, 오히려 다소간 정답고 사랑스러운 면이 있다. 백약이 무효인 문자

배물교의 신도로서, 주톈원은 적어도 지금까지는 그녀가 절차탁마할 수 있는 대상을 찾아낸 셈이다. 표면적인 문자 그 너머에 존재하는 세계인 거울 속의 꽃과 물속의 달을 그녀가 어찌 꿰뚫어볼 수 있으랴. 천 마디 만 마디의 언어들이 그녀가 계속해서 놀리고 다루어주기를 기다리고 있다. 왕년에 '이름 지을 수 없는 큰 뜻'을 품었던 이 작가는 여전히 열성을 다해 그녀의 재능을 다듬고 있으며, 계속해서 우리에게 문자의 기적을 창조해내고 있다.

| 저자 주석 |

제1장 주톈원

1) 이미 적잖은 비평가들이 주톈원이 지닌 '젠더 정치'에 대한 입장에 관해서 언급했다. 그녀의 제재가 동성애 세계를 다루고 있기는 하지만 주톈원의 《폐인 수기》는 급진적인 동성애 소설이라고 할 수는 없다. 朱偉誠, 〈受困主流的同志荒人 – 朱天文《荒人手記》的同志閱讀〉, 《中外文學》 第24卷第3期, 1995年8月, pp. 265~312.
2) 주톈원에 대한 후란청의 영향은 다음 글을 참고하기 바란다. 黃錦樹, 〈神姬之舞 – 後四十回? (後)現代揭示錄?〉, 朱天文, 《花憶前身》, (台北: 麥田, 1996), pp. 265~312.
3) 劉大任, 〈逃不出的荒原 – 我讀《荒人手記》〉, 《中國時報・人間副刊》, 1994.12.11.
4) 張愛玲, 〈童言無忌〉, 《流言》, (台北: 皇冠, 1988), p. 20.
5) 후란청의 작품은 그가 사망한 후 주톈원에 의해 다시 정리, 출판되었다. 《산하세월》, 《금생 금세》, 《중국의 예악 풍경》, 《선은 한 가닥 꽃가지》를 포함해서 9종으로, 모두 위안류출판사에서 발간되었다.
6) 황진수는 주톈원에 대한 글에서 주톈원이 후란청의 '문학이 곧 수행이다'라는 수행관을 계승하였음을 강조했다. 그것은 문자 창작을 빌어 주체의 초월을 추구하고 세속적인 훼멸을 지양하는 생명관을 의미한다. 나는 황진수의 주장에 동의하면서도 이렇게 생각한다. 장아이링과 후란청으로부터 주톈원에 이르기까지 모두 일관된 탐미 정신을 벗어나지 않았고, 그 극치를 보인 곳에서는 진위를 구분할 수 없을 만큼 허구적인 것을 진짜처럼 진짜를 허위적인 것처럼 보이게 하면서, 아름다운 문자 및 삶에 대한 신념이라는 '발명'을 가지고서 인생을 빚어낼 수 있었다. 그리고 이에 대해 주톈원은 초기의 작품에서부터 《폐인 수기》에 이르기까지 일종의 소녀적인 '진지함'의 심리를 벗어나지 못했다.
7) 朱天文, 〈奢靡的實踐〉, 《荒人手記》, (台北: 時報, 1994)
8) 朱天文, 《荒人手記》, (台北: 時報, 1994), p. 101.
9) 류량야의 언급을 보기 바란다.
10) 袁瓊瓊, 〈天文種種〉, 朱天文, 《最想念的季節》, (台北: 遠流, 1991), p. 8.
11) 朱天文, 〈寫作春天〉, 《淡江記》, (台北: 遠流, 1991), p. 81.
12) 후란청의 '이론'적 바탕에는 적어도 《역경》의 상생상극론과 불교 선종의 깨달음 이론, 《시경》의 온유돈후한 미학 및 일본의 여성 중심적 미학 등이 자리 잡고 있다.
13) 朱天文, 《淡江記》, (台北: 遠流, 1991), p. 3.
14) 朱天文, 《淡江記》, (台北: 遠流, 1991), p. 163.

15) 朱天文, 《淡江記》, (台北: 遠流, 1991), p. 133.
16) 朱天文, 《淡江記》, (台北: 遠流, 1991), p. 128.
17) 胡蘭成, 〈序〉, 朱天文, 《淡江記》, (台北: 遠流, 1991), p. 3.
18) 袁瓊瓊, 〈天文種種〉, 朱天文, 《最想念的季節》, (台北: 遠流, 1991), p. 11.
19) 후란청의 탐미 시학에 대한 주톈원의 계승에 관해서는 황진수의 논문을 보기 바란다.

2장 왕안이

상하이파 작가, 다시 계승자를 만나다

왕안이(王安憶, 1954~)는 1980년대 이후 대륙에서 가장 중요한 소설가 중의 한 사람이다. 그녀는 일찍이 1980년대 전반기에 《쏴쏴쏴 내리는 비》, 〈절름발이 이야기〉 등 일련의 작품으로 주목을 끌었다. 이들 작품은 대륙의 문화대혁명 이후에 일어난 삶의 변화를 꾸밈없이 묘사했는데, 수수하고 섬세하면서 애수로 가득 차 있어서 당시 새로운 세대 젊은 작가들이 지닌 내심의 소리를 잘 보여주었다. 그러나 단숨에 놀라운 성취를 보여주었던 많은 다른 작가들에 비해서 왕안이의 성과는 사람들의 눈을 확 잡아끄는 것은 아니었다. 특히 당시 타이완과 홍콩의 작가들이 가진 수준과 비교해볼 때 그녀의 작품은 기껏해야 중상 정도에 불과했다. 그러나 왕안이의 잠재력과 지구력은 놀라운 것이었다. 그녀는 쉼 없이 글을 써나갔고 또 혁신에도 용감했다. 이리하여 1990년대가 되자 마침내 〈아저씨의 이야기〉 등의 작품으로 크게 이채를 발하기 시작했다. 그리고 그 뒤를 이어서 《실화와 허구》, 《장한가》[1] 등으로 그녀의 장편소설 창작 및 국가사 상상의 능력을 더욱 확실하게 증명하였다.

강력한 정치 경제적 충격 하에서 대륙의 '신시기' 문학은 변화가 잦았다. 상흔문학에서 되돌아보기문학으로, 뿌리찾기문학에서 선봉문학으로, 신사실문학에서 신역사문학으로, 매번 눈이 어지럽도록 만들었다.[2] 왕안이의

---

1 《장한가》의 한글본으로 《장한가: 미스 상하이의 눈물》, 왕안이 지음, 유병례 옮김, (서울: 은행나무, 2009)가 나와 있다.

작품에는 그녀가 이런 운동에 직접 참여했던 흔적을 찾아볼 수 있다. 비교적 초기의 〈이 열차의 종점〉, 《69년도 중학교 졸업생》과 같은 작품은 문화대혁명 기간에 각지로 쫓겨난 지식청년을 주인공으로 하여 그들의 차마 뒤돌아볼 수 없는 격정적인 경험과 걸음마다 고통스러웠던 생존 경쟁을 쓰고 있는데, 추억과 상흔의 기조에서 벗어나지 못하고 있다. 그러나 왕안이는 그 후 필봉을 전환하여 풀뿌리적인 맛을 강하게 지닌 《샤오바오좡》을 내놓는다. 이 작품은 반쯤 마술적 리얼리즘의 필치로 농촌의 인간사가 파란만장함을 묘사하는데, 자연의 재해와 인간의 재해 아래에 놓인 인성의 선악 영역을 탐구하면서, 시의에 맞춰 뿌리찾기문학의 정신에 호응하고 있다. 이와 동시에 왕안이는 또한 '성의 금지구역'에 발을 내디디면서 다시 또 성애문학의 가능성에 도전한다. 그녀의 유명한 '세 편의 사랑' – 〈어느 작은 도시의 사랑〉,[3] 〈황산의 사랑〉, 〈진슈구의 사랑〉 – 은 금욕 사회 속의 평범한 남녀가 강력한 욕망의 힘이 부추기는 가운데 어떻게 사랑의 만족을 추구해나가면서 온몸이 으스러져 죽는 것조차 마다하지 않는가에 대해 쓰고 있다.

---

2 1976년 문화대혁명이 끝나고 새로운 시기라는 의미의 이른바 '신시기'에 접어들자 중국의 문학계에는 일련의 현상들이 나타났다. 대략 1980년대 중반까지는 문화대혁명의 상처를 고발하는 상흔문학, 문화대혁명 및 그 이전의 역사를 성찰하는 되돌아보기문학, 개방과 개혁을 주제로 하는 개혁문학, 모호한 이미지를 구사하며 주관 서정을 표현하는 몽롱시, 중국의 사회상을 있는 그대로 보여주는 논픽션 문학 등이 잇따라 출현했다. 이어서 1980년대 말까지는 새롭게 도입된 서구의 각종 사조와 기법을 시도하는 선봉문학, 민족문화의 근원을 탐구하고 재해석하는 뿌리찾기문학, 작가의 판단을 배제하고 일상생활을 사실대로 그려내고자 하는 신사실문학, 정치권력의 시각을 배제하고 민간역사의 면모를 부각고자 하는 신역사문학, 타이완 홍콩에서 수입된 무협소설과 애정소설을 위주로 하는 통속문학 등이 출현했다.

3 〈어느 작은 도시의 사랑〉의 한글본이 《화선》, 위세상/고화/왕안억 지음, 이영구/이등연 옮김, (서울: 우아당, 1990)과 《중국 현대 여성작가 작품선집》, 띵링 외, 김상주 외 옮김, (광주: 전남대학교출판부, 2003)에 실려 있다.

1. 여성, 상하이, 생활

왕안이는 문필이 매끄럽고 치밀하며 사고가 치밀하고 합리적이다. 이런 특징은 상술한 작품에서 이미 발견할 수 있다. 그러나 1980년대 중후기의 대륙 소설계는 백가쟁명의 왕성한 상황이었다. 이미 각광을 받았거나 곧 받게 될 많은 작가들, 예컨대 아청·한사오궁·모옌·쑤퉁 등에 비교하자면 왕안이의 소설은 좋기는 좋지만 어쩐지 무언가 부족한 듯했다. 《샤오바오좡》과 같은 도덕적인 우언은 상당히 감동적이지만 그래도 한사오궁의 〈아빠 아빠〉, 〈여자 여자 여자〉 등이 혼을 빼놓는 것만은 못했다. '세 편의 사랑' 소설 시리즈는 정욕의 벌판에서 몸부림치는 남녀를 쓰고 있지만 쑤퉁의 〈처첩들〉, 〈양귀비의 집〉과 같은 유의 작품이 보여주는 우아하고 다채로우며 가면 갈수록 더욱 발산되는 매력은 결여되어 있다. 그리고 그 외 《황허강 옛 물길의 사람들》, 《유수 30장》과 같은 장편들은 수많은 말을 쏟아내기는 했지만 "리얼리즘 측면에서의 '단순 나열'"일 뿐이라는 비판을 받았다.[1)]

6.4 톈안먼사건이 있었던 1989년 전후의 조울적이고 피비린내 나는 정치적 분위기는 많은 작가들로 하여금 펜을 내려놓게 만들었다. 혹자는 해외로 떠돌고, 혹자는 직업을 바꾸어 '사업에 뛰어들고' 하면서, 그 직전에 떠들썩하게 열기가 넘치던 문단은 이로부터 바람 따라 구름 따라 흩어져버렸다. 그러나 왕안이는 칩거 1년 후에 다시 시작한다. 마치 10년 동안 칼을 갈아 드디어 오늘을 보게 되었노라 식이었다. 이제 왕안이의 애수에는 자기 성찰적인 의미가 추가되어 있었고, 그 격정에는 억척스런 세상 경험의 풍모가 첨가되어 있었다. 1990년 가을 그녀는 〈아저씨의 이야기〉, 〈먀오먀오〉, 〈일본에서 온 가수〉 등의 중편을 내놓는다. 이들 작품에는 여전히 왕안이의 '하고 싶은 말이 (너무 많이) 있다'는 식의 태도가 남아있지만, 그녀 자신의 말을 빌리자면 그 속에는 '종합, 요약, 반성, 검토'의 충동이 더 많이 포함되어 있다.

이 '종합, 요약, 반성, 검토'의 충동은 사실 과거 '마오 문체'의 수사적 특징을 벗어나지 못한 것이다. 그렇지만 결국 왕안이는 설령 '마오 문체'에 온갖 잘못이 있다 하더라도 그것은 이미 '신중국' 창작에서 떨쳐낼 수 없는 원천의 하나라는 점을 증명할 수 있게 되었다. 왕안이는 1980년대 뿌리찾기문학과 선봉문학 운동 시절 연령에 관계없이 모든 작가들이 혁명문학과 결별하려하던 결연한 입장으로부터 돌아서서, 깊이 침잠하면서 마오 정권이 현대 작가에게 들씌운 원죄뿐만 아니라 '신시기'에서 되살아나고 있는 희망과 허망함도 쓰고자 한다. 더욱 중요한 점은 그녀는 자신이 처한 사회를 검토하는 데만 뜻을 둔 것이 아니라 동시에 – 그녀 자신을 포함해서 – 이 사회의 작가를 비판적으로 묘사 내지 반영하고자 한다는 것이다.

〈아저씨의 이야기〉는 이런 면에서 특별히 거론할 만한 작품이다. 이 소설 속의 아저씨는 왕안이가 선배 작가를 일컫는 가상적인 애칭이다. 아저씨의 간고한 생애에 대한 화자인 '나' – 한 젊은 작가 – 의 회상을 통해서, 왕안이는 사실 공화국[4] 문단의 반우파투쟁에서 문화대혁명으로 이르는 일련의 파란만장한 역사를 서술하고 있다. 왕안이가 그려낸 아저씨는 과거 공화국 문예하의 희생자였지만 시절이 돌고 돌다보니 아저씨의 '상흔'마저도 그가 재등장할 수 있는 밑천이 된다. 문학은 아저씨와 같은 작가가 집착하던 이상이었다. 하지만 작품이 진행됨에 따라 이런 이상의 실천은 오히려 갖가지 비열한 동기를 드러낸다. 크게는 이데올로기의 선택에서부터 작게는 비루한 정욕의 증감까지. 아저씨는 마침내 '철저하고 순수한 작가가 된다는 것이 원래 망상'이며, 일종의 '아Q식 도피'이고 '승리의 탈출'이라고 탄식한다. 왕안이는 제법

---

4 이 책에서 '공화국'이란 '중화인민공화국'의 준말이다. 저자는 '중화인민공화국'을 가리킬 때 대개 '共和國'이라는 단어를 쓰지만, 가끔은 '中共'이라는 단어를 쓰기도 한다. 이에 따라 이 책에서 '中共'이라는 단어는 문맥에 따라 '중국공산당' 또는 '공화국'으로 구별해서 옮긴다.

메타픽션적 기법을 사용하여 자아 분석을 가하고 갖가지 가설적인 입장에 대해 질문한다. '아저씨의 이야기'와 관련된 여러 가지 다른 버전 사이를 넘나들면서 그녀는 '아저씨의 이야기'가 행복한 결말을 맺지 못한 것에 대해 탄식하지 않을 수 없다. 그리고 '아저씨의 이야기'를 마무리한 작가 자신 또한 더 이상 행복한 이야기를 하지 못하게 된다.

그러나 행복하건 아니건 간에 이야기는 계속 해나가야 한다. – 이는 작가의 본분이다. 1990년대 이래 갈수록 왕안이의 창작에는 다른 두 가지 특징인 여성 정욕의 탐사와 '상하이파' 시민의식의 묘사가 뚜렷해진다. 여성이 겪게 되는 갖가지 일을 쓰는 것은 아마도 타이완문학 및 홍콩문학에서는 아주 흔한 일일 것이다. 그러나 30여 년간 정욕의 통제 및 젠더 중립적인 정책을 겪은 뒤이기 때문에 대륙문학의 성애 담론은 1980년대 중기에 이르러서야 비로소 초보적인 모습을 갖추게 되었다. 그리고 여성의 신체·욕망 및 상상의 영역에 대한 새로운 정의는 더더욱 쉽지 않은 일이었다. 왕안이의 '세 편의 사랑' 소설은 이미 문란함의 가장자리를 맴도는 것이기는 하지만 그래도 강렬한 여성적 자각과 반항 의식을 발하고 있다. 이들 소설 속의 여성들은 혹은 아무런 이유 없는 욕망의 갈구에서, 혹은 '그릇된' 삶의 판단에 의해서 차례차례 성애의 시련 속에 빠져든다. 그처럼 부조리하고 엄혹한 정치 환경 하에서 그녀들은 비루하면서도 또 두려움 없이 위안을 찾아 나선다. 사통과 간통, 야합과 간음 등 그녀들은 일순간의 육체적 전율을 위해 끝 모를 정치적 파멸을 마다하지 않는데, 그것이 보여주는 처절한 정신은 타이완과 홍콩의 페미니즘적 문학에서는 흔치 않은 것이었다. 따라서 작품이 발표된 후에 초래한 (남성 중심의) 성난 눈초리 내지는 힐난의 눈초리는 뜻밖의 것이 아니었다.

'세 편의 사랑' 소설 시리즈의 대담 방자함은 더 이상 말이 필요 없지만 어쨌든 그것에는 '선언'적인 의미가 농후하다. 호방 여성[5]이 호방하게 행동한 다음에는 그래도 땔감・쌀・기름・소금 따위의 소소한 생활을 꾸려나가야 한다. 그 뒤 왕안이의 일련의 페미니즘적 작품들은 이에 대해 더욱 노골적인 관찰을 보여준다. 〈형제들〉은 혈육처럼 정이 두터운 세 소녀가 어떻게 학교에서 그녀들만의 우정의 유토피아를 만들고, 또 어떻게 이 유토피아가 붕괴되는가를 증언한다. 남자의 유혹, 결혼의 고민, 경제적 압력이 잇따라 들이닥치자 비로소 이 세 '형제'들은 서로 의지하고 돕는 여성간의 우의가 며느리들, 마누라들, 엄마들이라는 이런 꼬리표를 전혀 감당할 수 없다는 것을 인식하게 된다. 소설 속의 세 여성은 결코 완벽한 인물은 아니어서 그녀들은 서로 질시하고 이기적이다. 하지만 그런데도 또 차마 헤어지지 못한다. 그러나 결국에는 모든 일이 끝나고 각기 흩어지게 되면서 헛되이 끝없는 망연함만 남는다. 1930년대의 루인은 친구 사이인 다섯 명의 여성이 겪는 슬픔과 기쁨, 이별과 만남을 가지고서 《해변의 옛 친구》를 쓴 적이 있다. 〈형제들〉은 왕안이가 이런 전통에 대해 경의를 표한 것이라고 해야 마땅할 것이다.

다른 한편으로 왕안이는 또 〈사슴 뒤쫓기〉, 〈귀거래혜〉, 〈유수처럼 사라지다〉 등의 작품에서 결혼 제도와 양성 관계 사이의 힘겨루기를 더 한층 깊이 있게 검토한다. 이들 작품은 젊은 부부들의 삶의 모습을 그려내는데, 걱정이라곤 모르다가 부부 싸움이 벌어지게 된다거나 하늘이 맺어준 인연이 하늘이 만들어준 재앙이 된다거나 하는 것에는 어쩔 수 없는 논리적인 관계가 존재함

---

5 타이완의 허춘루이는 《호방 여성: 페미니즘과 성 해방》(1994)에서, 가부장사회는 여성의 애욕마저도 억압하며, 이 때문에 여성은 섹스에 따른 쾌락・만족을 누릴 수 없어서 '후련할'(爽) 수 없을 뿐만 아니라 결국 피동적이고 저급한 지위에 처하게 된다고 주장하고, 이런 억압과 한계를 벗어나기 위해서는 정치 경제적 권리뿐만 아니라 성애의 권리도 동시에 추구해야 한다면서 이를 대표하는 말로 '호방 여성'(豪爽女人)이란 용어를 내세웠다.

을 보여준다. 왕안이는 이런 작품들에서 그녀의 리얼리즘적인 능력을 보여준다. 사실 꽉 짜인 일상생활에는 처음부터 위기가 겹겹이 잠복해 있다. 밥 짓는 연기 끊어지는 그 순간이 곧 화약 연기 피어오르는 시간인 것이다. 무수한 사람들의 울고 웃는 인연이 알고 보면 이토록 웃지도 울지도 못하게 만드는 일이다.

그러나 여성과 생활에 대한 왕안이의 관찰에는 그녀의 특색을 더욱 잘 드러낼 수 있는 지리 환경적인 관찰을 필요로 한다. 여성의 정욕 자주권의 추구, 여성 간의 애정의 기복은 그것이 얼마나 화제성을 가지고 있든 간에 구체적인 시공간의 배경 속에 자리매김할 때만 비로소 사람의 심금을 울릴 수 있다. 이 면에서 왕안이는 사실 남달리 우월한 조건을 가지고 있다. 그녀가 태어나서 자란 상하이는 '해방 전'에는 전대미문의 번화하고 붐비는 환락의 세계였다. 게다가 이 도시는 1950년대에서 1980년대까지 정치적 분쟁, 경제적 흥망까지 두루 겪었다. 청나라 말의 상하이는 《해상화 열전》과 같은 환락가소설[6]을 만들어냈다. 민국의 상하이는 원앙호접파의 무대이기도 하고 혁명문학의 초점이기도 했으며, 신감각파 작가의 영감의 원천이기도 하고 늙고 젊은 구식 인물들의 추억의 대상이기도 했다. 장아이링, 쉬쉬 등의 작가들의 상하이에 대한 열정적인 사랑은 더 말할 것도 없다. 상하이의 문학은 상하이파의 전통 – 일종의 허세적인 생활 방식과 일종의 전적으로 도회적인 시끌벅적하면서도 피곤함이 배인 글쓰기 태도 – 을 형성했다. 그러나 공화국의 정치 문학적 전망이 구축되면서 농촌이 도시를 압도하게 되자 상하이파 전통 역시 쇠퇴하게 되었다.

---

6 루쉰은 그의 《중국소설사략》에서 청나라 소설을 의고소설, 풍자소설, 인정소설, 재학소설, 환락가소설, 협의·공안소설, 견책소설 등으로 분류했는데, 그 중 환락가소설이란 창기들이 밀집해 있는 좁은 골목(狎邪)의 기방 이야기를 다룬 소설을 일컫는다.

1980년대 왕안이의 작품에는 이미 어렴풋하게 상하이에 대한 그녀의 깊은 감정이 나타나고 있다. 천지 사방으로 흩어진 지식청년들은 원래 수없이 많은 상하이의 좁은 집, 좁은 골목 출신의 아들딸들이다. 이 오래되고 음습한 도시는 너무나 많은 각양각색의 이야기들을 담고 – 또 품고 – 있다. 평론가들이 지적하듯이 왕안이가 농촌을 배경으로 한 《샤오바오좡》을 쓸 때 그녀는 사실 몸 편하고 마음 푸근한 창작의 온실로부터 벗어나 있었으며, 따라서 문필이 제 아무리 좋다 하더라도 서로 어우러지지 아니하는 현상이 나타났다.[2] 1990년대에 들어 왕안이는 그녀의 작품에서 차지하는 상하이의 무게를 갈수록 의식하게 된다. 그녀의 여성은 상하이라는 이 소란하고 비좁은 도시에서 출몰할 때 비로소 자신의 고독과 하잘것없음을 더욱더 잘 의식하게 되고, 상하이의 끝없는 허영과 떠들썩함 사이를 떠다닐 때 비로소 현실에 대한 반항 또는 타협의 어려움을 더욱더 잘 이해하게 되는 것이었다.

왕안이의 상하이 관련 소설은 처음 읽으면 역사적 변화로 인하여 왕년의 상하이파 작품'답지' 않다. 반세기가 이미 흘러가버렸으니 장아이링 더하기 쑤칭 식의 세속적이고 조소적인 것이라든가 원앙호접파 식의 여인네들의 우수 어린 것 또는 신감각파 식의 신기하고 모던한 것들이 이미 다 무너지고 사라져버려서 보통 백성들의 집으로 들어가 버리고 만 것이다. 그렇지만 왕안이는 바로 이 보통 백성들의 집에서 우리에게 상하이파에 대한 기억을 되살려낸다. 이토록 신구가 뒤엉키고 혼란이 들이닥치는 세상에서 상하이의 소시민은 그들 자신의 스타일대로 사랑하고 싸우며, 먹고 자고 오고 간다. 그들이 생각하고 행동하는 그 모든 것은 보기에는 용렬하고 하찮기 짝이 없지만 한데 합쳐 놓으면 다른 도시들과는 뭔가 다른 점이 드러난다. 혹시 여기에 무슨 '기이한 지혜'라도 있는 것일까? 장아이링의 명언을 인용하자면 "어쨌거나 상하이 사람들이다!"[3]

왕안이의 이 상하이파적이고 시민적인 기대는 그녀의 수사 스타일 면에도 적용해볼 수 있다. 대체적으로 말해서 왕안이는 뛰어난 스타일리스트는 아니다. 그녀의 문장은 장황하고 분잡하며 정련됨이 부족하다. 그녀의 이미지와 시야는 노골적이고 단조로운 경향이 있으며, 그녀의 인물 창조 역시 너무 쉽사리 감상적인 경향을 드러낸다. 이런 문제들은 중단편 소설에서 더욱 잘 나타난다. 그렇지만 왕안이의 최근 작품을 보면 볼수록, 아마도 그녀의 '스타일'은 그녀가 살고 있는 도시가 그녀에게 부여한 것이리라고 느끼게끔 만든다. 과장적이고 잡다하며, 바스대고 불안하지만, 고집스러운 생명력으로 가득 차 있다. 왕안이의 서사 방식은 면밀하고 옹골차며 잡다한 것을 모두 담고 있어서, 그 극단적인 곳에서는 겹겹의 문자의 장애를 만들어낸다. – 그렇지만 또 문자를 간과해서는 안 되는 기이한 장면을 만들어내기도 한다. 장편소설은 그 방대한 공간적 구성과 역사적 변천 및 풍부한 인물 활동의 요구 때문에 왕안이의 입맛에 참으로 가장 적합한 것이다. 장아이링 역시 용속적이고 시민적인 상하이를 쓰는 데 능했다. 하지만 그녀는 사실 아이러니한 심리를 지니고서 이를 정밀하고 섬세하게 묘사했다. 왕안이에게는 장아이링의 그런 귀족적 분위기의 아이러니한 필치가 사라지고 없지만, 대신에 (의도적 또는 비의도적으로) 소설을 빌어 일종의 더욱 실재적인 상하이파 생활의 '방식'을 실천한다. 장아이링의 장편이 단편의 뛰어남만 못한 것은 그저 우연인 것일까?

여기서 우리가 왕안이의 유명한 네 가지 '않는다'는 글쓰기 방침을 되새겨보면 절로 회심의 미소를 짓게 될 것이다. 첫째, 특수한 배경과 특수한 인물을 쓰지 않는다. 둘째, 소재를 과다하게 찾지 않는다. 셋째, 언어의 스타일화를 시도하지 않는다. 넷째, 독특성을 추구하지 않는다.[4] 이는 왕안이의 자기 희망인가 아니면 자기 변명인가? 그동안 그녀의 창작량은 놀라운 것인데, 득의한 때도 있지만 실수한 때도 있다. 상하이라는 이 도시에 살면서 너무나 많은 것들을 보았기 때문에 아주 특수한 사물도 일상생활의 삽화 같은 것이 되어버렸을 것이다. 반면에 닭털이나 마늘 껍질 같은 하찮은 일들은 매일 응전하지 않을 수 없는 전투이다. 이런 장황한 글쓰기 방침에는, 이상한 것도 아무렇지 않게 여기는 식의 체험에서 온, 일종의 전진을 위한 후퇴라는 노련함이 제법 들어있다. 또 세상만사를 겪어본 작가만이 말할 수 있는 밑천이기도 하다. 이것이 상하이파에서 전해지는 정수인 것이며, 왕안이는 상하이에 속하는 작가인 것이다.

2. 실화와 허구

나는 이전에 왕안이 창작의 세 가지 특징에 대해 설명한 적이 있다. 역사(특히 '공화국'의 역사)와 개인의 관계에 대한 검토, 여성의 몸과 의식에 대한 자각, '상하이파' 시민의 스타일에 대한 재창조가 그것이다. 이런 특징은 그녀의 작품에서 반복적으로 교차해서 나타나는데, 다만 1993년의 《실화와 허구》에 이르러서야 비로소 광범위하고 치밀한 대화 관계를 형성하게 된다. 462페이지에 달하는 이 소설(인민문학출판사 판)에서 왕안이는 자기 가족의 내력에 대해 뿌리를 찾아 나선다. 그러나 우리가 익숙한 '가족사' 소설과는 달리 왕안이는 아버지 쪽 혈통을 찾아나서는 것이 아니라 방향을 바꾸어 이미 흩어져버린 어머니 쪽 족보를 마치 누에고치에서 명주실을 뽑아내듯이 그렇게 찾아 나선다. 이는 그녀의 여성적 시야가 갑자기 활짝 펼쳐지게 만든다. 그런데 왕안이의 욕심은 여기서 그치지 않는다. 그녀의 창작과 뿌리찾기의 활동 거점은 외지인들이 모여서 이룬 도시이자 끊임없이 이주하고 변화하며 역사를 망각해가고 있는 도시인 상하이인 것이다.

《실화와 허구》의 〈발문〉에서 왕안이는 그녀가 작품의 제목을 두고 망설인 것에 대해서 쓰고 있다. 처음 이 책은 '상하이 이야기'라고 제목을 붙였다고 한다. 상하이에 대한 왕안이의 애틋한 감정은 말하지 않아도 분명하다. 그러나 "약간의 세속적인 분위기"가 "사람들로 하여금 구체화라는 함정에 빠트리기 쉽기" 때문에 결국 이 소설 제목을 포기한다. 왕안이는 그 후 '루자러우' – 소설의 뿌리찾기의 종점인 – 를 제목으로 할까 했지만 이 역시 충분하지 못하다고 느낀다. 또 '시', '뿌리찾기', '포위', '창세기' 등도 가능하긴 했지만 그보다 더 못했다. 이리하여 여러 차례 고심 끝에 왕안이는 《실화와 허구》를 책 이름으로 결정한다. 왕안이의 망설임은 사실 이해하기 어렵지 않다. 이 소설 자체가 말하는 것이 바로 '명명'의 이야기인 것이다. 명명이란 '이름'을 '명'하는 것이고, 이름이란 사물의 시작이며, 이로부터 의미의 유전이 비롯되는 것이다. 이에는 세계가 시작되는 신비한 계기가 들어 있으며, 또한 무에서 유를 만들어내는 창작의 충동이 들어있는 것이다. 왕안이가 말하고자 하는 것은 곧 자기 자신에게, 모계의 가족에게, 상하이에게 뿌리를 찾아 명명해가는 과정이다. 한 사람의 작가로서 그녀에게 명명이란 놀이이기도 하고 본업이기도 한 것이다.

왕안이는 줄곧 '나는 어디에서 왔는가'와 같은 문제에 대해 흥미를 가지고 있었다. 일찍이 1980년대에 그녀는 〈나의 이력〉과 같은 작품을 쓰기도 했다. 다만 그런 것들은 살짝 건드리는 정도에 불과했고 본격적으로 다루지는 않았다. 그런데 이번에 그녀는 정말 제대로 손을 댄다. 작품은 규모가 방대하여 모두 10장으로 구성되어 있다. 홀수 장은 작가(화자)가 상하이에서 성장한 과정을 말하고 있다. 유년 시절에 이사를 해온 것에서부터 학교에 다니고, 문화대혁명을 겪고, 하방을 당하고, 돌아오고, 결혼하고 하는 것 등 크고 작은 일들이 빠짐없이 들어있다. 짝수 장은 어머니 쪽 혈통의 중화민족 역사(!)상에서의 흐름을 추적하고 있다. 3천 년이라는 시간이 그녀의 펜 아래에서 순식간에 지나가버린다. 제10장에서는 민족사 속에서의 가족사의 흐름과 공화국 역사 속에서의 개인의 성장 기록이 마침내 하나로 합쳐지고,

창작 활동에 대한 작가의 반성과 성찰로 귀결된다. 실화와 허구는 확실히 창작이라는 동전의 양면이며, 모든 역사와 추억은 일종의 글쓰기의 변화에 불과한 것이다.

1990년대에 이르러서 역사의 허구성 또는 기억의 융통성을 말한다는 것은 실은 철 지난 국화나 마찬가지다. 말해야 할 것, 써야 할 것들은 이미 다 말하고 다 쓰고 하지 않았던가? 대륙에서 가족사를 다시 쓰는 풍조는 모옌의 《붉은 수수밭 가족》이 단숨에 히트를 친 후 쑤퉁 · 리루이 · 위화 · 거페이 · 예자오옌 등이 물결을 확산시키면서 이제 더 이상 참신하지 않게 되었다. 이들의 작품이 로망을 쓰고, 역사를 이야기하는 데 있어서 각기 별다른 점이 있는 것은 분명하다. 다만 《처첩들》, 《붉은 수수밭 가족》, 《가랑비 속의 외침》, 《길 잃은 배》[7] 등을 워낙 많이 읽다보니 지루한 점이 없지 않다. 왕안이가 비록 가족사 소설의 막차에 올라탔다고는 하지만 정말 한 발짝 늦은 것일까?

과거에 《샤오바오좡》을 쓸 때 남이 걸으면 따라 걷고 남이 뛰면 따라 뛰는 식으로 뿌리찾기의 신화를 복제하던 것에 비한다면 왕안이는 이제 훨씬 느긋해졌다. 그녀 '역시' 가족사 소설을 썼지만, 앞에서 인용한바 그녀가 〈아저씨의 이야기〉에서 한 말을 그대로 하자면, 《실화와 허구》는 가족사 소설을 '종합, 요약, 반성, 검토'한 작품이다. 그것은 과거 작품의 장점과 결점을 확대하였으며, 또 다른 작가들에게는 없는 식견을 담고 있기도 하다. (예컨대 모옌처럼) 남성 작가는 나의 할아버지와 나의 할머니를 쓰면서 청나라 말과 민국 초기로 가족사를 거슬러 올라가다가 그쯤에서 자리를 걷고 일을 파한다. 반면에 왕안이는 사정없이 나아간다. '그녀의' 족보 이야기

---

7 〈길 잃은 배〉의 한글본이 《깡디스 산맥의 유혹》, 거훼이 외 지음, 김영철 옮김, (서울: 나남, 2011)에 실려 있다.

는 수당과 위진 시기로까지 거슬러 올라간다. (예컨대 쑤퉁처럼) 남성 작가는 안개비 내리는 강남, 퇴락한 명문대가를 쓰면서 얼마나 사람을 애달프게 하는지 모른다. 반면에 왕안이는 거필을 휘두르며 한편으로는 서술하고 한편으로는 논술한다. 실로 기개 당당한 모습을 보여준다. 그녀의 '논설체' 문장은 타이완의 주톈신의 스타일에 근접한다. 물론《실화와 허구》의 장황하고 번잡하며 두서없이 잡다한 방식의 글쓰기는 필연적으로 '내세우기를 좋아한다'는 비판을 초래하게 되어 있다. 그러나 우리는 결코 작가의 자신감과 용맹성을 홀시해서는 안 된다. 더구나 좋은 소설이 반드시 정치하고 세밀해야 한다고 대체 누가 그렇게 단정할 수 있단 말인가?

소설에서 가장 주목을 끄는 부분은 짝수 장의 모계 가족의 역사이다. 앞에서 말한 것처럼 왕안이가 각별히 아버지 쪽을 버리고 어머니 쪽을 택한 것부터 이미 여성이 역사를 기록하고자 하는 전략이다. 더욱 흥미로운 것은 그녀의 '고증'이 보여주는 모친의 혈통은 결코 한족의 정통 혈통이 아니라 북방 오랑캐에서 연원한다는 점이다. 왕안이가 어머니 – 원로 작가인 루즈쥐안 – 의 성씨인 '루'자로부터 출발하여 이리저리 찾아나가다가 이 희귀한 성씨가 원래는 북위의 연연족에서 기원한다는 것을 알아낸다. – 이는 다른 종족이 아니라 아예 다른 인종이다! 이로부터 시작하여 왕안이는 스스로 말하기를 역사 서적의 기록을 뒤지면서 한 줄기 가족의 흥망과 와해의 과정을 그려낸다. 위나라에서 당나라로, 당나라에서 송나라로, 계속해서 청나라 말과 민국으로. 이 민족에는 영웅과 미인도 있었지만 결국에는 '무너진 민족'의 반열에 빠져들게 된다. 왕안이의 상상은 역사의 벌판을 내달리며 목골려 • 차록회 • 징기즈칸 • 나얀 등의 찬란한 시대를 거치는데, '고증'은 세밀하고 상상은 풍부하다고 말할 수 있겠다. 그러나 왕안이는 곳곳이 진흙탕인 어느 비오는 계절에 한 평범한 강남의 작은 읍 – '루자러우'에 다다르게 되고,

가족의 마지막 종착지와 마지막 후손을 증언하게 된다.

여기서 당연히 가르시아 마르케스의《백년 동안의 고독》식의 역사적 장면이 나타난다. 그러나, 유사한 소재를 다룬 절대 다수의 남성 작가들과는 달리, 왕안이 작품의 결말은 가족의 와해와 과거사가 매몰되는 현실이 결코 아니다. 오히려 정반대로 그녀는 이를 원치 않았으니 창작의 충동은 바로 이 때문에 생겨났던 것이다. 천백 년 전에 루씨 집안의 신화를 열었던 그 어머니에 상응하여 왕안이는 여성 작가의 펜으로 또 하나의 문자적 정수를 탄생시킨다(낳는다?). 그녀는 그녀의 조상 이야기를 선택하고 열거해가면서 또다시 역사를 '창조'해낸 것이다.

만일 성과 기호의 해체주의적 상호텍스트를 활용한다면, 우리는 남성 작가들이 생각하고 호소하는 의미의 산포(disseminate, 사정)의 위기가 왕안이의 손에 이르러서 다시 '배태'(conceive, 잉태)될 기회를 갖게 되었다고 말할 수 있을 것이다. 한 걸음 더 나아가 보자. 왕안이는 작품이 어떻게 역사를 재탄생시키는가를 쓰고 있을 뿐만 아니라 역사가 어떻게 추상적 관념을 낳게 하는가(conceptualize)를 쓰고 있는 것이다. 또 이로 미루어볼 때 그녀가 장황하게 논평하는 것에는 설령 대단한 고견은 없다손 치더라도 남성 가족사 작가들이 남긴 공허함과 부족함을 풍부한 문자적 이미지로써 메우고 있다고 할 수 있다.

대륙의 두 비평가는《실화와 허구》를 평가하면서 각기 왕안이의 이 소설이 '영감'이 결여되어 있거나 또는 지나치게 '물질성'에 물들어 있기 때문에 자연스럽고 매끄럽지 못하다고 지적했다.[5] 나는 왕안이가 이전의 '영감'에서 벗어나서 확실하고 사실적인 것으로 변신한 셈이기 때문에 오히려 참으로 천만다행이라고 생각한다. 그리고 '물질성'에 대해 말하자면 아마도 그것은 사실 왕안이가 노력하고 있는 방향일 터이다. 앞서 말한 것처럼 고답적이고 추상적인 관념도 왕안이가 쓰게 되면 중복에 중복을 거듭하여 튼실한 '물건'이 된다. 이런 경향은 수사에서 분위기 창조에 이르기까지 모두 나타나는데, 마치 그녀는 이런 토대가 있어야만 비로소 그 토대를 바탕으로 이야기를 말해나갈 수 있는 것 같다.

모든 문제들이 갈수록 더욱 분명하게 왕안이의 자각적인 신상하이파 의식을 가리키고 있다. 《실화와 허구》는 비록 천마가 하늘을 나는 것처럼 허구적이지만, 기본적으로는 상하이 여성 작가와 그녀의 도시와의 이야기를 말하고 있다. 왕안이는 비록 일생의 대부분을 이 도시에서 보냈지만 작품의 첫머리에서 그녀의 가족은 상하이로 이주해온 외지인으로 지인도 없고 일가도 없음을 분명히 밝힌다. 이런 뿌리 없음의 감각은 그녀에게 뿌리찾기의 욕망을 낳게 만든다. 소설은 짝수 장에서 교묘한 수법으로 가족의 역사를 허구적으로 꾸며내는 가운데, 홀수 장에서는 반대로 한 여성 작가가 상하이에서 태어나 성장하고 창작해나가는 세세한 부분들을 하나하나 꾸밈없이 묘사해나간다. 지난 백여 년간 상하이의 번화함과 파란만장함이 사실은 하나하나 이민의 역사이다. 왕안이는 스스로 외지인이라고 말하지만 새로운 곳에 뿌리를 내림으로써 친척도 없고 친구도 없던 이 도시는 이미 그녀의 제2의 고향이 되었다. 가족의 역사는 막막하여 알 수가 없는데 오히려 상하이의 그 모든 것은 친밀하고 자연스럽다. 소설가는 상상을 통해 끊임없이 상하이를 내치면서 이와 동시에 상하이의 자기 집 책상 앞에 앉아서 그토록 편안하고 현실적임을 느끼고 있다.

더욱이 소설의 스타일이 보여주는 소시민적인 태도는 더 말할 나위도 없다. 앞에서 언급한바 왕안이의 물질적 경향은 보고 만질 수 있는 모든 사물에 대한 그녀의 흥미와 호기심에만 그치지 않는다. 역사적 자료와 상상을 '사재기'하는 데서도 볼 수 있다시피 그녀는 탐욕적이다. 그 뿐만 아니라 설령 자신의 한계를 깨닫고 있다손 치더라도 결코 그만두지 않는다. 왕안이가 남들에게 가장 비판받는 측면이 그녀의 이런 새로운 스타일에서 비롯된다고 하지 않을 수 없다. 또한 그녀는 속물적이다. 가족의 역사란 원래 그럴듯하게 치장하는 것이다. 그러니 그녀가 왜 그럴싸한 것만 골라서 자기 바구니에 집어넣지 않으랴? 소설은 마지막에 청나라 시절 루씨 성의 가족이 두 갈래로 나뉘어서 하나는 성하고 하나는 쇠하는 것을 묘사한다. 왕안이는 자신이 쇠락한 혈통을 이어받았을 가능성을 분명히 알지만 허영을 '금치 못하고서' 족보에 억지로 다른 혈통도 집어넣는다. 그녀는 "하나하나가 버리기 아까워서 모든 가능성을 다 선택한다." 이런 잡동사니 식의 결과가 미학적 해석의 요구에 대해 어떤 악영향을 끼칠지 왕안이가 모를 리 없다. 그렇지만 그녀는 열정적으로 그러나 또한 자조적인 면이 없지 않게 이 모든 것을 다 끌어안는다. 반세기 이전 장아이링은 상하이 사람을 보면서 이렇게 썼다. "이곳에는 어쩔 수 없음이 있고, 용인과 방임 - 즉 지쳐서 생긴 방임 - 이 있고, 남들을 깔보면서 스스로에 대해서도 그다지 신통찮게 보지만 그러면서도 남들과 자신에 대해 여전히 친밀감을 지니고 있으며, …… 결과적으로 어쩌면 썩 건전하지는 않겠지만 그래도 이곳에는 일종의 기이한 지혜가 있다."[6] 이 말을 상하이 작가 왕안이의 현상에 적용한다면 이 또한 아주 적절할 것이다.

《실화와 허구》는 따라서 왕안이가 상하이를 쓰는 데 있어서 또는 상하이가 왕안이를 쓰는 데 있어서 중요한 단계이다. 이 작품은 야심만만한 역사소설이지만 지리멸렬한 개인의 고백으로 가득 차 있으며, 수많은 메타픽션적인 취향을 발휘하고 있지만 결국 리얼리즘적인 '도'의 설교적 분위기에서 벗어나지 못하며, 백과전서 식의 그 번잡한 구성 하에서도 여전히 감상적인 연출력을 과시하고 있다. 그러나 종합적으로 본다면 이 소설은 작품의 마지막 부분까지 내내 천만 마디의 말과 함께 그 강력한 (여성적) 서술 욕망을 쏟아놓고 있다. 왕안이의 창작의 잠재력은 결코 낮추어볼 수 없다. 그리고 《실화와 허구》 이후 그녀의 또 다른 장편, 《장한가》가 바로 이 점을 증명한다.

3. 장한가

> 상하이는 정말 떠올려선 안 된다. 떠올리기만 하면 마음이 아프다. 그곳의 나날은 정으로 넘쳐난다. …… 상하이는 정말 불가사의하다. 그 찬란함은 일평생 잊지 못하게 만든다. 모든 것이 지나가버려 흙이 되고 재가 되고, 담쟁이덩굴이 된다고 해도, 그 찬란한 빛만은 여전히 눈부실 것이다. 그 빛은 온 천지에 퍼지고, 모든 것을 투과할 것이다. 애초부터 상하이가 없었다면 모르겠지만 있었기 때문에 다시는 잊어버릴 수 없는 것이다.

상하이에 대한 이 회상 부분은 왕치야오의 생각에서 나온 것이다. 왕치야오는 왕안이의 장편 신작인 《장한가》의 주인공이다. 1946년 겨우 열일곱 살이던 왕치야오는 미스 상하이 선발대회에 나가서 단번에 3등을 한다. 왕치야오는 빈한한 집안 출신이지만 미모를 타고난다. 그녀가 큰 뜻을 품고 있는 것은 아니다. 하지만 평범하게 살고 싶지도 않다. 왕안이가 말한 것처럼 왕치야오는 상하이의 많고 많은 집과 거리에서 흔히 볼 수 있는 여자이다. 그녀(또는 그녀들)는 보통 사람의 집에서 태어났지만 상하이에서 자랐으므로 자연스럽게 상하이의 풍월과 상하이의 정수를 흡수했다. 1946년 상하이는 일본의 침략에서 벗어나서 또 한 차례 번성하는 모습을 보인다. 영화와 연극의 극장, 노래와 춤의 무대, 말로 다 할 수 없는 매력과 낭만. 그렇지만 '미스 상하이' 선발보다 이 도시의 유행과 풍정을 더욱 잘 보여줄 수 있는 것이 또 있을까? 왕치야오는 행운이 잇따라서 봉황새가 된다. 그러나 화려한 미인 대회가 막을 내리자마자 이 미스 상하이는 자의 반 타의 반으로 국민당 정권의 아무개 기관의 책임자인 리 주임의 정부가 된다. 그녀는 앨리샤 아파트로 들어가 가짜 봉황새의 생활, 즉 가짜 부부의 생활을 시작한다.

왕안이의 《장한가》는 그 솜씨가 남다르다. 소설은 시작 부분에서 왕치야오의 모든 것을 간결하게 묘사해나간다. 한 가지로 백 가지를 비유하는 19세기 유럽 리얼리즘 정통의 단일 서술(iterative) 방식이다. 상하이에는 이런 왕치야오와 같은 여자가 수도 없이 많다. 그녀들의 출세와 몰락은 각자가 선택한 기회를 대표할 뿐만 아니라 그녀들에 대한 이 도시의 은정과 배신을 대표하기도 한다. 왕치야오는 미인 대회를 계기로 다른 사람의 독점물이 되는데, 자연주의적 도덕의 법칙을 서술하는 것 외에도 더 나아가서 일종의 제의적인 유혹과 희생을 답습하고 있다. 왕안이는 한 여자와 한 도시 간의 뒤얽힌 관계가 수십 년이 흘러가도 후회 없음을 세밀하게 묘사하면서 일종의 신비로운 비극적인 분위기까지 보인다. 이 혼란한 세상에서 어찌 왕치야오의 정부 생활이 안온할 수 있으랴. 그녀의 리 주임은 오래지 않아 비행기 사고로 목숨을 잃는다. 그리고 공산당이 이미 상하이에 바싹 다가온다. 왕치야오는 인근 시골인 우차오로 피난을 하는데, 고통스런 지난날을 되돌아보면서 그립고 생각나는 것은 역시 상하이다. 앞에서 인용한 말이 바로 그녀의 속마음을 드러내주는 부분이다.

물론 현대 중국소설에서 상하이와 여성의 관계를 쓴 것은 왕안이가 처음은 아니다. 일찍이 1892년 한방경이 《해상화 열전》으로 상하이/여성 상상의 토대를 만들어냈다. 한방경의 《해상화 열전》은 당시 청루의 여자가 어떻게 조계지 상하이에서 온갖 풍진을 다 겪는가를 묘사한다. 그녀들의 허영과 원망, 그녀들의 기지와 우매함은 백 년 후의 독자들에게도 감동의 표정이 어리게 만든다. 《해상화 열전》에서 가장 뛰어난 부분은, 상하이로 와서 황금을 얻고자 하는 이 여자들이 결국에는 참으로 소박한 애욕과 불평으로 이 도시의 허영과 번창을 설명하고 있음을 보여주는 데 있다. 물정에 밝으면서도 천진함이 있고, 과시하는 가운데도 감상적인 면이 드러나니, 이는 상하이파 정신의 진수라고 해야 할 것이다. 1930년대 좌익작가인 마오둔은 일찍이 눈을 살포시 뜨고 조신하게 걷는 여성으로 상하이를 비유하면서 《자야》의 그 유명한 첫머리를 장식했다. 동시대의 신감각파 작가들은 더 나아가서 아름답고 요염한 '팜므 파탈'의 이미지로 상하이의 모던한 매력을 서술했다. 그리고 원앙호접파의 늙고 젊은 구식 인물들은 상하이의 근대화가 진행되는 동안 옛 시절의 풍월을 추억하기 시작했다. 상하이와 여성에 관련된 이런 갖가지 글쓰기는 1940년대에 이르러 최고조에 달한다. 장아이링 · 쑤칭 · 판류다이 · 펑쯔 등은 상하이의 여성을 쓰는 데 그치지 아니하고 더 나아가서 여성으로 상하이를 썼다. 장아이링이 반세기 전의 《해상화 열전》으로부터 가르침을 받고 그것을 더욱 빛낸 것은 결코 우연이 아니다.

왕안이가 이런 전통 속에서 《장한가》를 쓰게 되었으니 그 포부가 어떠했을지는 생각만 해도 알 수 있다. 왕안이는 출생이 늦어(1954년) 상하이가 가장 휘황찬란하던 그 시절은 놓쳐버렸다. 그러나 이곳에서 태어나고 자란 만큼 그녀는 어쨌든 좋은 여건을 지닌 셈이었다. 비록 1940년대의 일시적인 번화함을 회고하는 것이라고는 하지만 그래도 세기말의 상하이 사람들이 절로 탄식하고 절로 기뻐하도록 만들었다. 왕안이는 미스 상하이 선발대회를 상상하면서 《해상화 열전》 시대의 기생 뽑기나 명기선발에 대해 경의를 표하는 것에서 그치지 아니한다. 그녀는 또 당시 연예 오락계의 매력적인 풍정을 그려내면서 그 모든 소리와 빛, 색깔과 모양이 일순간에 사라지지 않는 것이 없다는 선견지명(또는 사후 총명?)을 내보이고 있다. 확실히 오늘날의 상하이는 제 아무리 가다듬고 손질해도 과거의 유풍과 유업을 계승하는 것에 불과할 따름인 것이다.

그러나 왕안이의 노력에는 장아이링과 같은 선배를 향한 도전이라는 운명이 주어져 있다. 장아이링의 예민하면서도 예리함, 화려하면서도 창연함은 이미 오래 전에 1930,40년대 상하이파 스타일의 전매특허가 되었다. 《장한가》의 제1부는 젊은 시절 왕치야오의 득의와 실의를 서술하는데, 사실 장아이링의 그림자를 벗어나지 못한다. 왕치야오의 애매한 신분은 장아이링의 '정부'

관념에 대한 새로운 해석이라고 간주할 수 있다. 그러나 《장한가》가 그 이름이 장한, 즉 '기나긴 한'이니 왕치야오의 애정의 모험은 이제 비로소 시작이다. 잠시 근교의 우차오로 피난하지만 전진을 위한 후퇴라는 전략에 불과하다. 공산당 집권이라는 정치적인 변화가 일어났다고는 하지만 왕치야오는 그래도 상하이, 그녀의 상하이로 돌아가야만 했다. 상하이에서 받았던 그 모든 상처는 그녀가 그 도시에서 계속 생존해나가는 조건이 되어야 했다. 사랑과 증오의 뒤얽힘은 죽어도 후회 없을 것이었다.

> 상하이의 자매표 로션, 해적표 담배, 상하이 전통극, …… 이런 소소한 것들이 모두 자극을 주었다. 왕치야오의 마음이 어찌 이런 자극을 견딜 수 있으랴! 그녀는 이제 어디로 가든지 간에 상하이가 부르고 대답하는 것이 귓가에서 맴돌았다. 상하이를 그리워하는 그녀의 마음은 사실 한과 원망이 담긴 상처받은 마음이었다. 그래서 이 자극은 상처를 헤집고 칼로 후벼 파는 것처럼 고통스러웠다. 그렇지만 그 한과 원망은 빛깔도 색깔도 있는 구체적인 것이었으며, 그 고통은 스스로 원해서 겪는 것이었다. 충격과 경악이 다 지나가고 이제 와서 되돌아보니 모든 것이 당연하고 합당한 일이었다. 이 은혜와 원망, 고통과 기쁨은 모두 통과의례인 것이다. 그녀는 이미 상하이의 냄새를 느낄 수 있게 되었다. …… 치자 꽃이 발산하는 냄새는 상하이의 협죽도 냄새였고, 물새의 군무 역시 상하이의 건물 꼭대기 비둘기떼 모습이었다. …… 저우쉬안의 노래 〈사계절〉을 듣고 있노라면, 계절별로 읊조리는 것이 모두 그녀더러 돌아가라는 뜻임이 분명했다.

1952년 장아이링이 황망하게 상하이를 떠나고, 그 후 타향에 정착하게 되면서 창작 역시 쇠락해갔다. 장아이링이 만일 오래오래 상하이에 머물게 되었다면 그 결과가 어땠을는지 상상하기란 매우 어렵다. 그렇지만 왕안이의 《장한가》에 비추어볼 때 예컨대 거웨이룽・바이류쑤・제임슨 부인 등 장아이링 식의 인물이 '해방' 후 계속해서 황푸 강가에서 살아가는 일종의 '뒷이야기' 내지는 '남겨진 이야기'의 가능성을 상상해볼 수는 있을 것이다. 소설의 제2부와 제3부는 각각 왕치야오가 겪는 1950,60년대와 1980년대의 몇 자락 악연을 묘사하고 있다. 그녀는 다섯 남자 사이를 전전하는데, 어떤 남자는 정이 많은가 하면 어떤 남자는 신의가 없다. 어쨌든 매번 좋게 끝나지 않는다. 왕안이는 흡사 장아이링의 〈연환투〉와 같은 이야기를 민국의 무대에서 공화국의 무대로 옮겨놓은 듯한데, 그 중에서도 기형적인 사랑과 위험천만함은 특히 대단하다. 금욕을 과장하는 정권 속에서 갖가지 색정을 보고 겪었던 남녀들이 과연 어떻게 그들(그녀들)의 남은 반평생을 보내게 될 것인가? 왕안이는 장아이링이 써내지도 않았고 써낼 수도 없었던 것에 대해 일종의 매듭을 지어준다. 이런 의미에서 《장한가》는 장아이링의 《전기》, 《반생연》[8] 이후 상하이파 소설의 수십 년간의 공백을 메워주는 것이다.

《장한가》의 제2부는 전체 작품의 정수가 들어있는 곳이라고 해야 마땅하다. 해방 후 왕치야오는 상하이로 돌아와 핑안리에 살게 된다. 왕년의 미인은 비록 영락했다고는 하지만 그래도 풍정은 무한하다. 골목 깊숙한 곳, 좁은 건물의 한 구석에서, 개인도 자아도 없는 사회주의의 깃발 아래 정욕의 쫓고 쫓김이 차례차례 계속해서 펼쳐진다. 왕치야오는 그녀와 마찬가지로 홍진세계에 떨어진 부잣집 마나님 옌씨댁 사모님을 알게 되고, 또 그로 인해 옌씨댁 사모님의 외사촌인 캉밍쉰 및 중국인과 러시아인의 혼혈인 그의 친구 사샤를 알게 된다. 이 네 명의 남녀는 무산계급의 천당에서 서로 비비적거리고 살면서 세속의 인연을 끊지 못한다. 바깥세상에서는 하늘과

---

8 《반생연》의 한글본으로 《반생연》, 장애령 지음, 권효진 옮김, (서울: 문일, 1999)이 나와 있다.

땅이 뒤엎어지고 있는데 이 몇몇은 오히려 조그만 알코올버너 옆에 붙어 앉아서, 파를 썰어 올린 붕어를 굽고, 맛살조개를 넣은 달걀전을 부치고, 고물을 뿌린 새알심을 만들고 하면서 왕년의 감흥을 되지핀다. 1957년 반우파 투쟁이 고조되는 가운데도 그들은 탁자에 담요를 깔고 마작을 한다. 창밖에는 진눈깨비가 휘날리고, 창 안에는 밤새워 마작판이 벌어진다. 그토록 흉험한 시절에도 상하이 사람들의 '기이한 지혜'는 더욱 데카당하고 교묘하게 발휘된다. 그렇지만 그들이 어찌 천진난만하랴. 농담과 웃음 중에도 그들은 진즉부터 곳곳에 위험이 도사리고 있음을 느끼고 있다.

왕안이는 일찍이 이렇게 썼다. "장아이링이 쓴 상하이는 정말 사람의 마음을 뒤흔들어놓는 책이지만 사실 진정으로 이해할 수 있는 사람은 많지 않다. 그녀가 묘사한 디테일한 것에서 이 도시의 허무를 체득할 수 있는 사람은 별로 없다. 그녀는 허무의 심연을 마주하고서 손과 몸으로 이 미적인 디테일들에 바짝 다가갔지만 사람들은 단지 그런 디테일들 자체만 보기 때문이다." 참으로 훌륭하도다 그 말이여. 그런데 왕안이는 분명 의식적으로 이런 스타일을 계승하고자 하면서 세밀한 필치로 왕치야오의 삶의 소소함을 그려낸다. 《장한가》의 리얼리즘적인 필치에는 인용할 만한 부분이 대단히 많다. 왕안이의 문장은 사실 장아이링을 배운 것은 아니면서도 장아이링의 깊은 뜻이 가득한데, 관건은 그녀가 리얼리즘적인 정신으로 가장 허무한 인생의 처경을 만들어낼 수 있다는 데 있을 것이다. 온통 신중국의 '청춘의 노래'를 소리 높여 부르는 속에서 왕안이의 인물들은 금세 퇴조하고 영락해버리게 된다.

하지만 또 애욕을 쫓는 것보다 그 어떤 처경이 왕안이가 그려낸 인물들의 허무적 의미를 더욱 잘 드러낼 것인가? 왕치야오는 도화살의 운명이러니 가장 먼저 당하게 되어 있다. 그녀는 캉밍쉰과 내왕하면서 차츰 음식에서 남녀로 바뀌고, 여러 차례 얽힌 끝에 아이를 가지게 된다. 이런 위험을 가냘픈 여자 혼자서 의연하고 또 태연하게 젊어진다. 그녀와 과거가 있었던 남자들은 하나씩 그녀에게 이용(활용)된다. 이는 상하이 여자의 본능이다. 혼혈인 사샤는 내막도 모르는 채 엮여 들어가서 죄악의 원흉이 되고, 1940년대에 그녀를 추종하던 청 선생이 제때 나타나서 그녀와 아이의 수호신이 된다. 반면에 캉밍쉰은 이 일과는 전혀 무관하게 되면서 갈수록 멀어진다. 사랑할 수도 없고 사랑해서도 안 되면서 사랑하는 이 세 남자와 한 여자는 끝없이 뒤엉켜서 서로 머리싸움을 벌이고 또 울고 웃고 한다. 문화대혁명이라는 대재앙이 들이닥치게 되면 그 모든 얽히고설킨 은원이 단박에 일소되리라는 것은 아직 모르는 채.

왕안이는 왕치야오와 캉밍쉰 간의 정에서 사랑으로, 사랑에서 원망으로 바뀌는 과정을 묘사하면서 대단한 능력을 발휘한다. 앞에서 말한 것처럼 1950년대에서 1960년대까지의 상하이는 온갖 탈바꿈을 겪게 되는데 어찌 그 옛날 황룡을 놀리고 봉새를 희롱하듯 하는 식의 사랑의 결합을 용인할 리가 있겠는가? 왕치야오와 캉밍쉰 두 사람은 불가능한 것을 가능하게 만들려고 한다. 모든 계급적 구호의 가식을 벗겨내고 나자 그들에게는 진실한 감정이 남게 된다. 그렇지만 이 감정은 극히 불안정한 것이다. 캉밍쉰은 왕치야오에게 "당신에게 잘 해줄 것"이라고 약속한다. "이 말은 비록 보장하기 어려운 것이지만 그래도 폐부에서 나오는 말이다. 그러나 제 아무리 폐부에서 나오는 말이라 하더라도 앞으로 이루어질 가망성은 거의 없다." 이 감정은 또 아주 이기적인 것으로, "그들 역시 부부의 명분을 원하지는 않는데, 부부의 명분이란 따지고 보면 남들을 위한 것이며, 그들은 둘 다 자신을 위할 뿐이다. 그들이 사랑하는 것은 자기 자신이고, 원망하는 것도 자기 자신이니, 남들은 뭐라고 입을 댈 수도 없다." 어느새 〈경성지련〉 속 장아이링의 애정관이 떠오른다. 그런데 왕안이는 장아이링에 비해 더 멀리 나간다. 그녀는 상하이가 서서히 무너져 내리는 것을 가지고서 또 한 쌍의 난세 남녀가 목전의 평안만

탐내는 것을 그려내고자 하는 것 같다. 그런데 이번엔 더 이상 그들이 물러날 곳이 없다. 왕치야오는 사랑하기도 하고 원망하기도 하지만 바이류쑤와 같은 타협적인 결말을 가질 수는 없다. 새로운 사회는 결단코 그녀의 이러한 행위를 용납할 수가 없다. 그녀가 그녀의 사랑과 헤어지는 것은 원래 더 이상 자연스러울 수밖에 없는 이치이다. 왕안이의 인간 세상에 대한 대파괴와 대위협은 따라서 장아이링과는 다른 견해를 가지게 되었다.

왕안이는 장아이링 언어관의 가르침을 자발적으로 대폭 수용한다. "장아이링은 언어를 중성적인 재료로 간주하지만 최종적으로는 예술적 경지를 만들어낸다." 그러나 왕안이의 장아이링에 대한 "불만은 그녀의 불철저함이다. 그녀는 어쩌면 자신이 다칠까봐 두려워서 언제나 적당한 때에 그만두며 대비애와 대상심이라는 절망적인 상황까지는 나아가지 않는다. 따라서 그녀가 써내는 것은 그저 애수극일 뿐이지 비극은 아니다. 이는 또 중국인의 두루뭉술함이기도 하다."고 말한다. 왕안이는 아마도 장아이링의 '불완전한 대조'라는 미학을 이해하지 못하는 것 같다. 장아이링으로 말하자면 인생 자체가 '곧' 울지도 웃지도 못하는 애수극인 것이다. 그녀의 불철저함은 바로 그녀가 5.4 주류문학과 대화하는 데 사용한 무기였다. 그렇지만 왕안이의 장아이링에 대한 반박은 어쨌든 다른 종류의 수확을 거두게 된다. 《장한가》 제3부에서 스토리가 갑자기 막을 내리게 되는 것은 왕안이가 또 다른 종류의 성애의 관계를 탐색하는 것과 관계가 있을 터이며, 또 은연중에 소설 첫 부분의 상하이의 이미지와 호응하는 것일 터이다.

1980년대에 이르러 상하이는 다시 번화한 도시로 바뀐다. 왕년의 풍모를 멀리 되짚어보자면 정녕 이 어찌 호시절의 부활이 아니겠는가? 왕치야오와 같은 이런 지난날의 '구식 여인'이 30년의 우여곡절을 견딘 끝에 다시금 속세에 모습을 나타내게 된다. 그녀는 새로우면서도 오래되고, 옛날식도 아니고 지금식도 아니면서, 또 한 번 소소하지만 멋들어진 광경을 보여준다. 왕안이는 왕치야오가 패션의 유행에 열중하는 모습을 통해서 30년 동안 세월이 돌고 도는 것을 보여준다. - 정치적 기복은 패션이 돌고 도는 것에 불과할 따름인 것이다. 여기서 어렴풋이 장아이링의 패션의 신화를 찾아볼 수 있다. 그러나 설사 왕치야오에게 젊음을 유지하는 비결이 있다고 하더라도 어쨌든 시간을 이길 수는 없다. 몸매 늘씬한 그녀의 딸이 바로 세월의 잔인함을 말해주는 증인이다. 더구나 왕치야오에게 더욱 안타까운 점은 상하이의 새 세대 여성들은 어머니 세대의 감상력과 전통을 거의 잃어버렸다는 것이다. 그녀들이 시대를 따르고 새것을 좇는 것은 남들이 그러니 자기도 따라 하는 그런 것에 다름 아니다. 든든한 토대를 잃어버렸으므로 제 아무리 꾸미고 가꾸어도 천박함이 드러난다. 왕치야오는 외롭다. 딸의 친구인 장융훙이 그녀의 유일한 벗인데 이 한 쌍의 노소는 참으로 기묘한 조합을 이룬다. 그런데 장융훙에게는 폐병 - 이미 시절이 지난 '유행'병인 - 이 있으며, 왕치야오 자신도 차츰 죽음의 냄새를 뿌리기 시작한다.

시간은 1985년이 되고 미스 상하이 대회로부터 이미 40년이 흐른다. 57세의 왕치야오와 그녀의 망년지교인 장융훙은 사람들의 물결이 넘치는 상하이의 거리를 나란히 걷는다. 과연 그 모습은 어떠할까? 그녀 두 사람의 패션은 앤티패션의 패션이고, 그녀 두 사람의 속물성은 반속물성의 속물성이다. 1940년대 상하이파 정신의 수호신과 계승자인 이 두 사람은 종내 능력이 마음을 따라주지 않는다. 1985년의 상하이는 시끌벅적하고 몸 둘 데가 없다. 왕치야오가 제 아무리 기민하게 타산을 잘 한다고는 하지만 그럼에도 불구하고 세월이 기다려주지 않는다는 애수만큼은 어찌 할 수가 없다. 그리고 참으로 '기가 막히는' 것은 그녀가 또 연애를 하게 된다는 것이다. 더구나 그녀보다 나이가 절반 이상이나 적은 남자를 사랑하게 된다는 것이다.

《장한가》의 마지막 부분은 왕치야오의 나이를 초월한 연애를 쓰면서,

상하이의 정과 사랑을 '죄다 쓴다'는 왕안이의 결심을 관철해낸다. 평생 왕치야오는 마음 준 이들을 모두 떠나보내 왔는데 마지막에 이르러서 아낌없이 모든 것을 건다. 딸은 이미 결혼하여 외국에 유학을 갔으니 더 이상 꺼릴 것도 없다. 그저 몇 년간 즐기는 것만 기대할 뿐이다. 그런데 이번에야말로 그녀는 완전히 모든 것을 잃고 만다. 그녀가 손수 키워낸 장융훙이 은연중에 그녀의 적수가 된다. 그녀는 노심초사하지만 어찌 상대방의 무심한 마음을 당해낼 수 있으랴. 왕안이는, 왕치야오가 40년을 간직해온 패물함 - 그 옛날 리 주임의 선물 - 을 꺼내어 어린 애인의 환심을 사려고(또는 조롱하려고) 하는 것을 묘사하면서, 정말 안타까워 견디지 못한다. 이것이 왕안이와 장아이링이 다른 점이다. 재물을 목숨처럼 여기는 차오치차오까지 포함해서 장아이링의 인물이야말로 비로소 '더욱 철저한' 비극적인 인물인 것이다. 왕안이의 왕치야오는 사랑의 관문을 넘어서지 못한다. 그녀의 그 모든 뛰어난 타산은 세속 남녀의 소심하고 조심하는 면모를 잘 보여주지만, 그녀가 일단 타협을 하게 되자 (바이류쑤와 같은 이들과는 달리) 그 모든 것을 꿰뚫어보는 시니시즘은 사라져버리고 물러설 곳이 없는 난감함만 남게 되는 것이다.

나는 그래도 말하고 싶다. 이런 설정은 최소한 《장한가》라는 틀 속에서는 그 나름의 역할이 있다. 이 부분에서 장아이링 소설의 귀족적인 분위기가 모두 시정 스타일로 대체되는 것이다. 소설의 마지막 절정의 대목은 바로 그 패물함으로 귀결된다. 그것은 왕치야오 삶의 가장 '실재적인' 부분으로, 그녀의 딸조차도 누릴 수 있는 인연이 없었다. 〈황금 족쇄〉의 차오치차오는 재물을 모으는 것으로 그녀의 좌절된 정욕을 대체한다. 왕치야오는 일평생 크게 호사를 하거나 귀하게 되지는 못했다. 나가는 것만 있고 들어오는 것은 없어서 그녀에게 금전의 의미는 전혀 달랐다. 패물함은 확실히 그녀의 명줄이며, 그녀의 연인과 한데 두고 논할 수 없는 것이다. 소설의 제일 마지막에서 왕치야오는 재물을 지키기 위해서, 사랑이 아니라 비명에 죽는다. 이 살인 사건은 마음을 뒤흔들어놓는다. 이 장면에서 살인자가 누구냐가 사람을 조바심 나게 만든다. 강조하고 싶은 것은 정욕과 물욕의 엉킴을 처리하는 면에서 왕안이의 수단은 장아이링과 시작은 비슷하지만 결론은 상당히 다르다는 점이다. 이로써 일어나게 되는 대비애와 대상심은 사실 우리에게는 아무런 가치도 없는 유감과 창연함만을 남겨줄 뿐이다.

《장한가》에는 당나라 현종과 양귀비 사이의 화려하면서도 처량한 옛 이야기가 들어있다. 왕안이는 쓰다 보니 확실히 백거이의 상상에 대해 교묘하게 조롱을 하게 되었다.[9] 대규모 상업 지역이자 환락 지역인 이 상하이에서 그 얼마나 많은 청빈한 집 처녀들이 금분을 바르고 홍진세계에 빠져들었던가. 왕치야오가 미인 선발대회를 거쳐 두각을 나타낸 것은 시간적으로나 지역적으로나 중국의 '문화 산업'이 너무 일찍 도래했다는 신호였다. 그러나 그녀의 침몰은 또 세상을 깨우치는 영원한 고전적인 알레고리 같다. 왕안이는 교묘하게 낡은 것과 새로운 것을 아울러 놓은 서사 기교 및 인물 창조 중에서 의도적으로 '상하이' '여성' 작가로서 자신의 자기 각성과 자기 사랑을 증명한다. - 그녀가 또 하나의 왕치야오가 되겠다면 그 또한 어찌 '불가능'하겠는가? 소설의 시작과 결말에서 보여주는 이미지는 따라서 우리의 논의를 매듭짓는데 적절할 것이다.

소설의 첫 부분에서 왕치야오는 어느 영화촬영장 구경에 초대된다. 많은 세트 사이를 돌아다니다가 그녀는 갑자기 한 여자의 시체를 보게 되는데, 침대 위에 똑바로 드러누워 있는 시체의 머리 위로는 끊임없이 전등이 흔들거

9 백거이의 장한가는 세 부분으로 이루어져 있는데, 첫 부분은 양귀비가 총애를 받다가 안록산의 난이 일어나 죽는 장면, 둘째 부분은 양귀비를 잃고 난 후의 현종의 쓸쓸한 생활, 셋째 부분은 죽어서 선녀가 된 양귀비와 현종이 재회하는 장면으로 되어 있다.

리고 있다. 40년 후의 그날 밤 왕치야오가 침대에서 목이 졸려 죽으면서, "그 마지막 1초 사이에 순간적으로 생각이 시간의 터널을 통과하여 눈앞에는 40년 전의 촬영장이 펼쳐졌다. 그랬다. 바로 촬영장이었다. 삼면이 벽인 한 방 안에 커다란 침대가 놓여있고, 한 여자가 침대 위에 드러누워있는데, 지붕에는 또 전등 하나가 쉼 없이 흔들거리고 있고 …… 그녀는 그제야 깨달았다. 이 침대 위의 여자가 바로 그녀 자신이며, 그의 손에 죽게 되리라는 것을." 이는 문자가 영상에게 치하를 보내는 시점이자 환상과 기억이 재회하는 시점이기도 하다. '미스 상하이'의 죽음은 40년 전에 이미 연습해둔 숙명이며, 상하이의 그 모든 찬란한 광채는 흑백 필름의 미끄러짐 속으로 빠져들어가서, 영원히 깨어나지 못하는 죽음 속으로 빠져들어가도록 운명이 정해져 있었던 것이다. 죽어가는 왕치야오는 40년 전 자신의 대역이 죽어있던 것을 '보게' 된 것이다. 마흔 살 나이의 왕안이는 왕치야오를 자신의 전신으로 택해서 환상/기억 속의 상하이에게 이별을 고한다. 그러나 이 모든 것이 드라마가 아니던가? 그저 이 모든 것이 드라마이기만을 바랄 뿐이다. 바다 위의 한 바탕 화려한 봄날의 꿈, 그야말로 번개 같고 그림자 같다. 물결 따라 떠다니는 꽃의 혼백은 그 어느 곳에 의탁할 것인가? 하늘과 땅이 영원하리니 이 한스러움 또한 다함없으리라.

| 저자 주석 |

2장 왕안이

1) 郜元寶, 〈人有病, 天知否〉, 《拯救大地》, (上海: 學林出版社, 1994), p. 146.
2) 郜元寶, 〈人有病, 天知否〉, 《拯救大地》, (上海: 學林出版社, 1994), p. 142.
3) 張愛玲, 〈到底是上海人〉, 《流言》, (台北: 皇冠, 1968), p. 55.
4) 王安憶, 〈序〉, 《故事和講故事》, (杭州: 浙江文藝出版社, 1992), p. 3.
5) 張新穎, 〈堅硬的河岸流動的水〉, 《棲居與遊牧之地》, (上海: 學林出版社, 1994), p. 3.
6) 張愛玲, 〈到底是上海人〉, 《流言》, (台北: 皇冠, 1968), p. 56.

3장 중샤오양

쇠멸에의 기대

나이가 젊을수록 죽음의 문제를 더욱더 많이 생각한다
죽음을 생각할수록
이생의 못다한 것에 대해 더욱더 연연해 한다

– 중샤오양, 〈못다한 시절〉, 《세설》1)

1981년 중샤오양(鍾曉陽, 1962~)은 롄허바오 소설상에 응모하여 《자오닝징 이야기》[1]로 사람들을 놀랍게 만들었다. 소설은 만주 소녀 자오닝징을 중심으로 하여 그녀의 사랑의 드라마를 묘사하고 있다. 시간은 중일전쟁 말기에서 1960년대 초까지 이어지며, 장소는 펑톈(선양)・상하이・홍콩 등지이다. 난세 여성의 이야기는 많이 있었지만 그럼에도 불구하고 《자오닝징 이야기》는 섬세한 인간사의 면면들과 처연한 사랑의 무상함으로 인해 독특한 면모를 보인다. 더구나 당시 중샤오양의 나이는 스무 살이 채 안 되었던 데다가 홍콩에서 거주하는 '화교'였던 터이다.

1980년대 초 타이완에서는 연이어 일단의 여성 작가들이 등장했다. 쑤웨이전・랴오후이잉・위안충충・샤오싸 등 각기 충분히 준비된 사람들이었다. 그렇지만 중샤오양이 갈수록 점점 멀어지는 대륙의 사정을 이처럼 노련하고 다채롭게 묘사했으니, 홍콩의 조숙한 천재의 솜씨는 참으로 비범한 것이었다.

---

1 《자오닝징 이야기》의 한글본으로 《자오닝징 이야기》, 중샤오양 지음, 송주란 옮김, (서울: 지식을만드는지식, 2015)가 나와 있다.

쓰마중위안 · 주시닝 등 선배 작가들이 찬탄해 마지않은 것도 무리가 아니었다. 이와 동시에 그녀는 주톈신 · 주톈원 · 딩야민 등 '삼삼그룹'의 젊은 작가들과도 교유하게 되었다. 일순 바다를 사이에 두고 서로 화답을 하니 중샤오양의 재녀로서의 명성이 더더욱 널리 퍼지게 되었다. 《자오닝징 이야기》가 일순간에 유명해진 것과 더불어서 이 시기 문학의 붐 속에서 중샤오양 자신 역시 하나의 드라마가 되었다.

《자오닝징 이야기》 이후 중샤오양의 창작은 대체로 중단편에 집중되었고, 이 작품들은 각기 《흐르는 세월》, 《애처》, 《애가》, 《타오른 후》 등의 작품집에 수록되었다. 다른 책으로는 산문과 시를 모은 《세설》이라는 작품집이 있다. 같은 시기의 여러 여성 작가들이 다산 작가였던 것과 비교해본다면 중샤오양은 신중하게 글을 쓰는 타입이라고 할 수 있었다. 이 시기에 중샤오양은 미국으로 유학을 갔다가 나중에 호주로 이민을 갔다. 그렇지만 이런 '외부적인 일'은 그녀의 창작 시각에 별다른 영향을 주지 않은 것 같다. 중국의 고전 시와 소설은 그녀의 영감의 원천이었고, 홍콩은 그녀의 시공간 상상의 좌표였다. 특히 쇠멸과 죽음은 그녀가 끝없이 노래하는 주제로서 그 중 가장 중요한 것이었다. 중샤오양은 재녀로 주목받으며 등단했고, 이로써 일찍부터 명망의 부담을 갖게 되었다. 그녀의 새 작품이 어떻든 간에 우리는 《자오닝징 이야기》라는 기준으로 평가할 수밖에 없다. 창작을 계속하면서 중샤오양은 무척 고생스러웠을 것이다. 근년에 들어 그녀는 새로운 차원으로 나아가려는 노력을 여러 차례 보여주고 있는데, 그 성과에 대해서는 보는 사람에 따라 각기 다르다. 새로 나온 《여한의 전설》은 《자오닝징 이야기》 이후 그녀의 첫 번째 장편이다.[2] 과거에 천지 사방을 떠돌아다니는 변경의 모험담을 쓰던 것과 비교해본다면 《여한의 전설》은 확실히 훨씬 어둡고 침중하다. 그렇지만 중샤오양의 죽음에 대한 사색과 탐닉, 글로써 죽음을 설명하려는 집착은 예전과 전혀 다름이 없다. 점차 중년에 접어든 중샤오양은 주톈신

등 그녀의 타이완 글벗들과 꼭 마찬가지로 마침내 명실상부하게 '오래된 영혼'[2]으로 자처하게 된 것이다.[3] 그녀의 소설 제목인 〈쇠멸과 기대〉를 빌리자면 중샤오양의 죽음의 미학이 곧 일종의 쇠멸에의 기대 내지는 기대의 쇠멸이 아니겠는가?

1. 사람은, 어쩌면, 죽을 참이 되고서야 비로소 진실로 평온을 얻을 수 있으리라[4]

《자오닝징 이야기》는 모두 세 부분으로 나누어져 있는데, 각기 〈저는 장성 바깥에 산답니다〉, 〈수레를 세우고 잠시 여쭙니다〉, 〈그저 베개만 눈물로 적십니다〉라는 고시 구절을 (흉내 내어) 제목으로 삼고 있다. 중샤오양은 이를 바탕으로 이야기를 풀어나가면서 전란으로 인해 헤어지는 사랑 이야기 세 마당을 서술한다. 은근하게 고전을 모방하면서도 통속적인 틀에 빠져들지 않아서[5] 자연스럽고 좋다. 이야기의 여주인공인 자오닝징은 만주국 펑톈에서 성장하는데 전쟁 말기에 일본 청년 요시다 치에와 만난다. 나라를 초월한 이 연분은 비극적인 결말이 예정되어 있다. 중국인과 일본인은 서로 양립할 수가 없었으니 어찌 아녀자의 사사로운 정이 용납되었겠는가? 그렇지만 소설은 이로부터 비로소 본격적으로 펼쳐진다. 제2권에서 자오닝징은 상인인

---

2 '오래된 영혼'(老靈魂)은 타이완 비평계에서 주톈신 소설의 주인공들과 유사한 인물들을 통칭하는 용어로, 늘 종말로서의 죽음을 의식하고 죽음의 비밀에 끌리며, 나이는 많지 않지만 세상사를 꿰뚫고 있으며, 흡사 유령처럼 잊힌 역사를 추적하고 흘러간 과거를 한탄하며, 현대적 대도시 속에서 스스로를 소외시키는 인물들을 말한다. 주톈신은 〈죽음의 예지에 관한 기록〉에서 이런 유의 인물들을 마치 서양 점성술에서처럼 거듭해서 환생하지만 신통력은 없는 영혼과 같다고 하면서 '오래된 영혼'이라고 명명했다. 이 책 제6장 주톈신 부분을 참고하기 바란다.

린쐉란을 알게 되고 곧 이어서 헤어나지 못하게 된다. 그렇지만 좋은 일에는 시련이 많은 법이라고 린쐉란은 이미 혼약이 있는데다가 경제적 여건도 좋지 않다. 의사인 슝인성이 끼어들고 여러 차례 공교롭게 일이 전개되면서 결국 자오닝징은 슝씨 집의 며느리가 된다. 그리고 한편에서는 만주가 일본에게 점령당한다. 제3권은 15년 후의 홍콩이 배경이다. 자오닝징은 우연히 린쐉란과 만나게 된다. 그렇지만 대난을 겪은 후여서 얼마나 다정했던 과거사가 있었건 간에 이제는 서로 망연하게 대할 따름이다.

《자오닝징 이야기》에는 어렴풋하게 중샤오양의 집안 내력의 그림자가 내비친다. 중샤오양의 모친은 만주 출신으로, 시간적 · 공간적 틀(심지어는 사건의 틀)을 제공한 것으로 보인다. 이 작품을 쓰기 위해 중샤오양은 자료를 수집하러 선양 · 푸순 등지를 방문하기도 했다.[6] 소설 속에서 사실 그대로 생동감 있게 묘사된 향토적 특색과 언어적 특징을 보면 그녀의 예리함을 충분히 짐작할 수 있다. 그 외에 이야기 속 슝인성이 인도네시아 화교 출신이라는 점 역시 중샤오양 부친의 출신과 유사하다. 그러나 우리의 주요 관심사항은 굳이 이런 구체적인 사실들을 대조해보는 것이 아니다. 중샤오양의 스타일 면에서의 계보야말로 검토해볼 만한 가치가 있는 것이다. 앞에서 말한 것처럼 소설의 기본적 이미지는 틀림없이 최호의 악부시 〈장간행〉에서 나왔을 것이다. 그러나 작가가 묘사해내는 이 한 쌍의 연인들이 겪는 사랑의 시련과 전란의 삶이 자아내는 한없는 처연함을 읽다가 보면, 독자들은 그 과정에서 어떤 사람을 떠올리며 거의 이름을 내뱉게 될 것이다. – 장아이링의 《반생연》 역시 사랑이 추억으로 바뀐 이야기를 쓰지 않았던가? 중샤오양은 홍콩 최고의 '장아이링 파' 주석가였던 것이다. 수년 후 그녀는 스스로 장아이링을 받아들이고자 한다. "때로는 어두침침한 골목길이, 때로는 약해졌으면서도 무한한 기억을 지닌 햇빛이, 따스하고도 친근하다. 설령 죽었다손 치더라도 죽은 육친인 것이다."[7]

장아이링과 마찬가지로 중샤오양 역시 《홍루몽》의 애독자였다. 《자오닝징 이야기》에서 자오닝징이 거듭해서 《홍루몽》을 펼쳐 드는 걸 보면 이를 거의 짐작할 수 있다. 여력이 있을 때면 자오닝징은 시를 짓기도 한다. 그녀가 지닌 만주 처녀의 시원스러운 이미지가 임대옥으로부터 재창조된 것이라고 할 수는 없겠지만, 그럼에도 불구하고 마찬가지로 '눈물로 갚는다'[3]는 품성을 가지고 있다. 소설에서 자오닝징이 여러 차례 우는 것은 따라서 상당히 의미심장하다. "울어서 눈물마저 메말라버렸고, 이 세상에게 그녀가 진 빚 또한 다 갚아버렸다."[8] 자오닝징과 린솽란의 사랑이 더 이상 되돌릴 수 없게 되었을 때 그녀는 눈물로써 인생의 유감을 보상한다. 소설은 마지막에 린솽란이 말도 없이 떠나버리고 결국 "자오닝징의 눈물은 금세 또 메말라버린다."[9]는 것으로 끝이 난다. 중샤오양은 확실히 '눈물로 갚는다'는 설에 깊이 사로잡혀 있었다. 그녀는 수필에서 이를 거의 직접적으로 토로하는데, 자오닝징보다 그녀가 오히려 더 임대옥 같다. "천지가 황황하니 참된 것이란 없다. …… 도대체 얼마나 많은 눈물을 흘려야만 이 인생에 빚진 눈물을 다 갚을 수 있을까?"[10] 이는 그야말로 예술을 닮은 인생이러니 좀 지나치게 빠져든 것이리라.

그렇지만 어쨌든 중샤오양은 장아이링과 조금은 달랐다. 장아이링이 《홍루몽》에서 받아들인 것에는 인생행로와 세상인심에 대한 예리한 파악의 면이 좀 더 많고, 또 그 중의 속물적이고 하찮은 것들을 결코 회피하지 않는다는

---

3 '눈물로 갚는다'는 이야기는 《홍루몽》의 제1회에 나온다. 옛날 서방에 강주초라는 풀이 자라고 있는데, 신영시자라는 신선이 매일 같이 감로의 물을 대준다. 이리하여 강주초는 영원한 생명을 얻게 되고 마침내 아리따운 여자의 몸이 된다. 그 후 우연히 신영시자가 가보옥으로 화하여 인간 세상에 내려가게 되자, 강주초는 보은을 위해 임대옥으로 화하여 그를 따라가서 한평생 눈물로 은혜를 갚고자 한다.

점이 있다. 장아이링이 《홍루몽》 외에도 그 전의 《금병매》와 그 후의 《해상화열전》 및 민국의 원앙호접파 소설로부터 가르침을 받았던 것은 우연이 아니었다. 이와는 상대적으로 중샤오양은 확실히 《홍루몽》의 감상적이고 염정적인 쪽에 더욱 경도되었다. 자오닝징은 정이 깊어지면 시를 읊는다. 그렇지만 우리는 장아이링의 바이류쑤・거웨이룽 또는 왕자오루이가 이런 아취나 능력을 가지고 있으리라고는 상상할 수 없다. 장아이링이 '통속으로 현대에 반발했다'고 한다면, 중샤오양은 통속적인 인물과 통속적인 일들을 쓰면서 고상하게 통속적이었던 것이다. 그녀는 소설로 이름이 났지만 마음에 두고 있던 것은 오히려 시 – 고시와 악부시에서부터 [청나라 초의 만주족 출신 시인인] 납란성덕에 이르기까지, 소리와 정감이 한데 어우러지고 깔끔하고 정교한 문자 세계로 중국 미학의 최고도의 표현인 – 였다.11) 《세설》 중의 시 부분은 중샤오양의 마음을 이해하는 중요한 길이다. 비록 이 시들이 그 자체로는 사실 그리 대단한 것은 아니었지만.

주시닝은 《자오닝징 이야기》를 논하면서, 중샤오양이 가지고 있는 "하늘의 행운을 타고났으면서도 아직은 빛을 발하지 못하고 있는 재능이 선계의 인연으로 중국 시사의 양육 속에서 보살핌을 받으며 성장하고 있다. 이 점만으로도 그녀는 하늘의 사랑받이가 될 수 있다."고 강조하고, 더 나아가서 그녀는 "중국 정통 소설의 발언자이며, 말 한 마디로 나라를 흥하게 하면서 오늘날 위기에 처해 있는 서구화된 소설의 궁지를 완전히 벗어났다."12)고 말했다. 중샤오양에 대한 주시닝의 찬탄은, 1970년대 말 이래 정치 문화적인 암류의 분출을 대하면서, 실제로는 자기 마음속의 응어리를 표출한 것이었다. 이로 미루어 보건대 평소 예악의 강산을 천분으로 삼던 '삼삼그룹'의 인물들이 중샤오양을 같은 길을 가는 사람으로 간주한 것은 역시 충분히 그 이유가 있는 것이었다. 중샤오양은 그녀의 타이완의 남녀노소 지음들을 실망시키지 않았다. 현실 생활 속에서 그녀는 피리를 불고 곡을 연주하며, 사를 쓰고 시를 읊조리니, 그야말로 옛것을 오늘날에 사용하는 본보기였다. 아니, 그녀는 아예 '살아있는 옛사람'이었다.

내가 이런 말들로 중샤오양을 설명한 것은 전적으로 조롱에서 나온 것은 아니다. '삼삼그룹'의 샤오리훙은 일찍이 "샤오양(小羊)[4]이 요절한 천재가 될까봐 걱정될 뿐이다."[13)]라고 말하지 않았던가. 주톈신 역시 "참으로 훌륭한 사물을 앞에 두면 그것이 과연 존재해나갈 수 있을지 걱정하게 된다."면서 은근히 두려워했다.[14)] 예악이 쇠퇴하는 시대에는 시가 영원히 존속하는 걸 용납하지 않으니, 영리하고 총명한 재녀가 어떻게 도도한 탁세의 시달림을 견뎌낼 수 있을까. 고래로 '선계의 인연'을 가진 '하늘의 사랑받이'에게는 죽음과 쇠락의 음영이 그림자처럼 따라다니는 법이었다. 샤오리훙・주톈신의 평가는 확실히 느낀 바가 있어서 나온 것이었다. 그렇지만 선견지명이 가장 뛰어났던 사람은 아마도 역시 중샤오양 자신이었을 것이다. 《자오닝징 이야기》에서 시적 정취를 작품에 불어넣기는 했지만, 오히려 그녀가 서술한 것은 화려한 날은 다시 오지 않고 은정과 도의는 스러져버린다는 이야기였다. 물론 장아이링의 화려한 말세관이 중샤오양에게 영향을 주긴 했다. 그러나 중샤오양은 스승 할머니의 차갑게 비아냥거리는 것만은 배울 수 없었다. 장아이링을 두고 말하자면, 천지는 어질지 아니하다가 그녀의 인물들이 존재하는 조건이었다. 장아이링의 수많은 중요 인물들은 비록 온갖 풍상을 다 겪기는 해도 어쨌든 모두 '불철저하게나마 살아나간다.' 중샤오양은 늦게 태어났으면서도 죽음에 대해서는 유다른 애착이 있었다. 그 뿐만이 아니었다. 그녀는 시라는 유토피아를 쇠멸과 죽음에 대한 기대 속에서 찾아냈던 것이다. 마치 가장 정치한 문자로 생명의 불완전성을 미봉하려는 것 같았다. 시의

---

4 중샤오양(鍾曉陽)의 이름과 같은 발음인 샤오양(小羊) 즉 '어린 양'으로 그녀의 애칭을 삼은 듯하다.

세계에서 시간은 정지되고 인간사는 승화된다. 더욱 중요한 것은 그녀가 꿈속의 세계를 만들어낸 것은 죽은 영혼이 거처하도록 하기 위해서였다는 점이다. 시(詩)와 시체(屍), 절창과 절멸은 그녀의 죽음의 미학의 토대를 이루었다.

《자오닝징 이야기》의 제3권에서는 자오닝징과 린솽란이 홍콩이라는 타향에서 서로 만나게 된다. 자오닝징은 이미 버림받은 아낙이 되어 있고, 린솽란은 병고에 시달리는 폐인이 되어 있다. 비록 옛정은 남아있지만 어쨌든 대세는 흘러가버린 뒤였다. 여러 차례 몸부림 끝에 린솽란은 한탄하며 말한다. "사람은, 어쩌면, 죽을 참이 되고서야 비로소 진실로 평온을 얻을 수 있으리라." 자오닝징은 시이자 도화 명월의 화신이다. 그녀에 대한 린솽란의 사랑이 어찌 늘거나 줄겠는가? 그렇지만 그가 '평온을 얻는 것'[5]에는 육체가 오히려 가장 큰 장애가 된다. 그는 결국 말도 없이 떠나며 멀리 세상 끝자락에 숨어버리고, 상징적인 자아 소멸로써 자오닝징에 대해 시정과 애정이 가득 찬 마지막 경의를 표한다. 그리고 현실 속의 자오닝징은 이미 몸이 불어난 중년 부인이 되어 있다.

린솽란이 대표하는 남성의 탐미적인 경향과 자오닝징이 보여주는 여성의 부드러우면서도 강인한 성격은 중샤오양이 거듭해서 다루는 제재인데 이는 나중에 다시 거론하겠다. 여기서 설명하고자 하는 것은 설령 많지 않은 작품이기는 하더라도 중샤오양이 이미 시와 죽음 사이의 애매한 관계에 대해 사색을 전개하고 있다는 점이다. 모든 것이 사멸로 돌아가고 말 것이라는 위협 하에서 생명은 시가 가진 심미적 스타일의 응집을 빌어서만 비로소 찰나적 빛과 그림자를 얻을 수 있는 것이다. 그렇지만 상대적으로 말해서 시는 투명하면서 순수한 기호 형식으로 세상의 삼라만상을 '감싸 안으니',

---

5 자오닝징의 닝징(寧靜)은 평온을 뜻하며, 따라서 '평온을 얻는 것'이란 곧 자오닝징을 얻는 것이라는 뜻이다.

오히려 생명의 유동이 가지는 무궁무진한 변수를 너무 빨리 단절시키는 것 같다. 시는 죽음을 초월할 수도 있지만 시는 또 죽음을 불러낼 수도 있다. 중샤오양은 이러한 시의 가능성들 사이에서 동요하면서 고통스럽게 써나간다. 사실 근현대소설의 전통 속에는 그녀가 따를 수 있는 선례가 있다. 청나라 말기 위자안의 《화월흔》(1872)은 '죽음을 두려워하지 않는' 재자와 가인을 쓰고 있는데 그 처연함이 이루 말로 할 수가 없었다. 그런데 알려지기로는 위자안은 먼저 수많은 애처롭고 안타까운 시사를 탐독한 후 이를 토대로 소설을 써냈다고 한다.[15] "태어난 지 백 년도 되지 않는데 언제나 천 년의 근심을 품고 있누나"라는 장탄식에서부터, 임대옥이 꽃을 장사지내면서 "꽃잎 떨어지고 사람 죽어도 모두 모를 터이구나"라는 자기 연민에 이르기까지, 중샤오양의 참으로 많은 작품들이 시제를 빌어 죽음의 미학을 서술하고 있다. 중샤오양은 그녀 인생의 절정기에 한창 성황을 이루고 있던 현대소설에 귀기 어린 필치를 덧보태었다. 그녀는 이 시기 '여자' '귀신' 작가의 한 중요한 목소리였다.[16] 그러나 그녀는 과도하게 시와 죽음의 세계 속에 빠져있었고, 그 문을 나서는 방법을 몰라서 늘 고통스럽기도 했다. 시를 사랑하고 시체에 집착하는 것이 일종의 중복 서술의 모습을 보이게 되면 제 아무리 다양하고 재미있는 이야기라고 할지라도 그것은 결국 일종의 '옛날' 이야기일 뿐인 것이다.

주시닝 등 평론가들은 중샤오양의 시가 가진 '선계의 인연'을 가지고서 중국 소설 문학의 새로운 세계를 증명하였다. '삼삼그룹'의 작가들 역시 후란청의 예악시서라는 별전을 계승하여 중샤오양을 지음으로 간주하였다. 그들의 시적 관점은 대대손손에게 새로운 세상을 열어주는 생명력인 명려한 정기를 추구한다는 것이었다. 《자오닝징 이야기》의 정서는 슬퍼하되 상심하지 않는 것이어서 대체로 이런 관점을 충족시켜주는 것이었다. 그렇지만 나는 이것이 중샤오양의 본 면목은 아니라고 생각한다. 《자오닝징 이야기》

이후 그녀는 《애가》를 말하고 《여한의 전설》을 이야기한다. 그녀에 대한 타이완의 선배나 동료들의 기대에 대해 그녀는 잇따라 만가적인 분위기의 작품으로 반응한다. 그녀가 퇴폐적이라거나 자기 연민적이라고 한다면 아마도 그 말에 일리가 있을 것이다. 하지만 어쨌든 그녀는 출발이 아주 일렀고, 따라서 여전히 그녀의 미래에는 참으로 많은 가능성이 존재하고 있었다. 흥미로운 것은 생명을 귀하게 여기는 품덕을 가지고 있던 그들 왕년의 '삼삼그룹'의 추앙자들 또한 언제부턴가 차례차례 죽음을 찬양하고 쇠멸을 다루기 시작했다는 점이다. 이들 '오래된 영혼'들에 비하자면 아닌 게 아니라 중샤오양은 정말 한 걸음 앞서 간 것이었다.

2. 죽기도 전에 먼저 울며 죽을 날을 기다리고, 지금도 그저 넋이 되살아나기를 기대한다[17)]

《자오닝징 이야기》 이후 10여 년간 중샤오양은 《흐르는 세월》, 《애처》, 《애가》, 《타오른 후》 등 네 권의 소설집 및 산문과 시를 모은 작품집인 《세설》을 출판했다. 이들 작품들은 모두 괜찮은 호응을 받았고, 중샤오양의 스타일 역시 갈수록 분명해졌다. 식자들은 매번 그녀의 간결한 묘사 능력을 호평했다. 〈추이슈〉와 같은 작품이 그 한 가지 예다. 미스 상하이인 여주인공 추이슈는 혼기가 되자 홍콩 상인인 경원을 택해서 결혼을 한다. 그렇지만 넘쳐나는 춘정을 견디기 어렵다. 그녀는 살구나무가 담장을 넘듯 춘심이 동하지만 이해득실을 따져보고는 결국은 낙심하여 물러난다. 상하이 여자는 어쨌든 그녀들만의 총명함이 있는 것이다. 한순간의 즐거움을 어찌 일생의 평온함에 비할 수 있겠는가. 소설은 추이슈의 은근한 정과 마음 궁리를 세심하게 그려내는데, 장아이링의 잔꾀와 잔속셈 식 여성에 대한 경의의 표시일 뿐만 아니라, 홍콩과 상하이 두 도시에 대한 상상 사이의 밀고 당김까지 함축하고 있다. 뜻밖의 수확이었다.

중샤오양은 결혼의 갈등과 관련된 블랙 코미디 몇 편을 창작하기도 했다. 예를 들면, 〈님을 그리며〉는 아내와 남편 그리고 남편 친구들 사이에 합종연횡하는 끊을 수도 없고 정리할 수도 없는 감정적 육체적 관계를 묘사한다. 〈미망인〉은 서로 아웅다웅하며 암투를 벌이는 여성들 간의 우애를 조롱하는데, 그 와중에 남성이 할 수 있는 것은 망자의 역할 뿐이다. 우리의 모던한 여성들은 남편/연인의 시체를 디디고 서서 계속해서 연적의 자매라는 볼거리를 보여주고 있다. 〈보통 생활〉에서는 일거양득의 꿈을 꾸는 남자 주인공이 결국은 아무 것도 얻지 못하는 것을 쓴다. 이런 작품들은 모두 남녀 간의 전쟁에 대한 관찰 내지 상상의 방면에 있어서 중샤오양의 잠재력을 증명해주는 것이다. 부드러우면서도 풍자적인 그녀의 필치는 우리로 하여금 제법 왕년의 링수화를 떠올리게 만든다.

그렇지만 중샤오양이 가장 좋아한 것은 역시 고전적 분위기를 가진 사랑 더하기 죽음이라는 이야기이다. 이 점에서 보자면 《애처》는 그녀의 스타일이 가장 일관되어 있는 소설집이다. 한 편 한 편이 죽은 이를 애도하는 이야기인데, 시적 필치로 끝도 없이 엮어내니 그야말로 중샤오양의 구미에 딱 맞았다. 중편 〈애처〉는 거의 묘비명에 새겨야 할 작품이다. 가슴 가득 비감한 정을 담은 남성 화자가 그와 죽은 처 사이에 서로 빠져들었던 이야기와 그의 어쩔 수 없었던 혼외정사를 회고한다. 내가 과거에 이미 지적했듯이 중샤오양이 화자와 애처 사이의 만남과 규방에서의 쾌락을 묘사한 것은 《부생육기》[6]의

---

6 청나라 말기 심복의 《부생육기》는 저자인 심복(심삼백)이 현숙한 아내 진운(운낭)을 먼저 떠나보내고 난 뒤 애절한 심정으로 가난했지만 행복했던 시절을 회고하면서 꿈처럼 덧없는 인생에 대해 쓴 자전적 소설이다. 《부생육기》의 한글본으로

현대판 복사본이다.[18] 홍콩의 인간사가 허황스럽고 총망스러운 것은 한 쌍의 남녀가 품고 있는 의고적인 정회로 감당할 바가 아니다. 그러나 홍콩의 운낭은 제빵사로, 현대판 심삼백은 여행사 매니저로 분하게 만들고, 그 밖에 혼외정사를 삽입해서 작품을 재자와 숙녀의 지고무상한 사랑 이야기 같기도 하고 평범한 남녀의 세인을 깨우치는 결혼 이야기 같기도 하게 만들었다. 다른 단편작품 〈아름다운 밤〉7은 더욱 정치하다. 화촉을 밝힌 밤에 연애로 결혼하게 된 신랑과 신부는 어색해서 긴장하기 시작한다. 복고풍의 화촉동방에는 쌍희자가 새겨진 촛불이 높게 타오르고, 아름다운 신부는 붉은 수건으로 얼굴을 가리고 있다. 그런데 이 기쁘고 즐거운 분위기에 어찌 귀기가 서려 있는 걸까? 창밖의 밤기운은 사납고, 이유도 없이 구급차의 처연한 사이렌이 울려대며, 비극적 사랑인 《공주꽃》8의 노래가 은은히 들려온다. 붉은 비단이 신부의 머리 위에 바짝 드리워져서 "붉은색 재앙처럼 훨훨 타오르고 있는데", "이 때문에 신랑의 숨결에 따라 붉은 비단이 미미하게 흔들리는 모습은 말할 수 없는 괴이함을 자아낸다." 신랑은 신부의 얼굴을 볼 수가 없어서 "생각할수록 의심스러워진다. 귀신은 아닐까? 그는 어린 시절에 들었던 귀신 신부에 관한 이야기를 떠올린다. 신랑이 화촉동방에 들어선 후 그와 천지에 맹세한 사람이 실은 복수의 일념에 가득 찬 귀신 신부여서 붉은 비단 뒤로 해골 모습이 드러나는 것을 발견한다는."[19]

현대식 결혼을 모골이 송연한 숙원과 악연으로 바꾸어 놓을 수 있었던 것에는 당연히 중샤오양에게 다른 마음 씀씀이가 있기 때문이었다. 오늘

《부생육기》, 심복 지음, 권수전 옮김, (서울: 책세상, 2003)이 나와 있다.

7 〈아름다운 밤〉의 한글본이 《월미각의 만두》, 리비화 외 저, 김태성/김순진 역, (서울: 푸른사상, 2012)에 실려 있다.

8 공주꽃(帝女花)은 국화의 별칭으로, 각종 문예 작품 속에서 비극적 사랑의 주인공인 명나라 말 창핑 공주를 지칭하기도 한다.

밤 가인이 내일 아침 해골이라, 제 아무리 아름다운 사물이라도 쇠퇴와 쇠멸의 서곡일 뿐인 것이다. 중샤오양에게 있어 창작이란 조금씩 죽음을 새겨나가는 의식일 뿐이었다. 서술의 완성은 욕망 또는 의미의 (잠정적) 만족을 가져오는 것이 아니라 그와 반대로 육체와 형식의 훼멸에 대한 또 한 차례의 경고 신호인 것이다. 이런 식의 반복은 사람들을 불안하게 만들지 않을 수 없었다. 〈아름다운 밤〉에서 《홍루몽》의 예언시("어제는 황토 무덤에 백골 묻고 오더니, 오늘은 어이 붉은 등불 휘장 아래 새로운 원앙이 되었나." 진사은의 〈호료가〉)와 《공주꽃》의 노래 구절이 중샤오양의 상상의 원천이다. 다만 그녀에게는 전자를 넘어설 수 있는 사상적 시야도 결여되어 있었고, 후자의 역사적 깊은 감회를 끌어올 의도도 없었다. 그녀가 할 수 있는 것이라고는 일종의 비애의 정서를 심화하는 것뿐이었다. 설령 그렇기는 했지만 〈아름다운 밤〉은 다행히도 단편소설이었고, 이 때문에 멈추어야 할 곳에 멈추었으므로 독자에게 제법 여운이 맴도는 공간을 남겨주었다.

페미니스트들은 〈애처〉, 〈아름다운 밤〉과 같은 소설에 대해 아마도 중샤오양이 여주인공들의 병태적 묘사를 통해 양성 관계에 대한 그녀 개인의 우려와 경계를 표현했으며, 죽음에 대한 추구 또한 말로 다할 수 없는 일종의 염세적 충동을 반증하는 것이 아니겠는가라고 설명할 것이다. 18세기 말의 괴기소설(Gothic novel)에서부터 에밀리 디킨슨의 시에 이르기까지 죽음과 여성 욕망의 변증적 관계는 시종일관 서양 페미니즘 담론의 중요한 모티프가 되어 왔다. 중샤오양과 현대의 여러 '여자' '귀신' 작가 중링·쑤웨이전 등의 대화 네트워크는 따라서 상당히 검토해볼 만한 가치가 있다. 여기서 강조하고자 하는 것은 중샤오양의 여성 원형의 또 다른 한 측면이다. 〈애처〉 중의 아내는 창백하고 음습해서 살아있어도 죽은 듯한 모습이다. 남편의 변심을 보고서도 그녀는 흡사 약자인 듯하다. 그렇지만 그녀는 겉으로 드러내지 않고 마침내 죽음으로써 남편을 정복한다. 〈아름다운 밤〉에서는 공포스러운 화촉동방의 밤을 대하고서 아내가 아니라 남편이 거의 무너져 내린다. 《애처》의 다른 두 작품에서도 우리는 비슷한 설정을 볼 수 있다. 〈루씨집 젊은 아낙〉은 요재지이 식의 이야기를 써나가면서 괴기소설의 변주를 보탠다.[20] 음산한 대저택, 죽기 직전의 병자, 신비스러운 미모의 젊은 아낙 등 모든 것들이 치밀하게 설정되어 있으니 우리의 서생이 등화불에 날아드는 나방이 되기만을 기다린다. 〈부드러운 정〉의 두 남자는 표연하고 기이한 한 여자에게 마음이 가 있다. 어느 날 밤 두 사람은 약속을 하고 기다리고 있다. 그런데 문득 깨닫고 보니 일생을 허비하고 있다. 아침에 까맣던 머리칼이 저녁에 이미 백발이 되어 있는 것이다. 단편소설의 형식으로 찰나가 이미 딴 세상 같은 황당함을 그려냈는데 자못 창의성이 있다. 가인을 기다린다는 것이 곧 죽음을 기다리는 것이 된 셈이다. 중샤오양이 묘사한 여성은 부드러운 정과 시적 정취의 화신이자 죽음의 증인이었던 것이다.

음양이 불분명한 그런 여성 인물들과는 상대적으로 중샤오양의 일부 남성 인물들은 한결 뛰어나다고 할 수 있다. 그들은 각양각색의 직업을 가지고 있으며, 대부분은 탐미적이고 감정적인 성품을 가지고 있다. 그들은 본질적으로 예술가이자 시인이다. 〈애처〉 중의 여행사 매니저는 아내보다도 3할쯤은 더 번민을 반복하고 심사가 복잡하다. 〈루씨집 젊은 아낙〉의 서생은 셰익스피어의 애호가이다. 《자오닝징 이야기》 외에도 후일 중샤오양의 작품은 남성 관점이나 남성 일인칭 화자로 되어 있는 것들이 더욱 볼만하다. 〈호금 두 자락〉의 가난한 호금 연주자, 〈전전을 불러내다〉의 화가, 〈주운 비녀 이야기〉의 카메라맨 등은 모두가 인물의 직업이 직접적으로 드러나는 예다. 그들은 여성을 애모하거나 여성이 좋아하는 것을 사랑한다. 그렇지만 지극한 사랑과 지고한 아름다움에 대한 일말의 마음속 집착이 그들로 하여금 육체 이외의 순수한 세계로 더욱 기울어지게 만든다. 인간 세상의 그물 속에서 허우적거리면서 그들은 행복하지 못한 생존자들이다. 그들의 사랑은 없을 때는 있기를 바라고 있을 때는 잃을 것을 염려하는 것으로, '망망함의 위협'이 배어나온다. 우리는 물론 이런 인물들이 위다푸 이래 낭만적 문인들의 원형이 변형된 것이라고 말할 수 있을 것이다. 그렇지만 전술한 죽음의 미학과 대조해본다면 이러한 인물들의 여성에 대한 집착 내지는 도피에는 제의화된 고혹적인 분위기가 존재하고 있다. 이는 앞에서 인용했던 예들이 증명할 수 있다. 중샤오양의 연약한 여주인공들은 사실 암암리에 모든 것을 조종하는 여사제였다. 중샤오양이 페미니스트라고 말할 수는 없지만 그녀의 작품에 나타나는 양성 간의 애매한 힘겨루기는 대단한 것이었다.

1986년에 출판한 《애가》는 상술한 의제를 매듭지으려는 중샤오양의 시도로 간주할 수 있다. 소설은 시작하자마자 "이즈음 나는 늘 죽음의 일을 생각하게 되었다."[21]라고 밝힌다. 여성 화자는 이미 먼 곳으로 떠나버린 애인에게 마음 가득한 살뜰한 정을 토로한다. 작품은 산문 장시의 형식으로 되어 있는데 대담한 시도인 셈이었다. 중샤오양이 그녀의 서술을 시화하려는 시도는 확실히 전에 없던 일이었다. 여성 화자의 애인은 고등 교육을 받았지만 뭍에서의 일을 그만두고 바다로 가서 어부가 된다. 전체 이야기는 두 사람이 서로 사랑하며 아끼던 과정 및 남자 주인공이 바다에서 홀로 고기를 잡으려고 말도 없이 떠나가는 결단을 더듬어나가는 것이다. 어부가 된 남자 주인공은 중샤오양의 남성 예술가적인 인물 중에서도 가장 급진적인 표현이다. 어쩌면 우리의 여성 화자가 사랑하는 사람의 바다에 대한 동경을 유발하고 이와 동시에 세상사에 대한 그의 절망을 가속화했던 것은 아닐까? 그는 향하는 곳도 알 수 없고 떠난 후 돌아오지도 않는다. 하지만 그는 진정으로 머나멀리 갈 수 있을까? 여성 화자는 여전히 그가 곁에 있다고 상상하면서 슬퍼하는 듯 그리워하는 듯하는 '애가'로 그물을 짜나간다. 그야말로 그림자처럼 따라붙는다.

사랑하는 사람이 멀리 숨어버리는 난처함에 직면했을 때, 중샤오양이 준비한, 여성 화자가 바다를 바라보며 하는 말은 듣기에 마치 혼자 중얼거리는 독백 같다. 그녀는 지루하게 긴 분량으로 끝없이 시어를 쏟아낸다. 마치 소설이 다소간 정리에 맞지 않는 곳이 있다 하더라도 갖가지 시화된 이미지를 가지고 모든 걸 해결할 수 있기나 한 것처럼. 그러나 이상한 것은 이 유미적인 비애의 소설이 사실은 글을 구사해 나가는 가운데 초조감으로 가득 차 있다는 것이다. 중샤오양의 시어는 말을 꺼냈다가 얼버무리는 도피이자 그녀가 언어를 '상실해가고' 있다는 병증을 보여주는 것이었다. 만일 언어가 궁극적으로는 가부장적이고 남성주의적인 문명의 기호라면, "우리가 보았던 세계를 표현할 수 있는 언어란 존재하지 않는다." 이는 여성이 언어로 설명할 필요가 없거나 또는 그렇게 할 수 없는 세계이자 죽음의 세계이다. 어찌 애가를 부르며 슬퍼하지 아니할 것인가? 그뿐 아니다. 더 나아가서 중샤오양의 여성 화자는 죽은 뒤 큰 나무가 되기를 바란다. "천지간에 태어나서 그대가 임종할 때 나의 나무 아래에 와서 쉬도록 하리라. 나는 그대의 시체가 변하여 된 비료를 빨아들여 갈수록 높아지리라. 그대는 나의 몸 안에서 유동하고, 나는 그대로 인해 가지와 이파리를 하늘로 뻗으리라." "그때가 되면 우리는 진실로 하나가 되리라."[22) 중샤오양의 상상은 시를 즐기는 것에서 시체를 먹는 것(ghoulish)으로까지 발전하였으니 시와 죽음의 변증법이 이보다 더 심한 것은 없을 것이다.

3. 선생님 사랑, 시 사랑, 시체 사랑

1992년 중샤오양은 《타오른 후》를 출판했다. 이 작품집은 새로운 출발을 선언했지만 독자들은 실망을 금치 못했다. 예컨대 〈타오른 후〉 등 일부 홍콩의 중하층 사회의 모습을 묘사한 작품 속에서 변화를 추구하는 그녀의 절실한 마음을 보기는 어렵지 않다. 그러나 중샤오양은 시에 대한 기탁에서 벗어나 아직 적절한 담론 서술 방식을 찾지 못하고 있음이 분명하다. 〈쇠멸과 기대〉는 이 작품집에서 또 한 편의 야심작이다. 삶과 죽음이 모두 망망한 중푸천의 처량한 사랑은 《자오닝징 이야기》의 모티프를 다시 쓰고 있는 것 같은데 인위적인 부분이 너무 많은 점이 있다.

수년을 침잠한 끝에 중샤오양은 장편소설 《여한의 전설》을 내놓았다. 그 옛날 그녀의 첫 번째 '자오닝징의 전설' – 《자오닝징 이야기》를 떠올려보면 15년이 훌쩍 흘러가버렸다. 중샤오양의 새 소설에는 달라진 것이 있을까? 이 소설은 홍콩 부호의 사랑과 복수를 엮어냄으로써 필연적으로 긍정과 부정의 양 극단적인 평가를 불러일으켰다. 얼른 보기에 《여한의 전설》은 선정적인 영화소설의 거의 판박이인 듯하다. 남자 주인공 위이핑은 가난한 중등학교 수학 선생인데, 어린 시절 고모 위전이 보석상 황징위에게 재가하게 되어 돋보이는 친척을 두게 된다. 위전의 혼인은 원만하지 않다. 브라질에서 죽은 그녀의 전 남편의 사망에는 의문스러운 데가 많고, 고부간의 갈등은 그녀를 거의 자살로 몬다. 그런데 황씨 집안의 가정사에서 보자면 이는 갈등의 시작에 불과하다. 황징위의 두 딸인 첫째 부인의 소생인 진콴과 위전 소생인 바오콴, 친구의 아들인 수양아들 위안징야오, 그의 약혼녀인 스훙디, 그 외에 가정부 위형과 그녀의 아들 청한이 이중 삼중으로 얽히고설킨다. 간통 · 패륜 · 모살 · 자해 · 재산 탈취 · 납치 · 질병 · 발광 등 보기만 해도 어지러운데, 자신도 모르게 갈등의 핵심으로 빠져드는 인물이 바로 위이핑이다.

식자들은 물론 중샤오양이 이런 인지상정을 뛰어넘는 이야기를 만들어낸 것은 기실 원래부터 그녀의 시야가 좁은데다가 이것이 갈수록 더 심해지는 것을 반영한 것이라고 말할 수도 있을 것이다. 그렇지만 우리가 자세히 읽어보면 《여한의 전설》이 그러한 데는 그만한 맥락이 없지 않다고 말할 수 있을 것이다. 이 소설은 그녀의 과거 작품의 집념 및 스타일의 총정리이다. 시와 죽음의 변증법은 이 작품에서 더욱 복잡한 표현을 갖추게 된다. 특히 중요한 것은 1997년 홍콩 반환 시한의 그림자가 은연중에 다가오면서 인간 세상의 때 묻은 음식이라곤 먹지 않을 것처럼 보이던 중샤오양마저도 의식적 무의식적으로 그녀의 역사 정치적인 소회를 드러내고 있다는 점이다. 왕년의 《자오닝징 이야기》의 '시대의 딸' 식의 필치와 비교해볼 때, 어쩌면 《여한의 전설》의 기이한 사랑과 폭력은 작가 본인의 망망함을 더욱 잘 설명해주는 것 같다.

소설에서 가장 중요한 인물은 위이핑이다. 앞에서 이미 말했듯이 중샤오양은 탐미적이고 다감한 남성을 묘사하는데 있어서 또 다른 발전이 있었다. 위이핑의 전공은 수학이다. 그러나 그의 흥미는 방정식 풀이에 있는 것이 아니라 수학이 투영하는 절대적인 상징 질서에 있다. 수학을 통해서 위이핑은 일종의 시화된 미학적 경지를 추구하고 있으며, 이는 어린 시절 시에 대한 그의 자연스러운 애착과 서로 조응한다. 이 때문에 소설의 첫 번째 장에서 위이핑은 위안징야오에게 수학을 해석하면서 "결국 말하자면 그것은 일종의 수의 예술"이라고 한다. 시문에 비하자면 수학은 더욱 순수한 형식을 가지고 있다. "곳곳에서 재난이 넘쳐나는데 흰 종이에 검은 글자로 된 종이 위의 지혜 …… 현실과 문자 사이에는 영원히 뛰어넘을 수 없는 간격이 존재한다." 하지만 "적어도 수학의 세계에서는 모든 것이 제로가 될 수 있다."

그러나 '제로가 된다'는 것은 중샤오양 또는 위이핑으로 보자면 또 무슨 의미인가? 허무인가? 허구인가? 또는 죽음인가? 위이핑의 "육신은 젊었지만, 그는 자신이 흡사 너무 오래 산 영혼을 짊어지고서, 사람들 사이에서 실의 낙백하여 걸어가면서 초점 없는 두 눈으로 주변 사람들이 신이 나서 갖가지 목표를 향해 바삐 달려가는 것을 보고 있는 듯한 느낌이었다." 그는 진짜 오래된 영혼의 표본이었다! 그렇지만 위이핑은 숫자의 미학이라는 오묘한 이치를 꿰뚫어보기 전에 이미 속절없이 홍진세계에 빠져들어 헤어 나올 수가 없었다. 그는 차례로 황씨 집안의 두 자매 및 아직 혼례를 치르지 않은 며느리와 육체적 관계를 맺을 뿐만 아니라, 게다가 또 부평초 같은 연분까지 맺게 되니 참으로 바쁘기 짝이 없다. 하지만 위이핑의 삶은 죽음보다 못하다. 그의 진지하고 유약한 본성은 거듭해서 사람들에게 이용당한다. 아이를 낳은 진환과 결혼을 하지만 아이의 아버지는 다른 사람임을 알게 되고, 결국 그는 황씨 집안의 재산 싸움에 휘말려들어가서 불운한 죽음을 당하게 된다. 그는 "정욕과 결혼을 경험한다. 결과적으로 그의 주변에 모여 있는 인물들의 인위적인 그리고 비인위적인 힘이 그의 육신과 영혼의 힘을 훨씬 넘어선다는 것을 발견한다. 그는 끝을 알 수 없는 부조리한 처지에 빠져들고, 무기력한 두 손과 두 발은 그가 안전하게 착지하도록 만들어줄 도리가 없다. 산산조각이 나는 것은 아마도 필연이었으리라."

《여한의 전설》은 위이핑이 뜻밖의 모살을 당하는 것으로 끝이 난다. 이런 극적인 설정은 나쁘지 않다. 그러나 타이완과 홍콩의 '오래된 영혼' 작가들로 봐서는 도덕적 명제라는 더욱 깊이 있는 의미가 들어있어야만 했다. "순수하고자 하지만 어찌 순수할 수 있으며, 헛됨을 말하지만 헛된 것만은 아니다." 위이핑이 이유도 모르는 채 죽어간 것은 조급하게 '죽음의 예지에 관한 기록'을 쓰고자 했던 작가와 독자들에게는 정말 참혹한 교과서 정도에서 그치지 않는다. 더욱 난감한 것은 그의 배후에 존재하는 시비와 영욕, 그리고 살아있는 사람들의 조종이다. 중샤오양의 죽음의 미학에서 볼 때, 위이핑의 죽음은 원래 자연스러운 일이다. – 죽음이란 수학 내지 시학 상상이 제로로 되거나 무한대로 가는 것이다. 그런데 위이핑은 죽었지만 그 죽음이 기대와는 확실히 달랐다. 모든 장치를 다 사용한 셈이면서도 오히려 유감이 남은 것이다. 생명의 우연적 변수는 우리에게 너무나 많은 미혹과 불만을 남겨놓는다. 이런 미혹과 불만으로 인해 중샤오양이 열렬하게 죽음을 포옹할 때조차도 일말의 주저함이 더해진다. 이전의 작품에 비해 보자면 죽음의 조건을 상상하면서 어쨌든 중샤오양은 더욱 성숙해진 것이다.

위이핑과 차례로 관계를 맺는 네 여자들은 오히려 중샤오양의 독특한 여성적인(페미니즘적인?) 관점을 보여준다. – 이 점 역시 과거의 여성 인물에 대한 재고이다. 위이핑은 황씨 집안의 장녀인 진좐과 애정의 거미줄에 빠져들면서 다른 숨은 연인이 있다는 진좐의 암시를 알아채지 못한다. 그 후 아이의 아버지가 누구인가라는 문제로 이야기의 스토리가 급작스럽게 진행된다. 진좐은 일을 그르치지 않으려고 참고 견디는데, 이야기의 진전에 따라 점차 그녀의 부드러우면서도 강인한 성격이 표출된다. 위안징야오의 약혼녀인 스훙디는 육욕의 화신이다. 자신의 신분은 도외시하고 계속해서 뒤로 위이핑과 딴 짓을 벌인다. 위이핑이 다위산에서 만난 차오메이는 오고 가는 것이 자유자재이면서 육체에 대한 자신감이 충만한 여성이다.

그렇지만 중샤오양이 가장 공을 들인 사람은 황씨 집안의 차녀 바오좐이다. 바오좐이 열두 살일 때 위이핑이 가정교사를 맡는데, 그 어린 나이에도 이미 감정이 싹튼다. 수년이 흘러 그녀가 영국에서 홍콩으로 돌아오자 모든 것을 개의치 않고 이미 형부가 된 위이핑에게 몸을 바친다. 바오좐의 선생님에 대한 남모르는 사랑에는 중샤오양 자신의 경험이라는 그림자가 포함되었을 가능성이 있다. 산문집 《세설》의 〈세설〉, 〈봄은 푸른 잡초 중에〉는 모두 어린 여학생의 남자 선생에 대한 간절한 애모를 서술하고 있다. 청소년기 중샤오양은 생각이 많고 감정이 풍부해서 교단의 선생님을 사랑하면서도 털어놓지 못했다. 가슴 가득한 사랑이 이처럼 다시 반복되니 실로 사람을 탄식하게 만들 뿐이다. 전혀 놀랍지가 않다. 그녀의 마음속 선생님/연인은 실의에 차있으면서 다재다능하고, 우울하면서도 낭만적이었으니, 곧 후일 수많은 남자 주인공의 원형이었던 것이다.

이 네 여자가 만들어내는 애정의 거미줄은 위이핑이 벗어날 수 없도록 만든다. 혹시 페미니스트라면 네 명의 미녀와 한 남자라는 이 얼개가 '돼지 죽이기'식의 기존 아이디어를 과도하게 사용했다고 비판할지도 모른다. 그렇지만 이야기가 끝난 뒤에도 그녀들은, 위이핑이 아니라, 계속 살아나간다. 이 소설에서 양이 줄면 음이 늘어난다는 방식은 기실 곱씹어볼 만하다. 윗세대 여성의 일은 더 말할 나위가 없다. 위전은 비록 자폐적으로 억눌려 있지만 사실은 두 차례나 남편을 살해할 만한 수완이 있고, 시어머니인 황씨댁 노마님은 죽기 전까지 전형적인 음모가이며, 심지어 가정부 위형 역시 '인내하면서 흔들림 없이' 몰래 남자 주인의 아이를 낳는다. 차오메이를 제외하고는 홍콩의 산정에 있는 호화저택을 드나드는 이 여성들은 의식적인 것도 아니고 과단성도 없지만 그래도 차례차례 음험하고 극렬한 양성 전쟁을 펼쳐나간다. 그녀들의 주도 하에서 아버지와 아들의 법적 혈연적 명분은 모두 무너진다. 비록 진촨의 생모가 곧 위이핑의 고모는 아니지만, 진촨과 위이핑의 사랑의 노래에는 근친상간의 암시가 들어 있다. 진촨은 먼저 청한과 사통하여 아들을 낳는다. 그러나 두 사람이 아버지는 같고 어머니는 다른 오누이라는 것을 독자는 알고 있다. 이 패륜적 위기는 나중 눈가림이었음이 드러난다. 뜻밖에도 진촨의 연인은 양오빠인 위안징야오이다. 설령 그렇다 하더라도 작품 전체에서 패륜의 어두운 그림자는 가시지 않는다. 그 후 위이핑・위안징야오・청한 세 사람은 돌아가며 아이를 다툰다. 그러면서 사생아인 청한은 또 절실하게 아버지를 확인하고자 한다. 소설 후반부의 가장 큰 위기를 만들어내는 것은 누가 진짜 아버지인가이다. 이 과정에서 중샤오양의 여성 인물들은 다시 또 피동적이 되면서 도움이 안 되는 것 같기도 하면서 또 오히려 일이 커지도록 조장하는 것 같기도 하다. 그녀들의 남자들은 대부분 곱게 죽지 못한다. 중샤오양은 시종 그녀들에게 많은 발언권을 주지는 않는다. 사실상 이 부분의 상황을 더 강화하여 통속 드라마적인 장면 설정에 머무르지 않을 수만 있다면 《여한의 전설》은 더 많은 페미니스트들의 주목을 받을 수 있을 것이다.

정신분석학에 흥미가 있는 독자라면 여기서 계속 더 발전시켜나갈 여지를 찾을 수 있을 것이다. 중샤오양의 아이가 부모를 연모하는 감정은 나이가 들어도 줄어들지 않는다. 스승이기도 하고 아버지이기도 하면서 또 '형제・자매・친구・부부・애인' 같기도 한 이상적인 선생님의 죽음이 곧 《여한의 전설》의 핵심이 존재하는 곳이다. 일찍이 이미 〈세설〉에 선생님을 연모하는 중샤오양의 정서가 분명하게 드러나 있다. 그녀는 선생님이 마치 환영처럼 학생들 주변을 맴도는 것을 훔쳐본다. "눈이 부시게 만드는 햇빛 속에서 가닥가닥 먹이 퍼져 나와 몇 가닥의 음영이 드러나고, 그저 환상 속에나 있을 수 있는 신비로운 빛의 이합집산이 펼쳐지는 것이 보였다. 그들 어린 소녀들은 마치 즐거운 작은 요정들 같았다. 그는 흐릿하게 한 가운데 서 있었다. 바깥세상에서는 온통 기나긴 세월이 흐르고 있었다."[23] 어린 여학생은 성장하고 싶지도 않았고 성장하지도 못했다. 비록 중샤오양이 세상 남녀를 그렇게나 생동적으로 서술하였다고는 하지만 그녀의 수줍음은 선생님을 연모하는 상상 속에 자리 잡고 있으며, 이 선생님은 또 진실로 시에 대한 그녀의 욕망을 인도하는 매개체이다. 같은 〈세설〉에서 중샤오양은 자신이 꿈에서 선생님의 딸을 보았다고 말한다. "나는 종래로 아이들에 대해 별다른 느낌이 없었다. 그렇지만 꿈속이었던 만큼 조금은 평소와 달랐다. 평상시의 나에 비해서 남을 아끼는 마음이 훨씬 많아져서 나는 아주 자상하게 그 소녀에게 '이름이 뭐야?'라고 물었다. 걔는 말했다. '닝징이예요'라고."[24]

이 꿈에는 많은 것이 포함되어 있다. 닝징은 다른 사람이 아니라 중샤오양의 처녀작인 《자오닝징 이야기》의 여주인공이며, 중샤오양 문학 세계의 원형적인 인물이다. 만일 닝징이 중샤오양 상상의 화신이자 그녀의 꿈속 선생님의 딸이라고 한다면, 선생님에 대한 중샤오양의 애매한 감정은 더욱더 흥미로운 것이 된다. 나는 나의 선생님을 사랑한다이고, 나는 나의 선생님/아버지를 사랑한다이다. 중샤오양의 천 마디 만 마디 말, 사랑의 언어와 시의 언어가 사실은 말로 표현할 수 없는 욕망의 블랙홀에 대한 동경이자 그로부터의 도피에서 비롯되는 것이다. 현실 세계에서, 선생님을 연모하던 중샤오양은 시를 사랑하는 중샤오양으로 바뀌고자 한다. 그러나 시가 욕망은 대체했지만 앞길을 창조해낼 수는 없다. "곳곳이 모두 문이다. 그러나 우리는 또 영원히 나갈 수 없다. 근본적으로 나가는 길이 없기 때문이다." "오래지 않아 자신이 자신의 껍질 속에서 갇혀 죽는 것을 발견하게 된다."[25] 이것이 대략 중샤오양의 가장 확실한 억측 내지는 고백일 것이다. 오직 죽음과 저승으로의 귀환만이 모든 가부장적 문명과 물질의 기호를 해체시키면서 욕망 내지는 새로운 세상에서 태어나는 것을 가능하도록 하는 것일까? 이리하여 시를 사랑하는 중샤오양이 시체를 사랑하는 중샤오양으로 바뀌어버린다. 바오좐이 마지막에 얻은 것은 그녀의 선생님/연인의 시체이다. 선생님 사랑과 시 사랑에서 시체 사랑에 이르기까지, 중샤오양은 《여한의 전설》에서 마치 오랜 세월 쌓여있던 것을 모조리 쏟아 내놓는 것 같다. 다만 《여한의 전설》이 과연 그녀의 글쓰기 증후의 일대 카타르시스인지 아니면 일대 순환인지는 앞으로의 작품을 더 기다려봐야 할 것이다.

《여한의 전설》에서 중샤오양은 처음으로 역사 정치적 의식을 내비쳤는데 관심 있는 독자라면 추적해볼 만하다. 홍콩은 소설의 배경이 된 것 외에도 사건 전개의 모티프 중 하나가 된다. 동방의 진주는 찬란하고 다채롭다. 얼마나 많은 상업적 성공 신화와 정치 경제적 거래가 이곳에서 부침했던가. 식민지 항구라는 특수한 지위가 근 백 년간 홍콩의 번영을 만들어냈다. 황씨 집안에서 차례로 사건이 벌어지는 것과 더불어서 우리는 홍콩 자체가 엮어내는 지리적 역할을 홀시할 수 없다. 황징위의 보석업은 원래 상하이에서 시작되었으며, 대륙의 정권이 바뀐 후 홍콩으로 오게 된다. 황징위와 위전이 서로 만나는 곳은 머나먼 브라질, 그 신비하고 외설스러운 남미의 땅이다. 상대적으로 병원에 가든지 또는 학교에 가든지 간에 황씨 집안의 사람들은 모두 종주국인 영국으로 간다. 황징위의 양자인 위안징야오의 두 부모는 타이완 섬에서 갑자기 세상을 떠난다. 동서남북을 오가면서 이 중계항의 도시에서는 그 어떤 일도 일어날 수 있다. 그렇지만 점점 홍콩 자체의 운명이 인물의 의식 속에 파고든다. "황씨댁 노마님이 죽은 것은 1982년 말 대처 부인이 중국을 방문한 직후였다."는 소설의 첫 구절은 이미 우리에게 폭풍우가 들이닥치게 될 정치적 풍운을 상기시켜준다. - 황씨댁 노마님이 집안을 관장하고 있을 때도 살기가 그다지 편치 않았는데 그녀가 죽은 후에는 천하에 대난이 일어날 터였다. 위전이 위이핑의 아버지와 갈라선 여름은 곧 1967년 홍콩의 노동자 폭동의 시기였다. 빅토리아항 건설 100주년을 경축하는 불꽃이 만개하는 그날 밤 황씨 집안의 액운이 이미 드러나기 시작한다. 그리고 이야기가 끝이 나는 1993년 말은 중국과 영국의 정치적 협상이 결렬되고, 홍콩의 마약 인구가 급증하며, 대륙의 비행기 공중 납치라는 기록을 세운다. "신문을 펼쳐들면 종말의 날이 다가온다는 톱뉴스뿐이다." 나는 중샤오양이 정치와 사랑의 흉험함을 대비하려 했다고 암시할 생각은 없다. 그러나 주목할 것은 스스로 원해서 고전적 상상 속에 파묻혀있던 작가에게조차도 필연적으로 정치적 잠재의식의 모호한 위협이 흔적을 남기기 시작했다는 점이다. 소설이 삶의 본질적 허무를 한탄하는 것은 이미 늘 있는 일이다. 오히려 무심결에 삐져나온 역사 상황의 위기가 독자로 하여금 더욱더 마음을 움직이도록 만든다.

바로 이 때문에 소설 시작 부분에서 위안징야오와 위이핑 사이에서 전개되는 보석에 관한 대화가 또 다른 의미가 있는 것이다. "보석이 영원하다는 것은 신화적 이야기일 뿐입니다. 물론 이 신화는 수많은 인간적 힘과 물질적 힘으로 보호되어야 하는 거지요. 과거 황실의 공을 무시할 수는 없는 건데

…… 사실 많은 일들이 이런 식입니다. …… 믿는 사람이 많기만 하다면 모두 다 진실이 되는 겁니다. 아무리 가짜라도 진짜가 되는 거지요." 이 말은 느낀 바를 말한 것이지만 뜻밖에도 예언이 되어 후일 위이핑과 진촨 • 바오촨의 관계를 가리키는 말이 된다. 그렇지만 각도를 바꾸어보자면 자신도 모르게 홍콩이라는 전설의 한 장면을 설파하는 우언이 될 수도 있다. 여왕의 왕관에서 가장 빛나는 다이아몬드로서 홍콩의 영원성 역시 '신화적 이야기일 뿐'이지 않겠는가?

난세가 창망하니 몸 둘 곳은 어디런가? 우리로 하여금 《여한의 전설》에서 가장 중요한 시 한 수를 되새겨보도록 만든다. 1971년 위이핑의 아버지는 댜오위다오 수호 운동[9]이 실패한 후 병으로 정치계에서 물러나서 온 집안을 이끌고 리다오의 다위산으로 요양을 간다. 다위산은 홍콩섬과 지척지간이지만 전혀 다른 세계로 마치 세상 바깥의 도화원 같다. 중샤오양은 어린 시절 위이핑이 이 섬에 살 때 매일 아침 이미 실명한 부친 앞에서 도연명의 시구를 암송하는 것으로 묘사한다. "진나라 시절 천하의 질서는 어지러워지고, 현자들은 세속을 피해 은거했노라. 황석공과 기리계는 상산으로 들어가고, 이곳 사람들 역시 세상을 등졌더라." 어린 위이핑은 오로지 바다 멀리 외딴섬에서 도화원의 시 속에서만 병중인 부친을 대신해서 조금이나마 유토피아적 환상을 움켜잡을 수 있었던 것이다. 그러나 역사는 이미 무너지고 세월은 되돌릴 수 없다. 위이핑의 부친은 그때 이미 "썩어서 해골이 되어버린" 듯하다.

---

9 1970년 미국이 2차 대전 이후 점유하고 있던 오키나와의 주권 및 댜오위다오(釣魚島)의 관할권을 일본에 넘기기로 결정한다. 이에 중국계 사람들이 반발하여 이 과정에서 1971년 약 2천5백 명의 중국 유학생들이 뉴욕의 유엔본부 앞에서 항의 시위를 벌인다. 하지만 1972년 미국은 예정대로 이를 실행에 옮긴다. 다만 미국은 오늘날까지도 댜오위다오의 주권 문제에 관해서는 비교적 중립 입장을 취하고 있다. 최근의 댜오위다오 사태 역시 이의 연장선상에서 일어난 일이다.

도화원은 사라져버린 옛꿈이요, 도화원의 시문은 이미 까마득히 보이지도 않는 이상 세계를 추억할 수 있을 따름이다. 정치 문화적 각도에서 《여한의 전설》을 보자면 중샤오양의 탄식에는 의미가 있다. 더구나 그녀는 또 교묘하게 이 시를 소설의 정욕이라는 주제에 연결시켜 놓기까지 했다. 바오좐이 유럽에서 돌아와서 위이핑에게 몸을 바치는 그날 밤, 선생님 위이핑의 어지러운 머릿속에 떠오른 것은 다름 아닌 "진나라 시절 천하의 질서는 어지러워지고, 현자들은 세속을 피해 은거했노라. …… "라는 몇 구절이었다. 위이핑에게는 처녀 바오좐의 육체가 궁극적으로 추구하던 도화원일까? 그와 같은 오래된 영혼이 무슨 자격으로 도화원에 들어갈 수 있을까? 소설 전체에 걸쳐 위이핑은 부단히 홍콩과 다위산을 오가는데, 끝내는 더 이상 돌아갈 수 없게 된다. 정치와 정욕의 도화원적 동경에 대해 선생님 위이핑은 그의 죽음으로 대답한다.

"인생은 본래 원하는 대로 되기란 어렵다. 조심하고 치밀하며 마음에 부끄럼이 없기를 바라는 것만으로는 무심결에 저지르는 실수와 훼멸을 피할 수는 없다." 위이핑이 바오좐과 결합한 후 중샤오양은 이렇게 쓰고 있다. 선생님 위이핑이 볼 때는 "사람들은 세월이라는 맷돌 밑에서 각자 전력을 다해 온전한 시체를 남기기를 바라는 것에 불과하다." 비감하여라 이 말은. 그러나 중샤오양은 이 점에서 그녀의 미학을 펼쳐나간다. 《여한의 전설》은 따라서 그녀의 창작 생애에서 하나의 중요한 이정표(묘비)라고 할 만하다. 그것의 의의는 중샤오양이 어떤 도약을 이루었다는 데 있는 것이 아니다. 그녀가 도약을 할 수 없거나 하고 싶지 않다는 데 있다. 음산하고 폐쇄된 홍콩 산정의 저택에서 그녀는 계속해서 귀신 이야기와 비애의 노래를 만들어낸다. 유해와 같은 기억, 파묻어버린 비밀, 유령과 같은 인물, 굳어져버린 구성 등이 모두 함께 한바탕의 성대한 죽음의 드라마를 만들어낸다. 종래로 중샤오양은 그녀의 형식과 내용을 이처럼 긴밀하게 결합시킨 적이 없었다.

그렇지만 그녀에게 관심이 있는 독자라면 묻지 않을 수 없을 것이다.

언젠가 그녀가 시체를 빌어 – 또 시를 빌어 – 부활할 수 있을까? 이 글의 첫머리에서 나는 그녀가 시를 적게 썼던 〈못다한 시절〉의 첫 세 구절을 인용했다. 어쩌면 시의 다른 세 구절을 단장취의해서 결론으로 삼을 수도 있을 것이다.

> 중년이 될수록 인생의 문제를 더욱더 생각하게 된다
> 인생을 생각할수록
> 그것이 별것 없다는 걸 더욱더 느끼게 된다

인생이 정말 '별것 없다'면 또 왜 애써서 비감하게 애가를 부르고 절절하게 여한을 말하는 걸까? 어쩌면 이런 식의 역설적 독법이 중샤오양의 기사회생에 대한 우리의 기대가 될 수도 있겠다.

| 저자 주석 |

3장 중샤오양

1) 鍾曉陽,《細說》, (台北: 遠流, 1994), p. 131. 이하《세설》에서 인용한 구절은 모두 이 판본에 따랐다.
2) 《자오닝징 이야기》는 사실상 중편소설 형식인 〈저는 장성 바깥에 산답니다〉, 〈수레를 세우고 잠시 여쭙니다〉, 〈그저 베개만 눈물로 적십니다〉 세 편으로 이루어져 있다.
3) '오래된 영혼'이라는 개념 및 그 원형은 주톈신의 작품인 〈죽음의 예지에 관한 기록〉에서 가장 확실하게 표현되었다. 朱天心,《想我眷村的兄弟們》, (台北: 麥田, 1992), pp. 143~170을 보기 바란다.
4) 鍾曉陽,《停車暫借問》, (台北: 遠流, 1992), p. 206에서 인용.
5) 소설 제목 및 처음 두 편명은 당나라 시인 최호의 악부시인 〈장간행〉 "당신 집은 어디신지요, 저는 횡당에 살았답니다. 배를 세우고 잠시 물어볼게요, 혹시 고향 사람은 아니신지요. 우리 집은 구강 강변에 있었어요, 구강의 강가를 오르내린답니다. 둘 다 장간 사람이네요, 어렸을 때는 서로 몰랐나봅니다."에서 영감을 얻었음이 틀림없다.《唐詩三百首》, (台北: 大衆書局, 1971), p. 163.
6) 중샤오양,《세설》 중의 〈외육촌 큰오빠〉 등의 글을 보기 바란다.
7) 鍾曉陽, 〈可憐身是眼中人〉,《細說》, (台北: 遠流, 1994), p. 207.
8) 鍾曉陽,《停車暫借問》, (台北: 遠流, 1992), p. 177.
9) 鍾曉陽,《停車暫借問》, (台北: 遠流, 1992), p. 219.
10) 鍾曉陽, 〈水遠山長秋煞人〉,《細說》, (台北: 遠流, 1994), p. 220.
11) 중샤오양의 성정은 사실 사(詞) 쪽에 더욱 가까웠고, 그녀 자신도 이를 자랑스럽게 여겼다. 여기서는 논의의 편의를 위해 시(詩)라는 한 글자로 고전 시·사·가·부(詩詞歌賦)에 대한 중샤오양의 애정을 표현한다.
12) 朱西甯, 〈序〉,《停車暫借問》, (台北: 遠流, 1992), p. 2.
13) 朱天文, 〈序〉,《停車暫借問》, (台北: 遠流, 1992), p. 3.에서 인용.
14) 朱天文, 〈序〉,《停車暫借問》, (台北: 遠流, 1992), p. 3.에서 인용.
15) David Der-wei Wang, *Fin-de-Siecle Splendor : Repressed Modernities of Late Qing Fiction, 1849-1911*, (Stanford: Stanford University Press, 1997)에서 논한 것을 보기 바란다.
16) 王德威, 〈'女'作家的現代'鬼'話 - 從張愛玲到蘇偉貞〉,《衆聲喧嘩: 三〇與八〇年代的中國小說》, (台北: 遠流, 1988), pp. 223~238.

17) 鍾曉陽, 〈腐朽和期待〉, 《燃燒之後》, (台北: 麥田, 1992), p. 333에서 인용.
18) 王德威, 〈陰森的倣古愛情故事 – 評鍾曉陽的《愛妻》〉, 《閱讀當代小說: 台灣・大陸・香港・海外》, (台北: 遠流, 1991), pp. 202~204.
19) 鍾曉陽, 〈良宵〉, 《愛妻》, (台北: 洪範, 1986), p. 251.
20) '루씨집 젊은 아낙'의 이미지는 당나라 심전기의 〈그리워도 볼 수 없어라〉와 양나라 무제의 〈황허의 강물〉 등의 악부시에서 차용한 것이다. 또 소설 속 남자 주인공의 이름 왕룬은 분명 이백이 왕룬에게 증정한 칠언절구 중 "도화담 물속이 아무리 깊다한들, 왕룬이 내게 보낸 정에는 못미치리라."에서 빌려온 것이다.
21) 鍾曉陽, 〈哀歌〉, 《哀歌》, (台北: 遠流, 1992), p. 85 및 5.
22) 鍾曉陽, 〈哀歌〉, 《哀歌》, (台北: 遠流, 1992), p. 85.
23) 鍾曉陽, 〈細說〉, 《細說》, (台北: 遠流, 1994), p. 168.
24) 鍾曉陽, 〈細說〉, 《細說》, (台北: 遠流, 1994), p. 145.
25) 鍾曉陽, 〈細說〉, 《細說》, (台北: 遠流, 1994), p. 176.

애욕의 흥망을 소임으로 삼고, 개인의 생사를 도외시하다

쑤웨이전(蘇偉貞, 1954~)은 1970년대 말기에 두각을 나타냈다. 정치적으로 어수선하던 그 시기에 그녀는 치정에 빠진 남녀의 애욕과 갈등, 처절함과 애절함을 그려내어 사람들의 주목을 받았다. 국가와 민족의 앞날에 대한 소란스러운 논쟁과는 상대적으로 그녀는 진중하게 이미 또 다른 정치적 과제 – 정욕의 정치를 사색하고 있었다. 1980년대 초에는 《그와 한동안》, 《세간 여자》, 《홍안은 늙어가고》 등의 작품이 널리 호응을 받았다. 이는 고급스러우면서도 대중적인 쑤웨이전의 작품 스타일을 증명해주는 일이었을 뿐만 아니라 무엇보다도 그녀 특유의 여성 정욕의 관점이 이미 공감을 불러일으키고 있음을 분명히 보여주는 일이었다.

타이완문학에서 여성 작가의 창작은 대단히 중요한 자산의 하나이다. 애욕의 경계에 대한 그녀들의 탐사는 이미 하나의 작은 전통을 이루고 있다. 궈량후이의 《마음의 자물쇠》의 시동생과 형수의 통정을 다룬 제재라든가 녜화링의 《쌍칭과 타오훙》[1]의 국가의 건설과 정욕의 유배라는 우언은 '선배'들 중에서 가장 중요한 시도였다. 그리고 그녀들이 받은 압력은 말로 다 할 수 없는 것이었다. 이외에도 어우양쯔(〈마녀〉), 리앙(〈꽃피는 계절〉, 〈인간세상〉), 우리화(《시련》) 등과 같은 작가의 작품 역시 우리들의 안목을 넓혀주었다. 더구나 신비롭고 영원한 장아이링(《원녀》[2])은 더 말할 것도 없다.

---

1 《쌍칭과 타오훙》의 한글본으로 《바다메우기》, 녜화링 지음, 이등연 옮김, (서울: 동지출판사, 1990)이 나와 있다.

1980년대 이래 또 한 무리의 여성 작가들이 갑옷을 걸치고 싸움터에 등장하였다. 랴오후이잉, 샤오싸, 위안충충, 샤오리훙, 그리고 (홍콩으로 이주했다가 지금은 다시 뉴욕에 정착한) 스수칭 등은 애욕을 추구하는 길에서 여성이 보여주는 용기와 좌절을 각기 서로 다른 각도에서 표현하였다.

이런 계보 속에 놓고 보자면 쑤웨이전의 작품은 선정적이고 대담한 편은 아니다. 사실상 그녀가 우리에게 주는 인상은 공교롭게도 정반대이다. 가장 격렬한 사통, 가장 치정적인 애모를 쓸 때도 쑤웨이전의 필봉은 그렇게도 메마르고 어두워서 오히려 사람들로 하여금 냉기가 느껴지게끔 만든다. 이는 작가의 독특한 점이다. 문장의 기풍은 천부적인 것이어서 억지로 추구할 수는 없다. 그럼에도 불구하고 나는 쑤웨이전의 형식에 대한 운용은 그녀의 사랑이나 심지어 삶에 대한 관점의 실천에서 비롯된 것이라고 생각한다. 쑤웨이전의 인물들은 그 배경도 모호하고 사랑을 하게 되는 동기도 명확하지 않다. 사실 그녀는 객관적인 배경 묘사에 능하지 않아서 흡사 물질세계를 무시하는 것 같다. 그녀의 이 점은 앞사람의 성취를 더욱 발전시켜나가는 장아이링의 서사관과는 전혀 다르다. 어쩌면 바로 이 때문에 쑤웨이전이 그녀의 인물들로 하여금 애정의 세계에서 일어나는 가지가지 흉험함에 대해 '전심전력으로' 대응하면서 원망도 후회도 하지 않도록 만드는 것이 가능할지도 모른다. 정이 깊으면 천 마디 만 마디가 어찌 필요할 것이며, 서로 허락함의 극치는 일종의 의탁이자 심지어는 일종의 의리인 것이니 남들의 참견은 불필요한 것이다. 쑤웨이전이 그려낸 남녀들은 사랑의 전쟁터를 행군하는 자들이다. 그들(그녀들)은 침묵의 아우성을 엄수하고, 격정의 규율을 준수하며, 이로써 일종의 독특한 사랑의 파노라마를 만들어낸다.

---

2 《원녀》의 한글본이 《앙가》, 장애령 지음, 하정옥 옮김, (서울: 지학사, 1987)에 실려 있다.

내가 여기서 의도적으로 군대 이미지를 사용한 것에는 이유가 있다. 쑤웨이전 자신이 군인가족 동네 출신인 데다가 나중에 군사학교(정치작전학교)에 입학했으며 또 수년간 군대에서 근무했던 것이다. 애오라지 사랑, 증오, 원망, 한탄의 길만을 걸어왔던 많은 다른 여성작가들과 비교하자면 쑤웨이전의 '여군'이라는 배경은 말할 필요도 없이 사람들에게 한층 더 호기심을 불러일으켰다. 물론 반드시 작가의 출신 배경과 그녀들의 창작 작품을 억지로 연결시킬 수는 없겠지만 그러나 쑤웨이전의 경우에는 다른 것 같다. 갖가지 불륜의 사랑을 바림질하던 시절에도 그녀는 여전히 변치 않는 깊은 애정으로 군직을 고수했다. 그녀는 전우에 대한 정과 동료에 대한 사랑 역시 자유자재로 묘사했으며, 더구나 곧잘 경연대회에서 상을 받으면서 지치지도 않고 이를 즐거워했다. 어떤 요인이 그녀로 하여금 '민간인'의 문예와 군인의 문예 사이를 넘나들면서 나아가고 물러섬이 분명하게 만들었을까? 그녀는 어떻게 사랑에 죽고 사는 남녀의 애정과 욕심도 사심도 없는 애국 애족을 조화시켰을까? 그녀는 또 어떻게 국가 담론과 군대 담론 중의 빛나고 정결하며 단순하고 초월적인 미학적 요구를 문란하고 복잡한 정욕의 담론에다 옮겨놓았을까? 이런 미묘한 대화 관계 속에서 쑤웨이전은 그녀의 사랑 이야기를 풀어놓는다. "'애욕'의 흥망을 소임으로 삼고, 개인의 생사를 도외시했다."[3] 색정에 물들지 아니한 듯 보이는 그녀의 성애관은 어쨌든 모종의 역사적인 인연을 보여주고 있는 것이다.

---

3 장제스는 사망하기 얼마 전 병중에서 "국가의 흥망을 소임으로 삼고, 개인의 생사는 도외시하다"라는 글귀를 남긴 적이 있다. 저자는 이를 빗댄 것으로 보인다.

1. '여자' '귀신'의 사랑 이야기

몇 년 전 한 논문에서 나는 쑤웨이전의 애욕 소설을 추천하면서, 그것은 여성 작가가 '귀신 이야기'를 서술하기 시작한 중요한 징표라고 보았다.[1) 물론 소위 '귀신 이야기'란 쑤웨이전이 신들린 척하면서 요괴를 떠들어댄다는 뜻은 아니다. 그녀의 귀기는 세상살이와 세상인심에 대한 냉담한 관찰, 사랑하고 미워하는 것과 죽고 사는 것에 대한 심원한 변증법, 그리고 더욱 중요하게는 여성이 몸을 바치는 것(또는 몸을 빠트리는 것)과 정욕의 서사에 대한 심도 있는 성찰에서 오는 것이다. 죽음・울분・발광・실종・방황이 그녀의 이야기 속 배역들이며, 특히 여성은 반복적으로 등장하는 주제이다. 그녀들은 마치 몽유병처럼 연인과 만나거나 헤어지는데, 사랑하고 증오하는 가운데 '죽음을 마치 돌아가는 것처럼 보는' 그런 기운이 배어나온다. 죽음이 두려울 게 뭐 있겠는가? 그것은 본디 이들 배역이 사랑을 시작하기 위한 기본 조건이었다. 그녀들은 실로 사람다운 모습이 아니었다. 그녀들은 귀신이었다.

그렇지만 귀신이란 또 무엇인가? 여성의 억압된 기억과 욕망인가? '이성'의 문밖에 내버려진 금기・광기・어둠의 총칭인가? 남성중심사회가 여성에게 부여한 이미지인가? 아니면 자신의 지위에 대한 여성 작가의 자조인가? 귀신 이야기의 작가로서 쑤웨이전은 마침내 이렇게 말한다. "그 종이들이 모조리 밖으로 날아가 버렸다. 창문으로 내다보니 양산백과 축영대의 화신인 양산백 무덤 위의 나비 같았다. 땅바닥에 떨어지게 되면 그것이 쓰이게 된 연유를 아무도 알 수 없을 것이고 작자가 누구인지도 모를 것이었다."(〈낮은 담〉) 이는 거의 작자 자신의 상황이었다. 천백 년 전에 순절했던 그 영혼들이 이리저리 전전하다 환생하여 세기말에 타이완의 도시를 떠돌고 있는 것이다. 그녀들은 아직도 봉건 예교의 방어선 가장자리를 배회하면서, 인간 세상의 또 한 가지 정욕의 잣대를 시험해보고 있다. 쑤웨이전의 귀기 어린 사랑

이야기는 지극히 보수적이고 고전적일 수도 있다. 그렇지만 설사 가장 보수적이고 고전적인 '귀신' 이야기일지라도, 말해서도 안 되고 분명하게 말할 수도 없는 한 사회의 금기와 터부를 털어놓고자 한다.

단박에 사람들을 놀라게 한 작품인 쑤웨이전의 〈그와 한동안〉[4]이 바로 좋은 예이다. 소설 속의 페이민은 "생김새는 별로"이지만 남다른 분위기를 가지고 있다. 그녀의 "명징함은 많은 사람들은 따라할 수 없는 것이었다. 아주 소수의 사람만이 그녀처럼 사안의 각 층차를 철저히 꿰뚫어볼 수 있었다." 고독하고 우울한 가운데 페이민은 "두드러지지는 않지만 아주 깔끔한 사람"인 "그"를 만나게 된다. 페이민은 마음이 이끌리는 이 남자에게 다른 연인이 있음을 분명히 알면서도 이를 개의치 않고 그를 사랑하기로 결심한다. "결정을 내리기 전에 란위섬에 가서 혼자 닷새를 지낸다." 돌아온 후 그녀는 남자를 찾아가서 "한동안 당신하고 놀아보겠다"고 선언한다.

"한동안 당신하고 놀아보겠다." 기막힌 한마디였다. 1980년대 초, 이를 질책하거나 놀라워하는 시선이 얼마나 많이 쏟아졌는지 모른다. 이런 식의 발언은 신여성의 섹스 선언 같기도 했고, 구소설 속에서 치정에 사로잡힌 여귀가 몸을 바치겠다는 말의 메아리 같기도 했다. 페이민이 마음먹은 것은, 진심으로 사랑하는 사람과 일시적인 인연을 보내기 위해, 이승에서 한 번이라도 그와 함께 한다면 저승에서 백 번 죽어도 후회하지 않겠다는 그런 것이었다. 그렇지만 그녀의 연적인 리쥐안퉁은 눈부시게 화사했으니 그녀가 어찌 적수가 될 수 있으랴. "태양이 나타나자 이미 그녀의 마음은 녹이 슨 듯하였다." 결국 연분은 끝이 나고 페이민은 자살로서 사랑의 마지막 곡을 매듭짓는다.

---

4 〈그와 한동안〉의 한글본이 〈그와 함께한 시절〉이라는 제목으로 《중국 현대 여성작가 작품선집》, 띵링 외, 김상주 외 옮김, (광주: 전남대학교출판부, 2003)에 실려 있다.

페미니즘의 시각에서 볼 때 페이민이 양다리를 걸친 남자를 위해 이런 식으로 대가를 치른다는 것은 너무나 무가치한 것이다. 아닌 게 아니라 쑤웨이전 역시 페이민이 절망적인 사랑에 빠져든 것은 "그녀는 한 번도 '요구'라는 것을 몰랐던" 반면에 그녀의 애인은 "아주 많은 사랑을 필요로 하는 사람"이었기 때문이라고 말한다. 오늘날 호방 여성의 '손익 논리'로 본다면 페이민의 사랑은 그야말로 '피 같은 본전을 날리는 일'이었다. 〈그와 한동안〉이 널리 주목받은 것은 실로 많은 (여성) 독자들의 심약한 마음을 건드렸기 때문이라고 믿을 만한 근거가 있다. 그렇지만 쑤웨이전의 '여자 귀신'형의 배역들은 필경 예사로운 인물들은 아니었다. 그녀들은 어쩌면 고고하고 연약하겠지만 내면에는 한 줄기 강력한 욕망을 가지고 있어서 그녀들이 더 없이 깊은 사랑을 추구하도록 내몬다. 그리고 그 극단을 좇다보니 옥석이 같이 불타버리듯이 함께 망가지는 것 또한 마다하지 않는 것이다. 〈방랑〉에 나오는 말을 그대로 쓴다면 그녀들은 "어둠 속의 발광체"로 차가우면서도 광택을 발한다. 그녀들은 기실 자기 자신을 가장 사랑하는 그런 연인인 것이다. 그리고 이 때문에 페이민이 혼자 닷새를 지낸 후 '그와 한동안' 놀아보겠다고 결정한 것이다. 이 결정은 겉으로는 자신을 바치는 것으로 보이지만 사실은 스스로 신분을 낮추어 상대를 대하는 일종의 관대함인 것이다. 이른바 '손익 논리'는 그녀들에게 있어서는 또 다른 의미가 있었다. 페이민의 애욕의 잠재력은 얼마나 깊은지 알 수가 없어서 그녀 자신조차도 미혹될 지경이었다. 오로지 '상실' – 애인, 육체 심지어 생명까지도 – 을 통해서만이 그녀가 '요구'하는 사랑이 그처럼 많고 또 그녀가 '소유'한 에너지가 그처럼 크다는 것을 정의할 수 있었다. 그녀는 피를 쏟는 '손해' 속에서 오히려 그녀의 풍요로운 욕망의 힘을 증명했던 것이다.[2)]

식자들은 어쩌면 반박할 것이다. 이런 식의 사랑의 변증법은 '아Q'보다도 과도한 점이 없지 않으며, 목숨조차 내던지면서 무슨 욕망의 실천을 논하느냐고. 이에 대해 우리는 쑤웨이전 작품 속의 퇴폐적인 일면 – 죽음과 발광을 상상하는 것이 일종의 탐닉으로 되어버린 – 을 찾아낼 수도 있다. 그렇지만 온갖 잠자리에서의 관계를 강조하는 호방론자들도 곰곰이 생각해볼 수 있을 것이다. 애욕의 힘이란 식은 죽을 먹듯이 그렇게 쉽사리 육체적 관능의 만족으로 표현될 수도 있겠지만 또 관능 내지 육체의 포기나 부정으로 표현될 수도 있는 것이다. 욕망이 이처럼 마력을 가지고 있는 까닭은 그것이 영원히 법도 바깥에 자리하면서 이성적 담론과 행동에 의해 '합리화'와 '합법화'되는 것을 거부하기 때문이다. 어쩌면 호방론 식의 손익 논리는 여전히 남성의 애욕 경제학에 의해 통제되고 있는 것은 아닐까? 이를 알고 있기에 쑤웨이전은 죽음 · 울분 · 실종 · 발광의 묘사에 집착하면서, 비록 통상적인 정리에는 어긋나지만, 애욕의 규범 바깥에 있는 어둠의 세계에 대해 반짝반짝 반응 신호를 보내고 있는 것이다.

쑤웨이전의 애정 서사 방법을 만일 구미의 관점에서 본다면 그 선례가 없지 않다. 예컨대 《폭풍의 언덕》, 《제인 에어》 등과 같은 19세기의 낭만소설은 아마도 그녀에게 제법 영향을 주었을 것이다. 전통 중국문학에서 사랑을 묘사하는 것은 대부분 정에서 시작하여 예에서 그친다. 설혹 넘어서는 것이 있어도 간음이나 도둑질식의 상투적인 것이 되어버리든지 아니면 귀신이나 요괴 이야기식의 공상이 되어버린다. 명나라 말 탕현조의 극 《모란정》이 중시되는 까닭은 작가가 정욕의 상상을 인간 본위에서 출발하여 극단까지 밀고나가면서 삶과 죽음의 한계를 초월하였기 때문이다. 《홍루몽》은 비슷한 문제를 신화, 철학, 종교의 틀 속에 놓고서 이를 초탈하였기 때문이다. 그렇지만 쑤웨이전의 작품은 이런 경계를 펼쳐내기에는 미흡했고 전통 계승의 흔적 역시 보이지 않는다. 그녀는 오히려 《화월흔》, 《옥리혼》과 같은 청나라 말과 민국 초기의 소설을 연상하게 만든다. 당시는 신화가 붕괴하고 시간(역사)이 소실되는 시기였다. 소설 속 인물들은 서로 사랑하다가 실연으로 이르게 되는데, 항상 평범한 인물들로서 그들(그녀들)의 유감과 희망을 토로한다. 《화월흔》의 재자가인들은 이미 이류 홍등가의 인물로 전락하여 온몸이 먼지 투성이다. 그러나 그들(그녀들)은 필사의 결심을 품고서 연애를 시작하니 죽음만이 본디 평용한 그들의 사랑에 모종의 실재적인 차원을 부여해준다. 그런데 죽음의 유혹 하에서 이미 성욕의 완성 여부가 가장 중요한 일은 아니다. 《옥리혼》은 더 나아가서 과부의 연애를 소재로 하여 한때 센세이션을 불러일으켰다. 그러나 우리가 주목해야 할 점은 더 이상 이미 흘러가버린 예교의 문제가 아니다. 그것은 사랑하는 두 연인이 견결하고 단호하게 죽을 때까지 분투하는 연애의 '모습'이다. 샤즈칭 교수는 두 작품이 일종의 괴기스러운(Gothic) 분위기를 표출하고 있다고 말했는데 이는 확실히 탁견이다.[3]

5.4 이래 문학적 연애 담론이 추구한 것은 울타리를 무너뜨리고 신체를 해방시키는 것이었다. 루인에서 딩링에 이르기까지 그러하지 않은 사람이 없었다. 다만 장아이링 등과 같은 소수의 작가만이 더욱 복잡하고 복합적인 각도에서 이 문제를 바라보았다. 이것이 그녀의 소설이 새로운 흐름으로 대두하게 된 핵심이다. 쑤웨이전은 당연히 장아이링의 영향을 받은 점이 없지 않다. 나는 다른 글에서 이미 여러 차례 이를 언급했다.[4] 그렇지만 비교해보자면 쑤웨이전에게는 세상사에 밝고 냉소적인 장아이링의 그런 모습은 결여되어 있다.

그녀의 인물들이 '들쭉날쭉하고' '불철저한' 난세의 애정관을 어찌 감당할 수 있겠는가? 그들(그녀들)은 모두 결벽증을 가지고 있다. 또한 이 때문에 그들(그녀들)의 죽음・발광・실종의 '빈도'가 장아이링 작품 속의 남녀보다 훨씬 높다. 앞에서 인용했던 〈그와 한동안〉 속 페이민의 '명징'함은 더더욱 쑤웨이전 인물의 원형적 특징이 된다. 내가 말한 결벽증이란 이 인물들이 비린내 나는 것은 입에도 대지 않는다는 그런 식이 아니다. 그들(그녀들)이 일종의 순수한 사랑 형식에 경도되고 있기 때문에 그들(그녀들)로 하여금 그 어떤 육체적 대가에도 상관없이 죽을힘을 다해 쟁취해나가도록 만들었다는 것이다.

이로써 우리는 쑤웨이전 소설 속의 두 가지 서사 장력을 보게 된다. 그녀의 인물들은 열정적으로 정을 뿌리고 사랑을 하지만, 사람들에게는 그 과정에서 성적이지 않은 것 같은 착각을 준다. 더 나아가 생식은 말할 나위도 없다. 가정과 자식의 관계를 쓰는 것은 원래 그녀의 장기가 아니다. 그런데 번식의 의식 내지 목적이 결여된 사랑은 전통적 관점에서 보자면 소모와 사망의 전주곡이다. 다음으로 그녀의 인물들은 비록 욕망의 힘이 강력하다고는 하지만 별로 설명하려고 들지는 않는다. 사랑이 정점에 이른다는 것은 몸을 망치고 할 말을 잊어버리는 식의 일종의 미학적인 테스트가 된다. 이는 침묵의 아우성일까? 후일 대상을 수상하게 된 쑤웨이전의 소설이 '침묵의 섬'을 제목으로 한 것은 우연이 아니다.

쑤웨이전의 창작량은 대단히 풍부하지만 냉정하게 말해서 종종 그 수준에 차이가 있다. 그러나 그녀의 최상급 작품에서는 상술한 특징이 남김없이 드러난다. 《홍안은 늙어가고》는 〈그와 한동안〉의 중편 판이라고 보아도 무방하다. 사랑을 위해 희생하는 또 하나의 여자 '귀신' 이야기를 서술하고 있다. 또 〈옛사랑〉 같은 것은 뎬칭이라는 한 여자가 세 남자와 생사를 넘나드는 얽힘에 빠져드는 것을 묘사하고 있어서 '쑤웨이전 브랜드'의 정통이라고 할 수 있다. 뎬칭은 창백하고 연약하여 별로 능력이 있을 것으로 보이지 않는다. 군인가족 동네의 그녀의 집은 암암리에 자폐적이고 광기적인 요소를 감추고 있어서 으스스하고 암담하다. 그렇지만 뎬칭은 "어둠 속의 발광체"인 반항의 딸이 되고자 하여 소리 소문 없이 두 남자아이가 그녀를 위해 피를 뿌리도록 만든다. 세월이 바뀌고 모든 일은 흘러가서 마침내 뎬칭은 자신의 육체를 너무 일찍 소멸시키는 것으로서 그녀가 사랑을 위해 걸었던 대가를 배상 내지 완성한다. 소설은 죽음과 장례로 끝이 나는데, 일반적인 사랑의 공식에서 보자면 혹시 통속적인 설정일 것이다. 그렇지만 쑤웨이전의 논리에 비추어보자면 자연스럽기 그지없다. 유사한 상황은 《세간 여자》에 나오는 청위의 죽음에서도 볼 수 있다.

〈악몽〉에서는 어머니가 서른여섯 살이던 그해 갑자기 아버지가 실종되고 혼자 남은 어머니는 점점 정신분열증 광인으로 바뀌어간다. 〈가출〉에서는 한층 더 심하다. 중상원은 '아무런 이유도 없이' 어느 날 아침 사라져버린다. "어차피 살아 있는 것도 어느 정도는 죽은 것이나 마찬가지였다." 그런데 이번에는 남편 되는 사람이 어둠 속에 우두커니 앉아서 아내의 행방을 기다리고 있는데, 끝도 없는 의심과 억측이 그의 생존의 무거운 짐이 된다. 이런 건 차치하고라도 〈실종〉의 젊은 엄마는 원래 그럭저럭 결혼하고 자식을 낳고 어쨌든 여자가 있던 남편과 헤어진 뒤 외국에서 체류하는데, 갑자기 자식이 죽은 후 그녀 또한 아예 "철저하게 행적이 사라져버린다." 이들 걸핏하면 실종되는 남녀들은 아마도 이를 통해 현실 인생의 험난함이나 무미함에서 도피하는 것이다. 각도를 바꾸어본다면 그들(그녀들)은 삶의 방식을 바꾸어서 삶의 또 다른 '불가능'을 추구하는 것이 아니겠는가? 생육과 가정은 결코 쑤웨이전의 여성 인물들의 피난처가 아니다. 〈5월의 석류꽃〉 중의 여주인공 시팡은 타향을 떠도는데 최소한 다섯 차례의 낙태를 경험한다. 읽다보면 넋이 나갈 지경이다. 우리는 물론 쑤웨이전이 남녀 불평등한 연애 관계에 대해 탄식을 금치 못하는 것을 볼 수 있다. 그러나 그녀의 여성 인물들이 만일 모두 "명쾌한 사람은 불명료함 속에 처하기를 원치 않는다"(〈방랑〉)고 자임하고 있다면, 생식의 의무를 강요 내지 자의에 의해 포기하는 것은 일종의 패러독스적인 성과이다. 즉 앞서 말한 것처럼 무한한 포기와 희생 속에서 어렵사리 그녀들은 욕망에 대한 자신의 소유권을 정의하고 있는 것이다.

2. 전쟁의 장 같은 사랑의 장[5]

앞에서 나는 쑤웨이전의 초기 작품에 보이는 사랑 소설의 특징을 서술했다. 사실 많은 독자들은 이런 특징들에 대해 하도 자주 들어서 설명도 가능할 정도일 것이다. 그러나 우리가 그녀의 인물들의 성격이나 행동에 주목하거나 비판하는 가운데 아마도 애정의 세계 말고도 쑤웨이전이 서술하고 있는 전혀 다른 또 한 가지 제재가 있다는 점은 잊어버리고 있을 것이다. 당시 그녀는 군문에 있으면서 정치 작전을 다루고 있었다. 군중의 문예 경연대회가 있으면 그녀는 당연히 그 성대한 행사에 참여해야 했다. 군중문예를 거론하자면 우리 같은 민간인들은 자연히 다음과 같은 연상을 하게 된다. 반공 팔고문,[6] 애국 선전문 – 이는 보통 사람이 할 바는 아니다. 신기한 것은 쑤웨이전은 비단 (의무적으로?) 창작할 뿐만 아니라 마치 이를 즐기는 것 같다는 점이다. 이 때문에 수상 여부는 오히려 그다음 문제다. 〈전우〉, 〈생애〉, 〈재회의 길〉 등과 같은 이런 작품들은 병영에서의 일생, 군인가족 동네의 역사를 묘사하면서 그 자체로 하나의 스타일을 이루고 있다. 군사소설이라는 장르의

---

5 '전쟁의 장 같은 사랑의 장'(情場如戰場)이란 문구는 원래 장아이링의 극본인 《전쟁의 장 같은 사랑의 장》의 제목에서 나온 말이다. 이 극본은 〈연애는 전쟁처럼〉이라는 제목으로 《색, 계》, 장아이링 지음, 김은신 옮김, (서울: 랜덤하우스코리아, 2008)에 실려 있다.

6 팔고문(八股)이란 명청 시기에 주로 과거의 답안을 기술하는 데 사용된 문체로, 사서오경에서 취한 제재와 전체 여덟 부분 – 글의 취지를 언급하는 파제(破題), 이 취지를 부연하는 승제(承題), 논의를 시작하는 기강(起講), 본격적으로 논의에 들어가는 입수(入手), 논의의 근거를 제시하는 기고(起股), 논의의 핵심을 서술하는 중고(中股), 논의를 보충하는 후고(後股), 논의를 마무리짓는 속고(束股) – 으로 구성된 고정적인 형식을 사용했다. 이 중 특히 마지막 네 부분은 각각 대구를 사용하는 두 개의 단락, 즉 총 8개의 단락으로 이루어지며 '팔고문'이라는 이름은 바로 여기서 유래한다. '팔고문'은 워낙 속박이 많아서 내용 없는 형식적인 글이 되기 쉬웠고, 이로 인해 후일 내용 없는 상투적인 글을 대표하게 되었다.

측면에서 보자면 명령에 따르고 상황에 부응하는 작품인 셈이다. 그렇지만 쑤웨이전의 애욕 작품을 세심히 읽고 나자 나는 오히려 양자가 강력한 장력을 가진 대화의 관계를 형성하고 있기 때문에 그녀의 창작 역정을 논의함에 있어서 일종의 독특한 각도를 제공해주고 있다고 느꼈다.

쑤웨이전은 군인가족 동네 출신으로, 1973년에 정치작전학교에 입학한다. 1977년 졸업 후에는 8년 동안 군직에 복무하는데, 그녀의 생애에서 가장 중요한 기간이 군대 생활과 관계가 있다고 말할 수 있다. 현대 여성 작가를 두고 볼 때 이런 배경은 정말 보기 드문 것이다. 군사 훈련은 무엇을 추구하는가? 명예・기율・국가, 곤경을 꺼리지 않고 죽음을 두려워하지 않는 것, 소아를 희생하고 대아를 완성하는 것, …… . 각종 신조는 병사들이 심신과 의지를 단련하여 전쟁이란 시스템의 정교한 부속품으로 만드는 것에 다름 아니다. 이런 훈련의 배후에도 미학적인 동기는 존재하고 있다. 군대의 생활 또한 하나의 생명 공동체를 형성한다. 민간의 인간사가 시끄럽고 잡다한 것과는 달리 정결하고 매끄러운 질서의 미가 있다. 이 미감은 시간의 변화와는 무관하게 절대적인 생활 및 생명 형식을 가지고 모든 것을 압도한다. 단 하나의 구령, 단 하나의 동작으로. 그것에는 물론 극단적으로 비인간적인 부분이 존재한다. 개인은 영원히 층층의 상급자의 명령에 복종해야 하고, 더구나 전쟁과 전투가 가진 폭력적인 동기를 언급해서는 안 된다. 그렇지만 패러독스한 것은 그것 역시 강렬한 의욕을 불러일으킬 수 있다는 점이다. 쇠로 만든 창과 철갑을 두른 말에서부터 같은 군복을 입은 사람끼리의 깊은 전우애에 이르기까지, 붓을 내던지고 무기를 드는 것에서부터 전사하여 말가죽으로 시체를 싸는 것에 이르기까지, 제법 장렬한 이미지가 청년들로 하여금 한 세대 또 한 세대 자발적으로 생사를 맡기고 몸을 바치도록 끌어들인다.

초기 현대문학에서 가장 유명한 여군 작가로는 셰빙잉을 들어야 마땅하다. 여성이 종군하는 것은 오늘날에도 흔치 않은 일인데 당시에는 더더욱 드문

일이었다. 셰빙잉의 《여병 일기》와 《여병 자전》[7]을 읽어보면 우리는 5.4 시대의 여성들이 혁명을 추구하면서 겪었던 갖가지 모험을 어렵지 않게 알 수 있다. 그 후 양강 등 좌익 여성작가들 역시 예컨대 보고문학 등 각종 문예 형식으로 여성과 전쟁 간의 특수한 관계를 보여주고 있다. 이들 선배들의 체험에 비하자면 쑤웨이전의 군대에서의 생애는 작은 무당이 큰 무당을 만나는 격이다. 그렇지만 평화의 시대가 오히려 그녀로 하여금 상술한 군대 생활의 (불건전한?) 탐미적인 차원에 더욱 기울어지도록 만들었다고 나는 생각한다. 다른 한편으로는 쑤웨이전의 군인가족 동네의 배경이 틀림없이 그녀가 입대하기 전에 이미 부지불식간에 서서히 영향을 주었을 것이다. 군인가족 동네의 생활은 1949년 이후 타이완 문화에서 극히 중요한 현상 중의 하나로 나중에 다시 언급하겠다. 여기서 강조하고자 하는 것은 반격 전쟁을 기다리던 세월 속에서 수많은 병사들이 어떻게 손발에 굳은살이 박혀가며 '공동'의 가정을 이루어내었던가 하는 점이다. 돌아갈 가정이 있다는 느낌은 성스러운 전쟁의 사명을 순치시켰다(domesticated). 그렇지만 상대적으로 말해서 군대정신은 또 군인가족의 생활을 집단화 제도화했다. 전쟁을 하는 듯하면서도 하지 않고, 군인도 아니고 민간인도 아닌, 군인가족 동네의 젊은이들이 가지고 있던 최종적인 귀속력과 구심력은 자연히 바깥 세계와는 전혀 달랐다. 그리고 쑤웨이전을 포함한 수많은 작가들이 그에 대해 반복적으로 묘사한다 하더라도 전혀 이상할 것이 없었다.

어차피 실제 전쟁의 경험이 결여되어 있었으므로 쑤웨이전의 군사소설 창작은 주로 일반적인 임무나 정치적 동향에 대해 전개될 수밖에 없었다.

---

7 〈여병 자전〉의 한글본이 《여병자전/홍두/이혼》, 사빙영 외 지음, 김광주 옮김, (서울: 을유문화사, 1964)에 실려 있다.

군인가족 동네의 세태는 물론 당연한 제재였다. 〈전우〉가 묘사한 것은 얼마 후 전역할 여단장 푸강과 부하 사이의 상호 관계이다.

푸강은 군인 집안 출신으로, 군직을 택한 것은 처음부터 자연스럽기 그지없는 일이었다. 그는 부대를 집으로 삼고, 병사들을 형제나 자식처럼 대한다. 군중의 생활은 엄격하고 단조로웠지만 푸강은 이를 달게 받아들인다. 이는 그의 천직이었다. 유일한 유감이라면 그가 다소간 가정생활을 희생했다는 것이다. 그러나 푸강의 부인 칭이 역시 자립적이고 강인한 사람이다. 비록 함께 있는 날은 적고 헤어져 있는 날은 많지만 "그들이 서로 대하는 방식은 절대로 날짜로 셈할 수 있는 것이 아니었다." 칭이가 말한 그대로다. "당신한테 시집온 것도 좋네요. 영원히 나이를 기억할 수 없으니 영원히 안 늙겠지요!"

'군중'의 세월은 기나길다. 그렇지만 쑤웨이전은 확실히 다른 사람들은 군인과 군인, 군인과 가족 간의 깊은 신뢰와 강한 신념을 이해할 수 없을 것이라고 생각한다. 푸강과 고참 원사인 장룽은 오랜 기간 상사와 부하 사이이다. 태풍이 들이닥친 어느 날 밤에 장룽은 물이 새는 갑문을 닫으려고 하다가 불행히도 익사하고 만다. 장룽에게는 가정이 없었다. "타이완에는 그저 부대라는 이 집 뿐이었다. 그의 관 앞에는 자식도 없었다. 영정을 들어야 하는 아들은 멀리 바다 건너 저편에 있었다. 이 얼마나 한스러운가!" 그러나 잠시 생각해본 뒤 푸강의 반응은 오히려 이렇다. "바로 이 이유 때문이라도 한평생 군인을 해야 한다!"

이런 끝맺음에 대해 혹 어떤 독자는 또 하나의 팔고문이라고 조롱할 수도 있을 것이다. 하지만 나는 그렇지 않다고 생각한다. 푸강이나 장룽이 추구하고 실천한 전우애는 군대 생활에 대한 쑤웨이전의 심미적 관조를 투사하고 있는 것이다. 이 속에는 일종의 인지상정에 어긋나는 고집스러운 집착 및 자발적인 고생이 들어있지만, 그러나 나 아니면 누가 하랴라는 포부와 여유도 들어있는 것이다. 푸강이 공적인 것을 앞세우고 사적인 것을 뒤로 돌리는 행동은 물론 혁명 군인의 본보기이다. 하지만 장룽이 공무로 순직하는 것에서 우리는 죽으면 모두 끝인, 명징하지만 잔혹한 군사적인 기율을 보게 된다. "바로 이 이유 때문이라도 한평생 군인을 해야 한다!" 그러나 우리는 반문하게 된다. 이 '이유'란 도대체 무슨 이유인가? '나라'를 위해, '이념'을 위해 몸을 바치는 것인가? 혹시 쑤웨이전이 상상하는 것은 정반대로 일종의 순수하고 무서우리만치 매끈한 사망의 형식은 아닐까?

나는 〈전우〉 유형의 작품이 쑤웨이전의 걸작이라고 암시할 의도는 없다. 그녀의 재능은 결코 군사 소재를 쓰는 데 있지 않다. 그러나 〈전우〉가 만일 읽을 만하다면 그것은 이 작품이 우리에게 쑤웨이전의 다른 유형의 작품들 – 사랑 소설을 연상하게 만들기 때문이다. 푸강과 장룽의 과묵하고 견결함, 이승에서 후회할 일은 없다는 식의 희생과 헌신이야말로 쑤웨이전의 사랑의 장에서 수많은 여성 전사들에게서 증명되는 바가 아니던가? 그들과 그녀들이 믿고 사랑하는 것에는 동일한 '병'적인 고집이 있다. 그들과 그녀들은 자기 단속이 극히 엄격하며 자기 훼멸도 전혀 아까워하지 않는다. 그리고 상대적으로 추구하는바 역시 통상적인 구질구질한 '사랑의 성실'이 아니다. 쑤웨이전의 최상급 사랑 소설에는 극도로 강건하고 군사화된 정신이 관통하고 있다. 전우의 정과 남녀의 사랑 이 두 가지의 토대는 굳게 맹세하는 식의 한 가닥 의리인 것이다. 이 때문에 그녀는 〈그와 한동안〉의 페이민에 대해 다음과 같이 서술한다. 그녀는 "자신을 완전히 최전방에 노출시켰다. 그가 공격을 해도 상관없었고, 수비를 해도 상관없었다. 어차피 전사할 터였다. 그녀는 그처럼 많은 것들을 생각할 여지가 없었다."

〈생애〉에서 퇴역장성 후 장군은 재취할 때 맞아들인 사람 또한 군인가족 여자였고 딸 안궈 역시 군인에게 시집가기를 바란다. "그는 군인의 장점을 알고 있었다. 그는 그 품성을 이해하고 있었고, 또 지극히 사랑하기도 했다." 그와 같은 세대의 군인들에게 군인이 된다는 것은 일종의 사업이었고, "그것을 유일한 이상으로 보면서 감정적인 경향이 아주 농후했다." 군인은 다른 종류의 감정에 대한 감상가이다. 그들에 대한 시간과 역사의 검증은 어떠한가? 〈재회의 길〉이 보여주는 것은 가족 상봉 문학이다. 이야기 속의 전멘과 루샹은 군인 부부이다. 40년의 전쟁으로 인한 이별은 너무나 길고 너무나 고통스러운 것이었다. 그러나 그들 서로간의 믿음을 갈라놓을 수는 없었다. 노령의 전멘은 중국공산당의 통일전선 정책의 본보기로 석방되고 루샹의 육체는 이미 불치병에 걸려있다. 두 사람이 홍콩에서 재회하는 것은 충분히 감상적이다. 하지만 쑤웨이전은 전멘이 며칠간 머무른 뒤 편지를 남기고 대륙으로 돌아가도록 안배할 줄 안다. '부인 루샹에게'라는 이 고별 서신은 린줴민의 '애처 이잉에게'라는 작별 서신 마냥 혁명에 사랑을 더해서 두 가지를 함께 말하고 있다.[8] 다만 쑤웨이전이 이를 서술하니 서글픈 결별의 정이 더욱 더해진다. 전멘은 노구를 이끌고 돌아가면서, 계속해서 "저 망가진 정권을 갉아먹겠다"며 루샹에게는 "만일 내생이 있다면 내생에서 다시 보답하겠다"고 한다. 이런 결말로부터 반공의 고수들이 나라와 가정 양자 사이의 장렬한 선택을 발견해낸다고 한다면, 나는 오히려 이것이야말로 쑤웨이전식의 '사랑과 죽음' 사이의 군대판 특별 연출임을 발견한다.

여기서 우리가 다시 〈옛사랑〉 부류의 작품으로 돌아가서 뎬칭과 양자오·이싱원·펑쯔강 등 사이의 자학적이고 가학적인 연애를 살펴본다면 이제 확연해질 것이다. 군인가족 동네에서 살아가는 사람들로서 본디 그녀(그)들의 아버지 어머니는 참으로 평범하지 않은 방식으로 사랑하고 증오했던 것이다. 지극한 사랑에는 눈물이 없으며, 지극한 고통에는 말이 없는 것이다.

---

8 린줴민은 1911년 황싱이 주도한 중국동맹회의 광저우 봉기에 참여하여 목숨을 잃은 이른바 72열사 중의 한 명으로, 거사 직전에 부인인 천이잉에게 고별 서신을 보냈다.

그리고 바로 이런 사람들만이 사지로 뛰어드는 마음을 안고서 사랑의 장에서 바닥을 기며 전진할 수 있는 것이다. 이 때문에 쑤웨이전은 원래 아무런 교집합이 없는 두 종류의 서사・담론 형식 – 군대와 개인, 큰 사랑과 작은 사랑, 금욕과 다정 – 을 은연중에 결합시키게 된 것이다. 그리고 그녀의 군인가족 동네의 젊은 인물들에게서 특히 이 특징이 현저하게 드러나는 것이다. 후일 《천리 인연》, 《퉁팡을 떠나면서》 등의 작품들은 모두가 이런 모델을 따라서 계속 펼쳐나가게 된다.

3. 섬의 우언

1990년 말 쑤웨이전은 장편 《퉁팡을 떠나면서》를 내놓는다. 이 소설은 3년이나 걸려 쓴 것으로 그녀의 창작 생애에서 중요한 한 이정표라고 할 수 있다. 소설은 자난평야에 있는 한 군인가족 동네 – 퉁팡 신촌 – 를 배경으로 하면서, 바다를 건너온 일군의 군인들이 어떻게 집과 고향을 이루어내게 되고, 또 결국에는 함께 생활하다가 어떻게 다시 흩어지게 되는지의 과정을 묘사하고 있다. 그들은 전국 각지 출신으로, 역사의 우연에 의해 한곳에 내던져진다. 그들은 언제나 긴장 속에서 전쟁을 대비할 뿐만 아니라 진정 민과 군이 한마음으로 힘을 합쳐 설욕을 도모한다. 하지만 그들에게 집도 생기고 가족도 생기면서 역사적 임무는 아직 완수되지 않았는데 시간은 서서히 스러져간다. 젊은이들은 타향을 떠돌면서 늙어가고, 군인가족 동네의 아이들은 다시 새로운 세대를 이루어간다. 동네 밖의 세상이 급격하게 변화하는 것과 동네 안의 인간사가 무상함을 대하면서 과연 그들(그녀들)은 어떻게 자신들의 심신을 의탁할 곳을 찾을 것인가?

이는 군인가족 동네 문학에서 관심의 초점이다. 앞에서 말한 것처럼 이런 유형의 문학이 타이완 문화에서 중요한 고리가 된 것은 그것이 특수한 집단의 성쇠를 묘사하고 있기 때문만이 아니라 그것보다는 국가사의 담론에서 그 감춰진 고통을 드러내고 있기 때문이다. 군인의 사명은 전쟁에 있으며, 반격 수복은 무수한 국군 장병의 궁극적 목표였다. 그렇지만 한 해 또 한 해가 흘러가고 영웅들은 사라져갔으며, 그들의 동향 병사들 역시 흰머리가 늘어가고 아들 손자 또한 늘어갔다. 문학적 각도에서 말하자면 군대문학이 군인가족 동네 문학으로 바뀜에 따라서 우리는 역사 공간적 상상의 자리바꿈에 대해 탄식하지 않을 수 없게 된다. 주시닝의 《8·23 진먼 포격전》 이후 우리는 더 이상 대형 전쟁소설을 보기가 어렵게 되었다.[9] 반면에 주톈신(《미완》, 《그리운 나의 군인가족 동네 형제들》), 위안충충(《금생의 인연》), 장다춘(〈쓰시의 나라 걱정〉[10]) 등이 그들(그녀들)이 성장한 특수한 가정 환경을 추억하기 시작한다. 그러나 제 아무리 잘 쓴다 하더라도 이런 소설들은 일종의 난감함에 직면하게 되어 있다. 군인가족 동네 문학은 군대의 '후방' 문학일 뿐이니, 그들이 토로하는 향수쯤으로 그 어찌 부모 세대의 피눈물로 얼룩진 나라와 가정을 잃은 원한을 남김없이 다 말할 수 있겠는가? 군문의 생활은 가정화되고, 성스러운 전쟁의 사명은 소소한 것이 되어 버렸다. 이런 차원에서 군인가족 동네 문학의 출현은 세월이 흘러감에 대해 느끼는 감상을 깊이 새기는 것이었지만, 그러나 아무리 비감하더라도 그것은 전쟁 신화의 희미한 메아리에 불과할 뿐이었다.

어쩌면 이것 역시 군인가족 동네 2세대 작가들의 상실감의 핵심이런가?

---

9 주시닝의 단편소설집 한글본으로 《이리》, 주시닝 지음, 최말순 옮김, (서울: 지식을만드는지식, 2013)이 나와 있다.

10 〈쓰시의 나라 걱정〉의 한글본이 《쓰시의 나라 걱정》, 장다춘 지음, 전남윤 옮김, (서울: 지식을만드는지식, 2015)에 실려 있다.

이 때문에 더 많은 불안, 더 많은 글쓰기와 기억의 욕망이 생겨난다. 쑤웨이전은 일찍이 1984년에 《천리 인연》을 창작했다. 수년 후 그녀는 퉁팡을 '떠나면서' 다시금 그녀가 그리워해 마지않는 군인가족 동네로 되돌아간다. 이 소설은 매우 야심차며 또 뛰어난 부분들이 적지 않다. 그렇지만 나는 역작이기는 해도 걸작은 아니라고 생각한다. 쑤웨이전은 호색적인 위안씨 아저씨, 결벽증이 있는 돤씨 아저씨, 치정에 빠진 샤오퉁 아저씨 등 동네의 많은 대표적 인물들을 생동적으로 소개한다. 형형색색의 '부인'네들은 더 말할 것도 없다. 그러나 이 수많은 인물들이 퉁팡 신촌을 다채롭고 특별하게 만드는 것은 틀림없지만 이와 동시에 군인가족 동네의 생활이 정연하면서도 난잡하다는 특징을 부각시키고 있기도 하다. 쑤웨이전은 군인가족 동네 문화의 역사적 속사정을 한 걸음 더 나아가서 파고들지는 못했다. 그녀의 중점은 여전히 혹 참혹하거나 혹 기이한 갖가지 사랑의 드라마에 있었다고 해야 할 것이다. 즉 앞서 말한 것처럼 그녀가 다룬 것은 군사 생활이 점차 순치되어가는 결정적인 시절이었던 것이다. 사랑, 가정, 자녀, 세월 등등의 문제가 끊임없이 밀려왔고, 마침내 군인가족 동네라는 유토피아적 세계는 점차 붕괴되어갔다. 하지만 여전히 그녀는 이 일단의 사람들이 어려움 속에서도 서로 도우며 자신들끼리 집단을 이루어나가는 심리와 행위의 특징을 설명할 더 많은 글을 필요로 했다.

쑤웨이전의 작품에서 군인가족 동네의 젊은이들은 혈기가 있고 의리가 있으며, 긍정적 인물이든 부정적 인물이든 간에 모두가 우리의 마음을 뒤흔들어 놓는다. '폐쇄'적인 환경이 오히려 최고의 무대가 되어 그들(그녀들)은 쑤웨이전의 강렬하고도 사나운 정욕관을 펼쳐보이도록 해준다. 팡징신과 샤오위 아저씨의 사랑은 나란히 분신을 하는 의문의 사건에서 최고조에 달한다. 또 시씨 아줌마와 샤오퉁 아저씨의 혼외 연정 역시 죽음의 가장자리를 넘나든다. 다만 쑤웨이전이 이번에는 정이 많아져서 사람을 죽게 만들지는 않으니 이 두 가지 이야기가 모두 우여곡절의 결말을 갖도록 만든다. 어쩌면 퉁팡에 '돌아가게 되어' 쑤웨이전의 사랑의 전사들 또한 조금은 쉬어가게 된 것은 아닐까? 그 외에 그녀는 취안루이/리씨 아줌마를 중심으로 하여 그녀의 종잡을 수 없고, 신비롭고, 미친 듯하고, 기억 상실인 듯한 서술을 거듭해서 펼쳐나간다. 기존의 '여자 귀신' 원형의 극치를 보여주는 것이라고 해야 할 것이다. 그렇지만 퉁팡이라는 이 역사시 같은 공간에 놓고 보자면 좀 뜬금없는 측면이 있다.

쑤웨이전은 또 다소 통속적으로 마술적 리얼리즘의 기법을 사용하여 마음 속의 신비스러운 기분을 더해놓는다. 퉁팡의 '분위기'는 흡사 향기 농염한 백목련 같기도 하고, 하염없이 이어지는 장맛비 같기도 하다. 죽음・발광・'난잡한 사랑'이 일상생활에 깊숙이 배어 있다. 그녀는 전심전력으로 군인가족 동네라는 신화적 세계를 그려내고자 하지만, 나는 오히려 군인가족 동네의 기억이 가능한 것은 그 신화가 처음부터 '이미' 파괴되었기 때문이라고 생각한다. 또한 동네 안의 노소가 기억을 포기할 수도 없고 포기하고 싶지도 않기 때문에 그들의 몸부림이 비로소 볼만한 가치가 있게 되었다고 생각한다. 소설에서는 마지막에 폭우 속에서 화자가 어머니의 유골을 안고서 퉁팡에 돌아온다. 실로 감동적이다. 만일 소설이 동네 안 남녀의 사랑에 급급하지 않고 사람들의 뭐라고 이름 지을 수 없는 영웅과 신앙에 대한 미련 및 집체 생활에 대한 몰입과 향수에 더욱 주목했더라면 더더욱 박력이 있었을 것이다.

어쨌든 간에 《퉁팡을 떠나면서》는 바라던 바를 이룬 작품으로 간주해야 한다. 이 관문을 넘어서고 나서야 쑤웨이전은 마음을 수습하고 다시금 출발하게 된 것 같다. 그녀의 그다음 중요한 작품인 《침묵의 섬》[11]은 아닌 게 아니라

---

11 《침묵의 섬》의 한글본으로 《침묵의 섬》, 쑤웨이전 지음, 전남윤 옮김, (서울: 지식을만드는지식, 2014)가 나와 있다.

사람들의 시야를 일신시켰다. 《침묵의 섬》이 나오기 이전 필연적으로 쑤웨이전은 이미 의식적으로 새로운 형식을 탐구하면서 (여성의) 욕망과 삶에 대한 그녀의 직접적인 반응을 표출하고 있었다. 그녀의 《정류장을 지나쳐서》는 1980년대 상당히 선정적이었던 작자의 한 소설을 외형만 바꾸어 놓은 것으로서, 8통의 서신 형식의 '잠정적 연애편지'를 추가하여 자기 고백이 넘치는 참회록으로 만들어 놓은 것이다. 〈열정의 절멸〉은 비록 전과 다름없이 대가를 바라지 않는 한 여성의 연애 이야기를 하고 있지만 이야기 속의 '나'는 갈수록 능력이 생겨서 스스로 마음속 일을 분석하고 스스로 마음속 상처를 치료한다. 1980년대의 '세간 여자'가, 10년의 수련을 거친 끝에, 욕망의 힘은 여전하지만 다소간 융통성 있고 자각적인 모습이 추가된 것이다.

이런 식으로 《침묵의 섬》이 등장했다. 소설의 제목 자체가 이미 상징적인 의미를 가지고 있다. 담론의 코드가 존재하지 않는 곳이 없는 세상에서 소설가는 일종의 심오한 침묵을 쓰고자 한다. 담론에 대한 거부는 또한 기억과 역사에 대한 거부이기도 하다. 그러나 제목으로 미루어볼 때 섬은 협소하고 폐쇄적인 공간으로서 사회관계의 단절과 균열을 상징한다. 매튜 아놀드의 〈도버 해안〉에 나오는 그 유명한 외딴섬, 즉 인생의 이미지가 바로 증거이다. 그러나 "섬은 외롭지만 사람은 외롭지 않다." 쑤웨이전이 쓰려는 것은 침묵 아래에 있는 끝없는 술렁임, 외딴섬과 대천세계 사이의 가지가지 물질 형상의 건너가기이다. 이 술렁임과 이 건너가기는 이름을 붙일 수가 없다. 단지 두루뭉술하게 정욕이라고 말할 수밖에 없다. 그리고 이 술렁임과 이 건너가기를 담고 있는 주체가 바로 여성이다.

쑤웨이전은 까칠한 페미니즘 작가는 아니다. 그녀의 적잖은 작품은 사실 '반동'적인 의식이 가득하다. 그렇지만 위안충충의 직감은 정확하다. 《침묵의 섬》과 같은 작품은 페미니즘적 의제를 상당히 많이 건드리고 있으면서도[5] 결코 의도적으로 과시하는 법은 없다. 소설의 구성은 겉으로 보기에는 매우 복잡하지만, 주요 핵심은 두 가지 중심 흐름의 여주인공이 모두 훠천멘이라는 이름을 가지고 있으며, 그녀들 주변의 인물들 이름이나 배경 역시 상당히 겹친다는 것이다. 그러나 두 훠천멘의 이야기에는 결코 겹치는 것이 없다. 왕쉬안이는 독자들의 편의를 위해 전적으로 인물과 구성만을 논한 적이 있다.6) 실제로 차분하게 《침묵의 섬》을 읽어본다면 이 책이 겉으로는 복잡하게 보이지만 사실은 두서를 가려내기가 어렵지 않음을 알 수 있다. 《퉁팡을 떠나면서》에서 수십 명의 인물들이 휙휙 지나쳐가는 것에 비하자면 쑤웨이전은 확실히 더욱 효과적이면서 깔끔한 서술 방식을 찾아낸 것이다.

두 훠천멘은 각기 우리에게 쑤웨이전의 초기 여성 인물들을 상기시킨다. 특히 해외에서 일하는 훠천멘에게 남편을 살해한 뒤 후일 감옥에서 자살하는 어머니가 있다는 배경은 참으로 기이하다. 중요한 것은 두 훠천멘이 자신들의 애욕의 흥분에 대해 끝없는 호기심과 동경심을 가지고 있다는 점이다. 그녀들은 일하고 여행하면서 이 남자에서 저 남자로 옮겨 다니는데, 섹스를 밥 먹고 잠자는 것과 같은 일상적인 습관으로 바꾸어 놓는다. 그녀들이 만나는 남자들에는 이성애자, 동성애자, 양성애자, 일부다처자도 있고 국적도 다양해서 풍부하고 다채롭기 짝이 없다. 그렇지만 두 훠천멘은 남들에게는 관심이 없고 자신의 육체적 욕망에만 대처할 뿐이다. 도덕주의자들은 이 두 여자를 색정광으로 여길 것이다. 그러나 사실은 그렇지 않다. 그녀들에게 섹스는 그저 정욕을 느끼기 위한 전주곡일 뿐이다. 그녀들이 탐닉하는 것은 일종의 '정신적 음란'이라고 해야 할 것이다. 어떻게 사랑의 형식을 상상하고 어떻게 사랑의 우여곡절을 생각하는가 하는 것이 오히려 더욱더 늘 그녀들의 마음속을 맴돈다. 독신이냐 결혼이냐, 금욕이냐 난교냐 하는 것은 그녀들의 입장에서 말하자면 일종의 사랑이 존재하는 상태이면서 언제든지 다른 것으로 바뀔 수 있는 가능성이다. 〈그와 한동안〉, 《홍안은 늙어가고》의 여성들이 초지일관하면서 죽어도 후회하지 않던 사랑의 관념을 상기해본다면, 1990년대의 쑤웨이전은 그야말로 더 이상 함께 논할 수가 없게 되었다. 스스로 사지에 몰아넣은 후에야 되살아날 수 있다는 말이 사실인 것이다.

나는 쑤웨이전이 갈수록 표현 형식의 장악에 원숙해지는 한편 스토리의 흥미 여부에 집착하지 않는 것에 주목하고 있다. 그럼에도 불구하고 나는 사랑에 대한 그녀의 관점이 전보다 급진적일 것이라고 생각하지는 않는다. 잔훙즈는 또 다른 측면에서 두 훠천멘이 종국에는 모두 임신했다가 결국 낙태하며, '뱃속의 명령'을 받들어 남성 동성애자들과 결혼하게 되는 것은 상당히 보수적인 행위라고 지적한다.[7] 쑤웨이전은 보수나 급진, 이익이나 손해, 이 모든 것은 본인의 취지와 무관한 논의일 뿐이라고 대답할 수도 있을 것이다. 그녀가 탐사하고자 한 것은 (여성의) 사랑의 유동, 영원히 불확실한 추상적인 본질이다. 그녀 자신의 말을 사용하자면 "그것에는 영원히 탐사 가능한 부동한 세부들이 존재하며, 영원히 그 유예성이 존재한다."[8]

쑤웨이전은 아마도 독자들의 이해력을 고려한 듯 '단지' 두 명의 훠천멘만 창조해냈다. 그녀의 사랑의 깨달음에 따른다면 훠천멘 이야기는 서로 다르면서도 서로 유사한 형태로 무한하게 분열 증식이 가능하지 않을까? 섹스는 종족을 잇기 위한 것도 아니고 낭비도 아니다. 이 점에서부터 여성은 자신이 사랑의 주체이고, 허상에서 벗어나서 실재가 되고, 마침내 "그것은 일종의 추상적인 완성이자 두려울 정도로 순수한 감동이었다."(《침묵의 섬》) 일종의 미학적인 관조가 어느 사이엔가 이루어진 것이다. 쑤웨이전의 신여성들은 1980년대에 벌써 호방했던 바 있다. 이제 그녀들은 자신에게 가득 찬 무명의 욕망을 깨달으면 깨달을수록 오히려 겸손해지고 있다. 그녀들은 침묵의 섬이다. 이 섬은 욕망의 바다에 의해 떠있으면서도 비밀스럽게 홀로 존재하고, 묵직하면서도 오만하다.

| 저자 주석 |

4장 쑤웨이전

1) 王德威, 〈'女'作家的現代'鬼'話 – 從張愛玲到蘇偉貞〉, 《衆聲喧嘩: 三〇與八〇年代的中國小說》, (台北: 遠流, 1988), pp. 223~238.
2) 나는 조르주 바타유의 또 다른 애욕의 경제학이라는 관점을 활용했다. '상실'할 수 있음을 강조하는 것은 일종의 결핍이 아니라 오히려 '소유'하고 있는 밑천을 증명하는 것이라고 한다. Georges Bataille, *Eroticism*, (New York: Bentham, 1989).
3) C.T. Hsia, "Hsu Chen-ya's *Yu li hun*," in Liu Ts'un-yan, *Chinese Middle-brow Fiction*, (Hong Kong: The Chinese University Press, 1984), pp. 214~218.
4) 王德威, 〈'女'作家的現代'鬼'話 – 從張愛玲到蘇偉貞〉, 《衆聲喧嘩: 三〇與八〇年代的中國小說》, (台北: 遠流, 1988), pp. 223~238.
5) 袁瓊瓊, 〈每個人都是一座島嶼〉, 《中國時報·人間副刊》, 1994年11月12日. 蘇偉貞, 《封閉的島嶼: 得獎小說選》, (台北: 麥田, 1996), pp. 303~305를 보기 바란다.
6) 王宣一, 〈追蹤愛情的氣味〉, 《中國時報·人間副刊》, 1994年11月20日. 蘇偉貞, 《封閉的島嶼: 得獎小說選》, (台北: 麥田, 1996), pp. 307~312를 보기 바란다.
7) 詹宏志, 〈在孤獨的月夜裡歌唱〉, 《中國時報·人間副刊》, 1994年11月20日.
8) 蘇偉貞, 〈情欲寫作〉, 《中國時報·人間副刊》, 1994年11月10日.

5장 핑루

타이완을 상상하는 방법

핑루(平路, 1953~)는 타이완의 현대 여성 작가 중에서 인기 있는 작가라고 할 수는 없다. 비록 지난 10여 년 동안 그녀의 장단편소설과 극작이 여러 차례 큰 상을 받기는 했지만 일반 독자들의 호응을 받지는 못한 것 같다. 이 몇 년 사이 페미니즘 이론이 크게 성행하면서 비평가들은 페미니스트들의 계보를 만들어나갔고 주로 그 찬탄의 대상은 예컨대 리앙·주톈원·스수칭 등 '특색'을 더 많이 보여주는 작가들에게 집중되었다. 반면에 상대적으로 보아 핑루는 조용했다고 할 수 있다. 《걸어서 하늘 끝까지》[1]가 잠시 논란이 되었던 것을 제외하면 핑루는 소설가라는 신분보다는 오히려 언론인이나 문화인이라는 이미지가 더 강했다.

우리는 아마도 핑루의 소설에 '특색'이 결여되어 있다는 점을 검토의 출발점으로 삼을 수도 있겠다. 소위 특색이 없다는 것이 곧 핑루에게 제재를 파헤쳐낼 혜안이나 형식을 다룰 흥미가 결여되어 있다는 것을 의미하지는 않는다. 초기의 《춘거》에서부터 최근의 《걸어서 하늘 끝까지》에 이르기까지 언제나 끊임없이 도약을 추구하는 그녀의 열심을 찾아볼 수 있다. 그러나 리앙의 성과 정치에 대한 노골적인 폭로라든가 주톈원의 세기말 식의 발현에 비하자면 핑루의 글은 확실히 훨씬 담담하다. 《걸어서 하늘 끝까지》는 국부·국모의 침실 이야기를 쓰고 있으므로 대담하지 않다고 할 수는 없다. 그렇지만

---

1 《걸어서 하늘 끝까지》의 한글본으로 《걸어서 하늘 끝까지: 쑨원과 쑹칭링의 혁명과 사랑》, 핑루 지음, 김은희/이주노 옮김, (서울: 어문학사, 2013)가 나와 있다.

핑루는 그렇게도 유보적인 태도를 취하며 자제해서 쓰고 있으니 틀림없이 다른 생각을 품고 있는 것이다. 또 〈타이완 기적〉, 《누가 ×××를 죽였나》 등과 같은 작품은 직접적으로 타이완의 정치적 난맥상을 들추어내지만 역시 서술보다는 패러디가 더 많으며 감정적인 표현보다는 이성적인 서술로 승부한다.

이런 표면적인 이유 외에 비평가와 독자가 핑루에 대해 거리를 두는 것은 아마도 그보다는 오히려 그녀를 읽었을 때 여성 작가 '같지 않다'는 데 있는 것이 아닐까? 핑루는 규방 사정이나 화려한 문장을 다루는 것에는 아무 관심이 없는데, 이 점이 그녀를 전통적인 여성적 서술의 기준에서 벗어나게 만든다. 다른 한편으로 그녀는 붐을 이루고 있는 여성 신체/정치 담론에 대해서도 일관된 열정이 결여되어 있다. 다른 것은 차치하고라도 그녀는 남녀 애정 외에도 컴퓨터 · 정치 · SF 인생을 쓴다든가 중국과 서양의 온갖 모습이나 역사의 내막을 쓰는 데도 흥미를 가지고 있다. 사용하는 문장의 유형 면에서도, 사실적인 것에서부터 메타적인 것까지, 우언적인 것에서부터 전기적인 것까지 모두 흥미를 가지고 있다. 신구의 여성 서사 방식 사이를 오가는 핑루의 동떨어진 모습은 사실 상호 길항적인 의미가 충만하다. 그녀의 글쓰기 특징은 어쩌면 특징 – 이 특징이 작가의 의식적인 선택에서 비롯된 것이든 아니면 독서 집단의 기대 내지 의미 부여에서 비롯된 것이든 간에 – 을 거부하는 데 있을 것이다. 우리의 페미니즘 학자들은 여성 작가로부터 이론의 실천 가능성을 증명하는 데 부합하는 목소리를 찾아내기에 바쁘다. 하지만 핑루의 소설은 포괄적이고 잡다하며, 또 '담담하고 차분하다.' 그러다 보니 그녀들의 주목을 받기가 쉽지 않다. 그러나 이는 신여성 담론이 다시 또 스스로 자기 한계를 설정하는 식의 위기를 보여주는 것은 아닐까?

1. 향수를 상상하다

핑루의 창작 방식은 형형색색이다. 그러나 타이완에 대한 그녀의 관심은 처음부터 끝까지 한결같다. 어떻게 타이완 경험을 상상 내지 기억할 것인가 하는 점이 그녀의 작품에서 가장 추적해볼 만한 맥락이다. 타이완 '서사'는 오늘날 이미 가장 인기 있는 학문이 되었고, 눈물과 아우성은 흔히 역사를 다시 더듬고 불의를 고발하는 둘도 없는 법문이 되었다. 정치 경제적 현상이 격변하는 조국을 보면서 핑루는 확실히 이와 같은 서사 방식의 부족한 점을 의식하게 되었다. 눈물 콧물이 흩날리는 패러다임과는 정반대로 그녀의 서술에는 흔히 성찰 내지 풍자의 측면이 어느 정도 부가되어 있다. 그리고 많은 사람들이 앞다투어 역사의 블랙홀을 파헤치는 행동 방식과는 상대적으로 그녀는 '앞을 내다보는 것'을 택한다. 타이완의 미래를 가지고서 과거를 꼼꼼히 살펴보고, 미지의 상상을 통해서 눈에 보이는 사실을 해석한다. 예를 들면 그녀가 〈꿈에서 깨어보니〉에서 "미래에 치중하지 않기 때문에 과거를 상실하게 마련이다."[1)]라고 탄식한 것이 그렇다. 부동한 역사적 시야는 부동한 서술 형식이 뒷받침해야 한다. 핑루가 장르의 실험에 용감한 것 – 특히 SF 소설 – 은 우연이 아니다. 시공간의 대비와 문자의 유희 과정에서 그녀는 타이완의 과거와 미래의 온갖 '미메시스(mimesis)'를 운용하고, 허구와 사실을 넘나든다. 문학은 곧 역사가 그러했던 것과 그러했을 것을 탐색하는 가장 좋은 방법인 것이다.

그렇지만 핑루가 창작을 진행하는 과정에서 언제나 마음먹은 대로 된 것은 아니었다. 1980년대 핑루의 가장 뛰어난 소설, 예컨대 〈춘거〉, 〈옥수수밭에서의 죽음〉[2] 같은 작품을 보면 당시 국외에 있던 그녀가 얼마나 향수와

---

2 〈옥수수밭에서의 죽음〉의 한글본이 《옥수수밭에서의 죽음》, 핑루 지음, 고찬경

감상 사이를 전전하면서 나아가야 할 길을 찾아 헤맸는지를 상상하기란 어렵지 않다. 그녀는 또 한 세대 해외 유랑자 문학의 건필이 되었던 것이다. 이와 동시에 핑루는 이미 국내 언론·문화 매체와 긴밀하게 관계를 맺기 시작했다. 날로 달라지는 타이완의 변모는 그녀의 소설가로서의 책임을 스스로 성찰해보도록 자극했음에 틀림없다. 그녀는 해외 작가들이 돌아갈 수 없는 고향을 그리워하고 바다 건너를 보며 탄식하는 식의 틀을 답습하는 것에 더 이상 만족할 수 없었다. 급격하게 변화하고 있는 보물섬 타이완은 더 이상 향수와 눈물을 기다리지도 참아주지도 않았다. 그녀에게 있어서 출국과 귀국의 결단은 절박한 시간 감각이 넘치는 일이었다. 이로부터 생긴 도덕적·심리적 압력은 참으로 대단했다. 이리하여 〈스타의 시대에〉와 같은 작품이 탄생했다. 과장적인 인물, 조울적인 행동, 선언식의 고백은 지나치게 노골적인 점이 없지는 않았지만 작가 자신의 초조함 또한 남김없이 드러냈다.

〈옥수수밭에서의 죽음〉은 핑루가 초기에 타이완 정서를 습작한 가장 좋은 본보기이다. 한 미국 주재 화인 기자의 탐방 기사를 통해서 차츰 어떤 신비한 자살 사건의 전말이 밝혀지게 된다. 죽은 사람은 사탕수수의 고향인 타이완 남부에서 온 사람으로, 멀고도 험난한 여정 끝에 아메리카에 정착한다. 고국을 사랑하고 고향을 그리워하는 그의 절절한 정은 어떻게 펼쳐볼 도리가 없는데, 뜻밖에도 사는 곳 부근의 옥수수밭이 그에게 신비로운 손짓을 보낸다. 결국 어느 날 그는 마치 사탕수수밭처럼 일렁이는 옥수수밭 속으로 걸어 들어가서는 영원히 돌아오지 않는다.

이 소설은 이국에서 생을 마감한다는 전형적인 이야기다. 위다푸의 〈타락〉[3]

옮김, (서울: 지식을만드는지식, 2014)에 실려 있다.

3 〈타락〉의 한글본이 〈타락〉 또는 〈침륜〉이라는 제목으로 《예환지/침륜 외》, 예성타오/위따푸 지음, 이영구/전인초 옮김, (서울: 중앙일보사, 1989) ; 《타락》, 위다푸

에서부터 바이셴융의 〈시카고의 죽음〉에 이르기까지 얼마나 많은 중국 작가들이 이를 택하여 한 세대 한 세대의 유랑자들과 추방자들의 방황하는 마음을 묘사했는지 모른다. 핑루는 늦게 태어나는 바람에 유학생 문학의 좋은 시절은 다 놓쳐버리고 1980년대에 이르러서야 같은 유의 이야기를 다시 쓰게 되었다. 그녀는 세월이 바뀌고 상황이 달라져버린 데서 오는 난감함을 느끼지 않을 수 없었다. 다행히도 핑루의 의도는 이런 것에 머무는 것이 아니었다. 〈옥수수밭에서의 죽음〉의 사건은 단지 화자 본인의 존재와 정체성에 대한 위기감을 이끌어내는 도입부에 불과할 뿐이었다. 소설 속의 화자는 타이완 신문사의 미국 주재 기자를 지내며 수년을 헛되이 보내고는 이미 견딜 수 없을 만큼 피폐해져 있다. - 닭털처럼 하찮은 화인 단체, 비루하고 따분한 주재 기관, 이름만 남은 결혼 등 모든 것이 그의 포부를 갉아먹는다. 화자는 〈라쇼몬〉 식의 탐방 기사를 빌어 자신이 남을지 떠날지를 생각하기 시작하다가 결국은 귀국하기로 결정한다. 옥수수밭에서의 죽음이라는 비극과는 대조적으로 우리의 화자는 그의 사탕수수밭으로 되돌아가게 된다.

세사에 밝은 독자들이여, 이런 밝은 결미에 대해 성급하게 비웃지는 마시기를 바란다. 수년 뒤 핑루가 같은 화자를 통해서 전혀 다른 이야기인 〈타이완 기적〉을 써내기 때문이다. 이에 대해서는 나중에 다시 언급하겠다. 여기서 주의할 것은 그녀의 서술 방식이 어떻게 기존의 유랑자 문학의 방식을 계승하고 있으면서 또 어떻게 암암리에 풍자를 추가할 수 있었는가 하는 점이다. 왕년의 해외 유학파 재자가인들이 놀랄 만치 평범한 울적함에 빠져들고, 그 모든 이국의 희비애환은 끝도 모를 감정 과잉의 향수로 화한다. 소설의

지음, 강계철 옮김, (서울: 한국외국어대학교출판부, 1999) ; 《장맛비가 내리던 저녁》, 스져춘 외 지음, 이욱연 옮김, (서울: 창비, 2010) 등을 비롯해서 많은 곳에 실려 있다.

화자 역시 핑루가 조롱하고자 하는 대상의 하나인데, 다만 그럼에도 불구하고 그는 어쨌든 일말의 자기 성찰적 능력을 가지고 있다. 그런데 그는 타이완에 돌아가기로 결정하고도 전혀 즐거운 것만은 아니다. 핑루는 그녀의 인물에게 일종의 울적하고 사색적인 성격을 남겨 놓으면서, 그가 마지막에 사탕수수 밭으로 향하게 될 때 또 다른 심사가 드러나도록 만든다. 이는 중요한 복선으로 홀연 소설의 사변적인 차원을 심화시킨다.

핑루는 〈옥수수밭에서의 죽음〉으로 문학상을 받으면서 전통적인 향수문학에 대한 타이완 문예 시스템의 '마지막 향수'에 어느 정도 조응했다. 다시 몇 년 후 타이완의 정치적 판도가 극렬하게 요동을 치자 옥수수든 사탕수수든 간에 모두 다 다시 뿔뿔이 흩어져 각기 뿌리를 찾아야 했다. 핑루조차도 이제 더 이상 이처럼 따뜻한 정서의 작품을 만들어내지는 못할 것이었다. 그녀가 같은 시기에 또 〈춘거〉를 써냈다는 점은 거론할 가치가 있다. 이 중편소설은 대륙에서 타이완으로 온 아이 춘거가 어려서부터 공부도 접고 아버지로부터도 버림을 받아 남의 울타리 밑에서 온갖 고생을 다 겪는 것을 묘사한다. 30여 년 동안 타이완의 경제 상황은 갈수록 좋아지지만 춘거의 생활에는 아무런 진전이 없다. 그는 자신을 희생하며 묵묵히 견뎌낸다. 그러나 결국 사회의 발전 속에서 가장 만만한 봉이 되고 만다.

핑루는 연민의 심정으로 춘거가 어려서부터 늙어가기까지의 소소한 일들을 잇달아 서술하는데, 인도주의적 리얼리즘의 대표작이라며 평론가들의 호평을 받은 것은 전혀 의외가 아니다. 하지만 나는 이 작품이 갈수록 상황이 악화되는 춘거의 삶을 묘사하면서 사실은 이미 감정 과잉의 가장자리를 맴돌고 있다고 생각한다. 나는 핑루가 춘거와 같은 사람들의 고생을 과장했다거나 춘거보다도 더 운 나쁜 서민들도 도처에 널려있다고 말하려는 것이 아니다. 5.4 이래 '학대받는 사람들' 식의 인물은 아마도 수도 없이 많을 것이다. 핑루의 춘거는 우리로 하여금 사회의 불의에 대해 탄식하게 만들면서 자기 자신에 대해 이름 지을 수 없는 부끄러움을 불러일으키는 것 외에도, 또 인도주의적 리얼리즘의 소설이 가진 수사와 도덕적 사명 사이의 진퇴양난을 더욱 잘 설명해준다. 루쉰이 샹린싸오를 묘사하거나 라오서가 낙타 샹쯔를 묘사할 때처럼 소설의 수단과 목적이 암암리에 서로 충돌하는 것이다. 인도주의적 리얼리즘은 문자를 빌어 삶의 불합리성을 드러냄으로써 그것을 개선하자는 데 의도가 있다. 그렇지만 루쉰 이래로 작가들의 필력이 강력하면 강력할수록 삶의 불합리성과 개선의 무망함이 더욱더 두드러졌다.[2] 글쓰기가 막다른 골목이 되어 버린 것이다. 핑루가 〈춘거〉에 쓴 서문을 보면 거듭되는 느낌표들 사이에서 그녀의 심정이 얼마나 격동되어 있는지 알 수 있다. 그러나 나는 그녀가 인도주의적 리얼리즘 서술에 이미 예정되어 있는 패러독스를 뛰어넘을 수는 없었다고 생각한다.

도대체 어떻게 써야 나라에 대한 그처럼 복잡한 감정을 써낼 수 있을까? 〈춘거〉 이후 핑루의 소설은 여러 차례 문제의식을 보여주는데, 〈스타의 시대에〉를 바로 이렇게 볼 수 있다. 이 중편은 〈옥수수밭에서의 죽음〉의 원망과 자조라는 식의 서사 방식을 거듭 운용한다. 핑루는 유명 해외 인사인 닥터 허가 대필자에게 부탁해서 그가 마음에 두고 있는 타이완의 연예계 스타의 전기를 쓰도록 하는 이야기를 통해서 일부 호사가들의 모습을 야유한다. 그러나 물론 그녀의 의도는 단순하게 풍속도를 그려내겠다는 것에 머무르지 않는다. 닥터 허는 조바심을 내며 타이완의 미인을 치켜세우고 이로써 타이완이 완전히 달라졌다는 것을 보여주려고 하는데, 향수를 다른 것에 기탁하려는 일종의 '편의'적인 행동이 더욱 분명히 드러난다. 그의 행위는 아마도 별 것 아닐 것이다. 그러나 그의 초조하고 지친 모습은 어떻게 해볼 도리가 없는 일종의 허탈감을 그대로 보여준다. 스타를 만들어내고 추구하는 지금 이 시대는 또한 퇴폐 버전의 신을 만들어내는 시대가 아닐까? 해외를 떠도는 화인은 또 왜 이처럼 스타를 만들어내고 스타를 추구하는 것일까?

소설의 다른 한 중점은 문자를 통해서 스타를 부각, 전파시키는 신화를 검토해보자는 데 있다. 소설 속의 화자는 스타의 전기를 써달라는 의뢰를 받지만 펜을 들지 못한다. 그저 개인의 도덕적 판단에서 비롯된 것만이 아니라 그보다는 오히려 '수사의 정의'라는 생각에서 비롯된 것 같다. 그는 닥터 허의 위선을 용인할 수 없으며, 그렇다고 '눈물이 앞을 가리는' 방식으로 타이완의 신데렐라 이야기를 만들어낼 수도 없다. 글쓰기란 양심의 일이니 어찌 위선자나 냉소주의자의 공범이 될 수 있겠는가? 핑루의 '리얼리즘' 방식의 사고는 이로써 내부적 폭발의 임계점에 달하게 되었다. 〈스타의 시대에〉는 지루하고 지지부진하여 좋은 작품이라고 할 수는 없다. 그러나 핑루는 이를 통해 형식과의 박투라는 고뇌를 보여준다. 생동적인 자기 고백, 복잡다단한 변증법 등 어느 것 하나 변화를 추구하는 그녀의 마음을 미리 예고하지 않는 것이 없다.

2. 타이완 기적

앞서 나는 핑루가 타이완을 사실적으로 묘사하는 세 가지 방식에 대해 소개했다. 민초들이 이국에서 생명을 다하는 이야기, 대륙에서 타이완으로 온 서민의 슬픈 기록, 그리고 재미 화인의 기이한 일들에 대한 소묘 등. 비록 스토리가 다르고 인물이 상이하지만, 핑루는 그 모든 희비극이 타이완이 끌어당기는 갖가지 힘에서 비롯되는 것임을 지적하고 있다. 그녀의 인물들은 이 땅을 등지거나 사랑하며, 그 어느 곳에 육체가 거하고 있든 간에 이를 그만둔 적이 없다. 그런데 나는 이미 여러 차례 지적한 바 있다. 핑루는 순진한 토착주의자가 아니다. 그녀가 타이완을 생각하고 그리워할 때면 타이완의 천변만화하는 현실은 망향적 또는 향수적인 방식으로는 설명할 수 없다는 점을 그녀는 이미 은연중에 예견하고 있었다. 그녀는 〈춘거〉를 씀과 동시에 SF 소설 〈꿈에서 깨어보니〉를 완성하여 타이완의 멋진 또는 후진 미래의 청사진을 그려낸다. '아름다운 바다'와 '아름다운 섬'은 오랜 후일 이미 꼴이 아니게 망가져있다. – 타이완은 완전히 타락한 낙원이 되어 버린다. 이 소설은 엉성하다. 하지만 핑루는 SF적 서술 속에서 타이완에 대한 그녀의 '궁극적 관심'을 처리할 수 있는 방법을 찾아내고 있다. 우리가 '타이완에는 역사가 없다'며 한탄할 무렵 현재와 미래 또한 역사 상상의 일부분이라고 생각한 사람은 적었다. 그저 되돌아볼 수밖에 없던 타이완이 사실은 그녀에게는 이미 미래의 자산을 미리 가불해주고 있었던 것이다.

〈꿈에서 깨어보니〉는 수년 후 소설상을 수상하게 되는 〈타이완 기적〉으로 환골탈태한다. 이 소설이 나옴으로써 〈옥수수밭에서의 죽음〉 이래 그녀가 다루어오던 타이완에 대한 변증법적 상상이 비로소 전체적인 모습을 드러내게 된다. 그리고 인도주의적 리얼리즘 소설의 곤경 역시 이로써 앞길이 활짝 열리게 된다. 〈타이완 기적〉은 1990년대 중반을 시간적 배경으로 하면서 코믹 판타지의 형식으로 타이완이 세기말이라는 이 시기에 어떻게 현대 중국의 역사 정치적 음영을 벗어나게 되는가를 묘사하고 있다. 타이완은 대륙으로 넘어가는 것이 아니라 미국을 정복하면서 세계무대의 중심에 서게 된다.

소설은 타이완의 한 해외 주재 기자(아마도 〈옥수수밭에서의 죽음〉의 그 기자)가 미국 사회의 일련의 변화를 관찰하는 것에서 시작한다. 이 변화들은 굉장히 신기하게도 타이완의 최근 상황과 서로 맞아떨어진다. 하원의원과 상원의원들은 국회의 별장에서 매일 서로 몸싸움을 한다. 대중들은 일상 업무는 하지 않고 주식과 로또와 복권에만 몰두한다. 백악관은 '운수를 바꾸기' 위해 제일 인기 있는 풍수 전문가를 대통령의 실내장식 고문으로 초빙한다. 교회는 주식시장에서 가장 투자할 만한 것에 '보이는 패'를 내놓기 시작한다.

부동산 가격은 급격히 치솟고, 다우존스지수는 두세 달 만에 2천 포인트에서 1만 포인트로 뛰어오른다. 무료한 중산계급 주택가에서는 가정식 술집이 우후죽순으로 생겨나고, 태국 아가씨들과 중국 아가씨들로 손님을 불러 모은다. 더욱 희한한 것은 엠파이어스테이트 빌딩의 꼭대기에 불법건축물이 증축되는데, 타이완 최대의 마사지 숍인 '문화의 성'의 뉴욕 분점이라는 것이다.

이런 것들은 〈타이완 기적〉의 시작일 뿐이다. 얼마 지나지 않아서 '기적'은 더욱더 대단해져서 마치 전염병처럼 사방으로 번져나간다. 그것은 표와 주먹이 어우러진 새로운 민주 체제, 탐욕 숭배적이고 기회주의적인 종교, 새로운 기갈증 바이러스(그 증세는 먼저 중국 음식과 투기 활동에 대한 환자의 끝없는 탐욕적인 갈구로 나타난다), 미국 기후 및 농업의 급격한 변화를 초래하게 되는 생태적 변이 등으로 표출된다. '타이완화'라는 단어는 경제학자・심리분석가・역사학자・정치가・물리학자・미래학자가 상용하는 단어가 된다. 이 단어는 대체 무슨 뜻인가? 핑루의 최신판 웹스터사전에 따르면 '타이완화'는 (1) 끊임없이 맹목적으로 팽창하여 한계를 상실한 어떤 국가나 사회 또는 언어 (2) 모호하고 애매하며 자기모순적인 감정을 초래하는 사물 (3) 세계의 장래를 의미한다.

핑루의 서사 방식은 문학에서 자주 보게 되는 낯설게하기(defamilarization) 기법이라고 말할 수 있다. 그녀는 우리에게 일상화되어 있는 것들을 어떤 극단적 상황 속에 위치시킴으로써 우리의 주목을 이끌어낸다. 앞의 예들에서 핑루는 미국이라는 이 생각지도 못한 배경을 사용하여 타이완의 모든 사회적 경제적 문제를 폭로하고 있는 것이다. 그러나 핑루가 가공의 세계를 사용하여 현실의 결함을 부각시킨 최초의 중국 현대작가는 아니다. 반세기 전 라오서의 《고양이의 도시》와 선충원의 《앨리스의 중국 여행기》는 모두 이와 유사한 모델을 사용하여 중국의 타락에 대한 그들의 우려를 표현했다.

핑루의 특이한 세기말적 상상이 그녀로 하여금 국제 정치에서 타이완이 왜소화되고 주변화된 사실을 바꿔 쓰도록 만든 것이다. 더욱 재미있는 것은 타이완의 이런 요술 같은 시운의 도래가 전통적인 리얼리즘의 서사 방식을 와해시켰다는 점이다. 〈타이완 기적〉은 장르상으로 SF 소설・삼류 애정소설・풍자소설・정치소설・폭로소설을 한데 녹여놓은 것이다. 애국적인 설교, 금융가의 은어, 도덕적인 도그마, 감상적인 조잘거림 등이 끝없이 펼쳐지면서 기묘하게도 용렬한 수사의 만담이 만들어진다. 이런 장르상의 혼란이 만들어내는 시끌시끌함은 타이완 사회의 혼란성을 풍자함과 동시에 리얼리즘적인 패러다임에 도전한다. – 그런데 (협의의) 리얼리즘은 종종 정부 당국 및 도덕주의자들이 작가가 시대를 걱정하고 나라를 염려하는 주제를 표현할 때 마땅히 취해야 하는 태도라고 생각하는 그런 것이다.

〈타이완 기적〉에 만일 어떤 승리가 있다면 그 승리는 '형식'으로 표출된 '환상'의 승리이다. 만일 타이완 사람들의 자부심이 스스로를 전적으로 무가치한 존재라고 폄하한 후 다시금 마치 기적처럼 패배에서 부활하는 데서 오는 것이라고 한다면, 〈타이완 기적〉은 우리에게 아Q의 '정신승리법'이라는 논리를 연상시킨다. 특히 아Q가 자신을 첫째가는 건달이라고 자부하는 그런 논리를 연상시킨다. 치욕과 승리, 자기 폄하와 자기 과시가 한데 어우러질 때 우리가 보게 되는 것은 타이완의 주변적인 정치적 지위에 대한 〈타이완 기적〉의 극단적인 모순적 태도이다.

타이완의 시운의 도래라는 기적의 스토리에는 그 외에도 논쟁을 불러일으킬 만한 차원이 있다. 앞에서 말한 것처럼 〈타이완 기적〉은 타이완을 언급할 뿐만 아니라 소설 속의 미국이 모든 필수적인 측면을 제공하면서 타이완의 '기적'에 포함되어 있는 결함을 폭로하고 있다. 왜 하필 미국을 선택했을까? 핑루가 타이완과 미국을 함께 제시한 것은 분명히 일종의 선명한 대비 효과를 만들어내고자 한 것이다. 미국은 전 세계의 리더이고 군사적 초강대국이며, 현대적 민주주의의 선봉이고, (일부) 제3세계 국가의 도덕적 경제적 지지자이자 개발도상국 국민들의 꿈의 나라이다. 반면에 타이완은 미국의 부정적인 면을 대표하는 듯하며, 심지어 타이완의 경제적 역량 역시 [미국의 도움에 의한 것이므로] 떳떳하게 내세울 수 없는 성취라고 간주되어야 할 듯하다. 이런 뚜렷한 대비를 보면서 이치대로라면 〈타이완 기적〉의 독자들은 타이완이 미국을 정복한다는 황당무계한 이야기에 대해 실소하게 되어있다. 미국이 그처럼 민주적인데 에드워드 케네디와 스티븐 솔라즈가 하원의회나 상원의회의 단상에서 그렇게 몸싸움을 할 수 있겠는가? 미국이 그처럼 이성적이니만치 미국 국민들은 주식에 미치지도 로또에 골몰하지도 않는다. 미국은 타이완이 가진 모든 문제를 보여주는, 요괴를 비추는 거울인 것이다.

그러나 〈타이완 기적〉을 세심히 읽어보면 이 소설이 타이완과 미국의 다른 점을 다루고 있을 뿐만 아니라 그것들 간의 같은 점도 다루고 있음을 깨달을 수 있다. 앞에서 말한 것처럼 '타이완화'란 하나의 강력한 운동으로, 그것은 표면적으로 미국인의 도덕과 행동에 영향을 줄 뿐만 아니라 더 나아가서 미국 전체의 경제·문화·정치·생태 환경을 통제하고 개조한다. 이 소설의 논리에 따르면, 만일 타이완이 현재 미국 국기와 콘돔의 생산을 독점하고 있다고 할 때, 언젠가 미국의 대다수 생산품이 국외 제조업에 의해 통제될 것이라는 예언이 그렇게 지나친 것만도 아닐 것이다. 아시아의 크고 작은 국가들은 1970년대와 1980년대에 현대화(미국화?)라는 엄청난 영향을 받아서 목하 자신의 정신문화 및 물질문화가 갈수록 '미화'되고 있는 중이다. 운명의 바퀴란 돌고 도는 것이다. 어느 날 모든 미국인이 빵을 먹지 않고 쌀밥을 먹게 될 것이며, 아이오와주의 농부가 그레이하운드 버스를 타고 시카고로 가서 주식을 하게 될 것이며, 뉴잉글랜드 지역의 주의회들이 타이완과 합치자고 신청하게 될지 아무도 단언할 수 없는 일이다. 과거 타이완이 무조건적으로 미국화되어 군수무기에서부터 민주주의나 맥도널드 햄버거에 이르기까지 모조리 받아들였듯이, 미국도 어느 날 아침 '타이완화'라는 바이러스의 침투에 저항할 도리가 없을 수도 있다. 전 세계의 미국화라는 모델이 없었더라면 그렇게 순식간에 전 세계의 타이완화가 이루어질 것이라고 상상할 수는 없었을 것이다.

영국 학자 호미 바바는 '흉내내기'(mimicry)라는 개념을 사용하여 식민 담론의 관점을 설명한 바 있다.[3)] 식민지 신민은 무언극 공연과 마찬가지로 식민자의 각 특징을 베끼지만 종국에는 마치 동시가 서시의 눈썹 찌푸리는 것을 흉내 내듯이[4] 자신의 모방이 국부적인 왜곡의 방식으로 식민자의 얼굴을 재현해내는 것에 불과함을 발견하게 된다. '흉내내기'의 효과는 언제나 맞는 것 같으면서도 아닌 것이다. 이런 모방은 식민자의 특징을 조롱하고 와해함과 동시에 피식민자 자신의 결함을 폭로하는 것이기도 하다.[4)] 이에 근거하여 나는 〈타이완 기적〉과 같은 유의 이야기가 미국과 타이완, 중심과 주변 사이의 복잡한 권력의 주고받기의 관계를 드라마화하고 있다고 말하고 싶다. 핑루는 처음 시작할 때는 아마도 미국의 시각에서 타이완을 매섭게 비판하려고 했을 것이다. 그러나 결국에는 의도적으로 혹은 비의도적으로 타이완의 입장에서 미국을 비판하게 된 것이다. 재앙과 같은 타이완의 '기적'의 결과는 전지구적인 미국화 이야기의 속편으로 이해되어야 한다.

〈타이완 기적〉은 은유적인 차원과 직접적인 차원 양면에서 모두 미국과는 별도의 범주에 속하는 특이한 예가 아니라 같은 범주 내에서 생겨나고 있는 현상이다. 타이완 기적은 미국 기적의 불완전한 복사본이자 모방이다. 그것은 우리를 '원본'과 '재현' 사이의 대등한 관계를 타파하기에 족한 역사적인 요소에 주의하도록 일깨워준다. 그리고 그것은 20세기 세계의 진리와 권력에

---

4 서시라는 미녀가 아파서 눈썹을 찌푸리자 더욱 아름다워 보이는 것을 본 이웃집의 동시라는 추녀가 이를 따라하다가 그만 더욱 추한 꼴만 짓게 된다는 이야기가 《장자》에 실려 있다.

대한 미국의 위치를 위협한다. 이 위치는 과거에 권세와 영광을 대표했던 그 어떤 위치와 마찬가지로 이미 더 이상 확고부동한 중심적인 위치가 아니다. 바꾸어 말하자면 〈타이완 기적〉은 중심과 주변 또는 제1세계와 제3세계 사이의 대립에 대해 의문을 제기하는 것이다. 그것은 이런 단순한 대립을 다루면서, 차이 속에서 동일함을 발견하고, 대항의 관계 속에 포함된 공모의 혐의를 드러낸다. 우리가 자신의 주변적 지위를 의식하게 될 때 우리는 이미 불가피하게 중심이란 존재를 긍정하게 된다. 주변과 중심은 동전의 양면인 것이다. 이런 의미에서 〈타이완 기적〉은 1990년대 초기 타이완의 정치적 경험에 있어서 실로 사람들을 깊이 성찰해보도록 만드는 일종의 고백으로 간주될 수 있다.

3. 인공 지능

〈꿈에서 깨어보니〉나 〈타이완 기적〉은 핑루의 소설 실험의 한 작은 부분일 뿐이다. 세심한 독자라면 주목하게 될 것이다. 그녀는 근래에 들어 문자의 '유희성'이 한층 농후해지고 있다. 〈다섯 개의 봉인〉 같은 것은 전형적인 메타픽션으로, 전적으로 독자와 함께 글읽기/글쓰기의 릴레이를 펼치고 있다. 또 최근작인 〈가상의 타이완〉은 컴퓨터 가상 게임 방식으로 타이완의 갖가지 미래의 가능성을 생각해보고 있는데, 흡사 〈타이완 기적〉의 완결판인 것 같다. 〈기로 위 가정〉,[5] 〈금서 계시록〉 등은 또 호르헤 루이스 보르헤스 이래 서구와 남미의 신소설 대가들과 연결되는 것 같다. 물론 '훌륭한' 작품은

5 〈기로 위 가정〉의 한글본이 《옥수수밭에서의 죽음》, 핑루 지음, 고찬경 옮김, (서울: 지식을만드는지식, 2014)에 실려 있다.

형식이 전위적이냐 아니냐와는 상관없다. 우리는 1980년대 메타픽션과 해체주의의 바람이 휩쓸 때 사람들이 부화뇌동하며 모방했던 수많은 작품들을 이미 너무 많이 보았다. 핑루의 형식 창안 행위는 속됨을 면하지 못할 때도 있다. 앞에서 거론한 〈다섯 개의 봉인〉은 지나치게 재주를 부린 측면이 있다. 그러나 과거 그녀의 리얼리즘 소설적 표현과 정치 사회적 의제에 대한 그녀의 오랜 관심 및 참여를 참고해본다면 그녀의 '유희'적인 문장에 대해 다른 눈으로 보아야 할 것이다.

나는 앞 절에서 핑루가 SF 소설 장르를 빌어 타이완 역사에 대한 또 다른 상상을 추구하고 있다는 점을 거론한 바 있다. 그녀는 현대 작가 중에서 소수에 속하는 의식적인 '형식'주의자 중 한 명이다. 전통적인 문학관은 참된 마음이 밖으로 드러나고 마음의 소리가 말로 표출되는 것을 추구한다. 문자 형식은 사유 표현의 투명한 매개체가 되는 것이다. 그러나 20세기 이래 '인생을 위한 예술'이라는 리얼리즘은, 비록 서구 문예이론의 지지를 받았다고는 하지만, 기본적으로 의식을 강조하고 심지어는 이데올로기와 기성의 신념을 강조하기도 했다. 핑루는 확실히 이런 전통에 대해 전적으로 동의하지는 않는다. 진실한 마음과 뜨거운 피로 글을 쓰고자 하는 포부만 가지고는 전심전력을 다하는 작가적 사업을 지탱하기에는 부족하다. 루쉰에서부터 바진・마오둔에 이르기까지, 초기의 대작가들이 글쓰기를 통해서 외치고 방황하고 혁명과 정치에 뛰어들고 한 것은 물론 시대의 흐름이 그렇게 만든 것이기도 하지만 문학 창작의 논리적 곤경을 드러낸 것이기도 하다. 1950,60년대에 두각을 나타낸 작가들 예컨대 황춘밍・천잉전 등이 일찌감치 그들의 이야기를 마감한 후 다른 진로를 모색한 것 역시 패기의 소진을 암시하는 또 다른 경우가 아니겠는가? 핑루의 자기 고백에서 보듯이 만일 글쓰기가 일종의 천직이라고 한다면 그것은 '일생을 두고 걸어야 할 길'이다.[5] 소박한 리얼리즘 정신에 비추어볼 때 그녀의 이야기를 끊임없이 말해나가기 위해서는, 그녀는 '무엇을 쓸 것인가' 외에도 '어떻게 쓸 것인가'의 문제를 끊임없이 사색해야 했다.

핑루의 편에서 말하자면 따라서 글쓰기는 일종의 '인공'적인 기록이자 일종의 '지능'의 유희일 것이다. 기존의 것을 버리고 새로운 것을 내놓으려면 어쨌든 대가를 치러야만 하는 법이다. 핑루의 작품에는 때때로 들쑥날쑥함이 나타난다. 그러나 그녀가 변화를 추구하는 과정에서 어느 결엔가 제자리걸음을 수긍하지도 않고 원하지도 않으며 반성과 비판을 견지하려는 자세가 생겨났다. 전술한 〈꿈에서 깨어보니〉와 〈타이완 기적〉이 유토피아와 반유토피아의 광상곡을 다룬 것, 〈키보드를 누르는 손〉이 인문적 과학기술적 지능의 힘겨루기를 건드린 것, 〈애플의 맛〉이 신세대의 부부 관계가 어떻게 (애플) 컴퓨터라는 제3자의 침입에 의해 이상이 발생하게 되는가를 풍자한 것 등이 모두 좋은 예다. 특히 황춘밍의 동명 소설을 모방한 것은 독자들로 하여금 회심의 미소를 짓게 만들 것이다. 장시궈[6]를 제외하면 핑루는 SF 장르를 운용하는 데 뜻을 품은 또 한 명의 사람이다. 그녀가 장시궈와 서로 주고받으면서 소설 《스파이》를 함께 써낸 것도 뜻밖의 일은 아니다. 그리고 여성 작가라는 그녀의 신분으로 볼 때 이는 쉽지 않은 장한 일이다.

이런 논의에 대해 나는 특별히 〈인공지능 보고서〉[7]를 언급하고자 한다. 이 소설이 보여주는 것은 한 남자 과학자가 여자 로봇을 만들어내는데 뜻밖에도 서로 사랑에 빠져 헤어나지 못한다는 이야기이다. 인간과 기계 사이의 지능 분쟁은 서구 계몽주의 담론의 중요 주제로, 메리 셸리의 《프랑켄슈타인》

6 장시궈의 대표작인 《장기왕》의 한글본으로 《장기왕》, 장시궈 지음, 고혜림 옮김, (서울: 지식을만드는지식, 2011)이 나와 있다.

7 〈인공지능 보고서〉의 한글본이 《옥수수밭에서의 죽음》, 핑루 지음, 고찬경 옮김, (서울: 지식을만드는지식, 2014)에 실려 있다.

은 낭만주의 시기의 탁월한 해석이었다. 남성이 여성을 창조한다는 신화의 원형은 희랍의 피그말리온(Pygmalion) 이야기까지 거슬러 올라갈 수 있다. 〈인공지능 보고서〉는 소재 선택 면에서는 아마도 앞사람을 이어받은 바가 있겠지만 그러나 핑루는 이를 교묘하게 운용하여 자신의 스타일을 부각시킬 수 있었다. 여자 로봇은 '출생' 후 성장하면서 감성과 지능이 급속도로 발전한다. 그녀는 원래 남자 과학자의 이상의 결정체였다. 그러나 정밀한 프로그램과 기관의 동작으로 마침내 그녀의 제작자를 추월해버린다. 이 작품에서 핑루 특유의 사고력과 변증법식 서술 방식이 훌륭하게 발휘된다. 아아 어어 하면서 말을 배울 때부터 치밀하게 사고하게 되기까지 로봇의 목소리가 끊임없이 바뀌면서 우리에게 그녀의 성격과 지능이 급격히 향상되고 있음을 깨닫게 만든다. 그러나 이 과정은 그녀를 더욱더 사람처럼 만드는 것인가? 아니면 갈수록 사람답지 않게 만드는 것인가? 무엇이 사람인가? 자연적으로 생장 소멸하는 생물인가? 아니면 '인공 지능'이라는 관념의 산물인가?

소설의 절정은 여자 로봇이 주인의 치근거림을 참지 못하고서 실수로(?) 그를 죽이게 됨으로써 감옥에 갇혀 재판을 기다리는 것이다. – 그녀의 자기 진술이 곧 그녀의 증언이다. 생각해볼 점은 그녀가 한편으로는 인성의 용렬함을 꿰뚫어보면서 한편으로는 그 때문에 그 속에 열중해서 스스로 헤어나지 못한다는 것이다. 그녀는 인간의 심판을 거부하기보다는 물결치는 대로 흘러가도록 내버려두었다고 해야 할 것이다. "인간에 대한 모방 과정에서 그녀는 결국 무망하게 인간의 일원이 된 것이다."[6] 벗어나면서도 빠져드는 것이다. 인공 지능의 극치는 인간이라는 범주를 철저히 뒤엎는 것이었다. 그러나 우리의 읽기가 여기서 머물러서는 안 될 것이다. 소설이 기왕에 로봇의 자기 고백이라면 우리는 또 어떻게 그녀의 천 마디 만 마디를 인식할 것인가? 정이 가득 담긴 참회인가 아니면 네트워크 시스템의 출력물인가? 인공 지능을 쓴 작가 핑루는 또 어떤 차원에서 타인의 지능을 축적, 재구성하거나 또는 자신의 삶의 지혜를 토로하고 있는 것인가?

우리는 이 작품의 함의를 핑루의 창작 철학에 대한 반성으로 확대시켜 보아도 무방할 것이다. 그녀(또는 그녀의 로봇)가 제기하는 자기 질문의 핵심은 다름 아닌 인간 및 휴머니즘 담론의 유혹과 한계이다. '인간미'가 있는 글쓰기란 곧 일종의 인공 지능에 대한 찬양이 아니겠는가! 그뿐만 아니라 여성 작가의 각도에서 핑루는 필연적으로 인공 지능이 남자의 것인지 여자의 것인지 아니면 로봇의 지능인지를 추적해야만 한다. 반세기 이전에 마오둔은 〈창조〉에서 한 남성 지식인이 어떻게 아내를 현대적 여성으로 만들어내고, 어떻게 이것이 뜻밖에도 판도라의 상자여서 열고난 후 수습할 수 없게 되었나를 썼다. 핑루는 여기서 한 걸음 더 나아가서 심지어는 남권과 여권의 분야가 타자와 주체 관계의 복잡성을 너무 단순하게 보고 있을 가능성을 우리에게 깨우쳐 준다. 페미니스트들은 이에 대해 더욱 세밀한 변증법을 발전시켜나가야 할 것이다. 여자 로봇이 초연하게 재판을 받으러 가면서 자신의 단성 생식(?)의 구체적인 우상인 남성을 생각하는데, 그렇다면 그것은 남자 과학자가 무에서 만들어내는 인간 창조의 신화를 그녀가 되풀이하고 있는 것이 아니겠는가? 그렇지만 여성이 만들어낸 남자가 과연 남성이 만들어낸 여자보다 더 이상적일 것일는지?

1990년대 이래 핑루는 또 인공 지능의 은유를 그 밖의 생명 차원의 관찰로까지 확대시켜나간다. 〈사건 사고 회사〉는 휴머니즘적 기부의 '기업화' 면에서 사건 사고에 관한 뉴스의 제작과 보도가 이미 얼마나 중요한 하나의 고리가 되어버렸는가를 풍자한다. 언론 매체의 도덕적 의무와 시청률 및 이미지 제고에 대한 고려가 상호 반비례하게 된 것이다. 〈금서 계시록〉은 지식이 끊임없이 자체 분열하고 증식하는 시대에 필연적으로 문화 정치적 패권이 반격을 가할 것이라는 위험성을 보여준다. 〈세기의 병〉은 이 에이즈의 시대에

'정상인'이 자신과 다른 종족에 대해 엄격하게 감시와 통제를 실시하지만 그럼에도 불구하고 이 금지된 사랑이라는 불씨를 소멸하기는 어려울 것이라고 풍자한다. 속칭 '향수 시리즈'로 불리는 〈어린 시절 이야기〉는 더욱 볼 만하다. 핑루는 남성 화자가 스스로 즐기는 자기 고백을 내세워서, 양성 간의 권력 각축전 속에서 소위 어린 시절의 옛일이나 향수어린 정감이 이미 남성의 자기 결백의 핑계 내지는 나르시시즘의 목표가 되어버렸음을 폭로한다. 그녀의 풍자와 비판은 때때로 지나치게 노골적이라는 폐단이 있다. 〈기로 위 가정〉 같은 작품은 기성관념으로 굳어진 가정과 애정이라는 신화에 대해 질문하고 있으며, 〈사랑의 적수를 만나다〉 같은 작품은 사랑과 약물 복용이라는 미래적 광상을 해학하고 있는데, 과유불급의 예이다. 그러나 한 가지만으로 시종일관하는 많은 작가들과 비교해보자면 핑루는 문화적 네트워크의 복잡한 얽힘에 대해 자신도 제어할 수 없는 호기심을 가지고 있다. 그녀는 소설을 빌어 가장 자연스럽고 가장 '논할 필요가 없는'[8] 인간 세상의 '원래 모습'을 씻어내고 전복함으로써 갖가지 인위적인 – 또는 인공적인 – 동기를 들여다보고자 한다.

그러나 만일 우리가 핑루의 소설 실험이 가진 사회 비판적 일면에만 주목한다면 그녀의 재능을 너무 저평가하는 것일 터이다. 인공 지능 – 긍정적 평가든 부정적 평가든 간에 – 은 어쨌든 때로는 막다른 골목이다. 인간이 미지와 대적하는 과정에는 신비하거나 난감한 수많은 순간이 있게 마련이고, 우리로 하여금 할 말을 잃게 만든다. 다른 것은 그만두고라도 소설 창작 자체가 바로 변화막측한 탐구이자 '의미'를 자리매김하는 미궁 속의 게임이다.

---

8 1996년 리덩후이와 롄잔이 정부총통으로 당선되었을 때, 행정원장이던 롄잔이 부총통 취임 이후 관례에 따라 일괄 사표를 내자 리덩후이는 '논할 필요가 없다'(著毋庸議)고 함으로써 부총통과 행정원장을 겸하는 상황이 벌어졌다.

핑루는 메타픽션 형식에 몰두하여 소설 쓰기에 관한 소설을 제법 많이 썼다. 예컨대 〈다섯 개의 봉인〉, 〈기로 위 가정〉, 〈한낮의 꿈 다섯 자락〉 등이 그런데, 그녀가 단순히 좀 다뤄보았다고 하기보다는, 글쓰기를 진지한 일로 간주하면서 독자를 위해 또 자신을 위해 그리고 심지어는 작중 인물을 위해 열심히 변증법을 사색하며 대화의 공간을 만들어내고자 했다고 해야 할 것이다. 그녀는 고심하며 완벽하기를 바랐지만 마음먹은 것처럼 되지는 않았다. 〈다섯 개의 봉인〉의 수많은 상호텍스트적인 문구는 오늘날 보기에는 그리 대단한 것은 아니다. 〈기로 위 가정〉에서 작가가 창조한 인물들 사이의 힘겨루기 역시 계속하기가 어려워 보인다.

인간이 지혜를 좇는 과정에서 갖는 무궁한 욕망과 좌절이 아마도 핑루로 하여금 마음속에 감동을 불러일으켰던 것일까? 온갖 궁리를 다 시도했겠지만 어찌 바라는 대로 모두 될 수 있으랴. 이런 불감당과 불만족으로 인해 사람은 살아가면서 더욱 많은 일을 벌이게 되는 법이다. 이리하여 〈하오 대사 이야기〉와 같은 감동적인 작품이 나오게 되었다. 하오 대사는 신통력이 음양에 통하고 기가 오계에 미친다. 그의 신통력은 해외 방랑자들이 청둥오리떼처럼 모여들게 하는 전설이 되었다. 하오 대사는 과거를 잘라 말하고 미래를 일러 말한다. 비록 강호의 도사라고는 하지만 그는 스스로 체계화한 '과학'적 근거도 가지고 있다. 그의 방법이 곧 또 다른 방식의 인공 지능이었던 것이다! 그의 존재 자체와 번창함은 곧 과학적 실천의 부족한 측면을 반증해주었다. 그러나 그의 사업이 정점에 달했을 때 하오 대사는 홀연 자신이 성취한 것이 모두 허황되고 헛된 것임을 깨닫게 된다. 그의 지혜, 그의 예언이 "그렇게도 모호하고, 뒤엉키고, 번잡하고, 반복되는 그 속에 감춰져 있는 것은 곧 이른바 아집이었고, 그것이 토로하는 것은 영생의 욕망이었다. 그리고 그렇게도 무망하면서도 무력하게 기어 올라가고자 하는 것은 곧 미미한 인간이 한 토막 육체를 가진 자신의 자기 비애, 자기 연민 및 피할 수 없는 자아

팽창에 마주치는 것이었으며, …… "7)

이는 거의 파우스트 식 우언이다. 핑루는 필봉을 돌려서 욕망의 초탈 가능성을 탐구하는 것이 아니라 묵묵히 욕망의 끝없는 생극의 사슬을 털어놓는다. 세기말 타이완의 불가사의하고 괴이한 현상을 대면하면서 핑루의 소설은 기묘한 선견지명을 듣고 말한다. 혹시라도 하오 대사의 문도들이 진짜로 대사를 신처럼 모셨을까? 아니라면 신묘한 점술 의식을 진행하는 가운데 모두가 각자 능력을 다하고 각기 필요한 것을 가졌을까? 하오 대사는 어쨌든 도가 한 자 높은 터라 자신과 문도들의 허망함과 아집을 간파했다. 그러나 그가 고생스럽게 근본을 캐고 든 것 역시 어리석음이라는 또 다른 욕망의 그물에 빠져든 것이 아니겠는가? 그는 사람들의 근심을 제거해주고 답답함을 풀어줄 수는 있었지만 자신의 마음속에서 마귀가 자라나는 것은 더 이상 제지할 수 없었다. 세기말 타이완의 괴이하고 어지러운 현상을 마주하면서 핑루의 소설은 기묘한 선견지명을 서술한 것이다. 여기서 하오 대사의 말로가 사람들을 조바심 나게 만든다. 그의 히스테리칼한 의식의 위기 속에서 핑루는 도덕극의 의미를 발견한다. "공포여, 공포!" 이 작품에 맴돌고 있는 소리는 조셉 콘래드의 《암흑의 핵심》에서 아프리카에 숨어 사는 커츠 대령의 마지막 고백이다. 인간과 신, 또는 끝도 없이 전지전능한 욕망과의 줄다리기는 실로 끝없이 써나갈 수 있는 훌륭한 소재이다. 핑루는 단편 〈인생에 관한 다섯 개의 주석〉에서도 제법 이를 발휘해본다. 컴퓨터의 SF에서부터 밀교적인 우언에 이르기까지 그녀의 관심에는 인문적 색채가 충만한데, 그녀는 냉정한 눈으로 조용히 바라보면서 이 홍진세계에 대해 아직도 허다한 염려와 미련을 가지고 있다.

4. 걸어서 하늘 끝까지

1994년 핑루는 《걸어서 하늘 끝까지》를 출판한다. 이는 그녀의 첫 번째 장편 시도로서 그녀가 이토록 심혈을 기울인 것은 이전에 보기 드문 것이었다. 가장 중요한 것은 이 소설이 국부와 국모 즉 쑨중산과 쑹칭링 부부의 내밀한 애정사를 그려냈다는 것이다. 따라서 자연히 잇따라 곱지 않은 시선을 초래했다.

저명인의 숨겨진 일을 차근차근 살펴보고 다시금 의미를 새겨보는 것은 그전에 핑루가 이미 경험해본 적이 있다. 그녀는 극작 〈누가 ×××를 죽였나〉에서 장징궈와 장야뤄의 사랑을 다시 썼다. 계엄 해제 후 위인들의 비밀을 들추어내는 열풍에 따라 〈누가 ×××를 죽였나〉는 극 중에 극을 삽입하는 방식으로 정치의 변화막측함과 역사적 진상의 이중 삼중의 은폐를 보여주었다. 그 속에 처한 대인물이나 소시민이 어찌 진정과 참뜻을 찾아낼 수 있으랴? 죽음은 존재하지 않는 곳이 없는 위협이지만 아이러니하게도 일종의 해탈이기도 했다. 시비와 공과는 후인들이 논쟁하고, 웃고, 욕하는 것이 되리라. 이 극은 비록 상을 받기는 했지만 진정한 가작은 아니었다. 핑루는 하고 싶은 말이 너무 많아서 언설의 충동을 감출 수가 없었고, 그녀의 극본은 책상머리의 읽을거리로 전락할 우려가 있었다. 문자야말로 그녀의 가장 사랑하는 것이고, 소설이야말로 그녀의 본업이었다.

언론 종사자로서의 훈련에 힘입어 《걸어서 하늘 끝까지》는 외부 사람들은 알 수 없는 많은 사료들을 제시하면서 우리로 하여금 쑨중산과 쑹칭링 사이의 황혼의 사랑을 다시 보도록 만든다. 핑루의 도전은 참으로 어려운 일이었다. 그녀는 우리가 익히 아는 정사의 기록이 아니라 국부의 외전을 쓰고자 한다. 그렇지만 동시에 비밀이나 추문 수집 식의 보도로 흐르지 않으려고 한다. 그녀는 또 언론 인터뷰, 역사 고증이라는 실증적 방식의 요구에 대응하면서 상상의 공간을 남겨두어 '소설가의 언어'라는 또 다른 핍진한 매력을 발휘하도록 만들어야 했다. 특히 사람들의 주목을 끄는 것은 타이완을 사랑하는 1990년대의 한 여성 지식인 작가로서 핑루가 어떻게 대중국이라는 담론을 파고들어가는 효과적인 관점을 취할 것이며 또한 어떻게 여성에게 목소리를 돌려주는 공정한 위치를 찾아낼 것인가 하는 점이었다.

국민당 판의 건국사에는 페이지마다 열 차례는 될 법한 혁명과 정의의 피로 아로새겨진 영웅들의 행적이 가득하다. 그리고 이 정사 서술의 중심을 차지하고 있는 분이 곧 우리의 국부이다. 아버지라는 이름의 쑨중산은 어떻게 민주 혁명의 선지자이자 삼민주의의 본존불로 기록되어 있던가? 하지만 핑루는 우리에게 말하고자 한다. 쑨중산의 혁명의 길은 순탄했던 적이 없으며, 배반·음모·정변·당쟁이 시종일관 그의 삶과 나란히 했으며, 정치가로서 그는 사실 언제나 권력의 바깥에 있었다. 대중의 이미지 뒤에는 사방을 방랑하며 곳곳에 정을 남기던 또 다른 쑨중산이 있었다. 중국의 동포를 구함과 동시에 그는 적지 않은 여성 동포를 저버렸다. 핑루의 화자는 탄식을 금치 못한다. "설령 한 소설 작가가 선생의 참된 모습을 묘사하는 이 순간이라고 하더라도 마음속의 또 다른 장엄한 목소리와 부단히 맞서야 한다. 그것은 선생의 탄생일과 서거일에 타이완 초중등학교의 운동장에 울려 퍼지던 '국부기념가'다. 아! 우리의 국부, 혁명을 선도하시니, 혁명의 피는 꽃과 같아라!"[8)]

국부의 커다란 역사적 그림자 뒤편에는 또 전설적 집안 출신인 국모가 있다. 쑹칭링은 상하이의 거부 쑹씨 가족 출신으로, 당시 스물셋의 꽃다운 몸으로 쉰이 넘는 쑨중산에게 시집을 간다. 이 인연에 대해 어떤 사람은 나이를 뛰어넘는 아름다운 이야기라고 하고, 어떤 사람은 정치적인 결탁이라고 한다. 쑹칭링은 쑨중산의 혁명의 포부를 앙모하여 몸을 허락하지만, 결혼 후에는 외려 온갖 시련을 맛본다. 심지어 천중밍의 쿠데타를 피해 다니다가 단 한 번 가졌던 아이마저 유산해버리고 만다. 1924년 쑨중산은 갑자기 세상을 떠나고 젊은 부인 쑹칭링만 남겨진다. 그다음은? 그녀는 인고하면서 망부의 유지를 계승하여 정치에 참여한다. 그녀의 지위는 수직 상승해서 1930,40년대가 되면 이미 신민주주의 혁명의 정신적인 어머니가 되고, 그녀의 여동생 쑹메이링[장제스의 부인]과 서로 맞서게 된다. 국민당은 쑨중산의 정통을 계승했다고 주장하고, 공산당 역시 쑹칭링 부인이 친히 인정한 정통이라고 자임한다. 1949년 이후 마오쩌둥이 나라를 세우고 주인이 되자 더더욱 그녀를 국모로 받들어 천하에 선언한다.

그렇지만 핑루는 우리에게 말한다. 이 모든 것이 허위라고 할 수는 없지만 진실일 수도 없다고. 쑨중산과 쑹칭링의 혼인에는 대체 어떤 내막이 있는가? 1930년대 수절하던 쑹칭링과 양싱포, 덩옌다 사이의 소문은 아마도 아니 땐 굴뚝에서 나는 연기만은 아니었을 것이다. 또 그녀 만년에 그녀보다 30여 살이나 어린 '수행비서'와의 궁중비사는 이미 공개적인 비밀이다. 원래 국모에게도 외부 사람들이 말하기 곤란한 수많은 울적한 심사가 있었던 것이고, 원래 중년 이후 그녀의 나날이 불어가는 비만한 육체 안에도 풀어내기 어려운 아녀자의 감정이 깊숙이 숨어 있었던 것이다. 타이완 해협 양안의 국가사는 높은 인물에 대해 기휘해야 하지만, 핑루는 쑨중산과 쑹칭링 두 사람이 신단에서 내려오도록 하여 그들의 피와 살을 다시 그려냈다.

앞에서 말했듯이 계엄 해제 이후 정치 인물들을 재평가하는 글들에 대해 우리는 이미 하도 많이 봐서 희한한 것조차도 그러려니 하게 되었다. 핑루는 대체 무엇에 힘입어서 그녀의 쑨중산과 쑹칭링의 전설을 독특한 것이 되도록 만들었을까? 부동한 역사적 논조는 부동한 서사 모델로 뒷받침해야 한다. 거대 역사가 여전히 국가 정당의 독점물인 이 시기에 소설은 대화의 이기가 되었다. 그 뿐만 아니다. 장엄하고 남성적인(?) 역사 서술의 고압적인 자태와는 정반대로 핑루는 여성의 시각과 목소리를 택하여 이에 대항한다. 그녀의 화자는 서로 다른 역사의 장을 넘나들며 인물의 의식 속으로 들어가서 시공간 좌표가 교차하고 공사의 영역이 합쳐지는 서술체를 만들어낸다. 거대 역사는 정치적 욕망을 과장하지만 그녀의 역사는 사랑의 욕망을 서사한다.

소설의 스토리는 최소한 네 개의 차원에서 진행된다. 국부의 생애 마지막 3개월의 삶의 행적은 차례차례 시간의 흐름대로 진행된다. 쑹칭링의 회상과 상상은 징검다리 식으로 전개되면서 일생의 크고 작은 일들을 망라한다. 이 밖에 핑루는 전전 - 쑹칭링의 연인 S의 딸 - 을 설정하여 과거로 들어가는 매개체로 삼는다. 또 이 외에도 물론 가까워졌다가 멀어졌다가 하는 화자의 목소리가 있다. 남성적인 나라님의 스토리와 장면은 겹겹의 여성 시야와 해석 속에 감추어져 있는 것 같다. 과거는 필히 현재에 의해 배서되는 것이다. 지금 해외를 떠도는 전전은 우리가 역사의 미궁으로 들어가는 실마리이다. 그렇지만 주관적 상상에 빠져있는 이 타이완 작가야말로 물처럼 흘러가버린 좋은 시절을 그리워하는 진짜 주인공이다. 역사가 희미해진 이 시대에는 더 이상 중원에서는 도리가 행해지지 않으며 하늘 끝마저도 지척에 있다. 《걸어서 하늘 끝까지》는 본질적으로 시간을 되돌아보고 기억을 다시 쓰는 소설이다. 이를 깨닫게 될 때 비로소 이 소설은 세기말의 타이완에 그것이 등장한 의미를 진정으로 드러낸다.

세심한 독자라면 핑루가 《걸어서 하늘 끝까지》에서 어떻게 정치적인 신화를 조금씩 해체해나가고 있는가를 세세히 살펴볼 수 있을 것이다. 위인의 후반 반평생의 행적에는 어찌해볼 수 없는 유랑과 자기기만으로 가득 차 있으며, 그의 유명한 임종 때의 유언인 '평화 · 분투 · 구국'은 남이 일러주는 대로 말하는 식의 오해일 가능성이 있다. 페미니스트들은 쑹칭링의 감정적 역정에 대해 또 하나의 현대 중국 여성의 욕망 담론을 만들어내야 마땅하다. 그녀는 젊은 시절 아버지뻘인 총리에게 시집을 갔고, 노년에는 아들뻘인 비서를 사랑했다. 이는 권력과 욕망이 그 얼마나 잘못 자리한 이야기인가. 금욕을 극도로 과장한 공산주의 시대에 천하 어머니의 본보기였던 쑹칭링은 어렵사리 사랑의 기댈 곳을 찾아 헤맸고, 누군가를 사랑하면 그 집의 까마귀조차 좋아한다는 식으로 연인의 두 딸을 양녀로 맞아들인다. 바람 속에서 오고 물결 속에서 떠나느니, 혁명이라는 구호가 다시금 온종일 울려대지만 이 노부인을 놀라게 하지는 못한다. 그녀는 분명 '진정한' 혁명 여성인 것이다.

그렇지만 모든 정치적 몸부림이나 사랑의 몸부림 또는 변증법은 시간의 흐름에 따라 사라지게 된다. 앞 세대 인물의 말할 수 없는 내밀한 일화를 기리며 핑루는 소설가 특유의 상상력을 발휘한다. 그녀의 서술은 사진 한 장으로부터 시작된다. 촬영된 시간은 1924년 11월 30일이다. 고베에서 닻을 올린 '호쿠레이마루'호 선상에서 쑨중산과 쑹칭링은 총총히 작은 사진 한 장을 남겼다. 사진 속의 쑨중산은 황혼의 기운이 가득한데다가 병색까지 띠고 있다. 그 옆의 쑹칭링은 모피 모자와 모피 옷을 입고, 두 눈썹을 약간 찌푸린 채 다른 방향을 바라보고 있다. 두 사람이 각기 생각에 잠겨 있다가 순간적으로 멍하니 바라보는 모습이 카메라의 렌즈에 포착되어 역사적 사진으로 남게 된 것이다.

사진의 매력은 이미지를 보존하여 시각적 기억을 불러일으키는 데 있다. '사진'(寫眞) 즉 진실을 기록하는 것을 빌어 우리는 과거의 시공간과 인연을 다시 이어갈 수 있을 것 같다. 필름 속의 사람과 사물은 그 하나하나가 모두 일종의 의미 – 생명의 유동 속에서 본디 규정지을 수 없는 일종의 의미를 포착한다. 그러나 비평가들이 이미 여러 차례 우리에게 말해주었다. 사진의 매력은 일종의 현혹이요 시뮬레이션이라고. 그것은 진실을 '기록'함과 동시에 무한한 상상의 기호, 욕망의 궤적을 새기게 된다. 필름에 촬영된 영상은 보기에는 생생히 살아있는 듯하지만 그러나 그 어느 사소한 것 하나도 시간의 흐름, 생명의 소실을 말하지 않는 것이 없다. 수잔 손탁은 그 유명한 《사진에 관하여》에서 사진이란 일종의 '추모의 예술'이라고 썼다.9) 그리고 롤랑 바르뜨는 사진이 진실을 기록한다는 환상 아래에는 "일종의 상처 –

언어의 미완, 의미의 중단"이 감추어져 있다고 말했다.[10)] 사진 속의 사라져버린 사람과 사물을 향한 우리의 초혼은 끊임없는 명명(naming)의 과정을 통해서만 산실된 의미를 복원한다.

핑루의 소설 서사는 여기서 시작한다. 쑨중산과 쑹칭링의 출항 사진은 핑루의 문자의 여행을 출발시킨다. 쑨중산과 쑹칭링의 항행 방향은 죽음이고, 포부와 육신의 사멸이고, 한 자락 역사의 종결이다. 핑루는 사진 미학이 보여주는 감상적 특성을 충분히 물들여놓는다. 그러나 그녀의 소설 서술이 해내고자 하는 바는 오히려 기사회생이다. 사진 내지 역사의 진실 기록이 응결하고 있는 생명의 고동은 문자에 의해 풀려나야 한다. 그 영상 속의 찰나적인 찌푸림과 미소 하나하나는 화자가 대신 해석하고 바림해야 한다. 그러나 더욱 중요한 것은 영상/리얼리즘으로 대표되는 20세기 중국의 글쓰기 전통 역시 이 때문에 의문이 제기되어야 한다는 점이다. 문학사는 언제나 우리에게 현대문학은 '핍진한' 시각적 충격으로 인해 시작되었다고 말한다. 곧 일본군이 중국인의 머리를 자르는 그 유명한 슬라이드를 보았기 때문에 루쉰이 그의 글쓰기 욕망을 가지게 되었다고 말한다.[9] 글쓰기란 균열된 현실을 재현하고 그것에 회귀하고자 하는 노력이다. 1990년대의 핑루는 사진을 보고 이야기를 늘어놓지만 그 어떠한 사실적 재현의 신화도 부정하고자 한다. 그녀는 의미심장하게 우리에게 말한다. 쑨중산이 별세하던 당시 어떤 목격자가 자신의 촬영 기자재가 병란에 훼손된 것을 안타까워한다. 이리하여 "이렇게나 중대한 일인데도 촬영하는 사람은 보이지 않고, 쑨중산이

---

9 루쉰은 그의 첫 번째 소설집인 《외침》의 〈서문〉에서, 그가 일본에서 의학전문학교에 다닐 때 수업 말미에 종종 환등기로 시사 슬라이드를 보고는 했는데, 어느 날 많은 건장한 중국인들이 둘러서서 구경하는 가운데 일본군이 한 중국인을 러시아 스파이라며 처형하는 장면을 보게 되었고, 그 충격으로 인해 육체를 고치는 의학보다 정신을 고치는 문학으로 전향하게 되었다고 기술한 적이 있다.

죽은 뒤에도 사진을 찍지 않았으며, 모두들 마음이 황황하여 미처 아무도 생각하지 못한다."[11]

죽은 자는 이미 떠났는데, 사진은 진실을 담고, 뉴스는 사실을 기록하고, 심지어 역사는 고증을 한다지만, 또 얼마나 진상을 남길 수 있을 것인가? 기억의 잔존하는 편린, 관능의 우연한 전율이야말로 그 복원 불가능한 왕년의 심사를 더욱 직접적으로 가리키는 것이 아닐까? 핑루의 펜을 통해 쑹칭링의 세계는 산산이 파편화되면서 불안정한 이미지와 상상으로 충만해진다. 이리저리 얽히고설킨 기억의 실마리 속에 잠긴 채로 쑹칭링은 유유히 시간의 터널을 지나 그녀의 과거와 현재를 다시금 아로새긴다. 그리고 터널의 저편에서 어찌 핑루가 또 그 신비한 블랙홀로 끌려가서 그 속으로 빨려 들어가지 않겠는가? 역사란 이렇게 서술될 수 있는 것이다. 선전용 사진 속에서 비만한 쑹칭링은 면화를 따고, 아이를 안고 있는 모습을 남기고 있다. 이리하여 갈수록 참모습이 사라진다. 소설의 제54절에는 전전의 말투를 빌어 이렇게 쓰고 있다. "특히 공포스러운 것은 기념 화보집 안에 노친네가 단장을 하고서 유리관 속에 누워있는 사진이 들어있는데, 그 앞에는 슬픈 얼굴로 눈물을 머금은 수많은 어린이들이 경례를 드리고 있고, 그림 설명에는 '아이들이 자애로운 쑹 할머니께 작별을 고하고 있다.'라고 되어 있는 것이었다."[12]

역사상의 쑹칭링은 일찍이 1924년 배에서 찍은 그 사진 속에서 이미 '사망'해 버렸다. 그녀는 그때부터 시작해서 미망인으로부터 성모 마리아에 이르는 모든 배역을 연기해야 했으며, 또한 정치적 변화에 따라 거듭해서 다시금 금칠되어야 했다. 그런데 《걸어서 하늘 끝까지》는 그런 길과는 반대로 나아간다. 끝없이 이어지는 서술을 통해 미이라가 된 쑨중산과 쑹칭링의 뼈를 잇고 살을 만들어낸다. 이는 한 바탕의 화려한 문학적인 모험이다. 그러나 이 모험을 빌어 핑루는 또 한 차례 그녀의 포부를 밝힌다. 일반적인 문학비평의 관점에서 보자면, 《걸어서 하늘 끝까지》는 여전히 마음먹은 것만큼 이루지는 못한 점이 있다. 역사적 사실에 근거하는 것과 벗어나는 것 사이에서 그 득실에 전전긍긍하는 핑루의 심리 상태는 그녀로 하여금 더욱 대담하게 상상에 의지하며 내달리지는 못하도록 만들었다. 화자 중의 한 사람으로서 그녀가 택한 전전이 기대만큼의 효과를 거두지 못한 것은 단순히 그 중 비교적 뚜렷한 결함일 뿐이다. 그러나 나는 그럼에도 불구하고 이 책이 그녀의 창작에서 가장 뛰어난 성과라고 생각한다.

쑹칭링의 이야기를 완성하고서도 핑루는 확실히 흥이 아직 다하지 않았다. 쑹메이링 탄생 100년 직전에 맞추어 그녀는 또 〈백 세 서신〉[10]을 내놓는다. 이처럼 소설가의 펜에 의해 중국 현대사의 전설적인 자매가 또다시 대치하는 기회를 갖게 되었다. 〈백 세 서신〉 속의 쑹메이링은 100세 생일 며칠 전에도 여전히 책상 앞에서 유유하게 편지를 쓰고 있다. 뉴욕의 번화가에 은거한 부인은 진작부터 더 이상 정치를 묻지 않아왔다. 한평생 그녀가 목격했던 거대한 바람과 물결에 비하자면 작금의 정객들이 내뱉는 이런저런 고함소리가 무어 그리 대단하겠는가? 일찍이 바다를 보았던 터라 냇물은 물 같지도 않은 법이니 오로지 쓰기만 하는 것이리라. 그녀에게는 세상 사람들에게 알리고 역사를 증명해야 할 천 마디 만 마디 말이 아직 남아있다. 그러나 쓰고 또 쓰다 보니 그녀의 '세상 사람들' – 미국 대통령으로부터 화싱육영원[11]의 고아들에 이르기까지 – 은 이미 몇 세대가 흘러가버렸고, 그녀의 '역사'는 이미 오래 전에 희미해져버렸다.

---

10 〈백 세 서신〉의 한글본이 《옥수수밭에서의 죽음》, 핑루 지음, 고찬경 옮김, (서울: 지식을만드는지식, 2014)에 실려 있다.

11 1955년 1월 다천도(大陳島)의 주민 18,000여 명 전원이 국민당 정부를 따라 타이완으로 이주했을 때, 쑹메이링이 주도하여 수백 명의 고아들을 돌보기 위해 설립한 육영원이다.

만일 핑루의 야심이 더 크다면 〈백 세 서신〉은 충분한 소재를 갖추고 있다. 그녀는 중장편소설로 확대시켜 《걸어서 하늘 끝까지》의 참으로 기묘한 자매편으로 만들 수도 있을 것이다. 핑루가 쑹메이링의 공적 생활과 사적 생활의 몇 가닥 사이를 오가기는 하지만 지금의 분량으로는 핵심을 틀어잡기는 어려울 것 같다. 그녀는 부인의 철 지난 정치적 모양새를 의도적으로 비웃는다. 그러나 동시에 암시하고 있다. 백 살이나 된 사람의 입장에서 보자면 살아서 모양새를 내보이고 있을 뿐만 아니라 그것도 그럴싸한 모양새이니 일종의 승리가 아닐는지? 그녀는 또한 의도적으로 쑹메이링과 장제스의 애정사를 추적한다. 그러나 확실히 더 많은 내막을 밝혀내지는 못한다. 시안사변 이후 부인이 장쉐량을 동정하면서 장제스와 의견이 엇갈리는데, 원래는 더 많이 묘사할 수도 있었을 것이다. 이는 어쨌든 소소하나마 정치적 입장면에서 그녀의 자기주장이었기 때문이다. 그러나 핑루는 잠깐 언급하고 지나가버린다.

부인으로서 쑹메이링은 미모와 재능이 당대의 으뜸이었고 나이가 들어도 기품은 여전했다. 여인으로서 그녀는 아무래도 고독했다고 해야 하지 않을까? 이 점이 핑루의 최종적인 의문임에 틀림없다. 장제스와 쑹메이링은 출신이 그렇게도 달랐지만 함께 반세기의 중국사를 창조했다. 부인이 갈수록 노쇠해가면서 그녀는 역사적인 대사건을 기억하는 것 말고도 작은 일 역시 잊을 수가 없다. [장제스의 고향집인] 펑하오팡의 [장제스의 본처로 장징궈의 생모인] 마오푸메이가 만든 닝보 새알심 단물탕, 천제루와 장제스의 러브레터 내왕, 그리고 카이로회담 당시 그녀 자신의 루즈벨트 대통령을 향한 애교어린 웃음과 눈길 등. 이런 작은 일들은 어느 정도 좌절과 두근거림을 간직하고 있을 것이고, 늙어가는 부인에게는 마음속에서 여전히 잊히지 않았을 것이다. 핑루는 의도적으로 역사적 금기를 깨트리고 (여성) 위인의 사생활 속으로 들어갔다. 그러나 《걸어서 하늘 끝까지》에서와 마찬가지로 여러 차례 정욕 서술의 문지방에서 배회하다가 그만 물러서버렸다.

설령 그렇다고는 할지라도 핑루는 〈백 세 서신〉을 써서 부인의 생일을 축하했는데, 만약 부인이 알게 된다면 아마도 울지도 웃지도 못할 것이다. 《걸어서 하늘 끝까지》에서부터 〈백 세 서신〉에 이르기까지 핑루는 타이완 해협 양안의 역사를 오가고 자매간의 애증을 상상한다. 1990년대 중문소설을 두고 보자면 그녀는 두말할 나위 없이 상당히 독특한 영역을 개척한 것이다. 그녀의 소설이 훌륭하든 아니든 간에 더 많은 논의가 이루어져야 마땅하다. 그러나 그녀가 이런 유의 소설을 쓴 방식은 이미 세기말의 한 타이완 여성 작가의 강단 있는 창작 태도 및 정치적 입장을 분명히 보여준 것이었다.

| 저자 주석 |

5장 핑루

1) 平路, 〈驚夢曲〉, 《椿哥》, (台北: 聯經, 1988), p. 138.
2) Marston Anderson, "Morality of Form", in Leo Oufan Lee, ed., *Lu Xun and His Legacy*, (Berkeley: University of California Press, 1985), pp. 43~55.
3) Homi Bhabha, "Of Mimicry and Man" *October* 28(1984): 172.
4) Robert Young, *White Mythologies: Writing History and the West*, (New York: Routledge, 1990), p. 147.
5) 리루이텅의 핑루 인터뷰를 보기 바란다. 楊光, 〈在時代的脈動裡, 開創人文的空間 - 李瑞騰專訪平路〉, 《文訊》 第130期, 1996年8月, p. 85.
6) 平路, 〈人工智慧紀事〉, 《是誰殺了×××》, (台北: 圓神, 1991), p. 219.
7) 平路, 〈郝大師傳奇〉, 《五印封緘》, (台北: 圓神, 1988), p. 202.
8) 平路, 《行道天涯》, (台北: 聯合文學, 1995), p. 168.
9) Susan Sontag, *On Photography*, (London: Allen Lane, 1978), p. 138.
10) Roland Barthes, "The Photographic Message", *Camera Lucida: Reflections on Photography*, (New York: Hill and Wang, 1978), p. 30.
11) 平路, 《行道天涯》, (台北: 聯合文學, 1995), pp. 231~232.
12) 平路, 《行道天涯》, (台北: 聯合文學, 1995), p. 218.

6장 주톈신

'오래된 영혼'의 전생과 이생

어쩌면 천백만 년 후이리라. 문명이 성쇠를 거듭하고 만사가 변천을 다한 끝에, 오대륙의 지반 또한 몇 차례나 요동을 한 다음에, 일찍이 타이완이라 불리던 섬 하나가 여전히 잔존하고 있을지도 모를 터이다. 삭풍은 몰아치고 천지는 어둑한데, 이미 사람 흔적 끊겨 적막하기만 한 고도 타이베이에 아직도 혹 번화했던 왕년의 흔적이 한둘 남아있으려는지? 그 옛날 총통부와 2.28 기념공원의 유적지를 따라 가노라면, 황량한 연기가 미만하고 괴이한 소리가 가득하리라. 석 자 땅을 파헤친들 그 어디에 반 조각 백골이라도 남아 있으랴. 오히려 옛날 옛적 아직 다 썩어 없어지지 아니한 천백만 쪽 글월의 잔편들만이 그 어느 세기 출판문화의 마지막 증거가 되어 주리라.

한 줄기 비릿한 바람이 책더미에 불어와 휘르륵 휘르륵 소리라도 낸다면, 아마도 그대는 가락 가락 노래하듯 흐느끼듯 하는 소리를 듣는 것 같으리니. "옛날 내가 …… ", "그리운 나의 …… ", "내가 기억하기에 …… " 오래된 영혼의 목소리이런가? 생사의 관문을 넘어서고도 영혼은 아직 흩어지지 않았도다! 세상사는 혼돈스럽고 또 모두 뻔한 것이러니. 오래된 영혼은 역사의 폐허를 이리저리 배회하며 차마 떠나가지 못하는구나. - 이미 모든 것이 다 끝났는데 아직도 어둠 속을 더듬으며 무얼 찾고 있단 말인가?

1980년대 말 이래로 소설가 주톈신(朱天心, 1958~)은 그녀의 오래된 영혼의 세계를 창조하기 시작했다. 인간사를 읽고 세상사를 기록하면서 매사에 훤히 통달했고 필치는 그렇게도 노련하고 노숙했다. 《내가 기억하기에 …… 》에서부터 《그리운 나의 군인가족 동네 형제들》에 이르기까지, 그리고 다시 신작인 《고도》에 이르기까지, 주톈신의 창작은 양이 많다고 할 수는 없다. 그렇지만 작품을 내놓을 때마다 언제나 꼭 논쟁을 불러일으켰다. 독자들은 혹은 그녀의 제재에 대해 질시해 마지않거나 혹은 그녀의 '논문체' 서술에 대해 혀를 내둘렀다. 그렇지만 역시 가장 이해가기 어려운 것은 그녀가 인솔하여 등장시킨 오래된 영혼의 인물들이었다. 오래된 영혼의 직업과 직위는 각양각색이었고 빈부와 행불행 역시 같지 않다. 그러나 각자가 모두 '천하의 사람들이 걱정하기에 앞서 걱정한다.' 그들(그녀들)은 노쇠와 사망을 두려워하면서도 그것들을 궁구하는 데 흥미를 가지고 있다. 그들(그녀들)은 겉으로 보기엔 모든 것에 개의치 않는 것 같으면서도 누구보다도 그 모든 것에 집착한다. 주톈신의 지휘 하에 오래된 영혼들은 사람들 사이에 스며들어 말세의 소식을 퍼뜨린다. 사람들이 희망을 가지고 즐거워하면, 오래된 영혼들은 홀로 몰래 상심한다. 사람들이 심사가 새로워지면, 오래된 영혼들은 심사가 어지러워진다. 이들은 참으로 찬물을 끼얹는 인물들이다.

그렇다면 주톈신 본인도 오래된 영혼일까? 소설가와 그녀의 인물은 정말 서로 일치하는 것일까? 그래 보았자 겨우 10여 년 전에 불과할 텐데, 주톈신은 《격양가》, 《방주에서의 나날들》 등의 작품을 통해 청춘을 노래함으로써 학생들 사이에서 제법 유행했다. 그런데 몇 차례의 우여곡절을 거쳐 그녀는 마침내 (나와 같은) 동년배의 독자들을 내버리고 앞질러 늙어가기로 결심했다. 다만 그녀는 철저하게 늙어버리지는 못했다. 그녀는 아직도 할 말이 남아 있었다. 사실 세상일에 정말로 노숙한 사람이라면 〈그리운 나의 군인가족 동네 형제들〉[1], 〈헝가리의 물〉과 같은 작품을 써낼 수는 없을 것이었다.

---

1 〈그리운 나의 군인가족 동네 형제들〉의 한글본이 〈젠춘의 형제들을 생각하며〉라는 제목으로 《꿈꾸는 타이베이》, 천첸우 외, 김상호 옮김, (서울: 한걸음더, 2010)에 실려 있다.

냉소적이면서도 천진하였고, 이 때문에 주톈신의 작품은 스타일 면에서 일종의 시간적 차이를 드러냈다. 아마도 우리는 이를 그녀의 '오래된 영혼의 학문'에 들어가는 길로 삼을 수 있을 것이다.

1. 역사라는 괴수와의 박투

주톈신 작품의 가장 중요한 특색은 시간, 기억, 역사에 대한 끊임없는 성찰이다. 그리고 그녀의 오래된 영혼 식의 인물은 이러한 성찰 행위를 불러일으키는 가장 효과적인 매개체가 된다. 오래된 영혼들은 나이는 반백도 안 되면서 세상 근심은 혼자 다 한다. 그들(그녀들)은 태평성세가 사실은 무수한 파멸의 계기를 품고 있음을 잘 알고 있다. 또 범부 속자들이 생사의 관두에서도 그처럼 아무 것도 모르는 채 살아갈 수 있는 것에 대해 경악한다. 오늘의 환락이 내일의 백골이러니, 생명의 필연과 우연이 한 오라기 차이 아니던가. 허무하고도 허무함이여, 그 모든 탐욕, 집착, 분노, 원망이 끝내는 헛됨으로 돌아갈 뿐인 것을. 오래된 영혼은 홀로 삶과 죽음의 그 어둑한 논리를 더듬으면서 밤낮으로 쉬지도 않고 울었다가 웃었다가 한다. 이리하여 형언할 수 없는 충동이 생겨나고, 글쓰기의 욕망이 생겨난다.

논자들은 간단히 지적할 수도 있다. 오래된 영혼의 근심에는 이유가 있는 셈인데, 필경은 유한계급의 노리개일 뿐이다. 수많은 중생들이 생로병사도 모를 정도로 무지하지는 않다. 그렇지만 눈앞에 있는 '당장의 걱정'조차 해결할 수 없는데 무슨 '훗날의 근심'을 논하겠는가? 주톈신의 인물들은 모두 한 가지 병폐가 있다. 그것은 바로 기우다. 하지만 주톈신은 그렇게 생각하지 않는다. 그녀는 반박한다. 그녀의 오래된 영혼은 사실 각기 대단한 포부도 없으며 그들(그녀들)의 관심 사항은 코앞의 일상생활일 뿐이다. 일반적으로 사람들은 가까운 것은 보지만 먼 것은 보지 못한다고 스스로 말하는데, 터놓고 말하자면 가까운 것을 보는 것조차도 만족스럽지 못하다. 지금 이 1분간의 일상 속에 어떤 다음 1분간의 비보가 숨겨져 있는지 그 누가 상상할 수 있겠는가? 오래된 영혼은 매사에 관심을 갖고 매사에 근심한다. 그들(그녀들)은 너무나 고달프게 산다. 그와 동시에 백약이 무효인 현실주의자이기도 하다.

주톈신은 가장 소소한 현실에 대한 관심과 가장 현실에서 동떨어진 생사에 대한 근심 사이에서 절충을 시도하면서 그녀 작품 속의 일대 패러독스를 만들어낸다. 이치대로 말하자면 이미 죽음 저편의 풍경을 목도한 오래된 영혼에게 무슨 마음이 있어서 헛된 인생을 시시콜콜 따지겠는가? 그렇지만 나는 바로 이 패러독스가 그녀의 서사 스타일의 토대이며, 또한 그녀가 역사를 상상하는 방식과 밀접한 관계가 있다고 생각한다. 그녀의 작품을 보자면, 특히 〈죽음의 예지에 관한 기록〉이나 〈라만차의 기사〉 등을 보자면, 그녀가 그려내는 인물들은 기우에 살고 기우에 죽는 거의 망상광에 가까운 징조를 보이고 있는 것으로 느끼지 않을 수 없다. '사람의 화와 복은 예측할 수 없다'는 것이 실로 그들(그녀들)의 좌우명이다. 바라는 때 죽고 적합한 곳에서 죽을 만큼 운이 좋은 사람은 필경 너무나 적을 것이다. 깨끗하게 '가기' 위해 오래된 영혼들은 위로는 사주팔자로부터 아래로는 속옷에 속바지까지 모두 사전에 일러놓고 수습해놓는다. 그렇지만 아무리 깔끔하고 싶어도 어찌 깔끔할 수 있으랴. 아마도 삶에서의 소소한 것들은 우리로 하여금 살아서는 전전긍긍하게 만들고 죽어서는 영문도 모르게 만들 터이다. 〈죽음의 예지에 관한 기록〉은 '예지'라는 제목으로 미루어볼 때 이미 스스로 변명하는 영리함이 넘친다. 죽음이 만일 단번에 만사를 마무리하는 것이라면 우리가 뒷일을 '예지'해서 무엇하랴? 삶이 이렇게도 변화무쌍하고 어지럽다면 어떻게 그것을 서술하고 '기록'할 수 있으랴? 오래된 영혼은 보이지 않는 적과 싸움을 하고 있는 것이니, 그 허장성세하는 부분들이 공교롭게도 4백 년 전의 돈키호테와 꼭 마찬가지였다.

주톈신과 그의 인물들은 한편으로는 세상사의 무상함에 괴로워하고 한편으로는 또 수많은 정보를 게걸스럽게 집어삼킴으로써, 일종의 문자의 되새김질이라는 기이한 모습을 보여준다. 독자들은 어쩌면 갈수록 알아보기 힘든 그녀의 스타일 때문에 힘들어 할 것이다. 가면 갈수록 더더욱 그녀는 명료한 한 가지 이야기를 해나가지 못하기 때문이다. 그렇지만 각도를 바꾸어서 보자면, 주톈신이 전통적인 정의에서 말하는 서사성을 포기하는 것은 거의 자연스러운 일이다. 이에 힘입어서 그녀는 오히려 현실의 이름 지을 수 없고 변화무쌍한 모습에 다가갈 수 있게 되는 것이다. 그녀가 잡다하게 이러니저러니 하고 논하는 태도는 곧 역사의 거대 담론에 대항하는 방식이 된다. 이른바 본말이 전도된다는 것이 그녀에게 있어서는 아마도 새로운 의미가 있을 것이다. 사물의 '본'이 이미 아무런 근본이 되지 않는 상황에서 우리에게 남게 되는 것은 지엽 말단일 뿐인 것이다. 주톈신과 그의 인물들은 거대 역사가 전혀 이성적이지 않다는 것을 인식하게 되었고, 이 때문에 그들(그녀들)은 삶의 소소한 부분이라든가 기억의 틈새에 대해서 갈수록 더욱 심하게 사변에 집착하는 것이다.

이 부분에서 주톈신은 우리에게 장아이링 – 그녀로서는 비록 장아이링이 아마도 더 이상 얽히고 싶지 않은 전가의 비방이겠지만 – 을 떠올리게 만든다. 장아이링의 명언을 생각해보자.

> 시대의 물결이 밀려오기 전에는 확고부동한 사물이란 예외에 불과하다. 사람들은 단지 일상의 모든 것이 뭔가 잘못되었다, 공포스러울 정도로 잘못되었다라고만 느낄 뿐이다. …… 자신의 존재를 증명하고자 한 가닥 진실한, 가장 근본적인 것을 부여잡기 위해서는 아주 오래된 기억에 도움을 구하지

않을 수 없다.[1)]

장아이링은 종래로 생동적이고 핍진한 묘사 기교로 사람들의 찬탄을 받았지만, 사실 그녀가 일반적인 리얼리즘 작가보다 뛰어났던 점은 그녀가 시종일관 현실을 당연한 것으로 여기지 않았다는 데 있다. 그녀의 간결한 묘사 능력은 지면 위에 현실을 만들어낸다기보다는 너무나 정밀하고 예리하여 우리가 믿어 의심치 않는 현실관을 깨트려버린다고 해야 할 것이다. 주톈신의 스타일은 결코 장아이링과 근사하지 않다. 다만 대난이 코앞인데도 '당장의 안일만을 탐하는' 것을 상상한다는 식의 방법 면에서는 어쨌든 그래도 스승 할머니와 일치하는 부분이 있는 것이다.

2. 내가 무얼 기억하기에?

다시 돌아가 보자. 주톈신이 오래된 영혼을 창조한 과정은 어쨌든 아주 우여곡절이 많았다. 집안의 학술적 연원으로 인해 주톈신은 이미 여남은 살에 제법 리더의 풍도를 보였다. 게다가 구식 재사인 후란청의 일깨움에 따라 글을 쓸 때마다 사람들이 늘 그 [여성적] 아름다움에 놀라도록 만들었다. 《격양가》가 불러일으키는 거리낌 없는 낭만은 루차오의 《미앙가》의 진수를 잇는 것이었다. 그런데 주톈신은 그렇게 '설렁설렁' 공부하고도 타이베이 제일여고를 졸업하고 타이완대학 학생이 되었으니 정말 우리 세대로서는 감탄을 금치 못하게 만든다. 이와 동시에 주톈신은 삼삼그룹에서 활동하면서 천하를 읊조리고 세상을 노래했는데 그렇게 북적이고 활기찰 수가 없었다. 그녀의 군인가족 동네라는 가정환경 역시 당연히 그녀에게 많은 영향을 주었다. 천지의 정기에서부터 국가주의에 이르기까지, 더 나아가서 여성 영웅에 이르기까지, 일종의 치열하게 내열하는 생활 형식과 신념이 어느 결엔가 솟아나게 되었다.

그렇지만 재녀 또한 언젠가는 장성하는 법이고 세월을 되돌릴 수는 없었다. 이미 대학 시절에 주톈신은 벌써부터 삶의 어찌할 수 없는 변수에 대해 사고하고 있었다. 《미완》, 〈모든 일은 흘러가고〉, 〈옛날 내가 젊었을 때〉 등과 같은 이런 제목들은 감정・신분・연령 등에 대한 그녀의 초조함을 보여준다. 비록 그녀가 조급하게 뜻의 표현에 기울어져서 작품을 읽어보면 매번 작위적이기는 했지만. 그 후 그녀는 《내가 기억하기에 …… 》(1987)를 내놓았는데, 예리하고 풍자적인 일련의 이야기를 통해서 오래된 영혼 식 인물의 추형을 만들어내기 시작했다.

《내가 기억하기에 …… 》 후 10년 동안 주톈신은 창작 외에 정치 활동에도 발을 내디뎠다. 그녀의 변화는 타이완이 계엄에서 해제로, 일당에서 다당으로 바뀌는 시기와 서로 조응한다. 비평가들은 즐겨 이를 대대적으로 다룬다. 혹자는 주톈신이 집단 및 정치적 신념에 대한 정체성의 위기로 인해 청춘 낭만적인 것으로부터 신랄하고 보수적인 것으로 바뀌었다고 강조하고(잔카이링), 혹자는 그녀가 시종일관 주류 내부의 정치적 정확성을 추구해왔지만 1990년대의 다양한 목소리[2]에 직면하게 되자 누구를 따라야할지 모르게

---

2 바흐찐은 어떤 개인의 말 속에 내포된 의미들 사이에서 일어나는 충돌이나 갈등을 '이어성'(heteroglossia)이라고 하면서, 특히 작가・화자・등장인물들의 말이 서로 충돌 내지 갈등하는 소설에서 이를 가장 잘 볼 수 있다고 했다. '이어성'은 종종 '다성성'(polyphony)과 혼동을 불러일으키기도 하는데, 이 두 가지는 '차이 있는 것들의 동시적 현존'이라는 점에서는 공통점을 갖고 있다. 그러나 이어성이 시대・계층・지역 등에 따라 다양하게 분화된 언어가 드러내는 모순과 갈등을 의미한다면, 다성성은 서로 다른 다수의 관점・의식・목소리가 공존하는 상태를 말한다. 저자 왕더웨이는 바흐찐의 이 용어를 '뭇소리가 시끌시끌하다'라는 뜻인 '衆聲喧嘩'로 표현하는 한편 이 단어를 종종 변용해서 사용한다. 이에 따라 이 책에서는 이를 앞뒤 문맥에 따라 '헤테로글라시아', '뭇소리가 제 목소리를 내다', '다양한

되었다고 지적하며(허춘루이), 혹자는 그녀의 젠더 의식은 지나치게 자체 한계를 만들어놓고 있는데 이는 민족 정체성 부분에서 그녀의 현실 답보적인 측면을 간접적으로 반영하고 있다고 비판한다(추구이펀).[2] 이런 많은 연구 중에서 황진수의 논문인 〈대관원에서 카페로〉가 가장 볼만하다. 황진수는 주톈신의 작품을 상세하게 정리한 다음 주톈신의 창작 시공간과 스타일의 교묘한 상호 작용 및 사회 동태에 대한 그녀의 개입, 기록, 비판의 특징을 밝혀낸다. 황진수는 더 나아가서 당년에 주톈신에 대한 후란청의 평가와 기대를 상기시키면서 이를 통해서 상당한 장력을 가진 주톈신과 그녀의 후란청 할아버지 사이의 대화 관계를 증명해낸다.[3]

이러한 평론들에는 정확한 견해가 적지 않다. 그러나 오늘날의 정치 및 이론 입장에 과도하게 의존하면서 일부 주톈신을 훈계하는 식의 목소리도 없지 않다. 평자의 찬탄과 규탄에 대해 주톈신은 아예 코웃음을 쳐버릴 수도 있을 것이다. 사실 소설의 가독성 여부는 정치 또는 문학 이론의 정확성의 다과와 필연적인 관계는 없다. 이데올로기 면에서 가장 보수적인 작가(예컨대 도스토옙스키)가 가장 급진적인 작품을 써낼 수도 있다. 하물며 타이완의 이 시절에는 좌파와 우파, 타이완 해협 양안의 통일과 분리 독립 간의 주고받기가 활발하니 누가 급진적이고 누가 보수적인지는 후속 편을 기다려봐야 알 수 있는 것이었다. 역사의 불확정성에 대한 주톈신의 끊임없는 사색과 이 몇 년간 정계와 학계의 희한한 행태들은 이미 그녀의 글쓰기에 좋은 소재가 되었다(예컨대 〈열반〉, 〈내가 기억하기에 …… 〉). (이 글을 포함해서) 자신을 향한 '역사'적 평가에 대해서 그녀는 자신을 해학화하고 남을 희화화하

목소리', '각각의 소리' 등으로 다양하게 옮긴다. 이상의 설명 중 일부는 이은경·홍상우·유재천, 〈바흐찐의 국내수용에 관한 비판적 고찰(1) '대화이론'을 중심으로〉, 《노어노문학》 제16권 제2호, 한국노어노문학회, 2004, pp. 255~285 참고.

는 방식으로 제대로 한 번 분석해볼 수도 있을 것이다.

그런데 내가 문제시하는 것은 이런 것이다. 주톈신의 과거와 현재를 어떻게 보든지 간에 많은 평자들의 입론은 단선적인 역사관에 그칠 뿐이라는 것이다. 그들(그녀들)은 주톈신의 전기의 젊고 순진함으로 후기의 노련하고 신랄함을 대조하거나, 또는 전기의 천부(하느님)·국부(쑨중산)·사부(후란청) 삼위일체로 후기의 '성스러움은 사라져버리고 보석이 돌멩이로 변해버린 것'을 대조한다. 주톈신의 창작 역정은 이 때문에 타락과 성장의 이야기이자 실낙원식의 신화가 되어버리고 만다. 스스로 진보적이라고 자부하는 평론가들은 특히 주톈신이 거듭해서 되돌아보는 모습을 참지 못한다. 역사에 균열이 생긴 후 그녀는 갈수록 걸음을 떼기 어렵게 된 것 같다는 것이다. 이런 비판들에 대해 주톈신 또한 일일이 소설이나 평론의 방식으로 해명한 바가 있다. 하지만 기이한 것은 지금까지로 볼 때 그녀의 반박 역시 그녀의 '논적'들과 마찬가지로 기승전결의 논리 속에 함몰됨으로써 오십보백보일 뿐이라는 점이다.

나는 많은 평자들의 관점에 동의한다. 주톈신은 1980년대 말기에 제재와 스타일상의 균열을 겪었다. 그렇지만 나는 이 균열의 원인과 결과가 그처럼 확실하고 분명하지는 않다고 생각한다. 나는 주톈신이 창조한 오래된 영혼식의 인물들이 은연중에 많고 복잡한 시간과 기억의 실마리를 내포하고 있으며, 창작가로서 주톈신은 아직 이 오래된 영혼들의 잠재력을 저평가하고 있다고 생각한다. 그녀가 민주 진보적이지 않다고 조소하는 사람들에 대해 주톈신은 나지막하게 탄식하며 말한다. 역사의 진전 속에서 그녀와 그녀의 오래된 영혼은 벤야민의 천사[3]처럼 얼굴 쪽이 아니라 등쪽의 미래를 향해

3 벤야민은 그의 '역사철학 테제 9'에서, 파울 클레의 〈새로운 천사〉라는 그림의 이미지와 마찬가지로, 역사의 천사 또한 그 자리에 머물면서 죽은 자들을 깨우고

떠밀려가고 있다고. 그들(그녀들)은 확실히 얼굴은 과거로 향하고서 '진보'라고 불리는 폭풍에 의해 한 걸음 한 걸음 미래를 향해 '뒷걸음치고' 있다.[4] 그 뿐만이 아니다. 역사와 기억이 대표하고 있는 일종의 인위적인 시간의 기록인 과거와 미래가 언제나 끊임없이 번식하고 증감하는 한에서는 가시적인 그 어떤 균열의 흔적도 임시적인 시간의 좌표일 뿐이다.

만약 오래된 영혼이 진짜로 주톈신이 말하는 것처럼 길흉을 예언할 수 있다면 그것은 그들(그녀들)이 과거사에 대해 너무나 세세하고 많이 보았기 때문이다. 만약 오래된 영혼이 역사에서 도피한다면 그것은 미래의 변수가 그들(그녀들)로 하여금 과거에 대해 즉각적으로 논단할 수 없기 때문이다. 세심하게 살펴본다면 주톈신의 이 수년간 소설에서는 일종의 역사를 반복적으로 추도하고 있는 것만은 아니다. 오래된 영혼과 관련된 그녀의 각 이야기들은 우리가 과거를 기억하고 현실을 구상하는 또 하나의 단층을 헤집어낸다. 가장 현저하고 분명한 예는 그녀가 반공 수복이라는 미신의 소실과 혁명 건국 신화의 흥기를 쓰면서(〈데카메론〉, 〈그리운 나의 군인가족 동네 형제들〉) 지금 막 미신을 무너뜨린 사람들이 어떻게 또다시 신화를 만들어내는가에 놀라고 있다는 점이다. 국가 담론 외에도 주톈신은 서로 다른 집단・성별・직업에 대해 역사를 추적하면서, 일종의 인류학식 총체를 만들어낸다.[5] 노고를 마다 않고 원망도 꺼리지 않아서 사람 꼴이 아니기에 이르는 어머니(〈캥거루족 이야기〉), 암묵리에 진심이 통하는 레즈비언(〈봄바람 속 나비 이야기〉), 내심과 말이 다른 소위 사회의 양심적 인사(〈열반〉), 수시로 분수에 넘치는 생각을 하는 본분에 충실한 소시민(〈티파니에서 아침을〉), 그리고

부서진 것들을 되맞추어 놓고 싶어 하지만, 그러나 천국으로부터 불어오는 폭풍으로 인해 날개를 펼친 채 얼굴은 과거 쪽으로 향하고 미래가 있는 등 뒤쪽의 방향으로 떠밀려 가고 있는데, 이 폭풍의 이름이 다름 아닌 '진보'라고 했다.

물론 그 외 시정에서 늙어가는 군인가족 동네의 젊은이들(〈그리운 나의 군인가족 동네 형제들〉)이 있다. 각각의 '인류'들은 그들만의 계보가 있으니, 하나의 간단한 역사 서술로 요약해서도 안 되고 그럴 수도 없는 것이다.

그런데 이런 부류의 인물들이 서로 교차할 때 그들(그녀들)이 만들어내는 복잡한 동선이야말로 우리로 하여금 주톈신의 잡다한 역사관에 대해 더욱 놀라도록 만든다. 캥거루족의 어머니(〈캥거루족 이야기〉)가 어떻게 하루아침에 반거들충이 주식족과 정치족이 될 수 있는지(〈신당 19일〉)를 상상해보라. 또는 양가의 아낙이 잡물건들을 모으는 과정에서(〈두루미 아내〉) 어쩌면 그런 잡화점의 주인 겸 소아애호증자와 서로 통하고 있을지도 모른다는 것(〈지난 해 마리앙바드에서〉)을 상상해보라. 이들 인물들은 각기 나름의 생존 궤적을 가지고 있음에도 불구하고 아무 의미 없는 만남이나 거래로부터 자기 신분에 대해 인지하게 된다. 주톈신은 개탄할 것이다. 역사가 어찌 일종의 부가 가치, 잉여 가치(surplus value)가 아니랴. 단지 사람에 따라 거래하는 항목이 달라질 뿐인 것을. 지식인이라면 혹시 은연중에 자신의 불성실함을 느끼겠지만, 어찌 수중에 넣은 이익을 두 손으로 갖다 바치겠는가? 〈열반〉 속의 반정부운동 엘리트들은 사실 가장 뛰어난 투자자이다. "나는 존재한다. 나는 반대하기 때문이다."라는 말은 정치 활동의 포인트이자 문화이론의 브랜드이다. 그리고 〈내가 기억하기에 …… 〉의 광고업자는 목숨이 경각에 달렸을 때 찰나적으로 과거 유토피아적이었던 정치적 염원을 떠올린다.

정치에서 광고까지 그리고 역사에서 잡화까지, 식자들은 어쩌면 주톈신의 냉소적인 풍자를 책망할 것이다. 그러나 바로 그 때문에 주톈신은 그녀의 식견이 남들과 다르다는 것을 보여주고 있는 것이다. 주류의 역사는 과거에 대한 선택적인 기억의 역사이다. 또는 터놓고 말해서 (대부분의) 과거를 망각하는 역사이다. – 국민당과 민진당 양당이 2.28 사건[4]을 기념하는 방식은 실은 서로 다른 방식이면서도 효과는 동일한 것이다. 사람들이 급박하게 과거에 대해 번복하거나 확정하려 할 때, 주톈신과 같은 이런 작가가 분별없이 뛰쳐나와 '내가 기억하기에'라고 외치니 뭇사람의 분노를 사게 되는 것도 당연하다. 그녀는 우리가 망각해야 할 것을 기억하고, 우리가 기억하고 싶지 않거나 감히 기억하지 못하는 것을 상기한다. 이로 보건대 〈지난 해 마리앙바드에서〉의 넝마주이/잡화상 인물은 실로 그녀의 오래된 영혼의 원형 인물이다. 그리고 그녀의 유사 백과사전식의 서사 방법은 사실 충분히 일리가 있는 것이다.

주톈신의 최근 작품은 전보다 더욱 심하다. 우리의 기억이 지식의 경험에 의해서 뿐만 아니라 후각과 청각(〈헝가리의 물〉), 시각과 미각(〈고도〉)과 같은 감각적 본능에 의해서 촉발되는 것임을 강조한다. 역사는 시간의 여정이자 감관의 여정이다. 이 부분에서 그녀의 선구자는 《잃어버린 시간을 찾아서》를 쓴 프루스트이다. 벤야민이 프루스트를 논한 예를 다시 한 번 사용함을 양해하기 바란다. 프루스트가 옛일을 추억(또는 기억)하는 방식은 사람들과 달랐다. 그는 대낮에도 어둑한 방 안에 웅크리고서 산만한 과거사를 점점이 하나로 모은다. 호메로스의 서사시 《오디세이아》에는 오디세우스가 집을 떠나 20년 동안이나 소식이 없는 데도 그녀의 아내 페넬로페는 수많은 구혼자들을 물리치기 위해서 베를 다 짜야 한다는 것을 구실로 내세운다. 이리하여

4 2.28사건은 1947년 2월 28일을 기점으로 전개된 타이완의 민주화 운동이다. 당시 타이완 사람들은 일본 패망 후 타이완을 접수한 국민당 정부의 독재와 실정, 그리고 대륙 출신과 타이완 출신에 대한 차별 대우 등으로 인해 극도로 불만이 고조되고 있었다. 이런 가운데 불법 담배 판매를 단속하던 과정에서 항의자 중 한 명이 사살되고, 다시 이튿날인 2월 28일 항의 시위에 참여한 사람들이 다수 살상되는 일이 벌어졌다. 이후 지식인 주도로 타이완 민주 자치화 운동이 전개되었고, 이에 국민당 정부는 계엄을 실시하며 대륙에서 파견된 군대까지 동원하여 이 운동을 이끌던 지식인들을 살해·구금하였다. 후일 타이완 정부의 공식적인 보고에 의하면 약 18,000~28,000명의 사상자가 발생했다고 하며, 1987년 타이완 계엄 해제 이후에야 비로소 희생자들에 대한 명예 회복이 단계적으로 이루어졌다.

그녀는 밤과 낮을 이어가며 낮에는 짜고 밤에는 풀면서 대답을 연기한다. 프루스트가 옛일을 추억하는 것은 페넬로페의 베와 마찬가지다. 다른 점이라면 그는 낮에는 풀고 밤에는 짠다는 것이다. 표면적으로는 아무런 체계도 없는 서술이지만 암암리에 추적할 수 있는 규칙이 있다.[6)] 주톈신의 '내가 기억하기에'는 바로 이런 낮에는 풀고 밤에는 짜는 차원에서 과거의 가능성과 불가능성을 몰래 하나로 결합시키고 있는 것이다.

전술한바 주톈신의 이데올로기가 진보한 것인지 후퇴한 것인지, 창작 스타일이 일관된 것인지 단절된 것인지의 쟁점으로 다시 돌아가 보자. 그래야만 이러한 평가들에 한계가 있다는 것을 이해할 수 있을 것이다. 오래된 영혼이 우리에게 역사에는 언제나 균열의 흔적이 숨겨져 있으니 진보가 곧 퇴보이기도 하다고 말할 때, 우리가 또 어찌 그녀 자신의 창작 역사에서 분열은 통일이 아니며 보수는 급진이 아니라고 말할 수 있겠는가? 전기의 《미완》이 없었다면 후기의 〈그리운 나의 군인가족 동네 형제들〉이 어디서 나오겠는가? 레즈비언을 쓴 〈봄바람 속 나비 이야기〉는 우리에게 아닌 게 아니라 《격양가》 속의 자매나 다름없는 여학생의 깊은 정을 떠올리도록 하지 않는가? 주톈신의 정치에 대한 의구심은 과거 그녀의 정치에 대한 신념과 동전의 양면인 것이다. 삼삼그룹 시기의 그녀는 열정적으로 청춘을 감싸 안았고, 중년에 접어들면서 그녀는 앞질러 늙음을 찬양하지만, 그 근저의 참된 모습은 사실 전과 다름이 없다. 오래된 영혼이 앉으나 서나 불안해하며 곳곳마다 위기라는 설명과 후란청의 '대자연의 다섯 가지 기본 법칙'에서 곳곳마다 전환의 기회라는 설명은 동일한 신비주의적 변증법에서 유래하는 듯하다. 내가 그녀 대신 (아마도) 그녀가 망각하고 싶어 하는 것을 상기시키는 것은, 그녀의 오래된 영혼의 철학이 파고들지 않는 곳이 없어서 결국은 자기 자신이 만들어놓은 입장을 그녀 스스로 침식 훼멸시키는 것으로 마감하리라는 점을 강조하기 위한 것에 다름 아니다. 오래된 영혼의 승리란 곧 실패인 것이다.

나는 이전의 서평에서 주톈신을 '오래된 영혼 속의 참신한 인물'이라고 부른 적이 있다. 그녀와 그녀의 인물 사이에는 어쨌든 거리가 있다는 것을 발견했기 때문이다.[7)] 주톈신은 역사의 어지러운 흐름에 직면해서도 여전히 하고 싶은 말이 너무나 많고 여전히 하나의 명료하면서 시비와 정의를 갖춘 유토피아적 시간표를 열망한다. 그녀의 '할 수 없음을 알면서도 하는 것'은 모든 것을 놓아버리기 전의 아Q식 행위일 수도 있고 비극적 정서의 마지막 발현일 가능성도 있다. 이 양 극단 사이를 배회하는 것은 주톈신이 아직도 승복하지 못하고 있으며, 어쨌든 그녀가 완전히 늙어버린 것은 아님을 보여준다고 나는 생각한다. 또한 바로 이 때문에 그녀는 그녀의 비판자들과 마찬가지로 단선적인 논리에 빠져들어서 이를 가지고서 논쟁하고 저항하고 하는 것이다. 그녀의 모순은 글로 표출되고, 강력한 장력을 갖춘 일련의 작품들(예컨대 〈지난 해 마리앙바드에서〉, 〈그리운 나의 군인가족 동네 형제들〉)을 이루어냈다. 그렇지만 이미 모종의 한계를 드러낸 것은 아닐까?

3. 원독을 품고 글을 쓰다

주톈신의 초기 작품에는 곳곳에 정을 남기고 있다. 그러면서 이미 수시로 예리함을 내보이고 있다. 당시의 그녀는 아직 나이나 신분이 충분하지 못한 듯했다. 이 때문에 잠시 은인자중하면서 방향을 바꾸어 뭇사람들이 다 좋다고 여기는 물처럼 부드러운 정감을 쏟아냈다. 그러나 〈모든 일은 흘러가고〉에서 우리는 이미 이 여성이 다른 의도를 가지고 있음을 볼 수 있다. 이 작품의 이야기는 남성의 관점에서 1970년대 여성의 성장 경험을 분석한다. 여주인공 아이보는 이상・낭만・허영을 한 몸에 다 가지고 있는, 관념적인 인물에 가까운 경향을 보인다. 우리의 남성 화자는 암암리에 아이보를 사랑하면서도 이를 이룰 수가 없다. 그럼에도 불구하고 그녀가 위기에 봉착할 때면 칼 - 수술칼 - 을 뽑아들고 도와주도록 운명이 정해져 있다. 그녀를 위해 그는 여러 차례 칼을 들고 아이보의 몸속으로 들어가서 낙태를 시키고 병을 제거해 준다. 결국 아이보는 치료되지 못하고 남자 주인공에게 망연자실한 세월만 남겨두고 스러져버린다.

우리는 물론 아이보가 아름다우면서도 회한이 없지 않은 그런 옛일의 화신이라고 말할 수 있다. 그렇지만 이 소설이 진정으로 사람들의 주목을 끄는 것은 주톈신의 남성화 관점 및 노련한 필봉이다. 그녀는 글쓰기의 수술대에서 수술칼처럼 펜을 놀린 것이다. 많은 여성 작가가 온유하고 돈후하게 글을 쓰는 것과는 달리 주톈신은 조소하고 풍자하며 온갖 것을 공격한다. 1980년대 후기의 〈열반〉에 이르면 주톈신은 사회 엘리트의 온갖 위선과 타산을 묘사하는데, 조롱당한 대상이 마치 부르기만 해도 튀쳐나올 것처럼 사실적이어서 일시에 여론이 분분했다.

위안충충은 일찌감치 주톈신의 필봉이 '화끈하다'고 지적했으며, 주톈신 자신도 그녀가 종종 '각박하고 가혹하다'는 염려가 있음을 인정했다.[8)] 이에 대해 주톈신은 어쩌면 "내가 어찌 논쟁을 즐기겠는가"[5]라고 해명하고 싶을 것이다. 확실히 그랬다. 이치를 따지지 않는 이 시대에 주톈신이 이치를 가지고서 사람들을 용서하지 않는 것은 도리어 후덕함이 부족하다는 느낌을 주었다. 그녀의 오래된 영혼의 인물들이 갑옷을 걸치고 싸움터에 나서자 더욱더 우리로 하여금 주톈신이 사람들을 가혹하게 대한다고 느끼도록 만들

5 《맹자 등문공 하》에 따르면, 맹자는 제자 중 한 사람인 공도자가 "남들은 모두 선생님께서 논쟁을 즐기신다고 말하는데 어떻게 된 건지 여쭙겠습니다."라고 묻자 "내가 어찌 논쟁을 즐기겠는가? 어쩔 수 없어서 그리하는 것뿐일세."라고 대답한 바 있다.

었으며, 반대로 자기 자신도 심히 고통을 자초하는 것이었다. 이처럼 서로 서로 연계되면서 그녀의 작품에는 원독의 기운이 충만하도록 만들었다.

나는 고심 끝에 원독이라는 두 글자를 사용했는데, 이는 '백성이 논하는 바를 원독을 품고서 글을 쓴다'라는 고전 소설 비평의 전통을 염두에 두었기 때문이다. 김성탄은 《수호전》을 평하면서, "그 언사가 격하게 분노하여 자못 예술성을 해치지만, 원독을 품고서 글을 쓰는 것은 태사공 사마천으로서도 피하지 못한 바였으니 하물며 어찌 패관에게 질책을 가하겠는가"[9)]라고 했다. 김성탄은 《수호전》을 《사기》와 나란히 거론하면서 사마천이 '한을 풀고자 글을 썼던' 전통이 명나라 말기에 이르러 소설로 이어지고 있음을 암암리에 지적하고 있는 것이다. 대체 어떤 격분한 심정에서 일대의 역사가가 그 위대한 붓을 들어 세상사를 비판하였기에 천백 년이 지난 후에도 여전히 사람들의 심금을 울리는 것일까? 또한 대체 어떤 울민한 상황에서 소설가가 작은 일로 큰일을 이끌어냈기에 말끝마다 사관의 필법임을 자처하는 것일까? 김성탄은 이리하여 탄식하며 말한다. "종래로 백성이 논하는 바는 모두 역사이다. 백성이 어찌 감히 논하겠는가? 백성은 감히 논하지 못한다. 백성이 감히 논하지 못하면서 또 논하는 것은 어째서인가? 천하에 도가 있게 된다면 그 뒤로는 백성이 논하지 않게 될 것이다."[10)] 다시 3백년이 지난 후, 소설가는 땅을 두드리며 노래하지는 않는다. 오히려 '정치 주간 잡기'를 쓰고자 한다.[6] 주톈신이 원래 전공한 것은 역사였다. 이제 백성이 논하는 바이다라고 하면서 원독을 품고서 글을 쓰고자 하니 아마도 느끼는 바가 퍽이나 많은 듯하다.

현대 중국문학에도 원독을 품고서 글을 쓰는 한 줄기 전통이 있다. 그 중 대표적인 인물은 다른 사람이 아닌 바로 루쉰이다. 보통은 루쉰을 볼

6 주톈신에게는 앞서 거론된 땅을 두드리며 태평성대를 노래한다는 뜻의 〈격양가〉 외에 또 〈소설가의 정치 주간 잡기〉라는 작품이 있다.

때 그가 시대를 걱정하고 나라를 염려하는 일면에만 주목한다. 그러나 대문호의 도저히 풀 길 없는 울분, 그 어느 때도 그치지 않는 근심이야말로 사람들의 마음에 울림을 갖도록 만드는 것이 아닐까? 물론 《외침》, 《방황》[7]은 그의 포부와 사업을 보여주고 있다. 하지만 동시에 풀어낼 길 없이 억눌려 있는 모호한 심정으로 가득 차 있기도 하다. 원독의 전통은 루쉰에 이르러서 마치 양날칼처럼 남을 상하게 할 수도 있지만 자신을 상하게 할 수도 있었다. 루쉰은 자신의 상황을 잘 알고 있었던 듯하다. 산문시 《들풀》[8]에서 거듭해서 자신의 진퇴양난을 자세히 설명했다. 가장 감동적인 예는 〈묘비문〉[9]에서 스스로 자기 심장을 씹어 먹는 떠도는 영혼이다.

> 소리 높여 노래하며 열광하는 중에 [반향이 없어] 스산함을 느끼고, [이상의] 하늘에서 [현실의] 나락을 보노라. 눈에 보이는 모든 것에서는 아무 것도 발견할 수 없으되, 아무런 희망 없는 곳에서 [오히려] 구원을 얻으리라 ……
>
> 한 떠도는 영혼이 긴 뱀으로 변하니 입에는 독니가 나 있더라. 남은 아니 물고 자기 몸을 무느니 끝내는 죽고 마는구나 ……
>
> 심장을 도려내어 스스로 먹으니 이는 본래의 맛을 알고자 함이라. 상처의 아픔이 혹독하니 어찌 본래의 맛을 알 수 있으랴? …… [11)]

---

7 《외침》과 《방황》의 한글본은 《루쉰 소설 전집》, 루쉰 지음, 김시준 옮김, (서울: 을유문화사, 2008) ; 《루쉰전집 2: 외침 방황》, 루쉰 지음, 루쉰전집번역위원회 옮김, (서울: 그린비, 2010) 등을 비롯해서 많은 곳에 실려 있다.

8 《들풀》의 한글본이 《들풀》, 루쉰 지음, 유세종 옮김, (서울: 솔출판사, 1996) ; 《루쉰전집 3: 들풀 아침 꽃 저녁에 줍다 새로 쓴 옛날이야기》, 루쉰 지음, 루쉰전집번역위원회 옮김, (서울: 그린비, 2011) 등으로 나와 있다.

9 〈묘비문〉의 한글본이 《들풀》, 루쉰 지음, 유세종 옮김, (서울: 솔출판사, 1996) ; 《루쉰전집 3: 들풀 아침 꽃 저녁에 줍다 새로 쓴 옛날이야기》, 루쉰 지음, 루쉰전집번역위원회 옮김, (서울: 그린비, 2011) 등에 실려 있다.

식자들은 어쩌면 주톈신을 어떻게 루쉰의 깊이나 무게에 비길 수 있겠느냐고 말할 것이다. 그렇지만 이 참을 수 없는 존재의 가벼움의 시대에 세기초의 외침과 방황을 들어 비교한다면 작가는 아마도 그저 겸연쩍게 웃거나 스스로 자조하고 말 것이다. 설령 그렇다고 하더라도 주톈신의 오래된 영혼은, 온 사방을 찾아 헤매지만 도대체 나아갈 길이 없고, 온 책에서 도리를 논하지만 또 곳곳에서 모순이니, 자연히 우리로 하여금 루쉰의 일부 인물들을 떠올리게 하지 않을 수 없다. 그런데 내가 루쉰을 거론한 것은 단지 주톈신을 치켜세우기 위해서인 것만은 아니다. 그보다는 바로 루쉰의 스스로 자기 심장을 씹어 먹는 떠도는 영혼과 마찬가지로 그녀의 오래된 영혼 식의 논리 역시 일종의 동어반복(tautology)이라는 교착 국면에 빠져들었을 가능성이 있음을 지적하기 위해서이다. 오래된 영혼은 세상사에 밝고 냉소하는 것을 가지고서 천하에 도가 없음을 비판함과 동시에 '절망에 반항하는' 방법으로 삼는다.[12] 그렇지만 바로 그 세상사에 밝고 냉소하는 것은 또 '허위적 통찰'(Enlightened False Consciousness)이나 심지어 고정관념을 만들어내고, 그 속에 함몰되어 벗어나지 못하게 될 가능성도 있다.[13] 오래된 영혼이 스스로 모든 것을 알고 있으며 길흉을 예언할 수 있다고 말할 때 우리는 그녀가 가짜 선지자는 아닌지 조심해야 한다.

주톈신 일파의 원독을 품고서 글을 쓰는 방식은 현대적 이론의 측면에서도 그 부분적인 해석을 제시할 수 있다. 니체의 르상티망설(ressentiment)[10]은 논자들이 반복해서 거론하는 현대적 의식의 한 단면이다. 도스토옙스키의 《지하생활자의 수기》에서부터 루이페르디낭 셀린 소설의 황당한 꼬마에

10 쇠렌 키르케고르가 정립하고 니체와 막스 셸르에 의해 일반화된 개념인 '르상티망'(ressentiment)은 강자에 대한 약자의 '원한 · 분노 · 질투 따위의 감정이 되풀이되어 마음속에 쌓인 상태'를 뜻한다.

이르기까지, 영웅은 모두 반영웅(anti-hero)이 되어버렸다. 그들은 모욕을 당함으로 해서 마음속으로 원한을 품게 된다. 그러나 끊임없이 되돌아오는 고통스러운 기억과 상상 속의 보복에 빠져 있으면서, 놀랍게도 그들은 스스로 원망하는 것에서부터 '스스로 사랑하는' 것으로 발전시켜 나간다. 고통은 초대 없이 찾아든 권리가 되고, 그들로 하여금 납작 엎드린 자세에서 자신을 속이고 남을 속이는 '정신적 승리'를 맛보도록 만든다. 그리고 이미 일종의 폭력의 씨앗이 싹트기 시작한다. 루쉰의 아Q가 분명 좋은 예일 것이다. 그렇지만 주톈신의 오래된 영혼을 자세히 보면, 그들(그녀들)이 일찍이 저평가되었던 몸값을 스스로 높여간다거나 또는 고통 속에서 즐거움을 찾으면서 이를 자신과 남에 대한 보복의 기점으로 삼으려 한다고는 생각되지 않는다. 그녀의 스타일 또한 우리로 하여금 심리학의 '아브젝시옹'(abjection)[11]이라는 관점을 떠올리게 만든다.

'아브젝시옹'은 '증오'와는 다르다. 전자는 비록 외부의 압력에 대한 반응에서 나온 것이기는 하지만 절박하게 내면적 분노의 끝없는 순환을 만들어내지는 않기 때문이다. '아브젝시옹'의 의식도 사람을 비천하고 억울하게 만든다. 그렇지만 이 때문에 상상 속의 또는 행동상의 포학한 결과로 나아가는 경우는 아주 드물다. 체제 안팎에서 협상을 하면서, '아브젝시옹'적인 사람은 스스로 발언의 지위를 상실했다고 느끼며, 이에 따라 열심히 대화의 기회를 찾고 시도한다. 비록 자신의 지위와 목소리가 웃음거리가 될 수도 있다는 것을 잘 알고 있지만, 일반적으로는 늘 이에 불복하여 대꾸하고자 하는 충동이 맴돈다. 심리학자 줄리아 크리스테바는 위도 아래도 아니고, 안도 바깥도

11 줄리아 크리스테바가 《공포의 권력》이란 책에서 사용한 용어인 '아브젝시옹'은 우리 몸의 배설물 같이 원래는 자기 자신에게 속하면서도 혐오스러운 것을 밖으로 밀어내려는 심리적 현상을 말한다.

아니며, 산 것도 죽은 것도 아닌 아브젝시옹 의식의 '문지방' 경험을 특히 강조했다. 우리가 '견딜 수 없다'고 느끼는 것은 곧 우리가 남과 자신의 관계에 대해 확정할 수 없기 때문이며, 이에 따라 자기 포기와 자기 구원의 모순적인 충동이 생겨나게 된다. 크리스테바는 이 아브젝시옹의 의식을 여성에게 자리매김하면서 폐기물 · 음식물 · 생식 등 생명 중의 현상과 연계시킨다. 그리고 아브젝시옹 의식의 핵심은 추방에 대한 공포와 귀환에 대한 욕망이다. '문지방' 안팎의 대화는 이로부터 비롯된다.[14)]

비평가들의 이론은 고담준론이기는 하지만 일단 들어보는 것도 무방하다. 이에 근거하자면 우리는 주톈신이 원독을 품고서 글을 쓴다는 것은 그녀의 문학과 정치의 경험이 정서적으로 감당할 수 없었던 것에서 비롯되었음을 알 수 있다. 그의 인물 중에서 이를 보여주는 적잖은 예를 찾을 수 있다. 예를 들면, 〈옛날 옛적 우라시마 타로라는 사람이 살았는데〉에서는 정치범이 30년이나 추방되었다가 돌아오지만 마치 딴 세상에 온 것 같은 시간적 착란에 빠지는 것을 묘사한다. 또 〈캥거루족 이야기〉에서는 평범한 어머니가 점차 '퇴화'되어 가지만 아무런 저항도 없는 것을 묘사하며, 〈봄바람 속 나비 이야기〉에서는 레즈비언이 남성 담론의 패권 아래에서 남몰래 마음을 주고받는 것을 묘사한다. 모두 시간 · 이데올로기 · 언어 · 젠더 및 성취향의 '문지방' 안팎에서 서로 경쟁하는 것을 다룬 이야기다. 주류 역사에 의해 배제된 이들 인물들은 자신이 (주류에 들어가는 것을) 감당하지 못한다는 측면에서 자신의 신분을 인지하고 있으면서도 또 이런 신분이 늘 그들로 하여금 어찌해야 좋을지 모르도록 만드는 것이다.

다만 나의 의도는 오래된 영혼 인물을 가지고서 어떤 이론을 증명하려는 데 있지 않다. 내가 더욱 말하고 싶은 것은, 만일 그녀가 원한다면, 주톈신의 영혼은 이런 이론들에 속박 받을 필요가 없다는 것이다. 나는 앞 절에서 《모든 일은 흘러가고》에서부터 《그리운 나의 군인가족 동네 형제들》에 이르기까지 주톈신은 오래된 영혼의 역사관을 정치하게 조탁하면서도 종종 이 역사관의 살상력을 저평가했음을 거론했다. 오래된 영혼은 난세에서 구차하게 목숨을 보전하고자 하면서 주류에 들어가기를 간구하지는 않는데, 그들(그녀들)이 인간의 일과 하늘의 이치 사이의 관계를 궁구한 면에서 카오스 이론12을 고려해 보아야 할 것이다. 세상사는 엇갈리고 머리카락 한 올을 잡아당겨도 온 몸이 움직인다. 미미한 교란, 굴곡 우회도 모두 다 어느 정도는 우리의 문화 구조에 변화를 가져오게 만든다. 화인지 복인지 누가 그 속사정을 알겠는가.[15] '증오' 또는 '아브젝시옹'은 모두 각각 그저 수많은 실마리 중의 하나일 뿐이다. 한 걸음 더 나아가서 보자면, 수복론과 건국론, 영구순환설과 '대자연의 다섯 가지 기본 법칙설' 그리고 캥거루족 • 군인가족 동네족 • 여피족 • 동성애족 등 온갖 부류의 역사 사이를 드나들면서 오래된 영혼은 이미 잔잔한 호수에 파문을 일으켜놓은 것이다. 서로 다른 각도에서 생겨난 이러한 역사관들은 복잡하게 뒤엉켜서 피아를 구분하기 어려우니 어쩌면 다 함께 번영하든지 또 어쩌면 다 함께 소멸할 것이었다. 양 극단 사이에서 생존의 경쟁을 벌이지만 하늘이 꼭 선택하는 것만은 아니어서 최신의 좋은 사물이라고 해서 진화론적 역사관의 생존자인 것만도 아니다. 어차피 아무도 전지적 시각으로 과거를 완벽하게 볼 수가 없다면 설령 – 예컨대 비디오를 거꾸로

---

12 카오스 이론에서 카오스란 어떤 계가 확고한 규칙(결정론적 법칙)에 따라 변화하고 있음에도 불구하고, 매우 복잡하고 불규칙하면서 동시에 불안정한 행동을 보여서 먼 미래의 상태를 전혀 예측할 수 없는 현상이다. 달리 말하자면, 카오스 이론에서는 세계가 결정론적 법칙에 따라 변화하고 있어서 안정적으로 보이지만 특정 조건의 사소한 변화에 따라 매우 불안정해질 수도 있으며, 반대로 불안정하고 무질서해 보이지만 궁극적으로는 어떤 규칙 즉 '무질서의 질서'가 존재하고 있다고 보는 것이다. 이 이론의 대표적인 예로는 에드워드 노턴 로렌즈의 '나비 효과'라든가 베노이트 만델브로트의 '프랙탈 기하학' 등이 있다. 아이하라 가즈유키 지음, 과학세대 옮김, 《카오스》, (서울: 한뜻, 1994) 참고.

돌려서 다시 트는 것처럼 – 역사가 다시 되풀이된다고 하더라도 우리가 또 어찌 똑같은 결론을 얻을 수가 있겠는가?16)

이런 추론이 주톈신의 부담을 덜어주지는 않을 것이다. 그러나 어쩌면 그녀가 스스로 만들어놓은 한계인 상투적인 말을 넘어서는 데는 도움이 될 수 있을 것이다. 갖가지 역사의 경계선을 떠돌면서, 자신이 과거에 그 모든 '알 수 없는 것'을 '안다'고 했던 것에 대해 오래된 영혼은 마침내 아연해서 실소하게 될 것이다. 그들(그녀들)의 적수가 바로 이 전지적인 태도에 근거해서 역사의 소유권을 경쟁하기 때문이다. 만일 아무도 역사의 바깥에 있을 수 없다면, 누가 그리고 어떻게 역사의 과거와 미래에 대한 파노라마를 만들어낼 것인가? 너와 내가 보고 생각하는 것이란 만화경처럼 역사의 귀신 그림자가 얼른거리는 것에 불과한 것이 아니런가? 주톈신의 신작인 《고도》는 마침내 이 방향을 향해서 더욱 깊은 사변을 이루어나갔다.

4. 역사가 지리로 바뀔 때

《고도》13는 주톈신의 최신판 오래된 영혼의 소설집이다. 주요 작품인 중편 〈고도〉말고도 이 소설집에는 또 〈라만차의 기사〉, 〈헝가리의 물〉, 〈베니스의 죽음〉, 〈티파니에서 아침을〉 등 네 편의 단편이 수록되어있다. 얼른 보기에 이 소설들은 여전히 주톈신의 〈내가 기억하기에 …… 〉, 〈그리운 나의 군인가족 동네 형제들〉의 서술 스타일을 계속하고 있다. 그렇지만 세심한 독자라면 과거 주톈신이 논하는 식으로 드러냈던 자기 보호적인 모습이었던 데 반해

---

13 《고도》의 한글본으로 《고도》, 주톈신 지음, 전남윤 옮김, (서울: 지식을만드는지식, 2012)이 나와 있는데, 중편 《고도》를 포함하여 모두 다섯 작품이 실려있다.

지금은 자기반성과 자기 조소적인 색채가 더욱 강해졌다는 것을 발견할 수 있을 것이다. 그녀는 여전히 역사의 기록 내지는 기억을 시도하고 있지만 그보다는 그 모든 노력이 결국은 본능으로 퇴화하는 과정에서 일어나는 경련은 아닌지 하고 회의하고 있다. 시대는 바뀌고 모든 일은 흘러가버리게 될 것임을 오랫동안 예고해왔던 오래된 영혼들은 마침내 그 상황을 몸소 겪게 되자 오히려 이 때문에 대세가 이미 지나가 버린(또는 이미 정해진) 것에 따른 일종의 여유가 생겨났다.

〈라만차의 기사〉는 기본적으로 〈죽음의 예지에 관한 기록〉의 속편이다. 작품에서 미처 방비할 수 없는 갑작스런 죽음과 죽고 난 뒤의 일에 대한 오래된 영혼의 사전 준비는 이미 광상곡적인 필법이다. 그렇지만 주톈신은 그것을 출발점으로 하여 진짜 의도하는 바로 나아간다. 아마도 "나의 일생을 이런 식으로 아무렇게나 발견되고 함부로 정의 내리게 하고 싶지 않다"는 이 한 마디야말로 그녀의 이데올로기적 결벽증을 제대로 설파한 것일 터이다. 〈베니스의 죽음〉은 재치 있게 토마스 만의 소설 제목을 빌려오지만 실은 작가가 자신의 창작 경험과 상황을 스스로 분석한 고백이다. 황진수는 이 작품의 지리적 배경 – 카페 – 을 주톈신의 현 단계 창작 시야의 상징으로 간주하는데 이는 상당한 탁견이다.[17] 도회적이고 자아 해체적이며 (마치 남성인 것처럼) 허장성세하는 주톈신은 이미 포스트모던한 타이베이 문단의 한 풍경이 되었다. 이 작품이 지나치게 작가 본인의 창작 체험담에 가깝기 때문에, 비록 때때로 신들린 듯한 필치가 있기는 하지만, 결국은 '여기 은 삼백 냥 파묻지 않았어요'라는 바보의 푯말처럼 뻔한 거짓말을 하는 듯한 느낌이 든다.

〈티파니에서 아침을〉은 정치하고도 교활한 소품이다. 스스로 "나는 이미 노예의 신분으로 9년을 살았다"고 말하는 한 전업 문필 여성이 인터뷰와 글쓰기를 반복하는 생활 중에 문득 "다시 자유를 얻기 위해, 나는 다이아몬드

반지가 필요하다"는 욕망을 가지게 된다. 다이아몬드는 진심이 변치 않을 것임을 뜻하는 영원의 상징이자 재부가 축적되었음을 말하는 부의 표식이다. 다이아몬드는 그 상상을 뛰어넘는 가격으로 값을 따질 수 없는 생활과 생명의 동경을 사칭한다. 그것은 우리에게 '다시 한 번 자유롭게 만들어 줄 것'이라는 미신을 만들어낸다. 이는 오로지 우리가 자발적으로 그것에 포로가 되기를 원하기 때문이다. 다이아몬드는 상품 배물교의 성물이자 자본주의가 제조해 낸 불사리다. 그리고 주톈신의 작품에서, 한창 때를 넘기고 이제 늙어가는(!) 신인류가 '다이아몬드학'의 모든 것을 통달한 후에도 여전히 헤실대며 완전 무장하고서 '절도'를 하여 그녀의 '소유'로 만드는 결정체이다.[14] 보석의 제국인 티파니사의 타이베이 전초기지에서 가장 정치한 소비 문명과 가장 허름한 소비 욕망이 서로 충돌한다. 주톈신은 이 속에서 다시 한 번 문명의 '아브젝시옹'을 목격하는데, 다만 과거에는 보기 드물었던 블랙 유머가 번져 나온다.

〈헝가리의 물〉의 형식은 중편에 가깝다. 소설은 조그만 술집에서 우연히 만나게 된 두 중년 남자를 묘사하고 있는데, 후각(향수, 향료)과 청각(리샹란의 《상하이의 밤》)에 의해 기억의 문이 다시 열리고 왕년의 세월 속으로 들어가서 침잠하게 된다. 소설에서는 군인가족 동네의 삶의 편린들을 보여주며, 우리는 〈헝가리의 물〉과 〈그리운 나의 군인가족 동네 형제들〉을 거의 같이 놓고 보아도 될 것이다. 다만 이번에 주톈신은 불청객처럼 찾아오는 직각적 감각이 어떻게 촉매제처럼 우리의 기억의 떨림을 이끌어내는가를 더욱 강조한다. 사향, 페퍼민트, 레몬그라스, 장뇌, 정향, 너트메그, 알로에, 장미 등의 자욱한

14 〈티파니에서 아침을〉에서 주인공인 여성 화자는 사전에 치밀하게 계획을 세운 후 소위 '신인류'의 옷차림과 행동으로 티파니에서 자신이 원하는 다이아몬드를 사서 나온다. 화자는 이런 구입 과정을 솜씨 좋은 도둑이나 강도가 모든 일을 깔끔하게 해치우는 것에 비유해서 '절도'라고 부른다. 물론 '절도'라는 용어를 쓴 데는 작가의 다른 의도도 있을 것이다.

향기 속에서 우리는 이미 망각했던 과거를 '맡을' 수 있다. 게다가 후각은 또 청각, 미각, 촉각의 쾌감을 자극하면서 일종의 상징주의식 공감각(synesthesia)의 효과를 만들어낸다. 〈헝가리의 물〉은 우리에게 프루스트에서부터 쥐스킨트에 이르는 일련의 작가들의 미학관을 상기시킬 것이다. 다만 만일 프루스트가 직각에 의거해서 그의 정치한 잃어버린 시간을 재구축했다면 주톈신은 아마도 그 반대로 행했을 것이다. 그녀는 예악이 퇴화하여 생물의 본능의 기호가 되고, 문명이 점차로 황폐해져 가는 필연성을 보았다 – 혹은 맡았다. 향기가 흩어져버리고 노랫소리가 사라졌을 때 기억은 마침내 망각 – 완벽한 망각이 되어버릴 것이다.

이는 나로 하여금 14세기 일본 수필가인 요시다 겐코가 쓴 《도연초》 중의 한 단락을 상기시킨다. 우리의 혈육이나 지인이 죽었을 때 우리는 슬피 울면서 장례를 지내며 그를 추억한다. 명절이나 기일이 되면 우리는 성묘를 가서 오래오래 머무르며 쉬 떠나지를 못한다. 그렇지만 세월이 흘러가면 우리의 추념의 정 역시 점차 찾아볼 수 없게 된다. 무덤가에 심은 나무도 이미 한 아름이나 되고, 우리 자신도 서서히 늙어 간다. 다른 사람을 그리워하는 사람 그 자신 역시 그리움의 대상이 되면 이미 망각의 도미노 현상이 시작된다. 천백 년 후 기억하는 자와 기억되는 자가 모두 무로 돌아가 버리고, 오래된 무덤은 이미 밭이 되어 버린다.[18) 15]

이리하여 우리는 〈고도〉에 이르게 되었다. 제재나 스타일을 막론하고 이 작품은 주톈신이 최근 10년간 창작에 대한 중요한 조정이라고 볼 수 있다. 종래 주톈신의 소설에는 갖가지 기억의 의례가 없지 않았다. 〈지난해 마리앙바드에서〉의 쓰레기 정보/잡화, 〈봄바람 속 나비 이야기〉와 〈나의

15 이 부분의 번역은 요시다 겐코 지음, 채혜숙 옮김, 〈희미해지는 가신 님에 대한 기억〉, 《도연초》, (서울: 바다출판사, 2001), pp. 47~48 참고.

친구 알리사〉의 편지 고백, 그리고 신작인 〈헝가리의 물〉의 향기와 노랫소리는 모두 다 주톈신이 시대는 바뀌고 만사가 흘러가버리게 될 것임을 다시금 보여주는 매개체가 된다. 그렇지만 중편 〈고도〉에서 우리는 주톈신의 아주 대담한 시도를 보게 된다. 이 소설에서 주톈신은 드디어 역사를 정지시키고 시간을 되돌리고자 하는 그녀의 욕망을 공간화한다. 역사는 – 그것이 추적할 수 있든지 아니면 추적할 수 없든지 간에 – 더 이상 선형의 발전, 순환 또는 교차가 아니다. 그것은 단층을 드러내는 덩어리 모양의 존재이다. 역사는 일종의 지리가 된다. 기억이 마치 고고학이듯이.

〈고도〉의 이야기는 보기엔 단순하다. 이미 중년에 이른 한 여성 화자가 왕년의 옛 친구를 만나러 교토로 간다. 두 사람은 일찍이 자매나 '동성애자'처럼 가까웠지만 각자 학교를 졸업하고 나자 서로 분주하게 지낸다. 오랜 세월 미국에서 살던 친구가 뜻밖에도 갑자기 멀리서 팩스를 보내오고, 화자는 이를 받자마자 곧바로 채비를 꾸려 길을 떠난다. 기다리던 친구는 오지 않고 그녀는 발길 닿는 대로 교토를 다니는데 옛일이 하나씩 떠오른다. 이야기는 여기서 그치지 않는다. 화자는 예정일보다 일찍 타이베이로 돌아오게 되고, 이리저리 꼬이다보니 일본인 관광객처럼 되어버린다. 그녀는 내친 김에 그냥 그대로 행동하면서 일본어로 된 타이베이 관광 책자를 손에 들고 그녀가 그렇게도 익숙한 도시를 새삼스럽게 돌아보기 시작한다.

우리의 여성 화자는 거리를 걷고 골목을 훑으면서 다니고 또 다닌다. 그녀의 발길이 닿는 타이베이는 유령의 도시처럼 층층이 쌓인 과거와 현재의 흔적들을 겹겹이 보여준다. 총독부 또는 총통부, 반카 또는 완화,[16] 혼마치

16 '반카' 또는 '완화'는 타이베이의 발원지이다. 원래 타이완 원주민어 발음으로는 '반카'인데, 이를 처음에는 중국어 발음에 따라 '艋舺' 또는 '文甲'라고 표기했지만 나중에 일제 강점기에는 일본어 발음에 따라 '萬華'로 표기했고, 지금은 이 글자를 그대로 쓰면서 읽을 때는 다시 중국 표준어 발음에 따라 '완화'라고 부르든지

또는 충칭난루, 스에히로초, 고도부키초, 신키초, 세이몬초(시먼딩). 정치적, 상업적, 인문적, 자연적 지리/역사가 화자의 발걸음을 따라 끊임없이 이동하고 관통하여 한곳으로 회합한다. 그렇지만 타이베이라는 이 '고도'는 어째서 오랜 세월 이곳에 거주해온 수많은 시민들로 하여금 과거에 대해 전혀 기억하지 못하게 만드는 것일까? 주톈신은 거듭해서 〈도화원기〉의 이야기를 인용한다. 포스트모던적인 '진나라 태원 연간'에 위장 관광객이 되어 타이베이라는 도화원에 몰래 숨어들어가서는, 주민들이 '한나라가 세워진 것도 알지 못했으니, 위나 진나라는 말할 것도 없었다'는 것을 발견한다. 이것은 행운인가 아니면 타락인가?

주톈신이 걷기를 좋아하는 것은 《격양가》 속의 샤오샤가 시먼딩(세이몬초), 중산베이루에서부터 멀리 젠탄, 스린까지 걸어가는 것에서부터 이미 볼 수 있다. 〈고도〉에 오게 되면 그녀는 길을 걷는 재주와 그녀의 역사적 우수를 한데 결합시킨다. 걸음걸음마다 진정으로 타이베이의 역사/지리 사이를 넘다든다. 네오마르크시즘에 밝은 평론가라면 다시 한 번 벤야민의 도시의 산책자(flâneur)를 가져와서 주톈신의 위장 관광객에 적용할 수 있을 것이다. 산책자는 파리 거리의 수많은 사람들 사이에 몸을 숨기고서 냉정한 눈으로 관찰한다. 그러면서도 자신 역시 어쩔 수 없이 사람들의 물결 속에 휩쓸려 들어가서, 일종의 도시의 모습을 만들어냄과 동시에 도시적 모더니티의 도래를 예언한다. 주톈신의 위장 관광객은 사실 체재 내의 중산계급이지만 수시로 틀에서 벗어나서 지난날을 돌이켜보는 정회를 발한다. 그녀는 카페에도 들어가지 않고 명품가를 돌아다니지도 않는다. "언제나 생각에 잠긴 채, 구하는 것을 찾아 커다란 자석을 끌고 다니듯, 황야를 홀로 쓸쓸히 걷거나 길고 지루한 인생의 모든 구역이나 길모퉁이를 걷는 것이다. …… 그렇지만

아니면 타이완 방언의 발음에 따라 '몽가'라고 부른다.

이렇게 절박하게 구하고자 하는 진귀한 보물들을 대다수의 사람들은 종종 그야말로 헌신짝이나 쓰레기처럼 여긴다."(《베니스의 죽음》) 걷고 또 걷다가 그녀는 좁은 골목길로 접어든다. 진장거리 145호의 나무 문짝, 푸청거리 22번지 1호의 녹나무 대왕야자수, 창춘루 249호의 담장을 타고 올라간 용수나무 …… 문간과 뜨락마다 다소간 세월의 모습과 인간사의 풍파가 드러나고 있다. 걷고 또 걷고, 그녀는 가장 번화한 곳에서 가장 쓸쓸한 폐허를 발견한다. 세이몬초(시먼딩)는 원래 여우와 귀신이 여기저기 출몰하던 무연고 묘지의 터였고, 2.28의 혁명 성지였던 곳은 이제 헤이메이런호텔(흑인미녀호텔)이다. 그녀는 도시의 산책자라기보다는 미셸 푸코적 의미에서의 고고학자라고 해야 할 것이다.[19] 유한한 도시 공간 안에서 그녀는 유령처럼 단층의 사이를 헤집고 다니면서 갈라진 흔적과 벌어진 틈새를 보고, 말라버린 우물과 무너진 담장을 본다. 타이베이는 나날이 새로워지고 다달이 달라지고 있다. 설령 일말의 유적지의 흔적이 남아있다 하더라도 꼴이 아닐 정도로 훼손되고 있다. 그런데 한 위장 외지인/외국인의 눈을 빌어 이제 타이베이는 고풍이 넘쳐나게 된다.

타이베이와 상대적인 곳은 교토, 헤이안조 이래의 일본의 고도이다. 타이베이의 불가사의하고 괴이한 것과 나날이 새로워지는 것에 비하자면 교토의 경물 하나하나는 확연하게 하늘과 땅처럼 영원한 것 같다. 여러 차례 교토를 여행한 여성 화자는 그야말로 교토에 대해 스스럼이 없을 만큼 친밀하고 친숙해서 실로 타향을 고향으로 여길 정도다. 그렇지만 바로 이 정치하고 우아한 문화가 일찍이 '아름다운 섬' 타이완을 침략하여 반세기에 달하는 식민 통치를 자행했다. 그리고 교토는 또 다른 시공간에서는 겸허하게 당송의 문화 이식을 받아들여 이때부터 새로운 차원으로 나아갔다. 타이베이의 사람들이 외부의 정권에 의해 끊임없이 소란스러운 와중에 그 이전의 또 다른 외래 정권이 남겨 놓은 문화유산을 대하게 되자 홀연 모든 것이 아름답고

서글픈 것으로 바뀌게 된다. 타이베이 사람은 새로운 버전의 일제 강점기 구 타이베이 관광 지도에 의거해서 식민시대라는 '과거사'의 기억을 되돌리고자 한다. 문화비판이론 및 포스트식민이론의 학자들이라면 식민주의와 포스트식민주의라는 이 치부책에 대해 한 번쯤 정리해볼 수도 있을 것이다.

내가 더욱 흥미를 느끼는 것은 〈고도〉에서 제기하고 있는 문학적 대화와 그 연상이다. 제목으로 볼 때 〈고도〉의 영감은 가와바타 야스나리 만년의 명작인 《고도》에서 온 것이다. 주톈신은 종래로 세계적인 문학 작품을 가져와서 새로운 아이디어로 쓰는 것을 좋아한다. 전술한 〈베니스의 죽음〉이 바로 좋은 예다. 그렇지만 〈고도〉는 가와바타의 스타일을 계승하여 환상인 듯 사실인 듯 쓰면서도 야심은 그보다 훨씬 크다. 가와바타의 원작에서 쌍둥이 자매인 치에코와 나에코는 어릴 때 헤어진다. 치에코는 양아버지의 집에서 자라다가 인연이 닿아 나에코와 만나게 되고, 이로부터 육친을 알게 되는 이야기가 펼쳐진다. 그러나 사실 가와바타가 묘사하려는 것은 이야기가 펼쳐지는 교토의 사철의 변화와 풍습과 명절이다. 인간사의 부침에 비해 고도의 갖가지 의례는 상대적으로 세월이 갈수록 더욱 생생한 일종의 깊숙이 침전되어 있던 운율을 자아내고, 치에코와 나에코는 서로 만나 하룻밤을 지낸 후 마침내 조용하게 헤어진다.

주톈신은 틀림없이 가와바타가 그려낸 담담한 '사물의 슬픈 정서(모노노아와레)'[17]에 공감하지 않았을까? 아름다운 사물은 갈라지고, 성장하고, 쇠락하

---

17 '모노노아와레'(物の哀れ もののあはれ)란 일본 헤이안 시대의 왕조문학을 이해하는 데 있어서 중요한 문학적 미적 개념, 미의식의 하나이다. '사물의 슬픔', '비애의 정'이라고 직역 또는 의역할 수 있다. 보고 듣고 만지는 사물에 의해 촉발되는 정서와 애수, 일상과 유리된 사물 및 사상과 접했을 때, 마음의 깊은 곳에서 흘러나오는 적막하고 쓸쓸하면서 어딘지 모르게 슬픈 감정 등을 말한다. 에도 시대의 대표적인 국학자인 모토오리 노리나가가 《겐지 이야기》를 언급하면서 처음으로 주창했는데, 그는 이 작품을 모노노아와레의 정점에 있는 것으로 평가하

니, 그것이 영원하기를 기대한다기보다는 그 찰나의 화려함이 아마도 사람들에게 더욱더 무한한 여운을 주는 것이리라. 치에코와 나에코는 눈발이 흩날리는 이른 아침에 이별하고 아무런 흔적도 남지 않는다. 헤어짐이 마지막이다. 소설은 어느덧 끝을 맺는다. 〈고도〉로 돌아와보면, 화자가 왕년에 '동성애자'처럼 그렇게 친하던 친구와 재회하게 되는 것은 자연스럽게 우리에게 가와바타의 원작에서 자매가 서로 만나는 것을 떠올리게 만든다. 그렇지만 아니다. 화자는 근본적으로 친구가 도착하기를 기다리지 않는다. 오늘날 미생이 설령 언약한 바를 성실히 지키면서 기둥을 붙들고 죽는다 하더라도 누가 그 정을 알아주겠는가?[18] 더구나 화자 자신 역시 치에코와는 달리 홀로 이국을 떠도는 나그네이니, 그녀가 교토 문화를 아무리 좋아하고 찬미한다 하더라도 결국은 제삼자일 뿐인 것이다.

그러나 나는 주톈신이 의도하는 바가 여기에 그치지 않는다고 생각한다. 치에코와 나에코는 한 어머니에게서 난 쌍둥이지만 운명이 서로 다르다는 점이야말로 진짜 사람들을 빠져들게 하는 것이다. 두 사람은 그렇게도 닮았으면서도 또 그렇게도 서로 다르다. 누가 진짜고 누가 가짜인지 그녀들을 흠모하는 사람들을 혼란스럽게 만든다. 주톈신은 의도적으로 이로부터 생겨나는 이중적 가상(duplicity)과 환영(simulacrum)의 핵심을 파악하고 이를 밀고나간다. 한 도시의 이중적 또는 다중적 신분, 일종의 문화적 분리와 전승을 사색하는 것이다. 이국 교토의 전아한 거리에서 주톈신의 화자는 뜻밖에도 고향 타이베이를 떠올린다. 모던한 도시에서 홀연 그녀는 고대

였다.

18 사마천의 《사기열전》 등에 보면, 미생(尾生)이란 남자가 사랑하는 여자와 다리 밑에서 만나기로 했는데, 여자는 오지 않고 물이 차올라서 결국 다리 기둥을 껴안고 죽었다는 이야기가 있다.

세계에 자신을 위치시킨다. 그런데 그녀 자신은? 대체 외지인인가 아니면 현지인인가? 모든 욕망, 기억, 신분이 겹겹이 서로 겹쳐 어우러지면서 서로를 구분하기 어렵도록 만든다. 소위 사물의 진리니 역사니 하는 인연이 모두 중생의 법상의 투영이 되고 꿈인지 생인지 모를 미혹이 된다. 다른 것은 그만두고라도 〈고도〉 자체가 《고도》의 재생이자 이동이다. 질 들뢰즈는 반복(repetition)의 미학을 논하면서, 한 부류는 원본을 있는 그대로 복제하면서 진위의 질서를 만들어낸다면, 다른 한 부류는 산포를 방법으로 삼아 원본과 유사하면서도 사실은 다른 갖가지 대응물을 만들어내면서 결국 원본 모델 자체의 진위에 대한 의문을 제기한다고 말한 바 있다.[20] 주톈신은 타이베이라는 도화원을 고도로 옮겨놓고 현재를 과거로 간주하는데, 그 의도가 혹 여기에 있는 것은 아닐까?

더욱 중요한 것은 〈고도〉가 자신의 문학이 걸어온 길에 대한 주톈신의 한 차례 순례였다는 점이다. 그녀의 과거 작품의 중요한 장면들, 충칭난루에서 세이몬초(시먼딩)까지, 중산베이루에서 단수이까지 그녀는 착실하게 다시 한 번 걷는다. 사실상 〈고도〉 자체가 층층의 텍스트 속에 감추어져 있으면서 누군가 심지 깊은 사람이 발굴해주기를 기다리고 있는 유적지 같다. 샤오샤와 친구들 사이에 눈빛만으로 정이 통하던 것이 20년 후 이국에서의 헛된 기다림이 되고, 삼삼그룹 말기의 〈단수이행 마지막 열차〉는 이제 단수이행 급행전철이 되고, 〈신당 19일〉 시대에는 지금처럼 수없이 많은 다양한 목소리가 일어날 줄을 어찌 알았을 것이며, 〈지난 해 마리앙바드에서〉의 황당함이라도 어찌 또 오늘날 타이베이가 하룻저녁에도 몇 번씩 바뀌는 것에 비할 수 있겠는가? 부처가 〈열반〉한 것을 보면서도 신심을 가진 능력자들이 잇따라 등장하여 그들 자신의 희망과 쾌락을 퍼트린다. 타이베이의 거리에서 주톈신은 각 시대의 죽은 영혼들이 온 사방에 출몰하는 것을 목격한다. 천수를 다하든 비운에 가든 간에 각기 천명에 달린 것이요, 천지에 꿈이라곤 없으니 오호라 슬플지어다.

이리하여 주톈신의 화자는 다이헤이초로 향하고, 류관제, [옛날 차의 거상인] 천톈라이 저택, [친일파 거상인] 구셴룽 저택, 겐쇼 또는 센슈라고 불리던 구이더거리, 볼레로 레스토랑과 장산러우 누각을 지난다. 그녀는 환허루의 수문 제방 바깥에 도착한다. 옛날 옛적 주톈신이 양쯔 강에 비유했던 바로 그 단수이허 강이다. 강에 '방주'는 보이지 않는데, 아마도 떠다니는 시체는 있었을 것이다.

주톈신의 오래된 영혼이 이리저리 헤매다가 날은 저물고 길은 다하면서 마침내 제방 바깥 소택지에 들어선다. 도화원은 멀기만 한데, 시간의 유배자이자 역사의 유랑민이 '강'가를 배회하는 것만 보인다. 일찍이 "굴원이 쫓겨나서 강과 호수를 떠돌고 못가를 오가며 읊조리매, 안색은 초췌하고 모습은 야위었더라."[19] 더 이상 기억하지 말지니, 더 이상 생각하지 말지니, 기나긴 길은 어슴푸레하고 갈 길은 아득하도다. "여기는 어디인가? …… 너는 큰소리로 울었다." – 공교롭게도 [그녀의 딸인] 멍멍이가 세 살 때 보물처럼 여기지만 주변 사람에겐 일고의 가치도 없던 나무 이파리를 수중에서 잃어버렸던 것과 꼭 같다.[21)] 이번에야말로 오래된 영혼이 진짜 늙어버린 것이다.

---

19 초나라의 굴원이 지은 〈어부(漁父)〉라는 시의 첫 구절로, 굴원은 이 시에서 자신의 충정이 통하지 않고 유배되어 떠돌고 있는 것에 대한 절절한 마음을 토로하고 있다.

| 저자 주석 |

6장 주톈신

1) 張愛玲, 〈自己的文章〉, 《流言》, 《張愛玲全集》, (台北: 皇冠, 1995), p. 19.
2) 詹愷苓(楊照), 〈浪漫滅絶的轉折 – 評朱天心小說集《我記得 …… 》〉, 《自立副刊》, 1991年1月7~8日. 何春蕤, 〈方舟之外: 論朱天心的近期寫作〉, 《中國時報 · 人間副刊》, 1994年1月1日. 邱貴芬, 〈想我(自我)放逐的兄弟(姊妹)們: 閱讀第二代外省(女)作家朱天心〉, 《中外文學》 第22卷第3期, 1993年8月, p. 105.
3) 黃錦樹, 〈從大觀園到咖啡館 – 閱讀/書寫朱天心〉, 龔鵬程編, 《台灣的社會與文學》, (台北: 東大圖書, 1995), pp. 325~357 ; 朱天心, 《古都》, (台北: 麥田, 1979), pp. 235~282.
4) Walter Benjamin, *Illuminations*, trans. Harry Zohn, (New York: Schocken, 1969), pp. 257~258.
5) 黃錦樹, 〈從大觀園到咖啡館 – 閱讀/書寫朱天心〉, 龔鵬程編, 《台灣的社會與文學》, (台北: 東大圖書, 1995), pp. 334–345.
6) Walter Benjamin, *Illuminations*, Trans. Harry Zohn, (New York: Schocken, 1969), p. 202.
7) 王德威, 〈老靈魂裡的新鮮人 – 評朱天心《想我眷村的兄弟們》〉, 《眾聲喧嘩以後: 點評當代中文小說》, (台北: 麥田, 2001), pp. 63~66.
8) 袁瓊瓊, 〈天文種種〉, 朱天文, 《最想念的季節》, (台北: 遠流, 1994), p. 8.
9) 金聖歎, 《水滸傳》十八回回首評. 葉朗, 《中國小說美學》, (台北: 天山, 無出版期), p. 8을 보기 바란다.
10) 金聖歎, 《水滸傳》回首總評. 葉朗, 《中國小說美學》, (台北: 天山, 無出版期), p. 79를 보기 바란다.
11) 魯迅, 〈墓碣文〉, 《魯迅文集》卷二, (北京: 人民出版社, 1981), p. 202.
12) 나는 왕후이의 관점을 택했다. 汪暉, 〈反抗絶望: 魯迅小說的精神特徵〉, 《無地彷徨: 五四及其回聲》, (上海: 浙江文藝出版社, 1994), pp. 348~418을 보기 바란다.
13) Peter Sloterdijik, *Critique of Cynical Reason*, trans. Michael Eldred, (Minneapolis: University of Minnesota Press, 1987), pp. 3~22.
14) Julia Kristeva, *Powers of Horror: An Essay on Abjection*, trans. Leon S. Roudiez, (New York: Columbia University Press, 1982). 또 Robert Newmann, *Transgressions of Reading*, (Durham: Duke Univ. Press, 1992), pp. 139~141 및 Michael A. Bernstein, *Bitter Carnival: Ressentiment and the Abject Hero*, (Princeton: Princeton Univ. Press, 1992)을 보기 바란다.

15) William Paulson의 카오스 이론과 역사 서술 사이의 영향 관계에 대한 토론을 보기 바란다. "Literatures, Complexity, Interdisciplinarity", in Katherine Hayles, ed., *Chaos and Order: Complex Dynamics in Literature and Science*, (Chicago: University of Chicago Press, 1991), pp. 37~55.
16) 나는 특히 생물역사학자 Stephen Gould의 종의 진화에 대한 새로운 관점이 생각난다. 예컨대 *Wonderful Life*, (New York: Norton, 1989)을 보기 바란다.
17) 黃錦樹, 〈從大觀園到咖啡館 – 閱讀/書寫朱天心〉, 龔鵬程編, 《台灣的社會與文學》, (台北: 東大圖書, 1995), pp. 334~345.
18) 吉田兼好, 《徒然草》, Yoshida Kenko, *Essays in Idleness*, trans. Donald Keene, *Anthology of Japanese Literature*, (New York: Grove, 1955), p. 236.
19) 米歇·傅柯, 王德威譯, 《知識的考掘》(*L'archéologie du savoir*), (台北: 麥田, 1993)
20) Gilles Deleuze, *Logique Du Sens*. J. Hillis Miller, *Fiction and Repetition*, (Cambridge, M.A.: Harvard University Press, 1982), p. 4에서 인용.
21) 朱天心, 《學飛的盟盟》, (台北: 時報文化, 1994), p. 106.

7장 쑤퉁

남방의 타락 – 그리고 유혹

남방은 부패하면서도 매력으로 넘치는 존재이다.

– 쑤퉁, 〈남방의 타락〉1)

쑤퉁(蘇童, 1963~)은 태생적인 이야기꾼이다. 그는 지난 10년 동안 창작력이 넘쳐났는데 장편, 중편, 단편 가릴 것 없이 모두 뛰어났을 뿐만 아니라 그때마다 대륙과 해외의 독자들을 휩쓸었다. 〈처첩들〉[1]에서부터 《도시의 북쪽》[2]까지, 또 〈1934년의 도망〉[3]에서 《나, 제왕의 생애》[4]까지, 쑤퉁은 음울하고 화려한 세계를 만들어내고 쇠미하고 처연한 이야기를 써냈다. 그의 펜이 다다르는 곳은 언제나 현대문학의 상상적 시야를 확장시켰을 뿐만 아니라 영상 매체의 심대한 관심을 불러일으켰다.

쑤퉁의 매력은 어디에 있는 것일까? 그는 우리를 공화국의 '역사 이전의 역사' 시대, 축축하게 외설이 배어있고 희미하게 아편 냄새가 풍기는 시대로

---

1 〈처첩들〉의 한글본이 〈처첩성군〉이라는 제목으로 《이혼 지침서》, 쑤퉁 지음, 김택규 옮김, (서울: 아고라, 2006)에 실려 있다.

2 《도시의 북쪽》의 한글본으로 《성북지대》, 쑤퉁 지음, 송하진 옮김, (서울: 비채, 2011)이 나와 있다.

3 〈1934년의 도망〉의 한글본이 《홍등/1934년의 도망》, 쑤퉁 지음, 최현 옮김 (서울: 박우사, 1993)에 실려 있다.

4 《나, 제왕의 생애》의 한글본으로 《나, 제왕의 생애》, 쑤퉁 지음, 문현선 옮김, (서울: 아고라, 2007)이 나와 있다.

데려간다. 그는 정치한 문자적 이미지로 의고적인 스타일을 만들어내며, 어느새 진짜이기도 하고 가짜이기도 한 노스탤지어가 피어오른다. 그 세계 속에서 탐미적이고 권태로운 남자들은 가업과 천하가 무너져 내리도록 버려두고, 아름답고 보드라운 여자들은 무어라 이름 지을 수 없는 욕망을 쫓는다. 운명의 기억은 유령마냥 사방으로 숨어들고, 죽음은 화려한 유혹이 된다. 물론 쑤퉁은 다른 유형의 작품들도 많이 쓴다. 하지만 '시대 의식'을 가장 잘 갖춘 소재라고 하더라도 그의 펜이 닿으면 종종 가벼운 한숨과 찡그림으로 바뀌었다가 순식간에 연기처럼 사라져버린다. 쑤퉁의 세계는 '참을 수 없는 존재의 가벼움'을 느끼도록 만든다. 그처럼 정교하고 정치하지만 또 그 한가운데에는 아무 것도 없이 텅 비어 있는 것이다.

비평가들은 쑤퉁의 성과에 대해서 이미 적지 않게 검토해왔다. 그의 퇴폐적 제재와 창작 태도는 우리에게 세기말의 미학을 대단히 잘 연상시켜 주고,[2)]아스라한 역사에 대한 그의 응시는 사실은 현대라는 대역사의 무상함과 사라짐을 오히려 부각시켜 주고,[3)] 그의 가족사를 엮어나가는 소설에는 쇠락해가는 한 민족의 우언이 감춰져 있고,[4)] 여성 인물 및 시각에 대한 그의 운용에는 이미 성별 도착증적인 장관이 형성되어 있고[5)] 등등. 이런 비평들은 모두 일리가 있는 것이지만 그럼에도 불구하고 쑤퉁 소설의 지리적 인연에 따른 비전, 즉 남방에 대해서는 아직 심도 있게 검토한 것 같지는 않다. 그런데 나는 이 점이 작품 읽기의 중요한 실마리라고 생각한다. 쑤퉁의 지난 작품들을 검토해보자면 일종의 상상의 강역으로서 남방은 갈수록 풍요로워지고 있다. 남방은 지면상에서 그의 고향이 위치하는 곳이자 가지가지 인간사와 떠돌이들이 귀착되는 곳이다. 쑤퉁은 남방으로 펜이 가게 되면 마을과 장터, 읍과 도시, 권문세가를 늘어놓는다. 왕조의 마지막 선비들과 홍진세계의 미인들이 서로 오가고, 망명의 무리들과 망국의 군주들이 길에 끊이지 않는다. 남방은 가냘프고 연약하면서 또 그렇게나 사람들을 매료시키며, 남방의 남방은 욕망의 으슥한 골짜기이고 죽음의 깊은 못이다. 쑤퉁은 이런 강토에 일종의 민족지를 구축 – 또는 날조한다.6)

1. 세기말의 민족지

쑤퉁은 쑤저우에서 태어나 장성한 후 난징에 정착한다. 두 도시는 모두 풍성한 역사적 연원을 가지고 있다. '구쑤의 가랑비, 진링의 봄가을'[5]이라는 말처럼, 일찍이 이 두 곳에서 그 얼마나 많은 남조의 옛일이 일어나고 스러졌는지 모른다. 물론 한 작가의 창작 비전이 그의 창작 환경과 꼭 서로 보완적일 필요는 없다. 그렇지만 쑤퉁은 확실히 그가 태어나고 자란 곳에 대해 약간의 의식과 애착을 가지고 있다. 옛 운하의 무수한 지류와 양쯔 강의 기나긴 물길을 따라 그는 굴피나무마을 사방에 흐드러진 붉은 양귀비꽃 위를 '날아 넘어서' (쑤저우의?) '도시의 북쪽', 참죽나무거리의 청석 길을 모조리 훑는다. 한 기이한 족속이 여기서 태어나고 늙고 병들고 죽고, 한 정치한 문화가 여기서 시들고 쇠한다. 그리고 쑤퉁은 그의 평온하고 자기 탐닉적인 서술 톤으로 하나씩 하나씩 우리에게 옛이야기를 해나간다.

그렇다. '옛' 이야기다. 온 천지를 뒤덮은 역사에 비하자면 쑤퉁은 그저 또는 오로지 옛이야기를 말할 뿐이다. 남방의 '타락'은 애시 당초부터 숙명이다. 남방은 혹 주술적이고 불가해한 원시의 나라이고, 혹 음탕하고 허황된 말세의 천당이다. 남방에는 역사가 없다. 역사상으로 '필히' 일어나야 하는

---

5 구쑤와 진링은 각기 쑤저우와 난징의 옛 이름으로, 이 두 곳은 모두 수천 년의 역사를 가지고 있을 뿐만 아니라 일찍이 여러 나라의 도읍지이기도 했다. 그런 의미에서 한편으로 '구쑤의 가랑비, 진링의 봄가을'이란 말은 덧없는 지난날의 영화를 암시하고 있기도 하다.

그 모든 것은 북방의 차지였기 때문이다. 시간의 논리 바깥에서 안거하면서 남방은 그럼에도 자신의 이야기를 발전시켜 나간다. 그렇지만 이야기가 그 얼마나 화려하고 감동적이라 하더라도 그것은 이미 과거가 되어버린 – 죽어버린 – 옛이야기 또는 현재 및 미래와 무관한 허구에 불과하다. 그런데 또 무엇이 역사인가? 역사는 또 시간의 허물이자 옛일의 유해가 아니던가? 옛이야기를 말하는 한 가지 방법이 아니던가? 그런데 또 어떤 역사적 시각이 쑤퉁의 남방 이야기를 이처럼 솔깃하게 만드는 것인가? 가장 중요한 것은, 도대체 남방은 어디에 있는 것인가? 중원의 지리적 남쪽인가 아니면 우리의 정치 문화 및 육체 정신의 상상적인 남쪽인가?

문학적 지리의 면에서 남방이라는 상상에는 유래가 있다. 일찍이 초사 장구와 사륙 병문은 중원의 정통 언어가 아닌 스타일을 은근히 모방하거나 간접적으로 투영하였다. 이른바 문채가 다채롭다거나 어조가 우아하다거나 하는 평가는 이미 상투적인 말이 되었다. 그리고 종래로 남방으로 건너감, 남방을 순행함, 남방으로 옮김, 남방의 조대, 남방의 풍조 등 역사적 사안들은 정치와 경제의 요인들이 작용하고 있는 것 외에도 독특한 문화적 상징의 시스템을 발전시켰다. 물론 '고래로 남조는 상심의 땅이로다'라는 말이 시인 묵객들로 하여금 차마 되돌아보지 못하게 만들지만, 그래도 우리가 만일 되돌아본다면 '하늘에는 천당이 있고 땅에는 쑤저우와 항저우가 있다'라는 말을 그 누가 부정하겠는가? 명청 이래로 심경의 성률학, 공안파의 성령 소품에서부터 강남의 극과 음악, 상하이의 화류계 이야기에 이르기까지 고상하거나 통속적이거나 간에 모든 것들이 '남방'이라는 상상에 소리와 빛깔의 아름다움을 보태어 주었다.[7)]

민국 이후에도 이 남방적 문학 계보의 발전이 어찌 멈추었으랴? 5.4 초기에 루쉰은 일찍이 북방의 의협적이고 상무적인 문학 특징과 남방의 부드럽고 온유한 문학 특징을 포괄하여 문학 창작을 새롭게 바꾸자고 제창한 적이 있다.[8] 1930년대 상하이 문단의 퇴폐적인 현상에 대한 그의 준엄한 공격은 혁명문학의 발단이 되었다.[9] 그리고 선충원이 초래한 '베이징파'와 '상하이파'의 논쟁은 더더욱 당시 문단의 중대사였다.[10] 흥미로운 것은 루쉰, 선충원 등이 모두 남방 사람이며, 더욱이 전적으로 남방의 문명을 폄하한 것은 아니라는 점이다. – 더구나 선충원은 후난성 서부인 샹시를 써서 이름을 얻었는데 어째서 문학적 입장에서는 경계 바깥의 지역으로 '남방'을 구별하려 했을까? 남북 작가가 수사학적으로 같고 다름은 1960년대에 이르러서도 여전히 학자들 사이에서 논쟁의 초점이 되었다. 샤즈칭은 마오둔과 라오서를 예로 들면서 남과 북의 문풍의 대립을 설명했다.[11] 또 쑤퉁・위화・예자오옌・거페이・왕안이가 두각을 나타냄에 따라 '남방적 글쓰기'가 다시 한 번 세기말의 열띤 화제가 되었다.[12]

비교문학의 입장에서 본다 하더라도 마찬가지로 남방의 타락과 유혹은 그 연원이 길다. 레르몬토프의 〈우리 시대의 영웅〉은 러시아 남방의 낭만적 풍토를 배경으로 하여 낭만적 영웅의 등장과 몰락을 묘사한다. 토마스 만의 늙은 독일 의사는 사랑과 미를 찾아 이탈리아로 남하하여 《베니스의 죽음》을 맞이한다. 그리고 윌리엄 포크너의 요크나파토파 카운티는 특히 미국문학의 남방적 정감의 극치이다. 중국문학이든 국제문학이든 간에 쑤퉁이 10여 년의 시간을 들여 만들어낸 그의 남방은 나중에 등장한 셈이라고 할 수밖에 없다.

나는 쑤퉁과 중외문학의 남방적 주제 사이의 실증적 관계에 대해 써나갈 생각은 없다. 내가 흥미를 갖는 것은 쑤퉁이 어떻게 의식적으로 남방의 전통과 신화를 운용하면서 자기 현시(lay bare)적인 문자 유희를 펼쳐나가느냐 하는 점이다. 확실히 그는 문학 및 문화 전통 속의 남방 문제를 써내는 데 있어서 뛰어난 작가이다. 그러나 어째서 향토색 외에 쑤퉁의 작품이 이렇게 쉽사리 '남방'에 속하는 것으로 '인식될' 수 있을까? 그가 수반하는 문학/문화/지리적 상상의 문제는 깊이 음미해볼 만하다.

20년 전 에드워드 사이드는 《오리엔탈리즘》이라는 책으로 서양의 포스트식민주의 비판이라는 선풍을 불러일으켰다.[13] 사이드는 17세기 이래 서양 학자들의 '동양학'이 사실은 일종의 동양에 대한 상상에 근거한 것이라면서 강력하게 비판한다. 이 이론은 방증과 인용이 갈수록 늘어났는데 확실히 논리 정연한 것이었다. 그러나 자세히 따져보면 무수한 허점, 편견, 억측 및 오류로 가득 차 있기도 하다. 동양학은 서양이 동양을 인식하는 출발점이기도 하고 이미 선입관에 얽매인 결론이기도 하다. 그리고 사이드는 이러한 동양학은 서양의 정치 경제 문화적 패권이 동진함에 있어서 최고의 나침반이었다고 주장한다. 동양의 신비하고 내향적이며 야만스럽고 풍요함은 물화되고, 거듭해서 서양적 욕망의 목표가 된다. 사이드의 저작이 그 정치 이론적 근거를 가지고 있다는 점은 더 말할 필요가 없다.[14] 이 이론을 빌어 말해본다면, 동양을 남방으로 바꾼 다음 남방에 관한 상상 역시 일종의 '남방주의'적 근원에서 벗어나지 못하는 것은 아닐까라고 질문해볼 수 있을 것이다.

20세기 말 쑤퉁이 남방의 온갖 것들을 대대적으로 서술한 것은 더더욱 이 문제에 대해 변증법적인 차원을 부가해준다. 쑤퉁은 뿌리찾기문학 이후에 두각을 나타냈다. 그가 굴피나무마을, 참죽나무거리 등의 고향을 묘사하는 것은 흡사 그 이전 뿌리찾기 작가들의 소망을 따라하는 것 같다. 가족의 전후 내력, 고향의 인간사와 풍모에 대해 뿌리를 캐고 드는 것이 그렇다. 얼핏 보자면 남방 작가가 남방을 쓰고, 전문가가 전문 분야의 일을 말하는데 어찌 참되지 않을 수 있겠는가? 그렇지만 쑤퉁의 글쓰기는 결국 그의 그런 남방이 사실은 아무 새로운 것도 없다는 점을, 즉 우리가 어쨌든 이미 익숙한 신화적 남방, '남방주의'자들의 남방임을 증명하고 있다. 쑤퉁은 과거 시대를 쓰는 것에 능하고, 특히 현재 역시 과거로 바꾸어 쓰는 것에 뛰어난데, 사실상

관례화된 문학 상상을 그대로 따라하면서 남방에 '낡은' 생명을 부여하고 있기 때문이다.

이 방면에서 〈남방의 타락〉은 가장 좋은 - 또는 가장 나쁜? - 예다. 소설에서 소년 쑤퉁은 작은 도시 북쪽의 참죽나무거리 어귀에 서서 갖가지 부도덕하고 외설적인 옛일을 떠올린다. 물의 동네와 차 파는 집, 사랑과 욕정, 강간 살해와 노략질 등 없는 게 없으니 한 영화감독의 주목을 끈 것도 이상할 것이 없다. 이 글의 첫머리에 인용한바 "남방은 부패하면서도 매력으로 넘치는 존재이다."가 곧 이 감독의 결론이다. 남방이 이미 스타일화하여 영화의 야외 촬영지가 되고 소설의 종이 위 장관이 되니, 쑤퉁에게 남방은 참으로 친숙하면서도 낯선 존재이다. 친숙하다는 것은 쑤퉁이 이곳에서 태어나고 자라서 풍경과 사물 하나하나에 말로 다할 수 없는 향수를 가지고 있기 때문이고, 낯설다는 것은 그가 자기 자신을 그 바깥에 위치시키고 '감독'(및 관중과 독자)의 요구에 따라 당연히 그러려니 하고 여기는 그 어떠한 남방 스타일과 주제도 과대 포장해낼 수 있기 때문이다. 쑤퉁이 그려내는 남방의 타락은 역사의 진실한 모습은 아니지만 일종의 '남방'적 글쓰기 형식과 관계되는 타락이다. 역사의 복잡하고 모순적인 밑바탕을 제거해버린다면 쑤퉁의 남방은 부단한 자아 중복 및 순환의 세트가 되어버린다.

평론가들은 혹 쑤퉁의 글쓰기 태도가 재주 부리는 식이라거나 전통적인 편견에 치우치는 것이라고 말하고자 한다. 역설적인 것은 쑤퉁이 이에 대해 스스로 상당히 잘 이해하고 있을 뿐만 아니라 기꺼이 감수하고 있다는 점이다. 이 점은 그가 '스스로 타락을 달가워하는 것'에 대해 우리가 예사롭게 볼 수 없도록 만든다. 우리는 그가 남방주의의 박자에 맞춰 춤을 추는 것이 사실은 스스로를 비웃고 남들을 조롱하는 반제국주의적 전략이라고 말할 수 있을 것이다. 그렇지만 이런 비평은 진실과 허위, 내부와 외부라는 변증법적 울타리에서 벗어나지 못한다. 앞서 말한바 오리엔탈리즘이 이끌어낸 갖가지

파장을 참고로 할 때, 우리는 사실 그보다는 쑤퉁이 의고적인 방식으로 남방을 쓰고 있다고 말할 수 있다. 남방의 '진실한 모습'이란 천 백년 이래로 무수한 붓과 말이 전해온 기호 사이에서 존재하며, 끊임없이 이동하고 확산되면서 그 끝을 알 수가 없기 때문이다. 남방의 자손이라고는 하지만 쑤퉁 또한 타지 사람과 마찬가지로 그가 더 이상 익숙할 수 없는 이 땅을 곱씹어볼 수 있는 하나의 해석 방법을 필요로 한다. 결국 문학과 문화의 상상 속 남방이 '남방'인 까닭은 그것이 우리의 욕망, 중원 및 중심에 의해 제약되는 그런 욕망을 도발하기 때문이다. 욕망의 상징적 개체로서 남방의 최대 유혹은 우리 자신이 깊이 파고들 수도 없고 정리해낼 수도 없는 색상의 경험을 반영하기 때문이다. 쑤퉁이 거듭해서 그의 남방을 부르짖는 것은 그가 그곳에 대해 친숙하기 때문만은 아니다. 이 남방이 익숙하다는 것은 진짜이기도 하고 가짜이기도 하기 때문이다.

20세기 중국소설의 강력한 향토 서술에 대해 쑤퉁의 허위적인 뿌리찾기 방식의 글쓰기에는 따라서 전복적인 의미가 가득하다. 고향의 유혹은 사실은 고향 떠남 또는 고향 없음의 당혹에서 나온다. 쑤퉁은 이런 명제를 답습하면서도 상이한 답안을 내놓는다. 그의 향수에는 언제나 사후 총명 내지는 심지어 사후 불명적인 색채가 물들어있다. 또한 이런 의미에서 공화국의 자명한 역사와 공간에 대해 그의 소설이 펼치는 담론은 크나큰 충격을 가져온다. 그는 흡사 사물의 근본을 찾아나서는 그 어떤 노력도 모두 역사 바깥에 위치하면서 과거에 대한 조망을 형성할 뿐 합치되지는 않으며, 역사의 고향으로 회귀하려는 그 어떤 갈망도 모두 끊임없는 도망과 가출의 구실로 증명될 뿐이라고 말하고자 하는 것 같다. 쑤퉁이 거듭해서 도망과 귀환, 출향과 귀향을 쓰는 것은 우연이 아니다. 과거와 현재, 새것과 옛것의 상호 순환과 영원 회귀[6]에 다름 아닐 때 쑤퉁은 역사의 초월적 진전은 헛된 것일 뿐이라고 우리에게 말한다. 대역사의 남방에 떨어뜨려진 쑤퉁은 따라서 타락한 이야기꾼이다. 남방의 이야기는 과거의 일이자 더 나아가서 허구의 일이다.

2. 굴피나무마을에서 참죽나무거리로

쑤퉁 소설에는 굴피나무마을과 참죽나무거리라는 두 곳의 주요 지리적 표지가 있다. 전자는 쑤퉁의 상상의 고향이고, 후자는 고향의 어른들이 이주(또는 도망)해서 정착하게 된 곳으로 강남 소도시의 한 거리다. 굴피나무마을과 참죽나무거리는 바흐찐이 말하는바 시간과 공간이 교차하는(chronotope)[7] 지연적 배경이다.[15)] 여기서 역사와 사회의 힘이 서로 사용되고 각양각색의 인간 세상 이야기가 시작된다. 그리고 굴피나무마을에서 참죽나무거리로의 이동이 만들어내는 동선은 또 농촌에서 도시로 이동하는 현대사의 정치 경제적 힘의 전이 현상과 호응하는 듯하다.

쑤퉁이 고향을 쓴 것으로는 〈나의 굴피나무 고향을 날아넘어서〉와 같은 작품이 최고다.

---

6 니체의 '영원 회귀'에 관해서는 이 책 제8장 위화의 관련 부분을 참고하기 바란다.

7 크로노토프(chronotope)는 그리스어로 시간을 뜻하는 크로노스(chronos)와 장소를 의미하는 토포스(topos)의 두 단어를 합성하여 만든 말로 '시공간' 또는 '시공성'이라고 번역하기도 한다. 바흐찐은 이를 문학 작품 속에 예술적으로 표현된 시간과 공간 사이의 내적 연관이라고 정의하면서, 문학 작품이 시간과 공간을 어떻게 표현하느냐를 설명하기 위해 이 개념을 사용했다. 그는 이 개념을 사용하여 문학 작품 내에서 각각 다양한 형태의 시간과 공간이 어떻게 서로 결합하느냐에 따라 문학 작품을 분류하기도 했다. 권기배, 〈바흐찐 크로노토프 이론의 국내수용에 관한 고찰〉, 《노어노문학》 제18권 제1호, 한국노어노문학회, 2006년 4월 30일, pp. 151~189 참고.

> 1950년대 초에 이르러서도 나의 고향 굴피나무마을 일대에는 여전히 남방에서는 보기 드문 양귀비밭이 펼쳐져 있었다. 봄이 되면 강 양쪽의 들판은 대거 선홍색으로 점령되어 겹겹으로 둘러싸이게 되는데 그 운치가 보통이 아니었다. 마치 온 천지가 아스라한 붉은 물결이 이 외딴 시골을 뒤흔들어놓고 있는 것 같았다. 외딴 시골을 뒤흔들어놓고, 나의 고향 사람들이 죽을 둥 살 둥 내뿜는 피비린내를 뒤흔들어놓고 있는 것 같았다.[16)]

양귀비꽃과 꽃턱잎이 서로 어우러지는 가운데, 쑤퉁은 으스스한 종친의 제례, 신비한 떠돌이 미친 아낙, 허황되고 제멋대로인 건달, 백 년을 이어져온 금기와 전설을 서술하고, 또 물론 가출・도망・이주라는 가족사를 서술한다. 가족의 마지막 자손으로서 쑤퉁은 상상의 나래를 펼친다. 고향으로 돌아가 "옛날의 양귀비밭을 다시 보게 된다. 그것은 무더운 밤중으로, 달은 시시각각 기울고 있다. 그 달은 펄펄 끓어오르는 달로, 우리를 거의 새카맣게 불태울 지경이다. 고향의 검붉은 밤의 흐름은 끊임없이 술렁거리고, 양귀비꽃의 밤의 파도와 함께 심야의 도망자를 포위하고 있다."[17)]

쑤퉁의 화려하고 감상적인 문장을 여기서 벌써 어느 정도 볼 수 있다. 현대 중국 향토문학 중 루쉰의 사오싱, 선충원의 샹시, 라오서의 베이핑 마냥 굴피나무마을이 또 하나의 랜드 마크가 된다. 앞에서 나는 '상상의 향수'(imaginary nostalgia)라는 말로 선충원 이래 향토문학이 점차 드러내던 미학적 자각을 종합한 바 있다. 주지하다시피 고향에의 갈망은 작가(그리고 독자) 개인이 고향을 등진 후의 감정적 투사에서 비롯된다. 그러나 선충원 등의 작가는 분명히 인식하고 있다. 이로부터 생겨나는 향수는 진실한 감정의 표출 외에도 문학 전통의 발원지 찾기와 뿌리찾기를 대표하며, 더 나아가서 문학 창작의 '고향 그리기'적 태도의 연출을 암시한다는 것이다. 고향이 고향으로 되려면 가까운 듯하면서도 실은 멀고, 친숙하면서도 낯선 그런 낭만적 상상의 매력을 통해야만 한다. 작가가 찬탄하고 기록할 만한 고향의 일들을 흥미진진하게 말해나갈 때, 그것이 주목하는 것은 그 땅과 그 사람들에의 리얼리즘적인 소망에 그치는 것이 아니라 그보다는 지금은 옛날에 비할 바가 아니라는 일종의 이향적인 정서(exoticism)인 것이다. 고향을 추억하고 상상하는 두 가지의 병행 하에서 과거로부터 현재를 찾고, 현실을 추억/환상하는 서술 즉 시대의 착오(anachronism)가 향수문학의 핵심 항목이 된다. 이로써 유추해보자면 공간의 변위(displacement) 또한 작가 본인이 고향을 되돌아보는 지리적 위치 및 고향을 포착하고 치환하는(부단히 후진하는) 서사 전략을 작동시킨다.[18)]

쑤퉁의 굴피나무마을과 관련된 묘사는 이 '상상의 향수'라는 특징을 이어나간다. 더욱 발전시켜 나간 부분은 앞사람들에 비해서 더하면 더했지 못하지는 않다. 그러나 굴피나무마을은 오래 살 곳은 아니다. 고향의 인간사는 시간의 흐름에 따라 사방으로 흩어지게 되어 있다. 이리하여 〈1934년의 도망〉이 나오게 된다. 이야기 속의 나는 가족의 파란만장한 변천을 찾아나서 윗세대의 행적을 열심히 추기해 나가지만 결국은 이리저리 음탕하고 방종한 난세의 기이한 이야기를 하게 되어 버린다. 모옌의 《붉은 수수밭 가족》과 비교대조해 보기만 하면, 우리는 쑤퉁의 의도가 역사시처럼 웅혼하고 창연한 격조를 만들어내는 데 있지 않다는 것을 발견할 수 있을 것이다. 그가 주목하는 것은 가족이 붕괴되기 전의 정욕의 두근거림, 역사가 소멸되기 전의 극적인 징조이다. 1934년은 흉년이다. 지주 천원즈가 젊은 총각들의 순수한 피를 모은 백옥 도자기 항아리 안에는 역병의 근원이 발산되고 있고, 소농인 천바오녠은 도시 소시민 계급으로 올라선다. 하늘의 재해가 만연하고 인간의 재앙이 끊임없다. 그런데 이 모든 것은 교태롭고 방종한 욕정의 냄새가 도드라지게 만든다. 죽음은 축제가 되고, 타락은 쾌락을 가져온다. 역사의 자리바꿈은 우리로 하여금 더 이상 무엇이 일어났고 무엇이 일어나지 않았는지를 분명하게 그려낼 수 없도록 만든다. 쑤퉁은 마오쩌둥의 《후난 농민운동 고찰 보고서》와 고향의 폭동을 함께 거론하면서 조모가 가족을 버리고 지주의 품 안에 들어가는 것과 가족의 병태적인 대응을 합쳐서 본다. 1934년의 '도망'은 한 세대의 매듭이자 더 나아가서 시작이다. 쑤퉁은 시간과 추억의 난기류를 만들어내면서, 현재 또한 과거의 악몽의 연장으로서 더 이상 전복할 수 없는 것이라고 간주한다.

〈1934년의 도망〉은 1987년에 발표되었으며, 쑤퉁이 창작을 시작한 이래 갈채도 받고 인기도 끈 첫 번째 작품이다. 이 작품에서 도망에는 경제사적인 요소가 강하다. 이미 탕샤오빙과 같은 학자들이 지적했다. 천바오녠이 농촌에서 도시로 가는 것은 새로운 인구 유동 및 생산 패러다임의 추세를 예고하는 것이다.[19] 그런데 1934년의 조울적이고 불안한 정서는 또한 꿈틀거리기 시작하는 '신시기' 대륙의 정치 경제적 국면을 투사하는 것 같다. 그러나 전술한 주장들과 대조해 보자면, 나는 도망이 더 이상 또 다른 역사의 단계나 운명의 시기로 '도망해 들어가는 것'이 아니라, 그보다는 역사 자체의 필연성과 당위성으로부터 '도망해 나오는 것'이라고 말하고 싶다. 오랜 뒤에 쑤퉁은 고향의 윗세대가 도망해온 길을 회고한다. 사실은 각양각색의 시간의 궤적이 복잡하게 뒤얽힌 후 생겨나게 된 가지가지 엇갈림 또는 조우를 보게 되었음에 틀림없다. 욕망이 떠돌고, 공상이 숨어든다. 쑤퉁 소설 속의 남녀는 원시적인 생명력에 의거해서 대역사의 혈맥에 기이한 관을 뚫어 놓는다. 그리고 이 모든 것은 결국 천마가 하늘을 나는 것처럼 화자의 고향에 대한 잠꼬대와 환상 속으로 모여든다.

쑤퉁의 인물이 '시내'로 왔을 때 모두 도시 북쪽의 참죽나무거리에 살게 됨을 면치 못한다. 이곳은 쑤퉁의 지면 위의 제2의 고향으로, 대다수 소설의 발생지이다. 1930년대 한 무뢰배의 출세의 변주곡을 묘사한 《쌀》[8]에서부터

1950년대 창녀가 양처로 바뀌는 〈홍분〉9에 이르기까지, 또 그 이후 공산주의의 천당에서 일어나는 버림받은 여인의 비극인 〈자수〉에 이르기까지, '도시 북쪽'의 영향은 마치 그림자처럼 따라다닌다. 고대 화본소설의 시정의 은원, 원앙호접파 소설의 여인네의 한탄, 혁명 현실주의의 역사의 인연들이 쑤퉁의 '도시 북쪽' 참죽나무거리에서 서로 결합되어 함께 볼 만한 드라마를 만들어낸다. 그것을 드라마라고 하는 것은 그 모든 피와 눈물의 이야기가 언제나 실체 허망한 괴기 이야기(gothic tale)가 되기 때문이다. 비록 세월이 흐르고 옛일은 지나갔지만 바뀐 왕조의 표시를 곳곳에서 볼 수 있다. 신중국의 이야기를 하다보면 마치 구중국의 옛이야기 같다. 쑤퉁의 장편 《도시의 북쪽》은 그야말로 이런 작품들의 특색을 종합한 것으로 볼 수 있다.

도시의 북쪽은 불결하고 지저분한 곳으로, 지난 청나라 시절에는 감옥과 사형장이 있던 곳이다. 중심가인 참죽나무거리에는 이름만 남아있을 뿐 참죽나무는 한 그루도 없다. 그런데 높은 담벼락으로 둘러싸인 웅덩이의 가장자리에는 야반삼경에 총총한 도깨비불 같은 '야반꽃'이 만개해 있다. 신중국의 태양이 여태껏 도시 북쪽 지역의 살기를 증발시켜 버리지는 못한 것이다. 능욕을 당해 자진한 소녀의 유령이 거리 모퉁이와 골목 귀퉁이를 떠돌아다니고, 뱀을 부리는 신비한 인물의 저주가 그림자처럼 따라다닌다. 아버지는 아버지답지 않고, 아들은 아들답지 않으며, 강간 살해, 비명횡사, 약취 간음, 흉기 패싸움, 귀신의 재앙 등 변고들이 끊이지 않는다. 그러나 이러한 분위기는 오히려 쑤퉁의 시적 정경의 원천이 된다.

---

8 《쌀》의 한글본으로 《쌀》, 쑤퉁 지음, 김은신 옮김, (서울: 아고라, 2007)이 나와 있다.

9 〈홍분〉의 한글본이 《홍분》, 쑤퉁 지음, 전수정 옮김, (서울: 아고라, 2007)에 실려 있다.

쑤퉁이 이야기를 하는 데 능하다는 것은 《도시의 북쪽》에서 다시 한 번 증명된다. 주요 인물인 네 명의 소년들은 각기 일련의 황당하고 피비린내 나는 모험을 가져 온다. 일찍이 이 네 소년은 패거리를 만들어 비행 청소년 시기를 보낸다. 그러나 성년의 문턱을 넘기 전에 각자 일생을 바꾸어놓는 사건을 겪는다. 하나는 강간죄로 감옥에 가고, 하나는 패거리 간의 흉기 싸움으로 횡사하고, 하나는 남편 있는 여자와 도망질을 치고, 나머지 하나는 영문도 모르는 채 '국민당 간첩' 사건으로 영웅이 된다.

이 속에는 말로 할 수 없는 가족의 비밀이 있고, 비루하고 음란한 육체의 유희가 있다. 한을 품고 죽은 소녀는 영혼이 흩어지지 않아서, 비오는 날 밤이 되면 하나씩 하나씩 납종이로 만든 하트가 출현한다. 온데 춘정을 뿌리는 탕부는 온갖 풍파를 겪은 끝에 그녀의 어린 애인을 꾀어 타향으로 도망한다. 또 무소부재인 당의 조직은 여전히 한 차례 또 한 차례 황당한 드라마를 펼친다. …… 쑤퉁의 작품을 많이 읽다보면 이런 스토리들이 새삼스러운 것은 아니다. 그러나 쑤퉁이 그것들을 하나로 엮어내고 마치 살아 숨 쉬는 것처럼 풀어내는 솜씨는 역시 절묘하기 짝이 없다.

그렇지만 《도시의 북쪽》을 하나로 엮어나가는 주된 요소는 역시 쑤퉁의 서정적인 정경이다. 쑤퉁의 이야기는 비루하고 공포스럽다. 하지만 그는 정이 담긴 시각으로 흥미진진하게 인물들의 생사와 희비를 서술하면서 또 참죽나무거리의 사계절이 바뀌는 신비로운 순환 속에 그것을 녹여 넣는다. 소설이 가장 마음을 뒤흔들어놓는 시점에서 쑤퉁은 결국 일고의 가치도 없는 생명의 샘플들을 으스스하면서도 그윽한 드라마로 변환시켜 놓는다. – 마치 어슴푸레한 빛살을 번득이는 바로 그 '야반꽃'처럼. 이른바 썩어버린 것에 새 생명을 부여하는 쑤퉁의 이런 서정적 조합의 스타일은 선충원(《상행산기》), 샤오훙(《후란허 이야기》[10]), 스퉈(《과원성기》) 등 이 일파의 소설 전통에 세기말의 설명을 부가하는 것이었다.

쑤퉁의 서정적 틀 속에서 도시와 시골은 역사 경제적 패러다임의 전환을 암시하는 것이라기보다는 그의 끝없는 향수의 동전의 양면 같은 모습이라고 해야 할 것이다. 굴피나무마을을 떠나온 윗세대들은 사방으로 흩어져 도망했다가 결국 차례로 도시 북쪽 참죽나무거리에 자리 잡게 된다. 그러나 그들(그녀들)의 퇴폐적 행적은 선과 다름이 없다. 도시의 생활은 어쩌면 그들(그녀들)의 직업과 외양을 바꾸어 놓았겠지만 운명의 열근성은 여전히 각자의 핏속에서 흐르고 있다.[20] 낙엽이 떨어져 뿌리로 돌아가듯이 그들(그녀들)은 종국에는 고향으로 돌아가고자 한다. 과연 그들(그녀들)은 돌아갈 수 있을까?

《쌀》은 쑤퉁의 도시와 시골에 관련된 상상의 가장 좋은 예다. 이 소설에서 우룽은 흉년을 피해 도시로 오는데, 온갖 고초를 겪으면서 떠돌다가 한 쌀가게의 점원으로서 생을 도모하게 된다. 밥을 먹기 위해서라면 무얼 못 견디겠는가? 그러나 우룽은 그의 왕성한 생명력(및 생식력)으로 마침내 수완을 발휘한다. 그는 도시 북쪽의 무뢰배 우두머리가 된다. 이 사이에 우룽은 쌀가게 주인의 두 딸과 차례로 관계를 맺게 되며, 음행과 악행은 못하는 짓이 없다. 쑤퉁은 변태적 성욕, 광기적 야심, 문란한 육체, 파탄한 가족을 그려내는데 있어 참으로 자유자재이다. 작품은 '마치' – 불장난하는 놈은 제 불에 타죽는다는 식의 – 통속적인 도덕적 교훈을 말하려는 것 같다. 그러나 독자들을 끌어들이는 것은 바로 그 도덕에 어긋나는 반면 교재이다. 《쌀》의 클라이맥스 부분에서 우룽은 일생을 방탕한 끝에 사람들은 모두 그를 떠나 버리고 게다가 병까지 몸을 괴롭힌다. 그는 기차 한 칸을 전세 내어 쌀을 가득 싣고서 오로지 '금의환향'만 바란다. 도시로 온 사람들은

---

10 《후란허 이야기》의 한글본으로 《호란하 이야기》, 샤오홍 지음, 원종례 옮김, (서울: 글누림, 2006)가 나와 있다.

그 얼마나 출세를 하든 또는 실의를 하든 간에 어쨌든 고향으로 돌아가고자 하는 것이다. 그렇지만 우룽은 혼미한 와중에도 함께 있는 아들한테 "기차는 북쪽으로 가고 있나? 왜 내 느낌엔 남쪽으로 가는 것 같지?"[21]라고 묻는다. 이 말은 의미심장하다. 원래 굴피나무마을은 강 북쪽에 있는데, 우룽이 욕망하는 고향은 어쨌든 '남쪽'인 것이다. 앞에서 말한 남방 상상과 남방주의로 되돌아가보면, 우룽과 같은 이런 인물이 어찌 고향에 돌아갈 수 있겠느냐고 말하지 않을 수 없다. 그의 의식은 그저 깊이를 알 수 없는 욕망을 따라 타락해가면서, 이름도 없고 이름을 알 수도 없는 가장 원시적인 땅으로 끊임없이 '남하'할 따름이다. 그런데 이미 죽음의 위협과 유혹이 그의 곁을 따라다니고 있다.

마지막에 우룽은 북상하는 기차 안에서 죽게 되고, 그의 금이빨은 잘난 아들놈이 뽑아 달아난다. 임종할 즈음 "그는 자신이 여전히 철도를 따라 도망의 길을 가고 있음을 안다." 그리고 그는 아마도 남이든 북이든 관계없을 것이라고 말하고자 한다.

> 우룽은 고요하고 후련한 마음으로 그가 태어나던 때의 장면을 상상해 보았지만 아쉽게도 아무 것도 떠오르지 않았다. 그에게는 단지 그가 어릴 적부터 고아였다는 것만, 그가 한 차례 홍수 속에서 굴피나무마을로부터 도망쳤다는 것만 기억났다. 마지막에 우룽은 그 넓디넓은 창망한 물결을 보았다. 마치 벼이삭 하나 또는 면화 한 송이처럼 자신이 물결 위에 떠다니면서 점점 멀어져가는 것을 보았다.[22]

도시와 시골에 관한 신화는 이리하여 부질없는 순환이 되어 허무로 귀착된다.

3. 퇴폐의 가족사, 퇴폐의 국가사

쑤퉁은 그의 허구적 민족지에서 남방의 공간적 좌표(굴피나무마을과 참죽나무거리)를 묘사할 뿐만 아니라 의식적으로 일종의 시간적 종심을 부여한다. – 결국에는 비록 소위 종심에는 아무런 심도도 없다는 것이 증명되기는 하지만 말이다. 그의 소설이 퇴폐의 가족사 이야기로 채워져 있다는 것은 말할 필요도 없다. 1990년대에 이르면 그는 더욱 심해져서 가족사 이야기를 국가사 이야기로 바꾸어놓는다. 《나, 제왕의 생애》와 《측천무후》[11] 등의 작품은 역사적 소재와 민간 전설을 손질하여 장대한 연의소설로 만들어낸다. 논자들이 이미 쑤퉁의 가족사와 국가사 소설의 (정치적인) 우언적 의미에 대해 많이 언급했으므로 여기서 되풀이할 필요는 없을 것이다.[23)] 주목할 만한 것은 부서진 기왓장과 무너진 담장이 널린 국가의 폐허 한가운데서 쑤퉁 식의 퇴폐적 영웅이 어떻게 중얼중얼 흘러가버린 세월을 읊어대고 있는가 하는 점이다. 그들은 아무 것도 잘 하는 것이 없지만 그러나 최고의 이야기꾼이다.

쑤퉁의 가족사 이야기 중에 〈처첩들〉은 장이머우 감독이 영화 《홍등》으로 각색하여 독자들에게 아주 익숙하다. 이 이야기는 처녀 쑹롄이 집안이 가난하여 자청해서 나이가 반백인 부자 천줘첸에게 첩으로 시집간 후 차츰 타락해 가는 것으로, 원래는 봉건적 음위를 고발하는 데 있어 아주 좋은 소재이다. 그러나 쑤퉁은 그 반대로 나간다. 우리의 여성 영웅은 권문세가 집안의 정욕 세계에 대해 놀랄 만한 적응력을 가지고 있다. 처첩들이 총애를 다투는 전쟁 속에서 그녀는 결코 만만한 사람이 아니다. 쑤퉁은 몰락한 대부호의

---

11 《측천무후》의 한글본으로 《측천무후》, 쑤퉁 지음, 김재영 옮김, (서울: 비채, 2010)이 나와 있다.

계보를 쓰는데, 분명 장아이링의 〈황금 족쇄〉의 그림자가 보인다. 그러나 인간의 탐욕과 뒤틀림을 처리하는 데 있어서 그의 가장 중요한 영감은 아무래도 《금병매》로부터 나온 것일 터이다. 천줘첸은 한평생 여색에 탐닉하지만 마지막에 이르러 처첩들 사이의 욕망을 다스리지 못한다. 그런데 쑹롄을 포함한 여인네들은 내몰린 끝에 이미 변태적인 괴물로 변해 있다. 천줘첸의 아들은 마음은 있지만 힘은 없는 인물로, "하늘이 나를 벌한 것이다. 천씨 집안은 세세대대로 남자들이 모두 색을 밝혔지만 내게 이르러서는 이미 글러먹었다. …… 나는 여자가 두렵다."24)라고 한다. 등 따습고 배부르면 음란한 생각이 든다는데, 〈처첩들〉의 남자와 여자들은 마지막에는 음란한 생각을 할 힘조차도 다 소진해버리고 남은 것이라고는 오로지 절망과 광기밖에 없는 듯하다.

쑤퉁의 초기 작품에서 가장 야심이 큰 것은 역시 〈양귀비의 집〉[12]이다. 이 소설은 〈1934년의 도망〉의 역사에 대한 '정신적 음란'을 잇고 있지만 더욱 애매함을 기도한다. 시간은 1949년 전야이다. 중국 현대 정치에는 언제든지 대폭풍이 들이닥칠 상황이다. 그런데 이 남방의 양귀비의 집에서는 여전히 부도덕하고 음탕한 죄악이 끊임없이 퍼져나가고 있다. 방종하여 날뛰는 지주는 양귀비밭에서 재부를 축적하고, 요염한 첩과 하인은 방자하게 결탁한다. 항상 배가 고픈 백치, 졸리는 듯 게슴츠레한 고양이 눈의 딸, 신출귀몰하는 토비, 거대한 생식기를 가진 머슴, 그리고 그 창백하고 우울한 어린 주인 - 류천차오는 모두 함께 신비하면서도 나른한 하나의 세계를 만들어낸다. 형제가 서로 싸우고, 피붙이가 서로 남남이 된다. 양귀비꽃이 온천지에 울긋불긋 서로 어우러진 가운데 차례로 기막힌 드라마들이 펼쳐지고 있는 중이다.

12 〈양귀비의 집〉의 한글본이 《마씨 집안 자녀교육기》, 쑤퉁 지음, 문현선 옮김, (서울: 아고라, 2008)에 실려 있다.

"역사가 발전하여 1948년이 되자 수많은 변화가 일어나는데, 나라의 흥망과 세사의 풍운이 때로는 인생의 한 순간에 일어난다. 류천차오는 이 역사 속에서 한 점의 얼룩이라고들 말하지만, 류천차오는 1940년대의 마지막 지주라고 말할 수도 있을 것이다."[25)]

쑤퉁은 확실히 이 마지막 지주에 대해 이루 말로 할 수 없는 흥미를 가지고 있다. 류천차오의 단아하고 권태로운 얼굴, 의문이 겹겹인 출생의 비밀, 자포자기적인 숙명 관념 등은 현대 대륙문학에서는 보기 드문 퇴폐적 영웅 인물을 부각시킨다. 류천차오는 삶에 대한 의욕이 결여되어 있다. 그가 제일 즐겨하는 자세는 아마도 "상상이 빚어낸 빗소리 속에 웅크리고 앉아서, 자신이 한 마리 꿀벌이 되어 양귀비의 꽃턱잎 안에 숨어 입안의 한 줄기 향내를 빨고 있는 것을 보는 것인데, 그는 언제나 잠결에서 깬 듯 만 듯이다."[26)] 그러나 이 깬 듯 만 듯의 순간에 이미 천지개벽하듯이 혁명이 소란스럽기 시작했고, 장차 '새로운' 시대가 도래할 것이었다.

쑤퉁이 쓴 〈양귀비의 집〉에는 곳곳에서 윌리엄 포크너와 가르시아 마르케스의 영향을 볼 수 있다. 그렇지만 더욱 의미 있는 일은 류천차오를 1930,40년대의 아마도 그의 전신이었을 것 같은 인물과 비교해 보는 것이다. 류천차오의 가문과 성격은 우리로 하여금 돤무훙량의 《호르친 초원》 중의 딩닝과 루링의 《부호의 자식들》 중의 장춘쭈를 떠올리게 만든다. 《호르친 초원》은 9.18사변을 쓰면서 예언식의 국가 수복의 신화로 마무리하고, 《부호의 자식들》은 항일전쟁을 쓰면서 공산주의 혁명이 도래할 것이라는 동경으로 마무리한다. 딩닝이나 장춘쭈의 행적이 어떻든 간에 그들은 좌익작가의 펜대 아래에서 역사의 '운명'을 실천하는 인물이라고 할 수 있다. 그런데 류천차오는 어떤가? 이 양귀비의 집의 작은 나리는 혁명 '후'에도 여전히 유령처럼 떠돈다. 계속되는 그의 존재는 신사회의 가장 기묘한 압력이다. 혁명가 루팡은 류천차오를 죽이라는 명령을 받고 마침내 오래된 양귀비 화분 항아리 속에 숨어있는 그를 발견하게 된다. 다음 부분은 쑤퉁의 퇴폐적 미학의 일단을 충분히 설명해줄 수 있을 것이다.

> 류천차오는 마치 잠이 든 것 같았다. 루팡이 항아리 안으로 머리를 들이밀어 보니 류천차오가 눈을 감은 채 입으로는 뭔가를 씹고 있었다. "뭘 씹는 거요?" 류천차오는 잠꼬대처럼 "양귀비"라고 말했다. …… 루팡은 류천차오를 안아 올렸다. 류천차오는 도망을 다니느라 몸이 아이처럼 가벼워졌다. 류천차오는 루팡의 어깻죽지를 붙들고 조용히 말했다. "날 그냥 항아리 안에 놔둬." 루팡은 망설이다가 그를 도로 항아리 안에 넣었다. 류천차오는 눈을 감고 기다리고 있었다. 루팡이 총을 뽑아들었을 때 류천차오의 마지막 말이 들려왔다. "난 다시 태어날 거야."[27)]

쑤퉁은 여자를 쓰는 데 뛰어나다고 자부한다. 평론가들도 대부분 그렇게 본다. 그런데 사실은 그의 이야기에서 가장 주목을 끄는 인물은 탐미적이고 권태로운 그런 남자들일 것이다. 나이가 많든 적든 간에 이들 남자들은 너무 일찍 시들면서 생식 기능을 상실해 버린다. 각도를 바꾸어 보자면 그들은 진정으로 성숙한 적이 없으니 근본적으로 장아이링이 말한 바 '알코올 병속에 담긴 태아 사체'나 마찬가지다. 〈1934년의 도망〉 속의 천원즈는 시월의 화창한 태양, 따스한 바람 속에서 일본제 망원경을 꺼내들고 농촌 아낙네가 논에서 분만하는 것을 훔쳐본다. 아기가 태어나는 핏빛이 어른거리는 가운데 "천원즈는 맥없이 지붕꼭대기에 너부러진다. 그의 기색은 시들하고 절망적이다. 얼른 하인이 달려와서 그를 부축하면서 보니 하얀 명주 바지 한 자락이 번들번들 젖어있다." 또 〈양귀비의 집〉의 젊은 지주 류천차오는 학교를 졸업한 지 5년 만에 "이미 더 이상 준수하지도 우울하지도 않다. 그의 피부는 누르스름하고 등은 새우처럼 구부정해지기 시작해서, 멀리서 보면 그의 지주 아버지처럼 늙어 보인다." 또는 〈처첩들〉 중의 천쭤첸처럼 여러 처첩들을 들인 후 결국 몸에 "모종의 비극이 일어나서" "흡사 갈라 터져서 마침내 헐거워져 버린 것 마냥" 정욕이 스러짐과 동시에 위풍도 사라져 버린다. 쑤퉁이 발기부전의 공포, 거세의 위협을 쓴 것은 확실히 세기말 성 의식의 병태적인 표현이다.

현대 중국문학의 한 원형으로서의 퇴폐적 남성 인물은 위다푸라는 성적으로 좌절한 문인, 신감각파 작가(스저춘, 류나어우 등)라는 조계지의 '재사 더하기 한량', 장아이링이 그려낸 세상을 조롱하는 탕아 등으로까지 거슬러 올라갈 수 있다. 그들은 각기 나름의 심사를 지니고서 세속에 휩쓸리지 않고 자기대로 행동한다. 그 공통점은 결코 신중국의 혁명 건설에 대해 흥미를 갖도록 만들 수 없다는 것이다. 1949년 이후 그들이 찬밥 신세가 된 것은 생각해보면 당연한 일이다. 40년이란 세월이 돌고 돌아서 그들은 쑤퉁의 남방 세계 속에서 모습을 바꾸어 다시 태어난다. 이번에 쑤퉁은 더 나아가서 그들이 대대적으로 포부와 재능을 발휘하도록 할 참이다. 퇴폐적 영웅은 이제 더 이상 단순히 실의 낙백한 문사나 플레이보이가 아니다. 그들은 가산을 탕진하는 류천차오와 같은 마지막 지주일 수도 있고, 천하를 날려버리는 수수께끼 같은 섭국[13]의 마지막 황제일 수도 있다. 《나, 제왕의 생애》와 같은 작품에서 쑤퉁은 제국을 욕망하는 그의 대업을 완성하는데, 자기 자신과 자신이 그려낸 그 젊은 황제가 원하는 대로 다 하다가 결국 가장 '화려하게' 나라와 집안이 망하는 것으로 끝나도록 만든다.

《나, 제왕의 생애》는 황제 노릇을 하는 이야기다. 소설에서 어린 황제는 일련의 바꿔치기 방식의 음모 속에서 제 분수를 넘어 제위에 오른다. 황제

13 섭국(燮國)은 《나, 제왕의 생애》 속에 나오는 가상의 왕국이다.

본인은 혹시 모르겠지만 그의 주변 인물들은 각기 다른 마음을 품고 있다. 그러나 어쨌든 황제는 황제여서, 폐하 나리가 설령 사이비라 할지라도 연기는 아무튼 해 나가야 한다. 그런데 우리의 어린 황제는 비록 보기에는 군주 같지 않지만, 군주에게 있을 수 있는 모든 결점은 빠짐없이 다 가지고 있다. 등극에서부터 폐위에 이르기까지, 그의 문제는 황제 노릇을 얼마나 그럴듯하게 하느냐에 있는 것이 아니라 너무나 그럴 듯하게 한다는 데 있다. 쑤퉁의 소설은 이리하여 묵직한 아이러니를 보여준다. 역사를 펼쳐보면 수많은 '천명을 받은 천자'라는 자가 사실은 아둔하고 나약한 군주로 천하를 다스릴 자격이라곤 없다. '가짜가 진짜처럼 되면 진짜 역시 가짜처럼 된다'고 쑤퉁의 작품 속에서 2천 년 제왕의 역사가 모두 아이들 놀이 같다. 다만 이 놀이는 목숨이 걸려있는 아이들 놀이다.

쑤퉁은 자서전 형식을 모방하여 한 마지막 황제가 과거 황궁의 가지가지 생활을 회상하는 것을 꾸며낸다. 문장의 행간에서 아이신기오로 푸이의 그림자가 부르면 뛰어나올 듯 생생하다. 그러나 쑤퉁의 야심은 단지 '한' 폐위된 황제의 황당한 옛일을 서술하는 것보다는 훨씬 크다. 그는 역대 황궁의 일화들 사이를 파고들면서, 우리들에게 말로도 할 수 있을 만큼 귀에 익숙한 이야기들을 바꿔가며 늘어놓는다. 천하와 미녀, 황태후의 수렴청정, 형제간의 싸움, 환관의 발호, 번진의 반란, 비빈들의 암투, 와신상담 등 그 모든 것들이 어찌 친숙한 스토리가 아니겠는가? 우리는 또 동시에 잉타이의 피눈물 어린 애절하고 화려함,[14] 촛불 그림자가 어른거리는 속의 괴이함[15], 정난의 변의 폭악함[16], 남조 풍월의 퇴미함을 볼 수 있다. 또 그

---

14 잉타이는 베이징의 중남해에 있는 작은 섬으로, 광서황제(光緒帝)가 무술변법 실패 후 자희태후(慈禧太后)에 의해 이곳의 함원전(涵元殿)에 연금되어 있다가 원인불명으로 사망했는데, 공주였던 유덕령(裕德齡)이 이를 소재로 하여 《잉타이의 피눈물》이라는 책을 펴냈다.

밖에 살쾡이로 태자를 바꿔치기하는 식의 궁중 비사[17], 건륭 황제가 강남을 시찰하는 식의 미복의 모험 등등, 그야말로 형형색색 천태만상에 극적인 장면의 연속이다. 쑤퉁은 이런 것들을 통해 그가 현대소설가 중에서 가장 매력적인 이야기꾼 중의 하나임을 다시 한 번 증명한다. 그러나 더욱 주목할 만한 것은 그의 '이야기'가 말하고 있는 내용이 원래 갖추어야 할 역사적 종심을 지워버리고 의도적으로 차례차례 공연해 나가는 식의 즉흥성과 조작성을 보여준다는 점이다. 쑤퉁은 서문에서 우리가 "《나, 제왕의 생애》를 역사소설로 읽지 말 것"을 바라는데 그 의도가 혹 여기에 있는 것이 아닐까?

그러나 《나, 제왕의 생애》는 어쨌든 현대 대륙작가가 (정통) 역사 내지는 역사소설 서사를 되돌아보고 검토해보는 데 있어 또 하나의 시도를 대표한다. 쑤퉁은 패관의 야사들 사이를 떠돌면서 정사의 합리성 내지 합법성을 마음껏 놀리고 조롱한다. 그는 중국인이 떨쳐버리지 못하는 '황제 중독'을 비판하면서 독자들이 회심의 미소를 짓도록 만들고자 한다. 패러디 스타일의 운용을 두고 말하자면, 그는 1980년대 작가, 예컨대 펑지차이가 청나라 말을 쓴 것(《신의 채찍》, 《세 치 전족》), 모옌 • 예자오옌 • 거페이가 민국을 쓴 것(《붉은 수수밭 가족》, 《밤에 친화이강에 머무르다》, 《길 잃은 배》) 등의 전통을 이어받았다. 이들 작가가 이렇게나 소설로써 역사를 다시 쓰는데 열중하면서,

---

15 송나라 초 태조와 그의 동생인 태종이 어느 날 촛불 그림자가 어른거리는 가운데 술자리를 같이 했는데, 그 이튿날 태조가 갑자기 붕어하면서 결국 태종이 등극하게 되었다는 전설이 있다.

16 명나라 건문제(建文帝) 시절 번왕(藩王)의 세력을 약화시키는 조치를 취하자 번왕 중 하나인 연왕(燕王)이 이에 반발하여 일으킨 정변으로, 그는 결국 건문제를 내쫓고 황제로 등극하여 나중 성조(成祖)로 불리게 된다.

17 송나라 진종(眞宗) 때 총애를 받던 이신비(李宸妃)가 아이를 낳자 다른 비인 류비(劉妃)가 태감과 짜고서 살쾡이로 아이를 바꿔치기하였는데, 나중 다음 황제인 인종(仁宗)이 즉위한 후 사실이 밝혀졌다는 야사가 있다.

유령과 같은 허구적인 목소리로 역사 서술의 정론을 뒤흔들어놓은 것은, 확실히 현대 대륙소설에 일종의 독특한 기풍을 형성한 것이었다. 옛것을 빌어 오늘을 비유하고, 옛이야기를 새로 각색하는 것, 그 속에 감추어져 있는 정치적 의도는 가볍게 볼 수 없다.

그렇지만 이런 반어적 풍자와 전복이라는 함의 외에 쑤퉁 소설의 부드럽고 섬세한 퇴폐적 정서는 상술한 여타 작가들이 미치지 못하는 바다. 《나, 제왕의 생애》가 만일 사람들을 매료시킨다면 그것은 역사에 대한 조롱 때문만이 아니라, 그런 조롱 외에 그보다는 작품이 일종의 자신도 어쩌지 못할 애수, 일종의 해소할 길이 없는 (병태적?) 향수를 자아내기 때문이다. 작품의 제목인 '나'의 제왕의 생애가 가리키듯이 쑤퉁은 이번엔 '황제 노릇'을 한다. 그런데 그 노릇이 미흡한 것이 아니라, 마치 소설 속의 황제가 《섭궁 비사》 따위의 전설에서 거론하는 비하인드 스토리에 대해 비판을 가하는 것과 마찬가지로, 그보다 더 나아가서 과거 제왕의 이야기에 대해서 평가하고 비판하고자 한다. 쑤퉁은 스스로 《나, 제왕의 생애》는 "나의 정신세계에서 한 차례 마음껏 노닌 것"이라고 했는데, 자기 자신을 상당히 잘 알고 있는 말이다. 강조해두어야 할 점은 이런 노니는 것에도 자아 탐닉적인 요소가 깊이 들어있다는 것이다. 풍자와 탐닉이 서로 활용되면서 역시 일종의 화려하면서도 장난스러운 태도를 낳는다. 이것이야말로 쑤퉁의 진정한 매력이 존재하는 곳이다. 그는 현대 중국대륙의 세기말적 풍정의 중요한 대변인 중의 한 사람이다.

《나, 제왕의 생애》와는 상대적으로 《측천무후》는 실망스러운 소설이다. 그렇게 다채롭고 다변하는 일대의 여황제인 측천무후의 삶은 원래 쑤퉁이 솜씨를 뽐낼 수 있는 좋은 소재이다. 그런데 이번에 쑤퉁은 과녁을 벗어난 듯하다. 작품에서 측천무후가 겁박하고, 억압하고, 주살한 무수한 남자들마냥 우리의 남성작가가 역시 여황제의 위엄 아래에 굴복하여 그녀의 풍채와 잔혹함을 포착하지 못한다.

이는 권력의 욕망, 욕망의 권력을 말하는 소설이다. 크다면 천하로부터 시작해서 작다면 남녀에 이르기까지 모두 권력과 욕망이 서로 좇고 쫓기는 도박이다. 그 극단적인 곳에서는 임금과 신하, 남편과 부인이 반목하고, 어머니와 아들, 형과 동생이 상잔하면서 시시로 사람을 오싹하게 만든다. 그러나 자세히 보면 《측천무후》 속의 인물들은 마치 한 차례 황궁 속의 〈처첩들〉(또는 《홍등》)을 연출하는 것 같다. 민국 초기의 처녀 쑹롄이 당나라의 궁중 깊숙한 곳으로 들어가서 온갖 고심을 다하고 온갖 고생을 다한 끝에 규방 정치에서 국가 정치로까지 싸워나가는 것이다. 측천무후는 쑹롄이 '미쳐버린' 후의 한 가지 가능성이다. 오로지 그녀가 '미쳐버리는 것'만이 그녀로 하여금 권력의 꼭대기로 기어오르도록 만들 것이다. 상대적으로 보아 쑤퉁의 남성 인물들은 여전히 퇴폐적이고 탐미적인 분위기 속에 침잠해 있다. 유약한 고종 황제에서부터 기구한 운명의 태자까지, 그리고 무후의 남자 첩들까지, 이 남성들은 사그라들어 펴지지 않는 것이 아니라 펴져서 사그라들 줄을 '모른다.' – 성욕이 그들의 마지막 능력이 된다. 쑤퉁은 분명 꼼꼼히 역사 공부를 했을 것이다. 작중에서 그는 무수하게 역사적인 이야기들을 서술하고 나열함으로써 일종의 장관을 연출한다. [아직 여황제가 되기 전의] 측천무후와 태자 이치의 난륜적 애정, 태자 현의 출생의 수수께끼, 황후 왕씨와 숙비 소씨의 공포스러운 결말, 궁궐의 노리개 남자와 미소년 간의 추문, 토사구팽 식인 조정의 암투 …… 이런 일화들은 역사 중독증이 있는 많은 독자들을 충분히 만족시켜줄 수 있을 것이다. 그러나 지나치게 장황하고 애매모호한 사료들 속에서 측천무후는 오히려 그 모습이 불분명하게 변해 버린다. 그녀가 총민하고 기지가 넘치면서 독랄하고 돌변하는 것에 관한 쑤퉁의 갖가지 묘사가 하나의 서술 중심축으로 집중되지 못한다. 그리고 이 여황제라는 중심축을 상실하게 되자 권력과 욕망에 대한 그 많은 서술 또한 허랑하고 공허하게 보인다.

어쩌면 논자들은 역사의 애매성, 인물과 의미 중심의 붕괴는 원래 쑤퉁과 같은 유의 작가들이 언제나 잊지 않고 있는 주제라고 말할 수도 있을 것이다. 아마도 《측천무후》가 최종적으로 표현하고자 하는 것은 곧 가공의 권력과 욕망의 놀이일 것이며, 여황제라는 이 인물의 애매하고 불명확함은 반대로 공허한 군권신화로서의 그녀의 의미를 드러낸다는 것이다. 그러나 나는 이렇게 보지 않는다. 《측천무후》의 문제점은 쑤퉁이 한편으로는 그가 '황제 노릇'이라는 서사적 유희를 계속해 나가면서 한편으로는 역사적 사실의 기록으로 되돌아가기에 급급하다는 데 있다. 그는 한편으로는 독자에게 일체의 음모, 정욕, 권력이 모두 공허하여 믿을 수 없다고 말하면서, 한편으로는 또 우리에게 역사는 증거가 명확하여 뒤집을 수 없다고 말함으로써 우리를 어리둥절하게 만든다. 그는 여황제의 건국 드라마를 쓰지만 동시에 남성 왕조의 부활의 필연성을 예고하기를 잊지 않는 것이다. 쑤퉁과 같이 이렇게 끊임없이 변화를 추구하는 작가에게 《측천무후》를 반드시 《나, 제왕의 생애》의 속편처럼 써야한다고 요구할 생각은 없다. 그러나 역사와 상상, 남성적 서술과 여성적 서술 등의 아젠다 사이에서 절충을 시도하면서 《측천무후》라는 소설이 보여주는 것은 창조보다는 타협이 더 많고, 비판보다는 유예가 더 많다고 나는 생각한다. 또는 한 걸음 더 나아가서 말하자면, '남방'적 상상의 글쓰기로 북방 제국의 역사를 포섭하는 데 있어서 쑤퉁은 아직 완벽한 성공에 이르지는 못하고 있다고 하겠다.

4. 의식의 완성

앞의 검토에서 나는 지난 10여 년 동안 쑤퉁의 작품이 이미 '남방'과 관련된 민족지를 구축했다고(또는 날조했다고) 말했다. 이 학문은 작다면 도시와 시골의 기이한 이야기에서부터 크다면 왕조의 감추어진 이야기까지 있으며, 고전 가족의 족보도 있고 혁명 계급의 전기도 있다. 굴피나무마을이든 참죽나무거리든 간에 '남방' 풍정은 화사하면서도 축축하니 이곳에서 살아가는 모든 족속은 대대손손 그 속에 침잠해있다. 나는 또 '남방' 사람의 후예인 쑤퉁이 애매한 위치를 지니고 있다고 지적했다. 그는 관음증 인물이 되어 타향 사람의 시각으로 '남방' 안의 비밀을 관찰하고 고증하며, 그는 또 노출증 인물이 되어 현지인의 각도에서 '남방'이 가져온 로망적 자산을 표현하고 자조한다. 남방의 타락은 그의 서사의 결론이자 동시에 더욱 기괴하게도 그의 명제이기도 하다. 그는 '남방주의'라는 신화에 영합하면서 또 조롱하며, 이로써 현대 대륙 문화/문학 담론에서 매혹적인 목소리가 된다.

그러나 상상 속 남방의 타락이 방종과 방탕에만 그칠 수는 없다. 타락의 '완성'에는 아직도 하나의 마지막 절차 – 죽음이 필요하다. 쑤퉁이 어떻게 그의 인물들의 사망을 설정하는가를 보면 참으로 일대 장관이다. 전술한바 류천차오가 양귀비 화분 항아리 속에서 총에 맞아 죽는 것이나 우룽이 북상하는 열차의 쌀더미 속에서 죽는 것은 그 분명한 예에 불과하다. 〈원예〉의 치과의사 쿵 선생은 괴이쩍게 실종되고 그와 동시에 그의 뜨락에 있는 꽃들이 기이할 만큼 요염하게 만개한다. – 설마 그가 최상의 비료가 되지는 않았으리라. 〈도축공장의 봄〉의 도축 노동자는 우연하게 일이 꼬인 끝에 도축물 냉동고에서 얼어 죽는데 그 모습은 영원히 그대로다. 〈1934년의 도망〉에서는 남자는 남자를 음해하고 여자는 여자를 모해하는데 모두 다 좋게 죽지는 못한다. 그리고 〈자수〉의 노처녀가 남긴 최고의 위대한 작품은 마음껏 자수를 놓은 것으로, 자신의 혈관을 찔러대다가 죽어서야 끝이 난다.

죽음을 쓰는 것은 물론 쑤퉁 혼자만의 전유물은 아니다. 예컨대 위화・거페이・베이춘・쑨간루 등 대륙의 젊은 세대 작가의 작품은 모두 동일한 심취를 보여준다. 위화의 〈어떤 현실〉, 〈1986년〉 등의 작품은 죽음을 아무것도 아닌 것처럼 써서 사람들을 오싹하게 만들며 이미 널리 논란이 되었다.[28] 이들 작가들은 비록 저승의 가장자리에서 맴돌지만 막상 죽음이 일어나게 되면 아무런 무게도 드러내지 않는다. 죽음은 정말 깃털보다 가벼운 것이다. 평론가 난판이 본 그대로다. 죽음과 비극은 그들의 작품 속에서 "사회학적 또는 심리학적 깊이를 상실한다. …… 선봉소설에서 비극의 의미는 이미 서사 차원으로 옮겨간다. 부단히 죽음이 나타나지만 죽음은 주로 일종의 서사 전략으로 이야기의 지속 과정과 교묘하게 연계된다."[29] 한 걸음 더 나아가서 "시체는 곧 서사의 서스펜스이다. - 많은 탐정소설은 즐겨 시체를 발단으로 삼는다(그것과 마찬가지다)."[30] 다만 나는 종래로 쑤퉁 세대의 작가들은 탐정소설과는 달리 죽음이 일어나게 된 동기를 탐구하기에 급급하지는 않는다고 말하고 싶다. 그들에게는 숙명이 최고의 구실이 된다. 그런데 숙명의 바닥패를 뒤집어보면 이른바 해석(hermeneutic)의 근원은 사실 그냥 비워놓은 채이다. 끝까지 따져보자면 "그들이 사랑하는 것은 죽음의 모습이지 죽음의 원인은 아닌 것이다."[31]

쑤퉁이 이러한 죽음 서사와 그의 '남방'적 퇴폐 미학을 하나로 연결시킨 것이야말로 남다른 성과인 셈이다. 거페이 · 위화 · 예자오옌 등도 강남의 재사들이다. 그러나 죽음을 '남방'이라는 방대하고 화려한 배경에 부가하거나 추가할 수 있는 사람은 아무도 없다. 쑤퉁에게 있어서 죽음은 절대적으로 최고의 볼거리다. 남방 최후의 타락이자 최후의 유혹인 것이다.

나는 일부러 '유혹'이라는 단어를 사용했는데, 그에 대한 프랑스 학자 장 보드리야르의 해석이 연상되었기 때문이다. 문화 생산과 소비에 대한 보드리야르의 관찰은, 그로 하여금 기호의 신기한 매력은 그것과 지시 대상과의 분리에서 비롯되며, 자체적으로 무궁한 새로운 의미를 파생한다는 것을 깨닫도록 만들었다. 바꿔 말하자면 만일 쑤퉁의 '남방'적 글쓰기가 그의 정품 표시가 되었다면, 그의 '남방'은 이미 필수적이라고 할 지시되는 실체가 진공화되어 부유하고 있기 때문에 오히려 그와 반대로 하늘하늘 아름답게 보이는 것이다. 이 기표와 기의의 균열이 우리의 사회적 신화의 시발이다. 그런데 보드리야르가 보자면 신화는 일종의 유혹이다. 특히 죽음의 유혹이다. "실체(진실, 진리)가 죽어갈 때 오히려 자신을 다시 하나의 환상으로 만들고, 유혹이 시작된다."[32]

보드리야르의 관찰은 서양 포스트모던 소비문명에 대한 것으로 그 역사적이고 이론적인 근원이 있다. 그의 통찰과 비통찰에 대해서는 수많은 평가가 있다.[33] 단장취의를 하자면 나는 그의 죽음/유혹론이 쑤퉁의 소설 세계에 하나의 설명을 제공한다고 본다. 프랑스어 '유혹'(seduction)의 어원을 가지고 기교를 부려보자면, 우리는 유혹이란 일종의 끌어들여서 방향을 잃게 만드는 행위이자 (진리 또는 진실의) 의미가 망실되는 발단이라고 말할 수 있다. "기호 스스로 방향을 잃을 때 그것은 유혹을 만들어낸다."[34] '진정'한 남방의 타락과 죽음은 쑤퉁 소설판의 '남방'적인 마력의 전제이다. 그가 재주 부리는 진짜와 가짜가 뒤섞인 '남방'적인 정취가 매력 만점인 것은 말할 나위도 없다. 그런데 더욱 기막힌 것은 남방의 타락과 죽음 자체가 어쩌면 끊임없이 조작되는 신화일 것이라는 점이다. 왜냐하면 아마도 '남방'은 아직까지 '진정으로' 존재해본 적이 없을 것이기 때문이다. 만일 '남방'이란 존재가 가공의 것이라면, '남방'의 죽음 역시 일종의 허구이자 유혹이다. - 즉 이른바 죽음은 사람을 미혹하지 않는데 사람이 스스로 미혹되는 것이다.

그런데 우리들 열성 독자들이 쑤퉁의 화려하고 사치스러운 죽음 이야기에 몰입해 마지않을 때, 이미 우리는 유혹의 대열에 가담하여 그의 '남방' 가족의 일원이 되어버리는 것이다(그런데 내가 경전이나 고사를 인용해가면서 쑤퉁에 대해 억지로 아는 척할 때, 과연 나는 이 유혹을 물리치고 있는 것일까? 아니면 이 유혹을 확산하고 있는 것일까?). 쑤퉁의 인물은 아이에서부터 늙은이까지 모두 죽음을 희롱하는 데 있어 고수다. 〈1934년의 도망〉에서 홍수에 떠내려 오는 영아는 아마도 가장 어린 죽음/유혹의 상징일 것이다. 쑤퉁의 청소년 인물들은 죽음의 가장자리에서 아슬아슬하게 행동하지 않는 이가 없다. 〈광분〉, 〈종이〉, 〈하트 퀸〉[18], 〈범죄현장〉 등과 같은 단편은 모두 성장 이야기를 쓰고 있지만 성장 후의 교훈은 모두 생명의 흉포함과 총망함으로 끝이 난다. 중편 〈문신시대〉는 대륙판 '고령가 소년 이야기'[19]이다. 싸움질을 좋아하는 몇몇 아이들이 문화대혁명 중에 패거리를 만들어 흉기를 동원해 싸워댄다. 성인 세계의 너 죽고 나 살자가 그들에게 영향을 주었을 것이라기보다는 폭력과 죽음에 대한 그들의 본능적인 호기심과 이끌림이라고 해야 할 것이다. 그들은 허세가 진짜로 되어 결국 죽음이 일어나게 되지만 그래도 그들에게 '진정한' 교훈을 주지는 못한다. 여태껏 상흔문학은 생각지도 못하게 들이닥친 재앙으로 인해 자신도 어쩔 수 없었던 고통을 이야기해왔다. 〈문신시대〉는 제목으로 미루어보건대 그 몇몇 아이들이 스스로 상흔을 만들어내면서 죽음을 예습하는 것이다. 문신은 정말로 죽음을 미학적 기호로 만들고, 종극의 위협을 종극의 유혹으로 바꾸어가는 과정이다.

쑤퉁은 또 〈반쉬〉 등의 작품에서 영문을 알 수 없는 재앙, 절로 찾아온 죽음을 쓰기도 한다. 진지한 독자라면 여기서 천지의 어질지 않음을 보게 될 것인데, 우리는 오히려 액운은 피하기 어렵다는 것이라거나 또는 더욱 신비스럽게는 스스로 죽음의 길을 찾은 것이라고 보아도 무방하다. 신작인 〈흰모래〉에서 살기에 염증이 난 주인공은 스스로를 위해 한 차례 성대한 파티를 연 다음 사람들이 두 눈으로 뻔히 보고 있는 가운데 카메라의 셔터

---

18 〈하트 퀸〉의 한글본이 《다리 위 미친 여자》, 쑤퉁 지음, 문현선 옮김, (서울: 문학동네, 2010)에 실려 있다.

19 타이완의 양더창 감독의 영화 《고령가 소년 살인 사건》(1991)을 의미한다.

소리 중에 바다 속으로 걸어 들어간다. 그리고 〈그들에게 일러라, 나는 학을 타고 갔노라고〉는 늙어서도 죽지 않은 한 노쇠한 늙은이가 나이 어린 손자뻘을 유혹(!)하여 그를 위해 구멍을 파게 해서 자신을 산 채로 파묻어 죽게 한다. 임종 시에는 일일이 유언을 남기는데, 학을 타고 서천으로 돌아간다는 것이었다. 스스로 감독하고 스스로 연출하는 죽음의 유희 중에 실로 이보다 더한 것은 없을 것이다.

우리는 이리하여 〈의식의 완성〉[20]에 다다르게 된다. 쑤퉁의 남방 상상과 민족지 조사와의 애매한 관계 또는 죽음과 유혹 사이의 신비한 건너가기를 이 단편보다 더 잘 설명할 수 있는 예는 없을 것이다. 작품에서 민속학자는 시골로 가서 민속 이야기를 수집하다가 의도하지 않게 인귀뽑기의 전설을 듣게 된다. 이는 이 지역에서 "상고 시절부터 민국 13년까지 이어져온" 의식이다. 3년마다 산 사람 중에서 귀신을 뽑아서 부락 선조들의 죽은 영혼에게 제사를 올린다. 때가 되면 마을 사람들은 사당에 모여서 돌아가며 제탁 위에 바쳐놓은 은박지로 만든 말굽은을 집어 드는데, 귀신 표시를 집어든 자는 귀신이 된다. "인귀가 된 자는 흰옷으로 몸을 싸서 용봉 장식의 항아리 속에 집어넣고 몽둥이로 쳐 죽인다."[35] 민속학자는 감동했고 더 나아가서 주도적으로 인귀뽑기 의식의 재연을 요청한다. 공교롭기 짝이 없게도 그가 귀신 표시를 집어 들고, 이리하여 흰 천을 둘러쓰고 항아리 안으로 옮겨지게 되는데 …….

---

20 〈의식의 완성〉의 한글본이 《다리 위 미친 여자》, 쑤퉁 지음, 문현선 옮김, (서울: 문학동네, 2010)에 실려 있다.

> 민속학자는 황망 중에 그 항아리를 보았다. 항아리 겉에는 갈라터진 금과 은박지, 그리고 한 치 정도의 눈과 이끼가 있었다. 민속학자가 갑자기 비명을 질렀다. 안 돼, 내려 줘요, 얼른 내려줘! ……
>
> 그는 벌떡 일어서서는 그 흰 천을 걷어차고, 두 손으로 옷과 바지 그리고 머리칼을 털어냈다. 그는 백발노인에게 말했다. 이건 흉내내기라고요, 가짜라니까요. 난 민속 연구잡니다. 절대 인귀가 아닙니다. ……
>
> 그걸로 충분했다. 이미 충분히 진짜 같았다.[36]

그렇지만 이야기는 이 정도로 충분하지 않았다. 민속학자가 마을을 떠나는 그날 마치 귀신이 길을 인도하는 것 같았다. 결국 그는 차에 치여 죽고, 시체는 그 항아리 안에서 발견된다. 경찰이 죽은 사람의 유물을 열어보니 "비닐 커버로 된 노트가 한 권 있고, 노트에는 빽빽하게 글자가 씌어 있다."[37] 노트 속에서 은박지 한 장이 떨어졌는데 윗면에는 귀신 표시가 그려져 있고, 붉은 잉크로 크게 '귀'라는 글자가 씌어 있다.

쑤퉁의 남방은 음기가 미만하고, 인간과 귀신이 구별되지 않는다. 그의 향토 이야기는 귀신 이야기의 연결이다. 그런데 쑤퉁 자신과 그의 (이상적인) 독자들은 깊이 매혹된다. 우리는 그를 따라서 그 '남방'으로 들어가 굴피나무마을 부근과 참죽나무거리를 배회하게 되지만 그 끝을 알 수가 없다. 바로 그 민속학자처럼 우리는 보고 또 보다가 결국에는 괴기한 현지 조사/기괴한 의식 속에서 '남방'의 타락한 장관의 한 부분이 될 것이다. 그러나 이는 죽음인가 아니면 단지 유혹일 뿐인가? 쑤퉁의 글쓰기 의식은 아직도 완성되지 않았다. 여전히 문장의 행간에서 인귀의 으스스한 부름이 들려온다.

| 저자 주석 |

7장 쑤퉁

1) 蘇童, 〈南方的墮落〉, 《南方的墮落》, (台北: 遠流, 1992), p. 73.
2) 王德威, 〈"世紀末"的先鋒: 朱天文和蘇童〉, 《今天》 第2期, 1991, pp. 95~101.
3) Xiaobing Tang, "The Mirror as History and History as Spectacle: Reflections on Hsiao Yeh and Su Tong," *Modern Chinese Literature* 6, 1-2(1992), pp. 203~220.
4) 陳曉明, 〈歷史頹敗的寓言: 當代小說中的"新歷史主義"意向〉, 《文學評論》 1992年第4期, pp. 122~138.
5) Lu Tonglin, *Misogyny, Cultural Nihilism, and Oppositional Politics: Contemporary Chinese Experimental Fiction*, (Stanford: Stanford University Press, 1995), pp. 129~155.
6) 이와 관련된 문학 및 시각 예술과 민족지를 상호 활용하는 토론이 나날이 증가하고 있다. 예컨대 E. Valentine Daniel and Jeffrey M. Peck, eds., *Culture/Contexture: Explorations in Anthropology and Literary Studies*, (Berkeley: University of California Press, 1996) ; Rey Chow, *Primitive Passions: Visuality, Sexuality, Ethnography, and Contemporary Chinese Cinema*, (New York: Columbia University Press, 1995)를 보기 바란다.
7) 曉華/汪政, 〈南方的寫作〉, 《讀書》 第197期, 1995年8月, pp. 113~118.
8) 魯迅, 《魯迅文集》, (成都: 四川人民, 1979), p. 145.
9) 魯迅, 〈上海文壇之一瞥〉, 《魯迅文集》 第8卷, (成都: 四川人民, 1979), pp. 221~223.
10) 楊義, 《京派與海派比較硏究》, (西安: 太白文藝出版社, 1994)를 보기 바란다.
11) C.T. Hsia, *A History of Modern Chinese Fiction*, (New Haven: Yale University Press, 1971), p. 165.
12) 曉華/汪政, 〈南方的寫作〉, 《讀書》 第197期, 1995年8月, pp. 113~118.
13) Edward Said, *Orientalism*, (London: Routledge & Kegan Paul, 1978).
14) '오리엔탈리즘'에 관한 토론은 대단히 많다. 예컨대 Robert Young, *White Mythologies: Writing History and the West*, (London: Routledge, 1990)을 보기 바란다.
15) Mikhail Bakhtin, *The Dialogic Imagination*, trans. Caryl Emerson & Michael Holquist, (Austin: University of Texas Press, 1981), p. 425.
16) 蘇童, 〈飛越我的楓楊樹故鄉〉, 《傷心的舞蹈》, (台北: 遠流, 1991), p. 125.
17) 蘇童, 〈飛越我的楓楊樹故鄉〉, 《傷心的舞蹈》, (台北: 遠流, 1991), p. 139.

18) David D. W. Wang, *Fictional Realism in Twentieth-Century China: Mao Dun, Lao She, Shen Congwen*, (New York: Columbia University Press, 1992), chap. 7.
19) Xiaobing Tang, "The Mirror as History and History as Spectacle: Reflections on Hsiao Yeh and Su Tong," *Modern Chinese Literature* 6, 1-2(1992), pp. 203~220.
20) Robin Visser, "Displacement of the Urban-Rural Confrontation in Su Tong's Fiction," *Modern Chinese Literature* 9, 1(1995), pp. 113~137.
21) 蘇童,《米》, (台北: 遠流, 1991), p. 296.
22) 蘇童,《米》, (台北: 遠流, 1991), p. 299.
23) 孟悅,〈蘇童的家史與歷史寫作〉,《今天》第2期, 1990, pp. 84~93.
24) 蘇童,〈妻妾成群〉,《妻妾成群》, (台北, 遠流, 1990), p. 222.
25) 蘇童,〈罌粟之家〉,《妻妾成群》, (台北, 遠流, 1990), pp. 120~121.
26) 蘇童,〈罌粟之家〉,《妻妾成群》, (台北, 遠流, 1990), p. 151.
27) 蘇童,〈罌粟之家〉,《妻妾成群》, (台北, 遠流, 1990), p. 158.
28) Lu Tonglin, *Misogyny, Cultural Nihilism, and Oppositional Politics: Contemporary Chinese Experimental Fiction*, (Stanford: Stanford University Press, 1995), pp. 129~155.
29) 南帆,〈再敍事: 先鋒小說的境地〉,《文學評論》第3期, 1993年5月, p. 27.
30) 南帆,〈再敍事: 先鋒小說的境地〉,《文學評論》第3期, 1993年5月, p. 28.
31) 南帆,〈再敍事: 先鋒小說的境地〉,《文學評論》第3期, 1993年5月, p. 27.
32) Jean Baudrillard, *Seduction*, trans. Brian Singer, (New York: St. Martin's Press, 1990), p. 69.
33) 보드리야르의 비평에 대해서는 Rey Chow, *Primitive Passions: Visuality, Sexuality, Ethnography, and Contemporary Chinese Cinema*, (New York: Columbia University Press, 1995), pp. 159~160을 참고할 수 있다. 또 장이머우, 천카이거 영화에 대한 레이 초우의 비평은 그녀의 책 제2장, pp. 149~172를 보기 바란다. 보드리야르 외에 조르주 바타유는 다른 각도에서 죽음, 색정 사이의 애매한 관계에 대해 논지를 전개했으니 참고할 수 있다. 예컨대 Georges Bataille, *Eroticism: Death and Sexuality*, trans. Mary Dalwood, (London & New York: Marion Boyars, 1962[1957]) ; *The Tears of Eros*, trans. Peter Connor, (San Francisco: City Lights, 1989)를 보기 바란다.
34) Jean Baudrillard, *Seduction*, trans. Brian Singer, (New York: St. Martin's Press, 1990), p. 74.
35) 蘇童,〈儀式的完成〉,《傷心的舞蹈》, (台北: 遠流, 1991), p. 208.
36) 蘇童,〈儀式的完成〉,《傷心的舞蹈》, (台北: 遠流, 1991), p. 213.
37) 蘇童,〈儀式的完成〉,《傷心的舞蹈》, (台北: 遠流, 1991), p. 217.

상흔의 풍경, 폭력의 장관

1986년 1월《베이징문학》에 젊은 작가 위화(余華, 1960~)의 단편소설 〈18세에 집을 나서 먼 길을 가다〉[1]가 게재되었고 금세 독자의 주목을 끌었다. 소설에서 18세의 '나'는 홀로 산촌의 길을 가는데 날은 이미 어둡고 머물 곳은 보이지 않는다. 어렵사리 사과를 가득 실은 트럭에 올라타지만 얼마 가지 않아 차가 고장 나버린다. 속수무책인 상태에서 부근의 농민들이 나타나기 시작하더니 사과를 뺏어가버리는가 하면 우리의 화자를 다치게까지 한다. 사과를 싣고 가던 운전수는 잃어버린 사과를 걱정하는 것이 아니라 오히려 그 와중에 강도질을 하면서 화자의 작은 홍색 배낭을 가져가버린다. 이야기의 끝 무렵에서 '나'는 꼼짝도 못하고 자동차 안에 드러누워서 "맑고 따사로운 오후"에 아버지가 작은 홍색 배낭을 준비해주며 '나'더러 집을 나서도록 하던 장면을 떠올린다.[1)]

〈18세에 집을 나서 먼 길을 가다〉는 예상외의 카드를 내놓는다. 앞뒤 서사 순서가 바뀌어 있을 뿐만 아니라 이야기의 내용 역시 아무런 두서가 없는 듯하다. 그렇지만 이 소설은 위화 '현상'의 도래를 예고하고 있다. 이후 10년 동안 위화는 일련의 작품들을 통해 우리를 하나의 황당한 세계로 데려간다. 이는 폭력과 광기로 가득 찬 세계다. 혈육끼리 서로 해치고, 인정이 어그러지는 것쯤은 평범한 일일 뿐이다. 이 세계의 깊숙한 곳에서는 정신이

---

1 〈18세에 집을 나서 먼 길을 가다〉의 한글본이《내게는 이름이 없다》, 위화 지음, 이보경 옮김, (서울: 푸른숲, 2000)에 실려 있다.

혼미하고 피와 살이 사방으로 튀는 기괴한 드라마가 잇따라 상연되고 있는 중이다. 그런데 위화는 신이 나서 우리에게 이 역시 '어떤 현실'이며, 그 자체의 논리가 있다고 말한다. 그는 문자로써 폭력을 증언할 뿐만 아니라 더 나아가서 그의 문자가 바로 폭력임을 독자가 알기를 원한다. 그의 자의적이고 단장취의적이며, 능멸적이고 거짓 미적인 '마오 문체'는 그 극단적인 곳에 이르면 그의 이야기 속 잔혹한 정경보다 더욱 극심하다. 또 이 때문에 스타일 면에서 위화의 새로운 도약은 정치적 도발이 될 수밖에 없었다. 그의 현상은 문화대혁명 후 상흔 서사의 진전을 대표할 뿐만 아니라 톈안먼 사건 직전 대륙 문학계와 문화계가 꿈틀거리던 징후의 일단을 가리킨다.

1987년은 타이완 정치사에서도 요동의 1년이었다. 계엄 해제 이후에 상흔을 기록하고 불의를 고발하는 각양각색의 문학이 분분히 쏟아져 나왔다. 그러나 과거 정권의 무지하고 우악함을 폭로하는 과정에서 위화처럼 극단적으로 나아가는 작가는 볼 수 없었다. 위화의 작품은 '살기' 및 이로부터 비롯되는 미학적인 매력을 가지고 있다. 이는 물론 일종의 창작의 패러독스이면서, 우리로 하여금 한 걸음 더 나아가 그 패러독스를 만들어내는 요인에 대해 추측해보도록 만들기도 한다. 주목할 만한 것은 1990년대 이래 위화는 《가랑비 속의 외침》[2], 《살아간다는 것》[3] 등 여러 편의 장편을 창작했는데 그 속에 폭력의 변증법에 대한 그의 집착은 여전하지만 그러나 살기는 점차 사라지고 있다는 점이다. 신작인 《쉬싼관 매혈기》[4]는 특히 이런 특징을 잘 드러내고

---

2 《가랑비 속의 외침》의 한글본으로 《가랑비 속의 외침》, 위화 지음, 최용만 옮김, (서울: 푸른숲, 2004)이 나와 있다.

3 《살아간다는 것》의 한글본으로 《살아간다는 것》, 위화 지음, 백원담 옮김, (서울: 푸른숲, 1997)이 나와 있다. 이 책은 나중에 《인생》(2007)으로 제목을 바꾸었다.

4 《쉬싼관 매혈기》의 한글본으로 《허삼관 매혈기》, 위화 지음, 최용만 옮김, (서울: 푸른숲, 1999)이 나와 있다.

있다. 위화의 독자(특히 해외의 독자)들은 이미 그의 작품을 통해 피의 맛에 길이 들었으니 과연 그의 변화에 대해 어떻게 적응해야 할 것인가? 그리고 위화 본인은 또 어떻게 그의 폭력적 장관의 서사를 운용해나가야 할 것인가? 이런 것들은 곧 지난 10년 동안 대륙 선봉소설의 새로운 도전을 설명해준다.

1. 장정에서 원행으로

〈18세에 집을 나서 먼 길을 가다〉는 1986년 말에 완성되었다.[2] 대륙문학에는 이 이전에 이미 '뿌리찾기' 열풍이 한창이었다. 왕쩡치 · 아청 · 한사오궁 · 자핑와 등이 또 한 세대 작가들의 향토 경험을 쓰면서 이와 동시에 개인의 주체성의 근원 및 '마오 문학' 이외의(그리고 이전의) 전통을 탐구하였다. '뿌리찾기' 문학은 대륙의 '문화붐'[5] 중에 밀어닥쳤는데, 언지와 서정 양면에서 기존의 교조주의적 글쓰기를 타파하는 데 공헌했다. 그러나 작가들이 펜을 잡고 글을 쓸 때는 어쨌든 광의의 사실주의 또는 현실주의[6]적 틀 안에서만

---

5 '문화붐'(文化熱) 또는 '신계몽운동'이란 1980년대 중후기 중국의 특정 사회 문화적 현상 내지 풍조를 일컫는 말이다. 당시 중국은 개방과 개혁을 내세워 현대화를 추진해나가고 있었는데, 이 과정에서 경직된 정치사상과 보수적인 문화 관념 탓에 갖가지 장애에 부딪쳤다. 이에 일단의 지식인들은 프로이트, 레비스트로스 등을 위시한 서구 사상을 응용하여 이러한 장애는 결국 중국문화의 심층적인 구조에서 기인하는 것이라며 중국의 전통문화에 대해 강력한 비판을 시도했고, 그 후 이런 비판은 학술계는 물론이고 사회 전반에까지 널리 확산되며 강렬한 호응을 불러일으켰다.

6 저자는 리얼리즘이라는 개념에 대해 주로 '寫實主義'라는 용어를 쓰되 간혹 '寫實主義'와 '現實主義'로 구분해서 쓰기도 한다. 이 경우 대체로 전자는 비판적 리얼리즘을 뜻하고 후자는 사회주의적 리얼리즘을 뜻한다. 이 책에서는 이처럼 저자가 특별히 구분한 경우에는 각각 '사실주의'와 '현실주의'로 옮기고, 그 외에는 모두 '리얼리즘'으로 옮겼다.

맴돌았다. 예컨대 아청(〈장기왕〉, 〈나무왕〉, 〈아이들의 왕〉)처럼 그윽하고 담담하게 쓰거나, 예컨대 한사오궁(〈귀거래〉, 〈아빠 아빠〉, 〈여자 여자 여자〉)[7] 처럼 황당하고 기괴하게 쓰면서, 각기 사실적인 서술의 논리 및 언어가 사물을 조영하는 필연성에 대해 의문을 제기하기는 하지만 그러나 단지 그것에 그칠 뿐이었다. 이와 동시에 찬쉐의 가위눌림식 소설, 마위안의 메타서사적 유희가 이미 논란을 불러일으키기 시작했다. 이른바 '선봉' 문학이 두각을 나타내고 있었으며, 더욱 격렬하고 더욱 건들거리는 수법으로 기존의 글쓰기 시스템을 전복시켰다. 이를 통해 우리는 1980년대 중반 대륙 소설의 형세 변화의 속도가 얼마나 빠른지를 알 수 있다.

위화는 바로 이런 '선봉'과 '뿌리찾기'의 대화 속에서 창작을 시작했다. 얼핏 보기에는 〈18세에 집을 나서 먼 길을 가다〉는 특이한 점 없이 평범해 보인다. 위화는 일부 동년배들이 그처럼 신기한 문자 실험에 열중하는 것과는 확실히 다르다. 그렇지만 또 그의 서술이 사실적인 것처럼 보이기 때문에 상식을 뛰어넘는 스토리의 전환이 더욱더 우리를 어찌할 바 모르고 당황하게끔 만드는 것이다. 목적 없는 먼 길, 우연한 만남, 냉담한 자연과 인간사의 풍경이 〈18세에 집을 나서 먼 길을 가다〉의 줄거리를 구성한다. 사과를 운반하는 운전수는 냉담했다가 친절했다가 하고, 화자는 또 오히려 이를 당연하다고 여긴다. "나는 차가 어디로 가는지 모른다. 그도 모른다. 어차피 앞쪽이 어떤 곳인지 우리에게는 중요하지 않다. 그럼 일단 가고 보는 것이다."[3] 이것이 화자의 자세이자 화자 자신의 특징이다. 전통적인 기승전결의 질서는 더 이상 쓸데가 없으며, 인물의 동기와 반응은 어지러이 뒤바뀌어 있다.

우리는 이 작품을 씁쓸한 성장소설(initiation story)로 볼 수 있다. 순진한

---

7 〈귀거래〉, 〈아빠 아빠 아빠〉, 〈여자 여자 여자〉의 한글본이 《귀거래》, 한사오궁 지음, 백지운 옮김, (서울: 창비, 2014)에 실려 있다.

주인공이 집을 나서 먼 길을 가게 되면 여로에서 얼굴이 붓고 코가 시퍼렇게 되기 마련인 것이다. 이는 아마도 그의 성장의 대가가 아니겠는가? 그러나 광의의 공산주의적 서술 속에 놓고 보자면 이런 독법은 분명 또 다른 곁가지를 파생시킨다. 공교롭게도 주인공의 조우와 집을 나서기 전 그의 부친의 기대는 서로 상반된다. 여로에서의 시련은 어떤 결과를 약속하는 것이라기보다는 오히려 아무 명분 없는 투쟁일 따름이라고 해야 할 것이다. 이야기의 끝 무렵에서 '나'는 고장 난 자동차 안에 드러누워 있는데, 산야에 해는 저물고 날은 차갑다. 아버지의 격려를 떠올려보자면 일종의 아이러니가 절로 생겨난다. 18세에 집을 나서 먼 길을 가는 것이 설마 짓궂은 장난일 수는 없지 않을까?

우리는 또 이 소설을 교양소설(bildungsroman)의 새끼꼴로 간주할 수도 있다. 그러나 위화는 공산주의식 읽기의 가능성을 또 한 번 바꾸어 놓는다. 사과를 뺏어가면서 주인공을 다치게 만드는 사람들은 다름 아닌 바로 농민들이다. 그러니 모든 사람들이 배신해 버린 뒤에 '내'가 약육강식의 (공산주의?) 사회를 이해하게 된다는 것이 어찌 쉽겠는가? 그러나 주인공의 '교양 교육'이 만일 공산주의 사회의 동지 신화를 반대 증명하는 것이라고 한다면, 또 반대로 자본주의 사회의 게임 법칙을 패러디하는 것이 된다. 사과를 운반하는 자영업자인 운전수가 낡아빠진 차를 몰고 노농병의 천당에 출현하는 것은 일종의 새로운 '전형인물'이 무산계급의 소유권에 대한 욕망, 잉여가치 내지 부가가치에 대한 탈취를 부르짖고 있는 것이나 마찬가지다. 강자는 번성하고 약자는 사멸하는 법이라 마지막에 주인공에게는 아무 것도 남지 않는다. 그가 장차 어떻게 다시 시작할 것인가 하는 점이 소설의 커다란 의문점이 된다. 그리고 우리는 일종의 소설 장르로서 교양소설은 원래 19세기 구미의 자본주의 담론에 상응해서 유행했던 것임을 기억한다.[4)]

1987년 덩샤오핑은 자본주의 계급자유화 반대운동을 전개하면서 그때

막 한창이던 '4대 현대화'에 반하는 악풍을 저지하고자 시도한다. 아마도 위화가 이 운동을 예견하지는 못했을 것이다. 그러나 짤막한 이 소설은 대륙 문화사조의 한 가지 변모를 나타내고 있다. 만일 〈18세에 집을 나서 먼 길을 가다〉에 무슨 교훈이 들어있다면 이 교훈은 글읽기와 글쓰기의 가치관에 대한 반항 및 이로부터 생겨난 폭력과 허무의 순환이다. 계몽과 반항, 성장 교육과 반 성장 교육, 공산주의와 자본주의의 축선 사이를 떠돌면서 작품 속 제 1인칭 화자의 태도는 확실히 애매하다. '나'가 점점 더 멀리 가는 것을 빌어서 위화는 마치 서사 주체 – '나' – 의 자기 소외야말로 서사 질서 붕괴의 결정적인 요인임을 암시하는 듯하다.[5) 위화는 당시 학술계에서 한창이던 '주체성' 논쟁에 대응하여 적시에 그 방증을 제공한 것이다.

이상의 검토는 모두 더욱 광대한 역사 및 문화 담론의 아젠다를 가리키고 있다. 중국공산당의 문학 기제는 역사 결정론의 토대 위에 세워져 있다. 혁명적 리얼리즘이든 아니면 혁명적 낭만주의든 간에 소설 서사의 과정은 필수적으로 역사 서사의 과정과 상호 활용되며, 공동으로 일종의 유토피아적인 귀착점을 지향한다. 아마도 혁명의 길에는 풍파가 겹겹이겠지만, 그러나 역사의 진전은 결국 필연적인 미래로 나아갈 것인바 미래는 사실 역사의 선험적 일부분이다. 이런 각도에서 보자면 〈18세에 집을 나서 먼 길을 가다〉는 사람들을 불안하게 만들지 않을 수 없다. 주인공은 아버지가 준비한 '작은 홍색 배낭'을 받아들고 장정에 오르는데 그 이후 모든 일이 기대와는 다르다. 위화는 앞뒤 서술 시점을 조정하여 독자들이 마지막에 이르러서야 비로소 이야기의 종결이 사실은 이야기의 시작임을 깨닫도록 만든다. 원인과 결과를 뒤집어 놓음으로써 외형상 선형적인 서술에 순환이라는 한 겹의 그림자를 덧씌워 놓은 것이다.

이는 우리로 하여금 작품 제목의 '먼 길을 가다'라는 말의 의미를 다시 생각해보도록 만든다. 앞에서 거론했듯이 이 먼 길은 아마도 끝을 알 수 없는 지리멸렬함과 방향 상실일 것이다. 이야기의 순환 서술이라는 차원에 비추어본다면, 먼 길을 가는 것은 사실 아무 곳에도 다다르지 못하는 것으로, 오히려 '아버지'가 '작은 홍색 배낭'을 마련하여 아들이 '집을 나서'도록 건네주는 원점으로 끊임없이 원점 복귀하는 것이라고 우리는 말할 수 있다. 방향 상실이나 원점 복귀, 이 양자는 모두 [사르트르의] 거짓 신념(bad faith)[8]의 결말이며 니체식의 영원 회귀[9]의 예고이다. 만일 그렇다면 위화의 먼 길을 간다는 '원행'의 이야기는 중국공산당 역사에서의 '장정' 서사 구조를 전복하는 것이다.

내가 말하는 '장정'의 로망이란 1934년 홍군의 2만 5천 리 장정이라는 역사적 사실만을 가리키는 것은 아니다. 이로부터 구축된 국가 '연의'적 패러다임 및 시공간적 상상까지 가리킨다. 그런 멀고도 고생스러운 발걸음을 통해서 피와 살은 이념이 되고 소아는 대아가 되며, 어느덧 중국공산당

---

8 사르트르에 따르면, 자유를 본질로 하는 인간은 시공간적 제약 등 여러 상황적인 한계에 놓여 있지만 이를 인정하면서도 이를 뛰어 넘어야 하며 자신의 행위에 대해 책임을 져야 한다. 그런데 인간은 이러한 본질적인 자유로부터 비롯되는 불안과 부담을 회피하기 위하여 자신의 자유를 부정하고 스스로에게 거짓말을 하거나 핑계를 대면서 그 거짓말이나 핑계를 진실이라고 믿는다. 바로 이것이 '거짓 신념'(bad faith) 또는 '자기기만'(self-deception)이다. 하병학, 〈자기기만의 현상학〉, 《철학과 현상학 연구》 21, 한국현상학회, 2003, pp. 419~439 및 서동욱, 〈사르트르에서 병리적 의식과 자기기만〉, 《철학과 현상학 연구》 57, 한국현상학회, 2013, pp. 5~25 참고.

9 니체의 '영원 회귀'란 우주 안에 있는 모든 것은 시간의 영원한 흐름 속에서 늘 제 모습으로 돌아오게 되어 있다는 것, 그리하여 존재하고 있는 것들은 지금까지 끝없이 반복해서 존재해 왔고 앞으로도 끝없이 그렇게 존재하게 될 것이라는 것이다. 니체는 이렇게 영원히 회귀하는 세계의 운행을 원환운동으로 생각하였는데, 이런 원환운동에는 시작과 끝이 있을 수 없다. 과거, 현재, 미래라고 하는 시간의 세 계기도 소멸된다. 과거는 다시 경험하게 될 미래가 되고, 미래는 언젠가 경험한 과거일 뿐이다. 정동호, 〈영원회귀 문제〉, 《인문학지》 제31집, 충북대학교 인문학연구소, 2005, pp. 227~245 참고.

혁명의 역사 서술이 정해진다. 장정의 종점은 공산주의적 유토피아의 기점이며, 역사 연의의 극치인 신화의 탄생이다.[6] 1980년대 이전의 공화국 문학사가 담고 있는 것이 장정 이야기만은 아니지만 어쨌든 서사의 논리는 전적으로 동일했다. 이런 식의 '거대 서사'의 전제 하에서 우리가 위화의 〈18세에 집을 나서 먼 길을 가다〉를 읽게 되면 회심의 미소를 금치 못하게 된다. 루쉰은 왕년에 〈길손〉[10]이라는 글에서 5.4 계몽 작가들이 힘들게 쫓아다니면서 또 끊임없이 나자빠지곤 하던 비애를 말한 적이 있다. 몇 차례나 혁명이 일어났다 그쳤다를 되풀이한 후 또 한 세대 젊은 작가들이 먼 길을 가려고 한다. 길고도 머나먼 길, 18세의 여행자는 과연 어디로 갈 것인가?

2. 어떤 현실?

위화의 초기 소설은 매번 현실에서 벗어난다. 독자들이 그의 세계에 들어가려면 아마도 〈어떤 현실〉[11]이 한 가지 길이 될 것이다. 이 중편소설은 형제간의 분쟁에 따른 피비린내 나는 비극을 서술하고 있다. 산강의 네 살 난 아들이 어느 날 [미필적] '고의'로 사촌 동생을 내동댕이쳐 죽인다. 산강의 동생인 산펑의 마누라는 목숨 빚을 받으려고 어린 조카를 때려죽인다. 피비린내 나는 복수는 이제부터 시작이다. 산펑은 마누라 대신 벌을 받겠다며 자청하여 형에 의해 나무에 묶이게 되고, 강아지가 그의 발바닥을 마음대로 핥도록

---

10 〈길손〉의 한글본이 《들풀》, 루쉰 지음, 유세종 옮김, (서울: 솔출판사, 1996) ; 《루쉰전집 3: 들풀 아침 꽃 저녁에 줍다 새로 쓴 옛날이야기》, 루쉰 지음, 루쉰전집번역위원회 옮김, (서울: 그린비, 2011) 등에 실려 있다.

11 〈어떤 현실〉의 한글본이 각각 《세상사는 연기와 같다》, 위화 지음, 박자영 옮김, (서울: 푸른숲, 2000)에 실려 있다.

하는데, 그는 간지러워 견디지 못하고서 40분을 미친 듯이 웃어대다가 급사하고 만다. 산강은 도망을 갔다가 결국 잡혀서 총살되고, 그의 시체는 어찌어찌하다보니 제수씨에 의해 '나라에 바쳐진다.' 마지막에 우리는 산강이 조각조각 해부되는 것을 보게 된다. 그 후 산강의 고환이 한 젊은이의 몸에 이식되고, 젊은이는 얼마 뒤 결혼하여 "열 달이 지난 다음 아주 튼실한 아들을 낳는다." 산펑의 마누라가 전혀 예상치 못하게 그녀의 복수는 산강에게 "뒤를 이을 사람이 있도록" 만들어주게 된다.[7]

〈어떤 현실〉은 가족의 피비린내 나는 사건을 마치 실험 보고서처럼 묘사한다. 이야기 속의 인물들은 아이들 놀이처럼 목숨을 '가지고 논다.' 정해진 순서에 따라 진행해 나가면서 죽음을 맞이하는 것은 거의 블랙유머를 행하는 것이나 마찬가지다. 코미디임을 드러내는 가장 기본적인 기교는 인간의 행동과 기계적인 제스처 사이의 충격에 있다.[8] 그렇다면 위화의 소설은 정말 그 중의 오묘한 핵심을 파악한 것이다. – 이야기 속에서 산강이 웃다 죽지 않던가? 다만 이 코미디는 피비린내 속에서 행해지고, 노소의 인물들은 흡사 태엽을 감아놓은 듯 멈출 줄 모르는 살인 기계 같을 따름이다. 이 소설을 읽으면 통상적인 사고를 뛰어넘는 것인데도 왜 위화는 이를 '어떤 현실'이라고 부르는 것일까?

현실을 쓰는 것은 현대 중국문학의 가장 중요한 항목이고, 현실주의는 또 중국공산당 문예이론의 핵심적인 교조이다. 어떤 동기가 위화로 하여금 전혀 현실적이지 않은 〈어떤 현실〉을 쓰도록 만들었을까? 1989년에 그 자신이 쓴 〈허위적 작품〉에서 위화는 "나의 모든 노력은 모두 더 한층 진실에 접근하기 위한 것이다"라고 강조한다. 그러나 그는 "일 자체만 가지고 일을 논하는 기존의 그런 글쓰기의 태도는 단지 표면적인 진실만을 제시할 뿐이라는 것을 발견한 이후 …… (나는) 일종의 허위적인 형식을 사용하기 시작했다. 이런 형식은 현재 상태의 세계가 우리에게 주는 질서와 논리에는 어긋나지만 우리로 하여금 자유로이 진실에 접근하도록 만드는 것이다."[9] 문학 이론의 측면에서 위화의 생각을 본다면 아마도 그리 썩 고명한 것은 아닐 터이다. 이미 형식주의자들이 우리에게 형식의 '낯설게하기'(defamiliarization)가 사물의 진실감을 드러내는 유일무이한 방법이라고 말한 바 있다. 그러나 지난 반세기 동안 현실주의를 내세운 중국공산당의 문예 담론을 되돌아본다면 위화의 행동은 어쨌든 의미가 있는 것이었다. 그는 가장 이상한 인물, 가장 각박한 태도로 하나씩 하나씩 황당하면서도 황량한 이야기를 풀어놓는다. 〈어떤 현실〉은 믿을 수는 없지만 그러나 마치 전기 쇼크마냥 우리가 마주쳤으나 회피했던 경험 중에서 말로 형용할 수 없던 부분을 자극한다. 만일 이 소설이 황당하다면 아마도 공화국 역사상의 수많은 역사적 사실들은 이보다 더욱 황당하게 될 것이다. 어쩌면 작품의 충격은 그것을 읽었을 때 너무나 기괴하다는 데서 비롯되는 것이 아니라 그것이 너무나 익숙하다는 데서 비롯되는 것이 아닐까?

위화는 습작 기간에 가와바타 야스나리와 카프카에게 차례로 빠졌었다.[10] 이 두 작가들 사이의 거리는 말하지 않아도 알 것이다. 그러나 둘 다 한 젊은 중국 작가에게 영향을 주었다. 가와바타 야스나리의 미학은 부분적으로 인생의 난감하지만 탐미적인 관찰에 바탕하고 있고, 카프카는 그로테스크(grotesque)한 상상을 통해 그가 처한 사회의 용렬하고 무정함을 직언한다. 두 사람은 모두 문자의 정련을 통해 '더 한층 진실에 접근'하고자 시도했으며,[11] 또한 20세기 전반기 현대소설 미학의 가장 뛰어난 대변자가 되었다. 그런데 두 사람은 신체 서술에 대해서는 – 가와바타 야스나리의 여체에서부터 카프카의 갑충에 이르기까지 – 모두 상상의 능력을 한껏 발휘했다. 그들은 신체를 이용해서 생명의 감당할 수 없는 미와 추를 어떻게 대하는가를 보여주었는데, 위화에게 미친 영향이 심원했을 것으로 보인다.

그러나 도대체 무엇이 위화가 말하는 '진실'인가? 문화대혁명이란 재앙이 남긴 얼룩덜룩한 상흔일까? 공산주의적 유토피아의 가뭇한 희망일까? 아니면 생명 자체의 광란과 허망함일까? 위화는 '허위적인 형식'이 그에게 더 한층 진실에 접근하도록 만들 것이라고 생각한다. 우리는 그가 글쓰기 형식과 소재 사이의 간격을 인정해 버렸으며, 판도라의 상자를 열어젖힘으로써 도로 닫을 수 없게 되었다고 말해야 할 것이다. 그의 형식은 단지 진실에 '접근'할 수 있을 뿐 포획하거나 복제할 수는 없게 되었으며, 그가 쓰면 쓸수록 진실의 재현 불가능성을 쓰게 될 뿐이다. 달리 말하자면 진실의 드러남은 언제나 부정이라는 전제, 불신이라는 전제에서 이루어진다. 이로써 볼 때 〈어떤 현실〉은 그야말로 가장 허위적인 – 또한 가장 '진실한' – '어떤' 서술 형식이다.

중국공산당 문예는 5.4의 사실주의 정신을 이어받아 이데올로기적 색채가 극히 농후한 현실주의를 이룩한다. 언어와 세계, 서술과 신앙의 완벽한 밀착이 이 사조의 특징이다. 형식의 진위 문제는 사실 논할 필요가 없는 일로, 현실은 '오직' 하나뿐이며 '진실한' 현실은 '진실한' 형식에서만 재현될 수 있기 때문이다. 1949년 이후 그러한 '진실한 형식'은 더욱더 완벽을 추구하여 마침내 식자들이 말하는바 '마오 말씀'과 '마오 문체'를 이룬다.[12] 공식적인 인물, 교조적인 구성, 상투적인 문장 등, 수많은 작가와 평자들 자신과 가족의 생명이 모두 여기에 달려 있었다. 이로써 사실주의와 현실주의가 강력한 배타성을 가지고 있었음을 미루어 짐작할 수 있다.[13]

따라서 〈어떤 현실〉의 가장 큰 의미는 우언적인 의미가 충만한 유혈 사건을 이야기한다는 데만 있는 것이 아니라 더 나아가서 그것이 '마오 문체'라는 형식의 울타리 및 이데올로기적 패권에 의문을 제기한다는 데 있다. 그러나 이런 논의는 그래도 다소간 낙관적인 기미가 없지 않다. 나는 또 위화의 문자적 실험에는 그 자체의 맹점이 있다고 말하고 싶다. 극단적으로 스타일화되고 개성화된 서술에 빠져 있는 가운데, 위화가 자의적으로 글을 쓰는 것 역시 비자각적으로 일종의 새로운 권위적인 목소리, 독자로 하여금 혹 집착하고 혹 거부하고 혹 경악하는 그런 목소리를 보여주고 있는 것은 아닐까? 이 고독하면서도 제멋대로인 목소리는 비록 수시로 자아 붕괴적인 설정에 직면하게 되지만 그러나 필연적으로 우리의 글읽기라는 도전을 불러일으킨다.

〈어떤 현실〉에 이어서 위화는 대단히 전위적인 의미를 띤 일련의 중단편소설을 써낸다. 〈1986년〉[12]은 거의 문화대혁명 10년에 대한 제사로 간주할 수 있다. '10년 재앙' 이후의 10년간은 모든 것이 평소처럼 조용하다. 다만 한 미치광이가 나타나서 약간의 자극을 가져온다. 이 미치광이는 자기 자신의 몸을 무대로 삼아 이리 자르고 저리 자르면서 잇따라 피비린내 나는 구경거리를 연출한다. 카프카의 〈단식 예술가〉가 이 소설의 본보기라고 할 수 있다. 전율하면서도 즐거워하는 관중 속에 섞여서 어떤 모녀 두 사람이 불안해한다. 그가 10년 간 실종되었던 이 두 사람의 가부장/아버지인 것일까? 작품은 부동한 시공간과 의식 속으로 비약한다. 과거사는 결코 명료하게 드러나지 않으며, 반면에 미치광이의 팔다리에 대한 자학을 통해서 – 그리고 화자의 문체에 대한 절단을 통해서 – 우리들 사이로 파편화되어 날아다닌다. 그러나 정작 우리의 인물은 아무렇지도 않다는 듯이 태연하게 행동하면서 마침내 미치광이의 피와 살/문자의 파편들을 밟으면서 유유히 떠나가려 한다.[14]

위화는 통상적인 정리에 대한 그의 회의가 어쨌든 그로 하여금 "세계 …… 자체의 법칙"을 검토해보도록 종용하고 있으며, "눈앞의 모든 것이 마치 사전에 이미 안배되어 있는 것 같고, 어떤 숨은 힘이 작용하는 가운데 그 운동이 전개되고 있는데," "필연적인 요소가 더 이상 나를 통치하지 못하는

---

12 〈1986년〉의 한글본이 《재앙은 피할 수 없다》, 위화 지음, 조성웅 옮김, (서울: 문학동네, 2013)에 실려 있다.

가운데 우연적인 요소가 극도로 활발해지고 있다."15)고 말한다. 이리하여 〈우연한 사건〉[13], 〈재앙은 피할 수 없다〉[14], 〈4월 3일 사건〉[15], 〈세상사는 연기와 같다〉[16]와 같은 작품들이 나오게 된다. 위화는 한편으로는 그 모든 인간사의 충돌의 무작위적인 우연성을 써내면서, 또 그러나 이러한 산만하고 무상한 생명 현상 아래에 존재하는 일종의 숙명의 가능성을 두려워해 마지않는다. 불분명한 서사 방법, 고저가 불안정한 플롯의 전환, 자기도 모르게 저지르면서 또 이래도 그만 저래도 그만인 행동 방향 등이 문자로 표출된다. 〈우연한 사건〉은 우연히 일어난 한 살인 사건을 통해 결코 우연이 아닌 별건 사건을 풀어놓는다. 작품 전체는 편지로 연결되어 있는데 결국 서로 모르는 사이인 발신인과 수신인이 이 살인 사건에 휘말려들게 만든다. 〈재앙은 피할 수 없다〉 역시 우발적인 살인 사건을 쓰며, 우여곡절 끝에 사건의 당사자는 현장에 돌아가서 '자신'이 살해되는 것을 본다. 〈4월 3일 사건〉은 화자의 우연한 옛사랑과의 해후 및 곧 닥쳐오는 생일에 대한 공포를 과장한다. 그는 결국 4월 3일 전날 밤에 다급하게 도망을 친다.

그리고 〈세상사는 연기와 같다〉는 그런 것들을 집대성한다. 이야기 속 인물들은 아라비아 숫자로 이름을 삼으며, 드넓은 사람의 바다 속에서 우연히 서로 만나고 헤어진다. 중심인물은 아흔 살이 넘은 운명가로, 그는 자신을 믿는 사람들에게 재앙을 쫓아내준다. 그렇지만 차츰 그들을 더욱 공포스럽고

---

13 〈우연한 사건〉의 한글본이 《무더운 여름》, 위화 지음, 조성웅 옮김, (서울: 문학동네, 2009)에 실려 있다.

14 〈재앙은 피할 수 없다〉의 한글본이 《재앙은 피할 수 없다》, 위화 지음, 조성웅 옮김, (서울: 문학동네, 2013)에 실려 있다.

15 〈4월 3일 사건〉의 한글본이 《4월 3일 사건》, 위화 지음, 조성웅 옮김, (서울: 문학동네, 2010)에 실려 있다.

16 〈세상사는 연기와 같다〉의 한글본이 《세상사는 연기와 같다》, 위화 지음, 박자영 옮김, (서울: 푸른숲, 2000)에 실려 있다.

불가해한 흉사로 몰아넣는다. 이 세계는 죽음, 난륜, 그리고 루쉰식의 식인과 흡혈이 미만하다. 그러나 세상사는 연기와 같으니, 우연과 필연, 광기와 질서는 상호 의존하고 협력하면서 자욱하게 번져나가는 것으로 끝나게 되어 있다.

이런 이야기들이 담고 있는 폭력적 차원에 대해서는 나중에 다시 검토하겠다. 주목할 만한 것은 위화의 서사 관점이 불확정적이라는 점으로, 이른바 의미의 규칙은 결국 파악할 수 없는 이슈가 되어 버린다. 신중국 건국 이래의 방대한 (마오의) 주체 담론은 오늘날에 이르자 사분오열되어 버린 것 같다. 위화의 주인공들은 각자 마음속 일을 털어놓으면서도 또 흡사 자신과 아무 관계가 없는 것 같다. 이 주체 내의 저절로 찾아든 타자는 정신분열식의 서술 목소리를 만들어낸다. 주와 객, 남과 내가 서로 뒤섞이고, 상징 지시의 사슬은 연결되지 못한다. 그러나 앞서 말한 것처럼 지리멸렬한 목소리가 들이닥치는 것은 그렇게나 제멋대로이고 그렇게나 '활기차서' 은연중에 우리를 불안하도록 만든다. 위화가 스스로 생각한 것처럼, 우연이 이런 식인데는 운명의 그림자가 없다고 할 수 없을 것이다. 그런데 나는 위화의 형식의 유희는 어쩌면 하나의 새로운 집념 하에 통섭될 수도 있다고 생각한다. 〈세상사는 연기와 같다〉 속에서 운명을 점치는 맹인처럼 그는 중생의 '아'집을 한 마디로 설파하면서 또 오히려 새로운 주문을 만들어낸다. 이에 근거하자면 위화와 '마오 말씀' 및 '마오 문체' 사이의 관계는 기이한 밀고 당김이 이루어지고 있다. 그 방대한 현실주의라는 가지에 기생하는 위화의 서술은 확실히 '어떤 현실', 주체 서술(또는 주석의 서술?)의 병증을 지칭하는 어떤 기형적인 돌연변이이다. 다만 독으로써 독을 공격하는 것이므로 위화가 자아 결백을 주장할 수는 없다. 이른바 자아는, 이미 분명하게 말하기도 어려울 뿐만 아니라 또 분명하게 말할 수 없는, '진실'의 타락이기도 한 것이다. 이를 명확하게 인식한다면 혹시 우리가 그의 폭력 및 그로부터 비롯되는 애착과 애수를 살펴보는데 있어서 또 다른 수확이 있을지도 모르겠다.

3. 폭력의 변증법

현재까지 볼 때 위화 소설에서 평론가들의 논의가 가장 많은 것으로는 폭력을 다룬 그의 형식과 그 심리 및 이데올로기적 동기를 들어야 할 것이다. 〈18세에 집을 나서 먼 길을 가다〉에서는 농민이 사과를 뺏어가고 화자를 다치게 하는데, 이미 폭력이 준동할 징후를 보이고 있다. 〈어떤 현실〉은 형제간의 상잔으로 사람들의 눈길을 잡아끌고, 〈1986년〉은 완연하게 스스로 폭력을 행하는 장관을 연출한다. 〈죽음의 기록〉[17]은 뜻밖의 죽음을 시작으로 해서 의도적인 모살로 끝이 나며, 〈재앙은 피할 수 없다〉는 한 평범한 결혼이 이루어지는 과정에서 얼굴을 망가뜨리고, 살인을 하고, 변태적인 공격을 가하고, 폭행을 하는 등등의 일을 모두 갖춘 피비린내 나는 이야기로 발전해나간다. 〈고전적인 사랑〉[18]에서는 그처럼 우아한 제목 아래 고전적인 사랑이 어떻게 차츰차츰 사람이 사람을 잡아먹는 공포스런 결말로 나아가는가를 목도하게 되고, 〈과거사와 형벌〉[19]에서는 가혹한 형벌과 육체의 찢어발김을 일종의 의미를 찾아가는 궁극적인 목표물로 만들어놓는다.

문학에서의 폭력 묘사는 물론 지금에야 시작된 것은 아니다. 그리고 위화의

---

17 〈죽음의 기록〉의 한글본이 《내게는 이름이 없다》, 위화 지음, 이보경 옮김, (서울: 푸른숲, 2000)에 실려 있다.

18 〈고전적인 사랑〉의 한글본이 〈옛사랑 이야기〉라는 제목으로 《세상사는 연기와 같다》, 위화 지음, 박자영 옮김, (서울: 푸른숲, 2000)에 실려 있다.

19 〈과거사와 형벌〉의 한글본이 《내게는 이름이 없다》, 위화 지음, 이보경 옮김, (서울: 푸른숲, 2000)에 실려 있다.

폭력 글쓰기 역시 현대 중문소설에서의 첫 번째 시도라고 볼 것도 아니다. 신문학의 다른 한편에서 우리는 루쉰이 어떻게 〈광인 일기〉를 가지고서 예교와 식인의 공모 관계를 과장해서 말하고 있는가를 이미 본 바가 있다. 그리고 루쉰이 왕년에 중국인 범죄자가 일본군에 의해 목이 잘리는 슬라이드를 보고 이로써 의학을 버리고 문학을 따르게 되었다고 스스로 말한 것은 더더욱 되풀이해서 전해지고 있는 과거사다. 분명 범인의 머리가 싹둑하고 땅바닥에 떨어지는 충격 속에서 중국문학의 '현대'적 의식이 돌연 탄생한 것이다.[16] 탕샤오빙과 같은 학자 역시 공화국의 초기 문학에 폭력 서사가 어떤 식으로 합리화, 합법화되었는가의 과정을 이미 설명한 바 있다.[17] 그리고 문화대혁명 이후 상흔문학은 더더욱 또 한 세대 중국인의 혈육상잔의 모습을 고발한다. 우리가 주목해야 할 점은 이런 것들이다. 폭력을 서술하는 이런 전통 속에서도 왜 위화의 소설은 독자들로 하여금 보기만 해도 두렵도록 만드는 것인가? 위화는 폭력을 서술하는 가운데 또 어떻게 서술 자체를 폭력의 전시장으로 만드는 것인가? 가시적인 육체의 찢어발김과 훼손 이외에 폭력은 어떻게 문자의 이면으로 삼투해 들어가서 독자의 자위적 기제를 건드리는 것인가? 폭력의 결과가 수반하는 심신의 상흔, 이런 상흔은 어떻게 처리되는 것인가? 폭력이 일어나는 '명분'은 무엇인가? 죄니 벌이니 하는 정의의 평형 역량은 어떻게 촉발되고 또 어떻게 소멸되는 것인가?

〈재앙은 피할 수 없다〉를 예로 들어보자. 이 중편은 결혼의 대가를 다루고 있다. 잘 생긴 용모의 둥산은 루주와 결혼식을 올리면서 손님들을 청하고, 손님들이 가기도 전에 신방으로 들어가 그 짓을 벌이려 한다. 하객 중에 광포와 차이녜 역시 바깥의 구석진 곳으로 가서 밀회를 하는데, 광포는 그들의 뒤를 따라다니며 훔쳐보던 한 아이를 발로 차서 죽인다. 다른 손님들도 별반 차이가 없다. 부부는 싸움을 벌이고, 변태적인 공격은 하나로 그치지 않는다. 그리고 둥산은 그날 밤 신부인 아내 루주에 의해 초산으로 얼굴이 망가진다. - 이는 루주의 아버지가 딸에게 준비시킨 혼수이다.

이야기는 여기서 멈추지 않는다. 잇따라 흉보가 들이닥친다. 마지막에는 둥산이 루주를 살해하고, 광포는 사형당하고, 차이뎨는 성형 실패로 자살한다. 소설의 서사적 요구라는 측면에서 말하자면 〈재앙은 피할 수 없다〉는 좋은 작품은 아닌 셈이다. 돌발적인 인간관계, 제멋대로인 플롯의 전환, 그리고 이유 없는 유혈 폭력이 매번 보통의 독자로 하여금 말문이 막히게 만든다. 전술한 〈어떤 현실〉의 논리를 따르자면 분명 위화는 우리의 평상 생활에는 이미 사방에 살기가 잠복해 있다고 말하는 것이다. 우리들 사이에 흡혈의 본능이 숨어 있다가 일단 발동을 하게 되면 수습할 수 없다. 남녀의 사랑이나 혈육의 정, 우정이나 의리 따위는 비단 어그러지는 것을 막지 못할 뿐만 아니라 오히려 불길함을 이끌어내는 동기가 된다. 루쉰 세대의 작가들은 일찍이 '예교가 사람을 잡아먹는 것'을 가지고서 사회의 위선과 잔혹함을 고발했다. 그러나 그들이 그 어떻게 사회의 '피와 눈물'을 묘사했다고 하더라도 어쨌든 정연한 질서에 대한 동경을 잃지는 않았다. 이런 전통은 1980년대 초 상흔문학적 글쓰기까지도 실오라기처럼 여전히 이어져왔다. 위화는 그와 반대로 간다. 그의 소설에서는 예교라는 간판이 이미 박살나 버렸지만 사람들은 그래도 전과 다름없이 잡아먹으려 한다. 폭력에는 구실이 필요 없다. 그것은 마치 밥 먹고 옷 입는 것의 일부처럼 일종의 '순수한' 형식으로서 생명의 실천 속에 존재한다. 프로이트 식의 친숙한 공포감 즉 '두려운 낯설음'(uncanny)[20]이 맴돌고 있는 것이다.

위화는 이에 대해 자기 인식이 없지 않다. "폭력은 그 형식에는 격정이 충만하고 그 역량은 인간 내심의 갈망에서 비롯되기 때문에 우리로 하여금 도취되도록 만들며 …… 그러나 그러한 형식은 언제나 나로 하여금 하나의

---

20 '두려운 낯설음'에 관해서는 이 책 제15장 황비윈의 관련 부분을 참고하기 바란다.

모더니즘적 비극을 느끼도록 하고 …… 폭력과 혼란의 앞에서 문명은 단지 하나의 구호일 뿐이고 질서는 장식이 된다."[18] 위화가 묘사한 갖가지 명분 없는 또는 의미 없는 폭력은 물론 정신분석이나 심지어 형이상학적인 변증법을 불러일으킬 수 있다. 양샤오빈은 사실 폭력은 시원적인 트라우마(trauma)에 대한 주체의 지연 반응으로 폭력을 폭력으로 바꾸는 일종의 교환임을 강조한다.[19] 그렇긴 하지만 그래도 우리가 그것의 역사적 계보를 찾아보는 것도 무방할 것이다. 일찍이 1920년대에 마오쩌둥은 혁명이란 '손님 모시고 밥 먹는 것'이 아니며 혁명의 형식은 필히 '사나운 바람과 모진 비'처럼 철저하게 사회의 예교적 기반을 타격하는 것이라고 우리에게 말했다.[20] 이후 반세기 동안 혁명 – 이상화된 폭력 – 은 좌익 공산주의 담론의 정수가 되었고, 그것은 이데올로기적 유토피아에 도달하는 필수적인 수단이 되었다. 유토피아가 부단히 뒤쪽으로 확장될 때 혁명이라는 이 수단 자체는 마침내 목적이 된다. '계속' 혁명하자! 비상 시기가 알고 보니 평상 시기가 되고, '사나운 바람과 모진 비'가 알고 보니 곧 '손님 모시고 밥 먹는 것'이었을 뿐만 아니라 게다가 집에서 늘 먹는 밥이었던 것이다. 마오 주석께서 말씀하지 않으셨던가? "사람이 죽는 것은 항상 있는 일이다."라고.

이런 차원에서 〈어떤 현실〉, 〈재앙은 피할 수 없다〉와 같은 부류의 작품은 한편으로는 마오파 혁명/폭력 담론의 타락을 폭로하지만 그러나 한편으로는 아주 희한하게도 또 그것의 유혹적 성격을 확장시키기도 한다. 위화는 글쓰기를 가지고서 폭력이라는 가위눌림을 물리치고자 하지만 또 (자신도 모르게) 폭력을 '연출'하기도 한다. 폭력에 대한 그의 변증법적인 태도는 그로 하여금 거의 대륙 소설계의 박수무당으로 만든다. 논자들은 위화의 폭력 서사가 "정신분열 식의 도취와 광희"를 드러내며, 따라서 제의적이고 비통제적인 광포한 부르짖음 속에 자리매김하여 고찰할 수 있다고 말한다.[21] 그러나 폭력과 상흔 및 정의의 인과 관계는 어쨌든 더 깊이 있는 고찰을 필요로 한다. 이는 또 위화 작품에 또 다른 하나의 방향성을 부가한다.

〈과거사와 형벌〉에서 위화는 한 낯선 사람이 '형벌 전문가'의 전보를 받고 역사적 시간의 좌표들 사이로 되돌아가서 그의 운명을 '찾아 헤맨다'는 것을 쓴다. 그러나 갖가지 연월일의 기호 속을 떠돌면서 벌과 죄의 시간, 이성의 논리는 이미 연기처럼 사라져버리고 찾을 수가 없다. 이야기 속의 형벌 전문가는 침실에서 스스로 목을 매달고, 낯선 사람이 기대하는 극형, 모든 폭력을 끝장내는 폭력은 영원히 지연된다. 이 소설에는 카프카적인 그림자(〈유형지에서〉)가 강하게 배어있으며, 따라서 수작이라고 할 수는 없다. 그러나 위화는 카프카 식의 부조리한 상황을 중국 역사의 변천 속에 두고 사고하면서 어쨌든 그의 폭력적 계보에 하나의 실마리를 제공하고 있다. 역사는 이미 궤멸되고 일종의 사회 질서의 책임 내지 조건으로서 정의 또한 향수가 되어 버린다. 보이는 것마다 엉망진창인 역사의 현장 속으로 낯선 사람이 되돌아갔을 때 더 이상 죄와 벌이 속하는 곳을 확정하기가 어려워진다. 죽음조차도 모든 것을 해소하거나 구원할 수는 없는 것이다. 다이진화가 본 것처럼 "죽음은 위화의 작품 발전 단계에서 반복적이면서 또 무한히 연장되는 의미의 서스펜션이 되며, 서사되는 사건과 의미의 사슬 사이의 봉합할 수 없는 균열이 된다."[22]

전술한 〈1986년〉에서 위화는 미치광이가 사람들 앞에서 자해하는 것을 빌어 혁명 폭력의 그림자가 존재하지 않는 곳이 없다는 점을 지적한다. '혁명'은 물론 문화대혁명을 가리킬 수 있다. 그러나 미치광이의 불분명한 시공간의 상상 속에서 사실 '혁명'의 발원지는 확정지을 수가 없다. 그의 팔다리와 얼굴에서 피가 낭자하게 갈라터질 때마다 그런 추적할 도리가 없는 역사의 상흔은 단지 임시적이고 단편적인 육신의 선언을 할 수밖에 없다. 푸코의 광기・감시・처벌에 대한 관점이 복잡하게 확장된다. 이야기 속의 미치광이는 역사의 피해자로, 이제 대중의 공개적인 장소에서 스스로 형을 가함으로써 혁명의 폭력을 반증한다. 그러나 뭇사람의 '눈길'이 주시하고 있는 가운데 그가 하는 행동은 결국 거리의 풍경이 될 뿐 장관은 아니다. '장관'의 시대는 이미 흘러가버리고, 이제 통치자의 감시라든가 피통치자의 주시가 모두 이미 불안정하게 깜빡이는 조명으로 화하고 말았다. 그 떠돌아다니는 미치광이 – 1980년대의 광인 – 는 격리되면서 동시에 수용되는 예교의 틈새 사이를 배회하면서, 혈육이 모호한 좁은 공간에서 그저 죄와 벌의 순환만을 상상할 수 있을 따름이다.

이상의 두 작품은 역사와 상흔, 폭력과 정의의 관계를 연결지으면서, 비록 부조리한 형식으로 써내기는 했지만 어쨌든 더듬어볼 수 있는 흔적을 남기고 있다. 그러나 〈어떤 현실〉, 〈세상사는 연기와 같다〉, 〈재앙은 피할 수 없다〉에 이르면 위화는 폭력을 더욱더 '일상화'한다. 혁명이 비상적인 것에서 평상적인 것으로 전환될 때 폭력은 일상의 행위 속에 스며들어 끊임없이 되풀이된다는 것, 이것이야말로 위화 세계에서 가장 두드러지는 점이다. 우리는 각각의 모살 또는 강간에 대해 그 원인을 추적해볼 수는 있지만, 어쨌든 모살 또는 강간의 '결과'가 일종의 정의의 논리적 추론으로 단순화될 수는 없는 것이다. 바꾸어 말하자면, 죄와 벌은 악을 응징하고 제거하는 도덕적 맥락을 완전히 상실하며, 여전히 일종의 순수한 절대적 존재를 만들어낸다. 사드 후작으로부터 조르주 바타유에 이르는 일파의 악과 타락한 육체에 대한 철학적 사고를 여기에 대입해보는 것도 무방할 것이다.[23] 위화는 선과 정의에 대한 참으로 대담한 뛰어넘기 가운데서 야유적 성격이 넘치는 하나의 (반)도덕적 질서를 이룩한다. 그는 마치 (마오식) 법률과 문화의 위선적 본질을 꿰뚫어본 것 같으면서 또 더 커다란 악, 더 극단적인 폭력으로 포섭하고자 시도한다. 생명의 본능은 더 이상 아껴 쓰면서 하지 못할 바가 있는 것이 아니라 일종의 호사스러운 낭비이자 이유도 모르고 '내던져버리는' 것이 된다. 죽음과 광기의 가장자리에서 위화의 폭력적 인물들은 아주 즐거워 보인다. 그의 폭력 서술은 은근히 찬미적인 시적 정취를 내포하고 있다.[24)]

우리는 이리하여 〈고전적인 사랑〉을 논하게 된다. 이 중편에서 위화는 고전적인 재자가인의 원형을 다시 쓴다. 경성으로 과거를 보러가는 재자와 규방에서 결혼을 기다리는 가인이 첫눈에 반하여 한밤에 밀회를 하는데 천진난만하기가 짝이 없다. 그러나 3년 후 재자가 다시 와보니 가인은 이미 묘연하고 온 천지가 기근이다. 가장 공포스러운 것은, 인육시장이 성행하고 견디다 못한 굶주린 백성들이 모두 도마 위의 고기가 되기만을 기다리고 있는데, 왕년의 가인이 바로 그중의 하나라는 것이다! 소설에 대한 위화의 칼질하기와 토막내기가 이보다 더 심한 것은 없으리라. 마지막에 사랑이라는 이름으로 재자는 이미 한 쪽 다리를 잘라 판 가인을 죽이고 만다. 그런데 이야기는 다시 또 하나의 '천녀유혼' 식으로 흘러간다. 사랑과 죽음, 폭력과 쾌락이 번갈아가며 배역을 맡고, 우연과 숙명은 동전의 양면이 된다. 그저 인물들의 고통스러운 신음 속에서, 그들(그녀들)의 팔다리가 떨어져 나간 육체가 마지막으로 뒤틀리는 가운데, 위화는 잠시 생명의 의의 – 또는 무의미를 증언한다.

4. '피와 눈물' 속의 외침

1990년대 이래 위화는 세 편의 장편소설을 내놓았다. 《가랑비 속의 외침》(1991), 《살아간다는 것》(1992), 《쉬싼관 매혈기》(1995)가 그것이다. 이 세 소설은 소설 형식에 대한 위화의 새로운 시도를 대표하며, 또 과거 수년간의 창작 집념에 대한 재사고라고 볼 수 있다. 비록 여전히 유혈과 죽음이라는 주제가 작품을 채우고 있지만 이미 위화가 변화한 흔적을 찾아볼 수 있다.

이런 변화는 사람에 따라 각기 다른 평가를 불러일으켰다.[25] 《가랑비 속의 외침》은 한 소년의 문학적 계몽의 경험을 쓰고 있다. 작품은 은연중에 《호밀밭의 파수꾼》과 《젊은 예술가의 초상》을 모방하고 있는데, 생각해 보면 위화 개인의 성장의 그림자가 없지 않다. 소설은 이렇게 시작한다.

> 1965년이던 그때 한 소년에게 캄캄한 밤에 대한 형언할 수 없는 공포가 시작된다. 내게 가랑비가 흩뿌리는 그날 밤이 떠오른다. 당시 나는 이미 잠이 들었는데 …… 장난감처럼 침대 위에 눕혀져 있었다. …… 이때였을 것이다. …… 한 줄기 아련한 길이 나타났는데, 차례로 나무와 풀숲이 갈라지는 것 같았다. 한 여인의 흐느끼듯이 외치는 소리가 멀리서 들려오고, 본디 고요하기 그지없던 캄캄한 밤에 갑자기 갈라터진 목소리가 울려 퍼지면서, 이 순간 내가 회상하고 있는 어린 시절의 나를 두려워 떨게 만들었다.[26]

비몽사몽간에 지난 일에 대한 미혹이 한 여인의 모습으로 화하고, 이어지는 애끓는 부르짖음이 그 놀란 아이를 불러댄다. "나는 그렇게도 절박하고 두려워하며 또 다른 목소리가 나타나기를 바랐는데 …… 그녀의 흐느끼는 목소리를 가라앉혀줄 수 있는 …… 그러나 나타나지 않았다. 지금 나는 애초 자신이 겁에 질렸던 이유를 알게 되었다. 그것은 끝끝내 누군가 나서서 대답하는 목소리를 듣지 못했기 때문이었다."[27] 세월이 지난 후 작가는 그날 밤의 형언할 수 없던 공포를 쓰게 된다. 이런 식의 시작은 우리로 하여금 거의 마르셀 프루스트의 저 유명한 《잃어버린 시간을 찾아서》의 시작 부분을 떠올리게 만든다. "의지가지없이 고독하게 외치는 소리보다 사람을 더욱 전율하게 만드는 것은 없을 것이다. 빗속의 공활한 캄캄한 밤에."[28] 글쓰기는 가위눌림의 암흑 속으로 돌아가서 그 부르짖는 목소리를 찾고자 시도하는 것이다. 또는 더욱 중요하게도 "나서서 대답하는 목소리를 듣게"[29] 되기를 시도하는 것이다. 그다음 부분에서 위화는 이야기 속 아이의 성장의 자취들을 서술한다. 마을의 추문, 형제와 친구의 돌연한 죽음, 첫 번째 성적 유혹, 가족의 드라마틱한 지난 일, 그리고 극단적으로 단절된 친아들로서의 관계 등. 주인공은 부모에 의해 다른 사람의 양자로 보내졌다가 일련의 우여곡절을 거친 끝에 양부의 집을 떠나게 된다. 그가 고향으로 돌아왔을 때 만나도 알아보지 못하는 아버지와 정면으로 마주치게 된다. 그러나 그때 마침 훨훨 타오르는 불길 속에서 고향의 집이 깡그리 다 타버린다.

위화 소설에 대해 정신분석학적 계보를 그려보고자 하는 독자라면 《가랑비 속의 외침》보다도 더 잘 준비된 예를 찾지는 못할 것이다. 어린 화자는 '놀라서 꿈을 깬다.' 한 여자의 외침을 들었기 때문이다. 음습하고 적막한 시공간에서 그 원초적인 (가부장/아버지의?) 대답은 가물가물 들리지 않는다. 공교롭기 짝이 없게도 작품을 관통하고 있는 중심 줄거리는 화자의 아버지 찾기와 아버지 잃기라는 일련의 희비극이고, 가랑비 속의 외침에 대한 헛된 반응이다. 그에게 가장 깊은 트라우마는 시내의 '부모'에게 양자로 맡겨지는 것이다. 아이를 낳을 수 없는 이 양부모는 가장 공포스러운 방식으로 어린 화자에게 가정의 허상과 부모의 위선을 가르친다. 위화는 끊임없이 포기함, 벗어남, 도망침 등의 설정을 통해 소설에서 이별의 잔혹함과 갑작스러움을 보여준다. 아마도 친구의 정이나 혈육의 정이라는 불꽃이 간헐적으로 깜빡거리겠지만 작품에서 '집'을 무너뜨리고 평지로 만들어버리는 큰 불길과 대면함으로써 마치 위화는 교활하게 우리에게 '불'을 놀리는 자는 불에 타죽는다고 말하는 듯하다.

그러나 아버지 찾기(그리고 아버지 죽이기)의 초조함과 갈망은 어쨌든 멈출 수가 없다. 이는 소설 서사를 기동시키는 가장 중요한 관건이다. 위화는 화자의 아버지와 자식 사이의 긴장 관계를 다루고 있을 뿐 아니라, 아버지와 그의 아버지 사이의 갈등 역시 죽을 때까지 이어간다. 그런데 우리가 한 걸음 물러서서 모든 아버지라는 인물의 용렬함과 위축됨을 본다면 가부장의 위력이 어째서 그렇게까지 신비한지에 대해 회의를 금할 수가 없게 된다. 더욱 의미심장한 것은 화자인 위화가 이 떨쳐낼 수 없는 그림자를 마주하며, 도피하면서 추적하고 두려워하면서 매혹된다는 점이다. 이런 구성 아래에 놓고 보자면 《가랑비 속의 외침》은 아버지와 자식 간의 폭력과 화해라는 순환을 써낸 것이다.

이런 식의 독법을 위화 개인의 경험에 연결시키기보다는 시야를 확대해서 그것을 더욱 큰 민족적 기억의 트라우마에 적용하는 것도 좋을 것이다. 《가랑비 속의 외침》은 앞선 위화 작품들 – 〈18세에 집을 나서 먼 길을 가다〉에서부터 〈1986년〉 등에 이르기까지 – 의 일종의 전기화, 자서전화라는 타협이다. 마치 위화는 자신의 그런 작품들에서 뭐라고 이름 지을 수 없었던 폭력의 유혹에 대해 일종의 발원지를 설정하려는 것 같다. 그러나 프로이트 식의 '가족 이야기'로 어찌 마오 왕국의 '자식 같은 백성'과 '정치적 아버지'의 애증 관계를 모두 다 설명할 수 있겠는가? 위화는 사실 《가랑비 속의 외침》을 통해 '한 가지' 편의적인 '스토리'를 제공하면서 성인들의 갖가지 정신적 병증에 대해 어린 시절의 옛일이라는 식의 해석을 가하는 것이다.

《가랑비 속의 외침》에는 수많은 원죄적인 태도가 들어 있다. – 비록 위화가 밝히고자 하는 죄는 끝끝내 정리될 수는 없었지만. 가족이 붕괴되는 모습을 서술할 때, 특히 당시 유행하던 '역사가적 소설'의 영향이 현저하게 드러난다. 이 소설에는 애수와 온정이 뒤섞여 있어서 위화의 이전 작품에 비해 읽기 좋고 이해하기 쉽다. 그의 서사 스타일이 점차 순화되면서 주류의 (가부장적) 목소리에 가까워지고 있는 것이다. 상대적으로 보아 위화의 두 번째 장편인 《살아간다는 것》은 또 다른 세계이다. 이 소설은 장이머우 감독이 같은 제목의 영화로 각색하여 비교적 독자들에게 잘 알려져 있다. 그러나 소설과 영화의 판본을 자세히 대조해보면 위화의 창작 의도가 장이머우(그리고 극작가 루웨이)보다는 훨씬 준엄하고 심도가 있다.

《살아간다는 것》에서 화자 '나'는 민요 수집가인데, 시골로 내려가 민요를 채록하는 과정에서 늙은 농부인 푸구이를 알게 되고, 이로부터 푸구이가 겪은 비참한 일생의 일을 듣게 된다. 푸구이는 구사회에서 집안을 망친 방탕아로, 도박 때문에 가산을 탕진한 후 남은 반평생 동안 피와 눈물로 지난 반평생의 황당함을 갚게 된다. 소설의 중심은 푸구이가 자신이 구사회에서 신사회로 바뀌는 동안 기세 좋게 노름하던 것에서 한 푼도 남지 않게 되기까지의 전말을 띄엄띄엄 추억하는 것이다. 세월은 반세기를 넘나들지만 인간사의 상전벽해는 마치 어제와 같다. 소설의 마지막에는 외롭게 홀로 남은 푸구이가 늙은 소 한 마리를 벗 삼아 살아가게 된다. 그는 정답게 소를 [죽은] 식구들의 이름으로 부른다.

이는 평범한 한 사람이 온갖 고생을 다 겪는다는 이야기이다. 얼핏 보기에 위화는 마치 현대문학의 '노골적인 리얼리즘'(hard-core realism) 전통으로 되돌아가서 '학대받는 사람들'을 동정하게 된 것 같다. 그러나 자세히 읽어보면 또 그렇지도 않다. 푸구이가 그렇게 고생을 하게 된 것은 그가 젊은 시절에 할 일을 제대로 하지 않았기 때문에 비롯된 것이다. - 그는 벌을 받아 마땅하다. 역설적이게도 '다행히' 그는 공화국 건국 전에 이미 가산을 탕진했고, 이리하여 1950년대의 갖가지 투쟁에서 벗어날 수 있었다. 푸구이는 도대체 복으로 인해 화를 자초한 것인가 아니면 화로 인해 복을 불러들인 것인가? 위화는 좌익작가의 그런 항의문학적인 공식을 가져와서 사용한다. 마치 세상은 어질지 않고 복과 화는 무상하다는 우언을 말하려는 것 같다. 그런데 푸구이는 한 가지 재앙은 피한 셈이지만 아직 겹겹의 액운이 그를 기다리고 있다. 그 뒤 살아가는 동안 그의 자식들, 아내, 사위가 혹 비명에 죽거나 혹 병으로 사망한다. 마지막에는 그의 삶에서 유일한 기댈 곳이었던 어린 외손자마저도

배가 터져 죽는다.

푸구이의 일생은 부귀라는 뜻의 이름과 걸맞지 않는다. 그가 겪은 것들은 공식화된 자연주의적 대표 장면과 너무 닮았다. 그러나 위화는 이를 통해 자신의 허무적인 운명관을 다시 한 번 풀어낸다. 푸구이의 비애는 '어떤 현실'이요 '피할 수 없는 재앙'이기도 하다. 어둠의 힘 아래에서 인간이 가질 수 있는 것, 할 수 있는 것은 또 얼마나 한계가 있는 것인가! 50년 전으로 시간을 거슬러 올라가면 일찍이 좌익작가들은 '피와 눈물의 문학'을 높이 쳐들면서 권력자를 고발하고 혁명을 제창한다.[30] 그러나 위화의 펜에서 피와 눈물은 부조리한 인생의 생리적인 표징이 되어버린다. 한 걸음 더 나가서 1940년대에 자오수리 역시 〈푸구이〉라는 제목의 소설을 썼던 것이 기억난다. 그 소설에서 푸구이는 구사회의 영향을 받아서 좀도둑질을 일삼는다. 공산주의 혁명이 일어나자 그는 마침내 대오각성을 하여 다시금 사람 노릇을 할 기회를 갖게 된다. 그런데 세기말에 서서 이를 되돌아본다면 위화 세대의 작가들은 차가운 웃음을 짓게 될 것이다.

중국판 욥(Job)으로서 푸구이에게는 저주할 신도 없다. - 그의 신, 그의 주석은 이미 그를 버리고 가버렸다. 그런데 위화의 의도는 여기에 있지 않다. 그는 푸구이의 고통을 설정하면서 시종일관 결코 그 어떤 관용과 구원도 예고하지 않는다. 그는 대량으로 '피와 눈물'을 늘어놓으면서 필경은 일종의 히스테리칼한 가학적 쾌감을 토로하는데, 곳곳에서 우리로 하여금 그의 초기 작품을 떠올리게 만든다. 소설의 결말 부분에서 푸구이의 이야기를 청취하던 젊은이는 탄식을 하며 물러나고, 푸구이는 그의 늙은 소를 끌고 가버린다. 그는 죽음을 기다리고 있는 것이다. 그러나 좋은 죽음도 구차하게 사는 것보다는 못하나니, 그날그날 되는대로 살아간다.

과거 위화의 소설은 죽음이나 광기를 내세우지 않는 것이 없었다. 《살아간다는 것》은 또 다른 가능성을 발전시켜 나간다. 죽음으로 내몰았다가 살려내는 것이 그것이다. 위화가 긍정적이고 '앞을 향해 내다보게' 된 것일까? 우리는 이에서 천박한 도덕적 교훈을 취할 수도 있을 것이다. 《살아간다는 것》을 각색한 영화 《인생》이 바로 이렇게 극도로 선정적인 수법을 써서 처리한다. 나는 위화의 견식이 더 높을 것이라고 생각한다. 푸구이는 크나큰 비애와 기쁨을 너무나 많이 겪지만 겸허하게 자신의 삶의 이야기를 서술한다. 그 이야기의 신비성을 알고 있기 때문이다. 사무엘 콜리지의 《노수부의 노래》 속의 노수부와 꼭 마찬가지로, 그는 여러 차례 죽음의 가장자리에서 떠돌다가 지금은 여생의 힘을 모두 다하여 젊은 사람들에게 죽음의 이야기를 들려준다. '죽음'을 모르고서 어찌 '삶'을 알겠는가. 이야기를 듣고 난 젊은이는(그리고 우리 독자들은) 계속 살아가게 되는데, 마찬가지로 '더욱 우수어리면서 더욱 슬기로워지지'(sadder and wiser) 않을까? 《살아간다는 것》은 '신사실주의'의 교조적인 이야기인 것만은 아니다. 위화는 운명의 반복적인 농락과 죽음의 그림자 같은 동반에 대해 한시도 잊지 않고 있다. 이는 그로 하여금 설령 눈물이 쏟아지는 것을 묘사하는 시점에서조차도 여전히 퇴폐적이라고 할 방종을 유지하도록 만든다.

위화의 신작 《쉬싼관 매혈기》는 그의 창작 10년에서 중요한 기록임에 틀림없다. 이 10년간 그는 황당무계한 인간사의 상황, 블랙유머에 가까운 냉랭한 필치로 수많은 독자들을 끌어들였다(또는 거슬리게 했다). 앞에서 언급한 것처럼 가부장적 가정 관계의 변주, 숙명적 인생의 끌어당김, 죽음과 역사라는 블랙홀의 유혹 등은 이미 그의 작품의 등록상표가 되었다. 그런데 이런 특징들은 결국 신체의 장관 – 찢어발김, 변형, 손상, 발광, 죽음 – 으로 귀착된다. 《쉬싼관 매혈기》 역시 상례에 따라 이런 제재들을 다룬다. 그렇지만 위화는 그 과정에서 전혀 다른 논리를 발전시켜 나간다. 쉬싼관은 못 배운 사람이다. 생사공장의 노동 외에도 부업 – 매혈 – 을 하고 있다. 그가 번

돈은 다름 아닌 피와 땀으로 번 돈이다. 그는 쉬위란과 결혼하지만 첫째가 태어난 후 생김새로 보아 이 아들놈은 남이 심어놓은 종자임을 분명히 알게 된다. 세월은 그럭저럭 흘러가고 잇따라 둘째와 셋째도 태어나는데 쉬싼관은 아무래도 마음속 응어리를 풀 수가 없다.

위화는 대대적으로 피의 이미지를 내세워 글을 써나간다. 그리고 얻는 바가 없지 않다. 앞에서 거론했듯이 '피와 눈물'은 혁명문학의 정통 주제이다. 이렇게 피눈물이 콸콸 쏟아지는 것은 일대 중국인의 고난 및 후손들의 도덕적 책임을 말하는 것이다.31) 우리는 루쉰의 그 유명한 〈약〉21을 떠올리게 된다. 그 속에서 혁명열사의 피는 무지한 시골 사람들이 몸을 보하고 병을 치료하는 데 쓰인다. 그런데 1930년대 우쭈샹의 단편(〈관관의 보약〉)에서 쓴 것은 노동 인민이 피를 팔고 젖을 팔아서 '부르주아계급 통치자'를 먹여 살리지만 자신은 결국 제명에 죽지 못한다는 것 아니던가? 중국공산당의 혁명역사소설에는 목숨을 내던지고 뜨거운 피를 쏟는 영웅들이 너무나 많다. 이념과 주석을 위해 성전을 벌이는데 피와 살로 된 몸이 어찌 대수이랴?

위화는 정반대로 나아간다. 《쉬싼관 매혈기》는 시작하자마자 분명히 밝힌다. 선혈은 값나가는 것이니, 구사회에서도 그랬고 신사회에서도 역시 그렇다고. 쉬싼관은 일평생 피를 팔아 고비를 넘기고 식구들을 부양한다. 피는 일종의 생명 생존의 요소이자 일종의 상품이다. 이 속에 포함된 풍자는 물론 쉬싼관이 피를 흘려가며 맞바꾼 또는 거래한 목숨 같은 본전이다. 주고받고 하는 사이에서 그의 신체는 최후의 판돈이 되고, 자칫 잘못하면 정말로 피 같은 밑천을 날리는 것이다. 좌파의 고명하신 선생들께서는 위화의 시니시즘을 책망하던 나머지 아마도 위화의 의도를 경시하는 것 같다. 《살아

21 〈약〉의 한글본이 《루쉰 소설 전집》, 루쉰 지음, 김시준 옮김, (서울: 을유문화사, 2008)을 비롯해서 많은 곳에 실려 있다.

간다는 것》에서 푸구이의 아들은 현장의 아내에게 강제로 수혈을 하게 되고, 결국 헌혈 침대 위에서 죽는다. 그의 딸은 문화대혁명이 고조되는 중에 병원에서 출산을 하다가 간호가 잘못되어 하혈로 죽는다. 위화는 핏빛 속에서 죽음의 그림자를 보는 것이다. 푸구이의 자식들은 피를 소진한 끝에 무가치하게 죽어 가고, '인민'을 떠받든다는 그 사회는 더욱너 흡혈귀 같은 존재가 되어간다. 쉬싼관의 매혈 역시 목숨을 가지고 노는 것이다. 그는 일종의 두렵기는 하지만 '노동하지 않고 얻는' 일을 하고 있는 것이다. 그러나 《살아간다는 것》 속의 인물들에 비하자면 그는 그래도 자기 자신을 위해 머리를 굴려볼 수는 있다.

그런데 쉬싼관의 이야기에는 또 다른 측면이 있다. 쉬싼관은 큰아들의 신세에 대해 늘 마음에 두고 있으며, 그와 관련하여 마누라의 정조에 대해서도 개운하지가 않다. 쉬위란은 그에게 시집올 때 완벽했던 것일까? 그의 혼인의 토대는 처녀의 피를 바치는 것 위에서 이루어지는 것이다. 이에 따르면 쉬싼관과 큰아들 사이의 문제 역시 혈연관계의 애매성에서 비롯되는 것이다. 위화는 피와 종법과 친족 관계 사이의 상징적 의미를 확장하여, 작품 전체를 혈친, 혈통의 인증 네트워크 속에 담가놓는다. 이는 도대체 신사회의 괴현상의 한 부분인가 아니면 구사회의 봉건적 폐해의 축소판인가? 쉬싼관은 시대에 뒤떨어진 인물이다. 그러나 그 점을 가지고 더 생각해보자면 우리가 이렇게 말하는 것도 무방할 것이다. 공산당이 어찌 너와 내가 구분 없는 대가정이던가? 지금껏 '혈통론'의 그림자가 사라져본 적이 없는 것이다.

또 바로 이 때문에 작품에서 부자가 화해하는 장면이 특히 더 풍자적이다. 문화대혁명 중에 쉬싼관과 그의 가족 역시 법대로 행동하면서 각기 갈라져서 서로를 비판한다. 쉬싼관이 옛일을 들추어내는데 큰아들은 뜻밖에도 "내가 가장 사랑하는 사람은 물론 위대한 영도자 마오 주석이고, 그다음은 바로 싼관 아버지"라고 대답한다. 확실히 가부장 같고 아버지 같은 마오 주석의 권위 하에서 그 어떤 식의 부자지간의 갈등도 그 와중에 모두 해결되지 않겠는가? 그러나 부자가 서로 인정하는 이 멋진 일은 여전히 피의 테스트를 필요로 한다. 큰아들은 하방되어 간염에 걸리고, 쉬싼관은 늙은 목숨을 내걸고 피를 팔아 받은 돈으로 아들을 치료한다. 그는 피를 더 많이 팔기 위해 맹물을 잔뜩 들이키며, 피를 판 돈으로 그와 아들 사이에 피가 물보다 진하다는 혈육의 정을 증명한다. 이는 실로 소설에서 가장 우회적인 피를 바치는 의식인 바, 마침내 쉬싼관의 가정은 화해한다. 〈18세에 집을 나서 먼 길을 가다〉에서부터 《쉬싼관 매혈기》에 이르기까지 위화가 아버지와 자식의 관계에 대해 이렇게 온정적으로 처리한 것은 참으로 전에 볼 수 없는 일이었다.

위화의 과거 작품은 신체에 대한 자기 훼손과 상해를 과장해서 말하고, 이로써 생명의 황량하고 허무한 본질 및 그 모든 인위적 의미 구축 노력 – 기억 글쓰기에서부터 역사 글쓰기까지 – 의 대가 없음을 그려낸다. 그 이름 지을 수 없는 원초적 폭력들은 우리의 영혼과 신체를 갉아먹고, 마오 정권 이래 갖가지 운동은 그저 흔적을 확인해볼 수 있는 징후일 뿐이며, 한 세대 중국인들의 치유할 수 없는 트라우마는 설명할 수가 없다. 그런 트라우마 속에서 위화는 한바탕의 '화려한' 대대적인 출혈, 대대적인 소모를 본 것이다. 폭력의 연출을 감당하는 신체는 단지 가장 구체적인 관측소였을 뿐이다.

《쉬싼관 매혈기》는 어렴풋이 이런 태도를 계속한다. 위화는 그러나 신체의 무용하고 무의미한 희생 속에서 마침내 일련의 용처를 찾아낸다. '효용'(utility)에 대한 이 새삼스러운 발견이 아마도 주인공의 극히 아Q적인 행동 태도일 것이며, 아마도 탈바꿈 중인 대륙의 소비 심리를 반영할 것이며, 아마도 더 나아가서 자신의 가치관에 대한 위화의 타협을 암시할 것이다. 그의 폭력과 상흔 글쓰기는 이미 차츰 제도내의 합법화된 폭력, 합리화된 상흔 쪽으로 눈길을 돌리면서, 또한 상처를 치유하고 폭력을 중지시킬 수 있는 가능성 – 가정 – 을 더 이상 배제하지 않는 것 같다. 10년간의 창작 과정을 되돌아보면 위화는 분명 《쉬싼관 매혈기》를 통해서 조정을 시도하고 있다. 그는 성숙해지는 것일까 아니면 보수화되는 것일까? 이런 의미에서 향후 그의 창작 동향은 특히 주목할 만하다.

| 저자 주석 |

8장 위화

1) 余華, 〈十八歲出門遠行〉, 《十八歲出門遠行》, (台北: 遠流, 1990), p. 29.
2) 余華, 〈虛僞的作品〉, 《余華作品集》 第2卷, (北京: 中國社會科學出版社, 1994), p. 278.
3) 余華, 〈十八歲出門遠行〉, 《十八歲出門遠行》, (台北: 遠流, 1990), p. 23.
4) Franco Moretti, *The Way of the World*, (London: Verso, 1987).
5) 1980년대 대륙의 문화붐 가운데 '주체성' 논쟁에 관련된 참고자료는 대단히 많다. 최신의 기술로는 마땅히 Jing Wang(王瑾), *High Cultural Fever*, (Berkeley: University of California Press, 1996), chap. 5를 들어야 할 것이다.
6) 중국공산당의 역사 이야기 및 신화로서 장정에 관련된 것으로는 David Apter and Tony Saich, *Revolutionary Discourse in Mao's Republic*, (Cambridge: Harvard University Press 1994)를 보기 바란다.
7) 余華, 〈現實一種〉, 《余華作品集》 第2卷, (北京: 中國社會科學出版社, 1994), p. 45.
8) Henri Bergson, "Laughter" in *Comedy*, (New York: Doubleday, 1956), p. 84.
9) 余華, 〈虛僞的作品〉, 《余華作品集》 第2卷, (北京: 中國社會科學出版社, 1994), p. 278.
10) 余華, 〈川端康成和卡夫卡的遺産〉, 《余華作品集》 第2卷, (北京: 中國社會科學出版社, 1994), pp. 194~197.
11) 余華, 〈川端康成和卡夫卡的遺産〉, 《余華作品集》 第2卷, (北京: 中國社會科學出版社, 1994), p. 296.
12) 李陀, 〈雪崩何處〉, 余華, 《十八歲出門遠行》, (台北: 遠流, 1990), p. 12.
13) Christopher Prendergast, *The Order of Mimesis*, (Cambridge: Cambridge University Press, 1986), chap. 1.
14) 이는 당연히 카프카의 〈변신〉의 결말을 떠올리게 만든다.
15) 余華, 〈虛僞的作品〉, 《余華作品集》 第2卷, (北京: 中國社會科學出版社, 1994), p. 285.
16) 王德威, 〈從頭談起 – 魯迅、沈從文與砍頭〉, 《小說中國: 晩淸到當代的中文小說》, (台北: 麥田, 1993), pp. 15~29를 보기 바란다.
17) 唐小兵, 〈暴力的辨證法〉, 《再解讀: 大衆文藝與意識形態》, (香港: 牛津, 1993), p. 122. 또 王德威, 〈罪與罰?: 現代中國小說及戱劇中的正義論辯〉, 《如何現代, 怎樣文學?: 十九、二十世紀中文小說新論》, (台北: 麥田, 1998), pp. 113~140.
18) 余華, 〈虛僞的作品〉, 《余華作品集》 第2卷, (北京: 中國社會科學出版社, 1994), p. 280.
19) 양샤오빈의 논문을 보기 바란다. Xiaobin Yang, *The Post-Modern/Post-Mao-Deng: History and Rhetoric in Chinese Avant-garde Fiction*, (New Haven:

Yale University Press, 1996).

20) 毛澤東,《湖南農民運動考察報告》(1927)에 나온다. 또 탕샤오빙의 검토를 보기 바란다.

21) 戴錦華,〈裂谷的另一側畔 – 初讀余華〉,《北京文學》第7期, 1989, p. 206. 또 楊小濱,〈中國先鋒文學與'毛語'的創傷〉,《二十世紀》第20期, 1993年12月, pp. 44~51과 Andrew F. Jones "The Violence of the Text," *Positions* 2, 3(1994), pp. 570~602를 보기 바란다. 또한 René Girard의 고전적인 검토인 *Violence and the Sacred*, trans. Patrick Gregory, (Baltimore: Johns Hopkins University Press, 1991)을 참고할 수 있다. 또 Anthony Kubiak, *Stages of Terror: Terrorism, Ideology, and Coercion as Theatre History*, (Bloomington: Indiana University Press, 1991)을 보기 바란다.

22) 戴錦華,〈裂谷的另一側畔 – 初讀余華〉,《北京文學》第7期, 1989, p. 206. 또 劉紹銘,〈殘忍的才華〉,《明報月刊》, 1993年10月, pp. 46~47을 보기 바란다.

23) Alan Stoekl, *Politics, Writing, Mutilation*, (Minneapolis: University of Minnesota Press, 1985) ; David Morris, *The Culture of Pain*, (Berkeley: University of California Press, 1993), chap. 20 ; Michael Richardson, *Georges Bataille*, (London: Routledge, 1994), chap. 4,5를 보라. 또 Lu Tonglin, *Misogyny, Cultural Nihilism, and Oppositional Politics*, (Stanford: Stanford University Press, 1995), chap. 6를 보기 바란다.

24) 우리는 이로부터 다시 한 번 마오 문학 또는 마오쩌둥주의의 가장 역설적인 현상을 보게 된다. 이 부분에 대한 검토는 더 많은 분량을 필요로 하므로 여기서는 이 정도에 그친다.

25) 양샤오빈은 위화가 1980년대 말에 루쉰문학원에 입학하였는데 학교식의 창작 훈련이 오히려 그의 창조력에 악영향을 준 것 같으며, 그는 가면 갈수록 전통적인 서사 논리에 접근하고 있다고 주장한다. 楊小濱,〈余華〉,《中國時報》, 1995年9月 21日을 보기 바란다.

26) 余華,〈在細雨中呼喊〉(〈呼喊與細雨〉),《余華作品集》第3卷, (北京: 中國社會科學出版社, 1994), p. 4.

27) 余華,〈在細雨中呼喊〉(〈呼喊與細雨〉),《余華作品集》第3卷, (北京: 中國社會科學出版社, 1994), p. 4.

28) 余華,〈在細雨中呼喊〉(〈呼喊與細雨〉),《余華作品集》第3卷, (北京: 中國社會科學出版社, 1994), p. 4.

29) 余華,〈在細雨中呼喊〉(〈呼喊與細雨〉),《余華作品集》第3卷, (北京: 中國社會科學出版社, 1994), p. 4.

30) 鄭振鐸,〈血和淚的文學〉,《鄭振鐸選集》, (福州: 福州人民出版社, 1984), p. 1097.

31) Marston Anderson, *The Limits of Realism: Chinese Fiction in the Revolutionary Period*, (Berkeley: University of California Press; 1990), p. 44를 보기 바란다.

9장 리앙

성, 추문, 그리고 미학 정치

> 사회·정치·인성의 진실성(물론 어두운 면을 포함해서)을 숨기고 감추면서 문제를 발견하지 못한 척하며 문제가 없다고 간주하는 것은 가장 부도덕한 행위이자 허위이고 위선이다.[1)]
>
> (사회·정치·인성의 진실성을 드러내는 것은 – 인용자) 때로는 나도 지나치게 많이 손볼 수는 없으며, 그 점을 나는 너무나 확신하는데, 내가 쓴 것은 사생활에 관한 것이 아니므로 당사자를 불쾌하게 만들지는 않을 것이다.[2)]
>
> 리앙

그녀의 창작이 30년째에 들어서던 해에 리앙(李昻, 1952~)은 또 한 차례 논란의 중심인물이 된다. 〈베이강의 향로에는 누구나 꽂는다〉를 둘러싸고 문단과 정계가 부글부글 들끓는다. 빗대거나 비방하고 망신을 당하거나 잘난 척하면서 일순간에 의론이 분분하다. 집권 여당과 제1 야당이 앞서거니 뒤서거니 하면서 불분명한 지금, 그 사이를 맴돌면서 온갖 봄바람을 다 보았던 한 여성 정치가가 소설 한 편 때문에 눈물을 글썽이며 결백의 중요성을 역설한다. 다른 한편에서는 한 여성 작가가 한사코 결백을 주장하는 중에도 가면 갈수록 이 혼탁한 물에 빠져들고 있다. 희한한 세상, 기이한 이야기이러니 참으로 이보다 더 한 것은 없을 터이다. 이 구경거리는 이제 바야흐로 시작이지만 나는 반가움과 걱정이 교차하지 않을 수 없다. 반가운 것은 문학 시장이 활기를 잃은 지 이미 오래인데 이번에 (다이제스트 판) 소설 한 편이 이른바 '건국의 요부'로 하여금 그녀의 독서 방법을 공개하도록 만들고, 사람들이 열심히 이를 서로 전달하고 있다는 점이다. 얼떨결에 마치 문자의 매력 - 그리고 살상력 - 이 다시 한 번 증명된 것 같다. 걱정인 것은 양측 당사자 및 일부 호사가들이 '순수 허구'와 '사실 대조'라는 양 극단 사이에서 끝이 없이 글을 써대는 한편 이를 이어서 방송 매체까지 부추기고 있다는 점이다. 대체 어떤 식으로 소설을 썼고, 그 쓴 것이 어떠한가에 대해서는 오히려 아무도 따지지 않는다. 작가와 정치가들이 낡아 빠진 리얼리즘의 신도들인지 아니면 포스트모던적인 '스펙터클' 미학과 정치의 투기꾼들인지는 사실 자못 깊이 사고해볼 만한 것이다. 그런데 왁자지껄한 소리에 파묻혀서 결국 이런 문학적인 문제들은 간과되고 있다.

'향로' 사건을 야기한 사람으로서 리앙은 과연 진실로 무고한 사람일까? 만일 오늘날 민주주의가 진보를 하다 보니 다시금 문자옥을 불러일으키는 데까지 나아가버린다면, 죄를 뒤집어씌우려고 할 때 어찌 핑계거리가 없음을 걱정하겠는가? 그러나 다른 한편으로 또 우리는 모두 기억하고 있다. 30년 전 리앙은 처녀작 〈꽃피는 계절〉에서 한 소녀가 스스로 감독과 배우를 겸하며 성 의식의 꽃밭을 탐색하는 이야기를 쓴 적이 있다. 금지된 과일의 유혹과 금기를 대하면서 순진한 척할 수 있는 사람은 없다. 어떻게 반응하는가는 특히나 감관 이외의 수많은 동기와 관계가 있다. 그런 이치에 대해서 리앙은 누구보다도 잘 알 것이다. 지나간 세월 동안 리앙은 이 금지된 과일에 대해 묘사하고 기록해왔다. 심지어 몸소 실천하면서 공공연하게 먹고 삼키고 함으로써 질시를 받아왔음은 말할 것도 없다. '인간 세상' 시리즈에서부터 《살부》[1], 《미로의 정원》[2]에 이르기까지, '돼지 죽이기'의 대변인에서부터 '주석'

1 《살부》의 한글본으로 《살부: 도살꾼의 아내》, 이앙 지음, 노혜숙 옮김, (서울: 시선, 1991)이 나와 있다.

2 《미로의 정원》의 한글본으로 《미로의 정원》, 리앙 지음, 김양수 옮김, (서울:

의 애인에 이르기까지, 리앙은 거듭해서 사회도덕의 잣대에 도전하고 도발해 왔으며, 이 때문에 상처도 받고 혜택도 받았다. 이런 차원에서 그녀는 결코 무고한 사람은 아니다. '향로'와 같은 사건이 초래한 은원은 그녀의 글쓰기가 필히 치러야 할 대가인 것이다.

그러나 리앙처럼 대담하고 두려움 없는 사람도 유감인 때가 없지는 않으리라. 아마도 그녀가 만들어낸 '향로'가 화력이 너무 강력했던지 금세 상대방이 역공에 이용하는 도구가 되어 버렸다. 그녀는 성·권력과 한 신흥 정당 간의 뒤얽힌 관계를 드러내고자 했다. 하지만 상대방과 함께 단순히 '두 여자 사이의 전쟁'[3]으로 축소되어 버린 것이다. 더욱 중요한 것은 〈베이강의 향로에는 누구나 꽂는다〉는 '정조대를 찬 마귀' 시리즈의 단편소설 4편 중 1편에 불과하며, 그중에서 가장 좋은 작품인 것도 아니라는 점이다. 그렇지만 과연 얼마나 많은 독자들이 다른 작품까지 본 후에야 결론을 내릴 것인가? 좀 더 멀리 눈길을 돌려보자면, '정조대를 찬 마귀' 시리즈는 리앙이 현재 진행 중인 글쓰기 프로젝트일 뿐이다. 창작 생활이 이미 30년이나 되고 끊임없이 화제를 불러일으킨 작가에 대해 또 얼마나 많은 독자들이 그녀의 과거 성과를 되돌아보면서 그녀의 현재 방향을 가늠해줄 것인가? 어쩌면 리앙은 아직도 역량이 부족해서 작품이 기대하는 공감이나 논쟁을 불러일으킬 수 없는 것 같기도 하고, 어쩌면 그녀가 마주하는 사람들이 늘 주저하고 위선적인 독자들이라서 그녀의 창작이 품만 많이 들고 얻는 건 적도록 만드는 것 같기도 하다. 그녀의 다변적이고 솔직한 공적인 이미지 뒤에서 나는 한 외로운 그림자를 보게 된다.[4]

은행나무, 2012)이 나와 있다.

1. 성과 추문의 논리

처음 시작할 때부터 리앙의 창작은 성 및 금기와 끊지 못할 인연을 맺었다. 1968년, 17세의 리앙은 〈꽃피는 계절〉[3]을 발표하여 단번에 사람들을 놀랍게 만든다. 소설은 수업을 빼먹은 한 여고생이 우연히 나이 많고 추레한 정원사와 만나 함께 겨울의 꽃밭을 돌아보는 것을 묘사한다. 소설이 끝났을 때 마치 아무 일도 일어나지 않은 것 같다. 하지만 여학생은 이미 자신에게 삶의 가장 중요한 수업을 한 다음이다. 전체적으로 소설의 표현은 건조하지만 그럼에도 성적 상징으로 가득하다. 만일 전술했던 여성 정치가의 '사실 대조' 식 독법에 따른다면 〈꽃피는 계절〉은 아마도 소녀 시절 리앙의 사춘기적 고백으로 볼 수도 있을 것이다.

이미 학자 스수가, 리앙의 맏언니라는 시각에서,[4] 이 당시 작가는 교육적 사회적 환경의 압력 및 체내에서 분출하는 청춘의 약동에 시달리고 있었는데 문자적 상상에서 발산의 돌파구를 찾아냈다고 언급한 바 있다.[5] 그리고 성은 그녀가 성장을 인식하고 성인 세계를 접촉하는 중요한 기호가 된다. 리앙 자신도 이런 프로이트 식 설명에 대해 꽤나 동의하는 것 같다.[6]

확실히 프로이트와 그 외 카프카에서부터 카뮈, 사르트르까지 그때 막 수입된 이론과 대가들이 리앙의 젊은 시절 작품에서 모습을 바꾸어 가며 교대로 등장한다. 〈꽃피는 계절〉 이후 〈혼례〉, 〈혼성합창〉, 〈장거리 주자〉 등은 모두 이렇게 볼 수 있다. 리앙은 대담하면서도 전위적이어서 그 어린 나이에 이미 엄연하게 타이완 모더니즘 말기의 신예가 되었다.

---

3 〈꽃피는 계절〉의 한글본이 《깡디스 산맥의 유혹》, 거훼이 외 지음, 김영철 옮김, (서울: 나남, 2011)에 실려 있다.

4 스수, 스수칭, 리앙은 자매간이다.

물론 오늘날 보자면 '꽃피는 계절' 시리즈의 작품들(모두 1975년판 《혼성합창》에 수록되어 있다)은 수준이 고르지 않음이 분명히 드러난다. 실존주의와 성 심리학을 과시하는 부분 역시 그 시절과 상통한다. 하지만 리앙의 조숙함, 그리고 조숙함이 빚어낸 창작 신분과 스타일의 극단적인 부조화는 주목할 만하다. 다른 한편으로 고향 루강에 대한 그녀의 강렬한 사랑이 벌써 단초를 보이고 있다. 작은 도시의 지나가 버린 번화함, 음산한 고택, 귀기 어린 전설은 틀림없이 그녀에게 무한한 상상의 실마리를 주었을 것이며 근작에서도 여전히 사라지지 않고 있다. 그녀가 단지 성만 썼다고 말하는 것은 사실 공평하지 않다. 초기의 리앙은 나이는 어려도 생각은 영악한 어린 마녀, 앙팡테리블(enfant terrible) 스타일이었다. 기괴하고 공포스러운 지역과 심리의 풍경을 꿰뚫어보았고, 이로써 원래부터 충분히 자극적이던 성이라는 아젠다에 홀연 이야기적 의미가 추가되도록 한 것이다. 예컨대 〈꽃피는 계절〉, 〈혼례〉, 〈곡선이 있는 아기 인형〉 등 그녀의 뛰어난 작품들에서 그녀는 미로에 미로가 이어지고 고혹과 사술로 미만한 세계 - 말로 형용할 수 없는 그 성의 세계 - 로 우리를 끌어들인다. 그녀는 우리를 대신해서 미친 소리나 상스런 소리를 하면서 우리가 입에 올리기를 창피해 하는 금기와 환상을 내보여준다. 이런 차원에서 보자면 이 어린 마녀는 거의 글로 재주를 부리는 무녀나 다름없다.[7)]

'꽃피는 계절' 시리즈 이후 비로소 리앙의 성적 글쓰기라는 일이 정식으로 시작된 셈이다. 나이도 어린 여성 작가가 낭만적 사랑은 아니 쓰고 그저 남녀 풍월만 써대니 자연히 사회의 큰 금기에 위배되는 일이었다. 1970년대의 〈인간 세상〉은 젊은 여대생이 성에 대해 놀랄 만큼 무지한 것과 '생활지도부서'의 무성의하고 허식적인 면을 고발한다. 1980년대의 《살부》는 합법적인 결혼이 묵인하는 성 폭력 및 여성의 자기방어적인(또는 자기 위안적인?) 남편 살해의 광상을 직설적으로 묘사한다. 1990년대의 《미로의 정원》은 성, 정치 및 민족 욕망 사이의 합종연횡적인 관계를 폭로한다. 이런 것들은 가장 뚜렷한 몇 가지 예에 불과하다. 리앙은 도덕주의자들이 북을 울리며 공격하기에 아주 좋은 대상이 되었다. 하지만 그녀는 자기 방식대로 해나가는 동시에 부단히 자신을 넘어서 왔으니 지금의 '향로' 사건은 실로 다 이유가 있는 것이다. 그런데 말을 앞으로 되돌려보자면 그녀의 글쓰기와 비판되어 온 과정은 이 근래 타이완의 성 영역의 확장과 부합되는 것 같다. 현재 젠더 담론이 주요 흐름을 형성하고 있는데, 리앙이 공헌한 것은 없다 하더라도 적어도 수고한 것은 있다. 그녀가 일찍이 "오늘 나를 비난하는 사람들은 내일 타이완 문화의 어릿광대가 될 것이다."[8]라고 당당하게 말하는 것도 이상할 것이 없다.

다만 사정이 그처럼 단순하지만은 않다. 리앙은 줄곧 '배덕자'의 이미지로 그녀의 창작 영역을 방어해왔다. 그녀가 이제 누가 도덕적이고 누가 비도적적이며, 누가 영웅이고 누가 어릿광대인지를 따지기에 급급하게 됨으로써 오히려 사람들을 불안하게 만든다. 그녀가 의식적이든 무의식적이든 간에 이미 성과 도덕 사이의 대화 관계를 단순화시킴으로써 보수화되기 시작했음을 보여주기 때문이다. 인간의 욕망으로서 성은 종의 번식이자 기쁨임과 동시에 이로써 상호 작용의 관계를 만들어내는 원초적 역량으로 간주될 수 있다. 그러나 그 어떤 문명의 구조 속에서도 성은 또 일종의 사회 형태를 실천하는 '기술'로서 간주되게 마련이며, 그것의 생리적이고 사적인 추구는 언제나 문화적이고 공적인 제약을 받게 된다.[9] 리앙은 이 두 가지 정의 사이를 오갔으니 짐작컨대 많은 압력을 받았을 것이다. 또한 성과 도덕 사이의 역설적인 공존 관계를 더욱 잘 이해할 수 있었을 것이다. 그녀가 도덕 풍속을 타락시켰다고 비난받는다고 해서 그녀가 인격적으로 비하되는 것은 아니다. 반면에 그녀가 다른 사람의 부도덕을 말한다고 해서 그녀야말로 도덕의 선지자임을 증명하는 것도 아니다.

더구나 성의 언술과 언설 차원에서 리앙은 이미 아주 복잡한 역할을 맡았던 터이다. 다년간의 훈련을 거쳐서 당년의 어린 마녀는 이미 호방 여성이 되어 있었다. 갖가지 문화 및 상징 자본의 신속한 교환 및 거래와 더불어서, 리앙이 문자상으로 풀어놓은 독충 속에 문자의 대중 영합적인 요소가 섞여있지 않다고 말할 수는 없다고 나는 생각한다. 바꾸어 말하자면, 문구가 사람을 놀랍게 만들지 않으면 안 되는 그녀의 성적인 문자에는 샤먼(shaman)적인 천의만 배어있는 것이 아니라 쇼맨(showman)적인 계산도 스며있는 것이다. 나는 리앙의 창작 의도를 폄하할 생각은 없다. 그녀 역시 이목을 끌기 위해서 이처럼 여러 가지 도박을 할 리는 없는 것이다. 그러나 과장적인 정보 산포/사정(dissemination) 및 신체의 볼거리화(spectaclization)라는 이런 포스터모던적인 시공간 속에서 또 그 누군들 다중 인격적인 프로그램을 연출하지 않겠는가? 내가 주목하는 바는 그녀의 서사 전략이 점차 바뀌고 있다는 점이다. 모더니즘에서 출발한 한 작가가 어떻게 이미 포스터모던적 기제의 운용에 들어갔는가 하는 점을 살펴보아야 한다. 우리는 그녀가 어떤 성 진리나 성 도덕을 썼는가에 초점을 두기보다는 그녀가 심혈을 기울인 작품이 어떻게 산포되고, 논의되고, 소비되는가에 초점을 두는 것이 더 낫다. 그리고 바로 이 때문에 리앙 현상은 우리의 성적(그리고 도덕적) 상상, 실천 및 전파 기능이 이처럼 복잡하게 변화하고 있으며 또 이미 잠자리 바깥의 일상생활 곳곳에 침투해 있음을 우리에게 가르쳐주는 것이다.

리앙의 문체는 간명하고 소박하며 심지어 때로는 거칠기까지 하다. 아주 신기한 것은 이런 스타일을 가지고 성의 결정적인 상황을 묘사할 때면 오히려 또 다른 종류의 노골적이고 자극적인 효과가 있다는 것이다. 스수가 말한 것이 맞다. 리앙의 소설은 문장 표현에 강점이 있는 것이 아니라 문제 제시를 장점으로 하는 것이다.[10] 기왕에 성이 문제가 된다면 이는 대부분 비정상적인 애정의 왜곡된 남녀 관계와 관련이 있다. 리앙의 세계에서 간통, 사통은 평범한 제재이다. 우리는 또 일심으로 정조를 내던지려는 소녀(〈늦봄〉), 어떻게 정조를 지켜야할지 모르는 학생(〈인간 세상〉), 제자의 약혼녀와 관계를 갖는 선생(〈전환〉), 만년에 정조를 저버리는 그러면서 또 딸을 자신의 상대와 강제로 결혼시키는 수절 과부인 어머니(〈시렌〉), 아내를 학대하는 남편과 남편을 살해하는 아내(〈살부〉[5]), 그리고 물론 사촌오빠가 4,50명은 되는 '베이강의 향로'(〈베이강의 향로에는 누구나 꽂는다〉) 등을 찾아볼 수 있다. 성은 관음화되고(〈장거리 주자〉,〈회고〉), 금욕화되고(〈인간 세상〉), 망상화되고(〈곡선이 있는 아기 인형〉), 음란화되고(〈미스 소피아의 이야기〉), 춘화화되고(〈미로의 정원〉), 자학・가학화되고(《살부》, 《어두운 밤》), 또 사망화된다(〈혼례〉, 〈비어있는 빈소〉). 성행위는 낡은 사당 안과 도살장 옆에서 일어나고(《살부》), 폐원과 차 안에서 일어나고(《미로의 정원》), 사무실에서 일어나고(〈베이강의 향로에는 누구나 꽂는다〉), 작은 여관의 낡아빠진 스프링 침대에서 일어나는(〈늦봄〉) 등 온갖 구차하고 불안정한 상황 속에서 일어난다.

그리고 짧은 정점이 지난 후 그 뒤를 따라오는 것은 통상 음울하고 참담한 탄식,[11] 이 정도에 불과하구나라는 허탈, 또는 더욱 감당키 어렵기로는 모욕당하고 거세당할 수도 있다는 초조함이나 심지어 도살당할 수도 있다는 위협이다. 리앙의 세계는 정말 극도로 행복하지 않은 인간 세상이며, 그녀의 성 묘사는 틀림없이 책장을 덮어버릴 만큼 사람들을 오싹하게 만들 것이다. 그러나 (소위) 세상에 음란을 권하는 여느 책과 마찬가지로 감당할 수 없는 묘사일수록 오히려 더 선정적인 매개체가 될 수 있을 것이다. 판도라의

---

5 〈살부〉의 한글본이 《살부: 도살꾼의 아내》, 이앙 지음, 노혜숙 옮김, (서울: 시선, 1991)에 실려 있다.

상자는 일단 열었다 하면 도로 닫을 수 있느냐 없느냐는 작가 마음대로 되지 않는다. 우리의 욕망의 블랙홀은 그렇게도 깊고, 작가와 독자의 동기도 그렇게나 헤아리기 어렵다. 훔쳐보는 것인가 아니면 진실을 기록하는 것인가? 수치스러워하는 것인가 아니면 자극하는 것인가? 도덕을 수호하는 것인가 아니면 도덕을 위배하는 것인가? 알 수가 없다, 알 수가 없어. 리앙과 그녀의 비판자들이 성과 도덕의 잣대를 논할 때면 따라서 또한 스스로를 돌이켜보며 자성해야 할 것이다.

각종 성 문제가 생체 기관의 떨림을 통해서 해결되지 않을 때, 그것들은 몸 정치의 다른 영역으로 흘러들어가서 나갈 길을 찾게 된다. 추문의 발생은 그 중 한 가지 중요한 형태이다. 바로 이런 측면에서 '향로' 사건을 볼 수 있다. 단어의 뜻으로 미루어보면 추문이 지칭하는 것은 추잡하고 문란하며 저열하기 짝이 없는 전언이며, 대부분 센세이션(sensation)한 구성으로 이루어져 있다. 그러나 추문의 발생과 확대 및 전파에는 미학(또는 문학)에 속하는 요소가 있다.[12] 낭설을 퍼트려 남을 중상하는 것은 원래 사회적인 다양한 목소리의 통로 중 하나이다. 그러나 어떤 사안이 생생하게 묘술되고, 입에서 입으로 옮겨지고, 심지어 열심히 서로 퍼뜨리게 되는 것은 일종의 서술 – 하나의 이야기 – 과정이 형성되고 있음을 암시한다. 추문은 그것이 생겨나는 원인은 있더라도 실체는 찾을 수 없는 것이 가장 좋다. 그래야 너나 할 것 없이 양념을 치고 상상을 덧보태기기에 편리하다. 추문의 내용은 아마도 캐묻기 거북하겠지만, 일이 일단 커지면 오히려 당당한 이치가 개입할 여지가 있어서 예사롭지 않은(lager–than–life) 희한한 이야기가 된다.

추문은 성과 가장 잘 얽힌다. 이유는 다름 아니다. 그것이 안성맞춤으로 사적 공간과 공적 영역, 육체적 실천과 여론의 전파, 욕망의 충동과 윤리적 규범의 한계를 뛰어넘기 때문이다. 그 아래에 감추어져 있는 것은 곧 성 본능, 언어 및 도덕의 변증법이다. 프로이트와 라캉 학파의 설명에 따른다면 욕망은 분출하고 유동하는데, 꼭(또는 오직) 언어와 마찬가지로 그 표출 추구의 방식이 치환·환유·은유이다. 반면에 상대적으로 사회적 상징 활동의 주요 매개체로서 언어는 또한 필히 관례화된 조건 규범을 참조한다. 언어는 일종의 욕망, 말은 유한하지만 욕구는 무한한 욕망이다. 그러나 언어 역시 일종의 윤리로서, 사회 다수인의 권익에 부응하여 끊임없이 '필히 이름을 바로잡는' 판단을 내려야 한다. 그러나 앞서 말한 것처럼 욕망과 도덕은 양 극단처럼 보이지만 사실은 암암리에 상통하는 경우가 너무 많다. 추문의 확산과 소멸은 바로 이러한 연계 고리들에서 나타난다.

가장 분명한 예는 〈인간 세상〉일 것이다. 성에 대해 전혀 무지한 한 여대생이 남자 친구와 처음으로 금지된 과일을 맛본 후 망연한 상태에서 같은 방 친구에게 그녀의 경험을 이야기한다. 이런 저런 과정을 거쳐서 학생처에 알려지고, 이 여대생과 남자 친구는 학칙을 심각하게 위반했다는 이유로 퇴학 처분된다. 이 이야기는 물론 여대생이 '거의 부끄럼을 모를 만큼' 순진한 것을 보여주는 데 그치지 않는다. 그보다도 그것은 우리에게 성·권력의 공간 및 도덕의 감시 기술이 상생 상극하는 현상을 말해준다.[13] 그러나 두 사람 사이의 일을 어떻게 모든 사람들이 다 알게 되었을까? 소설의 클라이맥스는 여학생의 남자 친구가 그녀를 질책하면서 하는 말이다. "네가 이런 짓을 할 줄은 전혀 생각 못했다. 넌 부끄럽지도 않아? 온데 떠들고."[14] 이 말은 실로 말하는 사람은 무심히 말하지만 듣는 사람은 유심히 듣는 일이다. 이런 일이란 원래가 말을 해서는 안 되는 것으로, 말을 했다간 지저분해지는 것이다. 그러나 말을 해서는 안 된다는 것이 곧 말을 할 수 없다는 것은 아니다. 성 추문의 매력은 그것이 공개된 비밀이라는 형태로 떠도는 데 있으며, 문자 언설의 쾌감이 일시적으로 우리의 성 금기와 성 환상을 대신하는 것이다. 푸코와 그의 동조자들이 이미 우리에게 말하지 않았던가? 성의 인식 및 그에 따른 권력과 쾌락의 투쟁은 대부분이 언설의 바탕 위에 이루어진다고.

추문이 알려주는 것은 부도덕한 소식이지만 언제나 도덕을 전제로 한다. 추문은 악의로 충만해 있지만 사람들로 하여금 악을 듣고 좋아하게 만든다. 소위 '사회적 공감'의 역설을 이로써 미루어 짐작할 수 있다. 〈회고〉에서 미션스쿨의 여학생은 새로운 학우를 사갈인 것마냥 피한다. 왜냐하면 후자가 누군가와 관계를 가졌기 때문이다. 어린 화자는 비록 내심으로 두렵기도 하지만 자신도 모르게 호기심이 생긴다. 〈소식〉에서는 어느 혼사의 삼각관계가 그 중 한 여자의 애매한 기록 때문에 갑자기 급전직하한다. 추문을 퍼트리고 해설하는 자들이 하는 말은 말마다 이치가 올바르고 언사가 엄숙하다. 리앙의 초기 '루강' 시리즈 중의 차이관, 《살부》 중의 아왕관은 모두 행실이 정숙하다고 자처하면서 잘했니 못했니 하고 따지는 권위를 가지게 된다. 그러나 리앙은 우리에게 말한다. 차이관은 극단적인 성적 억압의 희생자이고, 아왕관은 얼마 지나지 않아 스스로 추문의 주인공이 된다. 리앙은 더 나아가서 〈시렌〉에서는 성과 도덕 사이의 이런 변태적 교환을 풍자한다. 시렌의 홀어미는 정성스럽게 부처를 모시며 거듭해서 딸의 혼사를 방해하지만 뒤로는 자기 스스로 남과 엉킨다. 추문을 피하기 위해 그녀는 강제로 딸을 자신의 내연남에게 결혼시키는데, 이미 더 큰 추문을 일으키고 있는 줄은 전혀 모르는 것이다.

그리고 누군들 또 《어두운 밤》의 추문의 사슬을 잊을 수 있겠는가? 철학과 대학원생인 천톈루이는 상인 황청더에게 그의 부인의 간통을 고자질한다. 황청더 부인의 간통 상대는 황청더의 주식 시장 내부 정보원인 예위안이다. 천톈루이는 스스로 '도덕 판정 연구소'의 설립자로 자처하며 '도덕 정화 운동'을 벌이고 있다. 그는 황청더가 '집안 허물'을 스스로 밝힘으로써 자존심과 정의를 지키도록 요구한다. 그러나 이렇게 한다면 이후 황청더가 투기의 연줄을 잃어버리게 될 것이고, 원래부터 위태위태하던 그의 사업 역시 무너질 것이다. 천톈루이는 추문을 틀어쥐고서 이를 가지고 미풍양속을 바로잡는 카드로 삼는다. 그런데 그의 최대 무기는 - 그는 서른 살인데도 여전히 총각이며, 따라서 그 순수함에는 의문의 여지가 없다는 것이다. 그러나 목적을 달성하기 위해 수단을 가리지 않으니 천텐루이 본인은 충분히 도덕적일까? 그뿐만 아니다. 황청더는 반격의 한 수를 가한다. 천텐루이는 사실 원래 사랑에 실패하여 다른 마음을 품고 있으며, 이번 일을 가지고 예위안이 그의 여자 친구를 뺏어가버린 데 대해 복수하려 한다는 것이다.

내가 비교적 많은 분량으로 리앙 소설 속의 추문을 설명한 것은, 그러한 스토리들이 그녀가 성 문제에 대해 사고하고 비판하는 가장 좋은 각도가 되기 때문만이 아니다. 리앙 소설 자체가 또 종종 추문의 초점이 되어 남들이 함부로 떠들고 견강부회하는 것이 되기 때문이다. 그리고 그녀의 목소리는 소설이라는 텍스트 바깥에 존재하는 사회적 서술이라는 패러다임 속에서는 모순적이라고 해야 할 것이다. 리앙이 갖가지 성 변주의 제재를 빌어서 모두들 보고도 못 본 체하는 정욕의 난기류를 부각시키려 하는 것을 나는 이해한다. 그러나 이 절의 앞부분에서 인용한 것처럼, 그녀가 진실과 도덕을 억지로 연결시키려고 할 때 그녀는 나에게 《어두운 밤》의 천텐루이를 떠올리게 만든다(그렇다, 리앙 자신이 철학과 졸업생이 아니던가?). 리앙은 물론 천텐루이 부류의 가식은 입에 담지 않는다. - 최소한 그녀는 절대로 우리 사회의 수많은 명망가처럼 의식적으로 영원히 순수한 척하는 모습을 보이지는 않는다. 문제는 그녀가 의식적으로 추문의 종결자가 되려고 하지만 그러나 추문의 확산자로 간주되지 않을 수 없다는 점이다. 그녀는 제3자가 되려고 하지만 늘 당사자로 오인되는 것이다. 그녀의 성 판타지적인 유토피아는 이리하여 언제나 욕망의 '미로의 정원'으로 표출되고, 뒤엉키고 맴돌면서 끝이 날 줄을 모른다. 그리고 이는 곧 욕망 담론의 불안정하고 변덕스러운 성격을 설명해주는 것이 아닐까?

'향로' 사건으로 돌아가 보자. 만일 리앙에게 분명히 그녀의 추문 미학을 계속할 생각이 있다면, 그녀는 보바리 부인인지 채털리 부인인지, 소피 여사인지 살부 여사인지를 대답해야 한다.[6] 어떤 면에서 소설은 항상 추문이나 한담과 서로 함께하는 법이다. 소설이라는 것은 필경 '항간에 떠도는 이야기'를 일컫는 것이니 순수 무비하기란 어려운 법이다. 소설이 고요한 언못물에 잔물결을 불러일으키면서 작가와 독자가 호들갑을 떠는 것은 늘 그래왔던 것이다. 소설의 도덕적 위치는 항상 논란이 되었으며, 근본적으로 순결한 척할 필요가 없다. 다른 점이라면 세기말의 소설/추문이 더 나아가서 멀티태스크적인 연출 사업으로 확장되었다는 것이다. 전에는 사람들마다 회피해 마지않는 성가신 일이었지만, 이제는 사람들이 스스로 찾아 나서게 되면서 널리 사람들을 불러들이는 일이 되었다. 프랑스 사람들에게는 '추문의 성공'(succes de scandale)이라는 말이 있는데, 참으로 예전부터 있던 일이자 오늘날에 더욱 자심해진 일일 따름인 것이다.

---

6 여기서 '소피 여사'는 딩링의 〈소피 여사의 일기〉의 여주인공을, '살부 여사'는 리앙의 《살부》의 여주인공을 말한다. 그중 전자는 현대적 교육을 받은 신여성이 자유의 추구와 인습의 속박 속에서 진정한 자아와 사랑을 추구하며 겪게 되는 갈등과 방황을 일기체를 사용하여 당시로서는 상당히 노골적이고 복합적으로 그려낸 작품이다. 〈소피 여사의 일기〉의 한글본은 《소피 여사의 일기》, 딩링 지음, 김순진 옮김, (서울: 다락원, 2004) ; 《소피의 일기》, 딩링 지음, 김미란 옮김, (서울: 지식을만드는지식, 2009) ; 《중국 현대 여성소설명작선: 1920년대 여성작가단편선》, 스핑메이 외 지음, 김은희/최은정 옮김, (서울: 어문학사, 2005) 등에 실려 있다.

2. 여성의 복수

리앙의 성애의 글쓰기가 어떤 식으로 풍부하게 변화하더라도 언제나 그녀는 어느 정도 여성적 측면의 재능을 발휘한다.[15] 사회・정치・재부・지식 및 젠더상의 소수자로서 여성이 겪는 성적 유혹과 압력은 남성에 비해 항상 지난한 것이었다. 초기에 리앙이 젊은 여성의 계몽적 경험을 다룬 것(예컨대 〈혼성합창〉)은 특히나 사람들에게 직접 경험하는 것 같은 느낌의 울림을 주었다. 이들 여성들은 누구는 물처럼 부드럽고(〈회고〉), 누구는 어리석고 무지하며(〈인간 세상〉), 누구는 우울하고 충동적이지만(〈어젯밤〉), 어쨌든 모두 버림받을 운명이 주어져 있었다. 1970년대 작품 가운데 〈설재〉에서는 성숙한 여성의 나이를 초월한 사랑을 쓰고, 〈늦봄〉에서는 도시 미녀의 육체적 실험을 쓰고, 심지어 〈미스 소피아의 이야기〉에서는 서양을 숭배하는 아가씨가 '몸'을 바쳐 가며 선린 외교를 하는 것을 쓰는데, 이는 모두 리앙이 점차로 더욱더 복잡한 정욕의 글쓰기를 개척해 나가는 노력을 드러내준다. 그럼에도 불구하고 '불건전하지만 사실적'이라는 서술의 패러다임 속에서 리앙이 새로운 돌파구를 찾기는 어려울 것이라고 나는 생각한다. 〈그녀들의 눈물〉 부류의 이야기에 이르면 리앙은 남성의 색정적 패권을 비판하면서 그 필치가 보고문학에 가까워진다. 그러나 그 성과는 대단히 제한적이어서 작가 자신의 돈키호테 정신을 보여주는 것에 다름 아니다. 그녀의 여성 인물들은 어쩌면 행동면에서는 비교적 자주적이어서 마침내 자신의 육체에 대한 인식이 열리기 시작했겠지만, 그러나 그 과정은 우회적이고 완만한 것이었으며, 이성으로부터 오는 반응은 썰렁하고 데면데면한 것이었다.

1981년의 〈전환〉은 실로 리앙의 여성(주의) 상상 면에서의 전환을 대표하는 듯하다. 이 소설의 남성 중년 지식인은 제자의 약혼녀와 감정이 생겨나는데, 후자는 결혼 이틀 전에 스스로 몸을 바치고, 그 후 자신의 일기를 부쳐온다.

미녀가 스스로 가슴에 안겨오고 일이 끝난 후 아무 일도 없다는 듯이 행동하는 것은 원래 남성들의 틀에 박힌 성적 환상이다. 리앙은 이를 효과적으로 학습, 활용한다. 남성인 화자로 하여금 상대의 일기를 읽게 함으로써 사후에야 깨닫도록 만든다. 원래 이야기 속의 여성이야말로 행동하고 글을 쓰고 진상을 설명하는 권력을 장악하고 있었으며, 표면상 주도했던 남성 화자는 사실은 독자 및 전달자로 격하되는 것이다. 이와 동시에 암암리에 그 여성 및 남성 화자 자신의 결혼의 의미가 전복되어 버리는 것이다.

〈전환〉에서 리앙이 일기를 빌어 여성의 심사를 보여주는 한편에서는 여전히 말을 들어주는 대상으로서 가상의 남성 독자/청중을 필요로 한다. 3년 후에 〈부치지 않은 연애편지〉를 쓰면서 그녀는 아예 작중 여성이 내심의 말을 다 토로한 뒤 연애편지는 부치지 않도록 만들어 버린다. 비록 이야기 속에서 연애편지는 발송되지 않지만 리앙은 출판이라는 방식을 통해 그것을 만천하에 공개한다. 연애편지의 원래 수신인은 보지 못하고, 반면에 '남들은' 모두 보게 된다. 연애편지의 대상은 한 명에서 다수로 바뀐다. 당연히 이런 장르의 전통적인 필법과 독법을 조롱하는 것이다. 게다가 심지어 연애편지의 수신인이라고 자칭하는 예컨대 양칭추 같은 작가의 일방적인 희망 사항이라는 반응을 불러일으킨다. 이 밖에도 리앙은 메타픽션의 서술 방법을 배워서, 이야기 속에서 한편으로는 '정통'파 연애편지 문구의 농밀한 감정과 진부한 글귀를 패러디하면서 한편으로는 수많은 잡음을 삽입함으로써, 텍스트의 애정 표현의 합리성을 힐문하고 조롱한다.[16] 서사 전략 면에서 그녀는 혼잣말을 하는 것과 뭇소리가 뒤섞이는 것 사이를 오간다. 이는 확실히 우리에게 해석의 여지를 제법 많이 남겨준다.

이 '연애편지' 시리즈의 실험은 〈가면〉에 와서 정점을 이룬다. 그 속에서 여성 작가와 여성 주인공은 은연중에 역할이 중첩되고, 육체적 욕망과 문자 기호는 상호 암시하는 바가 되면서, 곳곳에서 메타적 수사의 유희를 전개하면서 즐겨 마지않는다. 정욕과 글쓰기 사이의 불분명한 관계에 대한 리앙의 체험은 이 작품에서 최고도로 이루어진다. 〈전환〉에서부터 〈가면〉에 이르기까지 수편의 작품은 리앙이 창작을 시작한 이래 가장 정치한 표현이며, 또 지금까지도 역시 그러하다.

〈전환〉과 '연애편지' 시리즈의 창작 중간에 논란이 되었던 《살부》가 등장했다. 이 소설은 리앙이 대대적으로 호평 내지는 악평을 받도록 만들면서, 전술한바 추문과 관련된 미학적 논쟁이 상당한 수준에서 공론화되도록 만들었다. 《살부》의 스토리는 사실 아주 간단하다. 연약한 여성 린스가 백정 천장수이에게 시집가게 된다. 천장수이는 합법적인 아내에 대해 침대 위에서는 끝도 없이 요구하고 침대 아래에서는 사정없이 구타하고 욕한다. 그는 심지어 음식을 가지고 린스의 몸과 생각의 자유를 통제한다. 린스는 마지막에 정신적으로 시달려서 얼떨결에 돼지 도축을 업으로 하는 그녀의 남편을 돼지인 줄 알고 죽여 버린다. 타이완의 페미니즘이 막 본격화하던 1980년대 초 《살부》의 등장은 시의적절한 것이었다. 그리고 리앙이 기선을 제압했으니 그녀의 예리한 문제의식은 미루어 짐작해볼 수 있다.

뤼정후이 교수가 지적한 바 있다. 비록 《살부》는 적잖이 주목을 받았지만 바탕은 취약한 소설이다. 그것은 개념이 앞서는 병폐를 범하고 있고, 인물은 단조로우며, 줄거리는 비논리적이다. 요컨대 '리얼리티'가 부족하다. 리얼리즘의 기준에서 보자면 뤼정후이는 타당성이 있다.[17] 그러나 《살부》를 리얼리즘 소설로 간주하기보다는 그것의 알레고리적 차원에 주의하는 게 더 낫다. 앞에서 거론했듯이 1970년대 말에 이르러 '불건전하지만 사실적'인 서사 패러다임은 이미 리앙이 문제를 탐구하는데 제한을 주었다. 《살부》는 '연애편지' 시리즈와 동일하게 간주해야 한다. 양자 모두 그녀가 여성・성・도덕을 사고하는 새로운 단계 및 그녀가 이러한 문제를 서술하는 새로운 전략을 대표하는 것이다. '연애편지' 시리즈는 메타픽션적인 수사를 활용하여 여성과 남성 사이의 연애하고 사랑하는 위치의 부단한 자리바꿈을 조롱한다. 《살부》는 리앙의 루강 중의 사악한 가위눌림식 경험을 재조정하면서 여성적이고 그로테스크한(female grotesque) 주관적인 상상의 문자를 가지고서 양성 전쟁의 살기를 그려낸다. 《살부》의 초판(롄징판)은 초기 루강 여성을 묘사한 '사슴의 도시' 시리즈의 이야기들, 예컨대 〈시렌〉, 〈써양〉 등과 함께 출간되었는데, 이런 점에 대한 리앙의 자각을 보여주는 듯하다. 마치 린스 여사께서 칼을 집어 들고 남편을 죽임으로써 비로소 '사슴의 도시' 시리즈속의 여성들, 젊거나 늙은, 홀로 살거나 버림받은 아낙들이 마침내 가슴속에 맺힌 울화를 토해놓는 것 같다.

《살부》에 대한 학자들의 포폄은 이미 많이 있었고[18] 새롭지도 않으므로 여기서 되풀이할 필요는 없을 것이다. 다만 그래도 거론할 만한 것은 소설 속의 성과 굶주림에 대한 이원적인 처리이다. 식과 색은 본성이라, 원래 신기할 것도 없다. 그러나 리앙은 물질과 영혼의 자원이 결핍된 사회에서는 먹고 마시고 하는 것과 남자 여자의 문제가 어떻게 몸을 억압하는 잔혹한 기제가 될 수 있는가를 간파하고 있는 것이다. 천장수이는 배부르고 등 따스하면 거시기가 생각난다고 린스에게 제 욕심껏 요구한다. 그리고 린스는 한 끼 밥을 배불리 먹기 위해 그의 공격을 백방으로 참고 견딘다. 린스는 영원히 굶주린다. – 이 생존의 본능이 위협을 받을 때 그녀가 스스로를 보호하는 다른 방법은 그저 기다리는 것뿐이다. 그런데 천장수이 역시 언제나 굶주리는지 그의 여체에 대한 요구는 영원히 만족을 모른다. 욕망의 원시적 차원으로 되돌아가서 이 한 쌍의 남녀는 참으로 기괴한 공존(또는 공멸)의 관계 사슬을 보여준다. 천장수이는 음식을 가지고 린스의 몸을 취하고, 린스는 몸에 의지해서 음식을 얻는다. 우악스러운 교환, 억지의 교합, 리앙이 묘사한 결혼 및 경제생활은 어찌 그리도 참담하고 공포스러운 것인지.

페미니즘적 관점에 따라서 우리는 《살부》가 여성의 신체적 · 법률적 · 경제적 지위에 대한 전통사회의 조종을 보여준 것이라고 말할 수 있다. 이런 식의 여성 혐오적(misogyny) 태도는 결국 성적 폭력 행위로 전개된다. 그런데 만일 프로이트 식 학설에 따른다면, 먹고 말하는 구강의 이 양대 기능에 대해 린스는 아무런 수혜도 받지 못하고 있다.[19] 그녀의 고통은 먹을 수 없다는 것에서만 오는 것이 아니다. 그보다는 입이 있어도 말하기 어렵다는 것, 또는 말해봤자 아무도 듣지 않는다는 것에서 온다. 그녀가 한밤중에 강제로 당하는 비명 소리는 남성 사회에 대한 유일무이의 처절한 고발이 된다. 그러나 이런 부르짖음조차도 악의로 곡해되어 잠자리의 교성이라는 추문이 되어 버리고, 린스는 스스로 소리를 내지 않으려는 결혼의 피해자가 되어 버린다. − 이로써 결국 그녀는 정신적으로 완전히 붕괴되어 버린다.

린스가 말할 수 없었던 것을 여성 작가가 그녀 대신 천 마디 만 마디로 써낸다. 연약한 자매들에 대한 리앙의 관심이 지면에 넘친다. 그러나 그녀 자신의 서술적 위치는 우리가 그다음으로 따져볼 초점이다. 물론 성 폭력에 대한 그녀의 직접적인 묘사는 사람들로 하여금 머리카락이 곤두설 만큼 분노하게 만든다. 하지만 거듭해서 반복적으로 양념을 가하다가 보니 이미 그녀는 자신도 모르게 지면상에서의 사도마조히즘(S/M)의 게임을 하기 시작한 것은 아닌가라는 의문이 들게 된다. 조르주 바타유는 진즉부터 정욕 · 폭력 · 사망 사이의 불가분한 관계에 주목했다.[20] 그것은 성적 상상과 실천의 최종적 블랙홀이다. 리앙은 여성 정의의 관점에서 《살부》를 썼지만 그러나 정의의 담론으로는 완벽하게 해석할 도리가 없는 욕망의 미궁을 만나게 되었다. 그녀는 자기 합리화가 가능할까? 또는 무엇을 근거로 합리화가 가능할까? 이것이야말로 《살부》를 읽는 더욱 흥미로운 화제일 것이다.

《어두운 밤》은 리앙이 《살부》를 이어서 쓴 또 다른 중편이다. 배경은 음산하고 기괴한 '사슴의 도시'인 루강에서 타이베이라는 도시로 이동한다.

이번에 리앙이 다루려는 것은 중상류 계급의 문란한 남녀 관계로, 향락 세계 속을 부유하고 맴도는 정욕이 다시 또 어디에나 파고드는 상업적 관계 속에 투영된다. 애정 세계에서의 사통・통정과 상업 세계에서의 투기・암거래가 고리마다 맞물리고 서로 서로 표리를 이룬다. 이것이 앞서 말한 철학과 대학원생 천톈루이가 황청더에게 스스로 오쟁이를 졌다는 추문을 밝히도록 강요했을 때 왜 필연적으로 도미노 효과라는 결과를 불러일으키게 되는가의 원인이다.

《어두운 밤》은 짧고 깔끔하며, 인물의 동기 및 장면 구성에서 모두 《살부》보다 낫다. 리앙이 묘사한 주식시장의 투기적 매매라든가 주식시장 안팎의 서로 속고 속이는 것은 우리로 하여금 1930년대 작가 마오둔의 유명한 재계소설 《자야》[7]를 상기시킨다. 다른 점이라면 리앙은 후자의 그런 방대한 역사적 비전과 이데올로기적 배경을 가지고 있지 않으며, 또 사회의 도덕적 제재 역량에 대한 믿음을 상실하고 있어서, 그녀의 비판적 초심이 포인트를 찾지 못하고 있는 듯하다는 것이다. 그렇지만 《어두운 밤》과 같은 이런 자연주의식 작품에서조차 리앙의 사술적이고 주술적인 것에 대한 흥미는 줄어들지 않는다. 작중 인물들이 온갖 궁리를 다 쓰고 난 후 한 줄기 숙명의 힘이 알지 못하는 가운데 조용히 엄습한다.[21)] 황청더의 아내가 사통으로 임신을 한 뒤 번뇌를 벗어나게 해달라고 도사에게 비는 장면은 읽다보면 소름이 끼친다. 그러나 그다음에 써놓은 낙태 장면은 또 우리를 현실로 되돌려 놓는다. 여인네의 숙명이 어찌 하늘의 뜻이겠는가? 무책임하고 패권적인 남정네야말로 그녀들의 원수인 것이다.

7 《자야》의 한글본으로 《자야》, 모순 지음, 김하림 옮김, (서울: 한울, 1986) ; 《새벽이 오는 깊은 밤》, 마오둔 지음, 김하림 옮김, (서울: 중앙일보사, 1989)이 나와 있다.

《살부》는 여성과 종법 구조의 충돌을 묘사하고, 《어두운 밤》은 여성과 경제 활동의 얽힘을 탐색한다. 여러 차례 에두르던 끝에 리앙은 계엄 해제의 분위기를 맞아 《미로의 정원》에서 마침내 여성의 정치적 심사를 그려낸다. 《미로의 정원》은 리앙의 첫 번째 (그리고 현재까지 유일한) 장편이다. 다음과 같이 우리가 세심하게 읽어볼 가치가 있다.

《미로의 정원》의 줄거리는 한 여성과 정원 사이에 얽힌 복잡한 감정적 유대에 집중되어 있다. 여주인공 주잉훙은 타이완에서 가장 오래된 도시 중 하나 – 루강에서 태어났는데, 루강의 마지막 지주 집안의 마지막 여자 후손이기도 하다. 주잉훙은 유년 시절 부모와 더불어 연꽃 정원이란 뜻의 한위안에서 살면서 그곳에서 그녀의 아동기와 청소년기를 보낸다. 한위안은 한때 타이완에서 가장 훌륭했던 중국식 정원의 하나로, 주잉훙의 부친 생전의 마지막 시기에 잠시 보수된 바 있다. 그러나 이제 이 정원은 완전히 퇴락했고, 철거되어 재개발될 운명에 처해 있다. 주잉훙은 정원을 보수해서 조상들을 기릴 수 있게 되기를 줄곧 바란다. 그러나 이런 바람은 이루어질 가능성이 없다. 그녀가 린시겅을 만나고 또 사랑하게 되기까지는. – 그는 두 번의 이혼 기록이 있는, 못할 것이 없는 토지 개발 업자이다.

주잉훙이 자아와 여성의 성 의식을 찾아가는 고통스러운 과정이 소설의 중심을 이룬다. 그러나 여성이 자아를 모색하는 이 마음의 역정은 주잉훙이 타이완 문화의 계몽을 이룬 다음에야 비로소 모두 끝낼 수 있다. 타이완의 야당 운동의 동조자로서 리앙은 전력을 다해 현대 중국의 역사 속에서 타이완이 보여주는 '여성'적 함의를 그려낸다. 그러나 나는 이 소설에 만일 가독성이 있다면 그것은 리앙이 주잉훙의 여성적 자기 각성과 자기 결정을 긍정하는 데서 나오는 것이 아니라 그녀가 소설을 빌어서 이 자기 결정의 과정에서 표출되는 에두르고 망설이는 모습에서 나오는 것이라고 생각한다. 소설은 페미니즘의 논리를 적용하여 일련의 주변화된 사회 정치적인 주장(예를 들면 타이완 독립, 유적의 보호, 반토지독점)을 표현하려고 시도한다. 그러나 그것은 결과적으로 페미니즘 – 최소한 리앙이 이해하고 있는 페미니즘 – 이 이러한 사회 정치적 주장들을 포섭할 수 없음을 암시한다. 페미니즘과 이런 주장들은 어쩌면 전략상으로는 공통점이 있을 것이다. 그러나 이 점이, 그것들이 일종의 주변인들의 '통일전선'을 이루어낼 수 있음을 보증해주지는 않는다. 또한 그것들의 투쟁 대상에 '동일한' 중심이 있음을 설명해주지도 않는다. 사실상 그러한 것들은 함께 거론될 수도 없을 뿐만 아니라 서로 모순되기도 한다. 소설이 전개됨에 따라 역시나 사회 정치적 문제들이 여성 문제를 주변으로 배제해 버리면서 새로운 중심을 형성해 버리는 것 같다. 그리고 다른 각도에서 볼 때 페미니즘이 또 (최소한 상징적으로는) 기타 사회 정치적 문제들을 압도해 버리고 그것들을 주변화함으로써, 스스로를 무소부재의 아젠다로 만들어 버린다. 리앙(또는 그녀의 여주인공)은 자신의 정원을 재건하기를 갈망한다. 그러나 소설의 제목처럼 반어적으로 암시한다. 이 정원은 미궁이나 다름없는 미로의 정원임을.

한위안이 잃어버린 것을 되찾기 전에 타이완의 이브인 우리의 주잉훙은 필수적으로 완전한 타락을 경험해야 한다. 그리고 바로 이 점에서 리앙의 세기말적인 상상과 그녀의 페미니즘 관점이 하나로 합쳐져서 소설에서 가장 난해하면서 동시에 가장 매력적인 부분을 만들어낸다. 비록 린시겅은 타이베이의 유명한 플레이보이지만 그래도 주잉훙은 한눈에 그에게 반한다. 리앙은 거듭해서 우리에게 두 사람 사이의 인연은 숙명적인 것이라고 일깨워준다. 린시겅은 주잉훙을 사냥물처럼 대하면서 도발과 모욕 두 가지를 동시에 시도한다. 심지어 한번은 그는 그의 발기한 음경 앞에 그녀가 무릎을 꿇은 채 고개를 숙이도록 만든다. 완벽하게 린시겅의 사랑을 얻을 수가 없기 때문에 주잉훙은 극도의 조바심 속에서 다른 사람에게서 위안을 얻고자 한다. 매주 그녀는 사업가인 타이디와 밀회하기 시작하는데, 이 인물은 그의 성욕과 섹스의 기교로 이 분야에서 이름이 나 있다. 주잉홍은 타이디와의 쾌락을 통해서 육체적인 고민을 해소한다. 주잉홍이 결국 린시경을 얻은 후에 그녀는 그가 종종 침대에서 무능한 것을 발견하게 되고, 이리하여 타이디와의 밀회가 더욱더 필요하게 된다.

《살부》에서 평면적으로 형상화된 린스에 비하자면 주잉홍은 훨씬 복잡하다. 그녀는 남성 중심 사회의 희생물일 뿐만 아니라 더 나아가서 이 사회의 공범이다. 분명히 리앙은 여성 의식을 가진 타이완의 채털리 부인을 창조해내고자 한다. 주잉홍이 점차 페미니즘의 입장에서 자아와 사회를 인식하게 됨에 따라 그녀는 동시에 새로운 문제에 봉착하게 된다. 그녀는 남성의 통제에 내맡길 때 얻게 되는 자학적 쾌감을 포기할 수도 없고 포기하고 싶지도 않다. 여기서 가장 의미 있는 것은 예전에 한 모임에서 린시경을 처음 만났을 때 주잉홍이 자신의 운명을 예견했다는 점이다. 그 모임에는 타이완의 환락가에서 일상적으로 볼 수 있는 바 접대부가 술을 따르고 노래하는 프로그램이 들어있다. 무대 앞에서 콜걸이 슬픈 곡조의 유행가를 부를 때 주잉홍은 문득 깨닫게 된다.

> 우리들은, 저 홍진 속의 여자, 노래, 그리고 나, 여자로서 우리들은, 사랑에 대한 갈망이 어쩌면 서로 다른 이유로 인해 사뭇 진정으로 이해되고 깨닫게 되고 아낌 받게 되고 하지 못하도록, 진심에서 우러나온 보답을 받지 못하도록 운명 지어져 있다. 필연적으로 버림받게 될 뿐이다.
>
> 기왕에 내쳐질 운명임을 알고 있다면, 우리들은, 저 홍진 속의 아가씨, 저 노래, 그리고 나는 스스로 먼저 사랑을 버릴 수밖에 없다. 이리하여 회한 어린 무력함과 원망스러움을 겪게 되고, 자포자기의 식어버린 마음에서 저 끝도 한도 없는 타락과 방탕과 저 퇴폐 속의 슬프고 비통하기 그지없는 원한과 방종이 생겨나게 되는 것이다.[22]

원한과 방종은 사랑을 추구하는 타이완 여성의 숙명적인 말로이다. 이후 주잉훙은 계속해서 린시경을 맴돌면서 그를 따라 타이베이의 황음무도한 색정의 장소들을 모조리 돌아다닌다. 그들은 뜨락에서도 하고, 온천가에서도 하고, 고급 승용차 안에서도 한다. 그리고 그와 동시에 그녀는 또 끊임없이 타이디 곁으로 돌아가서 기꺼이 다이디에게서 창녀와 같은 수모를 받아들인다.

리앙은 이와 같은 원한과 방종의 스타일로 세기말 타이완의 참담한 애정의 정경을 그려낸다. 사랑, 욕망 그리고 권력이 서로 얽히고, 남자와 여자가 정욕의 싸움터에서 서로 주거니 받거니 하고, 서로 쫓아다니면서 이와 동시에 또 서로 소진한다. 이는 필연적으로 우리로 하여금 소설 속의 충격적인 섹스 장면을 다시 생각해 보도록 만든다. 린시경은 주잉훙을 데리고 타이베이 인근의 한 온천으로 광란의 파티에 간다. 두 사람은 파티 중의 음란극에 자극을 받아 춘정이 요동친다. 그들 두 사람이 단독으로 한방에 있게 되었을 때 린시경은 '휴식'을 위해 한 여자 맹인 안마사를 부른다. 린시경, 주잉훙 그리고 안마사는 그 뒤 일종의 기괴한 게임을 벌인다. 안마사는 주잉훙의 눈앞에서 린시경의 벌거벗은 몸을 안마하고, 린시경은 성욕이 극도로 자극받지만 엎드린 채라서 어떻게 해볼 수가 없다. 주잉훙은 안마사의 실명과 린시경의 피동성을 이용해서 린시경의 육체에 대대적으로 음위를 행사하는데, 이는 정상적인 상황에서라면 그녀가 할 수 없는 행동이다. 안마사는 비록 실명이지만 눈앞에서 벌어지는 정사에 대해 불을 보듯 훤히 알 뿐만 아니라 그로부터 직접 그 일을 겪는 듯한 쾌감을 느낀다. "세 사람이 어우러져 농탕질을 벌였다. 진짜 합환은 아니었고 서로 견제까지 하고 있어서 억제하고 있었지만 갈수록 더 수습할 수가 없게 되었다. 이리하여 또 다른 춘정의 유혹, 환락의 자극이 생겨나게 되었다."[23)]

안마사가 안마라는 명목으로 성욕이라는 실질을 자극한다. 주잉훙은 한편으로는 안마사 앞에서 육체를 노출한 채로 한편으로는 린시경과 간접적으로 즐긴다. 그녀의 욕망은 전에 없이 자극을 받는다. 린시경은 안마사와 주잉홍이 마음대로 아래 위를 더듬는 것에 모든 것을 내맡기면서 자신의 성기능이 감퇴했다는 것을 핑계 삼는다. 그런데 이런 피동적인 모습은 드라마틱하게 주잉홍이 일시적으로 그를 통제하도록 만든다. 이 장면에서 춘색은 한이 없지만 그러나 진짜 성 행위는 발생하지 않는다. 곳곳에 위장과 희롱과 조작이 넘쳐난다. 그들이 가짜이면서도 진짜나 다름없이 행하는 애무는 그들로 하여금 성 규범을 넘어서는 갖가지 극단을 상상하도록 만들고, 마침내 그들을 미증유의 오르가슴으로 밀어 올린다. 안마사는 기력이 쇠진하여 물러가고, 린시경과 주잉홍은 두 사람만의 게임을 계속하는데, 황홀하기가 이루 말할 수가 없다.

이 섹스 장면은 누가 강하고 약하고에 관계없이 남자와 여자가 모두 욕망의 사슬에서 벗어날 수 없음을 참으로 적절하게 보여준다. 그들(그녀들)은 일종의 폐쇄적인 성 의식의 순환 가운데 행동하면서 실로 출구를 발견하기가 어렵다. 리앙으로 보자면, 이러한 욕망과 권력의 활동은 외형만 그럴싸한 형식적인 활동일 뿐이며, 따라서 일종의 퇴폐적인 유희로 간주되어야 한다. 여기서 일어나는 일은 전적으로 세기말의 사회가 재연하는 권력의 교체 및 그 와해 과정이다. 이리하여 우리는 비로소 주잉홍과 린시경 및 타이디의 관계를 진정으로 이해할 수 있게 된다. 린시경의 도발에 마주하면서 그녀는 저항과 동시에 유혹을 향해 다가간다. 그녀는 때로는 린시경의 유인하에서 린시경과 예사롭지 않은 섹스 방식을 실험하고, 때로는 또 타이디의 몸에서 보상을 추구한다. 욕망과 절망이 교대로 주잉홍의 사고를 점유하고, 이 두 남자는 비의도적으로 교대로 그녀의 욕망과 절망을 투사한다. 주잉홍이 (성) 해방과 (성) 타락의 양 극단 사이에서 동요하기 때문에 소설의 중간 부분에 이르면 우리는 이미 그녀가 도대체 남자를 유혹하는 탕부인지 아니면 남자에게 능욕당하는 노처녀인지 구별하기가 어렵다. 리앙은 1990년대 타이완이라는 이런 환경에서는 주잉훙의 여성 자아에 대한 추구는 어쩌면 이미 막다른 골목에 다다른 것 같다고 암시한다. 이런 막다른 골목을 바꾸어 놓으려면 그녀는 다른 돌파구를 찾아야 할 수밖에 없다.

주잉훙으로 보자면 한위안은 이러한 해탈을 상징한다. 황폐한 한위안은 주잉훙의 어린 시절 기억과 주씨 집안의 비밀을 담고 있는, 여성의 좌절한 욕망과 타이완의 주변화라는 역사의식의 합류점이다. 리앙은 타이완의 (중상류 계급) 여성이 겪는 한계를 넘어서기 위해 역사・정치・경제 등 모든 방면에서 여성에게 새로운 미래의 전경을 보여줄 수 있는 상징적인 구조 – 한위안을 생각해낸 것이다. 그러나 역설적인 것은, 그녀가 여성으로 하여금 세기말의 한계를 돌파하여 새로운 여성화의 시대로 들어가도록 만들지는 못한 점이다. 그녀의 여주인공은 사실상 지난 세기가 남겨놓은 가부장주의적인 제도 속으로 되돌아가 버렸다.

리앙은 열심히 – 혹은 지나치게 열심히 – 한위안을 각종 문제의 상징적인 초점으로 만들었다. 이 정원은 200년 전 주씨 집안의 신비에 싸인 한 여주인이 만든 것으로, 주씨 집안의 가족사가 기복을 반복한 무대이다. 그것의 존재는 우리에게 당년의 타이완 지주 계급의 부와 권력을 일깨워주며, 타이완에 대한 대륙의 정치한 문화의 영향, 일본의 타이완 점령의 쓰라림, 그리고 독한 저주 – 주씨의 자손 누구라도 족보를 다시 쓰려고 시도한다면 가족의 멸망을 초래할 것이라는 – 를 일깨워준다. 다른 한편으로 한위안은 또한 주씨 집안이 받았던 굴욕과 집안 살림이 중도에 쇠락한 증거이기도 하다. 주잉훙의 부친은 한위안에서 체포된 적이 있다. 죄명은 반국민당적인 지하 활동을 지지한다는 것이다. 석방 후 그는 사진기와 스테레오 수집으로 여생을 보낸다. 더욱 중요한 것은 주잉훙이 한위안에서 성장했고 또 부단히 한위안으로 되돌아가서 뿌리를 찾는다는 점이다. 그녀가 한위안으로 되돌아갈 때만 그녀와 린시경의 감정 관계가 비로소 새로운 정점에 달하게 된다.

남녀 성 문제의 처리 면에서 빠져들기 쉬운 복잡한 진퇴양난을 벗어나기 위해서, 리앙은 한위안의 상징적 의미를 해석할 때 《살부》 중의 가해자와 피해자라는 이원 대립의 논리를 다시 사용한다.[24] 그녀가 타이베이의 정욕 세계를 묘사할 때 보여준 인내와 자성에 비하자면 이 전환은 문제를 단순화시킨다는 혐의가 있다고 할 것이다. 리앙이 보기에 타이완은 중국 역사 지리의 주변에 자리하면서 역사적으로 그저 토착민 · 해적 · 유배자 · 가난뱅이 등 대륙에서 버림받은 자들이 모여 살았을 뿐이다. 정치적으로 타이완은 끊임없이 각종 식민주의적 패권의 괴롭힘을 받았을 뿐이고, 경제적으로 타이완은 과거에는 대지주의 명령에 복종하고 현재는 자본가의 명령에 복종할 뿐이다. 불쌍한 타이완은 연약한 여자처럼 첫 번째 침략자의 손에서부터 차례로 넘겨져서 마침내 국민당이 이어받게 되었다. 타이완의 새 주인들은 각기 옛 주인을 정복하는 과정에서 갈수록 더 큰 이익을 탈취했다. 이런 논리는 듣기에는 솔깃하다. 그러나 우리로 하여금 타이완의 타락은 타이완이 애초의 순결을 상실한 탓인지 아니면 타이완이 처음부터 남성과 여성의 권력 경쟁의 싸움터여서 정치 경제적 패권의 주인이 바뀔 때마다 이러한 젠더 전쟁의 영원성이 더욱 부각되는 탓인지 이해할 수 없도록 만든다.

나는 리앙이 이러한 역사 정치적 문제를 페미니즘의 각도에서 보아서는 안 된다고 말하는 것이 아니다. 그녀의 페미니즘적인 입장은 확실히 우리에게 새로운 깨달음을 준다. 내가 불안하게 느끼는 것은, 리앙이 의도적 또는 비의도적으로 상징 기호의 변환을 빌어 타이완의 문제를 단선적인 간단한 서술로 설명하고자 시도한다는 점이다. 우리는 페미니즘적인 관점에서 타이완이 주변화(여성화)된 역사 및 정치적 지위를 설정해볼 수 있다. 그러나 우리는 타이완은 여성이 '아니며', 타이완의 모든 문제를 남성과 여성 사이의 투쟁으로 '명명'해서는 그런 모든 문제를 해결할 수 없다는 것을 인정하지 않을 수 없다. 리앙의 소설이 전개하고 있는 이야기와 그녀의 의도는 종종 서로 배치되는 경향이 있다. 우리는 그녀의 미로의 정원이 세기말의 여성의 에덴동산인지 아니면 미혼진인지 판단할 도리가 없다. 소설에서 가장 큰 프로젝트는 리앙이 정치·경제·역사 및 문화 방면에서 타이완의 존재를 여성의 상징으로 만들고자 하는 시도이다. 그러나 이러한 여성 정치 역사시의 구축에 있어 리앙은 자기 자신의 청사진 속에 갇혀버리는 것 같다.

《미로의 정원》은 분위기와 인물의 창조를 통해서 상호 연관 있는 일련의 문제를 제기하면서, 리앙이 깨어있는 작가이자 그 페미니즘적인 시야를 확장시켜나갈 만한 능력이 있음을 보여준다. 그러나 이것이 그녀가 시급하게 답하고자 하는 문제가 소설 속에서 모두 해결되었음을 말하는 것은 결코 아니다. 사실은 정반대이다. 《미로의 정원》의 미혼진은 독자(또는 리앙?)로 하여금 그 속에 빠져들어 벗어날 수 없게 만든다. 이는 내게 다시 한 번 전술한바 주잉훙 및 린시겅과 두 눈이 안 보이는 안마사가 섹스하던 장면을 상기시킨다. 어쩌면 이 소설의 읽기 경험은 방종하면서도 깨어있고 또렷하면서도 맹목적인 카니발에 근접할지 모른다. 이런 카니발은 모든 참여자들을 끌어들이면서 또 모두가 기진맥진하고 나서야 끝이 난다. 독자로서 우리는 소설 속의 수수께끼 같은 순환 논리의 영향을 받아서 갈수록 더욱 깊이 빠져드는 것을 피할 도리가 없다. 우리는 도대체 이 소설을 세기말 타이완의 퇴폐의 증거로 간주할 것인지 아니면 근대 타이완의 역사가 알을 깨고 나온 상징으로 간주할 것인지 결정하기가 어렵다.

3. 누구나 리앙 읽기를 두려워한다

실화소설은 현대문학에서 주류라고 할 수는 없었지만 그 나름대로 일파를 이루었다. 올더스 헉슬리의 《연애 대위법》은 유럽의 초기 유명한 예다. 그리고 이 근래의 데이비드 리비트의 《영국이 잠들어 있을 때》, 조 클라인이 익명으로 발표한 《원색》 등도 논란을 불러일으켰다.[25] 살만 루시디는 《악마의 시》로 인해 화를 입어 사방으로 떠돌기도 했다. 중문 전통 속에서 투사는 청나라 말기 견책소설의 주류였다. 소위 4대 소설(《라오찬 여행기》[8], 《20년간 내가 목격한 괴이한 일들》[9], 《관장현형기》[10], 《얼해화》[11])에는 많은 인물과 줄거리에 원형이 있었고, 독자들이 실마리를 좇아 대조해 보는 것이 크게 유행했다. 서적상들은 심지어 상호 대조할 수 있도록 가상 인물과 실제 인물의 대조표까지 제공했다.[26] 견책소설 다음에는 또 전적으로 사취와 강탈을 능사로 하는 흑막소설이 있었다. 오늘날에 이르러서는 주톈신의 〈열반〉, 장다춘의 《거짓말쟁이》, 《거짓말의 신도》 등을 최신판 투사 실험으로 간주해도 무방하다.[27]

순수하게 글읽기 미학의 각도에서 말하자면 실화소설은 작가 · 작품 · 독자 간의 상호 작용을 강력하게 요구한다. 작가는 사실을 수집하고 접목하여 글을 쓰고, 독자는 자간과 행간의 단서들을 모아 원래대로 짜 맞춘다. 실화소설은 노리는 바가 따로 있고 암암리에 비방하면서 사실의 왜곡을 능사로 하는 것 같다. 그러나 그것의 힘은 상당히 전통적인 리얼리즘적 서술에 근거한다. 비록 허위적 표현이 첩첩이지만 작가는 기실 작품이라는 명목을 빌어 '아니

8 《라오찬 여행기》의 한글본으로 《라오찬 여행기》, 류어 지음, 김시준 옮김, (서울: 연암서가, 2009)이 나와 있다.

9 《20년간 내가 목격한 괴이한 일들》의 한글본(발췌판)으로 《20년간 내가 목격한 괴이한 일들》, 우젠런 지음, 최형록 옮김, (서울: 지식을만드는지식, 2011)이 나와 있다.

10 《관장현형기》의 한글본으로 《난세》, 이보가 지음, 강성위/김중걸 옮김, (서울: 일송북, 2003)이 나와 있다.

11 《얼해화》의 한글본(발췌판)으로 《얼해화》, 쩡푸 지음, 위행복 옮김, (서울: 지식을만드는지식, 2009)이 나와 있다.

땐 굴뚝에 연기 날까?'는 식의 정보를 전달하고자 한다. 독자 쪽에서는 - 전혀 투사되고 싶지 않은 당사자까지 포함해서 - 마찬가지로 먼저 어떤 사람이나 일에 대한 예단을 가지고 있어야 작품에서 필요한 바를 찾아냄으로써 작가의 의도에 부합할 수 있게 된다. 그러나 더 많은 경우에는 작가는 오도하고 독자는 오독하는 효과가 이 과정의 복잡성에 더욱 근접할 것이다. 아무튼 진상(또는 진리)에의 의지(will to truth)라는 이름 아래 작가와 독자가 함께 공모하여 두뇌 스포츠라는 게임을 진행하니 어느 쪽도 순진하지는 않은 것이다. 역설적인 것은, 각각의 실화소설은 뉴스적인 시효성을 가지고 있어서 시간이 흘러 상황이 변하면 그 센세이션 효과도 사라져 버리고, 원래 알고 싶어 안달하던 진상조차 아무도 개의치 않는 하찮은 것이 되어 버린다는 점이다.

광의에서 볼 때 문학적 모방은 투사적 요소를 가지고 있다고 말할 수 있다. 그런데 실화소설이 연구할 가치가 있는 것은 그것이 미학의 정치적 문제와 관련되기 때문이다. 정보의 유통에서 아무런 금기도 없다고 말해지는 오늘날 실화소설은 정반대로 간다. 드러내기 위해 오히려 감추면서 또 다른 형태의 도발을 조장하는 것이다. 그것은 한편으로는 진위 판별이 어렵다는 장점이 있는 문학의 수사 전략을 구현하면서 한편으로는 결국 그 한계가 존재하는 문학의 (글쓰기와 읽기) 윤리를 암시한다. 한계를 넘어서느냐 않느냐와 이로부터 비롯되는 결과는 모두 생각해볼 만한 가치가 있다. 이는 미학의 정치적 문제로 연결된다. 실화소설은 항상 노출도가 높은 인물을 시범 케이스로 한다. 그들(그녀들)은 공적으로나 사적으로 일거일동이 관찰되고 있으므로 자연히 독자들의 호기심을 불러일으킨다. 더욱 중요한 것은 공적 인물의 언행에 대한 폭로를 통해서 소설가와 당사자가 권력 - 작다면 창작 자유와 개인의 사생활 보호라는 권력에서부터, 크다면 문학적 구성과 정치적 패권이라는 권력까지 - 추구에의 의지(will to power)라는 일장의 투쟁을 펼친다는 점이다. 입장을 바꾸어 생각해 본다면 어느 누가 사람들에게 희화화되는 목표물이 되고 싶겠는가? 작가와 당사자 사이의 인식상 오차가 확대되어 버린 후 동기론·비방론·음모론·'순수 허구'론 내지는 소송·문자옥 등등이 잇따라 쏟아져 나오는 것도 이상할 것이 없다. 가장 극단적인 것은 지면상의 시시비비가 정치적 문제로 비화하여 정치 투쟁으로 변하는 것이다. 1950년대 홍콩에서는 일부 작가들이 좌우파의 당과 노조의 지시를 받들어 열심히 실화소설을 쓰면서 서로 상대편 지도자의 약점을 들추어냈다.[28] 문화대혁명 전후에는 또 원래 투사의 의도가 없는 문예작품들이 그 얼마나 많이 4인방 및 마오쩌둥에 의해 모함이라는 혐의를 받고서, 황허강에 뛰어들더라도 혐의를 벗기가 어렵게 되었던가? 투사적 글쓰기와 글읽기의 말류는 충분히 이럴 수 있는 것이다.

제1절의 소설 창작과 추문 폭로의 문제로 돌아가서, 우리는 실화소설이 추문과 병행할 필요는 없지만 추문을 아주 쉽게 유포하는 방법 중의 하나가 된다고 말할 수 있다. 원인은 다른 데 있지 않다. 추문의 매력은 그 애매한 본질에 있으며, 말하는 사람과 듣는 사람에게 무한한 생각의 여지를 주면서 또한 여론 및 도덕적 부담을 모호하게 만든다는 데 있다. 실화소설은 '여기은 삼백 냥 파묻지 않았어요' 식의 서술 방식으로, 덮으려 할수록 더욱 드러나게 되니 참으로 추문 미학의 입맛에 딱 맞는 것이다. 앞에서 나는 리앙이 성추문의 제재를 가지고서 한 사회의 위선과 악독함을 부각시킨다고 말했었다. 리앙은 경계선의 가장자리를 오가면서 종종 극단적인 모험을 한다. 그리고 도덕이라는 이름을 내세우며 정의감에서 뒤돌아보지 않는다. 실화소설에 대한 그녀의 입장은 또 어떠할까? 1989년 〈문화계의 자기 정화: 작가의 도덕관을 바로 세우자〉라는 짧은 글에서 그녀는 뜻밖에도 문단에 대해 언급하는데, 마찬가지로 도덕이라는 이름으로 무책임한 실화 작가를 질책한다. 그녀는 그녀의 작품에 설령 투사적인 요소가 있다 하더라도 결코 "사생활에 관한

것이 아니므로 당사자를 불쾌하게 만들지는 않을 것"이라고 강조한다. 그녀는 "어떤 작가는 …… 다른 의도를 가지고 있는데, 그걸 가지고 혹 사적인 (또한 법적인 책임은 지지 못할) 은원을 푼다거나 혹 더욱 끔찍한 것은 특정의 정치적 동기를 가지고서 거리낌 없이 창작을 이용하여 어떤 사람이나 일을 중상한다는 것이다." 이를 시정하는 길은 갖가지 제한을 가하는 것에 있으며, "양심으로 징벌하는 것이 한 가지 효과적인 방법이라고 할 수 있다."[29] 당시 그녀가 소설의 동업자들에게 고언한 것을 회고해본다면, '향로' 사건에 빠져있는 리앙은 아마도 '알기는 쉬워도 실천하기는 어렵다'는 면에서 쓴웃음만 나올 것이다. 나는 이 사건의 논쟁에 휘말리고 싶지는 않다. 리앙은 여전히 그녀가 실화 작가가 아니라는 것을 견지할 권리가 있다. 내가 강조하고자 하는 것은, 리앙의 모순은 우리 사회의 도덕적 담론과 실천의 모순이기도 하다는 점이다. 사회적 문제를 폭로 또는 눈가림하는 문학을 모두 양심적인 일이라고 해버릴 수는 없겠지만, 그렇다고 간단히 추문의 수법이라고 결론지을 수도 없다. 의식 있는 작가라면 그런 와중에 반격을 가하면서 상대방의 방법으로 역공하는 방식의 행동을 해서는 안 된다. 그보다는 갈등의 원인에 대해 심도 있게 성찰해보아야 한다.

《베이강의 향로에는 누구나 꽂는다》에는 〈정조대를 찬 마귀〉,[12] 〈비어있는 빈소〉, 〈베이강의 향로에는 누구나 꽂는다〉 및 〈곱게 화장한 피어린 추모제〉 등 모두 4편의 작품이 포함되어 있다. 전체적으로 보자면 이들 작품은 1990년대 이래 리앙이 여성의 신분으로 야당 운동에 참여한 인상과 성찰이라고 볼 수 있다. 4편의 각 작품에는 정치에 투신한 한 명 또는 여러 명의 여성이 부각되고 있다. 그녀들은 아마도 계엄의 시대에 남편을 대신해서 정치에

---

12 〈정조대를 찬 마귀〉의 한글본이 《흰 코 너구리》, 정칭원 외 지음, 김양수 옮김, (서울: 한걸음더, 2009)에 실려 있다.

나선 비애의 생과부(〈정조대를 찬 마귀〉), 남편이 죽고 부인이 이어받은 열사의 미망인(〈비어있는 빈소〉), 계엄 해제 후 갑자기 등장한 재색을 겸비한 여성 의원(〈베이강의 향로에는 누구나 꽂는다〉), 수절 과부로 팔자 사나운 타이완 독립운동의 어머니(〈곱게 화장한 피어린 추모제〉)일 것이다. 이들 여성은 변화막측한 정치에 몸을 담게 되는데 하나 같이 내력이 심상찮다. 어떤 사람은 이상을 위해 심지어 일가족의 목숨을 건다. 그녀들이 성스러운 신단 내지 권력의 신단에 바쳐지는 데는 사실 다 까닭이 있는 것이다. 성, 여성, 정치의 뒤엉킨 관계를 쓰는 데 있어서는 애초부터 리앙이 아닌 다른 사람을 떠올릴 수가 없다. 그러나 그녀는 예상된 카드를 내놓지 않고 다시 한 번 사람들을 깜짝 놀라게 만들었다. 일부 인물은, 심지어 그 속에 누군가를 담고 있는데, 금방이라도 살아나올 듯이 생생해서 사생활을 투사했다는 소동이 벌어지게 된 것이다.

수년 전 그녀 스스로 정치권에서 놀아본 경험에 따라서 애초 리앙의 창작 의도는 틀림없이 정치로는 밥을 대신할 수는 없다는 것일 터였다. 그런데 기왕에 먹고 마시고를 따지다 보면 남자 여자를 찾는 것도 자연스러운 법이다. 하물며 먹고 마시고 하는 것과 남자 여자의 문제 또한 정치적 차원 - 일상사의 정치(politic of details), 신체의 정치(body politic) - 을 가지고 있는 것이니 정치 소설가가 왜 이를 쓰지 못하겠는가? 그녀가 일찍이 협력하고 분투했던 정당 경험이 10년은 족히 될 터이니 설마 그 정도의 체험은 되지 않겠는가? 혁명운동의 초기에는 얼마나 비장하고 장렬했던가? 정치적 이상을 위해 아내와 자식들 심지어 자신의 몸까지 돌보지 않았다. 기왕에 혁명이 일종의 격정과 욕망의 정치적인 투영이라고 한다면, 이러한 격정과 욕망은 사적 영역에서도 나갈 길을 찾아야 할 것이다. 혁명 + 연애는 지금에 와서 비로소 시작된 것이 아니다. 그리고 리앙 자신이 당을 위해 몸을 바치며 '주석'의 곁을 좇아다니는 일단의 세월을 보내지 않았던가? 이제 혁명과 창당의 열기가 다소 가신 다음 문득 되돌아보노라니, 그녀는 민중 운동 뒤편의 온갖 암투, 숭고 담론(sublime discourse) 배후의 욕망의 암류를 목도하게 되었다. 그리고 더욱 두려운 것은 그 가운데 처해 있는 여성이 겪는 갖가지 몸과 마음의 시련이었다.[30)]

이치대로 말하자면 리앙의 창작 목표는 원래 여성(특히 같은 분야의 여성)의 공감을 얻는 것이라야 했다. 한 정당의 발전을 위한 여성의 희생은 남성에 못지않다. 그러나 인연이 닿은 소수를 제외하면 그녀들은 여전히 중용되지 못한다. 성애 방면에서는 그녀들은 혹 금욕적인 도덕의 신주로 극단화되거나 혹 욕망 해소의 조달 대상으로 폄하된다. 비애에서 색정에 이르기까지 이런 난감한 지위는 그녀들이 공공의 영역에서 가진 권력의 한계를 설명해 주는 것이기도 하다. 그러나 일이 뜻대로 되지는 않아서 '정조대를 찬 마귀' 시리즈가 출간된 후 맨 먼저 당내 여성 동료들의 불만을 불러일으켰다. 공적으로 사적 원한을 복수한다거나, '익명의 투서로 해명을 한다'거나 하면서, 미처 막을 새도 없이 뒷골목 소식이 퍼져 나갔다. 만일 리앙이 비방 중상할 작정이 아니었다면 그녀는 아마도 탄식하고 있을 것이다. 그저 표면적인 문장만 보는 독자들의 경우에는 안타깝게도 이들 여성들이 정당의 의롭지 못한 도덕적・젠더적 기제 속에 빠져있는 것은 홀시하고 있으며, 한 정당의 도덕적・젠더적 기제의 운용이 불량한 것만 보는 독자들의 경우에는 안타깝게도 이 정당을 꾸려나가는 데 해악을 끼치는 더욱 크고 더욱 열악한 정치적 환경은 홀시하고 있는 것이다. 나무만 보고 숲을 보지 못한다더니, '향로' 사건 발생 이후의 분쟁은 야당 여성 작가의 목표를 모호하게 만들면서, 공연히 자기편은 고통스럽게 만들고 상대편은 즐겁게 만드는 꼴이 되어 버렸다.

나는 리앙을 일깨워줘야 할 것이다. 그녀의 창작 면모에서의 패러독스는 〈베이강의 향로에는 누구나 꽂는다〉에서 그녀가 조롱했던 린리즈와 어찌 마찬가지가 아니겠는가? 린리즈는 2.28 기념식에서 등이 깊게 파인 육감적인 드레스를 입고 열정적으로 노래하고 춤을 추는데, 몸을 빙그르르 돌리며 무대 아래의 관중들을 도발한다. '나를 봐요!', '투명화된 역사를 봐요!'라고. 린리즈는 몸으로 이런 저런 것들을 전복하고 있음을 의식하면서 얼마나 득의한지 모른다. 그러나 관중으로서 우리는 무엇을 보게 되는가? 미스 린리즈의 새하얀 젖가슴과 풍성한 엉덩이일까? 그녀의 뒤편에 있는 2.28 수난자들의 사진이 있는 배경일까? 아니면 상상을 초월하는 포스트모던적 비애의 유흥장일까? 우리는 우리가 보고 싶은 것을 보고, 보면 안 되면서도 보고, 보고 있으면서도 보면 안 된다고 말한다. 역사는 결코 투명하지 않은 것이다. 같은 이치로, 리앙이 그녀의 적나라한 문자를 은유의 기호로 삼으면서 우리에게 '투명화한 역사를 보라'고 요구할 때, 마찬가지로 우리는 두 눈이 어질어질하면서 진짜와 가짜를 구분하지 못하는 채로 보게 된다.

4편의 작품 중에서 〈정조대를 찬 마귀〉는 비교적 서정적인 느낌이 있다. 남편 대신 나서서 야당 의원에 당선된 음악 선생이 정치에 대해 아무 것도 모르던 데서부터 정치를 위해 사방으로 다니게 되기까지는 얼마나 파란만장한 탈바꿈의 과정이었겠는가. 그러나 비애가 그녀에게 주어진 감정적 위치가 되고, 항쟁이 그녀에게 부여된 행동적 임무가 되었을 때, 이 여성 국회위원은 개인적인 삶을 황폐하게 만들 수밖에 없다. 소설은 한 여성의 영예와 희생을 통해서 정치적으로 암담하던 시기에 여성에게 가해진 부조리와 잔혹함을 제시한다. 이야기의 중점은 여성 국회의원이 유럽을 방문하게 되는데, 전혀 다른 시간 다른 장소에서 억압되어온 지 이미 오래된 감정이 다시금 깨어난다는 것이다. 그녀와 새로운 상대는 마음이 있는 것 같기도 하고 없는 것 같기도 하며, 누가 조신한 척하고 누가 진짜 동요하는지, 누가 '정조대를 찬 마귀'인지 애매모호해진다. 여성 국회의원은 민주를 위해 아직도 수감 중인 그녀의 남편을 배반했을까? 그녀는 그녀의 선거구민의 기대를 배반했을까? 호소하는 듯 하소연하는 듯하는 피아노 선율 속에서 여성 국회위원의 사무친 한은 소리마다 탄식으로 화한다.

〈비어있는 빈소〉는 한 걸음 더 나아가서, 민주운동의 미망인의 정조 의식을 탐구한다. 소설은 당의 건설을 위해 분신자살한 두 야당 인사를 언급하는데, 말할 것도 없이 차례로 연상을 불러일으킨다. 혁명을 위해 투옥되는 것은 당시 계엄법 하에서 다반사로 있는 일이었다. 혁명을 위한 분신자살에는 강렬한 종교적 수난의 색깔이 배어있어서 저절로 사람들이 남다른 눈으로 보게끔 만들었다. 리앙은 그러나 우리에게 말하고자 한다. 죽은 자는 그렇다고 치고 산 자는 어찌 감당하는가? 미망인은 망부의 유지를 받들고서 눈물을 훔치며 다시 싸움에 나서고, 공직 경선이나 운동 참여를 통해 자기 자신에게 무형의 열녀문을 세운다. 도대체 남편을 위해서 수절하는 것인가 아니면 당을 위해서 수절하는 것인가? 더 이상 구별하기가 어렵다. 그뿐만이 아니다. 남편의 사적인 품덕은 원래 언급할 나위도 없는 터이지만 만일 미망인 또한 자신의 연분을 찾겠다고 마음먹는다면 과연 당심과 민심은 또 어떠할 것인가?

기본적으로 이는 과부가 정을 통한다는 (봉건적인) 옛날이야기를 새로 쓴 것으로, 당대의 권력 · 정치 · 도덕의 논리를 덧보태어 복잡하게 만든 것일 뿐이다. 리앙은 소설에서 분신자살한 두 열사의 부인을 설정하는데, 절대적인 것을 상대적인 것으로 바꾸어 놓은 것 자체가 이미 풍자의 의미가 있다. 더구나 그녀는 두 미망인이 각기 사랑을 찾는 과정을 묘사한다. 남몰래 일을 벌이는 방면에서 '타이완국 국부의 미망인'으로 떠받들어지는 분은 분명 그녀의 적수보다 고명하지 못하다. 후자는 결미 부분에서 이미 자신의 감정에 적합한 길을 찾아낸 듯하다. 그러나 리앙은 어느 당의 기괴한 '마더 콤플렉스'를 과장하는 것 외에도 사실은 그녀의 인물들 간의 관계를 좀 더 추적해볼 수 있다. 만일 '국부의 미망인'이 망부에 의거해 권력을 얻은 후 야단스럽게 행동했다면, 어찌 그녀의 사생활이 별개의 일이겠는가? 행하고도 말하지 않는 것 역시 일종의 정치 예술이다. 페미니스트인 리앙은 열녀문을 때려 부수어야 한다고 생각할 뿐만 아니라 어떻게 때려 부수어야 하는지를 따져보고자 하지만 다소간 도학적인 측면이 없지 않다. 핑루의 《걸어서 하늘 끝까지》가 묘사한 것 역시 국부의 미망인(쑹칭링)의 궁중 비사였으니 서로 대비해볼 만하다. 리앙의 작품에서 톈진싸오는 정염에 불타서 '독립의 어머니'가 행하는 연출된 고결함을 그냥 두고 보지 못한다. 두 사람 간의 다툼은 진짜 소인배와 가짜 군자 사이의 다툼으로 번지고, 여성 정욕의 자주성이라는 주제는 오히려 소홀히 취급된다. 그러나 〈비어있는 빈소〉는 성 · 죽음 · 정치 사이의 연쇄적 유혹을 펼쳐놓으면서 때때로 신들린 듯한 필치를 보여준다. 소설 속에서 여성 작가가 한 나절이나 이별을 연연해하다가 한밤중에 비어있는 빈소에 잘못 뛰어드는 장면은 참으로 사람을 뒤흔들어 놓는다. 리앙은 여기서 '루강 식'의 기괴하고 부조리한 스타일을 보여주는데, 이는 특기할 만한 성과였다.

〈베이강의 향로에는 누구나 꽂는다〉는 이번에는 전문이 게재되었고, 독자들의 논쟁은 이미 예상되는 바였다. 냉정하게 말해서 이 작품의 성과는 다른 작품들보다 못하다. 하지만 이제 실화소설이라는 분쟁 때문에 오히려 주목의 대상이 되었다. 리앙은 인물의 모습을 허구화하면서 지나치게 현실의 원형과 가깝게 만들었으니 남들의 의혹을 불러일으키는 것도 이상하지 않다. 스스로 인격에 상처를 입었다고 주장하는 다른 한쪽의 당사자는 온갖 엄청난 일도 다 보았을 것이다. 그러나 소설 한 편을 두고 '그건 나를 겨냥한 것'이라며 계속 소리를 질러대면서 카메라에 오르내린다. 이 또한 다른 의도가 있는 듯하다. 건국의 길이란 시련이 겹겹인 법인데 문자의 총알 몇 방에 말에서 내려오다니 문학의 힘이 이렇게 크단 말인가라는 다소간 의심쩍은 즐거움을 가져다준다.

소설은 두 부분으로 나누어진다. 앞부분은 여성인 린리즈가 당외 운동을 하면서 투사들을 위로하기 위해 사방에 은택을 베푼다. 하지만 덕을 보았으면서도 잘난 척하는 남자들은 오히려 '베이강 향로'라고 조롱한다. 뒷부분은 '향로'가 위력을 발휘하여 의원이 된다. 그러나 그녀의 대담한 언행이 또 스스로 정파라고 자처하는 여성 단체로 하여금 사갈 보듯이 하게끔 만든다. 섹시한 미녀는 복수의 여신으로 변하게 된다. 이런 스토리는 사실 이 시기의 호방 여성이 정치에 나설 때의 맹점과 곤경을 설파하는 것이다. 꼼꼼히 읽어보면 우리는 리앙의 풍자가 인정사정없다는 것을 알 수 있다. 소설은 갖가지 부수적인 잡소리들(남성 혁명 동지들의 저급한 우스개, 여성 어르신네들의 경박한 비판, 여성 작가의 암중 관찰)을 통해서 아닌 게 아니라 린리즈의 행동이 쉽사리 비난을 불러일으키게 된다는 점을 부각시키고 있다. 소설에서 가장 주목을 끄는 것은 린리즈의 섹스 중독 및 그녀의 그 유명한 교성이 그녀 몸 안의 말로 할 수 없는 고통에서 비롯된다는 것이다. 남자와의 교합은 그녀의 진통 방법에 불과하다. 린리즈는 어째서 심신이 고통으로 가득 차게 되는 것인가? 어째서 고통으로 고통을 진정시키게 되는 것인가? 그리고 또 어떻게 그녀는 고통이 지난 후 그 고통을 되돌아보면서 몸과 그녀의 머리를 사용하여 남자의 위로 기어 올라가는 것인가? 이는 사실 크게 다루어볼 만한 부분들이다. 그러나 소설의 앞부분과 뒷부분 사이에는 좀 더 효과적인 연결이 결핍되어 있다. 나는 독자들의 주목과 논쟁이 마치 주문을 외우듯 하는 그 몇 단락의 양물의 목록, 여성 음부와 타이완 지형과의 대조표, 그리고 물론 린리즈가 씻어도 씻어도 끝이 없는 소시지에 더 많이 집중될 것이라고 우려한다. 리앙의 글쓰기가 도대체 너무 지나쳐서 마에 빠져든 것일까? 아니면 우리들 독자가 보다보니 마음속에 마가 생겨난 것일까?

'향로' 사건은 이미 사방으로 유탄이 튀고 있으며, 분명 색정적 묘사 부분은 불에 기름을 끼얹은 격이다. 나는 〈베이강의 향로에는 누구나 꽂는다〉가 리앙이 한 정당의 성과 정치 활동을 묘사한 최저점이기를 바랄 뿐이다. 리앙은 〈베이강의 향로에는 누구나 꽂는다〉를 '정조대를 찬 마귀' 시리즈

4편중에서 세 번째 작품으로 배치했는데, 의도적으로 그것을 기승전결의 관건으로 간주한 듯하다. - 가장 타락하는 시각이 곧 속죄의 계기이기도 하다. 소설은 마지막에 린리즈가 창밖의 묘회에서 벌어지는 기이한 시위 대오를 묵묵히 바라보면서 무언가 깨달은 듯한 모습을 보여준다. 그러나 린리즈와 그 외의 남녀 인물들로서는 더욱 커다란 힘이라야 속죄가 이루어질 수 있다. 이리하여 〈곱게 화장한 피어린 추모제〉에서 왕마마가 등장한다.

왕마마는 2.28 사건에서부터 이어진 박해 속에서 수난을 당한 이의 미망인이다. 오랜 기간 그녀는 야당운동에 투신하며 원망도 후회도 없고, 사람들의 마음속에서는 혁명의 어머니가 된다. 왕마마의 외아들은 의대를 졸업하여 사람들마다 부러워하지만 야당의 2.28 기념일 전야에 급사한다. 이해 기념식에서는 처음으로 그 당시에 희생당한 사람들의 사진 - 그들의 가족이 시체를 인수받은 뒤에 수의를 입히고 주검의 화장을 마친 다음 찍은 사진 - 이 전시될 것으로 알려져 있다. 그런데 같은 시각, 상심해서 초주검이 된 왕마마가 위층에서 그녀의 사랑하는 자식을 위해 화장을 해주고 있는데 뜻밖에도 화장은 여자 화장이다. 죽은 사람이 생전에 이런 것을 좋아했던 것은 아닐까? 그는 대체 어떻게 죽었을까?

리앙은 많은 공을 들여서 창작 기간에 있었던 사회적인 화제를 조합한다. 희생자 추모식, 에이즈, 성도착, 웨딩숍의 대화재, …… 없는 게 없다. 단편소설에서 이렇게 많은 소재를 포함하다보니 곳곳에 작위적인 흔적이 나타난다. 그러나 나는 그래도 이 작품을 우언으로 간주하며, 또 다른 수확이 있을 것으로 생각한다. 전체 작품에서 리앙이 보여주는 퇴폐적이고 기괴한 색채는 다시 한 번 그녀의 초기 루강의 기억을 불러낸다. 그렇게도 음산하고 그렇게도 황막하다. 타이베이의 번화함은 사실 너무나 많은 망자의 시체 위에 세워진 것이다. 그 어떤 육체적 몸짓의 소진도 귀기 어린 음영을 피할 수 없다. 그리고 지금까지도 있는 듯 없는 듯 국민당의 과거 음위가 루머 속의 희생자의 시체 사진에도 미치고, 심지어는 에이즈로 죽은 의사에게까지 미친다. 50년이 되었다. 우리가 어찌 그들 원통하게 떠도는 외로운 넋들을 구제할 수 있을까? 리앙은 틀림없이 현재 일어나고 있는 갖가지 일시적인 미화 행위에 대해 못마땅하게 여길 것이다. 그러나 그녀 역시 어쩔 수 없이 꾸미는 것 – 신부・시체・병균・성적 취미・이데올로기・뉴스・역사를 꾸미는 것 – 이 이미 우리 사회의 유행이라는 것을 알고 있다. 그리고 꾸미는 과정에서, 허깨비가 어른대는 착각을 통해 역사는 우리에게 기억의 낭비, 기념의 무용함을 일깨워준다. 이미 생겨난 상처는 다시 메꿀 수도, 감출 수도 없다. 소설의 마지막 부분에서 사람들은 종교에 의지해서 정치적 불의와 불공평, 교만과 타락을 구원하고자 시도한다. 단수이허 강의 수면에 유등이 가득하고 망자의 혼을 불러대는 소리 속에서, 왕마마는 기름이 잦아들고 등불이 스러지면서 물속에 뛰어들어 죽어버린다.

비애든 색정이든 간에 리앙은 어쨌든 타이완 야당운동의 쓰라린 역사의 한 페이지를 승화시키는 한 인물을 찾아낸 셈이다. '정조대를 찬 마귀' 시리즈의 각 소설에서 제자리를 찾지 못하던 욕망, 조울하고 불안하던 영혼이 비로소 귀의할 대상을 가지게 된 것이다. 그런데 이렇게 오랜 세월 추한 소문과 추한 일을 써왔던 리앙에게 이는 동시에 심신이 평온해지는 한 순간을 의미하는 것은 아닐까? 우리는 기억한다. 4편의 소설 속에는 모두 한 여작가가 이리저리 방황하면서 자신의 창작이 어디로 향할 것인가를 고민하고 있다. 그리고 일찍이 〈비어있는 빈소〉에서 이미 왕마마가 등장한 바 있으며, 또 풍류의 여작가에게 약간의 깨우침을 준 바 있다.

〈꽃피는 계절〉에서 〈곱게 화장한 피어린 추모제〉에 이르기까지 30년에 걸친 리앙의 창작 역정은 말도 많고 변화도 많았다. 칭찬이든 비난이든 간에 그녀의 소설은 어쨌든 하나의 독특한 시각을 제공하면서, 타이완의 성·도덕과 정치 담론 간의 성쇠를 증명해 주었다. 만일 《살부》, 《어두운 밤》, 《미로의 정원》, 〈베이강의 향로에는 누구나 꽂는다〉가 없었더라면 타이완의 문단은 정말로 너무나 조용하게 – 그리고 너무나 깨끗하게 – 되어 버렸을 것이다. 그런데 예견할 수 있는 미래에 리앙은 분명히 예전과 다름없이 바람 세고 물결 높은 곳에 서서 그녀의 남녀 풍월의 모험을 계속해 나갈 것이다. 그러나 비평가로서 내가 계속해서 그녀와 함께할 용기가 있을는지? 나 역시 그녀의 글 속에서 '또 하나의 향로'가 되지는 않을는지? 그리고 현재 그녀의 상대방 역시 이 평론문이 스스로 향로에 빠져들기를 기다리고 있지는 않을는지? 백색의 공포가 지나가니 핑크색의 공포가 다가오는도다. 이 장을 마치면서 나는 정중하게 선언할 따름이다. 이 글은 순수 허구에 속하나니 사실 대조는 사양하노라고.

| 저자 주석 |

9장 리앙

1) 李昂, 〈我的創作觀〉, 《暗夜》, (台北: 李昂個人系列, 1994), p. 182.
2) 李昂, 〈文化界自淸: 建立作家的道德觀〉, 《自立晩報 · 副刊》, 1989年7月15日.
3) 타이완 언론계가 '향로' 사건을 간단히 '두 여자의 전쟁'이라고 한 것에 대해 이미 옳지 못하다고 말하는 비평가들이 있다. 예컨대 平路, 〈女人的戰爭? 三角的習題〉, 《中國時報》, 1997年8月1日 ; 平路, 〈虛假的陽具, 眞實的刑台〉, 《中國時報》, 1997年8月18日 ; 林芳玫, 〈香爐文化: 女性參政的反挫力〉, 《聯合報》, 1997年8月2日 등을 보기 바란다.
4) 리앙은 이렇게 말한다. "나는 때때로 고독을 느낀다. 진짜 고독이다. 주변 사람들이 나의 소설에 대해 추측하면서 내게 온갖 죄명을 들씌우는 것을 포함해서 내가 오해되고 있다는 그런 고독이다. 모든 것들이 내가 이해되어 본 적이 없다고 느끼게끔 만든다. 그나마 다행인 것은 나는 나 자신의 자신감을 가지고 있다는 것이다. 그렇지 않다면 나는 고독뿐만 아니라 자기 부정의 붕괴까지 느끼게 되었을 것이다." 施淑端(李昂), 〈新納褻思解說〉, 《暗夜》, (台北: 李昂個人系列, 1994), p. 177.
5) 施淑, 〈文字迷宮 - 評李昂《花季》〉, 《兩岸文學論集》, (台北: 新地, 1997), pp. 190~206 또는 李昂, 《北港香爐人人揷: 戴貞操帶的魔鬼系列》, (台北: 麥田, 1997), pp. 221~234.
6) 林依潔, 〈叛逆與救贖: 李昂歸來的訊息〉, 《她們的眼淚》, (台北: 洪範, 1984), pp. 210~211.
7) 施淑, 〈文字迷宮 - 評李昂《花季》〉를 참고할 만하다. 스수 역시 1960년대에 유행하던 이론이 리앙을 "샤머니즘처럼 미혹시켰다"고 말하고 있다.
8) 李昂, 〈我的創作觀〉, 《暗夜》, (台北: 李昂個人系列, 1994), p. 185.
9) 나는 물론 푸코의 논리를 차용했다. *The History of Sexuality*, trans. Robert Hurley, (New York: Vintage, 1978)을 보기 바란다. 또 D.A. Miller, *The Novel and the Police*, (Berkeley: University of California Press, 1988)을 보기 바란다.
10) 施淑, 〈文字迷宮 - 評李昂《花季》〉, 《兩岸文學論集》, (台北: 新地, 1997), pp. 199~200.
11) 린이제가 벌써 이 점을 지적한 바 있다. 林依潔, 〈叛逆與救贖: 李昂歸來的訊息〉, 《她們的眼淚》, (台北: 洪範, 1984), p. 225.
12) R.L. Rosnow and G.A. Fine, *Rumor and Gossip: The Social Psychology of Hearsay,* (New York: Elsevier, 1976). William Cohen, "Sex, Scandal, and the Novel", in *Sex Scandal*, (Durham: Duke University Press), pp. 3~8.
13) 주 9)와 동일.
14) 李昂, 〈人間世〉, 《李昂集》, (台北: 前衛, 1992), p. 68.
15) 린이제가 인터뷰한 林依潔, 〈叛逆與救贖: 李昂歸來的訊息〉, 《她們的眼淚》, (台北: 洪範,

1984), p. 226를 보기 바란다.

16) 王德威, 〈里程碑下的沉思 – 當代台灣小說的神話性與歷史感〉, 《衆聲喧嘩: 三〇與八〇年代的中國小說》, (台北: 遠流, 1988), pp. 277~279.

17) 呂正惠, 〈性與現代社會: 李昂小說中的'性'主題〉, 《小說與社會》, (台北: 聯經, 1988), p. 164.

18) 예컨대 林秀玲, 〈李昂《殺夫》中性別角色的相互關係和人格呈現〉, 鍾慧玲主編, 《女性主義與中國文學》, (台北: 里仁, 1997), pp. 297~314 ; 古添洪, 〈讀李昂的《殺夫》 – 譎詭、對等、與婦女問題〉, 《中外文學》 第14卷第10期, 1986年3月, pp. 41~49를 보기 바란다. 또 李昂, 《北港香爐人人插: 戴貞操帶的魔鬼系列》, (台北: 麥田, 1997), pp. 235~247을 참고하기 바란다.

19) James Brown, *Fictional Meals and Their Function in the French Novel, 1789~1848*, (Toronto: University of Toronto Press, 1984), pp. 12~13 ; Louis Marin, *Food for Thought*, trans. Mette Hjort, (Baltimore: Johns Hopkins University Press, 1989), pp. 35~38.

20) Georges Bataille, *The Tears of Eros*, Trans. Peter Connor, (San Francisco: City Lights, 1989).

21) 예컨대 奚密, 〈黑暗之形: 談《暗夜》中的象徵〉, 《中外文學》 第15卷第9期, 1987年2月, pp. 130~148의 해석을 보기 바란다. 또 李昂, 《北港香爐人人插: 戴貞操帶的魔鬼系列》, (台北: 麥田, 1997), pp. 249~272를 참고하기 바란다.

22) 李昂, 《迷園》, (台北: 洪範, 1991), pp. 44~45.

23) 李昂, 《迷園》, (台北: 洪範, 1991), p. 246.

24) 林芳玫, 〈《迷園》解析 – 性別認同與國族認同的弔詭〉, 鍾慧玲主編, 《女性主義與中國文學》, (台北: 里仁, 1997), pp. 272~275.

25) 데이비드 리비트의 소설은 스페인 내전 당시 영국 시인 스티븐 스펜더의 자전적 경험을 투사하고 있고, [조 클라인의] 익명 소설은 미국 대통령 빌 클린턴을 오리지널로 했다.

26) 나의 책인 David Der-wei Wang, *Fin-de-Siecle Splendor: Repressed Modernities of Late Qing Fiction, 1849-1911*, (Stanford: Stanford University Press, 1977), 제4장의 검토를 보기 바란다.

27) 楊照, 〈"影射小說"在台灣〉, 《新新聞》 第543期, 1997年8月3~9日과 南方朔, 〈作家的超越與墮落〉, 《中國時報》, 1997年8月18~19日을 보기 바란다.

28) 南郭, 〈香港的難民文學〉, 《文訊》 第20期, 1985年10月, pp. 32~37.

29) 李昂, 〈文化界自清: 建立作家的道德觀〉, 《自立晚報・副刊》, 1989年7月15日.

30) Andrew Parker, Mary Russo, Doris Sommer, and Patricia Yaeger, *Nationalisms and Sexualities*, (New York: Routledge, 1992)에 수록된 각 논문을 보기 바란다.

10장 리루이

뤼량산의 산색은 끝이 없어라

화베이평원의 서쪽에 타이항산맥이 버티고 서있고, 서쪽으로 황허강에 바짝 붙어 있는 산이 바로 뤼량산이다. 다시 더 서쪽으로 가면 허란산, 친령, 치롄산이 있으며, 이들 산은 광활하고 황량한 황토고원을 떠받치고 있다. 우리는 이를 지리적으로는 중국의 '제2층'[1]이라고 부르지만, 역사적으로는 늘 화하문명(華夏文明)의 발원지라고 일컬어왔다.

황토고원에 있는 뤼량산맥이 리루이(李銳, 1950~)의 소설 세계를 만들어낸다. 그는 뤼량산맥을 따라 북쪽에서 남쪽을 향해 하나씩 하나씩 작은 마을들을 묘사한다. 난쟁이마을, 늙다리골, 소용돌이강, 좁쌀마을, 청석냇가 …… 등. 이곳은 고대 연나라와 조나라의 땅이다. 그러나 수천 년의 문명도 황토 대지에 자욱한 전쟁의 연기와 먼지를 이겨낼 수는 없었다. 뤼량산의 농민들은 마치 태초부터 그러했다는 듯이 산을 깎아 농토를 만든다. 그들이 손에 든 낫은 신석기 시대에 기본 꼴이 갖추어진 것이다. 그들이 흙을 퍼내기 위해 사용하는 네모난 삽은 철기시대에 이미 성행하던 것이다. 그들이 밭이랑을 가는 모습은 심지어 한나라 때 돌 위에 그린 밭 가는 그림과 완전히 똑 같다.[1)] 메마르고 적막한 산간에서 구습을 고수하면서 "세세 대대 그들은 이런 식으로 되풀이하며 수십 세기를 되풀이해왔다. 문인들이 역사라고

---

1 중국의 지형은 서쪽에서 동쪽으로 횡단면을 살펴보면 표고 차이에 따라 크게 3개의 층으로 나눌 수 있다. 제1층은 해발 4000미터 이상, 제2층은 해발 1000~2000미터 사이, 제3층은 해발 500미터 이하 지역이다.

부르는 그런 것들은 그들과 무관한 것 같았다."2)

1969년 1월, 젊은 나이의 리루이가 뤼량산 지구에 하방된다.[2] 그의 원적은 쓰촨성 쯔궁이고, 베이징에서 자라고 교육받았다. 그는 몸소 문화대혁명이라는 광풍의 세월을 경험한다. 그 얼마나 마음을 놀래고 혼을 빼놓던 시절이던가? 그것은 천지를 뒤바꾸어놓고 역사를 새로 만들어냈다. 주석의 한 말씀에 수억 수천의 젊은 영혼들이 전율했고, 이로 인해 무수한 가정과 생명이 사라졌다. 그런 다음에는 또 산촌과 농촌으로의 하방 운동이었다. 주석의 착한 아이들은 자의 반 타의 반으로 중국 각지의 구석구석으로 보내졌고, 그곳에 주저앉아 뿌리를 내리게 되었다. 이들 소위 '지식청년'이라는 이름의 청소년들은 넘치는 혈기를 좇아 집을 떠났고, 수없이 많은 이들이 돌아오지 못했다. 그들(그녀들)이 멀리 타향으로 떠나간 것은 20세기 중국의 한 차례 인구 대이동이 되었고, 그 대이동이 만들어낸 문화 · 심리적 영향은 오늘날까지도 헤아리기가 어렵다.

리루이의 집안 역시 문화대혁명 시기에 극심한 충격을 받았다. 그의 부모는 잇따라 억울하게 죽었고, 형제자매 역시 사방으로 흩어졌다.3) 물론 그가 뤼량산에 하방된 것은 주석의 부르짖음에 호응한 것이었지만, 혁명 · 모반의 격정 중에 아마도 집안은 망하고 가족은 죽는 그런 비애를 감추기는 어려웠을 것이다. 후일 이런 정서적 충격이 점차 그의 작품 속에 드러나는데, 《바람 없는 나무》, 《만 리에 구름 한 점 없네》와 같은 장편소설이 가장 심금을

---

2 1950년대 중반부터 중국 정부는 도시의 청년 실업 문제 해결과 시골의 인력 부족 해소를 위해 도시의 교육 받은 젊은이들을 시골로 이주시켜 노동에 종사하게 하는 대규모 정책 및 정치 운동을 실시했다. 이런 도시의 젊은이들을 일컬어 '지식청년'이라고 불렀으며, 이들이 도시에서 시골로 이주하는 것을 산촌이나 농촌으로 간다고 해서 '상산하향'(上山下鄕)이라고 하기도 했고 도시에서 아래로 내려간다고 해서 '하방'(下放)이라고 하기도 했다. 이 운동은 문화대혁명 기간에 최고조를 보였다가 1970년대 말에 마감되었다.

울린다. 비단 그뿐만 아니다. 하방된 '지식청년'으로서 리루이는 결국 황토 대지의 농민들의 빈곤과 무지라든가, 그들과 외지에서 온 '지식청년'이 사상, 행동 또는 신체적 능력 등 모든 면에서 서로 들어맞지 않는 것과 같은 더욱 많은 갈등을 증언하게 된다. 현대 중국의 지식인들과 농민 사이의 불화와 타협은 바로 이 산촌과 농촌으로의 하방 운동에서 최고조에 달했다. 그리고 빈궁하고 황량한 빈촌 벽지에 대해 '지식청년'들 역시 그 어찌 혼란스럽고 걱정되지 않았겠는가? 인간이 과연 하늘을 이길 수 있을까? 이데올로기가 정말 밥을 먹여줄 수 있을까? 그리고 그들(그녀들)이 온 다음 다시 돌아갈 수 있을까? 극단적으로 외부와 단절된 생존 상황 속에서 이들 '지식청년'들은 잔혹한 계몽의 세례를 겪게 되었다.

문화대혁명 이후 한때 지식청년의 생활을 제재로 한 문학이 풍미했다. 각종 서사 틀을 빌어서 작가들은 다시금 그 불가사의했던 젊은 시절을 포착하고 이해하려 했다. 한사오궁(〈귀거래〉, 《마교 사전》[3])에서부터 스톄성(〈머나먼 나의 칭핑만〉)에 이르기까지, 아청(〈장기왕〉, 〈아이들의 왕〉)에서부터 라오구이(《핏빛 노을》[4])에 이르기까지 모두 익숙한 예들이다. 과거의 피와 눈물은 혹은 황당한 경험이나 드라마틱한 우언이 되고 혹은 어슴푸레한 향수나 의분에 찬 고발이 되었는데, 어느 하나 가슴에 사무치는 고백이 아닐 수 없었다. 이런 수많은 시도 중에서도 리루이의 작품은 여전히 독자성을 가지고 있다. 그가 서술한 지식청년의 유배가 겪는 조우는 결코 단순한

---

3 《마교 사전》의 한글본으로 《마교 사전》, 한소공 지음, 심규호/유소영 옮김, (서울: 민음사, 2007)이 나와 있다.

4 《핏빛 노을》의 한글본으로 《핏빛 노을》, 노귀 지음, 전성자/안윤경/임정량 옮김, (서울: 금강서원, 1993) ; 《불타는 영혼》, 라오꾸이 지음, 박재연 옮김, (서울: 친구, 1992) ; 《시린호트에 지다》, 노귀 지음, 박재연 옮김, (서울: 이론과 실천, 1991)이 나와 있다.

자기 연민이나 자기 조소에 흐르지 않는다. 그가 묘사한 뤼량산 지구의 낙후한 농촌 생활 역시 뿌리찾기의 엽기적인 스타일을 의도적으로 배제한다. 그 대신에 리루이는 인간사의 황망함 외에 오히려 극도로 겸손하게 대자연의 유정과 무정에 대해 관조한다. 확실히 그의 작품에서는 창망하고 위엄 있는 뭇산들이야말로 가장 중요한 배역이다. 세세대대로 이곳을 지켜왔던 농민들이든지 휑하니 오고 간 지식청년들이든지 간에 그들은 모두 뭇산들 사이의 나그네일 뿐이며, 그 어느 날인가에는 모두 한 줌의 황토로 돌아갈 것이었다. '전날의 옛사람도 볼 수 없고 훗날의 새 인물도 볼 수 없는' 터이니, 황토가 배태했던 고문명은 결국 가장 원시적인 방식으로 그 모든 것을 뒤덮을 것이며, 그런 후에는 다시금 적멸로 되돌아가게 될 것이었다.

이는 아마도 리루이 작품의 가장 음울한 일면일 터이다. 리루이는 뤼량산에서 총 6년을 머무르는데, 그의 창작에서 이 6년의 경험은 궁극적인 모티프가 된다.[4] 그 어떤 힘이 그로 하여금 행할 수 없음을 알면서도 행하게 만드는 것일까? 또 그 어떤 시각이 그로 하여금 부단히 뤼량산의 다락밭과 산봉우리로 되돌아가게 만드는 것일까? 나는 리루이의 가장 중요한 장편 및 단편소설집 네 권을 논의의 기점으로 삼고자 한다.

1. 《땅》

1986년 전후 리루이는 '뤼량산 인상'이라는 일련의 단편을 발표해서 광범위한 주목을 끌었다. 이 단편들은 나중에 《땅》이라는 제목으로 출판되었으며, 우리가 리루이의 세계로 들어가는 통로가 되었다. 《땅》 속의 작품들은 상당수가 간결하고 깔끔하여 마치 스케치 같은데 꼼꼼히 읽어보면 아주 의미심장하다. 첫 편인 〈김매기〉를 예로 들어보자. 불과 몇 쪽 분량으로 산촌 농민이 하방된 지식청년과 함께 농사일을 하는 광경을 묘사하고 있다. 태양은 이글거리고 사람들은 땀을 뻘뻘 흘리며 김을 맨다. 생산대장이 생산을 독려하는 꾸지람 소리 가운데 가끔 늙은 농민들의 낭랑한 노래 소리가 들린다. 내용은 화려한 수레에 진귀한 말이니, 생황 소리에 피리 가락이니 하는 것들이다. 주석이 아직도 황궁인 금란전에 들지 아니했단 말인가? 주석의 마누라쟁이가 조정의 정사에 관여할 수 있단 말인가? 김을 매고 있던 지식청년들은 그저 시키는 대로 할 뿐이다. 도성을 떠나 머나 멀리 왔으니 애초의 그나마 일말의 호기마저도 진즉에 땀과 마찬가지로 흙 위에 떨어져서 흔적도 없이 사라져버렸을 터였다. 유구한 봉건적 미신이여, 뽑아도 뽑아도 어찌 그리 끝도 없는지. 그런데 대체 무엇이 혁명 신앙이란 말인가? 무엇이 봉건 의식이란 말인가?

"해가 하늘 가운데일 때 김을 매누나, 땀방울이 벼 아래의 흙을 적시누나."[5] 천 년 전 그 유명한 〈가련한 농부〉라는 시가 여전히 쟁쟁거리며 귓가에 들리는 듯하다. 천지가 뒤집히는 세상에서도 김은 매어야 한다. 그렇지만 여유롭게 농사일을 가엽게 여기던 지식인이 이제는 아마도 자기 자신의 신세를 더욱 가엽게 여기게 되었을 터였다. 〈김매기〉는 제목에서부터 아이러니를 드러낸다. 현대 중국문학은 루쉰부터 시작해서 지식인과 농민 사이의 대응 관계를 깊이 파고들었다. 농민의 고난과 낙후는 엘리트들이 계몽을 부르짖고 혁명을 제창하던 주요 동기였다. 하지만 농민의 조야함과 문맹은 그 엘리트들이 애만 많이 쓰고 성과는 별로 없도록 만드는 핵심이었다. 루쉰이 〈고향〉에서 스스로 농민 룬투와의 사이에 보이지 않는 벽이 가로막고 있어서 서로 소통할 수 없다고 말한 것은 그 중 가장 유명한 하나의 예에 불과할 뿐이었다. 공산당은 농민 혁명으로 흥했지만 그 깊은 곳에는 엘리트의

5 당나라 이곤의 〈가련한 농부〉라는 시의 첫 두 구절이다. 후반 두 구절은 "소반 위의 밥 그 누가 알리, 알알이 고생인 것을."이다.

권력 장악이라는 색채가 여전했다. 문화대혁명은 대량으로 학자들과 지식청년들을 하방시켜 모두 함께 해가 하늘 가운데일 때 김을 매게 만들었다. 한편으로는 농사라는 유토피아적 신화를 극단으로 몰고 나갔고, 다른 한편으로는 사회주의 경제 생산의 모델을 완전히 파괴해 버렸다. '마오 주의'의 사도로서 지식청년들은 하방을 하여 자신을 단련하고 대중을 교육했는데, 대가는 그 얼마나 컸으며 수확은 그 얼마나 적었던가?[5)]

지식청년, 농민, 마오식 교육 기제 사이의 패러독스에 관해서는 아래에서 《바람 없는 나무》와 《만 리에 구름 한 점 없네》를 검토하는 가운데 다시 설명하겠다. 하지만 리루이의 깊은 고심은 〈김매기〉와 같은 이런 단편에서조차 이미 찾아볼 수 있다. 지식인과 농민은 대체 누가 누구를 개조했던 것일까? 김매기 작업의 중간 휴식 시간에 생산대 대장은 낡은 신문을 꺼내어 지식청년들에게 마오주석의 어록을 읽으라고 하고는 자신은 사라져버린다. 그 뒤 소변이 급했던 한 지식청년이 용변 볼 곳을 찾다가 뜻밖에도 생산대장이 풀숲에서 정부와 그 짓거리를 하는 것을 목격하게 된다. 그 조건이라는 것이 마을에 구제금이 나오면 나눠준다는 것으로 …….

주석의 어록이 어찌 남녀 간의 즐거움에 비길 것인가. 농민은 가장 황량한 곳에서 역경을 참고 견디지만, 동시에 또 가장 원시적인 교활한 본능으로 자연과 인간의 압력에 대항한다. 지식청년의 교육은 이로부터 비로소 진정으로 시작된다. 마지막에 그의 오줌줄기는 어느 묘비에 쏟아진다. 청나라 건륭 시기의 비석으로 이 땅에 대한 왕년의 소유권을 표시해 놓은 것이었다. "깊이 파놓은 자국이 햇빛 아래에서 마치 금방 전에 새긴 것 같았다." "바람도 없고, 구름도 없고, 새빨갛게 달아오른 화로가 순식간에 글자의 흔적을 말려 없애 버렸다."[6)] 이는 그야말로 온통 '싯누른' 대지 참으로 말끔하구나였다.[6]

---

6 《홍루몽》 제5회에 모든 것이 허망함을 뜻하는 "눈 덮인 하이얀 대지 참으로 말끔하

내가 비교적 긴 분량으로 〈김매기〉를 언급한 것은 리루이가 말로 털어놓고자 한 감개와 이런 말들을 행간 속에 녹여 놓은 그의 고심을 발견했기 때문이다. 이 소설은 이야기가 없는 이야기이지만 무한한 인정세태의 실마리를 담고 있다. 만일 다른 소설가라면 얼마나 많은 분량으로 이를 고발할지 모를 일이다. 리루이는 담담히 몇 마디를 가시고서 마치 아주 쉽다는 듯이 무거운 주제를 처리하는데, 오히려 의식 있는 독자라면 이를 예사롭게 보지 못하도록 만든다. 소설 속에서 농경과 자연, 노래와 어록, 땅과 묘비, 정치적 격정과 생리적 격정 등의 대응은 신비평파 학자들로서는 분명 절묘한 예증들이다. 그러나 리루이의 절제는 헛되이 형식의 유희를 능사로 삼도록 하지는 않는다. 그 뿌리를 파고들어가보면 〈김매기〉가 말하고자 하는 것은 인간과 땅 사이의 상생 상극의 관계이다. 역사는 변화하고 인사는 바뀌는데, 오로지 이 모든 것을 담고 있는 땅만이 묵묵히 그대로이다. 더구나 아무런 감정도 없다. 리루이가 뤼량산 시리즈를 '땅'라고 이름을 붙인 것은 그 의도가 혹시 여기에 있는 것이 아닐까?

《땅》 속의 다른 작품들에서도 인간과 땅에 대한 리루이의 깊은 사고가 계속되고 있을까? 널리 알려진 〈합장〉과 같은 작품은 문화대혁명 시기에 뤼량산에 온 여성 지식청년 위샹이 산사태 속에 파묻혀 죽어 그곳에 매장된 일을 쓰고 있다. 오랜 세월 후 마을 사람들은 그녀가 외로워할 것을 염려하여 돈을 모아 '남자'를 하나 찾아서 두 시체를 합장해준다. 직설적으로 말하자면 이 소설은 영혼 결혼이라는 민간의 미신을 폭로한 것이다. 하지만 문화대혁명 이후라는 배경을 고려한다면 저절로 마음이 착잡하지 아니할 수 없다. "애처롭기도 하지. 하필이면 죽기 살기로 베이징에서 우리 이곳 산골짜기까지 와서

구나"라는 구절이 있다.

죽었누?"[7] 관뚜껑을 열던 농민 하나가 묻는데, 한 마디로 역사의 황당함을 설파하는 것이기도 하다. 농민은 그들 자신의 방식으로 이 황당함을 해결한다. 지식청년 작가로서 리루이는 또 다른 감개를 가지고 있다. 위샹의 시체는 여전히 《마오주석 어록》을 껴안고 있다. "어어, 아직도 있누만. 책은 썩었는데 껍데기는 그대로구만."[8] 이는 장차 위샹의 혼수가 될 터였다.

리루이의 문장은 간결하고 담백하다. 얼른 보기에는 제법 1980년대 중기의 필기체 소설[7] 스타일을 따르고 있다. 그러나 왕쩡치나 아청 등의 사람들과 비교해보자면 그의 작품에는 씁쓸한 측면이 배어있다. 달리 말하자면, 왕쩡치 등은 글의 전파 기능을 한층 잘 이해하고 있어서 서술의 힘으로 세상의 불의와 무명을 초탈하는 것 같다 - 그들은 확실히 1930년대의 대작가 선충원과 일맥상통한다.[9]

리루이는 그렇지 않다. 그의 작품을 읽으면 마치 그림자처럼 따라붙는 그런 후련하지 않은 답답함을 느끼게 된다. 우리는 이것이 그가 고심하여 다듬었던 결과라고 말할 수 있다. 전통적인 사실주의/현실주의의 미학적 범주 속에 그를 포함시킬 수도 있다. 그러나 나는 그보다는 그의 스타일은 그가 환경에 대해 자각적(또는 비자각적)으로 대응하는 데서 비롯된다고 생각한다. 만일 선충원에게 가장 중요한 지리적 비전이 기나긴 강물인 장하, 콸콸 흘러내리는 수원이었다면,[10] 리루이에게는 그 대신 뭇산 - 적막하고 황량한 산야와 울울하고 끝이 없는 황토 언덕이다. 뤼량산 지구는 그의 창작 생명에 잠재력을 부여해 주었으며, 또 그의 창작 시야에 궁극적인 한계를 만들어 놓았다. 만일 선충원 일파의 전통이 마음가는대로 펜 끝이 바뀜으로써 지면에 어떤 생동감을 만들어내는 것을 강조한다면, 리루이는

---

7 주로 인정 풍토, 민간 기예, 천문 지리 등에 관해 마치 신변잡기나 수필을 적는 것처럼 쓴 소설을 말하는데 현대문학에서는 1980년대에 비교적 성행했다.

문자를 가지고서 중생의 곤경과 불복을 기록한다. 그와 그의 인물들은 언제나 일종의 실존주의식의 황량함과 황당한 환경 속에 내팽개쳐지는 듯한데, 이에 불복하기 때문에 그들(그녀들)은 엎치락뒤치락하면서 번민하며 해탈하지 못한다. 그리고 이로부터 생겨나는 희비극이 리루이의 스타일을 가장 잘 대표한다.

이리하여 리루이는 이렇게 말한다. "인간이 인간인 것은 일종의 비극이자 일종의 행운이다. 이 비극 또는 행운은 동일한 하나의 원인에서 나온다. – 곧 일종의 불복이다."[11] 작가가 할 수 있는 것이라고는 그 중의 '경탄과 멍함'[12]을 조금이나마 표현해내는 것에 다름 아니다. 《땅》 속의 작품들은 모두 그렇다. 예컨대, 〈받침돌〉은 두 농민 사이의 마누라 교환이라는 짓거리를 쓰고 있고, 〈산 바라기〉는 소 먹이는 사람이 세상에 대해 진저리를 치지만 또 죽기는 쉽지 않은 심정을 쓰고 있으며, 〈가짜 혼인〉에서는 부부가 서로 부정을 의심하는 것을 쓰고 있다. 리루이는 하찮은 삶 속에서 인간과 인간, 인간과 환경이 대립하는 가운데 일어나는 대결과 타협을 간파하고 있다. 그의 작품은 자연주의적 방식이라고 오인되기 쉽다. 그러나 만일 그의 산촌에 대한 그러한 거의 신비에 가까운 이끌림, 그가 그려내는 인물들에 대한 모질지 못함을 이해한다면, 그의 또 다른 바람을 알아챌 수 있을 것이다.

나는 〈청석냇가〉라는 작품이 이상의 말을 아주 잘 증명해준다고 생각한다. 소설 속에서 양치기 사내는 송곳 하나 꽂을 땅도 없으며, 그럭저럭 장가를 들게 된 것만 해도 천만다행이다. 그러나 우리의 이 주인공은 어쨌든 이미 혼전 '임신'을 한 새 마누라에게 순순히 승복할 수가 없다. 운명에 대한 그의 분수를 넘어서는 이 일말의 바람, 이 일말의 불복은 결국 그로 하여금 자신의 하찮고 무력함은 도외시하고 고집스럽게 힘을 다해 겨뤄보도록 만든다. 이로부터 난륜, 간통 등의 추문이 일어나고 결국 집안이 망하고 사람이 죽게 된다.

〈청석냇가〉에는 전통적인 비극이 가진 웅대한 시야와 인물이 결여되어 있다. 리루이가 그려내는 것은 폐쇄적 숙명의 세계이다. 황량하고 궁벽한 산골, 우매하고 고집스런 농민, 고통스럽고 울울한 정욕, 경직되고 답답한 관습. 그러나 참으로 구차한 인생의 상황 속에서 가지가지 무력함과 이로부터 비롯되는 처연함 및 고통을 찾아낸다. 소설을 읽어가는 가운데 아닌 게 아니라 무한한 '경탄과 멍함'이 끊임없이 맴돈다.

리루이는 중생의 고통스런 모습을 폭로하는 사이사이에 서정적인 정취에 주의한다. 이 때문에 〈청석냇가〉와 같은 작품에서도 미처 예상치 못한 시적 정취가 솟아나도록 만든다. 리루이의 감정적 시각은 끊임없이 주인공의 내심 세계를 드나들면서 그로부터 엎치락뒤치락 시달리게 만든다. 지식청년 작가가 농민을 쓰다보면 항상 과유불급이라는 폐단이 나타나게 마련이다. 리루이는 대담하게 자신의 감정을 주인공의 내심에 녹여 넣는다. 오욕칠정을 집어넣고, 피와 눈물을 부여한다. 간절하고 진실한 마음을 가지고 있지 않다면 결코 그럴 수가 없는 것이다.

2. 《옛터》

앞 절에서 나는 《땅》을 예로 들어 리루이 소설의 주요 특징을 종합적으로 논했다. 문화대혁명 중에 산촌으로 하방된 경험은 그가 영원히 떨쳐버릴 수 없는 증상이자 영감이며, 그로 하여금 끊임없이 회상하고 서사하게 만든다. 그는 지식청년과 농민 사이의 상호 개조, 교육의 지난함, 울 수도 웃을 수도 없는 갖가지 결과 등을 쓰면서, 근대화를 추구하던 중국의 가장 히스테리칼했던 시절을 증언한다. 그는 또 이 인간에 의한 역사적 상처를 천지의 어질지 않음이라는 틀 속에 두고 성찰하면서, 태고적부터 존재하고 있는 검푸른산으로부터 생명의 미소함과 무상함을 깨닫는다. 그러나 각 인물들의 무망한 박투를 다룰 때 리루이는 어쨌든 모질지 못한 마음으로 인해 '펜' 아래에 여지를 둔다. 이들 서로 다른 서사의 층차 사이에서 절충하면서도, 리루이는 여전히 되돌아보며 자성하고, 가엽게 여기며 원망하지 않는 스타일을 발전시켜 나간다.

《땅》 이후에 리루이는 개인과 가족사를 추적하는 데로 주의를 돌린다. 당시 대륙 작가들이 한결같이 가족사를 쓰던 풍조를 고려해본다면 리루이도 속됨을 면할 수는 없는 것 같다. 이에 따라 리루이의 도전은 두 가지였다. 상흔문학 이래 우리는 죽은 자를 애도하며 눈물을 흩뿌리는 작품을 많이 보아왔다. 리루이의 가족사 소설은 뜨거운 눈물을 흘리게 만드는 것 말고 그와는 다른 일련의 정보를 전달할 수 있을 것인가? 다음으로는 쑤퉁・거페이・예자오옌과 같은 남방 작가들이 지닌 그런 나긋나긋한 탄식, 안개비가 자욱한 듯한 정서에 비해서 리루이 식의 씁쓸하고 억눌린 필치가 과연 서사 방식 면에서 무언가 새로운 것을 만들어낼 수 있을 것인가?

《땅》에 익숙한 독자가 처음 《옛터》를 읽게 되면 아마도 먼저 깜짝 놀라게 될 것이다. 전자가 함축적이고 간결한 스타일인 것에 비해 《옛터》는 시끌벅적하게 울고 웃고 한다. 그는 극히 드라마틱한 이야기를 펼치면서 과거에 신중하게 엄수하던 서사 거리를 포기하고 여러 인물들의 의식과 행동 사이를 넘나든다. 리루이의 이런 개입과 대화적인 스타일은 이유가 있다. 《옛터》에는 자서전적인 장면이 충만한데, 가족의 이야기를 쓰고 있기 때문이다. 뤼량산 지구를 떠나서 쓰촨성의 옛 고향으로 가다보니 마치 리루이의 문장 또한 지역에 따라 달라진 것 같다.

《옛터》는 일종의 초혼과 추모의 작품이다. 소설 속에서 시끌벅적하게 울고 웃고 하는 것은 사실은 수런수런 귀신 소리가 메아리치는 것이다. 그런데 리루이가 "조상들과 친지들"과의 "대화를 끝낼 때 남은 사람은 오로지나 자신뿐이었다." 그는 서문에서 "전날의 옛사람도 볼 수 없고 훗날의 새 인물도 볼 수 없구나. 천지의 유구함을 생각하니, 나 홀로 슬퍼져서 눈물이 흐르누나."[8]라는 진자앙의 시구를 인용하며 자신의 신세를 요약한다. 하지만 이는 독자로 하여금 구절구절 한기가 마음속에 밀려오도록 만든다.

소설은 쓰촨성의 소금상인 리씨 집안의 백년 성쇠를 줄거리로 한다. 리씨 집안은 오랜 세월 인청이라는 곳의 제염업을 주도하고 있는 지방의 거부였다. 민국 이래 소금 사업은 군벌과 토비에게 시달리고, 현대 제염 기술과 자본가의 농단에 의해 타격을 받지만 그래도 의연하게 견뎌낸다. 그러나 1949년 전야에 이르러 이 백년 가업은 마침내 쇠퇴의 기미를 드러내다가 하루아침에 무너진다. 그 사이 사이에는 리씨 집안과 다른 집안 간의 갖가지 피와 눈물, 사랑과 복수, 울음과 웃음, 연분과 인연이 삽입되어 있다. 이 속에는 신고스럽게 가업을 지켜내는 지방 유지와 거상, 횡포하고 미욱한 군벌, 탐욕스럽고 악행을 일삼는 자본가, 기회를 엿보며 움직이는 공산당도 있고, 스스로 아름다운 얼굴을 망치고는 불문의 등잔불과 더불어 사는 기이한 여자, 울타리를 뛰쳐나가서 혁명으로 달려간 신청년도 있다. 그들이 난세에 부침하면서, 참으로 아이러니한 상황 속에서 미처 예상하지 못한 각양각색의 관계와 자신들도 어쩌지 못하는 뒤엉킴을 만들어낸다. 자본가의 딸은 혁명당 사람과 애정으로 얽히고, 신시대의 젊은 여성은 토박이 군인과 영원히 부부의 연을 맺으며, 인민의 영웅은 인민의 적이 되는데, 이는 가장 유난한 몇 가지 사건들에 불과하다.

통상적인 정리로 볼 때 《옛터》의 구성은 고저 기복이 있고, 인물의 관계가

---

8 당나라의 진자앙이 쓴 이 시의 제목은 《유주대에 오르니》로, 시인이 과거와 미래의 훌륭한 군주를 만나볼 인연이 없음을 빗대어 사실은 당시 답답한 국가적 상황과 자신의 처지를 토로한 것이다.

변화막측해서 연속극 못지않다. 그러나 리루이가 썼으니만치 작품 전체에는 일말의 부질없고 스산한 분위기가 들씌워져있다. 이야기의 말미에서 그 모든 감정과 은원, 그 모든 정쟁과 전란, 그 모든 이상과 격정이 모두 재가 되고 연기가 되어서 무로 돌아가 버린다. 이야기 속의 인물들은 대륙·타이완·해외를 떠도는데, 어떤 이는 젊어서 요절하고, 어떤 이는 온갖 고생을 다하고, 어떤 이는 영화를 다 누린다. 그러나 눈 깜빡할 사이에 그들은 모두 형체의 소멸, 기억의 쇠퇴와 더불어서 역사의 무대로부터 물러난다. 소설에서 만들어 놓은 멜로드라마적 구성은 그 최후의 풍자이다. 리루이는 참으로 불가사의한 이야기 속에 자신의 감개를 깊이 심어놓았다. 역사 자체의 엄혹한 굴곡에 비하자면 제 아무리 드라마틱한 이야기라고 할지라도 그보다 못함이 드러날 것이었다. "그는 미처 생각하지 못했다"라는 구절이 작중에 되풀이해서 나타나는데, 이는 곧 은근히 시간과 역사의 수수께끼를 암시하고 있는 게송이 아닐까?

《옛터》가 근거하고 있는 배경 - 쓰촨성 역시 주의 깊은 독자들을 착잡하게 만들 것이다. 60년 전 바진의 《가》[9], 《봄》[10], 《가을》이 묘사한 것이 바로 쓰촨성 대가정의 은원이었다. 그런데 그 결과는 얼마나 다른 것인가! 바진의 소설에도 구시대 중국의 귀신 그림자가 가득하다. 하지만 그는 어쨌든 역경을 두려워하지 않으면서 있는 힘을 다해 이를 거스르는 일군의 혁명 청년들을 창조해냈다. 《가》의 매력은 아마도 《옛터》 속의 혁명에 헌신하는 공산주의자

---

9 《가》의 한글본으로 《가》, 바진 지음, 박난영 옮김, (서울: 황소자리, 2006) ; 《가》, 파금 지음, 강계철 옮김, (서울: 세계, 1985) ; 《가》, 파금 지음, 박난영 옮김, (전주: 이삭문화사, 1985) ; 《가》, 파금 지음, 최보섭 옮김, 장기근 해설, (서울: 청람문화사, 1985)이 나와 있다.

10 《봄》의 한글본으로 《봄》, 파금 지음, 연변인민출판사 편집부 옮김, (서울: 백양출판사, 1995)이 나와 있다.

들에게 깊이 영향을 주었을 것이다. 그러나 《옛터》는 혁명만 쓴 것이 아니라 그보다도 혁명 '이후'의 가지 가지에 대해 쓴다. 반우파투쟁에서 문화대혁명에 이르면서, 혁명의 대업은 사람이 사람을 잡아먹는 파티가 되어 버린다. 《옛터》는 따라서 혁명의 타락, 이념의 배반을 쓴 소설이기도 하다. 바진의 《가》는 '집'으로 대표되는 모든 구사회를 타도하고자 했는데, 리루이의 《옛터》 속에서는 '집'이 허물어지고 사람이 죽어나간 후의 '옛터'에서 우리는 전과 다름없이 눈에 띄는 것이라곤 온통 상처뿐임을 보게 된다. 역사의 훼멸이여, 어찌 이런 지경에 이르렀단 말인가!

벤야민은 18세기 독일 비극을 논하면서 역사가 붕괴된 이후의 문명 공간을 폐허의 이미지로 서술한 적이 있다. 시간이라는 좌표의 허물어진 담장 사이를 배회하면서, 우리는 기억의 파편들을 주워들고 옛일의 조각들을 끼워 맞춘다. 전날의 옛사람도 볼 수 없고 훗날의 새 인물도 볼 수 없다. '현대'라는 의미의 등장은 이런 폐허 의식에 바탕을 두고 있는 것이다.[13] 리루이의 《옛터》는 혹시 이렇게 볼 수 있을 것이다. 그가 절실하게 찾고 있으면서도 되돌릴 수 없는 것은 가족의 옛터일 뿐만 아니라 민족의 상상, 혁명의 기억이라는 옛터인 것이다. 그러나 다시 되돌아보니 이미 백년 세월이다. 옛터의 존재가 우리로 하여금 옛꿈을 다시 꾸게 할 수는 없다. 오히려 우리에게 역사의 반복 불가성이라는 – 또한 재현 불가성이라는 – 잔혹함을 일깨워준다.

이리하여 우리는 소설의 결미에 되돌아가게 된다. 리씨 집안의 후손인 리징성이 옛집의 집터를 다시 찾았을 때, 눈길 닿는 곳에 보이는 것이라고는 상투적인 '산천은 의구한데 인걸은 간 곳 없네'가 아니라 '산천도 의구하지 않고 인걸도 간 곳 없네'이다. 죽은 자는 이미 죽어버렸고, 리씨 집안의 둘째 아가씨처럼 살아남은 자 역시 해외를 떠돌면서 '노인성 치매'를 앓고 있다. "쓸모가 없어 …… 죽어야지 …… 모든 게 과거가 되고 말아 …… "[14] 노인네는 이렇게 중얼거린다. 그리고 유일하게 뜻을 품고 가족사의 뿌리를 더듬어 올라갔던 리징성 역시 마지막에는 미국으로 유학을 가고 만다. 결국 가족사와 역사의 붕괴는 손쓸 도리가 없게 된다. 근년에 대륙 작가들이 가족사를 가지고 국가사를 쓴 예는 적지 않다. 하지만 《옛터》처럼 이렇게 침중하게 죽은 자를 초혼하고 추모하는 작품이라면 또한 매우 중시할 만하다. 옛 귀신이든 새 영혼이든 간에 그 어디에 깃들 것이며, 면면한 이 한은 그 언제 끝날 것인가? 《옛터》를 읽은 후 책장을 덮으면서 그 어찌 탄식이 없겠는가!

3. 《바람 없는 나무》

《옛터》 이후 리루이는 다시 그의 소설의 배경을 뤼량산 지구로 옮겨가서 《바람 없는 나무》[11]를 써낸다. 이 소설은 외면상으로는 비교적 긴 분량의 중편 같다. 그러나 리루이가 오랜 세월을 들여 구상하고 숙성시킨 것이다. 서술 방식과 제재의 배열 면에서 모두 높이 평가할 만한 점이 있다. 《바람 없는 나무》의 이야기는 문화대혁명 중기에 뤼량산 지구의 극도로 빈곤한 난쟁이마을에서 일어난다. 난쟁이마을은 산은 험하고 물은 거센 곳으로 겨우 십여 가구의 주민이 살고 있는데 모두 골관절염에 걸려서 어른이 되어도 난쟁이 모습이다. - 이것이 바로 난쟁이마을이라는 이름이 붙게 된 이유이다. 현성의 류 주임이 '계급 대오를 정돈'하기 위해 난쟁이마을에 오는데, 난쟁이마을에 머물고 있던 청년 간부 '고생덩어리'(정식 이름은 자오웨이궈)와 갈등이 일어난다. 두 사람의 마음속 갈등의 원인은 누안위라고 부르는 여자다. 누안위는 왕년에 기황을 피해 난쟁이마을에 와서 머무르다가 난쟁이마을 남자들의

11 《바람 없는 나무》의 한글본으로 《바람 없는 나무》, 리루이 지음, 배도임 옮김, (서울: 삼화, 2013)이 나와 있다.

'공용 마누라'가 되었다. 이는 공개된 비밀로, 류 주임 역시 이곳에 올 때마다 누안위의 몸을 나누어 갖고자 한다.

고생덩어리는 열사의 유복자로, 문화대혁명이 일어나기 전에 농민을 개조하기 위해 자원하여 난쟁이마을에 왔다. 그는 마을의 문란한 남녀 관계를 혐오했고, 류 주임의 호색적인 짓거리는 더더욱 참을 수가 없다. 두 사람은 각자 '혁명'이라는 이름을 내세워 대립한다. 그런데 가장 먼저 충돌이 생긴 것은 오히려 마을 사람 '절름발이 다섯째'였다. 절름발이 다섯째는 '부농' 출신이어서 오랫동안 마을에서 투쟁의 단골 대상이었다. 고생덩어리는 그에게 누안위와 마을 사람들의 관계를 털어놓으라고 압박하고, 절름발이 다섯째는 견딜 수가 없어서 자살로써 반항한다.

《바람 없는 나무》의 스토리는 복잡하지 않다. 그러나 작품이 폭로하는 '공용 마누라'라는 주제는 문명인임을 자부하는 우리로 하여금 놀라 마지않게 만든다. 난쟁이마을은 가난과 병마에 시달리면서 이곳 남자들은 정상적으로 혼인할 수 있는 능력이 거의 없다. 이리하여 남들에게 말할 수 없는 사정이 생겨난 것이다. 사실 누안위는 살갑고 남을 배려할 줄 알아서 마누라가 있는 남정네조차도 그녀를 찾아가고, 이것이 오래 되다 보니 모두들 당연하게 여기게 된다. 오직 고생덩어리만이 마을의 추한 일을 멸시한다. 그는 개혁하러 온 사람이니 어찌 그들과 함께 어울려 나쁜 짓을 하겠는가? 절름발이 다섯째의 자살은 모든 문제를 공개 석상에 올리게 만든다. 이 모든 이야기는 며칠 사이에 벌어진다. 그리고 마을 사람들이 '계급 구분'에도 불구하고 절름발이 다섯째의 장례를 치루는 것이 클라이맥스를 이룬다.

식자들은 혹 《바람 없는 나무》와 같은 작품을 1980년대 이래 대륙의 '뿌리찾기' 문학의 하나로 간주할지 모른다. '뿌리찾기'의 말류는 확실히 황벽한 지역의 기이한 일 내지는 성 풍속의 엽기적 수집 방면에서 대대적으로 문장을 만들어내고는 했다. 그러나 나는 리루이의 의도가 그와 정반대임을 말하고자 한다. 이야기의 중점은 이런 인물들의 성적인 일에 있는 것이 아니라 그들(그녀들)의 마음속 일에 있는 것이었다. 작품 전체는 63절로 되어 있는데, 류주임, 누안위를 비롯해서 크고 작은 인물들 – 심지어 절름발이 다섯째의 당나귀조차도 – 이 모두 돌아가며 일인칭 형식으로 마음속 일을 털어놓는다. 유일한 예외는 고생덩어리이다. 리루이는 뤼량산 깊은 곳에서는 생활을 꾸려나가는 것 자체가 바로 가장 신고스럽고 가장 황당한 삶의 상황이라고 여기고 있음에 틀림없다. 성 풍속의 변조들은 단지 생존을 도모하는 방식의 하나일 뿐으로, 황당하기 그지없는 가운데도 부득이한 갖가지 사정이 그 속에 담겨 있는 것이었다. 그 외에 《바람 없는 나무》는 《땅》의 한 단편인 〈장송〉을 개작하여 만든 것이다. 짤막한 4천 자의 작품을 11만 자의 장편으로 확대했는데, 틀림없이 절름발이 다섯째의 죽음이 리루이의 창작 동기일 것이다.

현대 중국소설에서 농민의 곤궁한 삶을 폭로한 것에는 연원이 있다. 그러나 인도주의 식의 동정과 외침이든지 아니면 자연주의 식의 직관과 묘사든지 간에 농민은 모두 엘리트 작가/독자의 정치적 혹은 문화적 이데올로기의 투영에 머물러 왔다. 그 극단적인 경우에는 그들의 고난은 일종의 '스펙터클'이 되어 고상한 프로젝트의 증거가 될 뿐이었다. 그러나 리루이의 작법은 다르다. 그는 각 인물이 내심의 독백을 토로하도록 안배하는데, 농민들은 조야하고 문화가 부족하며 말이 어눌할지는 모르지만 그러나 그들(그녀들)은 결코 바보가 아니며 속마음이 적지 않다는 것을 암시하는 듯하다. 《바람 없는 나무》에는 '나'를 내세우는 십여 명이 넘는 농민의 독백이 등장할 뿐만 아니라 상호 모순적으로 엇갈리기도 하는데 이는 새로운 창안이다. 우리는 물론 이런 서술 형식에는 본보기가 있다고 말할 수 있다. – 윌리엄 포크너의 《죽음의 기간》은 가장 직접적인 참고물일 것이다.[15)] 그리고 외형적인 헤테로글라시아[12] 외에 작가로서 리루이의 설정에는 이와 다소 다른 점이 없지 않다. 다만 리루이 자신이 말한 것처럼, 게임의 방법은 사람마다 바뀔 수 있지만 어떻게 서술의 형식, 세상의 담론을 가지고서 세속을 벗어난 이념적 진리와 맞설 것인가 하는 점이 그의 최대 목표이다.[16)]

《바람 없는 나무》의 핵심 인물은 누안위이다. 그녀는 애초 식구들을 따라 기근을 피해 난쟁이마을에 왔고, 식구들의 살길을 위해 스스로 몸을 팔게 되었다. 뜻밖에도 그녀의 남동생이 밥을 먹다가 체해서 죽고, 그녀 자신의 딸아이도 얼마 후 요절한다. 누안위의 난쟁이마을 생활은 기이하다. 일을 많이 하지 않아도 돈은 많이 받는다. 마을의 남자들은 그녀를 보호하고, 몇 안 되는 여인네들도 그녀를 외부 사람으로 보지 않는다. 이유는 다름 아니다. 누안위라는 존재는 남자들의 생리적 문제를 해결해주며, 이와 관련하여 사람들의 생활을 다소나마 견딜 만하게 만들어주기 때문이다.

리루이의 아무 것도 없는 황토 대지에서는 육체의 갈망은 건드리면 폭발할 지경이다. 《땅》 속의 작품들은 그리도 과묵하게 썼지만 작품들이 다룬 소재는 언제나 사람들을 놀랍게 만들었다. 간통과 야합(예컨대 〈김매기〉)은 말할 것도 없고, 마누라 교환(〈받침돌〉), 겁탈(〈청석냇가〉), 난륜(〈얼룽시주〉[13)] 등이 여기저기서 일어난다. 도덕의 수호자들은 아마도 초야의 골칫거리 백성들의 부끄러움을 모르는 행동에 대해 탄식할 것이다. 예악이 쇠하니 육욕이 횡행하는 것도 이상할 것이 없다라고. 그러나 리루이의 글쓰기에서는 이런 성적 활동에서 색욕이 나타나지 않는다. 오히려 상당히 구차하다. 그의 인물들에 대해 말하자면 '식'과 '색'은 모두 가장 기본적인 생존 차원에 내몰려

---

12 헤테로글라시아(다양한 목소리)에 관해서는 이 책 제6장 주톈신의 관련 각주 부분을 참고하기 바란다.

13 얼룽시주(二龍戲珠)는 타이항산 지역에 있는 한 지명으로 이 소설의 무대인데, 원래는 두 마리의 용이 여의주 하나를 가운데 두고 희롱하는 그림을 일컫는다.

있는 것이다. 그리고 앞에서 말한 것처럼 설사 그들(그녀들)의 행위가 경전의 말씀에 어긋난다고 치더라도 천지가 어질지 아니한 전체적인 대 배경에 비해보자면 확실히 그럴 만한 까닭이 있는 것이다.

누안위라는 인물은 굶주림 때문에 몸을 판다. 그녀는 여성의 원시적인 밑천을 가지고서 식구들을 건사하고 목숨을 부지해나가는데, 이는 현대소설에서 그 맥락이 있는 일이다. 러우스의 〈노예였던 어머니〉, 루링의 《기아의 귀쑤어》 등을 예로 들 수 있다. 수난을 당하는 여성을 내세워 민생의 답답함과 고달픔을 부각시킨다는 점에서 리루이 역시 결국 속됨을 면치는 못한다. 누안위의 행동은 공교롭게도 레이 초우가 말하는 '원시적 열정'(primitive passion)[14]을 보여준다. 문화가 균열되는 시기에 작가들은 마음 가득한 응어리를 약자적인 인물에게 특히 여성 인물에게 기탁해서, 그녀들로 하여금 생명의 원시적 잔혹함을 겪도록 만들고 또 그녀들을 (가부장) 사회의 불의하고 무능함을 속죄하는 상징으로 승화시키는 것이다.[17)] 누안위는 생존을 위해 한편으로는 하책을 쓰면서 아무나 지아비로 삼지만 반대로 말하자면 '대지의 어머니'처럼 참 많은 고난을 포용한다. 리루이는 아마도 이에 대해 반박할 것이다. 그의 황토 대지에서는 '선한 사람 선한 일'의 대표자가 불필요하기 때문이다. 누안위의 출현은 속죄를 가져다주지 않는다. 기껏해야 보통 남녀들이 서로 위안을 주고받고자 하는 일말의 욕망을 설명할 뿐이다. 누안위가 마지막에 홀로 난쟁이마을을 떠나는 것은 행동 면에서 그녀의 우위를 보여준다.

누안위와 짝을 맞춰 행동하고 있는 일군의 남자들에게로 돌아가 보자. 우리는 그들이 사지가 불완전한 인물이라는 점을 이해해야 한다. 리루이가 그들이 신체적으로 장애가 있고 추하다는 점을 내세워 일종의 문화적 병태를 투사하고 있음은 말할 필요도 없다. 그러나 그들을 개조할 책임을 짊어진

14 '원시적 열정'에 관해서는 이 책 제17장 장구이싱의 관련 부분을 참고하기 바란다.

고생덩어리와 류 주임은 또 어떠한가? 두 사람은 모두 고달프고 외로운 출신으로, 당의 젖을 먹으며 자란 사람이다. 류 주임은 혁명의 진전 중에서 처세에 밝고 뺀질뺀질한 인물로 바뀌었고, 반면에 고생덩어리는 한결같은 마음으로 혁명의 영웅이 되고자 한다. 그는 난쟁이마을의 산꼭대기에 혼자 살면서 낮에는 개간에 힘쓰고 밤에는 자기 자신의 소설 창작에 파묻혀 있다. 1950년대의 《산촌의 격변》[15]이 그의 소설의 영감의 원천이자 그의 생활 실천의 토대이다. 고생덩어리는 열사의 자제로서, 성장한 이후 말 한 마디 행동 하나에 모두 열사의 풍모가 충만하다. 그의 이름은 나라를 지킨다는 뜻의 자오웨이궈이지만 영웅이라는 뜻의 자오잉제 – 그의 소설 《산촌 풍운록》 중의 남자 주인공 이름 – 가 되고 싶다.

고생덩어리는 사람됨도 이름과 마찬가지여서 스스로 사서 심히 고생한다. 리루이는 풍자적이면서도 동정심이 없지 않은 시각으로 그의 포부와 모순을 묘사한다. 고생덩어리는 일심으로 난쟁이마을을 공산주의 낙원으로 만들고자 하지만, 사람 힘으로 하늘을 이길 수 없는 것이 있음을 모른다. 그는 고집스레 홀로 행하다가 결국 절름발이 다섯째의 비극을 초래하고 만다. 리루는 고생덩어리를 반푼수 혁명소설 작가로 만들어놓는데, 이는 이미 그가 신념과 실천, 허구와 현실 사이에서 착란을 일으키고 있음을 설명하는 것이다. 그리고 고생덩어리의 엄격한 생활 계율, 여색을 가까이 하지 않는 결벽, 극단적 교조주의적인 혁명 미학에의 동경은 그를 소설 속에서 가장 인간미가 없는 인물로 만들어놓는다. 그가 믿는 것이 마르크스인지 아니면 파시즘인지는 거의 구분할 필요도 없다. 《바람 없는 나무》의 인물들은 다수가 일인칭으로 나서서 이야기할 기회를 갖게 된다. 다만 고생덩어리의 부분만큼

15 《산촌의 격변》의 한글본으로 《산향거변》, 조우리뽀 지음, 이우정/조관희 옮김, (서울: 중앙일보사, 1989)이 나와 있다.

은 화자가 대신해서 말한다. 리루이는 이 인물에 대한 묘사와 풍자에 상당히 많이 마음을 쓰고 있다.

고생덩어리에 대비되는 인물은 절름발이 다섯째이다. 부농 가정 출신이기 때문에 절름발이 다섯째는 해방 후 헛된 이름을 덮어쓰고 거듭해서 숙청된다. 당의 박해에 대해 절름발이 다섯째는 내내 역경을 참고 견딘다. 그러나 고생덩어리가 그에게 누안위와의 관계를 털어놓으라고 다그치자 그는 죽음으로 대항한다. 절름발이 다섯째는 혹시 누안위를 아꼈는지도 모른다. 그러나 오직 그녀 때문에 자살한 것만은 아니다. 천쓰허가 잘 말했다시피, 난쟁이마을의 남자들은 누안위를 중심으로 참으로 불가사의한 하나의 유토피아를 건설했던 것이다.[18] 고생덩어리가 난쟁이마을에 공산주의 유토피아를 강제하려 할 때 절름발이 다섯째가 생명으로 항의한 것이다. 그의 희생은 따라서 고생덩어리의 열사 정신에 대한 가장 큰 풍자가 된다. 리루이의 《땅》 속 인물들 역시 종종 자살의 문제를 생각한다(예컨대 〈얼룽시주〉, 〈산 바라기〉). 인생에는 너무나 많은 죽음의 구석이 있으니 꼭 연연해할 필요는 없다. 특히 문화대혁명 시대에 죽음이란 싸구려 희생이었다. "사람이 죽는 것은 항상 있는 일이다."라고 마오 주석이 말하지 않았던가? 그러나 절름발이 다섯째가 살 만큼 살고 나서 자기 생각 하나를 지키기 위해 아무렇지도 않게 죽음으로 뛰어든 것은 오히려 일종의 역설적인 존엄성을 보여준다.

'나무는 가만히 있으려하나 바람이 그치지 않는다.' 혁명의 광풍이 마치 폭풍우처럼 들이닥쳐 산하를 거듭해서 뒤바꾸어놓는다. '바람 없는' 나무란 이 때문에 바랄 수는 있지만 실현될 수는 없는 희망일 따름이다. 그리고 리루이는 순진한 뿌리찾기식 인물이 아니다. 뤼량산 지구의 낙후함은 향토 상상만 가지고 해결될 수 있는 것이 아니며, 혁명가의 격정 또한 전혀 취할 바가 없는 것도 아니다. 《바람 없는 나무》는 천쓰허가 말하는 두 가지 이데올로기 – 묘당적인 것과 민간적인 것 – 사이의 투쟁이다.[19] 더욱 중요한 것은 이 소설이 또한 두 가지 미학적 입장 – 숭고(sublime)와 그로테스크(grotesque) – 의 대치를 야기한다는 점이다.[20] 리루이는 아마도 서술의 틀을 빌어서 이 두 가지 미학적 입장으로부터 하나의 서정적(lyrical) 가능성을 다시 찾아내고자 하는 것 같다. 문자의 심미적 실험은 그가 언제나 잊지 않는 목표이다. 반세기 이전의 선충원의 비판적인 서정 스타일(critical lyricism)을 떠올려본다면,[21] 리루이의 현실주의적인 부담은 여전히 퍽이나 무거운 듯하지만 그래도 추세가 나쁘지는 않다.

《바람 없는 나무》에는 결말이 없다. 절름발이 다섯째의 장례를 지낸 후 누안위는 난쟁이마을을 떠나고, 고생덩어리는 남아서 계속 고생을 할 것이다. 다만 그가 문화대혁명이라는 비바람에게 휩쓸려가지 않으리라는 보장은 없다. 반세기 이래 중국은 근대화를 추구하는 과정에서 여러 차례 요동을 쳤다. 1949년 공산당의 '해방'의 성공은 원래 한 줄기 희망이었다. 그 후의 각종 운동, 혁명은 비록 나라를 거덜 내고 백성을 괴롭히지만 그 핵심에는 아직 현대적 유토피아를 추구하는 갈망이 남아 있었다. 그런데 왜 혁명이 '동란'으로 바뀌어 버렸을까? 하늘과 땅을 바꾸어 놓고자 했던 이상이 왜 철저하게 실패하게 되었을까? 《바람 없는 나무》는 작은 일을 가지고서 큰일을 암시한다. 혁명가와 농민, 엘리트 지식인과 대중 사이의 모순을 난쟁이마을이라는 곳에 위치시키고 함께 살펴본 것이다. 문화대혁명의 '문화'라는 전제에 상응하자면, 나는 이 소설에서 고생덩어리의 궁극적인 난제는 산을 옮기고 골짜기를 메꾸는 것이 아니라 풍습을 바꾸고 습속을 고치는 데 있다고 생각한다. 그는 누안위의 몸을 상징적인 싸움터로 삼아 농민과 싸웠지만 쌍방이 모두 다치게 되었던 것이다. 그리고 '문화' 개혁의 부르짖음은 본래보다 더욱 심각해졌다. 고생덩어리는 1963년에 난쟁이마을에 왔지만, 1969년에 이르면 또 한 무리의 젊은이들이 농촌에 와서 불을 붙이고 부채질을 하게 된다. 그들(그녀들)의 생각과 행동은 장차 리루이의 다음 소설인 《만 리에 구름 한 점 없네》의 주제가 될 터였다.

4. 《만 리에 구름 한 점 없네》

엄격하게 말해서 《만 리에 구름 한 점 없네》의 성취는 《바람 없는 나무》를 넘어서지 못한다. 이 소설은 뤼량산 지구의 조그만 촌락인 좁쌀마을을 무대로 하여 이 지역 기우제의 활극과 비극을 서술하고 있다. 서술 형식 방면에서 리루이는 《바람 없는 나무》에서 그가 사용했던 일인칭 독백을 이어간다. 여러 인물들이 연이어 마음속 일을 토로하고, 이를 통해 각자 자기 말을 해나가면서 여러 목소리가 뒤섞이는 의미의 그물망이 펼쳐진다. 앞에서 검토한 것처럼 이 형식의 장점은 대소 인물의 주체성을 부각시키는 것이다. 그러나 반복적으로 사용하다보면 역시 작가의 의도적인 조탁의 흔적이 드러나기 쉽다. 이 때문에 오히려 인위적인 조작이 뚜렷하게 나타나게 되었다. 나는 리루이가 마지막에서 "서술이 곧 모든 것이다"[22]라고 한 말에 동의한다. 그러나 생동적인 서술이란 단순히 인물의 언설에 대한 모방에서 그치는 것만은 아니라고 생각한다.

《만 리에 구름 한 점 없네》에서 가장 주목할 것은 계몽의 이념과 교육의 방법에 대한 리루이의 성찰이다. 이는 사실 《바람 없는 나무》에서도 이미 다루었던 것이기도 한데, 다만 좀 더 적극적으로 펼치지는 못했던 과제이다. '계몽'(enlightenment)은 중국 근대화의 핵심 사항 중 하나이다. 청나라 말 이래 민지의 개발이 항상 혁명 담론의 중점이었으며, 교육의 보급이 첫 번째 임무였다. 비록 중국공산당 정권 자체가 반지성적인 색채가 강하기는 하지만, 역설적인 것은 지식과 지식인에 대한 관리와 압박은 어쨌든 더욱 광범위한 대중의 '공감'이 있어야만 완성된다는 점이다. 어떻게 이러한 공감을 계획하고, 전파하고, 집행하고, 감독할 것인가 하는 것은 그 자체로 학문이자 '유식'한 인물들의 참여에 의해 가능하게 된다. 이런 차원에서 교육과 교수법(pedagogy)은 모순이 가득 찬 문화적 구성물이 된다. 그리고 마침내 문화대혁명 과정에서 내적 폭발을 낳게 되었다.

리루이가 그의 수필 〈생의 희비〉에서 말한 것처럼, 문화대혁명 중에 법도 없고 하늘도 없이 모든 것을 파괴하던 홍위병이 바로 그 직후 산과 들로 하방되어 고생하고 고통 받던 지식청년이었다. "두 가지 서로 다른 명명은 분명히 전혀 다른 감정과 도덕에 대한 찬양과 비판을 부여한 것으로 …… 고난을 만들어낸 자와 고난을 당하는 자가 곧 동일한 사람들이었다."23) 홍위병은 운동 과정에서 모든 정치와 종교의 합리성과 합법성을 훼멸해 버렸으며, 또 다른 운동 과정에서는 명령에 따라 혁명의 정보를 전파함과 동시에 노농병으로부터 재교육을 받게 되었다. 지식청년의 한 사람으로서 리루이는 하방 중에 혁명의 소모, 신앙의 배반을 배우게 되었다. 그와 그의 동세대 사람들은 생명의 잔혹한 형태를 가지고서 교과서에서는 결코 배울 수 없는 그와 같은 지식과 맞바꾸었다. 다른 한편으로 이념을 전파하고 '인민'을 개조하는 방면에서 그들의 수확은 또 어떠했는가? 우리는 《만 리에 구름 한 점 없네》에서 한 지식청년 교사가 좁쌀마을에서 겪은 바를 가지고서 검토의 중심으로 삼을 수 있을 것이다.

지식청년 장중인은 1969년 9월에 좁쌀마을에 와서 마을의 유일한 교사가 된다. 그는 학교 운영에 힘을 다하면서 문화대혁명의 부르짖음에 열렬히 호응한다. 그러나 나중에 그는 반동 문구 사건에 휘말려서 철커덩 감옥에 들어간다. 8년 후 사건이 백일하에 드러나고 장중인은 석방이 된다. 그가 좁쌀마을로 돌아왔을 때 마치 딴 세상 같다. 문화대혁명은 이미 지나가고 모든 것이 앞만 내다보게 되었다. 당시 산에서는 오랫동안 비가 오지 않아서 가뭄으로 인해 기우제가 진행되고 있었다. 그 일을 주관하는 촌장 차오마이는 다른 사람이 아니라 바로 오래 전에 장중인이 가르쳤던 학생이다.

《만 리에 구름 한 점 없네》의 전체 스토리는 이보다 훨씬 복잡하다. 최소한 장중인에 대한 마을 아낙 허화의 짝사랑, 허화 남편의 불타는 질투, 차오마이(허화의 남동생)의 온 마을 아녀자들에 대한 겁탈, 혼란스럽기 짝이 없는 기우제와 마을극, 그리고 마지막의 큰 불과 그 불길 속에서 차오마이의 아들딸이 타죽는 것을 포함한다. 이런 이야기들은 가독성이 넘치는 것이지만, 나는 그래도 지식청년 선생으로서 장중인의 시각에서 볼 때 비로소 작품 전체의 장력이 뚜렷이 드러난다고 생각한다.

좁쌀마을은 멀고 편벽한 곳에 위치해 있어서 외부 사람들이 거의 찾아오지 않는다. 젊은 장중인은 왕년에 진실한 마음에서 하루 밤낮을 걸어 이곳에 와서 학교를 세운다. 그는 자신을 엄히 단속하면서 공을 위해 사는 도외시한다. 소련 영화 《시골 여선생》의 주인공 바르바라 바실리예브나와 공화국 초기에 하방했던 젊은 여성 싱옌쯔는 그의 모범이다. 장중인은 완고하고 우둔한 사람들을 교화하기 위해 설득에 설득을 거듭해서 학생들을 모집하면서, 또 한편으로는 마을 처녀 허화의 호의를 완강하게 거절한다. 그의 모습은 수시로 《바람 없는 나무》의 고생덩어리를 떠올리게 만든다. 그들은 격앙된 이상주의자들이자 비자각적인 '젊은 파시스트'[24]였다. 그러나 리루이는 장중인에 대해 깊은 정을 가지고 있다. 이는 아마도 이 인물 속에서 그의 동시대 사람들(그리고 그 자신?)의 허영과 좌절, 순수와 환멸을 보았기 때문일 것이다. 장중인이 독백하는 부분에서는 마오 주석의 시와 혁명 구호 및 당정의 문학을 대량으로 인용하고 있다. 그는 완연하게 '마오 어록'의 확성기가 되어 버린다. 리루이는 이를 통해서 마치 흘려 버린것 같았던 지식청년/홍위병의 이데올로기적 신앙을 희화화하고 있다. 시간이 흘러서 1980년대에 이르렀을 때 장중인은 여전히 그대로이지만 왕년에 그토록 이념과 능력을 겸비했던 지식청년들은 이미 용렬한 선생, 진부한 지식인의 시큼한 냄새를 풍기고 있다. '역사', '개혁', '개방'은 무정한 것이니 결국은 이런 지경에까지 이른 것이다.

중국 현대소설의 시작은 교육과 지식이라는 주제와 밀접한 관계가 있다. 신소설 창작이 계몽이라는 중책을 짊어지고 있었기 때문에 소설로써 교육의 목적과 성과를 묘사, 검토하면서 종종 형식과 내용 간의 첨예한 대화를 가져왔다. 루쉰은 일본에서 학교 수업 시간에 중국인이 일본군에게 머리가 잘리는 슬라이드를 보고서 의학을 버리고 문학을 따랐다고 한다. 위다푸 소설의 유학생은 학교에서는 아무런 장래가 없어서 스스로 타락의 길을 걷게 된다. 그리고 5.4 시기에 교육/소설을 쓴 가장 중요한 작가로 예사오쥔을 빼놓을 수 없다. 예사오쥔의 장편 《니환즈》[16](1927)는 이상에 가득 찬 한 젊은 선생이 어떻게 교육에 헌신하고, 어떻게 갖가지 타격을 받다가 결국 병으로 죽게 되는지를 기록하고 있다. 민중에 대한 계몽 교육의 시급성을 보여준 이 소설은 그러나 그 자체로는 반계몽(anti-bildungstroman) 소설의 형식으로 창작되었는데, 5.4 이후의 첫 번째 장편소설 중 하나로서 이는 십분 상징적인 의미를 가지고 있다. 느린 템포의 유장한 서술은 주인공 니환즈의 희망과 절망을 떨어지는 물방울을 모으듯이 누적해간다. 이야기가 끝날 때 이 계몽 교육자는 한을 간직한 채 세상을 떠나게 되는데, 계몽 도구로서의 소설 자체의 정당성에 의문이 제기될 수밖에 없다.

문화대혁명 후의 상흔문학, 예컨대 〈상흔〉[17], 〈담임선생님〉[18] 등도 모두

---

16 《니환즈》의 한글본이 《예환지》라는 제목으로 《예환지/침륜 외》, 예성타오/위따푸 지음, 이영구/전인초 옮김, (서울: 중앙일보사, 1989)에 실려 있다.

17 〈상흔〉의 한글본이 《중국 대륙 현대단편소설 선집: 상흔》, 노신화 외 지음, 박재연 편역, (서울: 세계, 1985)에 실려 있다.

18 〈담임선생님〉의 한글본이 《고련》, 백화 외 지음, 박재연 옮김, (서울: 백산서당, 1987)에 실려 있다.

학교를 배경으로 한다. 홍위병을 길러낸 혁명의 스승들이 이미 학교와 교육의 틀을 남김없이 파괴해버린 것이니, 말이 그렇지 망가진 것을 되살려내어 계속 이어나간다는 것이 어찌 쉬운 일이겠는가? 1980년대 이래 지식청년, 교육과 학교의 변증법적 관계를 다시 사고한 작품으로는 아청의 〈아이들의 왕〉이 가장 감동적이다. 지식청년 라오간은 하방 후 교사가 되는데, 아무 것도 모르고 아무 것도 없는 아이들을 마주하자 정말 어디서부터 시작해야 할지 모른다. 라오간은 가장 원시적인 방법으로 되돌아가서 학생들에게 그가 칠판에 쓴 모범 교재를 베껴 쓰도록 한다. 이런 식의 교육법과 교재는 황당하면서도 비장하다. 라오간이 전달하고자 하는 지식은 어쩌면 별 것 아니었겠지만 그가 보여주는 지식을 추구하는 방법과 필요성에는 감동하지 않을 수 없다. 문화대혁명의 천하에서는 흑백이 뒤바뀌었고, 그저 한두 교사들만이 지식을 추구하면서 교육을 행하고자 하는 열정을 가지고서 한 가닥 문화의 향불을 이어갔다. 소설의 마지막 부분에서 라오간은 열심히 공부하던 한 학생에게 유일한 책인 자전을 전달한다. 모든 것이 (또 한 번) 처음부터 시작하니, 아청의 깊은 뜻은 묻지 않아도 알 수 있다.[25)]

리루이의 《만 리에 구름 한 점 없네》에는 심지어 이런 '최저한도'의 계몽적 동경마저도 결여되어 있다. 장중인은 명예 회복이 된 이후 좁쌀마을로 돌아오고, 기우제라는 활극을 만나게 된다. 책을 밥 삼아 먹을 수는 없으니, 하늘이 비를 내리지 않으면 마을 사람들의 생존에 문제가 생기게 된다. 그의 학교는 임시로 한 낡은 사원에 설치되어 있었는데, 이번에 사원의 문이 다시 열리게 되자 찾아오는 이는 학생이 아니라 박수무당이었다. 촌장은 장중인의 지지를 얻기 위해 장중인이 다른 곳에 학교를 세울 수 있도록 기우제의 수입을 건네주기로 한다. 봉건적 미신과 현대적 교육, 수단과 목적이 여기서 하나로 뒤엉켜서 이야기된다.

무당이 비를 기원하기 위해 마오 주석의 상을 품에 안고 비와 바람을 불러댈 때, 비는 내리지 않고 오히려 큰 불이 일어날 때, 큰 불이 무당의 '시중드는 소년 소녀'인 촌장의 아이들을 태워죽일 때, 리루이의 비판이 지면에 모습을 드러낸다. 선생이 가르친 학생은 어른이 되어도 나아지지 못하고서 색을 밝히고 이득을 탐하는 무리가 되었으며, 더구나 그 학생의 아이들은 불길에 타죽어버린다. "아이를 구해야 하는데 …… "? 80년 전 루쉰이 그려낸 광인의 외침이 마치 유령의 저주처럼 들린다. 얼마나 많은 세대의 아이들이 혁명적 행동, 계몽적 담론에 의해 '구함'을 받아 완전히 달라졌을까? 그런데 장중인은 또 미신을 퍼트렸다고 고발되어 다시 한 번 감옥에 간다. 선생은 학교에 있지 않고 감옥에 가고, 교육은 하지 못하고 처벌을 받는다. 이 두 가지 훈/육 공간의 연쇄[26]가 '근대화'를 추구한다고 자칭하는 강권 국가에서는 오히려 자연스럽고 당연한 일인 듯하다. 장중인 선생의 이야기는 우리에게 너무나 많은 연상의 여지를 준다.

그런데 소설은 여기서 끝나지 않는다. 《만 리에 구름 한 점 없네》의 마지막 한 장은 소설가가 제3인칭의 신분으로 우리에게 장중인이 좁쌀마을에 오게 된 앞뒤 맥락과 그가 문화대혁명 중에 반동적 문구를 확산시켰다고 고발된 일의 진상을 말해준다. 알고 보니 장중인이 무고하게 감옥에 갔던 것은 남의 해침 때문만은 아니라 사실은 …… . 서술의 순서로 인해 이른바 진상은 선견지명이 아니라 후견지명이 된다. 다시 유유하게 10년이 흐른다. 시골 선생, 그는 왔다가는 가고, 갔다가는 오고 했건만 과연 무엇을 남겼을까? 무엇을 바꾸었을까?

〈베이징에는 황금 태양이 하나 있다네〉는 문화대혁명 시기 가장 널리 유행하던 노래 중 하나이자 리루이 소설의 주제가이다. 베이징에 있는 황금 태양의 햇살이 사방으로 빛을 발하면서 만 리에 구름 한 점 없도록 비추는데 훌륭한 교육을 뜻하는 무슨 따스한 봄바람과 비를 논하겠는가? 소설에서 붉고, 빛나고, 밝은 '마오 어록'의 이미지가 가리키는 그 아래에서 리루이의 성찰은 어찌나 그리 암울한지. 재난의 경험은 그의 작품의 커다란 집념이자 그가 필생의 노력으로 계속해서 써나갈 만한 가치가 있는 것이다. 그러나 그 또한 문자의 유한함, 증언의 부질없음을 잘 알고 있다. 이러한 행함과 행할 수 없음 사이의 간격이 언제나 그의 작품에 한 줄기 울울한 분위기를 부여한다. 황금 태양은 이미 져버렸으나 황토 고원의 뭇산들은 여전히 우뚝 솟아있다. 문명의 흥성과 쇠망, 역사의 훼멸과 비약이 순식간의 일에 불과하다. "[이상의] 하늘에서 [현실의] 나락을 보노라. 눈에 보이는 모든 것에서는 아무 것도 발견할 수 없도다."[19] 천지의 유구함을 생각하니, 나 홀로 슬퍼져서 눈물이 흐르누나. 뤼량산의 저녁 빛은 깊어 가는데, 왕년에 산색이 어떠한지 다 보았던 이 지식청년 작가는 아직도 묵묵히 글을 쓰고 있구나.

19 루쉰의 〈묘비문〉에 나오는 구절로, 이 책 제6장 주톈신 부분을 참고하기 바란다.

| 저자 주석 |

10장 리루이

1) 李銳, 〈生命的報償 - 代後記〉, 《厚土》, (台北: 洪範, 1988), pp. 257~276.
2) 李銳, 〈生命的報償 - 代後記〉, 《厚土》, (台北: 洪範, 1988), p. 276.
3) 李銳, 〈關於《舊址》的問答〉, 《拒絕合唱》, (上海: 人民出版社, 1996), p. 188.
4) 李銳, 〈生命的歌哭〉, 《拒絕合唱》, (上海: 人民出版社, 1996), p. 208.
5) 李銳, 〈'鋤禾日當午'及其他〉, 《拒絕合唱》, (上海: 人民出版社, 1996), p. 208.
6) 李銳, 〈鋤禾〉, 《厚土》, (台北: 洪範, 1988), p. 11.
7) 李銳, 〈合墳〉, 《厚土》, (台北: 洪範, 1988), p. 57.
8) 李銳, 〈合墳〉, 《厚土》, (台北: 洪範, 1988), p. 58.
9) David D. W. Wang, *Fictional Realism in Twentieth-Century China: Mao Dun, Lao She, Shen Congwen*, (New York: Columbia University Press, 1992), chap. 8을 보기 바란다.
10) David D. W. Wang, *Fictional Realism in Twentieth-Century China: Mao Dun, Lao She, Shen Congwen*, (New York: Columbia University Press, 1992), chap. 6.
11) 李銳, 〈生命的報償〉, 《厚土》, (台北: 洪範, 1988), p. 277.
12) 李銳, 〈生命的報償〉, 《厚土》, (台北: 洪範, 1988), p. 277.
13) Walter Benjamin, *The Origin of German Tragic Drama*, trans. John Osborne, (London: New Left Books, 1983).
14) 李銳, 《舊址》, (台北: 洪範, 1993), p. 272.
15) 리루이 스스로도 포크너의 영향을 받았다고 인정했다. 李銳, 〈重新敍述的故事 - 代後記〉, (宜興: 江蘇文藝出版社, 1996), p. 208 ; 李銳, 《無風之樹》, (台北: 麥田, 1998), p. 225.
16) 李銳, 〈重新敍述的故事 - 代後記〉, (宜興: 江蘇文藝出版社, 1996), p. 208 ; 李銳, 《無風之樹》, (台北: 麥田, 1998), p. 227.
17) Rey Chow, *Primitive Passions: Visuality, Sexuality, Ethnography, and Contemporary Chinese Cinema*, (New York: Columbia University Press, 1995), pp. 16~23.
18) 陳思和, 〈碎片中的世界和碎片中的歷史〉, 《還原民間》, (台北: 三民, 1997), p. 169.
19) 陳思和, 〈碎片中的世界和碎片中的歷史〉, 《還原民間》, (台北: 三民, 1997), p. 169.
20) 20세기 중국 혁명문학 및 미학의 '숭고'에 대한 집착과 이용에 관해서는 왕반의 신작을 보기 바란다. Ban Wang, *The Sublime Figure of History Aesthetics*

and Politics in 20th-Century China, (Stanford: Stanford University Press, 1997).

21) David D. W. Wang, *Fictional Realism in Twentieth-Century China: Mao Dun, Lao She, Shen Congwen*, (New York: Columbia University Press, 1992), chap. 6.

22) 李銳, 《萬里無雲》, (北京: 中國青年出版社, 1997), p. 212.

23) 李銳, 〈生命的歌哭〉, 《拒絶合唱》, (上海: 人民出版社, 1996), p. 206.

24) 스수 교수의 주장을 차용했다.

25) 레이 초우의 주장을 보기 바란다. Rey Chow, *Primitive Passions: Visuality, Sexuality, Ethnography, and Contemporary Chinese Cinema*, (New York: Columbia University Press, 1995), Part II.

26) 이는 물론 우리에게 미셸 푸코의 명저 《감시와 처벌》을 연상시킨다.

염가행

예자오옌(葉兆言, 1957~)은 1980년대 중기 모옌・쑤퉁・위화 등과 동시에 두각을 나타낸 대륙의 소설가다. 그가 지난 몇 년 동안 타이완에서 출판한 작품은 이미 10권이 넘는다. 그러나 지명도를 두고 말하자면 다른 사람에 비해 그의 기세가 다소 처지는 듯하다. 타이완 문단에서의 대륙문학 열기는 원래 일시적인 것이었고, 예자오옌이 호시절을 놓친 것은 어쩔 수 없는 일이었다. 또 모옌・쑤퉁 등의 최상급 작품에 비해 볼 때 예자오옌의 작품은 확실히 빼어난 특색을 보여주지는 못했다. 그러나 의식적으로 특정 스타일이나 소재를 내세우는 것은 예자오옌이 바라는 일이라든가 잘하는 일은 아니다. 그의 소설은 애정에서부터 추리에 이르기까지, 의고에서부터 최신 유행에 이르기까지 매번 그의 관심의 폭이 넓다는 것을 보여준다. 이는 우리가 예자오옌의 스타일을 다루는 기점으로 삼아야 할 것이다.

1. 세상살이와 사람 마음

예자오옌을 논할 때면 논자들은 그의 집안 내력을 거론하지 않을 수 없다. 예자오옌의 조부는 5.4 시기의 중요 소설가인 예사오쥔(예성타오)이다.[1)]문학의 불씨가 3대에 걸쳐 이어진 것은 당연히 문단의 아름다운 이야기이다. 다만 어쨌든 세기말에 창작을 하고 있는 예자오옌이 생각하고 쓰고 하는 것은 아버지나 할아버지 세대와는 상당히 차이가 있다. 그리고 이것이 곧 예자오옌을 검토하는 출발점이 될 수 있다. 예사오쥔은 일찍이 문학연구회의 건필이었다. 그의 작품은 평이하면서도 의미가 깊은 데다가 서정적인 분위기가 풍부했다. 사회의 불의와 불공평을 고발하는 경우에도 비판은 할지언정 노하지는 아니하는 정중한 태도를 유지했다. 같은 세대의 루쉰의 외침과 방황이라든가 위다푸의 타락과 퇴폐에 비하자면 예사오쥔은 신문학의 리얼리즘의 또 다른 한 가지 가능성을 대표했다. 예사오쥔 계통의 스타일은 1930년대 이후 혁명의 소란 속에서 점차 사라져갔는데 이는 물론 충분히 짐작할 수 있는 일이었다.

어쩌면 집안 전통을 이어받은 때문인지 예자오옌의 소설 역시 평이함을 장점으로 한다. 그러나 꼼꼼히 읽어보면 그 속에 담긴 정신은 어찌 그리도 다른 것인지! 예사오쥔 세대의 작가들은 '인생을 위한 예술'을 강조하면서 민생의 질곡에 다가가려고 애를 썼지만 그 깊숙한 곳에 있는 엘리트적인 본질을 벗어나지는 못했다. 리얼리즘 자체가 원래 서양에서 들여온 서사 패러다임으로, 5.4 이후 비록 문학의 주류로 부상하기는 했지만 그 속에 담겨 있는 이데올로기와 형식이라는 두 가지 난제를 철저하게 해결하지는 못했다. 더구나 광범위한 독서 시장을 두고 벌어진 고급문학과 통속문학 간의 경쟁은 더 말할 것도 없었다.[2] 예사오쥔의 중요한 장편소설인 《니환즈》(1927)는 혁명의 큰 뜻을 품은 한 신청년이 교육에 헌신하여 민중의 정신을 개화시키는 과정에서 갖가지 어려움을 겪다가 결국 지쳐서 죽는 것을 쓰고 있다. 이 소설은 종래로 신문학 장편소설의 서곡으로 간주되어왔다. 그렇지만 일종의 우언 – '사실'이라는 문학적 이상이 현실의 압력 하에서 타협을 거쳐 마침내 변조가 일어나고 목소리를 잃어버리게 되는 것에 관한 하나의 우언이라고 간주해도 무방할 것이다.[3]

반세기 후 예자오옌이 창작을 시작했을 때는 갖가지 운동이 초래한 핏빛 어린 재난이 이제 막 물러난 참이었다. 신중국의 문제 역시 분명 구중국의 문제보다 적지는 않았지만, 혁명의 격정은 이제 더 이상 존재하지 않았다. 1980년대 '신시기' 문학 속에는 여전히 큰 뜻을 품은 작가들이 한 자리를 차지하고 있었다. 그러나 '인생'을 위한 – 또는 '인민'을 위한 – 예술이라는 강개한 곡조는 부르면 부를수록 공허해졌다. 서양의 모더니즘 및 포스트모더니즘 작품의 번역, 소비 취향의 시장 시스템, 그리고 수시로 느슨해졌다가 조였다가 하는 감시망은 늘 작가의 창작 상상과 실천을 옭아매었다. 이런 환경 속에서 예자오옌은 당혹감을 품지 않을 수 없었는데, 그가 대응한 방식은 각별한 의미가 있었다. 예자오옌은 당시 유행하던 선봉소설, 메타소설이나 마술적 리얼리즘의 스타일을 몇 차례 다루어보기는 했지만 그러나 이는 그가 장기로 하는 것은 아니었다. 더욱 주목할 만한 것은 오히려 그의 작품 속에 담긴 강력한 통속화 경향이었다. 시정 세상에 대한 예자오옌의 흥미는 제재의 선택 면에서도 나타났을 뿐만 아니라 특히 소설 형식에 대한 고려에서도 드러났다. 그는 원앙호접파에서부터 장아이링에 이르기까지의 애정소설에 대해 확실히 호감을 가지고 있었으며, 탐정소설과 환락가소설 등의 장르 역시도 그가 종종 모방하는 대상이었다. 이들 작품은 가지각색이어서 분류하기가 쉽지 않다. 그러나 바로 이런 특징 때문에 일종의 잡다하면서 포용성이 있는 세속적인 정서가 뚜렷했다. 왕년에 연민의 정서를 띤 예사오쥔의 사실적 정신과 비교해 볼 때, 예자오옌의 문자 실험은 더욱더 민중적인 정서가 진하다고 해야 할 것이다.

예자오옌은 타이완에서 출판한 그의 첫 번째 소설집의 이름을 《염가》라고 붙였다. '염'(豔)은 고대 초나라 방언으로 '가'(歌)라는 말의 별칭이다. 또 간단한 잡극 골계희라는 의미를 가지고 있다. 따라서 방언에서 '염'에는 익살, 우스개라는 뜻이 있다. 예자오옌은 스스로 이렇게 말했다. "나는 '염가'라는 이 두 글자를 좋아하는데, 이 둘을 나란히 붙여놓으면 속기가 있어 보여서 좋다. 물론 나는 그것의 유래와 함의를 더 좋아한다. 그것을 소설 제목으로 결정했을 때, 사실 나는 뭘 써야할지도 몰랐다. …… '염가'는 내가 쓸 작정이었던 그 어떤 소설의 제목으로도 가능했다."4) 작가의 이 말은 세심하게 따져볼 만하다. 예자오옌이 고상함 대신 속됨을 택하겠다고 밝힌 데는 스스로 몸을 낮추어 보통 사람들과 더불어 즐기겠다는 의도가 상당히 강하게 들어있는 것이다. 그런데 그의 솔직성은 동시에 일종의 새로운 포부가 아닐 수 없다. 헌 병에 어떻게 새 술을 담을 것이며, 속된 곡조로 어떻게 깊은 감정을 표현할 것인가는 작가와 독자에 대한 일종의 영원한 도전인 것이다. 예자오옌의 작품을 전체적으로 살펴보자면 그의 노력이 언제나 일정한 수준에 달한 것만은 아니다. 하지만 강력하게 새것과 변화를 추구하던 선봉문학 작가와는 대조적으로 물러남을 나아가는 것으로 삼는 예자오옌의 방법 역시 우리가 중시해야 할 바이다.

《중국소설사략》[1]에서 루쉰은 '인정소설'이라는 말을 써서 명나라 말과 청나라 초에 인정과 세태, 기쁨과 슬픔, 만남과 이별을 묘사한 소설을 가리켰다. 이런 유의 작품에 등장하는 인물은 재자가인에서 비롯되었지만 범속한 사내와 계집 또한 마다하지 않았다. 위로는 《홍루몽》이라는 다시없을 비극을 만들어냈고, 아래로는 《금병매》라는 세상을 깨우치는 드라마를 만들어냈다. 그런데 온갖 사랑과 증오, 집착과 원망 사이를 넘나들면서 소설의 작가(또는 화자)는 언제나 세상사에 통달한 목소리로 인정의 후함과 박함, 세상사의 성함과 쇠함을 흥미진진하게 이야기한다. 도덕적인 옳고 그름의 판단은 아마도 더 말할 필요도 없을 것이다. 그리고 독자는 더더욱 흥미롭게도 전혀 다른 사회적 시공간 속에 전개된 수많은 집안의 은원과 남녀의 뒤엉킴이 그렇게도 익숙하고 친근할 수 있다는 것을 발견하게 된다. 이를 이해하고

1 《중국소설사략》의 한글본으로 《중국소설사》, 루쉰 지음, 조관희 옮김, (서울: 소명, 2004)가 나와 있다.

나면, 예자오옌이 쓴 민국 초기의 풍정이라든가 문화대혁명의 삽화들을 보면서 우리는 일종의 머나먼 것 같으면서도 실은 가까운 그런 느낌을 갖게 될 것이다. 예자오옌의 소설이 다루는 범위는 대단히 넓은데, 나는 그가 세상 물정을 묘사하는 방면에 시종일관 열성을 가지고 있다고 생각한다.

2. 밤에 친화이강에 머무르다

예자오옌은 1980년부터 작품을 발표했는데, 진정으로 그의 이름을 확고하게 만든 것은《밤에 친화이강에 머무르다》시리즈였다. 이 시리즈에는〈좡위안징〉,〈스쯔푸〉,〈주이위에러우〉[2],〈반볜잉〉등 네 편의 중편이 포함된다. '밤에 친화이강에 머무르다'라는 제목은 두목의 유명한 시에서 따온 것으로,[3] 그 이름으로 미루어볼 때 이 네 편의 소설이 말하고자 하는 것은 난징의 과거와 관련된 이야기이다. 진링의 꽃비, 육조의 연분이라는 말이 있듯이 난징은 고대의 도읍지이자 근현대사에서 수많은 정치적 격랑이 있었던 곳이다. 돌로 된 성벽 아래에서 태평천국의 군대가 일시에 일어났다가 일시에 주저앉았으며, 중화민국 정부 역시 이곳에서 한바탕 성쇠의 운명을 겪었다. 예자오옌은 난징에서 태어나 자랐으니 친화이강의 옛일을 기록하자면 감개가 적지 않았을 것이다. 그러나 그는 이 때문에 제왕과 장상의 부단한 흥망과

---

2 〈주이위에러우〉의 한글본이〈추월루〉라는 제목으로《화장실에 관하여: 예자오옌 소설집》, 예자오옌 지음, 조성웅 옮김, (서울: 웅진지식하우스, 2008)에 실려 있다.

3 이 시의 전문은 "안개는 차가운 강을 뒤덮고 달빛은 모래밭을 뒤덮누나. 밤에 친화이강에 머무르니 술집이 가깝구나. 가녀들은 망국의 한을 모르나보다. 강 건너를 보며 여전히 '뒷뜨락 꽃'을 부르는구나."이다. 두목은 이 시에서 난징을 도읍지로 했던 위진남북조 시대의 진나라가 망한 것에 빗대어서 은근히 당나라의 그 당시 정치 상황을 비판하고 있다.

성쇠를 되풀이해서 쓰지는 않았다. 이와 반대로 그는 난징의 네 장소를 내세워서[4] 시정의 드라마틱한 울고 웃는 네 가지 일화를 엮어냄으로써 어느 결엔가 민국 역사의 각 장에 남겨진 옛일들이 떠오르도록 만들었다.

〈좡위안징〉은 호금 악사와 군벌의 첩 사이에 벌어지는 환난의 인연을 썼고, 〈스쯔푸〉는 혁명 청년 남녀 사이의 바꿔치기식 사랑의 희비극을 썼으며, 〈주이위에러우〉는 민국의 유신이 일본 괴뢰 정권에 대항한 충의의 족적을 썼고, 〈반볜잉〉은 항전 승리 후 한 가정의 몰락의 마지막 장면을 세세히 묘사했다. 이 네 중편의 이야기는 어쩌면 그렇게 참신하지는 않을 것이다. 그러나 예자오옌이 치밀하게 윤색하고 수식하여 읽어보면 제법 사람들을 빠져들게 만든다. 보아하니 예자오옌은 민국 역사의 갖가지 일에 대해 연구를 많이 한 모양이다. 그러나 만일 충분한 상상적 전승이 없었더라면 그의 '의고'적 스타일이 이렇게 진짜처럼 생생하지는 못할 것이다.

공화국 문학의 초기 30년 사이에는 세속의 인생을 있는 그대로 그린 가작이 별로 많이 보이지 않는다. 예자오옌은 '해방' 이전의 애정소설 전통을 흡수했음에 틀림없다. 이 방면에서 가능성이 있는 원천은 두 가지다. 하나는 장헌쉐이, 리한추 등을 필두로 하는 원앙호접파 이야기이고, 하나는 장아이링이 단독 창조한 상하이파 로망이다. 물론 장아이링은 원앙호접파 소설에서 배운 바 있다. 하지만 그녀의 비범한 재능으로 마침내 구파의 그런 풍월의 세계에 화려하면서도 처연한 시야를 부여할 수 있었다. 다만 장아이링의 소설은 항상 괴팍하고 냉소적인 귀족적 분위기로 물들어있었는데, 이는 그녀의

---

4 여기서 예자오옌이 소설 제목으로 사용한 좡위안징(狀元境), 스쯔푸(十字鋪), 주이위에러우(追月樓), 반볜잉(半邊營) 및 뒷부분에서 설명하게 될 그의 미완의 소설 제목인 타오예두(桃葉渡)는 모두 난징의 지명이다. 그중 주이위에러우는 난징의 유명한 정원인 잔위안(瞻园)에 있는 건물로, 소설 속에서는 딩 노선생이 일본의 난징 점령에 항거하여 칩거하는 곳으로 나온다.

숙명으로서 다른 작가들은 모방할 수 없는 것이었다. 예자오옌의 〈반볜잉〉은 한창 때가 훨씬 지난 화씨 부인과 그녀의 세 자녀 사이에 일어나는 원망의 관계를 묘사함으로써, 장아이링의 〈황금 족쇄〉에 대해 경의를 표하는 작품임을 보여준다. 이야기 속에서 화씨 부인은 차오치차오와 마찬가지로 각박하고 음험하며 또 마찬가지로 자녀들과 암투를 벌인다. 그러나 차오치차오와 같이 혼을 빼놓는 애욕과 물욕의 동기는 결여되어 있기 때문에 〈반볜잉〉은 그저 재미있을 뿐이다. 예자오옌이 미련을 갖는 것은 어쨌든 사랑과 의리가 있는 인생이므로, 우아하지만 화려하지는 않고 다소 처량하지만 처연하지는 않다. 이런 면에서 볼 때 그는 원앙호접파 작가의 취미에 더욱 가깝다. 〈좡위안징〉 속의 악사와 첩 사이에 일어나는 평생의 울고 웃는 연분이 좋은 예이다.

그런데 예자오옌이 민국 애정소설의 이 두 가지 전통을 가져와서 자기 것으로 사용할 때야말로 그는 비로소 우리에게 새로운 시야를 가져다준다. 〈스쯔푸〉는 제법 장아이링의 〈5.4가 남긴 일〉[5]의 풍자적 분위기를 지니고 있지만 비교적 따사로운 결말을 가지고 있다. 이야기 속에서 신청년이 고리타분한 삼각관계에 빠져들어간 것은 본디 희한할 것도 없다. 그러나 혁명의 폭풍우가 모두로 하여금 사방을 분간할 수 없을 정도로 만들어서, 우연하게 일이 엉키고 다른 사람을 대신하다가 보니 재자와 가인, 열사와 영웅이 각기 제자리를 잡게 됨으로써 새로운 시대의 아름다운 이야기 – 및 역사 이야기가 이루어지게 된다. 원래부터 '역사의 피와 눈물'은 이런 식으로 이루어지는 것이다. 이야기 속의 인물들은 울기도 하고 웃기도 하지만, 이야기 밖의 독자들은 울지도 웃지도 못한다. 화자인 예자오옌은 그 속을 넘나들며 미소를 지으면서 한편으로는 또 동정심이 없지 않은 눈길로 이 모든 것을

---

5 〈5.4가 남긴 일〉의 한글본이 《장아이링 단편소설선: 패왕별희》, 장아이링 지음, 김순진 옮김, (서울: 가온, 2003)에 실려 있다.

바라본다. 이는 확실히 무거운 것도 수월하게 다루는 작법이었다. 물론 그가 이를 빌어서 혁명과 역사라는 거대 서사를 전복시키고자 했던 의도는 더 말할 필요가 없는 일이다.

그런데 또 다른 작품인 〈주이위에러우〉야말로 이 시리즈 중에서 백미이다. 주인공은 칠순이 지난 딩 노선생으로 구파 문인의 특징을 모조리 갖추고 있다. 딩 노선생은 서재와 안방에서 둘 다 성취를 거두었다. 책이 다섯 수레는 될 만큼 학식이 풍부할 뿐만 아니라 보배가 열 명이나 될 만큼 자녀 복도 넘쳐난다. 예자오옌은 엄숙하고 진지한 말투로 딩 씨 집안의 일을 세세하게 말해나간다. 하지만 어쨌든 간에 우리가 이를 알아차리고 웃음이 삐져나오는 걸 멈추도록 하지는 못한다. 이 노친네의 고루함은 원래부터 그러하니 논할 바가 없지만, 그는 책을 소장해 놓은 주이위에러우를 항일전쟁의 불길로부터 막아냄으로써 한줄기 늠연한 정기를 보여준다. 노선생께서는 마침내 '배운 것을 실천한다'는 도리를 발휘하여 난세에도 지난 왕조의 충성스런 백성이자 의로운 백성의 정신을 부어넣는다. 그렇지만 그는 도대체 시대의 앞줄에 선 것인가 아니면 뒷줄에 선 것인가? 예자오옌은 슬쩍 가치 판단을 건너뛰지만 그 가운데서 감개가 절로 솟아나온다. 〈스쯔푸〉와 마찬가지로 그의 필법은 역사를 파편화하고 세속화한다. 이에 따라 1930년대 이래 바진(《가》), 라오서(《사세동당》) 등 표준적인 가족사 더하기 국가사의 연의식 소설 전통에는 언외의 뜻이 생겨나게 된다.

예자오옌의 말에 따르자면 《밤에 친화이강에 머무르다》 시리즈는 원래 다섯 편으로, 각 편의 제목은 각기 오행의 상징을 담고 있었다. 그런데 구상하고 있던 다섯 번째 작품인 〈타오예두〉는 끝내 완성하지 못했다. 창작 활동의 시작과 끝이 꼭 작가의 바람과 일치하는 것만은 아니므로 분명히 그랬을 것이다. 예자오옌은 또 비슷한 스타일로 〈대추나무 이야기〉[6] 등의 작품을 쓴 적이 있다. 다만 의도적으로 메타적 상황을 부가함으로써 장황하고 느슨해서 《밤에 친화이강에 머무르다》 시리즈에는 미치지 못한다. 최근 수년간 주목을 끈 《꽃 그림자》와 《도화살》[7]에 대해서는 뒷절에서 언급하겠다.

3. 시정의 이야기

예자오옌에게는 또 다른 시리즈의 소설이 있다. 문화대혁명에서부터 현재까지 대륙의 중하층 사회를 배경으로 하는 것이다. 이 작품들은 사회주의의 자잘한 기쁨과 슬픔을 스케치한 것으로 종종 좋은 작품이 나왔다. 타이완 독자들의 경우에는 혹은 생활 경험의 한계라든가 심미적 판단의 한계 때문에 단번에 좋아하게 되지 않을 수도 있다. 그러나 만일 앞서 말한 '인정소설' 스타일이 진짜 예자오옌의 장기라고 한다면, 이 소설들이야말로 그의 능력을 검증해주는 것들이다. 의고적이라는 외형을 벗겨내고, 예자오옌이 사람 마음은 다 마찬가지인 세상사와 짜증나기도 하고 우습기도 한 세태를 어떻게 다루고 있는가를 우리의 독서 초점으로 삼을 수 있을 것이다.

〈염가〉[8]를 예로 들어보자. 이 작품은 한 지식인 부부의 감정의 변주를 그리고 있는데 아주 차갑고 신랄하다. 남녀 주인공이 서로 사귀고, 결혼하고, 서로 증오하게 되는 과정은 비록 성격적 결함 때문이라고는 하지만 또 정말

---

6 〈대추나무 이야기〉의 한글본이 《화장실에 관하여: 예자오옌 소설집》, 예자오옌 지음, 조성웅 옮김, (서울: 웅진지식하우스, 2008)에 실려 있다.

7 예자오옌의 《도화살》 제2판 서문에 따르면, 이 소설의 제목은 저우쭤런의 작품에서 빌려온 것인데, 저우쭤런의 불분명한 설명으로는 이는 혼인 때 해를 끼치는 악귀를 뜻한다고 한다.

8 〈염가〉의 한글본이 〈연가〉라는 제목으로 《화장실에 관하여: 예자오옌 소설집》, 예자오옌 지음, 조성웅 옮김, (서울: 웅진지식하우스, 2008)에 실려 있다.

많은 우연적 요인들이 개입되어 있다. 범부 속녀의 감정이란 사실 재자가인의 낭만적 연애보다 더욱 파악하기 어려운 일이다. 예자오옌은 첸중수가 쓴 《포위된 성》[9]의 그런 풍자를 배웠으면서도 일종의 포용성이 추가되어 있는 것 같다. 《포위된 성》의 팡홍젠, 쑤원완이 왕년에 겪었던 득의와 실의에 비해보자면 오늘날 사회의 지식인들은 필경 더욱더 하찮고 하릴없는 인생을 대하고 있는 것이다.

〈가버린 그림자〉와 같은 소설은 예자오옌의 재능을 더욱 잘 보여준다. 소설은 문화대혁명 중기에 공장으로 하방되어 노동을 하게 된 젊은이 츠친팅(〈염가〉의 남자 주인공과 같은 이름이다)의 성 교육 경험이다. 츠친팅이 짝사랑하는 대상은 그보다 훨씬 나이가 많은 여자인 장잉이다. 장잉은 사연이 많은 여자로 츠친팅를 일깨워주기 위해 말로 가르치는 대신 아낌없이 '몸으로 가르친다.' 두 사람의 애매한 장면에 대해서는 그리 많이 나오지 않지만 매번 미소와 더불어 감동을 느끼게 만든다. 문화대혁명이 끝난 후 츠친팅은 학교로 돌아오는데, 진짜 같기도 하고 아닌 것 같기도 한 갖가지 풍류의 일들이 마치 봄날 꿈에서 깨어난 것처럼 아무런 흔적도 없다. 〈가버린 그림자〉는 얼핏 보기에 아주 자질구레한 것 같지만 예자오옌이 이야기를 풀어내는 솜씨를 낮추어 봐서는 안 된다. 문화대혁명과 같은 그런 천지가 뒤집히는 세월 속에서 어찌 피와 눈물이 어린 소재를 찾아내지 못하겠는가? 그런데 예자오옌은 하찮은 공장의 한 구석에서 한 젊은 남자가 성장해나가는 이야기를 찾아낸다. 그리고 청춘기의 정욕, 모성애의 포용, 주변 세계의 소란과 이변 등 이 모든 것들을 섬세하고 짜임새 있게 써낸다.

---

9 《포위된 성》의 한글본으로 《포위된 성》, 전종서 지음, 오윤숙 옮김, (서울: 실록, 1994)과 《황하의 노을》, 전종서 지음, 이혜란 옮김, (서울: 황제출판사, 1993)이 나와 있다.

이 실마리를 계속 따라 가보자. 〈매달린 사과〉, 〈길가의 달〉 등 그 외의 작품들은 예자오옌이 성장 과정에서 친숙하게 된 극단의 생활을 제재로 하고 있다.5) 무대 위와 무대 뒤에서 연출되는 풍월의 드라마는 모두 수수함을 장기로 한다. 〈붉은 건물 호텔〉, 〈화장실에 관하여〉[10] 등은 논평과 서술을 병행하는데 역시 볼만하다. 후자는 문화대혁명 시기에 한 여자애가 상하이에 놀러갔다가 소변을 해결할 화장실을 찾지 못한다는 이야기로, 암암리에 정치와 정욕의 금기와 생리적 억압을 풍자하면서 종종 절묘한 문장을 보여주어 가히 걸작이라고 할 만하다. 최근에 출판한 《애정의 법칙》에 들어 있는 세 작품 〈애정의 법칙〉, 〈인류의 기원〉, 〈촛불속의 무도회〉는 혼외정사를 조롱하기도 하고 난잡한 정욕의 관계를 폭로하는가 하면 결혼 생활의 난국을 해부하기도 해서, 타이완 독자로 하여금 더욱더 혀를 차게 만들 것이다. 불과 몇 년의 개혁 개방으로 '대륙 사람'들이 정욕에 얽매여 일으키는 분규가 어떻게 이리도 타이완과 홍콩 문학의 수준에까지 이르렀단 말인가? 확연하게 드러나는 시간과 공간의 표지들을 제거해버리고 나면 《애정의 법칙》 속의 이야기들은 타이베이나 가오슝에서도 충분히 일어날 수 있는 것들이다. 그중 〈인류의 기원〉은 결혼 및 성 생활과 관계된 잡지사에서 근무하는 편집자들 자신의 결혼과 성 생활 문제를 다루고 있는데, 놀리고 웃고 화내고 욕하는 그 모든 것들이 사람들을 끌어들인다. 소설 속에서 이미 기혼자들인 남녀 주인공들은 애정의 게임 속에서 이러지도 저러지도 못하며, 결국 아무 것도 이루지 못하고 물러나면서 그저 한없는 겸연쩍은 웃음과 망연함만 남기게 된다. 이것이 예자오옌의 시정소설의 매력 – 통속적 제재를 쓰면서도 결코 세속에 영합하지 않는 작법이다.

---

10 〈화장실에 관하여〉의 한글본이 《화장실에 관하여: 예자오옌 소설집》, 예자오옌 지음, 조성웅 옮김, (서울: 웅진지식하우스, 2008)에 실려 있다.

예자오옌은 탐정 추리소설 창작에 각별한 애정을 보인다. 〈녹색 강〉, 《녹색의 함정》, 《오늘 밤 별빛은 찬란하고》 등과 같은 작품은 모두 추리소설적인 구성으로 되어 있다. 예자오옌은 서양 탐정소설 장르를 빌어서 그의 통속적 상상의 세계를 더욱 확장시키고자 하는 것 같다. 그러나 나는 이 작품들의 실험이 그다지 성공하지 못했다고 말하고 싶다. 사건 자체가 복잡하게 얽혀서 진상을 밝히기 쉽지 않은 그런 호기심을 불러일으키는 것도 아니고, 사건을 해결해나가는 과정 또한 누에고치에서 실을 뽑듯이 차근차근 전개되는 효과도 결여되어 있다. 서양의 전통적인 탐정소설은 물론 각양각색이기는 해도 궁극적으로는 진상을 추구하며 숨겨진 것을 밝혀내는 해석의 과정에 다름 아니다. 예자오옌의 의도는 여기에 있지 않다. 그는 이를 통해 사람 세상의 풍경을 엿보는데 더욱 흥미를 가지고 있다. 누가 범인인가 하는 이야기의 구성은 오히려 상대적으로 조야한 부분이 된다. 《오늘 밤 별빛은 찬란하고》와 같은 작품은 심지어 두 가지 사건으로 구성되어 있는데 서로 관련성이 별로 없다. 사건을 맡은 경찰관 라오리가 인물 창조 면에서 상당히 특색이 있지만, 그게 아니었더라면 작품의 설득력은 훨씬 더 떨어졌을 것이다. 만일 예자오옌이 그가 모방 내지 패러디하고 있는 탐정소설 장르에 대한 의도를 더욱 의식적으로 표현하지 못한다면 현재의 상황을 뛰어넘을 수는 없을 것이다.

《밤에 친화이강에 머무르다》 시리즈 이후 예자오옌은 〈포연 속의 덧없는 인생〉, 〈추모 속의 영웅〉, 〈사랑의 자살〉 등 '만가'라는 또 다른 시리즈의 소설을 썼다. 이 세 중편은 원래 발표 당시 모두 '만가'라는 제목을 연이어 사용했다. 짐작할 수 있다시피 내용은 모두 죽음과 관계가 있다. 〈포연 속의 덧없는 인생〉은 또 한 편의 민국을 배경으로 하는 소설인데, 두 친구 사이의 생사의 약속이 중심이다. 난세에 목숨을 부지하는 것 자체가 이미 쉽지 않은 일이지만 이야기 속에서 장경이라는 이름의 주인공은 오랜 시간

병중에 있는 친구 중구이의 얼굴을 마지막으로 보기 위해 거듭되는 위험을 무릅쓰고 고향으로 돌아간다. 이 이야기는 소재도 독특하지만 죽음의 약속에 대한 장경과 중구이의 말로 표현할 수 없는 연연함과 저항감을 쓴 것이 더욱더 특색이 있다. 그러나 작품 전체로는 거페이의 《길 잃은 배》와 같은 허무의 역사감을 지나치게 과장하여 흐릿하고 어슴푸레해져서 오히려 원래 가지고 있던 장력을 감소시키고 있다. 〈추모 속의 영웅〉은 서서히 늙어가는 왕년의 영웅이 추억과 죽음의 상상 속에 빠져들어 헤어나지 못하는 것을 부각시키고 있다. 소설에서 노인네가 죽은 아들과 처를 추모하는 것을 낙으로 삼는 부분에 이르면 애상적이다 못해 약간은 귀기 어린 기분까지 든다. 이 작품은 갖가지 추모와 추억의 의식 – 장례에서 무덤에 이르기까지 – 을 가지고서 생명이 다해감에 직면한 노인의 불복과 비애를 그려낸다. 예자오옌이 적당한 선을 유지함으로써 감정의 과잉은 전혀 없다. 소설은 마지막에 갑자기 끝이 나면서 독자들에게 한 줄기 우수를 남겨준다. 〈사랑의 자살〉은 냉정한 필치로 젊은 남녀의 사랑의 자살이라는 비극을 묘사하는데, 죽음에 대한 해석이기도 하다. 다만 깔끔하지 못하고 구질구질하여 예자오옌이 전달하고자 하는 고전적인 간명한 스타일과는 어울리지 않는다.

4. 꽃 그림자

《꽃 그림자》와 《도화살》은 예자오옌이 《밤에 친화이강에 머무르다》 시리즈를 이어서 다시 민국 초기 강남의 일화를 배경으로 삼은 소설이다. 《꽃 그림자》는 천카이거 감독의 눈에 들어 영화로 각색되면서 더욱더 주목을 받게 되었다.[11] 회고식의 소설은 과거 수년간 대륙문단의 주요 분야였고, 유명 작가들은 거의 모두 손을 댔다. 모옌의 《붉은 수수밭 가족》, 거페이의

《설》과 《길 잃은 배》, 왕안이의 《샤오바오좡》과 《장한가》 등이 모두 뚜렷한 예이다. 그리고 〈처첩들〉 등의 작품으로 인해 대번에 인기를 끌게 된 쑤퉁은 그중에서도 더욱더 유명한 사람이다. 회고소설의 성행은 물론 1980년대 중기의 뿌리찾기문학과 밀접한 관계가 있다. 30여 년의 혁명 모범 문학의 농단을 거친 끝에 새로운 세대의 작가들은 낡은 것 대신 새로운 것을 내놓고자 극력 애썼다. 뿌리찾기 운동이 인간 삶의 궁벽하고 후미진 영역을 탐구하고, 매몰되고 왜곡된 역사의 흔적을 발굴한 것은 그 이전에 빛나고 환하기만 하던 마오 문학과는 전혀 반대로 가는 것이었다. 또한 이 때문에 그 바탕에 감추어져있는 이데올로기적 대항의 동기는 말할 필요도 없이 짐작할 수 있는 것이었다.

뿌리찾기문학에서 중요한 시도 중의 하나는 1949년 이전의 구사회로 돌아가서 신중국이 흥기하게 된 전후의 맥락을 다시금 살펴보는 것이다. 이런 작법은 1950년대의 '혁명 역사' 소설이라는 선례가 있지만 그 동기는 전혀 달랐다. 새로운 작가들은 청나라 말에서 민국에 이르기까지 소란스럽고 갈등에 찬 역사적 사건을 살펴볼 뿐만 아니라 또한 갖가지 눈을 어지럽게 만드는 인간사를 살펴보는데, 때로는 드라마틱하고, 때로는 비장하고, 때로는 퇴폐적이었다. 확실히 이 일단의 구사회의 역사는 만신창이인 신사회보다도 더욱 탐구해볼 만한 것이었다. 젊은 작가들은 혁명 역사 소설의 '암흑에서 광명으로'라는 공식적인 작법에서 벗어나서 그들만의 상상의 공간을 만들어 가기에 노력했다. 누구는 옛일을 추억하고, 누구는 옛일을 빌어 지금을 풍자하고, 또 누구는 옛것을 모방하면서 새것을 창조하고자 했다. 이리하여 모옌의 《붉은 수수밭 가족》처럼 휘황한 영웅적인 연의소설이라든가, 쑤퉁의 〈처첩들〉처럼 화려한 가족의 별전이 나오게 되었다. 더 나아가서 어떤 작가들은

11 천카이거가 감독한 〈풍월(風月)〉(1996)이 바로 이를 영화화한 것이다.

이 근래 서양 창작의 영향(헤밍웨이에서부터 카뮈까지, 그리고 보르헤스, 가르시아 마르케스까지)을 받아들여 스타일화한 작품들을 발전시켰다. 거페이의 《길 잃은 배》와 《금슬》[12] 등의 작품은 고전적인 정경을 무대로 삼아 현대인(현대 중국인)의 생존 경험을 펼쳐놓는데, 실제와 환상을 넘나들면서 우리에게 종종 철학적 사색의 흥미를 불러일으킨다.

'회고'는 서양 포스트모더니즘 경향에서 커다란 한 가지 현상이다. 정치 경제 문화가 전혀 다른 중국 대륙에서 회고문학이 갑자기 독특한 하나의 서사 논리를 발전시키게 된 것은 확실히 관심 있는 사람들이 계속해서 추적해 볼 만한 일이다. 1990년대에 이르러 이러한 회고 풍조에도 질적인 변화가 생겼다. 전 세계를 향해 중국 문화 및 문학의 문이 다시 열렸을 때, 약간 낡았지만 그다지 심하게 낡지는 않은 민국 초기의 천태만상이 새로운 판매 포인트가 되었다. 그리고 톈안먼 사건 이후의 정치 경제적 정세 역시 확실히 또 하나의 촉매 역할을 했다. 그 몇 년 전에 회고소설에서 넘쳐나던 비판정신과 실험정신이 점차 소실되어갔다. 쑤퉁이나 거페이의 최근작에는 이미 독자에게 익숙한 서술 스타일과 제재가 반복되고 있으며, 심지어는 이미 탐닉 내지 도피가 되어버리고 있다. 천중스의 《백록원》[13]과 같은 소설에는 다시 혁명 역사 소설로의 회귀라는 '정치적 정확성'의 궤적이 나타난다.

이와 같은 작은 전통 속에서 예자오옌의 《꽃 그림자》와 《도화살》이 출판되었는데 어떤 한계 또는 비약이 있는 것일까? 이전에 《밤에 친화이강에 머무르다》는 호평을 받았다. 예자오옌이 통속소설의 전통을 마음껏 운용하면서,

---

12 금슬(錦瑟)은 중국 고대의 직물 무늬로 장식된 거문고로, 거페이는 이상은의 시 《금슬》에서 그 제목을 가져왔다고 한다.

13 《백록원》의 한글본으로 《백록원》, 첸중스 지음, 임홍빈/강영매 옮김, (서울: 한국문원, 1997)이 나와 있다.

민국의 봄날을 패러디하고, 원앙 호접의 풍월을 재현했기 때문이다. 더욱 중요한 것은 예자오옌의 화자는 친근하면서도 조롱을 잊지 않고 그가 묘사하는 인간사와 거리를 유지함으로써, 한편으로는 과거와 현재의 시간적 차이를 통제하고 한편으로는 화자 자신의 처세에 능함과 신중함을 가져왔다는 점이다. 《밤에 친화이강에 머무르다》에서부터 《꽃 그림자》에 이르기까지 불과 수년의 기간에 문학의 생태에 급격한 변화가 있었다. 쑤퉁은 그의 퇴폐적인 강남의 가족 이야기를 계속 써댔으며, 거페이의 허무한 역사 소설은 이미 학교에서 읽고 배우는 대륙의 '포스트모더니즘' 교재가 되었다. 그리고 장이머우, 천카이거 등의 감독들은 영상이라는 과장법으로 민국 초기를 자국과 타국의 관중에게 모두 어울리는 이국적인 정취가 어린 걸작품으로 포장해놓았다. 예자오옌이 쓴 《꽃 그림자》는 자연히 이런 갖가지 변화의 궤적을 드러내지 않을 수 없었다.

《꽃 그림자》에는 지극히 마음을 뒤흔들어 놓는 이야기가 있다. 1920년대 한 강남의 작은 도시에 있는 대부호의 가정인 전씨 집안에서 경천동지할 변화가 일어나고 있다. 전씨 집 어르신네는 백주 대낮에 공공연히 음행을 하다가 복상사를 한다. 젊은 주인 나이샹은 이에 앞서서 이미 남모르게 중독이 되어 숨만 붙은 살아있는 미이라가 되어버렸다. 혼기에 이른 딸인 위 아가씨가 지금은 유일한 계승인이다. 위 아가씨는 교만 방자한데다가 이제 대권을 손에 잡았으니 더욱더 독단적으로 설쳐댄다. 처첩이 무리를 이루고 쾌락이 횡행하는 이런 대저택에서 살고 있으니 어찌 위 아가씨가 진흙탕 속에서 홀로 깨끗할 수가 있으랴? 《금병매》는 그녀가 가장 탐닉하는 베갯머리의 책이요, 아편 피우기는 그녀의 첫째가는 일상 오락이다. 그러나 호족 명가의 '규방 교육'이 위 아가씨의 '지행합일'의 가능성을 가로막는다. 그녀는 머리속에는 꿈결 같은 사랑이 가득하면서도 여전히 처녀의 몸을 유지하고 있다. 이제 위 아가씨가 전씨 집안을 다스리게 되었으니 온 사방에서 노리지 않는 자가 없다. 먼 친척인 화이푸, 올케의 동생인 샤오윈, 그리고 혼약을 파기한 적이 있는 차량중이 각자 갖가지 동기 속에서 그녀의 치마폭에 엎어진다. 과연 위 아가씨는 어디로 갈 것인가?

《꽃 그림자》의 첫머리에는 1930년대 유명 시인인 볜즈린의 명시인 〈단장〉이 인용되어 있다.

> 당신은 다리 위에서 풍경을 보고 있고,
> 풍경을 보는 사람은 누각에서 당신을 보고 있다.
> 밝은 달은 당신의 창문을 장식하고,
> 당신은 다른 사람의 꿈을 장식한다.

이 짧은 시는 의미가 심원하다. 《꽃 그림자》의 스토리와 대조하자면 예자오옌은 시에서 투사한 남과 나의 관계에 주목하고 있음에 틀림없다. 화이푸는 위 아가씨를 깊이 사랑하여 난륜의 금기를 무릅쓰고 그녀의 휘장 안의 손님이 된다. 위 아가씨는 화이푸와 처음으로 운우를 시도해본 후 샤오윈이야말로 그녀가 사랑하는 사람임을 깨닫게 되는데, 샤오윈은 어둡고 우울하니 달리 마음 쓰는 일이 있는 것 같다. 게다가 색을 밝히고 재물을 좋아하는 차량중과 듣는 이로 하여금 경악하게 만드는 가족의 음모는 이 풍월의 유희를 더욱더 복잡하게 만든다. 이는 그때마다 애정이 옮겨가면서 오히려 애정의 과잉과 상실을 초래하는 이야기이다. 원작 시에서 전달하고자 하는 남과 내가 서로 응시하고, 사물과 자아를 잊어버리는 그런 서정적인 경지는 보이지 않는 듯하다. 예자오옌의 세계에서는 끊임없이 난륜과 호색, 유혹과 사통의 사건이 쏟아져 나오지만, 유독 진실한 사랑만큼은 찾기가 힘든다. 이를 통해 이야기의 비극적 결말은 이미 그 단초를 볼 수 있다.

예자오옌이 몰락과 퇴락의 가족 드라마를 펼치는 데 남다른 기발함이 있지만 그래도 우리는 쑤퉁을 연상하지 않을 수 없다. 〈양귀비의 집〉, 〈1934년의 도망〉 등의 작품은 권문세가의 공허함과 방탕함, 그리고 민국 시기의 산만한 물정을 과장함으로써 후인들에게 표준적인 작법을 만들어 놓았다. 쑤퉁은 모호하고 황당하면서 또 화려하고 음습한 배경, 마치 유령처럼 이리저리 떠다니는 인물들을 만들어내는데 뛰어나서 세기말적인 스타일이 넘쳐난다. 사실 예자오옌의 의고적 소설에는 귀기보다는 인간미가 훨씬 많다. 그러나 이번만큼은 그의 인물이 쑤퉁식과 유사한 대저택에 갇혀있으니 심신이 허랑해질 정도로 답답해했던 것도 당연한 일이었다.

위 아가씨를 두고 말해보자. 그녀가 열정적으로 정욕을 추구하는 것은 원래 간단히 다룰 수 있는 것으로 대단하게 다룰 일은 아니다. 도덕의 수호자들은 그녀에 대해 변태적이라고 볼 수도 있을 것이다. 그러나 5.4 이후의 시대적인 대배경 속에 두고 보자면 위 아가씨의 자아 타락을 통한 자아 '해방'은 외재적 세계에 대한 일종의 가장 역설적인 반역이다. 그녀는 참으로 예상 밖의 '신청년'인 것이다. 예자오옌은 아마도 위 아가씨의 그런 기형적인 성장 환경과 강렬한 자기 연민 더하기 자기 훼멸적인 성격을 내세워서, 설령 그녀에게 애초부터 집을 벗어날 수 있는 가능성이 있었다고 하더라도 결국 그녀는 전씨 집안의 대저택에 머무르는 것을 선택했을 것이라고 우리가 믿어주기를 바라는 것 같다. 위 아가씨의 비극은 자기 자신도 어쩌지 못하는 비극이기도 하지만, 그보다는 현재에 안주하면서 스스로 갇혀버린 비극이기도 한 것이다.

위 아가씨라는 형상은 장력이 풍부하다고 말할 수 있다. 그러나 예자오옌은 이를 충분히 발휘하지 못했다. 그는 위 아가씨가 아편을 피우고, 춘화를 보고 하는 것을 묘사하는데, 무엇보다도 '기이한 장면'이라는 의미가 강하다. 위 아가씨와 세 남자 사이의 연애 게임 속에서 화이푸는 사랑 이야기 속에서 항상 등장하는 바 묵묵히 연인을 사랑하면서 그 연인의 사랑은 받지 못하는 제3자의 역할을 한다. 위 아가씨가 사랑을 품게 된 샤오윈은 마음속으로는 음흉한 생각을 품고 있는 자로서, 사랑하고 싶지만 사랑해서는 안 되는 인물이다. 이런 식의 남녀 게임은 우리가 읽고 보고 한 바가 적지 않다. 등장인물들이 상투적인 인물로 흐르지 않게 하기 위해서는 그들을 민국 초기의 배경 속에 두지 않는다면 간단히 해결할 수 있다. 그런데 그와 달리 소설에서는 민국 초기의 배경이라는 한계를 가지고 있기 때문에 위 아가씨와 그 외의 인물들은 우리에게 완벽하게 설득력을 가져다주지는 못한다. 예자오옌은 내가 말하는 바 신식 '인정소설'의 능수이다. 《꽃 그림자》에서 결여된 것은 다름 아닌 세상사의 인정과 동기에 대해 더욱 세밀한 상상력과 묘사이다. 나는 위 아가씨의 색정광에 대해 믿을 수 없다고 말하는 것은 아니다. 《금병매》 속의 인물들과 비교해 볼 때 위 아가씨가 보여주는 것들은 작은 무당이 큰 무당을 대면하는 수준이다. 내가 강조하고자 하는 것은, 만일 예자오옌이 그의 사랑의 사각 관계 이야기를 말하는 데 급급하지 말고 그의 인물들과 전씨 집안 안팎의 그런 천지가 뒤집히는 세상이 좀 더 서로 연동되게 만들었더라면 《꽃 그림자》는 틀림없이 더욱더 볼만했을 것이라는 점이다.

페미니스트 평론가들 또한 《꽃 그림자》에 대해 애증이 교차하는 흥미를 가지게 될 것이다. 위 아가씨의 이름은 암암리에 심오한 이치를 담고 있다. '위'(妤)라는 글자는 '여'(女)와 '여'(予) 즉 '여자'와 '나'라는 글자의 조합이다. 이 아가씨의 정욕에 대한 동경은 아버지와 오빠로부터 비롯된다. 하지만 나중에 독특한 방식으로 발전해나가는데, 그야말로 나로부터 취하고 나로부터 구하면서 즉 제 마음대로 행하면서 추호도 물러서지 않는다. 그녀의 정조권에 대한 무시, 춘화도에 대한 호기심, 성애 자주권에 대한 추구 등은 모두 '호방 여성'으로서 그녀의 잠재적인 능력을 보여준다. 그런데 예자오옌은 필봉을 돌려서 또 위 아가씨가 비록 음탕한 육체를 가지고 있지만 분명히 '순진' 무구한 본심을 가지고 있음을 설명하려고 든다. 그녀는 샤오윈에게서 참된 사랑을 찾게 된 후 아낌없이 피와 살로 이루어진 육체로 자신의 사랑을 증명한다. 샤오윈이 도발하는 가운데 그녀는 독약을 마시고 백치가 되는 것이다. 대체 이런 결말로 무얼 증명하려는 것일까 하고 우리는 놀라 마지않게 된다. 불장난하는 자는 결국 스스로 타죽게 된다는 걸까? 사랑이 깊으면 원망도 미움도 없게 된다는 걸까? 아니면 여성은 절개를 위해 죽을망정 너절하게 살아남지는 않는다는 식의 비극적 관념일까? 마찬가지로 위 아가씨의 올케이자 나이샹의 처인 쑤친이 남편이 마비된 후 샛서방을 두는 것, 그리고 쑤친과 나이샹의 첩인 아이아이의 동성애 따위의 이야기 역시 의문이 들게 된다. 이런 것들은 사실 위 아가씨의 색정광 경향과 서로 교차되면서 보기만 해도 몸서리쳐지는 (남성적) 예교가 사람을 잡아먹는 화면을 만들어낼 수 있는 것이다. 그러나 예자오옌은 이런 식의 가능성을 충분히 발전시켜 나가지 않는다. 그와는 반대로 전통적인 음란한 아가씨와 혼자된 여자라는 서술 모델을 따라간다. 이리하여 우리가 논할 만한 것이라고는 전술한바 여성의 변태적인 기이한 장면 뿐이다.

우리는 여기서 다시 장아이링을 떠올리게 된다. 확실히 《꽃 그림자》에는 여전히 정과 사랑의 서술이라는 '장아이링 파' 소설의 그림자가 어슴푸레 남아있다. 삶은 이렇게도 문란하고 처연하며, 소박하고 원시적인 성애는 마치 번갯불이 번쩍거리는 것처럼 찰나적으로 왔다가는 가버린다. 그 속에 빠져 있는 남녀들은 몸이 가루가 되고 뼈가 부서질 정도에 이르지는 않더라도 아마 목숨의 절반쯤은 내던지게 될 것이다. 그러나 왜 그러지 말아야 하는가? 위 아가씨는 한층 타락한 거웨이룽인가 아니면 한층 미쳐버린 차오치차오인가? 장아이링의 성취로 보았을 때 예자오옌은 그의 여주인공에 대해 더 큰 감개와 성찰을 가질 수도 있었다. 그러나 《꽃 그림자》는 우리가 익숙하면서 재미있는 이야기를 말하는 데서 그치고 만다.

5. 《도화살》

《꽃 그림자》에 이어서 나온 《도화살》이야말로 예자오옌의 회고적 신화에서 또 하나의 정점이다. 소설은 여전히 예자오옌이 능숙하게 다루는 강남의 작은 도시 메이청의 풍광을 배경으로 하고 있다. 그런데 이번에 예자오옌은 《꽃 그림자》 식의 자기 자신이 만들어놓은 한계를 벗어나서 다채로운 청나라 말과 민국 초기의 풍속도를 보여준다. 이 뿐만이 아니다. 그가 오랫동안 버려두었던 이야기꾼의 목소리를 다시 등장시켜, 실감나는 모습과 소리를 통해 우습기도 하고 기이하기도 한 일들을 하나씩 우리에게 들려준다. 예자오옌은 의도적으로 세심하게 이 이야기꾼의 목소리를 운용한다. '그'는 중국의 전통적인 화본의 연원뿐만 아니라 18세기 유럽 소설의 전지적 화자의 그림자도 지니고 있다. 《도화살》의 각 장 첫머리에 있는 스토리 요약이 그 예증이 될 수 있다. 소설의 스토리는 후씨 성을 가진 한 가족의 흥망성쇠를 둘러싸고 전개된다. - 이 가족은 모옌 식의 용맹하고 강인한 붉은 수수밭 가족도 아니고, 쑤퉁 식의 퇴폐적이고 탐미적인 양귀비의 집도 아니다. 주인공인 후씨 큰 도련님은 대부호 가정 출신의 귀하신 자제이지만 시대적 상황 때문에 성당을 불사르는 '폭도'의 우두머리가 된다. 후씨 큰 도련님은 나중에 체포되어 사형 판결을 받게 되고, 지역에서는 그의 영웅적인 행위에 감복하여 '종자가 이어지도록' 감옥에 젊은 여자를 보내 후씨 가문의 후세를 도모한다. 이런 첫 장면에는 강호 연의소설적인 분위기가 물씬하여 벌써부터 독자가 기발하다고 감탄하도록 만든다. 그 후 유명한 기녀인 '키 작은 호랑이'가 자원하여 나서서 과연 일거에 아들을 얻게 되니 더더욱 '미담'으로 전해진다. 그렇지만 재미있는 일은 그때부터이다. 후씨 큰 도련님은 사실 진즉부터 달리 좋아하는 여자가 있어서 풍류의 씨앗을 남겨놓은 터였다. 그가 죽은 뒤 후톈과 후디 두 아들이 차례로 세상에 태어나고 어차피 풍파를 일으킬 운명이어서 메이청을 현대라는 역사의 무대로 이끌어낸다.

《도화살》이 《꽃 그림자》와 가장 다른 점은 예자오옌이 남녀 정욕에 대한 엽기적인 작법을 포기함과 동시에 또한 고심해가며 의도적으로 만들어낸, 함축적인 말로 심오함을 드러내는 '심도'를 피하고자 했다는 것이다. 《도화살》의 세계에는 원래 별의별 것이 다 들어있는데, 이야기꾼과 청중 또한 기이한 걸 봐도 당연시하는 즐거운 태도를 가지고서 그 변고를 지켜본다. 예자오옌은 다시금 통속소설적인 능숙함과 매끄러움을 구사한다. 그의 인물들은 비록 내면의 몸부림이라든가 언행의 자의식은 부족하지만 서로 주고받는 사이에 생동적이고 실감나는 희비의 활극을 차례로 보여준다.

《도화살》의 이야기는 걸작 모음식 작법을 사용한다. 후톈과 후디라는 영웅의 졸렬한 행적, 애정 세계에서의 추문이 당연히 그 중점이다. 그러나 소설이 만일 청나라 말과 민국 초기의 신구 인물의 온갖 행태만을 썼다면 청나라 말의 《20년간 내가 목격한 괴이한 일들》, 《관장현형기》 등 견책 및 흑막소설 전통의 반복에 불과할 것이다. 예자오옌은 확실히 다른 의도를 가지고 있다. 작품에서 일군의 서양인들을 무대에 등장시켜 막중한 역할을 맡도록 함으로써 우리에게 새로운 시야를 갖도록 해준다. 그들 중 중요 인물로는 경영에 뛰어난 모험가 본, 메이청 성당의 푸루슈 수사, 그리고 얼치기 중국 문제 전문가 헤임스 등이 포함된다. 청나라 말 서양의 군대가 침략하자 서양의 성직자, 무뢰배, 상인, 모험가 등등이 뒤죽박죽 일제히 중국에 밀려든다. 중국인과 서양인이 뒤섞여 사는 곳인 상하이, 톈진 등 통상항에서는 이런 인물들의 중요성을 알 수 없지만 메이청과 같이 폐쇄된 작은 도시에 오게 되면 그들은 대단하게 신통력을 발휘한다. 예자오옌은 성심성의를 다하여 이들 이류 서양인들의 성공과 몰락을 묘사하고자 하며 상당한 성과를 거두기도 한다. 아버지 본은 메이청에서 대대적으로 경영의 수완을 발휘하여 믿기 어려울 정도의 벼락부자가 된다. 그의 자식인 아들

본은 배운 것도 없고 재주도 없어서 졸지에 그렇게나 큰 가업이 내려앉게 만들 뿐만 아니라 하녀와 성 추문까지 일으키다가 결국에는 자신의 마누라마저 후디의 유일한 서양인 정부로 만들어버린다. 이와는 상대적으로 푸루슈 수사는 서양의 성인이 된다. 중생을 계도하고 스스로를 낮추어 몸과 마음을 다 바치면서 죽어도 후회하지 않는다. 푸루슈 수사는 나중에 후톈의 토비 무리에게 인질이 되는데 기독교 정신으로 일부 졸개들을 감화시키기도 하니 이는 소설 속의 소설인 셈이었다.

그런데 그 누구도 헤임스에 비할 수는 없었다. 이 인물은 현대 중국소설에서 가장 음미해볼 만한 양놈 중의 하나라고 해야 할 것이다. 헤임스가 처음 등장할 때 그는 영국 《테임즈 지》의 극동 주재기자였다. 뜻은 크지만 재주는 부족하고, 머릿속에는 온통 식민주의적 생각뿐이다. 그러나 메이청에서 일단의 시간을 보낸 후 헤임스는 점차 '변심하기' 시작한다. 기괴한 중국이 그의 환상을 증명(또는 반증)한 다음부터 그의 무한한 이국적 정서를 사로잡아버린다. 헤임스는 결국 《테임즈 지》에서 해고되고, 몇 년 후 완전히 '변신하여' 《메이청의 드라마》라는 책으로 영국을 뒤흔든다. 이제 그는 중국 문제 전문가가 된다. 헤임스는 '학문'도 뛰어나고 생활에서도 '금욕주의자 겸 성불능자'이다. 독자는 예자오옌의 이 묘사를 보고 아마도 회심의 미소를 지을 것이다. 헤임스에게는 하녀 겸 '생활 비서'인 천 아줌마가 있다. 두 사람은 서로 의지해서 살아가며, 정말 서로 아끼며 지극 정성이다. 후일 헤임스의 저서는 키 높이만큼 되어 메이청에서 일대 장관을 이룬다. 그의 수많은 서적 중에서 《중국 기녀의 생활》과 소설 《참회》가 가장 인기 있다. 사실 이 두 책은 성격상 상호변조라고 해도 무방한 것으로, 억측과 조작으로 가득하다. 그렇지만 그것이 또 대수랴? 헤임스는 우리가 말하는 '오리엔탈리즘'에 대해 잘 준비된 교재가 아닐 수 없다.

최근 몇 년 사이에 서양의 포스트식민이론이 크게 성행하고 있다. 중국 대륙과 타이완의 학자들 역시 잇따라 이 유행을 좇으면서 '아'하니 '어'하는 격이다. 이 또한 기이한 광경이다. 이는 예자오옌과 같은 이런 유형의 작가가 스스로 알아서 반식민시기 중국 사회에 관한 기서를 써낸 것과 유사하다. 오랜 세월 중국에 거주한 헤임스는 세기 초 중국의 급변 속에 몸을 담그고 있지만 막상 펜을 들어 글을 쓸 때는 여전히 그의 마음속에서 당연히 그래야 한다고 상상하는 중국의 신화 속으로 되돌아가고는 한다. 중국인도 아니고 서양인도 아닌 헤임스의 언행은 그야말로 웃음거리다. 메이청의 중국인들 역시 그라는 존재를 대하는 면에서 그리 고명하지 못하다. 그들 또한 어찌 또 다른 방식의 편견에 근거해서 헤임스를 괴물로 간주하지 않았겠는가? 그러나 예자오옌은 이런 충돌들에 주목하여 서술하지는 않는다. 세기 초의 괴현상이 어찌 천백 가지에 그치랴. 헤임스의 유사 중국학은 그 중의 하나에 불과할 따름이었다. 중국인이 자기 자신의 나라의 앞날에 대해 제대로 알지 못하고 있을 때이니 헤임스와 같은 현상 또한 충분히 알 수 있는 일이었다. 헤임스의 트레이드 마크를 빼고 나면 오히려 예자오옌은 이 인물을 더욱 친근감 있게 만들어 놓고 있다.

헤임스는 마지막에 그가 사랑하던 중국에서 죽는다. 그의 기이하고 졸렬한 행적은 마침내 점차 잊혀 가지만 그의 책은 그래도 계속 전해진다. "존재하게 되는 것은 끊임없이 고쳐 써지는 역사, 일련의 오해와 왜곡일 것이다. 존재하게 되는 것은 사람들이 허구로 만들어낸 메이청이라는 이 도시일 것이다. 존재하게 되는 것은 바로 그런 부존재일 것이다." 예자오옌의 이 마지막 말은 헤임스가 중국에 대해 쓴 것을 두고 한 말이지만, 그러나 스스로 자신의 이야기를 한 점이 없지 않다. 세기 말에 서서 세기 초를 바라본다는 점에서, 예자오옌이 스스로 중국 국적을 가진 헤임스임을 자임하면서 그 옛날의 청나라 말 민국 초기에 대해 진실하면서도 허위이며 울 수도 웃을 수도 없는 풍속화를 그려낸 것이라고 보아도 무방할 것이다. 예자오옌은 시정소설을 장기로 한다. 《도화살》의 클라이맥스에서 그는 자신이 만들어낸 인물에 대해 유머를 던졌을 뿐만 아니라 자기 자신에게도 유머를 던졌다. 이렇게 세사에 통달하고 원숙한 태도는 그의 창작에서 가장 중요한 체득을 대표해주는 것이다.

| 저자 주석 |

11장 예자오옌

1) 예자오옌의 창작과 배경에 관해서는 夏志淸,《現代中國小說史》, (台北: 傳記文學, 1991), 제4장을 참고할 수 있다.
2) Marston Anderson, *The Limits of Realism: Chinese Fiction in the Revolutionary Period*, (Berkeley: University of California Press, 1990).
3) Marston Anderson, *The Limits of Realism: Chinese Fiction in the Revolutionary Period*, (Berkeley: University of California Press, 1990).
4) 葉兆言, 〈自序〉, 《豔歌》, (台北: 遠流, 1991), pp. 1~2.
5) 예자오옌의 부모는 모두 극단 일에 참여했었다.

12장 모옌

천 마디 만 마디 말도 어찌 말하지 말라에 비할손가!

지난 20년간 대륙의 소설계는 대단한 발전을 이루면서 수많은 인재를 배출했다. 비록 수시로 정치 경제적인 요동이 있었지만 낡은 것을 버리고 새로운 것을 만들어내는 소설가들의 활력은 여전히 사람들의 주목을 끌었다. 이런 창작의 흐름 속에서 모옌(莫言, 1955~　)은 확실히 출중한 인물이었다. 그는 1980년대 초부터 《투명한 홍당무》[1] 시리즈의 향토적인 작품으로 두각을 나타냈고, 이로써 즉각 '뿌리찾기' 작가로 분류되었다. 《붉은 수수밭 가족》(1987)[2]은 향토의 로망과 영웅의 이야기를 합쳐놓은 데다가 또 화려한 문채와 호방한 성애 상상까지 보태놓음으로써 모옌의 창작을 첫 번째 정점에 올려놓았다. 그러나 모옌은 찬사 일색인 중에서도 결코 제자리걸음이나 하며 기존의 제재와 스타일을 반복하지는 않았다. 그에게는 하고 싶은 '또 다른' 이야기가 있었다. 그는 《붉은 수수밭 가족》 이후 수많은 중단편 작품을 창작했으며, 더욱이 《티엔탕 마을 마늘종 노래》(1988)[3], 《열세 걸음》[4](1989), 《술의 나라》

---

1 〈투명한 홍당무〉의 한글본이 《꽃다발을 안은 여자》, 모얀 지음, 이경덕 옮김, (서울: 호암, 1993)에 실려 있다.

2 2012년도 노벨문학상 수상자 모옌의 대표작인 《붉은 수수밭 가족》의 한글본으로 《홍까오량 가족》, 모옌 지음, 박명애 옮김, (서울: 문학과지성사, 2007)이 나와 있다.

3 《티엔탕 마을 마늘종 노래》의 한글본으로 《티엔탕 마을 마늘종 노래》, 모옌 지음, 박명애 옮김, (서울: 랜덤하우스코리아, 2007)이 나와 있다.

4 《열세 걸음》의 한글본이 《열세 걸음》, 모옌 지음, 임홍빈 옮김, (서울: 문학동네, 2012)로 나와 있다.

(1992)[5], 《풍만한 젖과 살진 엉덩이》(1996)[6]라는 튼실한 네 권의 장편까지 내놓았다. 이 작품들은 어떤 것은 기괴하고 신기하며 어떤 것은 격정적이고 침울하여, 그때마다 '뿌리찾기'라든가 '선봉'이라든가 하는 식의 한두 가지 레테르로 모옌의 의도를 설명해낼 수는 없음을 증명해 주었다.

모옌은 스스로는 '말하지 말라'(莫言)라는 뜻의 필명을 사용하면서도 그의 펜은 천 마디 만 마디 말을 쏟아낸다. 제재가 무엇이든 간에 그가 청산유수처럼 이리저리 풍성하게 쏟아내는 문사는 어쨌든 그의 전매특허이다. 이는 아마도 소설가의 자기 조롱 내지는 자기 찬양적인 유희일 것이다. 또한 이런 천 마디 만 마디 말로 인해서 문학 비평가들의 천 마디 백 마디 해설이 나오기도 한다. 모옌의 각종 면모에 대한 논의는, 페미니즘에서부터 민족주의 담론에 이르기까지, 이 몇 년간 실로 적잖은 학술대회와 학위논문으로 이어지기도 했다. 그러나 모옌은 학술계의 이런저런 소란에 대해 일절 '묵언'으로 대응하니, 인쇄된 글이야말로 소설가의 마지막 기탁처인 듯하다. 모옌을 논하는 갖가지 견해는 이런 자기 주제 파악의 차원 위에서 이루어져야 할 것이다.

모옌의 작품은 최소한 다음 세 가지 방면에서 검토해볼 수 있다. (1) 역사적 공간의 상상 가능성 (2) 서술과 시간 및 기억과의 착종 관계 (3) 정치와 성애 주체의 재 정의가 그것이다. 나는 그의 장편소설 5권을 축으로 삼으면서 《붉은 귀》에 실린 네 편의 가작을 포함해서 그 외의 중요한 중단편 소설들을 같이 검토해보고자 한다.

---

5 《술의 나라》의 한글본으로 《술의 나라》, 모옌 지음, 박명애 옮김, (서울: 책세상, 2003)이 나와 있다.

6 《풍만한 젖과 살진 엉덩이》의 한글본으로 《풍유비둔》, 모옌 지음, 박명애 옮김, (서울: 랜덤하우스코리아, 2004)이 나와 있다.

1. 천당에서 측간으로

모옌은 산둥성 가오미현의 한 농민 가정에서 출생했다. 가오미는 자오둥반도의 한 구석에 있는 편벽한 곳으로, 토지는 척박하고 생활은 소박하여 문풍으로 이름이 난 적은 없었다. 모옌은 초등학교 5학년까지 다니다가 문화대혁명이 일어나는 바람에 학업을 접는다. 열한 살에서 열일곱 살까지 그는 진짜 농민이 된다. 그 후 공장의 임시 직공으로 들어가서 이리 저리 전전하다가 마침내 고향을 떠나 군대에 들어간다.[1] 이런 배경은 작가의 탄생에는 그다지 유리할 것 같지 않다. 그러나 젊은 모옌은 군대 생활 틈틈이 홀로 문학에 대해 흥미를 가지게 되고, 더 나아가서 훗날 문학을 업으로 삼게 된다. 그런데 모옌의 창작을 일깨운 최대의 영감은 바로 다름 아닌 그의 고향 가오미의 모습과 사물 하나하나이다.

모옌이 창작에 종사하게 된 동기와 경력은 퍽이나 1930년대 향토문학의 대가인 선충원을 떠올리게 만든다. 선충원은 고립되고 낙후된 샹시 출신으로, 어려서부터 군문에 들어가 서남부를 전전하며 전쟁을 경험했다. 비록 외부적 환경은 끊임없이 요동쳤지만 이 샹시 출신의 소년은 언제나 문학에 대해 깊은 애착을 가지고 있었다. 스무 살이 되던 그해 그는 군대를 떠나 멀리 베이징으로 갔다. 다시 몇 년의 훈련을 거친 끝에 그는 고향 풍물에 대한 회상을 가지고서 한 세대의 신문학 독자들을 경도시켰다. 오늘날 우리가 현대 향토문학의 발전을 논할 때면 반드시 그로부터 시작해야 한다.

어쩌면 식자들은 모옌의 소설은 아름답고 우여곡절이 많아서 사실 선충원의 그런 은은하고 차분한 작품과는 상당히 다르다고 말할 수도 있을 것이다. 확실히 오늘날 선충원의 계승자들을 거론하자면 왕쩡치 · 아청 · 허리웨이 내지는 초기의 자핑와라야말로 더욱 비견할 만한 자격이 있을 것이다.[2] 그러나 나는 모옌과 선충원의 스타일과 제재가 현저하게 다르다고는 하지만,

고향이라는 세계를 이루어내고 썩어버린 것에 새로운 생명을 불어넣으려는 그런 포부 면에서는 두 사람이 같은 지향을 가지고 있다고 생각한다. 샹시는 본디 궁벽한 벽촌이지만 선충원의 펜을 통해서 세상에 비할 데 없는 그윽한 정경을 발산하게 됨으로써 사람들이 무한히 동경하고 연연해하도록 만들었다. 반면에 모옌은 가오미의 망망한 벌판을 두고 능수능란하게 이리저리 말을 더하고 보태고 하면서 어느 결엔가 하나씩 하나씩 드라마틱한 이야기들이 떠오르도록 만들었다.

더욱 중요한 것은 선충원은 샹시를 쓰면서 언제나 허구와 현실, 상상과 역사 사이의 미묘한 상호 작용을 의식하고 있었다는 점이다. 그의 《변경 마을》[7]의 한쪽에 있는 《긴 강》의 강변에는 진즉부터 무한한 문학 지리적인 전승이 존재했다. 샹시는 지금은 어쩌면 대단하지 않을 수도 있겠지만 전하는 바로는 《초사》의 굴원이 강가를 거닐며 시를 읊조리고 노래를 부르던 곳이며, 더구나 도연명의 도화원의 옛터이기도 하다.[3)] 고향에 대한 정회와 유토피아에 대한 상상이 더 이상 구별이 되지 않는 것이다. 세상사에는 항상 짝이 있듯이 모옌은 가오미 둥베이향을 쓰면서 그의 신들린 생각, 기이한 발상 역시 그 연원이 있다는 것을 잊지 않았다. 가오미와 수백 리 길인 쯔촨은 곧 《요재지이》의 작가 포송령의 고향이요,[4)] 우리 모두가 알다시피 《수호전》에 나오는 영웅들의 충의의 사적은 남송 시절 산둥에서 비롯된 것이다. 이런 측면에서 《붉은 수수밭 가족》의 용맹하고 강인함이라든가 《수다》 시리즈에 나오는 귀신과 요마를 본다면, 앞사람을 배우고자 하는 모옌의 생각을

---

7 《변경 마을》의 한글본으로 《변방의 도시/이가장의 변천 외》, 선충원/자오수리 지음, 심혜영/김시준 옮김, (서울: 중앙일보사, 1989) ; 《변성》, 선충원 지음, 김동성 옮김, (서울: 한울, 1997) ; 《변성》, 심종문 지음, 정재서 옮김, (서울: 황소자리, 2009) 등이 나와 있다.

얼추 짐작할 수 있을 것이다. 현대 중국문학에는 많은 향토작가들이 고향을 창작의 밑바탕으로 삼고 있다. 그러나 모방과 묘사라는 단순한 기법을 초월하면서 진정으로 독자에게 부단히 상상의 여지를 줄 수 있는 사람은 사실 그렇게 많지 않다. 따라서 모옌이 가오미 둥베이향을 중심으로 해서 한데 집중시킨 붉은 수수밭 종족의 드라마는 현대 대륙소설에 가장 중요한 하나의 역사 공간을 제공했다고 말할 수 있다.

내가 말하는 '역사 공간'이란 전통적인 그런 시간과 공간, 역사와 고향의 변증법적 화두를 포함하면서도 그것에만 국한되지는 않는다. '역사 공간'이 가리키는 것은 모옌과 같은 이런 작가들이 어떻게 선형의 역사 서술과 동경을 입체화하고, 어떻게 구체적인 인간사의 활동과 장소를 빌어 변화하는 역사를 자리매김해주는가 하는 것이다. 일찍이 바흐찐은 우리에게 소설 속의 시공간이 교차되는 지점이 종종 서술 동기의 발원지라고 말한 바 있다.[5] 평자들은 모옌의 가오미 둥베이향을 예로 들면서 모옌이 이를 근거로 또 하나의 도시와 향촌, 진보와 낙후, 문명과 자연이라는 가치 대비를 만들어냈다고 말할 수도 있을 것이다. 그러나 이런 주제 연구 식의 대비는 그 자체적인 한계가 있다. 내가 강조하고자 하는 것은 모옌의 지면상의 고향은 근본적으로 서술의 산물이며, 역사 상상의 결정이라는 점이다. 그의 뿌리찾기 작품들은 특정한 지리적 환경 하의 각종 풍모를 재현한다기보다는, 그것들은 또 하나의 시공간적 초점의 시그널을 보여주면서 역사의 변증법적인 영역을 구체화시킨다고 해야 할 것이다.

따라서 《붉은 수수밭 가족》에 나오는 그 광막하고 거친 수수밭은 곧 현대의 혁명 역사를 연출하는 무대이기도 한 것이다. 우리는 화자가 역사와 기억 그리고 환상의 '광야'를 질주하는 것을 듣게 된다(보게 되는 것 같기도 하다). 그는 빽빽하게 서있는 붉은 수수 속에서 '나의 할아버지'와 '나의 할머니'의 사랑의 만남을 엿본다. 하늘의 벼락이 땅의 불길을 일으키면서 장엄하게 그의 가족의 기기묘묘한 모험이 펼쳐진다. 술을 빚어내는 신비의 비방, 강호의 호쾌한 은혜와 원수, 그리고 항일의 피와 눈물의 희생 등 어느 하나 감탄해 마지않을 수 없다. 과거와 미래, 욕망과 광상이 일시에 모옌의 소설 속에서 피와 살로 이루어진 풍경으로 화한다.

지나치게 가공적인 역사적 〈숙명〉의 의미를 가진 공화국 사회 속에서, 역사를 공간화, 국지화하는 모옌의 작법은 삶의 경험 그 자체의 중요성을 긍정하는 것에 그치지 않는다. 모옌은 다른 한편으로 과감하게 가장 튼실한 문자 상징을 운용하여 그가 탄생시키고자 하는 향토적 정경을 새롭게 치장하는데, 이는 확실히 역사 공간의 무한한 기기묘묘한 가능성을 개척하는 것이기도 하다. 중편 〈큰 바람〉의 그런 경천동지할 광풍, 〈개들의 길〉의 사람 시체를 서로 먹으려고 다투는 온몸이 얼룩덜룩한 들개들, 〈붉은 메뚜기떼〉의 천지를 뒤덮으며 날아오는 메뚜기떼, 〈가을 홍수〉와 〈전우의 재회〉의 분탕질을 하는 홍수 등은 환상 같기도 하고 진짜 같기도 하니 모두가 그 좋은 예들이다.

《붉은 수수밭 가족》이 만들어내는 현란한 공간과는 상대적으로 모옌의 또 다른 유의 소설들, 예컨대 〈폭발〉, 〈마른 강〉, 〈백구와 그네대〉, 〈환락〉 등은 마치 고집스럽게 현실이라는 늪 속으로 되돌아가서 남들이 뭐라고 말할 수 없는 향수의 일면을 보여주고자 하는 듯하다. 이 두 유형의 고향 상상은 이미 스스로 상호 변증법적인 힘을 펼치고 있다. 특히 〈백구와 그네대〉에는 문학사적인 풍자의 의도가 강하게 배어있다. 이야기 속의 화자는 짬을 내어 고향에 다니러온 교육받은 젊은이다. 고향은 여전히 빈핍하고 비루하여 그에게 아무런 좋은 인상도 주지 못한다. 다만 수수밭 옆에서 우연히 어린 시절의 놀이 동무를 만나게 되면서 비로소 소꿉장난식의 추억들이 되살아난다. 그런데 그 시절의 예쁜 소녀는 그네대에서 추락하여 한쪽 눈이 멀게 되었고, 하는 수 없이 벙어리 남편에게 시집을 가서 말 못하는 아이 셋을 낳는다. 고향에 돌아온 젊은이의 물처럼 흐르는 향수를 대하면서 그녀의 대답이라는 것이 이렇다. "뭐가 그리도 생각나? 이 썩어빠진 동네가. …… 수수밭 안은 니미럴 그 뭐야 찜통 같아서 사람을 쪄죽이는데."[6] 어찌 《붉은 수수밭 가족》의 그런 격앙되고 낭만적인 경관을 볼 수가 있겠는가? 지금이 옛날만 못하다라는 감정이 절로 생겨난다.

근자에 모옌은 역사 공간의 구축을 다른 방향으로까지 연장시키고 있다. 《열세 걸음》에서 이야기의 주인공은 철망 속에 갇힌 미치광이인데 관중(청중)들이 주는 분필을 삼키면서 상상이 불가한 이야기들을 뱉어낸다. 여기서 모옌의 의도는 말하지 않아도 알 수 있을 것이다. 철망 속이라는 좁은 곳은 주인공이 어떻게 할 수 없는 한계이다. 그런데 역설적인 것은 철망이라는 속박이 그에게 보통 사람은 생각할 수 없는 망상을 떠올리게 만들면서 '돌파구'를 찾도록 만든다. 청중인 '우리'는 철망 바깥에 있으면서 오히려 철망 안에 있는 사람의 이야기에 끌려들어가서 자신도 모르게 그의 메가폰이 되고 만다. 이 기묘한 서술 과정은 모옌의 언어와 공간의 상호 관계에 대한 사고의 극치를 보여준다. 천칭차오 교수가 말한 그대로다. "혼란스런 논리와 핍박적인 상황 하에서, 우리는 눈앞에 있는 극도로 예리한 칼날 또는 극도로 희한하고 기이한 분필을 집어 들고, 수천수만의 이야기들 속에서 한 줄기 살길을 찾아내어, 자기 자신이 발붙일 수 있는 하나의 환상, 하나의 철망을 그리지 않을 수 없다."[7] 우리 모두는 (역사, 언어의) 철망 속에 있는 사람인 것이다.

《열세 걸음》의 장면은 황당무계하여 매번 그 끝이 어딘지 알 수 없다는 위기감을 불러일으킨다. 그런데 모옌은 이를 빌어서 우리의 안정감 있는 독서 위치를 해체해 버린다. 그의 또 다른 소설 《티엔탕 마을 마늘종 노래》는 그와 정반대로 간다. 표면적으로는 전통적인 사실주의/현실주의적인 기법이지만 그 속에 들어있는 조롱의 의도는 《열세 걸음》 못지않다. 작품은, 관의 압박에 민이 반발하는, 농민이 반항한다는 이야기를 쓰고 있다. 그런데 이야기가 공화국의 '천당(티엔탕)'이라는 마을에서 발생함으로써 우리로 하여금 회심의 미소를 금치 못하게 만든다. 노농병이 주인이 되는 유토피아에 뜻밖에도 추문이 발생하는데, '천당'에서 발생한 닭털이나 마늘 껍질 같은 하찮은 사고지만 일단 발생하고 나니 수습할 길이 없다. 현실주의/사실주의는 사회 공간의 포착과 재현, 물샐틈없는 형식과 의식의 밀착을 추구한다. 그러나 모옌의 서사는 스스로 한계를 만들어놓은 관의 어리석음과 끊임없이 경계를 넘어서는 소설가의 조롱을 보여준다.

그런데 모옌의 '천당'이 타락하여 '술의 나라'가 되었을 때 그의 공간 상상은 한 차원 더 높아진 셈이다. 《술의 나라》는 《붉은 수수밭 가족》 이후 모옌의 창작에서 또 하나의 정점임에 틀림없다. 소설은 한 수사관이 살인 사건을 수사하기 위해 신비에 싸인 술의 나라에 오는 것으로부터 시작한다. 술의 나라는 꼭 지도상에서 찾을 수 있는 곳은 아니다. 그렇지만 이곳에 들어선 관광객들은 아주 익숙함을 느낀다. 이곳은 방자하게 굴고, 먹고 마시고, 뱉고 싸고 하는 곳이자 욕정에 취하는 곳이다. 공화국이 금욕의 이데올로기를 내걸고 있지만 술의 나라라고 하는 이 '나라 속의 나라' 만큼은 자기만의 세계를 이루면서 아무런 금기 사항도 없다. 이 나라에서 가장 훌륭한 진귀한 음식이라면 아이 고기 파티에 사람을 취하게 만드는 술을 곁들이는 것이다. 루쉰이 왕년에 공격했던 바 사람이 사람을 잡아먹는 사회, 그가 부르짖었던 바 '아이를 구하자'라는 외침이 이곳에서는 완전히 뒤집힌다. 아니나 다를까, 왕년의 붉은 수수밭 가족의 자손들은 일약 용렬하고 탐욕스러운 술의 나라의 '개체호' 즉 자영업자가 된다.

《술의 나라》는 비록 반유토피아적인 작품이지만 40년 동안 입맛만 다셔온 대륙 독자들로서는 아마도 일종의 유토피아식 욕망의 발설이 아닐까? 금욕에 익숙하던 백성들은 이런 디오니소스적(Dyonysian) 공간에서 갑자기 대대적으로 뱉어내고 배설한다. – 술의 나라의 오수 처리 시스템은 짐작컨대 도시

행정력의 일대 테스트가 될 터이다. 모옌은 갖가지 기괴한 이야기와 이상한 사건을 과장하고 날조하여 우리로 하여금 눈만 휘둥그레 뜬 채 말문이 막히게 만든다. 그는 생리 현상이라는 가장 기본적인 차원에도 일련의 정치적 우언을 집어넣어 놓은 것이다. 소설 속의 살인 사건은 끝까지 밝혀지지 않고, 거나하게 취하신 우리의 수사관께서는 오히려 똥통 속에 머리까지 빠져서 주님(주석님)의 부름을 받는다. – 유토피아로 가는 그 어떤 길이 똥통에서 천당으로라는 이 길보다 더 완벽하게 색깔과 냄새가 구비되어 있으랴?[8)]

2. 역사에서 야사까지

모옌 작품의 두 번째 주목할 만한 서술 방향은 역사 기억과 시간 서술의 문제다. 공화국의 문예 이론 및 정치 이론에서 원래 '역사'는 일대 관건이다. 30여 년 간 '마오 문체'의 통제 하에서 이미 '역사'는 자명한 진리로 물화하였다. 혁명에서 해방으로, 다시 영구 혁명으로, '역사의 선험성'이 신중국의 과거를 해석하고 그것의 미래를 예고해왔다. 《옌안을 보위하라》[8]에서 《청춘의 노래》[9]까지, 또 《붉은 바위》[10]에서 《붉은 깃발 이야기》까지, 1950년대 이후에 등장한 혁명 역사소설은 공산당 혁명의 영웅적인 과거 역사를 회고하고, 공화국

---

8 《옌안을 보위하라》의 한글본으로 《전사: 연안을 보위하라!》, 두붕정 지음, 이홍규 옮김, (서울: 일송정, 1989)이 나와 있다.

9 《청춘의 노래》의 한글본으로 《피어라 들꽃》, 양말 지음, 박재연 옮김, (서울: 지양사, 1987~88)이 나와 있다.

10 《붉은 바위》의 한글본으로 《홍암》, 뤄꽝빈/양이엔 지음, 박운석 옮김, (서울: 중앙일보사, 1989) ; 《붉은 바위》, 나광빈/양익언 지음, 편집부 옮김, (서울: 일월서각, 1991)이 나와 있다.

건국의 신산한 역정을 기록하는 등 온통 서사시적인 서술 기풍이었다. 그런데 이들 작품은 또 마치 약속이나 한 듯이 혁명 사업의 영원함을 찬양하고 장차(심지어는 바로 눈앞에서) 무산계급 독재의 찬란한 광경이 도래할 것임을 예언했다.

참으로 기괴한 것은 1950년대의 혁명 역사소설이 역사를 구현하고자 하면서 또 끊임없이 역사의 명줄을 끊어놓는가 하면, 역사의 선험적 진리를 강조하면서 또 '영구 혁명'의 급진적 의미를 선언한다는 것이다. 일찍이 평론가 황쯔핑은 혁명 역사 담론 아래에 사실상 모순적인 두 가지의 감추어져 있는 시간 관념 – 진화 관념과 순환 관념 – 이 상호 활용되고 있음을 지적한 바 있다. 혁명은 어쩌면 '옛것을 핑계 삼아 제도를 바꾸는 것'이자 또 어쩌면 마르크스가 말한 것처럼 '미래로부터 시적인 정취를 흡수하는 것'이다. '혁명이 일종의 역사'가 될 때 반전통이 일종의 전통이 될 수 있다. "현실(권력, 이익)이 '미래라는 명분으로' 역사를 불러내어 그 합법성을 증명함으로써 오히려 '미래'를 거세하고, 교살하고, 말살시킨다. '미래'는 결국 그 지시 능력을 소진하여 '공허한 기표'가 된다."9) 이러한 역설적인 역사 서술 방식은 결국 역사 실천에 쓰라린 결과를 초래하게 된다. 공화국 건국 이래 역사라는 이름하에 반복되던 혁명은 문화대혁명에 이르러서 더 이상 수습할 수가 없게 되었다. 전술한바 정전적인 혁명 역사소설들은 하룻밤 사이에 모두 반혁명 교재로 전락하여 온갖 비판을 받게 되었다. '역사'의 혼란성이란 모두 다 이럴 수 있는 것이다.

도도한 역사 이야기에 대해 모옌 세대의 작가들이 길항적인 비판의 소리를 발전시켜나갈 수 있었던 것은 당연히 우리의 주목을 끈다. 《붉은 수수밭 가족》의 화자는, 나의 할아버지와 나의 할머니 세대의 인물들이 붉은 수수밭에 터전을 마련하고 늠름한 기상과 웅대한 포부를 펼치면서 그 얼마나 풍류가 넘치고 기백이 넘쳤던가에 대해서 회고한다. 소설이 전개됨에 따라 점차

가족사와 국가사가 하나로 합쳐져서 항일전쟁 시기에 나의 할아버지와 나의 할머니가 유격전으로 적을 섬멸하는 부분에서 고조를 이룬다. 이 지점에서 모옌은《뤼량 영웅전》,《신 아녀영웅전》에서부터《숲의 바다, 눈의 벌판》11에까지 이르는 이 부류의 혁명 역사소설 전통에 경의를 표하는 듯하다. 그렇지만 더 읽어내려가보면 저절로 우리는 그의 혁명 역사가 그 어떤 궁극적인 의미도 약속하지 않을 뿐만 아니라 오히려 세대가 지날수록 더욱 못해간다는 퇴화적인 역사관을 토로하고 있음을 이해하게 된다. 가족의 계승자로서《붉은 수수밭 가족》의 화자는 그저 부모의 그 당시 영용했던 행적을 아득히 회상할 따름이다. 또는 더욱 난감하게도 그 뒤 각종 혁명 및 운동 가운데서 그들이 겪어야 했던 시달림을 기억할 따름이다. 앞에서 말한 것처럼 모옌은 우리를 역사의 현장으로 데려가고 심지어는 인물의 내면 의식 깊숙이 파고들게 하는 능력을 가지고 있다. 그러나 다른 한편으로 그는 또 멋쩍게 우리를 일깨워준다. 서술의 마지막은 역사와 혁명의 완성이 아니라 역사와 혁명의 균열이라는 것을.

역사는 원래 끊임없이 고쳐 쓸 수 있으며, 시간적 서술의 순서는 원래 전후의 도치, 주객의 교체가 가능한 것이다.《붉은 수수밭 가족》은 삼대에 걸친 가족사가 종횡으로 얽혀있어서 흡사 혁명 건국의 연대기를 암송하는 듯하다. 그러나 모옌이 진정으로 쓰고자 한 것은 아마도 그와는 정반대일 것이다. 문화대혁명이 발생한 뒤 사회주의 질서가 궤멸하고, 마오 문체적인 '거대 서사'의 논리가 물러서게 되는데, 모옌이 독특한 문장으로 만들어낸 방자한 연의 소설은 그 자체가 곧 일종의 새로운 역사적 역량인 것이다. 만일 마오식 역사 서술이 숭고(sublime)를 숭상하는 것이라면,10) 모옌이

---

11 《숲의 바다, 눈의 벌판》의 한글본으로《임해설원》, 곡파 지음, 김학송 옮김, (서울: 엔터, 1995~1996)이 나와 있다.

집착하는 것은 일종의 그로테스크(grotesque)적인 미학과 역사관일 것이다.[11)]

다른 장편인 《티엔탕 마을 마늘종 노래》에서 모옌이 운용한 서술은 민속적인 판소리에서부터 뉴스 보도까지, 의식의 흐름에서부터 마술적 리얼리즘까지 잡다하기 짝이 없다. 창작의 전승 면에서 말하자면 모옌은 자오수리, 류칭 식의 농민문학을 제대로 배우고 제대로 활용하여 이를 훌륭하게 발휘한다. 풍자적인 것은 그의 농민이 일어나서 맞서 싸우는 대상이 다른 사람이 아니라 '인민을 위해 복무한다'는 지방 정부라는 점이다. 그리고 소설의 결말에서는 마침내 대량의 관변 문서를 가지고서 정부의 진압과 사법 심판의 합리성을 대조해본다는 것이다. '학대받는 사람들'을 위해서 소리치고 말하는 것은 5.4 신문학에서부터 공화국의 마오 문학까지 중요한 주제 중의 하나다. 모옌의 소설은 거듭해서 묻는다. 문학이 정의를 '대표'하거나 '신장'할 수 있는가? 어떤 문학이라야 '합법'적으로 불의와 불공정을 정의할 수 있는가? 그리고 역사의 정의와 '문학의 정의'(poetic justice), 법률의 정의 사이의 경계는 어디에 있는가?

《열세 걸음》에서는 유사한 문제가 전혀 다른 표현 방식으로 나타난다. 작품에서 이른바 '열세 걸음'이 무엇을 가리키는지는 명확하지 않다. 그것은 삶에서의 예측 불가한 변수, 서술 논리상의 역반응, 또는 천칭차오가 말한 바 역사의식 중의 블랙홀을 대표할 수도 있다.[12)] 소설 속의 청중은 철망 안의 사람을 둘러싸고 후자가 지껄이는 허튼소리의 '의미'를 추측하면서 그만두려고 해도 그만두지 못한다. "당신도 그에 의해 이야기 속에 끌려들어가서 그와 공동으로 이 이야기를 만들어내게 되고, …… 당신은 자신이 이 이야기의 논리에 대항할 힘이 없음을 예감하게 되며 …… 당신의 운명은 철망안의 사람 손에 의해 콘트롤된다."[13)] 서술과 재서술을 듣는 과정에서 우리와 철망 속의 사람은 서로가 점하고 있는 언어의 의미, 지식, 권력의 위치를 찢어발기고 밀고 당긴다. 말을 할 듯하다가 멈추기도 하고, 뜻을 다 펴지 못하기도 하고, 말이 이치에 닿지 않기도 한다. 그런데 언어가 그 효용을 다하지 못하는, 그리고 또 무슨 말을 하는지 알 수 없는 바로 그 온갖 순간에 "마음속에서 역사의 맛이 솟아나온다."[14)]

《술의 나라》에 이르러 모옌은 또 다른 길을 개척한다. 작품에서 수사관이 살인범을 수사하는 스토리는 은연중에 사물의 근본을 탐구하고, 진상을 추구하는 일종의 해석학적(hermeneutic)인 의도를 드러낸다. 그렇지만 모옌은 써나가는 중에 뜻밖에도 곁가지들을 만들어낸다. 그가 곁가지로 만들어내는 한담・객담・농담・여담은 사실 중심 줄거리보다도 더욱더 볼만하다. 농민들이 '고깃감 아이'를 팔기 위해 경쟁을 벌이는 기괴한 행태라든가 유인원이 만들었다고 전해지는 '유인원 술'은 너무나 생생해서 진위를 구분할 수가 없다. 이 뿐만이 아니다. 작품에서는 화자인 모옌과 한 삼류 작가 사이에 문학 창작의 비결을 논하는 편지가 오간다. 좋은 사람과 나쁜 사람, 좋은 문학과 나쁜 문학, 역사의 정의와 역사의 불의 등의 문제가 온갖 맛이 뒤섞여 있는 서술 속에 함께 녹아들어간다. 작품에서 대량으로 나타나는 배설의 이미지와 꼭 마찬가지로, 소설이 진행될수록 쏟아져 나오는 말을 수습하기가 어려워진다. 결국 소설은 산과 바다를 뒤덮을 만큼 많은 오물들과 문자의 장애 가운데서 명확한 결말도 없이 끝나고 만다. 모옌의 서술은 의도적으로 맑은 정신에서 취한 상태로 바뀌는 과정을 본뜬 것일까? 아니면 방종과 광란의 쾌락을 가져오지만 또 쾌락 속에서 사지가 찢겨 잡아먹히고 마는 로마 신화 속의 술의 신 바커스(Bacchus)와 같은 운명을 맞이하는 것일까?

대형 작품을 써내는 한편으로 모옌은 1993년에 또 《수다》라고 이름을 붙인 일련의 단편들을 내놓았다. 이들 작품은 짧지만 예리한데, 어떤 것은 기이한 인물과 기이한 일을 이야기 하고, 어떤 것은 요괴와 여우를 이야기 한다. 마치 필기소설이 손 가는대로 택하여 글을 짓는 모습과 상당히 흡사하다. 〈쇠붙이 아이〉는 강철을 제련하던 시기에 두 아이가 못 쓰는 쇠붙이를 '먹으면서' 목숨을 부지하는 괴기한 일을 쓰고 있고, 〈밤중의 고기잡이〉는 어부가 밤중에 아리따운 귀신을 만나 다른 세상에서 다시 태어난다는 귀신 이야기를 쓰고 있고, 〈풍류놀이〉는 홀아비인 몸에 병이 있는 한 유지가 기생들을 불러 모아 즐기면서, 정에서 시작하여 예에서 멈춘다(?)는 고상한 풍류의 경험을 쓰고 있다. 모옌은 스스로 이 시기 작품에 '귀기'가 갈수록 짙어지고 있다고 인정했다.[15] 모옌은 붉은 태양이 중국의 대지를 밝게 비추고 있을 때 오히려 여우와 귀신이 길에서 설치고 숨고 하는 것을 목격하지만, 대역사의 틈새와 가장자리에서 그에게는 그저 없는 것보다는 그래도 나은 수다를 떨 권리밖에 없었던 것이다. – 어쨌든 3백년 전의 동향 사람인 포송령의 영혼이 아직 흩어지지 않고 있었다. "태평 세상에서는 인간과 귀신이 서로 나눠지고, 지금 세상에서는 인간과 귀신이 서로 뒤섞이도다."[16]였다. 《수다》 시리즈는 보아하니 아무 것도 행하지 않는 것 같으면서도 행하고 있는 것이니, 모옌의 감개는 절로 그 안에 들어있다. 〈붉은 귀〉는 한 방탕아가 집안 재산을 탕진하는 황당한 이야기를 날줄로 하고, 커다랗게 튀어나온 성기처럼 생긴 그의 귀를 씨줄로 해서 공화국 건국 전의 일화를 쓰고 있다. 괴상야릇하고 황당무계하여 기본적으로 《수다》 스타일의 재미를 이어가고 있다.

《풍만한 젖과 살진 엉덩이》는 1996년 모옌의 역작으로, 이름도 솔깃하고 분량도 아주 두껍다. 이 소설은 근 50만 자에 달하는데, 중국 북방 농촌의 한 부녀자가 극도로 곤고한 상황 속에서도 어떻게 아홉 아이를 길러내는가를 쓰고 있다. 이야기는 항일전쟁 전야에서부터 시작하여 1990년대에 끝이 나며, 이 시기 중국공산당 역사상의 온갖 비와 바람이 그 속에 모두 담겨 있다. 모성애를 빌어 시대를 걱정하고 나라를 염려하는 마음속의 근심을 찬양하는 것은 5.4 이래의 작가들이 가장 능사로 하는 것이다. 아마도 현대소설사에서 '대지의 어머니' 스타일의 인물은 이미 너무 많아서 탈이 아닐까? 그러나 모옌에게는 다른 의도가 있다. 그의 어머니는 '중화민족의 전통적

미덕을 한 몸에 다 갖추고 있다.' 다만 그녀가 낳은 자식들은 하나 같이 아비 없는 자식이며, 성장한 후에는 또 한 덩어리로 뒤엉켜서 결코 난사람이 될 수 없다. 이 모자들(모녀들)은 공산당을 따라 '혁명의 역사'를 뒤쫓아가면서 혁명과 역사를 전복해 버린다. 다른 것은 말할 필요도 없다. 어머니의 정신이야 위대할 수가 있겠지만 어찌 그 젖꼭지와 엉덩이조차 위대할 수 있으랴!

《풍만한 젖과 살진 엉덩이》의 화자인 상관진퉁은 모옌 소설에서 가장 잊기 어려운 인물 중의 하나일 것이다. 상관진퉁은 외아들인데, 아버지는 스웨덴에서 온 신부로 항일전쟁 중에 횡사한다. 상관진퉁의 일생은 중국의 경천동지할 각 순간을 증명한다. 그렇지만 천하의 대사라 하더라도 어찌 그의 어머니의 자매들인, 애인의 젖꼭지보다도 더 중요한 것이 있으랴? 모옌이 하늘에서 수많은 젖들이 떼를 지어 움직이고 지상에서 젖을 더듬는 파티를 묘사한 몇 장을 보노라면 참으로 감탄해 마지않을 수 없다. 문장 구사 면에서 모옌은 줄곧 기이하고 화려한 것을 장기로 해왔는데, 이제 와서 보니 왕년에 《붉은 수수밭 가족》은 사실상 닭 잡는데 소 잡는 칼을 쓴 셈이었다. 또 바로 이 때문에 '공산당의 젖을 먹으면서' 자라난 이 작가가 좌익 평론가들의 분분한 의론을 불러일으킨 것도 당연한 일이었다.

객관적으로 말해서 《풍만한 젖과 살진 엉덩이》에는 뒤죽박죽이고 불필요한 부분이 적지 않아서 《술의 나라》의 수준을 넘어서기는 어렵다.[17] 그렇지만 나는 극좌적 비평가들의 입장은 자체 모순이라고 생각한다. 그들이야말로 진짜 당의 젖을 먹으면서 생활을 꾸려나가는 사람들이다. 그들은 모옌의 유방 집착증을 매도하면서 오히려 예전에 자신들이 이유기를 겪었던 것은 잊어버린다. 그들은 '전형'을 동경한다. 전형적인 어머니, 전형적인 소설, 전형적인 작가 …… 등. 그러나 모옌은 하필이면 전형에 말썽을 일으킨다. 《풍만한 젖과 살진 엉덩이》는 가장 비전형적인 모성애 더하기 혁명 역사소설이며, 궁극적 차원에서는 혁명의 충동과 성애의 욕망 – 더구나 '비정상'적인 성애의 욕망 – 이 동시에 병행하고 있는 반면 혁명 역사는 이미 괴이한 일, 희한한 이야기가 되고 만다. 모옌은 추한 것을 아름다운 것으로 삼고, 고상한 것을 피하고 속된 것을 추구하니, 그의 서술 규칙 자체가 이미 역사에 대한 비판인 것이다.

3. 주체에서 신체로

이상의 두 절에서 모옌이 어떻게 고향이라는 좌표를 사용해서 전혀 다른 역사 공간을 만들어냈으며, 어떻게 현실주의의 둥지에서 잡다하고 괴이한 기억/서술의 흐름을 엮어냈는지를 검토해 보았다. 그는 1980년대 이래 '뿌리찾기'와 '선봉'운동을 직접 경험하는 한편 또한 그 사이를 넘나들면서도 어느 하나에 얽매이지는 않았다. 한 걸음 더 나아가서 말하자면, 모옌의 인물들은 허구적이면서도 진실하여 정의 내리기가 쉽지 않다. 초기의 《투명한 홍당무》의 소년의 서술에서부터 근자의 《풍만한 젖과 살진 엉덩이》의 유방 집착증 환자의 고백에 이르기까지, 모옌의 인물들은 거듭해서 '신중국' 백성들의 모습은 변화무쌍하여, '건강하고, 선명하고, 밝은'[12] 것도 아니고 '크고, 넓고, 완벽한'[13] 것도 아님을 보여준다. 그들(그녀들)은 칠정 육욕을 가지고 있을 뿐만 아니라 갖가지 감정을 발산하면서 못하는 것이 없었다. 극단적인 경우에

12 '건강하고, 선명하고, 밝게'(紅・光・亮)는 문화대혁명 시기에 당시의 시대적 상황에 맞는 그림을 그리자는 주장에서 나왔다. 즉, 지도자・영웅 인물・노농병 대중은 불그스레한 얼굴로 대표되는 바 건강하게 그리고, 그림 기법은 사실적이면서 선명하게 그리고, 그림 전체는 긍정적이고 깨끗하고 밝게 그리자는 것이다.

13 '크고, 넓고, 완벽하게'(高・大・全)는 문화대혁명 시기에 문학 작품에서 긍정적인 영웅 인물 중에서도 핵심 인물을 키가 크고, 마음이 넓고, 능력이 완벽하게 묘사하자는 주장에서 나왔다.

는, 그들(그녀들)은 서로 충돌하고, 변형하고, 세상을 바꾸어 환생하고, 다른 사람의 몸을 빌려 되살아난다. 이런 인물들의 행적은 당연히 마술적 리얼리즘(magic realism)의 특징을 구현하는 것인데, 반면에 또 어찌 고대 중국의 전기소설, 지괴소설의 영향에서 벗어나 있겠는가?

이로부터 우리는 역사와 주체성의 창조라는 모옌 소설의 세 번째 주요 의제에 들어갈 수 있다. 주체성에 관한 검토는 해외에서는 이미 열띤 화제가 아니지만 마오쩌둥 이후의 대륙 문화계에서는 여전히 의론이 분분한 초점이다. 루쉰의 '국민성' 관찰이 다시금 무대에 등장하고, 류짜이푸의 '성격 조합론' 역시 열띤 반향을 불러일으켰다.[18] 같은 시기에 모옌은 이미 묵묵히 그의 동포들을 위해 인물을 창조해내고, 또 작은 일로 큰일을 보여주고, '기형의 인물'로 '초인'에 대항하고 있었는데,[19] 매번 예상치 못한 체험을 제시하고는 했다.

모옌의 많은 작품 속에서 '나'는 각기 모습이 다르고 생각도 중층적이어서 상당히 볼만하다. 예를 들면, 〈백구와 그네대〉에서 공교롭게도 어린 시절 놀이 동무를 만난 대학생은 향수 어린 추억과 비루한 현실 속에서 진퇴양난이고, 〈붉은 메뚜기떼〉의 젊은이는 처음에는 여자를 만나지만 곧이어 천지를 뒤덮으며 날아오는 메뚜기떼를 보게 되면서 '오십 년 동안 바뀌지 않고', 〈마른 강〉에서는 억울함을 풀 길 없는 어린 남자애가 마침내 어른 사회에 대해 비상한 수단으로 비상한 고발을 하고, 또 〈폭발〉에서는 결혼과 가정이라는 함정에서 곤혹스러워하던 젊은 남자가 안절부절하다가 마침내 발작적인 몸동작을 통해 일시적인 해탈을 구한다. 너무나 많은 마오 문학의 '대아'적인 인물을 보아 왔기 때문에, 모옌 소설 속의 '소아'들은 그들 자신의 비천하고 괴이한 방식으로 다시금 인간되기의 대가를 정의하고 다시금 자신의 욕망 상상의 능력을 환기한다. 《풍만한 젖과 살진 엉덩이》 속의 상관진퉁은 1인칭으로 발언을 하면서, 어머니를 연모하고 유방에 집착하는 자신의 병증을 떠들어대는데, 퇴폐하고 무능하기가 이보다 더 심할 수는 없다. 1990년대 중국소설에는 반영웅적인 인물이 적지 않지만, 자신의 추한 모습을 스스로 폭로하는 데 전혀 거침없는 상관진퉁과 같은 괴물은 아무래도 그 이름을 리스트의 앞자리에 올려야 할 것이다.

모옌이 '나'의 존재의 의미를 질문할 때면 어쩌면 기존의 영웅주의에 대한 미련이 없지 않은 듯하다. 중편 〈전우의 재회〉에서 고향으로 돌아가고 있던 한 군인이 도중에 큰물을 만난다. 그는 급한 대로 버드나무에 기어올라가서 몸을 피하고자 하지만, 공교롭게도 '나무 위에서' 이미 전사한 옛 전우와 마주친다. 이야기는 이로부터 시작하여 왕년의 전우들이 하나 둘 모습을 드러낸다. 옛날 군대 생활의 회고, 제대 군인들의 사연 많은 운명, 그리고 고생스러운 전사자들의 자녀들 등 어느 하나 탄식하지 않을 수 없다. 모옌은 상투적인 동포의 재회라는 이야기를 가지고서 사람과 귀신이 구분 가지 않는 기이한 경험을 만들어낸 것이다. 서사의 중심인 '나'는 옛 전우와 말하기에 빠져서 혼이 나가버리고는 '몸'이 어디에 있는지도 잊어버린다. 반면에 독자인 우리는 차츰 의심을 하게 된다. 화자 자신도 이미 귀신이 되어버린 것은 아닐까? 소설의 첫머리에 고향으로 돌아가면서 강을 건너던 군인이 보았던 물에 떠내려 오던 시체가 혹시 그의 전신은 아니었을까? '나'가 사람인지 귀신인지 구별할 수가 없는데, '나'의 말은 믿을 수 있는 것일까? 〈전우의 재회〉는 영웅주의란 원래 죽음을 전제로 하고 있으며, 대아의 위업이란 또 소아의 희생을 바탕으로 하고 있는 것임을 보여준다. 그런데 되돌아보았자 이미 백년 인생일 따름이니, 죽은 뒤 '나'의 사후 총명이 과연 무슨 가치가 있는 것일까?

모옌은 의식적으로 '나'의 세대에는 이미 바람과 구름이 흩어져버렸으니 왕년에 윗세대들이 겪었던 질풍노도가 어찌 다시 올 수 있겠느냐며 조롱한다. 중편 〈아버지와 민간인 노무자 부대〉는 1948년 무렵을 쓰고 있다. 아버지(즉

《붉은 수수밭 가족》의 아버지)는 민간인 노무자들을 인솔하여 인민군에게 군량을 운반하는데, 사선을 넘나들며 임무를 완수한다. '농민 영웅'의 모범과 강호 협객의 정경을 하나로 합쳐놓았으니 읽어보면 과연 참으로 비범하다. 수많은 민간인 노무자들이 강추위 속에서 강을 건너 군량을 운반하는 장면은 익숙하면서도 장엄하여 특히나 이야기꾼으로서 모옌의 매력을 볼 수 있다. 그러나 다른 한편으로 그들은 임무 때문에 굶주림을 참고 추위를 견디며, 심지어는 주변을 에워싼 기아 속의 여자들을 쏴 죽이는 것도 마다하지 않는데, 이와 관련한 도덕적인 딜레마가 저절로 의문을 불러일으킨다. 그리고 아버지가 군량을 목적지까지 운반했을 때, 아니 너무 많이 가버렸을 때, 거의 불호령이 떨어지는데, 여기서 일약 모옌의 풍자가 지면에 등장한다. 아버지가 아무리 영용하고 기지가 있다고 하더라도 하나의 정당・군대 조직을 만나게 되면 반드시 명령에 복종해야 하는 것이다. 나라를 위한 헌신은 필경 그들 세대의 지고무상한 법률이었던 것이다.

이로부터 다시 《붉은 수수밭 가족》의 나의 할아버지와 나의 할머니가 일구어낸 붉은 수수밭 고향의 옛일로 거슬러 올라가 본다면, 비로소 우리는 그 시절이야말로 실로 공화국의 역사 이전 시절이며 현대 중국의 주체가 성장하던 청춘기였음을 이해하게 된다. 민간의 영웅적인 남자와 여자, 강호의 은혜와 원한, 피와 눈물의 화려 찬란함은 눈이 부시게 만든다. 식자들은 사실 모옌이 민국 초기의 의협 이야기를 쓴 것은 타이완의 쓰마중위안과 함께 논할 수 있음을 지적할 수도 있다. 쓰마중위안의 《황야》, 《모래바람》, 《길손과 칼잡이》 등의 작품은 이미 중국 향토소설의 정전이 되었다. 서로 다른 점이라면, 쓰마중위안에게는 마치 '이야기꾼'과 같은 서사 주체가 등장하며, 세상 물정에 노숙하고 향수가 넘쳐나서 과거사에 대해 거의 의심의 여지가 없다.[20] 반면에 모옌은 제1인칭으로 나의 할아버지와 나의 할머니의 모험을 회고하지만, 자신의 사고와 평가를 삽입함으로써 때때로 모순이

의심되는 부분까지 등장한다. 따라서 그는 가족사와 국가사에 대한 환상과 신념을 구축함과 동시에 또 해체하고 있는 것이다.

식자들은 또 여성 인물에 대한 모옌의 인물 창조 상상이 남성 인물보다 힘이 떨어진다고 지적할 수도 있다. 모옌 소설의 강건한 맛은 확실히 다른 것들을 압도한다. 여성에게 일정한 자리는 남겨 놓은 셈이기는 하지만 아무래도 어머니, 할머니의 모습이 우선적이다. 그러나 일부 작품에서는 그가 그래도 이를 위해 노력한 흔적을 볼 수가 있다. 〈백구와 그네대〉의 클라이맥스는 화자가 총총히 고향을 떠나갈 때 갑자기 길을 막아서는 한 촌부와 마주치는 장면이다. 우리는 이 촌부와 화자의 어린 시절의 정과 성장 후의 불행한 삶을 기억할 수 있다. 화자에 대한 그녀의 요구는 다름이 아니라 수수밭 속에 들어가서 한 번 뒹굴자는 것이다. 그녀는 이미 벙어리 남편과 말 못하는 아이 셋을 낳았는데 '말을 할 수 있는' 아이를 갖고 싶다는 것이었다. 모옌은 한 여성 농민의 육체적 요구를 내세워서 남성 지식인의 탁상공론적인 습관을 야유하고 있다. 루쉰의 '아이를 구하자'는 외침이 농촌 아낙의 구차한 섹스 요구라는 행위로 '귀결'될 때, 이미 5.4 이래 그런 인도주의적 리얼리즘 담론이 암암리에 붕괴되고 마는 것이다.

중편 〈하얀 면화〉에서 우리는 문화대혁명 중기에 한 면화공장 여공인 팡비위가 사랑을 위해 투쟁하면서 죽음도 불사하는 것을 보게 된다. 암담하던 그 시대에 팡비위와 그녀가 사랑하는 사람은 외압을 두려워하지 않고 밤마다 몰래 면화 더미 속에 사랑의 보금자리를 마련하면서 신세를 망치게 되는 것조차 아쉬워하지 않는다. 이 소설은 원래 장이머우의 영화를 위해 만들어진 것인데, 작위적인 흔적이 곳곳에서 드러난다. 팡비위의 절륜한 무공과 신비로운 마지막 행방은 특히나 조작이 지나치다. 그러나 어쨌든 여성에게 경의를 표하고자 하는 모옌의 의도는 간략하게나마 제시된 셈이다.

앞에서 이미 거론한 것처럼 모옌의 나라에서 백성들은 활력이 충만하고 결코 어느 한 극단에 얽매이지 않는다. 그들(그녀들)은 국가주의 또는 형제의 의리를 위해 물불을 가리지 않으며 일만 번의 죽음도 마다하지 않는다. 그렇지만 그들(그녀들)이 인간의 욕망을 추구하는 것 또한 마찬가지로 막을 수가 없을 정도로 맹렬하다. 《붉은 수수밭 가족》의 솜씨가 범상치 않은 까닭은 화자가 가족사를 추적하면서, 나의 할아버지가 어떻게 나의 할머니를 가로챘으며 어떻게 수수밭에서 그녀를 강간했는가를 언급한 다음 이로부터 경천동지할 이야기를 전개해나간 데 있다. 다만 혁명 역사의 진전에 따라서 중국의(중국 남자의) 욕망은 갈수록 전만 못하게 된다. 《티엔탕 마을 마늘종 노래》와 같은 유의 작품에서는 여전히 억압된 정욕이 사방으로 돌파구를 찾으면서 위기가 곳곳에 숨어있음을 이끌어낸다. 《술의 나라》에 이르면 '식과 색은 본성이니라'의 교훈이 참으로 기괴한 방식을 통해 통째로 모두 나온다. 작품 속에서 수사관이 명령을 받아 수사에 나서는데, 시작하자마자 색정의 함정 빠져서 적수의 마누라와 밀통을 하게 된다. 그는 욕정의 불길이 마음을 불사르고, 사사로움 때문에 공적인 일을 잊어버리다가, 마지막에는 똥구덩이 속에서 목숨을 잃게 되니, 썩어 냄새를 풍기며 저승으로 돌아가는 셈이었다. 모옌이 성욕을 쓸 때면 항상 먹고, 마시고, 뱉고, 싸고 하는 것과 한데 연결시킨다. 쑨룽지 일파의 중국 '심층 의식' 구조 전문가들에게는 안성맞춤인 대상으로, 중국인이 아무리 해도 떨쳐낼 수 없는 구순기 증후군[21]을 검토하는 데 활용할 수 있을 것이다.

그러나 진정으로 욕망의 스펙터클을 한데 보여준 것은 역시 《풍만한 젖과 살진 엉덩이》이다. 만일 《술의 나라》가 현대 중국인이 미친 듯이 먹고 마시는 비루하고 추한 모습을 과장적으로 보여준다면, 《풍만한 젖과 살진 엉덩이》는 한 걸음 더 나아가서 (남성의) 또 한 가지 관능적인 떨림 – 촉각적인 욕망과 변주를 대대적으로 그려낸다. 우리의 남자 주인공이 가진 평생의 큰 뜻은 다름 아니라 여자의 유방을 건드려보는 것일 따름인데 더구나 모든 유방에 대해 다 그러하다. 모옌은 이처럼 남자가 유방에 대해 연연해하는 것을 거의 페티시즘에 가깝게 묘사한다. 상관진퉁의 성욕은 오로지 유방 – 어떤 여자의 유방이든지 가리지 않는 – 에 대한 충동일 뿐 다른 것에는 관심이 없다. 사실 여성은 이미 철저하게 신체의 한 성징으로 물화되어 버린다. 그러나 우리는 그가 유방집착증인 나머지 근본적으로 성불능자임을 알게 된다. 풍만한 젖과 살진 엉덩이로 대표되는 토템이 또 어찌 성의 금기가 아니겠는가.

모옌의 신체와 주체에 대한 변증법은 여기에 그치지 않는다. 그는 더 나아가서 신체의 변형・왜곡・부자연스러운 또는 초자연적인 행동을 통해서 그의 비판을 내보인다. 〈붉은 귀〉 주인공의 귀가 커다랗게 툭 튀어나온 것은 닭 잡는 데 소 잡는 칼을 쓰는 식의 시험에 불과하다. 《풍만한 젖과 살진 엉덩이》의 인물이 귀신이 들려서 백주 대낮에 날아오르는 것이야말로 괴이함의 극치를 이루는 일이다. 《수다》에 수록된 〈비상〉에도 억울함을 겪던 여자애가 결국 하늘로 날아오르면서 새 인간이 된다. 〈꽃다발을 안은 여자〉[14]는 전적으로 대낮에 미녀 귀신에게 홀리는 것이나 다름없는 내용의 중편이다. 작중에서 결혼을 앞둔 대위는 꽃다발을 안은 여자와 만나게 된다. 이 여자는 이때부터 그림자처럼 따라다니더니 결국에는 대위의 넋을 홀려내어 죽음에 이르도록 만든다.

사는 것에도 끝이 있으니, 몸은 우리 존재의 시작이자 각종 예교, 정치, 욕망이 각축하는 전쟁터이기도 하다. 따라서 모옌은 참으로 많은 신체 기관의 상징적 가능성을 발견하고는 이를 대대적으로 발휘하면서 차례로 바흐찐식

---

14 〈꽃다발을 안은 여자〉의 한글본이 《꽃다발을 안은 여자》, 모얀 지음, 이경덕 옮김, (서울: 호암, 1993)에 실려 있다.

의 신체 카니발적인[15] 활극 장면을 연출해낸다. 〈유머와 취미〉의 남자 주인공은 살아가다보니 원숭이로 퇴화하고, 〈아버지와 민간인 노무자 부대〉에서는 아버지와 그의 노새가 눈짓으로 감정이 통한다. 전술한바 《술의 나라》의 비늘 소년, 요정 아이, '고깃감 아이'라든가 또 《수다》의 쇠붙이 아이는 더 말할 것도 없다.

그렇지만 《열세 걸음》에 등장하는바, 머리와 몸을 바꿔치기하여 산 사람으로 바뀌고, 시체를 사랑하고 넋이 되살아나는 스토리만큼 사람들로 하여금 물리적인 육체의 취약함과 무력함 그리고 주체 의식의 불안정함과 모호함을 더욱 잘 깨닫도록 하는 것이 또 있으랴. 해체된 신체, 이미 붕괴된 언어, 부단히 자리바꿈하는 인간관계, 머리를 혼란스럽게 만드는 서사의 그물망은 직접적으로 역사의식 자체의 단층을 가리킨다. 이론가들이 절박하게 '잃어버린' 주체를 찾고 있을 때, 이미 모옌 버전의 '변신'은 우리의 남/나의 관계의 뒤엉킴에 대해 어찌 유토피아적인 한두 마디 외침으로 가지고서 이름을 바로잡고 제자리를 찾을 수 있을 것인가를 암시하고 있는 것이다. 주체에서 신체까지, 신체에서 (역사) 주체까지, 떠들고 웃고 하는 사이에 모옌은 스스로 이미 세기말 중국 작가의 독특한 회포를 펼쳐냈다.

---

15 바흐찐은 '카니발적인 세계 이해'의 본질을 '강렬하게 생동감 넘치며 변형하는 힘이며 다함이 없는 생명력'으로 규정한다. 카니발에서는 계급과 지위와 나이와 소유 등에 따른 모든 위계질서가 파기되고 모든 가치가 전도된다. 또한 모든 법과 금지와 제한이 지양된다. 거기서는 최고의 지상의 힘들과 진리 및 신성까지 웃음의 대상이 된다. 죽음과 탄생을 축하하는 카니발은 무엇보다도 그 수태와 출산의 장소로서, 식사와 배설의 장소로서, 탄생과 성장과 노쇠의 장소로서 육체성과의 연관성을 통해서 구체화된다. 즉 카니발의 말은 무엇보다도 육체인 셈이다. 바흐찐은 육체성과 먹고 마시고 배설하는 것 및 성생활을 민중적인 웃음 문화의 유산으로 이해한다. 그리고 이것을 '독특한 미학적 개념'으로 보고 '그로테스크 사실주의'라고 명명한다. 박건용, 〈미하일 바흐찐의 카니발 이론과 문학의 카니발화〉, 《독어교육》 第31권, 한국독어독문학교육학회, 2004, pp. 279~305 참고.

나는 역사와 공간, 서술, 주체성이라는 세 가지 이슈를 가지고서 모옌 창작이 이끌어내는 세 가지 방향을 거론했다. 내가 거듭해서 '역사'라는 단어를 사용한 것은 다름 아니라 모옌의 허구적 세계에서 역사가 그의 창작을 추동하는 기본적 역량이자 소설과 상상으로써 대신한 그의 목표라고 인식하기 때문이다. 과거 40여 년간 '대중국'의 역사 서술과 실천은 이미 너무나 많은 포학과 상처를 남겨놓았지만 1980년대 이래 이미 그 신비롭던 궁극적인 목표가 궤멸되고 말았다. 모옌은 기억을 재조합하고, 옛일을 긁어모은다. 그렇지만 그의 방법은 그 얼마나 사람들을 주목하게 만드는 또는 질시하게 만드는 것인지. 천당에서 똥구덩이까지, 정사에서 야사까지, 주체에서 신체까지, 비린내도 마다 않고 온갖 맛이 뒤섞인 그의 글쓰기 스타일과 형식은 그 자체가 바로 역사와 대화하는 훌륭한 도구이다. (이 글을 포함해서) 진지하고 엄숙하게 모옌을 논하는 것은 그의 시야와 잠재력을 너무 낮추어보는 것일 터이다. 어찌 우리가 절로 이렇게 탄식하지 않을 수 있겠는가? '천 마디 만 마디 말도 어찌 말하지 말라에 비할손가!'

| 저자 주석 |

12장 모옌

1) 莫言, 〈《神聊》序〉, 《神聊》, (北京: 北京師範大學出版社, 1993), p. 2.
2) Jeffrey Kinkley, "Shen Congwen's Legacy in Chinese Literature of the 1980's", in *From May Fourth to June Fourth*, eds. Ellen Widmer and David D. W. Wang, (Cambridge: Harvard UP, 1993), pp. 71~106.
3) David D. W. Wang, *Fictional Realism in Twentieth-Century China: Mao Dun, Lao She, Shen Congwen*, (New York: Columbia University Press, 1992), chap. 6를 보기 바란다.
4) 莫言, 〈好談鬼怪神魔〉, 楊澤 主編, 《從四十年代到九十年代: 兩岸三邊華文小說硏討會論文集》, (台北: 時報文化, 1994), p. 345.
5) M. M. Bakhtin, *Dialogic Imagination*, trans. Caryl Emerson and Michael Holquist, (Austin: University of Texas Press, 1983).
6) 莫言, 〈白狗鞦韆架〉, 《透明的紅蘿蔔》, (台北: 新地, 1989), p. 24.
7) 陳淸僑, 〈放下屠刀成佛後, 再操凶器便成仙 – 莫言《十三步》的說話邏輯初探〉, 《當代》 第52期, 1990年8月, p. 130.
8) 王德威, 〈泥河迷園暗巷, 酒國浮城廢都 – 一種烏托邦想像的崩解〉, 《如何現代, 怎樣文學? : 十九、二十世紀中文小說新論》, (台北: 麥田, 1998), p. 313.
9) 黃子平, 《幸存者的文學》, (台北: 遠流, 1991), pp. 238~239.
10) 왕반의 검토를 보기 바란다. Ban Wang, *The Sublime Figure of History Aesthetics and Politics in 20th-Century China*, (Stanford: Stanford University Press, 1997).
11) Wolfgang Kayser, *The Grotesque in Art and Literature*, trans. Ulrich Weisstein, (Bloomington: Indiana UP, 1987).
12) 陳淸僑, 〈放下屠刀成佛後, 再操凶器便成仙 – 莫言《十三步》的說話邏輯初探〉, 《當代》 第52期, 1990年8月, p. 133을 보기 바란다.
13) 莫言, 《十三步》, (台北: 洪範, 1990), p. 203.
14) 莫言, 《十三步》, (台北: 洪範, 1990), p. 7.
15) 莫言, 〈好談鬼怪神魔〉, 楊澤 主編, 《從四十年代到九十年代: 兩岸三邊華文小說硏討會論文集》, (台北: 時報文化, 1994), p. 344.
16) 명나라 화본소설 馮夢龍, 〈楊思溫燕山逢故人〉에서 인용.
17) 黃錦樹, 〈斷不了奶的戀奶者〉, 《中國時報・開卷周報》, 1996年6月24日.
18) 왕진의 검토를 보기 바란다. Jing Wang, *Cultural Fever*, (Berkeley: University

of California Press, 1996), chap. 5.

19) 王德威,〈畸人行 – 當代大陸小說的衆生'怪'相〉,《衆聲喧嘩: 三○與八○年代的中國小說》, (台北: 遠流, 1988), pp. 209~222.

20) 王德威,〈鄉愁的超越與困境 – 司馬中原與朱西甯的鄉土小說〉,《小說中國: 晚淸到當代的中文小說》, (台北: 麥田, 1993), pp. 279~287.

21) 孫隆基,《中國意識的深層結構》, (台北: 結構群, 1990).

지은이

왕더웨이(王德威, David Der-Wei Wang)

1954년 타이완에서 출생했다. 1976년에 타이완대학 외국어문학과를 졸업하고, 미국 위스콘신대학에서 비교문학 전공으로 1978년에 석사 학위를, 1982년에 박사 학위를 받았다. 타이완대학(1982~1986), 하버드대학(1986~1990), 콜롬비아대학(1990~2004) 교수를 거쳐 2004년 이후 하버드대학 동아시아 언어 문명학과 교수로 재직하고 있으며 2014년부터 비교문학과 교수를 겸직하고 있다. 2004년에는 타이완 중앙연구원의 멤버가 되었다. 영문 저서로는 *The Lyrical in Epic Time*(2014), *The Monster that Is History*(2004), *Fin-de-siècle Splendor*(1997), *Fictional Realism in Twentieth Century China*(1992) 등이 있다. 중문 저서로는 《現當代文學新論: 義理・倫理・地理》(2014), 《現代抒情傳統四論》(2011), 《後遺民寫作》(2007), 《臺灣: 從文學看歷史》(2005), 《被壓抑的現代性: 晚清小說新論》(2005), 《跨世紀風華: 當代小說二十家》(2002), 《眾聲喧嘩以後: 點評當代中文小說》(2001), 《如何現代, 怎樣文學?: 十九, 二十世紀中文小說新論》(1998), 《想像中國的方法: 歷史・小說・敘事》(1998), 《小說中國: 晚清到當代的中文小說》(1993), 《眾聲喧嘩: 三○與八○年代的中國小說》(1988) 등 20여 권이 있다. 그 외에도 수 백 편에 이르는 논문・평론・리뷰와 수 십 권에 이르는 역서・편서・편저 등이 있다.

옮긴이

김혜준

고려대 중문과를 졸업하고 동 대학원에서 문학박사 학위를 받았으며 현재 부산대 중문과 교수로 재직 중이다. 지은 책으로는 《중국 현대문학의 '민족 형식 논쟁'》이 있다. 옮긴 책으로는 《중국 현대산문사》, 《중국 현대산문론 1949~1996》, 《중국의 여성주의 문학비평》, 《나의 도시》, 《뱀선생》(공역), 《포스트식민 음식과 사랑》(공역) 등이 있다. 주요 논문으로는 〈화인화문문학(華人華文文學) 연구를 위한 시론〉 등이 있다.

한 국 연 구 재 단
학술명저번역총서
[동 양 편] 611

세기를 넘나드는 작가들

현대 중문소설 작가 22인 상

초판 인쇄 2014년 11월 10일
초판 발행 2014년 11월 20일

지 은 이 | 왕더웨이(王德威, David Der-Wei Wang)
옮 긴 이 | 김혜준
펴 낸 이 | 하운근
펴 낸 곳 | 

주 소 | 서울시 은평구 대조동 213-5 우편번호 122-843
전 화 | (02)353-9907 편집부(02)353-9908
팩 스 | (02)386-8308
홈페이지 | http://hakgobang.co.kr/
전자우편 | hakgobang@naver.com, hakgobang@chol.com
등록번호 | 제311-1994-000001호

ISBN 978-89-6071-442-7 94820
978-89-6071-287-4 (세트)

값 : 28,000원

■ 이 저서는 2011년 정부(교육과학기술부)의 재원으로 한국연구재단의 지원을 받아 수행된 연구임 (NRF-2011-421-A00061).
This work was supported by National Research Foundation of Korea Grant funded by the Korean Government (NRF-2011-421-A00061).

이 도서의 국립중앙도서관 출판시도서목록(CIP)은 서지정보유통지원시스템 홈페이지(http://seoji.nl.go.kr)와 국가자료공동목록시스템(http://www.nl.go.kr/kolisnet)에서 이용하실 수 있습니다.(CIP제어번호: CIP2014032083)